COLLECTION JULES ROUFF
1 fr. 50 le volume

DESBAROLLES

LES DEUX

ARTISTES

EN ESPAGNE

3e édition

PARIS

JULES ROUFF, ÉDITEUR

ANCIENNE MAISON BARBA

7, RUE CHRISTINE, 7

LES

DEUX ARTISTES

EN ESPAGNE

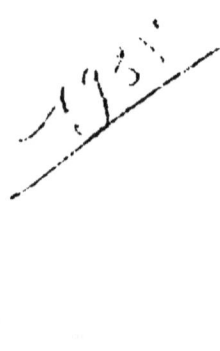

A MON ILLUSTRE AMI

ALEXANDRE DUMAS

Cher Maître,

Accueille, je te prie, avec ce charmant sourire de bienveillance que je connais si bien, la dédicace de ce livre d'un de tes plus sincères admirateurs.

A qui pourrais-je le dédier plus justement? N'est-il pas ton œuvre?

Sans toi, sans l'illustration que d'un revers de ta plume tu as jeté sur mon nom, ce volume n'eût peut-être jamais vu la lumière.

Tu m'avais nommé, c'était assez, et le *Voyage en Espagne* fut aussitôt accueilli, adopté sans examen. J'étais parti inconnu, je revenais paré d'un des reflets de ta gloire. J'ai cherché à m'en rendre digne, mais si j'ai réussi, j'ai réussi par toi.

Que cette dédicace soit un témoignage d'une reconnaissance que mon admiration seule peut égaler, qu'elle soit un hommage rendu à la splendeur de ton génie.

Ton affectionné compagnon de route,

A. DESBARROLLES.

Paris. — Imprimerie V⁰ P. Larousse et Cⁱᵉ, 19, rue du Montparnasse.

DESBARROLLES

LES

DEUX ARTISTES

EN ESPAGNE

3e édition

PARIS

JULES ROUFF, ÉDITEUR

ANCIENNE MAISON GEORGES BARBA

7, RUE CHRISTINE, 7

PRÉFACE

Ce matin, à peine revenu de voyage, je reçus cette lettre :

CHER MONSIEUR DESBARROLLES,

« Nous allons faire paraître en volume, vos *Deux Artistes en
« Espagne*, publiés dans notre Panthéon littéraire.

« Nous vous avons réservé douze pages pour y ajouter une
« préface.

« Nous comptons absolument sur vous,

« Votre tout dévoué,

« GEORGES BARBA. »

Tout à fait distrait par d'autres travaux plus abstraits, j'avais
oublié complétement mes *Deux Artistes en Espagne.*

Mes *Deux Artistes en Espagne!* me suis-je écrié du ton d'un
homme qui, après un premier jour de voyage, voit tout d'un coup
à son réveil se dérouler devant sa fenêtre un riant paysage au lieu
du vis-à-vis de murailles de la rue étroite qu'il habitait la veille.

Mes *Deux Artistes en Espagne!* ai-je répété, et je me suis mis à
sourire, car j'ai vu là tout d'un coup se grouper devant moi, Giraud,
et puis Dumas, son fils, Maquet, Boulanger, toute cette illustre pléiade
dont le titre seul du livre évoquait le souvenir.

Et les mains croisées, la tête renversée en arrière et attachant sur
le plafond un vague regard, je me suis laissé aller tout entier à ce
charme rêveur, à ce far-niente de l'esprit et du corps, à cette délicieuse paresse qui ne tient ni de la vie ni du sommeil.

Et alors je me rappelais vaguement les causes qui avaient déterminé ce voyage, et je secouais tristement la tête; et puis je pensais
à la torture de plusieurs jours de la diligence qu'il fallait subir à
cette époque pour arriver aux pieds des Pyrénées, et je la compa-
rais à la confortable célérité des chemins de fer.

Et je ne pouvais m'empêcher de sourire.

Et puis tout à coup mon cœur a palpité plus vite, et je me suis

trouvé dans de grandes plaines, la carabine en main, la mante sur
l'épaule, la cartouchière brodée autour du corps, et je tressaillais de
plaisir :

Le chemin blanc serpente à perte de vue, et sur le chemin blanc
fuient nos ombres gigantesques au coucher du soleil ; les grillons
chantent, les cigales s'appellent, et puis, plus rien que des aloès, des
cactus, et, dans les lointains, des montagnes qui deviennent roses
aux dernières lueurs du couchant.

— Aurons-nous une auberge ce soir, où nous faudra-t-il coucher
sur la terre, embernoussés dans nos mantes ?

— Entends-tu ? Entends-tu ? Giraud ; une guitare résonne, il y a
là-bas une auberge, *fonda, posada* ou *meson*, peu importe ! que notre
lit, ce soir, soit natte ou paille hachée, allons toujours.

Nous allons et, guidés par les sons argentins qui semblent courir
comme des sylphes sur les ombres du crépuscule, nous arrivons

C'est une ferme.

— Eh bien ! qu'importe, après tout. Les artistes ont remplacé les
anciens trouvères, on leur doit aussi l'hospitalité, et nous frappons
avec confiance.

— Holà ! holà ! ouvrez-nous.

— Qui êtes-vous ? des contrebandiers ?

— Non ! des voyageurs égarés.

— Attendez ! Et la barre de la grande porte tombe, et les cadenas
grincent, et...

※

— Vois-tu, Giraud ? mais quelle affluence ! vois-tu comme tous ces
yeux noirs brillent, comme toutes ces dents blanches étincellent ;
vois donc voltiger les mantilles ; entends-tu frémir les éventails. Mais
pourquoi toutes ces têtes se penchent-elles à la fois ? on dirait une
forêt courbée par un vent d'orage ! C'est la *cuadrilla* qui s'avance
la voilà ! la voilà !

Les chulos marchent en premier portant au bras leurs capes de
soie, puis viennent les *espadas*, les *toreros*, puis les picadores à
cheval. Les soieries, les rubans, les paillettes jettent à chaque pas
de brillants éclairs.

Entends-tu là-bas, du côté du soleil, le brouhaha du peuple qui
agite ses chapeaux en l'air. Ah ! la fête va être belle, vois, vois !

☆

Oh! comme la nuit est paisible, quel calme! quelle délicieuse fraîcheur!

Les mulets suivent la file guidés par la clochette du *macho* conducteur; pas de vent, pas de brise, seul de temps en temps un zéphir passe comme un frisson, il murmure et s'éteint. On dirait les vagues paroles d'un fantôme qui glisse invisible auprès de nous.

Partout le silence! les arrieros eux-mêmes, assis sur leurs ballots, se laissent aller tout pensifs au mouvement du mulet. Ils ont cessé leurs chants monotones, comme pour écouter les harmonies nocturnes, et la tête appuyée sur le coude, ils contemplent le firmament.

La voie lactée brille seule étincelante au ciel, et dessine sur la terre nos grandes ombres estompées qui marchent avec nous.

On entend respirer la nature encore haletante après la chaleur du jour. On dirait une sultane nue, descendant lentement les degrés des bassins du sérail.

☆

Mais qui chante ainsi? Et quelle chanson à la fois stridente et plaintive dans la chaleur du jour?

Telle est la chanson de la cigale dans les plaines embrasées, et pourtant que de mélancolie dans cette voix nazillarde qui court à travers les arcades silencieuses de marbre dans le moment du *fueyo*. Tel est le chant du chamelier arabe à l'approche des palmiers de l'oasis.

> Abeu Amar, aben Amar,
> Moro de la Moreria,
> El dia que naciste,
> Grandes señales habia,
> Estaba el mar en calma,
> La luna estaba crecida,
> Moro que en tal signo nace
> No debe decir mentira.
> Allí respondió el Moro
> — Bien oyera lo que decia;
> No te la diré señor
> Aunque me cueste la vida,
> Yo te agradezco aben Amar
> Aquesta cortesia.
> Qué castillos son aquellos,
> Altos son y relucian?
> El Alambra era, señor.

C'est l'Alhambra! Giraud! c'est l'Alhambra! rêve et désir de ma jeunesse, divin palais, œuvre d'amour et de poésie, émanée du cœur

d'un poëte en amoureuse extase, en ces moments où l'âme va ravir
ses inspirations au ciel; œuvre si belle, si noble, si complète que
l'artiste ne peut la contempler que l'ivresse dans l'âme et les pleurs
de l'enthousiasme dans les yeux.

L'Alhambra, avec ses forêts de blanches colonnes, soutenant sans
peine dans ses proportions divines des arceaux moresques de guipure
de marbre.

L'Alhambra! ce rêve céleste, ce miracle humain, ce travail de fée.

L'Alhambra! palais sans rival fait exprès par la Providence pour
prouver aux hommes de la matière, quand la matière aura envahi le
monde, qu'il a pourtant existé de la poésie sur terre.

L'Alhambra! Mais les images s'obscurcissent, tremblent et s'effacent,
et je me retrouve à Paris!

Paris, cerveau du monde, reine des villes modernes, mon pays
natal! Mais oh! ma belle Espagne, oh! mon beau soleil!

C'est à l'Espagne que je dois ma vie qui s'en allait; c'est à l'Espagne que je dois l'humble célébrité attachée à mon nom par la
Providence.

Écrasé par les plus affreux chagrins, trahi de la manière la plus
infâme, spolié, abandonné, capable alors de tout supporter excepté
les douleurs d'affection, j'allais mourir; une hypertrophie du cœur
était imminente, les médecins m'accordaient à peine six mois d'existence. Je le sentais, mais je ne cherchais pas y résister.

Je ne voyais plus personne, j'éprouvais un plaisir funeste à me
laisser ronger par le désespoir. Un jour, pourtant, je reçus une lettre
d'un de mes plus intimes camarades.

Mon brave ami, m'écrivait-il, tu es malade, dangereusement
malade; un voyage en Espagne à pied, à trois francs par jour, comme
nos voyages de Suisse, d'Allemagne et de Normandie, pourrait te
sauver. Crois-moi, viens, je pars avec toi, quand il te plaira; demain si tu veux. GIRAUD.

Mon bon camarade avait touché la seule corde qui pouvait encore
vibrer en moi : le voyage avec le danger.

Tout s'illumina pour moi; huit jours après, nous étions en route.

Et quel camarade m'envoyait la Providence! brave, ferme, énergique, persévérant, ne craignant ni la privation ni la fatigue, les
acceptant, les cherchant même pour ajouter à son caractère une
trempe nouvelle, pour s'aguerrir plus encore et se préparer aux
luttes de la vie.

No reculant jamais devant les entreprises les plus téméraires, toujours gai, toujours riant, égayant tout le monde, se faisant partout bien venir, travaillant avec une ardeur sans égale, croquant ici, dessinant là, toujours le crayon ou l'aquarelle en main, et joignant à tout cela cet esprit merveilleux que Dumas, notre grand génie, a si brillamment célébré.

Avec un pareil compagnon, énergique aussi moi-même, je devais bientôt renaître à la santé et à la vie ; la fatigue du corps peut seule mater les chagrins.

Après huit jours de marche je me sentais revivre, quinze jours plus tard j'avais repris en voyage mon courage et mes franches allures, un mois après j'aurais défié tout l'univers.

Aussi quel voyage! quel entrain! quelle verve! quel plaisir! Comme nous méprisions sincèrement toutes les joies des hommes! comme nous les trouvions misérables de porter chacun leurs chaînes, tandis que nous, nous seuls au monde, nous étions libres à 3 fr. par jour

En pleine campagne, brûlés par une chaleur torride, mais les yeux enivrés par cette lumière limpide qui nous dévoilait les secrets de notre art en dévorant les couleurs locales pour couvrir tous les objets d'une seule et entière harmonie, nous éprouvions de ces extases de régal des yeux, de ces joies douces et pures comme il n'en existe pas ailleurs.

Combien de fois, levant les deux mains en l'air, nous sommes-nous écriés dans l'enthousiasme : Que c'est beau, mon Dieu, que c'est beau! Et Giraud disait, plaignant la jeunesse dorée : Quand je pense qu'il y a des jeunes gens si riches qui ne verront jamais tout cela !

Quel bonheur de se lever avec l'aurore, à l'air frais du matin quand l'aube pâlit le ciel à l'horizon, quand les nuages commencent à rougir, et de voir monter le soleil dont les rayons font d'abord resplendir comme des diamants tous les cailloux de la route où l'on marche, au milieu de perles, d'émeraudes et de saphirs, puis toutes les anfractuosités des roches, les pointes acérées des aloès, et tout d'un coup, le soleil, *almus parens*, verse à torrent sa grande nappe de lumière ; cette lumière blonde toujours douce à l'œil, chatouillant le cœur, égayant la nature entière.

Le grand roi se lève sur son trône en bénissant sa cour.

Et puis, et puis le voyage en lui-même, les caravanes qui passent dans leurs manteaux bariolés, les mulets avec leurs chasses mouches rouges et leurs ornements de cuivre, leur aparejo tout brodé; les

a.

muletiers qui nous sourient, placés sur l'estrade mouvante des ballots et des caisses de leurs *majos*: le paysan drapé qui s'en va, non pas en homme du peuple, mais majestueusement comme un hidalgo des anciens jours, en nous saluant du nom de *caballeros*, et puis, cette liberté, ce grand air, ce calme, ce contentement de soi, cette insouciance de l'avenir!

Nous avons dans la ceinture six mois de voyage sans inquiétudes, six mois de plaisir; nous sommes libres, nous sommes riches et la terre nous appartient; nous ne cédons le pas à personne. Nous avons le couteau à la ceinture et nous savons en jouer, parbleu! nous avons la carabine, entendez-vous? et la cartouchière au corps, nous avons la mante au dos et les poings sur la hanche.

Holà! place, place, dérangez-vous! et chacun se dérange, mais s'il passe une contadine, nous avons le chapeau bas, nous lui laissons le haut du chemin, nous avons la parole gracieuse et l'œil pétillant, nous avons la poitrine effacée, nous sommes cambrés et bien faits, et l'habit andalou nous va bien.

Et les femmes se retournent, voyez-vous, et elles se disent en nous admirant drapés à l'antique, comme de véritables artistes que nous sommes, holà! *qué caballeros tan hermosos!* quels beaux cavaliers!

Ah! c'est une vie celle-là, c'est sur la terre le vrai paradis.

Et à l'heure où le soleil brûle, à l'heure du *fuego*, les voyageurs se rassemblent dans les caravansérails; alors bêtes et gens se réfugient dans les auberges prochaines, tous cherchent un abri contre la pluie de feu qui inonde les plaines, chacun prend sa place, les yeux déjà fermés à demi; les muletiers se jettent sur les bâts et les selles de leurs mulets, d'autres se couchent dans les mangeoires, la plupart s'étendent sur des nattes ou sur des sacs de grains et de paille, et du haut des poutres des plafonds la sieste effeuille sur la bohème voyageuse les pavots du sommeil.

Holà! les castagnettes, holà! l'heure de la sieste est passée, les ombres s'étendent plus longues dans les plaines, debout tous les dormeurs, et la castagnette babille, claque, roule, et je décroche une guitare du mur, et du dos de la main, je vais frôlant les cordes et frappant le bois, comme un tambour de Basque. Giraud est déjà debout, campé comme un danseur de théâtre espagnol, et le voilà marquant le pas du boléro, qu'il a déjà su comprendre; il arrondit les bras, lance les jambes, tournoye et trépigne, et à son exemple, et aux flons flons de la guitare, tout le monde prend place irrésistiblement; les castagnettes roulent, les groupes se mêlent et l'auberge est une salle de bal.

Et lorsque la fatigue a dompté les danseurs, nous autres gens infatigables, nous voilà dehors! Nous chancelons un moment, ivres de lumière, brûlés, calcinés par le soleil du soir qui nous arrive brusquement en face. Mais qu'importe! n'est-ce pas l'heure où, comme au soleil levant, tout s'illumine, l'heure où resplendit tout ce qui peut resplendir?

Au matin, la lumière était enveloppée des brumes de l'aube, au soir, la lumière darde éclatante et rayonne. Tout est clair, expliqué, distinct, pas d'ambiguïté, pas de méprises pour les yeux.

A l'entrée dans ce monde, l'enfance part de la nuit; elle ne sait d'où elle vient, mais elle ne s'en inquiète guère; elle avance dans le vague, dans l'inconnu, à travers les brumes de la poésie insouciante du printemps. Elle voit devant elle la vie qui déploie ses horizons et elle chemine.

Mais au soir tout est clair, étincelant, bien écrit : l'homme sait. Les brumes sont dissipées, mais derrière cette lumière suprême, l'homme le sait aussi, c'est la nuit comme au départ, et cette nuit, qui nous en révélera les mystères?

La science des devins n'ira jamais jusque-là.

Tout ce qu'on peut savoir, c'est que chaque hiver ramène un nouveau printemps et que les cieux sont peuplés d'innombrables mondes.

Un jour, c'était, je me le rappelle, aux environs de Santa Helena, à l'entrée de la sierra Morena, au sortir d'un charmant bois de liéges, sur un plateau d'où nous apercevions au loin les montagnes de Jaën qui développaient à nos yeux jusqu'à sept rangées de cimes.

Une famille de bohémiens était assise à l'ombre d'un caroubier; près d'eux, paissait un de ces petits chevaux à grosse tête, à queue épaisse et ondoyante, et dont les crinières, type particulier à cette race, traînaient jusqu'à terre. Le cheval n'était pas attaché et semblait se plaire auprès d'eux, une femme portant sur la tête une mantille de draps ornée de broderies en fleurs, se leva et s'avança vers nous.

J'ai toujours eu pour les bohémiens, sans les estimer beaucoup, une secrète sympathie, sans doute à cause de leur amour pour leur vie errante.

Et puis je vois avec plaisir une race qui se conserve intacte avec ses habitudes, ses instincts, ses costumes même, sans s'inquiéter de la civilisation qui nivelle tout autour d'elle. Il y a là une conviction un entêtement, un orgueil respectable.

C'est un livre vivant où l'on peut feuilleter le passé.

Je me rappelais tout ceci, en regardant la bohémienne; quant à elle, elle nous dit quand elle fut près de nous :

— *La buena ventura, la buena suerte, caballeros!*

— *Y qué quieres tu?*

— *Una peseta por los dos.*

Girard lui tendit sa main. Après y avoir jeté un coup d'œil, elle me prit vivement la mienne et elle s'écria : tous les deux! puis elle ajouta : Hommes d'élite, que venez-vous faire ici en habit de contrebandiers? Mais, ajouta-t-elle, c'est la destinée qui le veut ainsi.

Une puissance plus forte que la vôtre vous fait agir par sa volonté secrète. Un des grands génies de la terre vous désire et vous entraîne dans son tourbillon. Il apparaîtra bientôt.

Puis prenant la main de Giraud : Jupiter te protége, dit-elle, et après lui, Mercure te sourit, ta fortune est assurée, tu seras chéri des grands, heureux, et dans ta profession tu arriveras à la célébrité. Fortune, honneur, talent, tu auras tout; marche tranquille dans la vie, ton étoile est splendide. Et tu la rendrais splendide si elle ne l'était pas.

Puis elle prit ma main : Je te salue, fils du soleil, me dit-elle, tu es des nôtres, tu portes dans les mains le double triangle. Mais le double triangle est lourd à porter. La souffrance a décidé ton voyage. Attends-toi encore à de rudes épreuves. Ton heure est le soir. Il faut que tu sois jeté hors du chemin pour entrer dans la véritable voie, violemment, contre ton gré ; une fois encore tu seras brisé par la douleur.

Mais la main qui ôte peut tout remplacer avec avantage. Obéis sans murmure à ta destinée. Aie confiance, ce n'est pas en vain qu'un double triangle sillonna la paume d'un fils du soleil. Un jour, la main des rois touchera la tienne. Un jour... puis elle s'arrêta et ajouta : J'ai dit.

Giraud lui mit une pezette dans la main, elle fit deux pas en se dirigeant vers sa famille, puis elle se retourna et en me saluant de la tête et de la main, elle s'écria d'une voix solennelle : Adieu, maître!

Que signifie ceci? demandai-je à Giraud. Y comprends-tu quelque chose?

Non! quant à toi : quant à moi, j'ai toujours eu un pressentiment de ce qu'elle vient de m'annoncer, et il peut y avoir de la vérité dans les prédictions des enfants de Bohème.

Et de quel tourbillon veut-elle parler?

— Ma foi! je ne sais pas deviner les énigmes; nous le verrons bien au moment donné.

Quinze jours après nous faisions, à Madrid, la rencontre inespérée de Dumas.

Aurait-elle dit vrai, cette femme d'Égypte?

Quinze années se sont passées depuis cette époque, et Giraud a rencontré la destinée dont il avait lui-même la prescience; Giraud est devenu un grand artiste et son mérite ne lui a pas moins servi que son étoile.

Est-ce la prédiction de la Gypsy qui m'a jeté dans la voie étrange où je marche aujourd'hui avec la conviction la plus sincère? Non. La prédiction a attiré, peut-être, mon attention sur une science perdue, mais la vocation ne vient pas de cette rencontre. D'où vient-elle alors?— D'une intuition que je ne comprends pas. Il me semble que je ne suis qu'un instrument mis en œuvre par une main invisible. Toute ma prudence humaine s'efface devant l'impulsion d'une direction secrète. Personne n'a dit avec une conviction plus profonde : *Non nobis, Domine, non nobis!*

J'ai horreur des routes battues et j'aime à marcher seul à la traverse; je vais volontiers là où cette direction me guide et j'obéis, plein de foi et d'amour, pourvu que le chemin soit en pleine lumière. Je m'arrêterais à l'instant s'il me fallait marcher dans la nuit, car moi aussi j'ai pris pour devise : *Vitam impendere vero.*

Est-ce pour cela que ce volume des *Deux Artistes en Espagne*, écrit dans le pays même, jour par jour, heure par heure, par sa couleur locale, rencontra la faveur du public, à laquelle je ne pensais guère, puisque j'écrivais pour moi seul?

Est-ce pour cela que ces paysages décrits d'après nature, avec autant de conscience que mes études de paysagistes, dont mes camarades admiraient la naïve fidélité, ont été appréciés au delà de leur valeur sans doute, par les grands talents de nos jours?

Je ne sais; mais la vogue est venue trouver ce simple livre auquel les illustrations de mon bon camarade donnaient, en outre, un puissant attrait.

Et M. Georges Barba a-t-il raison, en mettant en volume, dans un format plus commode, une relation de voyage, dans le moment même où l'Espagne tend à se transformer par l'introduction des chemins de fer?

Selon moi, il a raison par cela même.

Dans un avenir plus ou moins rapproché l'Espagne perdra son caractère, d'autant plus facilement qu'elle commence à rougir déjà de sa belle et antique originalité. Et de ces mœurs primitives, il ne restera plus qu'un souvenir.

Ce seul pays, demeuré jusqu'à présent pittoresque, sera le dernier de tous vulgarisé, comme les autres, par la civilisation.

Et un voyage fait à pied, par deux artistes observateurs, là où les Espagnols eux-mêmes ne vont pas à pied, un voyage écrit surtout avec un cœur simple, à une époque encore naïve, sera un voyage utile, un specimen d'un temps effacé, et le livre restera par cela même.

Nous avons parcouru pas à pas l'Espagne, causant avec le paysan, partageant le dîner à la gamelle de l'arriéro et sa natte à la nuit, coudoyant à la fois le peuple et la bourgeoisie, passant partout à la faveur du costume espagnol que nous avions endossé dès le départ. Nous nous sommes frottés à ce peuple ; nous avons vécu de sa vie, bu dans son verre, et nous lui avons inspiré le respect de nos couteaux. Nous nous sommes faits Espagnols pour connaître l'Espagne, et cela, non pas dans une seule contrée, mais dans les plus belles provinces, du nord au midi, dans la Catalogne, le royaume de Murcie, de Valence, de Grenade, dans l'Andalousie, sur le littoral de la Méditerranée, dans la Manche, la Castille, étudiant d'une ardeur égale les Espagnols du nord et les Espagnols du midi.

Et qui donc en a fait autant ?

Oui, M. Georges Barba fait une chose utile.

Les Anglais, eux, qui ne chérissent pas précisément les Français, mais qui, après tout, sont connaisseurs en voyages, avaient remarqué mon humble livre, dès l'apparition des *Deux Artistes en Espagne*, dans l'*Assemblée nationale*, mon voyage avait été traduit par M. Mac Farlane, et à l'instigation de qui ?

Devinez un peu ? •

De M. d'Israëli.

Je tiens ces renseignements de M. Mac Farlane lui-même.

Et savez-vous combien d'exemplaires de ce voyage ont été tirés en langue anglaise ?

Le savez-vous ?

12,000 en Angleterrre, et 12,000 en Amérique.

C'est encore M. Mac Farlane qui m'a donné ces détails.

Si l'on joint 12,000 à Paris, nous atteignons au joli chiffre de 36,000.

Dont 24,000 exemplaires à l'étranger, qui ne m'ont pas rapporté un centime, et même il faut bien le dire :

Je n'aurais jamais appris que mon livre était traduit sans une site de M. Mac Farlane lui-même.

J'avais bien vu dans la librairie de Truchy, alors rue du Coq, aux trines de l'étalage un petit livre bleu vert avec cette inscription *wo french artists in Spain*. Mais l'idée ne m'était pas venue un instant que ce pût être mon voyage, et je n'y pensais plus, lorsqu'un jour en rentrant chez moi, je trouvai une carte à mon adresse accompagnée de la lettre suivante que j'ai conservée et que je copie en ce moment :

Monsieur Desbarrolles,

Je suis le traducteur (en anglais) de votre charmant voyage en Espagne. Ces feuilletons ont tellement plu à ma femme, à moi et à tous mes amis, en Angleterre, que j'aimerais à faire (personnellement) votre connaissance. Je serai à Paris encore quelques jours.

Ma traduction, qui forme un petit volume, a eu le plus grand succès.

Votre tout dévoué, CHARLES MAC FARLANE. (*Hôtel Meurice.*)

Je crus à une erreur; je me rendis toutefois à l'adresse indiquée.

Là je trouvai un Anglais à figure avenante qui vint au-devant de moi, en me disant : C'est ainsi que je m'étais représenté votre personne, le teint brun, l'œil vif et la poitrine effacée, une vraie personnalité d'artiste. Mais vous connaissiez sans doute mon volume.

J'ignorais, lui dis-je, que mon livre eût été traduit.

J'ai traduit vos *Deux Artistes en Espagne*, et voici ma traduction; et je reconnus aussitôt dans le volume qu'il me présentait le livre de la bibliothèque populaire que j'avais remarqué à l'étalage de la rue du Coq.

Il me donna tous les détails dont j'ai parlé tout à l'heure, et s'excusa affectueusement d'avoir gagné beaucoup d'argent avec moi; mais, à cette époque, la loi sur la propriété n'avait pas encore été promulguée en Angleterre, comme je l'ai dit déjà, j'en pris gaîment mon parti.

En résumé, je n'ai nullement eu l'idée de faire l'éloge de mon livre. Depuis longtemps, je l'avais oublié.

C'était pour moi un livre tout nouveau, et il m'apparaissait comme l'œuvre d'un autre. J'ai donc pu l'examiner froidement sans les préventions de l'auteur. Et j'avouerai franchement qu'après l'avoir lu, je me suis félicité de l'avoir écrit; non pas à cause des qualités littéraires qu'il peut renfermer, c'est au lecteur seul qu'il appartient d'en juger, mais parce qu'il est écrit avec un cœur droit et convaincu.

Je remercie donc mon public français, américain, anglais, de la bienveillance qu'il a généreusement accordée à un auteur alors inconnu. Et je ne lui cacherai pas que j'éprouve une certaine satisfaction, en voyant un de mes plus chers fils de la pensée, puisqu'il compte parmi les aînés, vêtu d'une manière plus aristocratique et plus présentable, et apte cette fois à être admis dans les bibliothèques les plus fashionnables.

Je suis bien forcé de reconnaître que mon pays s'est en ceci laissé devancer par l'Angleterre et l'Amérique, qui m'ont dès le principe octroyé le format in-12. Mais mon chauvinisme me porte à l'excuser de cette grave erreur lorsqu'il me représente la foule des œuvres supérieures que produit la France.

Et puis je me dis aussi que *nul n'est prophète dans son pays*, proverbe qui n'est pas sans agréments pour moi puisqu'il me fournit à moi, qui suis un peu regardé, bien que je puisse faire, comme un prophète, un prétexte plausible pour aller courir le monde.

Ce qui rentre (comme le lecteur s'en apercevra plus d'une fois en parcourant ce volume) tout à fait dans mes goûts et mes aptitudes.

Et puis, s'il m'est permis en m'adressant encore à ce bienveillant public de formuler un désir, je viens le prier, cet intelligent public, de vouloir bien réserver à ce nouveau volume le même accueil qu'à ses aînés.

Et, je puis l'assurer que s'il était tiré aussi à trente-six mille exemplaires (et notez bien que je suis parfaitement désintéressé dans la question), ceci ferait un bien vif plaisir d'abord à M. Georges Barba, mon éditeur; et puis, en second lieu, à mon cœur paternel.

Dans cette espérance, j'adresse au lecteur mille compliments et amitiés.

Son serviteur très-humble,
AD. DESBARROLLES.

DEUX ARTISTES EN ESPAGNE.

Madrid, 10 octobre 1846

Devinez, madame, ce que j'ai rapporté de ma
double course au marché et à l'ambassade!
J'ai rapporté Giraud et Desbarolles!...

. . . .

ALEX. DUMAS. — *De Paris à Cadix*, t. 1,
p. 165 et suiv.

CHAPITRE PREMIER.

Proposition de mon ami Giraud. — Départ pour Figuières.

Si ce voyage ne devait être que la reproduction décolorée des piquants récits de MM. Dumas et Gauthier, je ne prendrais pas la plume et ne tenterais pas de marcher sur leurs traces.

Ces deux spirituels écrivains ont plutôt traversé que parcouru l'Espagne; ils l'ont devinée en quelque sorte : Giraud et moi, nous l'avons vue. On ne nous soupçonnera pas sans doute de prétendre à l'inépuisable fantaisie du célèbre dramaturge qui a parlé avec autant de verve de l'Andalousie que de la Suisse; nous ne nous vantons pas de posséder la riche palette de l'auteur de *Tra los Montes*, mais nous avons l'avantage d'avoir vécu longtemps sur les grands chemins, dans les *posadas* et avec les muletiers de l'Espagne. Nous n'apportons pas à nos lecteurs la poésie de l'imagination, mais celle de la réalité.

Nous sommes partis dans l'été de 1846, et nous avons visité l'Espagne comme des soldats ou des pèlerins, à peu près indifférents aux dangers traditionnels de la route. L'Espagne était encore inexplorée; nous ne disons pas qu'il n'y avait point affluence d'étrangers dans la Péninsule, mais c'est à peine si quelques muletiers bien connus des bandes de voleurs cheminaient d'une province à l'autre, dans un rayon d'une vingtaine de lieues, avec un permis du capitaine général, et leur indispensable compagnie n'était pas toujours un gage de sé-

curité pour les rares voyageurs auxquels ils servaient de guides;
aussi préférait-on le plus souvent le voyage par mer. En ces dernières années, la vapeur amenait nombre de touristes dans les grandes
villes du littoral : à Séville, à Carthagène ou à Cadix; mais on s'ex-
posait bien peu à pénétrer dans le cœur du pays, et Grenade, avec
son Alhambra, n'avait guère reçu la visite que de quelque poëte
aventureux.

La route de Grenade à Malaga était des plus dangereuses. Elle fit
la fortune d'un muletier, rusé compagnon, qui promettait effronté-
ment sa protection toute-puissante aux voyageurs. Lanza, c'était son
nom, leur avait fait croire, — le drôle en était bien capable, — qu'il
avait passé traité avec les voleurs. Aujourd'hui même, il y a plus
d'un Espagnol qui préférerait attendre pendant tout un mois le retour de Lanza que de s'aventurer avec un autre muletier.

Sur le chemin de Séville à Madrid, la bande des fils d'Ecija, dont
le chef était si cruel qu'on l'avait surnommé *Veneno*, a laissé de terribles souvenirs qui font encore frissonner l'Andalou solitaire.

On sait qu'Ecija était un nid de voleurs, à douze lieues de Séville.

Quand nous traversâmes ce passage, le fusil sur l'épaule, portant
cartouchière et couteau, nous n'y fûmes ni inquiétés ni volés. Il pa-
rait même que notre allure était assez martiale pour nous donner la
mine de vrais brigands. Aussi vîmes-nous maintes fois les muletiers
se jeter dans la plaine du plus loin qu'ils nous apercevaient, ou,
rencontrés à l'improviste, suspendre leurs chants, devenir muets et
pâles, nous saluer avec respect en passant, et reprendre derrière
nous leur chanson monotone aussi joyeux que surpris de n'avoir pas
été rançonnés.

Si la Péninsule a été fort longtemps infestée par les bandits, elle
peut s'en prendre au laisser aller peu chevaleresque de ses habitants.
Ceux-ci, en effet, tenaient pour le comble de l'imprudence de se
défendre quand ils étaient attaqués sur les grands chemins, et ils
voyageaient avec une bourse toute prête, qu'ils appelaient la part des
voleurs.

Afin de mieux s'affermir dans ce système qu'on ne saurait accuser
d'un excès d'héroïsme, les Espagnols se racontaient entre eux les
histoires les plus lamentables d'étrangers qui, pour avoir voulu faire
résistance, avaient péri dans d'horribles tourments. Vrais ou sup-
posés, ces récits éloignaient de l'Espagne tous ceux que n'y appelaient

pas d'impérieuses affaires. Les voyageurs de commerce seuls parcou-
raient de petites distances, opéraient une sorte de *cabotage*, s'enfon-
çant peu dans l'intérieur, et pour mieux trôner à table d'hôte, ils
racontaient que leur mulet leur avait sauvé la vie, ou bien que, tombés
dans une embuscade, ils avaient été laissés pour morts sur la place.
Quant à nous, cette perspective de périls douteux, loin de refroidir
notre ardeur, la stimulait. L'inconnu a toujours pour l'homme des
attraits singuliers.

J'étais sous le coup d'un cruel chagrin de famille, quand Giraud,
un de mes plus anciens amis, tenta de m'arracher à la mélancolie
profonde qui s'était emparée de moi, et que Dumas appelait une per-
pétuelle distraction. Giraud vint me voir, s'efforça de me consoler
avec toute la sollicitude de l'amitié, et connaissant mon faible pour
les voyages :

— Refuserais-tu, dit-il, de m'accompagner en Espagne?

— Non sans doute; mais, y songes-tu? c'est fort périlleux!

— On le prétend, répliqua-t-il.

— J'en suis sûr. J'ai été en Espagne il y a vingt ans, et l'on y racontait mille histoires de voleurs parfaitement authentiques. Les Ca-
ditans, s'il m'en souvient, se réunissaient alors par centaines pour
faire en caravane les quatre misérables lieues qui séparent Cadix de
San-Lucar.

— Et tu les fis aussi, ces quatre lieues?

— Oui, vraiment!

— En caravane?

— Non; j'arrivais de la mer, j'avais hâte d'aller à Cadix, et malgré
les conseils intéressés de l'aubergiste, je partis seul.

— Ah! ah! voilà qui se dessine!... Et tu as été attaqué?

— Pas le moins du monde.

— Et comment ne l'as-tu pas été?

— Je ne sais. Peut-être ai-je dû mon salut à deux contrebandiers
avec lesquels j'étais venu de Lisbonne, et qui m'avaient pris en
amitié. Me voyant décidé à faire cette promenade, il me donnèrent,
chacun de leur côté, une bonne consultation. L'un m'avertit d'avoir
grand soin de charger toutes mes armes, carabine et fusil à deux
coups, devant le *calesero*, dont la voiture porterait mes bagages. « Et
surtout, ajouta le second, gardez-vous de monter dans la *calesa*; mais
cheminez près de la roue un fusil en bandoulière et l'autre à la

main. » Je suivis leur conseil, et cela m'a réussi à merveille, car j'arrivai sans encombre à Cadix.

— Et tu ne vis pas l'ombre d'un voleur?

— Peut-être; des hommes s'approchaient de temps à autre de la voiture, et à chacun de ces hommes le *calesero* disait à mi-voix que j'avais chargé mes armes au départ. Je comprenais déjà l'espagnol.

— Et que faisais-tu?

— Moi, rien! J'armais ma carabine, et les inconnus s'éloignaient... J'étais alors très-jeune, et tout prêt à une aventure...

— Eh bien! reprit Giraud, si je t'avais proposé à cette époque de faire à pied un voyage de plusieurs mois en Espagne, tu aurais accepté?

— Certainement!

— Et aujourd'hui?

— J'accepte encore; mais, je te le répète, comme l'a dit un poëte :

> Nous courons en héros à d'extrêmes dangers!

— Ah bah! qui vivra verra. D'ailleurs on ne t'a pas attaqué quand tu étais seul; à deux, on nous attaquera moitié moins... Ainsi, c'est convenu?

— Parfaitement, et le plus tôt sera le mieux.

Giraud quitta brusquement affaires et portraits. Nous fîmes des adieux précipités à nos meilleurs amis, à Dumas entre autres, qui nous promit de venir nous rejoindre, nous y comptions peu en vérité; et quelques jours après, vers la fin de juillet, nous nous trouvions juchés sur l'impériale d'une diligence qui nous emportait vers les Pyrénées.

***

CHAPITRE II.

Les premières étapes. — Légende de sainte Thérèse. — La Rambla de Figuières.

Jean-Jacques a dit quelque part qu'il faut visiter la Russie en hiver et l'Espagne en été. Nous étions tout à fait fidèles à ce programme. La chaleur était étouffante en France cette année. Que devait-elle être en Espagne?

Dès le premier jour, Giraud attrapa un coup de soleil, et je ne saurais dire combien il en était enchanté. Giraud a une faiblesse. Qui n'en a pas? La sienne est de vouloir être brun de peau. Il n'a pas eu à cet égard à se louer de la nature, qui lui a départi un teint d'une blancheur à faire la joie d'un petit-maître, ce dont il est désespéré. En voyage, Giraud, comme tous les blonds, essuie force coups de soleil; sa peau pèle, son nez enfle; puis, insensiblement, son nez désenfle, sa peau ne pèle plus, il ne devient pas brun, non! il devient acajou. Faute de mieux, cela lui suffit, au moins il n'est plus blanc.

Quand nous séjournions quelque temps dans une ville, et que Giraud s'apercevait que son visage perdait ces tons bistrés qu'il affectionne : « Mon cher, me disait-il, il faut partir, nous blanchissons. » Et nous partions à l'instant.

Giraud en était donc à son premier coup de soleil, et il s'abandonnait avec une douce satisfaction au charme de la route.

Jusqu'à la frontière d'Espagne, notre voyage fut rapide, comme il convient à des gens pressés d'arriver. Nous dûmes toutefois nous arrêter une nuit à Beaucaire, que les préparatifs de la foire arrachaient à son habituelle indolence. Là les femmes commencent à devenir belles, élancées et de grande tournure; elles ont les yeux noirs et le profil d'une grande pureté. Le soir, nous dînâmes en plein air sous un figuier, avec un ancien capitaine de vaisseau, qui se fit un malin plaisir de nous peindre sous les plus sombres couleurs les épreuves qui nous attendaient en Espagne. Nous lui répétâmes le proverbe : *A beau mentir qui vient de loin*, et le lendemain, de grand matin, nous étions en route.

Bientôt nous arrivions à Perpignan, que nous aurions traversé, comme Montpellier et Nîmes, sans nous y arrêter, si l'on ne nous avait rappelé la nécessité du *visa* du consul espagnol. Il fallut donc nous présenter à ce haut fonctionnaire. Après une heure d'attente, il nous reçut majestueusement dans un appartement délabré, prit nos papiers sans mot dire, et nous les renvoya par son chancelier, qui nous apprit alors que nos passe-ports valaient dix francs de plus. Nous fîmes ainsi connaissance, avant de passer la frontière, avec la fierté castillane et la bureaucratie espagnole.

Cependant nous avions quitté la diligence et nous approchions des

Pyrénées, qui semblaient fuir devant nous. Ce n'est qu'en arrivant
au Boulou que leurs masses abruptes nous apparurent. Après avoir
franchi le Tech, nous commençâmes à monter. La route était solitaire et silencieuse. A peine entendions-nous par intervalles les coups
de maillet et les voix confuses des ouvriers qui travaillaient dans les
bas côtés dont ils consolidaient les contre-forts. Près de nous descendaient lentement de grands chariots. Leurs conducteurs, qu'on apercevait de loin dépassant de toute la tête le bagage, enrayaient les
roues avec de longues perches sur lesquelles ils pesaient de tout le
poids de leur corps. On eût dit qu'ils dirigeaient un gouvernail. In-
souciants et attentifs à la fois, ils guidaient de la voix leurs mules et
d'un œil sûr rasaient les précipices.

Nous rencontrions à chaque pas de magnifiques liéges, dont l'écorce
enlevée laissait voir le tronc d'un rouge écarlate. Le feuillage pâle et
le gris perle velouté des hautes branches faisaient avec ses vives
couleurs un contraste qui eût tenté la brosse énergique d'un Dupré
ou d'un Marilhat.

La route devenait, en s'élevant, de plus en plus caillouteuse ; et
bientôt les dernières traces de végétation disparurent. Le ciel était
triste et nuageux. Quelques oiseaux de proie volaient lourdement autour de nous en poussant des cris sauvages. Il y avait dans ce paysage
de granit quelque chose de sévère et de grandiose qui parlait fortement à l'esprit. Ici, le col de Perthes nous rappelait le monde antique
avec les ruines éparses des monuments de César et de Pompée. Là,
le fort de Bellegarde, qui se dressait au-dessus de nos têtes, évoquait
le souvenir de Louis XIV.

Tout au pied du fort est un petit village où nous dûmes présenter
nos passe-ports. Quelques pas plus loin, nous quittions la France, et
quelques pas encore, nous étions en Espagne. Assis sur le bord du
chemin, nous attendions la voiture qui portait nos valises, quand, des
hauteurs que nous allions bientôt gagner, nous vîmes descendre une
caravane de mulets. Ils s'avançaient un à un, suivant un mulet conducteur qui agitait dans sa marche une cloche suspendue à son cou.
Ces animaux, à la bonne et solide allure, portaient sur le frontal une
plaque de cuivre brillant. Leurs naseaux étaient renfermés dans une
petite résille de fer. Ils y trouvaient une défense contre les meurtrissures s'ils venaient à tomber et un point d'appui pour se relever.
Un plumet rouge se balançait entre leurs minces et longues oreilles,

t un chasse-mouche à franges de même couleur flottait au gré du
ent sur leur poitrail.

Les guides, la chemise ouverte, une large ceinture serrant à la
taille de grands pantalons de velours qui, retroussés en bas, laissaient
voir des jambes fines et nerveuses, marchaient la tête protégée contre
les ardeurs du soleil par un long bonnet écarlate. Leurs pieds étaient
chaussés d'*espadrilles* de corde. Ils portaient cavalièrement une courte
veste sur l'épaule.

Après une légère halte, la caravane se perdit à nos pieds, et nous
l'admirions encore que la diligence nous rejoignait. Notre bagage
fut à peine visité, et bien que les crayons et les couleurs payent un
droit, la vue de quelques études commencées nous attira l'indulgence des douaniers, si rigoureux d'ordinaire. Ils laissèrent passer en
souriant le léger bagage de l'artiste. Seulement artistes et voyageurs
durent attacher à leur passe-port un permis d'entrée sur le territoire
espagnol, qui coûte 8 réaux (2 francs), et qu'il faut précieusement
conserver tout le temps du voyage, sous peine de le renouveler aussi
souvent qu'il serait perdu. Je crois que les *escopeteros* — ce sont les
gendarmes du pays — attachent plus d'importance à ce permis qu'au
passe-port lui-même.

Il nous fut enfin loisible de continuer notre marche, et nous commençâmes à descendre. Le ciel devenait par degrés limpide et pur.
L'air était tiède et délicieux. Le paysage s'éclairait de cette belle lumière d'un éclat si doux qui m'avait frappé autrefois en Espagne et
que je n'avais revue nulle part, même en Italie. Mes yeux en étaient
inondés. Après deux longues années de chagrins, je me sentais comme
pénétré pour la première fois d'une satisfaction intime, d'un bien-
être inespéré. Tout, autour de nous, respirait la gaieté, et j'étais
enfin disposé à en prendre ma part.

Tantôt passaient en fredonnant de jeunes soldats en congé qui se
ontraient peu fidèles à la gravité espagnole, car ils exprimaient leur
oie par des sauts et des gambades; tantôt c'étaient de vives paysannes
la brune figure qui se jouaient entre elles, et dont les rires étaient
nterrompus par la voix nasillarde et tremblotante du muletier qui
hantait. Giraud ne pouvait se lasser de contempler ce gai spec-
cle.

Les pics les plus élevés des Pyrénées s'enveloppaient à nos yeux
e belles teintes bleuâtres, et déjà, sur le penchant des collines, les

oliviers, que leurs formes arrondies faisaient ressembler de loin à des troupeaux de moutons immenses, montraient leurs têtes blondes et poudrées. C'était un magnifique tableau et comme un avant-goût de la riche contrée dans laquelle nous allions pénétrer.

La Providence semble avoir tout fait pour l'Espagne.

Le soleil a gardé pour cette terre privilégiée ses plus radieuses caresses. Le versant des Pyrénées, qui descend dans la Péninsule, offre à l'œil ébloui une resplendissante nature, auprès de laquelle le paysage où finit la France paraît terne et décoloré. On a peine à s'expliquer cette différence si subite, si tranchée.

— Dieu l'a voulu! disent les Espagnols.

El cielo y suelo es bueno, el entresuelo malo.

(Le ciel et le sol sont bons, le mal est entre le ciel et le sol.)

Les Espagnols n'ont pas toujours été si modestes. Sur ce thème, au surplus, leur imagination s'est donné carrière, et nous avons pu recueillir une pieuse légende où une illustre patronne de l'Espagne joue un grand rôle. Quand sainte Thérèse eut quitté la terre, la figure illuminée d'un divin enthousiasme et en s'écriant : « Je touche donc au moment de ma délivrance, » elle fut portée par les anges au pied du trône de l'Eternel, et Dieu lui dit :

— Je veux récompenser les souffrances que tu as endurées pour ma gloire. Tu peux former un souhait.

— Je demande pour l'Espagne, dit sainte Thérèse, le plus beau ciel et le sol le plus fertile.

— Tes vœux seront exaucés, répondit le Seigneur.

Mais la sainte, s'enhardissant un peu, ajouta :

— Je demande pour ma patrie un bon gouvernement.

— Je ne puis satisfaire à ton second souhait, repartit le Tout-Puissant; car, si l'Espagne avait un bon gouvernement, elle deviendrait sur-le-champ le premier pays du monde, et cela ne serait pas juste pour les autres nations.

Et depuis ce temps, fait remarquer la légende, l'Espagne a toujours été mal gouvernée. Qui se serait attendu à retrouver dans une tradition castillane quelque chose de l'ironie de Voltaire et de Béranger?

Enfin nous avions pénétré dans la Catalogne, et nous arrivions aux portes de Figuières. Quand nous entrâmes dans la ville, c'était l'heure ou sur la *Rambla*, de jeunes filles sans cavaliers, se donnant le bras par deux ou par trois, descendaient et montaient tour à tour de longues et ombreuses allées. Des fleurs rouges ornaient leurs grands cheveux noirs, que recouvrait en partie une mantille gracieusement posée sur un peigne d'or ou d'écaille. Le jeu de l'éventail n'était pas oublié par ces agaçantes promeneuses. Nous ne pouvions nous lasser d'admirer l'élégante blancheur de leur bras, leur taille si svelte et d'une si voluptueuse cambrure, leur démarche à la fois noble et nonchalante, et leurs yeux qui, sous le velours de longs cils, lançaient en passant de brillants éclairs. Giraud était dans l'extase, et je partageais aussi ses élans d'enthousiasme.

La nuit ne tarda pas à venir. Une lune empourprée s'élevait à l'horizon et projetait une lumière dont l'éclat égalait presque celui de nos jours sans soleil. L'air était frais, et l'horloge avait beau sonner les heures, nous ne songions pas à quitter la *Rambla*. Cependant les groupes se dispersèrent peu à peu. Quelques bruits de castagnettes, des sons de guitare se faisaient entendre au loin, et nous restâmes seuls sur la place, qui retentissait d'intervalle en intervalle de la voix sonore du veilleur de nuit.

CHAPITRE III.

Philippe V à Figuières. — La place du marché. — Une aquarelle et des sorbets. — L'auberge de Bascara.

En retournant de la Rambla à notre auberge, à travers les rues désertes de Figuières, nous éprouvâmes l'impression souvent décrite et toujours profonde que produisent, dans les espaces solitaires d'une cité, le silence et la nuit. Les monuments et les objets que nous devions retrouver le lendemain matin, pleins de bruit et inondés de soleil, nous apparaissaient avec je ne sais quelle physionomie morne et sévère. Dans plusieurs parties de son architecture, la principale église de Figuières était éclairée des doux rayons de la lune, qui les lui envoyait du point le plus élevé des cieux.

C'est dans cette vieille église de Figuières qu'en 1701 Philippe V fut uni à Marie-Louise de Savoie, qui, sans avoir peut-être tout le charme, toute l'irrésistible amabilité de sa sœur, la duchesse de Bour-

gogne, étonna son mari par la manière élevée et pénétrante dont elle
lui parla sur-le-champ de ses plus grands intérêts. Les femmes politiques n'ont pas été rares dans la maison de Savoie; nous n'en voulons pas d'autre preuve que la duchesse de Bourgogne, qui, sous les
dehors de la naïveté et de l'enjouement, suivait les desseins de la
politique de Louis XIV, et instruisait son pè·e, Victor-Amédée, de
toutes les décisions importantes auxquelles s'arrêtait le roi de France.
Louis XIV acquit la preuve d'une infidélité qu'il était loin de soupçonner, après la mort si prématurée de la duchesse, et il dit à madame de Maintenon : « La petite coquine nous trompait. » La sœur
de la duchesse de Bourgogne, qui devint reine d'Espagne en épou-
sant Philippe V, avait l'esprit plus solide, le caractère plus sûr,
mais elle ne fut guère plus heureuse, car elle mourut à l'âge de
vingt-six ans.

Nous retrouvâmes encore à Figuières d'autres souvenirs de la
France. La citadelle, qui est très-forte, fut assiégée et prise en 1794
par le général Pérignon. Les Français l'occupèrent de nouveau en
1808. Un docteur en théologie, nommé Rovira, nous l'enleva à cette
époque à la suite d'un hardi coup de main. Mais elle retomba bientôt au pouvoir de l'empereur, grâce à la valeur du général Baraguey-
d'Hilliers.

Le lendemain, dès l'aube, nous quittions la *posada de las diligencias*, où nous étions descendus, et, nos portefeuilles sous le bras, nous
commencions à visiter la ville. Les rues éblouissantes, les toitures
presque horizontales des maisons, les tuiles de diverses couleurs qui
recouvrent les édifices et qui brillent comme de la porcelaine, nous
offraient un coup d'œil d'une originalité charmante et tout à fait
nouvelle. Nous parvînmes après quelques détours sur la place du
marché. C'est un carré long formé par des arcades que surmontent
des balcons en fer délicatement ouvragé. Arcades et balcons portent
chacun des bannes de paille tressée ou de toile légère, qui, roulées
sur elles-mêmes, s'abaissent tour à tour suivant les heures de la
journée. Dans l'ombre, les maisons semblaient revêtues d'un ton
bleu pâle, tandis que celles qu'éclairait le soleil, malgré leur blancheur éclatante et crayeuse, se détachaient sans dureté sur l'azur foncé
du ciel.

Les rues avoisinantes étaient encombrées de boutiques dont les
étalages avançaient leurs bras en dehors comme pour retenir les

romeneurs au passage. On y trouvait tous les produits de l'industrie
cale : bagues, boucles d'oreilles, agrafes d'argent travaillé. Le mar-
hé, dont on se figurerait difficilement le mouvement et la vie, était
uplé de Catalans venus des alentours, de femmes de la campagne,
u corsage lacé par-devant et la tête couverte de grands mouchoirs
riolés qui retombaient en flottant sur leurs épaules, comme la man-
ille des senoras. Par un singulier effet dont on ne se rendait pas
mpte au premier abord, on voyait onduler çà et là d'immenses
niers regorgeant de légumes et de fruits. Ils étaient portés par des
nes qui se promenaient gravement, ornés de pompons rouges, et
errière lesquels la foule se refermait aussitôt. Accroupies sur le sol,
es paysannes offraient à tout venant des figues et des amandes,
es choux aux larges feuilles, des grenades et des pastèques, dont les
uleurs variées se nuançaient agréablement.

C'était comme le flux et le reflux des animations humaines, qui ne
ssemble ni au bruit de la mer, ni au frémissement du vent dans
es bois, mais qui a aussi son harmonie singulière. Les cris perçants
es femmes qui apostrophaient les acheteurs étaient dominés de mo-
ents en moments par la voix plus grave de la cloche qui annonçait
ux fidèles l'heure de la messe et de la prière.

Giraud eut alors un accès d'admiration qu'il voulut aussitôt satis-
aire. Il ouvrit son portefeuille et s'apprêta bravement à improviser
ne étude. Quant à moi, peu curieux de dessiner au milieu de cette
oule, je me tins debout près de lui. Mais les artistes sont partout
es bienvenus. On fit cercle autour de nous; on nous apporta des
bles, des chaises, de l'eau pour l'aquarelle; des sentinelles volon-
aires prirent le soin d'écarter les importuns, et Giraud put com-
encer son travail au milieu des sourires approbatifs de nombreux
pectateurs.

Convaincu dès lors que, malgré son ignorance de la langue, il ne
uvait lui advenir que d'agréables aventures, je l'abandonnai à lui-
ême et me dirigeai du côté de la citadelle, dont je ne dirai qu'une
ose : elle ressemblait à toutes celles que j'ai vues. J'étais de retour
mon excursion au bout d'une couple d'heures. Giraud avait dis-
ru, et je le cherchais des yeux avec quelque inquiétude, quand je
abordé par un commandant espagnol, qui m'invita galamment à
nir me reposer chez lui. Quelle ne fut pas ma surprise! Mon ami
iraud était installé au salon à côté d'une dame charmante, et, ne

pouvant exprimer que par signes sa reconnaissance et son adoration, il faisait disparaître en silence les sorbets et les glaces que ne cessait de lui offrir son aimable hôtesse. Je ne parvins pas sans peine à l'arracher à tant de délices après force compliments au commandant et à la *senora*.

Giraud, qui jusque-là n'avait rencontré que d'agréables incidents, de belles études et de jolies femmes, des admirateurs et des sorbets, avait pris en affection la ville de Figuières, et n'était pas pressé de partir.

— Où trouverons-nous mieux? disait-il; plantons notre tente ici, il me semble que c'est la terre promise.

Il ne fallut rien moins que toute mon éloquence pour ébranler sa résolution. J'appelai à mon secours mes souvenirs féeriques de l'Andalousie, et le lendemain, dès trois heures du matin, je l'arrachais de son lit, trop certain que je n'en aurais jamais raiso. s'il revoyait Figuières éclairée par le soleil. Nous partîmes en nous félicitant de notre heureux début.

Déjà l'aube blanchissait l'horizon. Nous marchions avec cette vigueur, avec cet entrain que donne au voyageur reposé l'air encore frais de la nuit. Bientôt l'aurore apparut; les petits nuages qui flottaient devant nous se colorèrent de feux rougeâtres. Tout à coup nous vîmes s'allonger sur la route blanche nos ombres gigantesques, et soudain une chaleur cuisante vint fondre sur nos épaules. C'était le soleil qui se dressait derrière nous avec sa dévorante ardeur.

Nous ne tardâmes pas à nous apercevoir que nos grandes enjambées n'étaient point faites pour l'Espagne, et nous ralentîmes instinctivement le pas.

— La journée sera chaude, dis-je à Giraud en me retournant vers lui.

Mais je restai stupéfait : Giraud, sa casquette à la main, marchait tête nue.

— Ah çà! es-tu fou? m'écriai-je; par cette chaleur!

Giraud ne m'écoutait pas.

— Suis-je brun? me demanda-t-il avec une préoccupation tenant de l'anxiété.

— Tu es écarlate!

— Ah! tant mieux, je vais brunir.

Puis, sans vouloir entendre mes observations, il me déclara que

chevelure, — cette chevelure que Dumas a célébrée depuis; —
défiait tous les feux des tropiques, et il continua à s'avancer, le nez
en l'air, à la poursuite d'un nouveau coup de soleil.

Les Pyrénées nous apparaissaient encore à travers le réseau de lumière qu'étendait sur elles le soleil levant. Une chaîne plus inclinée
de ces montagnes se prolongeait à notre droite, tandis que nos regards se promenaient à gauche sur de profonds bois d'oliviers. La
chaleur augmentait à chaque instant; aussi fûmes-nous ravis d'apercevoir l'auberge de Bascara. C'était notre première hôtellerie de grand
chemin, une véritable auberge espagnole; nous y entrâmes avec un
vif sentiment de plaisir et de curiosité.

Qu'on se figure une vaste salle oblongue dont les murs étaient
blanchis à la chaux et le sol pavé de larges dalles qui laissaient monter l'humidité entre leurs interstices. Deux ou trois petites fenêtres
donnaient un étroit passage à quelques rayons de soleil, et dans le
fond de cette véritable cave était creusé un puits où chaque voyageur à son tour allait tirer de l'eau. Il ne fallait pas songer à solli-
ter du *posadero* ce petit office. L'hôtelier espagnol professe un trop
grand respect de sa personne pour descendre à ces menus détails.
Prétend-on se rafraîchir? il se retourne à demi, vous montre majestueusement le puits et les vases qui vous attendent sur une espèce
de dressoir à bords dentelés.

Souvent, du reste, ces vases au long col méritent d'être examinés
de près. Ceux que nous avions alors devant nous étaient faits de cette
terre poreuse qui donne la fraîcheur au breuvage; ils étaient sur-
montés d'une anse déliée, et portaient de côté un petit goulot fr....
aux lèvres. D'autres, plus élégants encore, rappelaient par ....ars
courbes gracieuses et leurs anses géminées la forme pure des amphores romaines. Près du puits un escalier pittoresque conduisait à
l'étage supérieur. Au plafond noirci s'allongeaient des solives d'où
pendaient çà et là des quartiers de morue desséchée et des tranches
de bœuf salé. On voit que la carte de la *posada* devait être peu variée. La cuisine occupait à peine quelques pieds carrés; elle était
éparée du reste de la salle par une mince cloison en forme d'alcôve.
l ne fallait pas chercher bien loin l'écurie. Tout un côté du mur
tait garni de longues mangeoires où étaient attachés des mulets et
es vaches; enfin des volatiles complétaient ce bizarre pêle-mêle.
rrant en liberté, ils sautaient sur les bancs, s'invitaient à dîner sans

façon, et venaient becqueter dans toutes les assiettes avec un bruit effroyable.

Quand nous entrâmes dans la *posada*, bêtes et gens paraissaient faire le meilleur ménage du monde. Des paysans étaient attablés, en compagnie de trois jeunes femmes, devant une vaste gamelle en bois où luisaient les grains dorés du riz au safran. Ils nous offrirent courtoisement de partager leur repas. C'est un usage antique que la Péninsule garde religieusement. Un Espagnol ne saurait manger un ognon sans vous en donner la moitié. Mais voici le revers de la médaille : il est de bon goût de refuser et de répondre : « Grand bien vous fasse » (*Buen provecho le haga à usted*)!

Les Maures ont légué cette coutume à leurs successeurs, et en Afrique, s'il faut en croire le bureau arabe d'Alger, les indigènes la pratiquent toujours. Nous n'étions pas encore assez Espagnols pour connaître cet usage et nous y conformer d'une façon irréprochable. Nous nous en tirâmes toutefois de notre mieux et répondîmes à la politesse des Catalans en Français, en artistes. Bientôt nous fûmes à l'autre bout de la table, où l'on vint nous servir du riz au safran, des figues et des pommes vertes. L'auberge, dit le *posadero*, n'avait rien de mieux à offrir à Nos « Seigneuries. »

Les paysans avaient, eux, de petites outres portatives, commodes pour le voyage ou les champs; mais alors ils donnaient la préférence aux vases en grès de l'auberge. Ils les élevaient en l'air, et, le bras tendu, la tête renversée, ils aspiraient le filet de vin qui venait frémir sur le bord de leurs lèvres entr'ouvertes. Ils buvaient ainsi longtemps sans s'arrêter et sans répandre une seule goutte. L'un d'eux, plus adroit encore que tous les autres, le poing sur la hanche et fièrement campé, avec la grâce que possèdent les muletiers espagnols, nous rappelait tout à fait le Faune antique.

Giraud, qui veut toujours tout essayer et tout apprendre, contemplait attentivement ce spectacle, et je prévis qu'il allait bientôt rivaliser avec les buveurs. En effet, il se leva, s'empara d'un vase et tenta, lui aussi, de boire en Faune antique, au notable détriment de ses vêtements et de son linge, et pour la plus grande joie des paysans, qui riaient aux éclats. Giraud s'opiniâtra longtemps; toutefois il dut y renoncer et se résigner à boire à la française.

Mais toutes ces tentatives, toutes ces libations, faites avec le joli vin de *Benicarlo*, avaient développé chez Giraud une éloquence ba-

e qui devint intarissable. Giraud parlait haut, naturellement
nçais, et, par considération pour ses hôtes, en français espa-
. Cette langue tout à fait nouvelle porta à son comble l'hila-
de l'assistance. C'est ainsi que dans l'auberge de Bascara, mais
'autres moyens, Giraud n'eut pas moins de succès que sur la
de Figuières.

CHAPITRE IV.

encontre d'un prêtre espagnol. — Ballade populaire de Pedro Alonzo. —
Figaro en 1846. — Notre entrée à Gérone.

ndant que Giraud pérorait, un vieux prêtre s'arrêta sur le seuil
auberge. Son aspect était assez triste, sa figure pâle et fatiguée.
nt s'asseoir à une petite table isolée, promena autour de lui des
rds inquiets, et demanda un potage aux œufs. Le posadero mit
'empressement à le servir, et lui rendit le droit du prêtre. Ce
t est une sorte de dîme particulière à l'Espagne. Le prêtre de-
de deux œufs; le posadero est tenu de lui en mettre un troi-
e dans son potage : c'est un usage qu'il n'oserait jamais en-
dre.
uvant dans Giraud un Français expansif, un orateur intaris-
, le vieux prêtre se décida à l'interpeller dans notre langue
lui demander des nouvelles de don Carlos. Au milieu de la
é que lui avait communiquée le vin de Benicarlo, Giraud vit
e-champ tout le parti qu'il pouvait tirer des questions de cet in-
cuteur imprévu. Dans sa naïveté, le bon prêtre croyait que don
s pouvait compter sur la France. Giraud le confirma dans cette
e, parla d'une armée française qui était sur le point de fran-
les Pyrénées, et s'engagea dans des dissertations sur la loi
e.
ais partisan du frère de Ferdinand VII n'avait montré tant
uence : les larmes en venaient aux yeux de ce digne prêtre.
comprendre ce qui se disait, les paysans semblaient deviner
uelque chose de grave se débattait entre l'ecclésiastique et le
ais. Je crus que cette plaisanterie avait assez duré; je mis à
d sa pique de voyageur entre les mains, et je l'entraînai hors
uberge de Bascara.

Mais j'avais oublié la chaleur torride qui nous attendait à la porte. Dès les premiers pas nous fûmes plongés dans un bain de feu. L'idée nous vint un instant de regagner l'auberge pour y attendre la fraîcheur. Mais nous sentîmes qu'une fois en Espagne il fallait renoncer au voyage ou braver le soleil ; d'ailleurs, la curiosité nous aiguillonnait : nous marchâmes en avant. Les cigales, qu'un ciel aussi ardent mettait en belle humeur, chantaient à nous assourdir, et les pierres du chemin renvoyaient à nos yeux éblouis de brûlants reflets qui nous donnaient le vertige. Il y eut un moment de silence et de découragement.

— Pour le coup, je deviendrai brun ou jamais ! s'écria Giraud en ôtant sa casquette.

Peu à peu nous nous habituâmes à vivre et à faire route dans cette fournaise.

Nous aperçûmes bientôt à notre gauche une petite ville avec son clocher. Elle dominait une hauteur. Nous nous disposions à en prendre un croquis, quand nous entendîmes derrière nous des pas pressés. Ces pas étaient comme mesurés en cadence avec l'accompagnement d'une ballade dont une voix pleine et sonore faisait retentir les airs.

« Déjà sortent de Ségovie, disait la voix, quatre hommes à la vie vagabonde et révoltée : l'un est Pedro Alonzo ; l'autre, Camacho ; troisième est Xamarillo, et Cornejo reste à nommer.

» Les histoires parleront des quatre hommes de Ségovie

» Les quatre sacripants, vrais héros de l'embuscade, renversent devant eux les obstacles, escaladent les murs, franchissent les grilles et se moquent des gardiens stupéfaits.

» Les histoires parleront des quatre hommes de Ségovie.

» Le courage leur donne la victoire ; le hasard leur livre l'occasion. Ce sont les éperviers de la colline du Guadarrama. Malheur à celui que saisiront les pourvoyeurs des corbeaux ! Il ira au son d'une corde faire des gambades éternelles dans le vide.

» Les histoires parleront des quatre hommes de Ségovie. »

Le chanteur finissait à peine ce refrain, qu'il s'arrêta près de nous.

— Si vous vous rendez à Gérone, seigneurs cavaliers, dit-il, vous plairait-il de passer le bac en ma compagnie ? Je sais de l'autre côté de l'eau des sentiers ombreux et frais. C'est une bonne fortune trop rare en Espagne pour que je ne tienne pas à la partager avec vous.

Il était difficile de repousser une requête aussi courtoise. Consul-
nt Giraud d'un coup d'œil, je répondis à l'Espagnol qu'il était le
ienvenu, et nous marchâmes tous les trois sur la même ligne.

Notre nouveau compagnon de voyage avait le costume andalou.
n chapeau rond bordé de velours noir et décoré de deux houppes
e soie ; une veste de drap brun sur laquelle des tresses de passe-
enterie couraient en dessins capricieux ; un gilet rose sous une
ange ceinture rouge ; une culotte brune d'où pendaient, comme des
relots, des boutons en filigrane d'argent ; une belle chemise qui s'é-
chappait çà et là par de véritables crevés : voilà l'inventaire à peu
près complet de la toilette de notre chanteur. Enfin il portait une
mandoline en sautoir.

N'ambitionnant pas, comme Giraud, les chances d'un coup de
soleil, l'Andalou, avec sa badine, s'était improvisé un parasol. A
l'extrémité de la badine rayonnaient quatre petits bâtons, sur lesquels il avait tendu son foulard. Il nous vanta son invention avec
enthousiasme, et il en célébrait encore les avantages, quand le bac
toucha le sable de la rive.

Cependant, je lui fis remarquer que son parasol serait une pauvre
ressource en cas de fâcheuse rencontre. Ce n'était pas non plus avec
sa mandoline qu'il pouvait espérer se défendre contre les voleurs.

— Ah ! ah ! les voleurs, seigneurs cavaliers ! s'écria-t-il en nous
montrant les plus belles dents du monde ; vous croyez donc aux
voleurs ?

— Je professe au moins pour eux, s'il en existe, le plus profond
respect, lui répliquai-je.

— Votre réponse, cavalier, me dirait que vous êtes étranger, si je
ne l'avais déjà deviné à votre accent et à votre équipage.

Je ne réclamai point, car notre costume à Giraud et à moi n'était
éjà plus français, et il n'était pas encore espagnol.

— Il n'y a plus de voleurs, reprit en riant l'Andalou, ou du
oins, s'il en est encore quelques-uns, ce sont de fort honnêtes
ens qui exercent noblement leur profession. Lorsque d'aventure il
'en trouve sur mon chemin, je ne sais qui d'eux ou de moi est le
lus enchanté.

— Et comment cela ? m'écriai-je de plus en plus surpris.

— Eh ! per Dios ! je leur fais la barbe.

— La barbe ?

— Sans doute ; leur menton s'arrondit sous mes rasoirs, et ma bourse avec leur argent. Et l'Andalou, ouvrant son justaucorps, nous montra sa ceinture, où étincelaient des rasoirs à clous dorés.

Nous avions rencontré Figaro.

Cette découverte nous rendit un moment plus froids et plus réservés. Nous connaissions, par tradition du moins, l'indiscrétion ordinaire des barbiers espagnols. Mais notre Andalou, sans paraître s'apercevoir de l'impression qu'il produisait sur nous, continua ses questions de plus belle. Et s'adressant à Giraud :

—· Oserai - je, seigneur cavalier, vous faire la question que fit le roi de Prusse à un capitaine de son armée ?

— Osez, me hâtai-je de répondre pour Giraud, qui gardait le silence.

Alors l'Andalou, se tournant vers mon ami :

— Savez-vous l'espagnol ? lui demanda-t-il vivement.

Je compris à l'apostrophe que nous avions affaire à un gaillard qui voulait nous montrer son érudition, et qui pourrait bien ouvrir sur nous un feu d'histoires et d'anecdotes dont nous aurions peine à nous garantir. Il commençait par la sanglante plaisanterie du plus caustique de tous les rois.

Un jour, à Potsdam, à la parade, le grand Frédéric fut désagréablement frappé de l'air vain et prétentieux d'un jeune officier. Il aimait la mâle assurance du courage militaire, mais il avait en horreur la fatuité et la présomption. Il fit signe à l'officier de venir lui parler, et quand notre fat fut devant lui : « Savez-vous l'espagnol ? lui demanda brusquement le roi. — Non , sire, répondit en tremblant l'officier. — Apprenez l'espagnol. » Et Frédéric lui tourna le dos.

On peut penser avec quelle diligence notre présomptueux jeune homme se mit à obéir au roi. Il fit provision de dictionnaires et de grammaires, ne sortit plus, et oublia presque l'allemand pour mieux apprendre l'espagnol. Il se voyait déjà, dans ses rêves, employé à des négociations importantes, puis ambassadeur de Prusse à la cour de Madrid. Quatre mois plus tard , à la parade, quand le roi passa devant lui, il lui dit en faisant le salut militaire : « Sire, je sais l'espagnol ! — Eh bien ! lui répondit impitoyablement Frédéric, vous pourrez lire *Don Quichotte* dans l'original. » C'était peut-être punir avec trop de cruauté la présomption d'un jeune étourdi.

Cependant nous nous arrêtâmes un moment de l'autre côté de la

, dans une petite auberge, pour boire de l'eau-de-vie d'Espagne,
ne ressemble nullement à celle de France. On nous dit qu'elle
t faite avec de l'eau de cerises. Elle a tout à fait le goût de l'ani-
, et en donnant un délicieux parfum à l'eau qu'on y mêle, elle
che admirablement la soif.

and nous sortîmes de l'auberge, l'Andalou tint sa promesse en
s indiquant un petit sentier qui nous faisait gagner un grand
rt de lieue d'Espagne, c'est-à-dire environ une lieue de France.
tait comme une charmante oasis qui nous reposait des poudreuses
eurs du grand chemin. Un frais ruisseau serpentait sous d'épais
illages, et des troncs d'arbres brisés invitaient le voyageur à des
es qu'on eût volontiers prolongées.

la fin du sentier, nous nous trouvâmes sur les bords du Ter, qui
était dans ses eaux les derniers rayons du soleil couchant. Enfin,
ne nous apparut; la vieille Gérone dont, au quatrième siècle,
vantait déjà l'opulence. Aujourd'hui, avec la citadelle qui la do-
e au milieu des ruines de ses autres fortifications, elle ressemble
ne sentinelle vigilante portant au front les blessures et les cica-
es de la guerre.

CHAPITRE V.

cathédrale de Gérone. — Les moscas de san Narcisso. — Un compatriote.

ous venions de nous engager dans le labyrinthe de rues étroites
ortueuses qui font de Gérone une des villes les plus tristes de
gue, et déjà nous songions à prendre congé de notre compa-
de voyage improvisé, quand le barbier, devinant notre pensée:
J'aime le hasard, seigneurs cavaliers, dit-il, et si je suis bon
ionomiste, vous n'êtes pas éloignés de partager mon goût.
Le hasard ne nous déplaît pas, en effet, répliquai-je; mais nous
mmes pas cependant des coureurs d'aventures...
Eh! qui dit cela? interrompit l'Andalou en s'inclinant; je sais
mon monde pour juger ainsi Vos Seigneuries, et même je ne
omperais pas beaucoup, je crois, en augurant de votre attirail
uchait nos portefeuilles de sa badine) que vous êtes gens à cher-

cher plutôt les accidents de la nature que ceux de la vie. Hein ! que
vous en semble ?

Je ne savais trop si je devais refréner ou satisfaire ces questions
indiscrètes ; mon premier voyage dans la Péninsule m'avait appris à
connaître l'intempérance de langage qui distingue l'Andalou. Il est
volontiers prétentieux et emphatique. Je me contentai de répondre :

— Je vous l'accorde : nous sommes deux artistes, deux peintres.

— En vérité, seigneurs cavaliers, reprit-il vivement, le hasard vous
favorise d'une façon singulière : je suis l'homme qu'il vous faut.

— L'homme qu'il nous faut ! m'écriai-je à cette saillie inattendue ;
l'homme qu'il nous faut ?

— Sans doute, et je m'explique, me répondit-il avec une assurance imperturbable. Vous êtes Français, artistes et voyageurs.
L'un de vous — il me salua de nouveau — parle fort bien l'espagnol, mais l'autre ne paraît pas en savoir le premier mot. Vous venez, sous le beau ciel de ma patrie, demander l'inspiration aux
splendides paysages, à cette architecture merveilleuse que l'on ne
trouve qu'en Espagne. Ne vous conviendrait-il point de rencontrer sur
vos pas un joyeux compagnon ayant beaucoup vu, beaucoup appris,
et rapportant de ses pérégrinations une expérience qui n'est jamais
dédaignée que par le voyageur novice ? Il serait à la fois votre *cice-
rone* et l'interprète de votre ami. Il vous conduirait, par les passages
les plus faciles, en face des monuments les plus vantés. Il décou-
rait pour vous les meilleures hôtelleries et quelquefois aussi... —
n'acheva pas sa phrase, et se prit à me regarder d'un air malin.
Eh bien ! seigneurs cavaliers, cet homme précieux, vous l'avez dev
vous... Je suis l'homme qu'il vous faut !

Et notre Andalou termina sa tirade par une pantomime comi
se campant sur ses jambes et rejetant la tête en arrière comme un
vainqueur.

— Vous parlez d'or, lui repartis-je en retenant à peine une envie
de rire ; mais nous ne sommes pas assez grands seigneurs pour
voir récompenser de tels services...

Il ne me laissa pas achever, et du ton d'un grand d'Espagne
offensé :

— Vous vous méprenez étrangement, cavalier... J'ai prétendu v
proposer un compagnon de voyage, non pas un serviteur, et je s

que mon empressement à vous être agréable vous ait fait
r dans une erreur si lourde.

tais aux regrets de m'être trompé sur les intentions de l'honnête
ler. Je fis de mon mieux pour réparer cette méprise, assurément
excusable ; mais notre homme oublia bien vite son mécontente-
t, et ne rétracta rien de ses premières propositions.

est ainsi que, sans l'avoir ni cherché ni voulu, nous nous trou-
s en quelque sorte avoir lié partie avec l'officieux Andalou.

n'étions pas à Paris, nous n'avions aucun motif d'être diffi-
sur la convenance d'une liaison qu'il nous était toujours loisible
mpre ; nous continuâmes donc à parcourir la ville avec lui.
ait un consentement tacite.

cathédrale de Gérone s'offrit bientôt à nous. Construite sur une
teur, au-dessus de trois terrasses grandioses que décorent des
strades de granit, elle domine tout le paysage, et, par sa masse
sante, éveille l'idée de la grandeur et de la durée. Sa façade,
se déploie au sommet d'un escalier monumental, présente aux
rds les élégants contours d'une rose épanouie. La hauteur à la-
lle la nature et l'art avaient porté ce monument lui donnaient
majesté originale qu'il eût été difficile de rencontrer ailleurs.
'Andalou voulut commencer de suite son office désintéressé de
rone.

Vous ignorez peut-être, seigneurs cavaliers, dit-il, que l'Es-
e fait remonter jusqu'à Charlemagne l'érection de cette belle
édrale. Gérone regarde l'empereur d'Occident comme son bien-
ur, et encore aujourd'hui on y prie solennellement pour sa mé-
re. Je ne me fais pas fort de vous apporter ici la preuve authen-
e d'une telle antiquité. Ce qu'il y a de certain, c'est que l'église
itive disparut vers le commencement du quatorzième siècle, et
le fut réédifiée, de 1316 à 1416, d'après les plans de Guillermo
y. On raconte que l'on songea un instant à élever trois nefs au
d'une, et qu'il ne fallut rien moins qu'une consultation de douze
tectes, venus de tous les coins de la Péninsule, pour trancher la
ulté... Mais montons les quatre-vingt-six marches de cet esca-
ui fut bâti en 1607 par l'évêque de Zuazo.

nuit commençait à descendre, l'ombre envahissait peu à peu
la vallée, et les flots argentés du Ter brillaient seuls dans les
res grandissantes. Quand nous pénétrâmes dans l'édifice, à peine

un ou deux fidèles s'y trouvaient agenouillés; le demi-jour my
rieux qui régnait sous les voûtes sonores augmentait encore l'imp
sion produite par cette pieuse solitude.

Nous contemplâmes la nef, l'abside semi-circulaire et le ta
nacle. Un ancien comte de Barcelone, Ramon de Bérenger, re
avec sa femme Ermendis dans un coin de l'église. Les deux tombe:
nous parurent d'un bon style *roman*. Les statues en terre cuite q
ornaient la porte des Apôtres ne pouvaient échapper à des rega:
d'artistes, et nous n'eûmes aucune raison de mettre en doute qu'e
fussent du quinzième siècle. L'Andalou voulut s'engager dans
grands détails sur la richesse de la cathédrale, sur un trésor préci
où les pierreries, disait-il, se remuaient à la pelle. Nous ne l'é
tions pas; nous étions beaucoup plus occupés des statues en te
cuite.

— Nous aurions encore, dit le barbier, à visiter près d'ici, d
le couvent désert des Capucins, des bains mauresques qui rem
tent au huitième siècle. Mais, en bon Espagnol, je dois, avant t
vous conduire au tombeau du sauveur de l'Espagne, le grand
Narcisse.

Nous nous rendîmes donc à la *collegiata de San Felice*. L'Anda
nous introduisit dans une belle chapelle, et, sans mot dire, il s'
nouilla au pied d'un antique tombeau.

Nous désirions apprendre de la bouche du barbier l'histoire
tombeau vénéré, et à peine fûmes-nous sortis de l'église de
Felice, nous lui demandâmes la cause de son acte de dévotion.

— Saint Narcisse, nous dit l'Espagnol, est le patron de Géro
dont il fut jadis l'évêque, dans les temps les plus reculés, dans
quatrième siècle. — De retour d'un long voyage dans la Germar:
il fut tué à l'autel par les païens pendant qu'il célébrait la sai:
messe. De longues années après, Charlemagne eut une vision : t
anges lui révélèrent le lieu de sépulture du malheureux évêque,
il lui fit ériger un tombeau magnifique. Depuis ce temps-là, sa
Narcisse est le patron de Gérone.

Beaucoup plus tard, quand Philippe le Hardi, maître de Géro:
qu'il avait prise d'assaut, eut dépouillé l'église de ses richesses,
vit s'échapper du tombeau des essaims infinis de mouches bourd
nantes. Elles s'élevaient au-dessus de la ville, dont elles obscurc
saient l'horizon; puis, dirigeant leur vol vers le camp des Franç

s'abattirent au milieu d'eux en leur apportant la peste et la
t. Les hommes et les chevaux tombaient par milliers. Le roi lui-
e, frappé d'un mal inconnu, alla mourir à Perpignan. C'est ainsi
les *moscas de san Narcisso* ont délivré Gérone et l'Espagne d'une
asion française.

Mais c'est un miracle que vous nous racontez là.

Sans doute, reprit l'Andalou; même le miracle a recommencé
e autre époque, et, je suis fâché de vous le dire, c'était encore
tre les Français. Quand le maréchal la Mothe-Houdancourt assié-
Gérone, les mouches de saint Narcisse sortirent de nouveau de
ombe, et fondirent sur votre cavalerie; vingt mille chevaux suc-
bèrent. Vous ne serez pas étonnés qu'après de tels exploits un pape
roclamé saint Narcisse le sauveur de l'Espagne. Une fête solen-
e lui a été consacrée : nous la célébrons chaque année, le 29 oc-
re. Saint Narcisse est non-seulement le patron et le protecteur
a Catalogne, il en est aussi le capitaine général, aux termes d'un
ret du feu roi Ferdinand VII.

Mais vous ne nous dites rien, repris-je, de la forme et de la coude ces mouches merveilleuses; c'est pourtant ce qu'il y aurait
lus intéressant pour des peintres.

C'est qu'il me serait difficile, repartit l'Andalou, de vous faire
ce point une réponse dont je puisse vous garantir la vérité. Les
ches de saint Narcisse sont blanches, au dire de quelques-uns;
tres soutiennent qu'elles sont vertes; enfin, il y a des récits qui
eprésentent du rouge le plus vif. A quelle opinion s'arrêter? Un
e chroniqueur les a conciliées toutes. Pourquoi, a demandé le
Roig, les mouches de saint Narcisse n'auraient-elles pas le corps
e, les ailes vertes et une raie blanche sur le dos?

Bravo! m'écriai-je, elles sont tricolores!

us avions à peu près satisfait notre curiosité dans Gérone, et, le
t tendu, le nez en l'air, nous cherchions un gîte, une auberge,
d nous fûmes abordés en français par un cavalier à moustaches.
't un compatriote; tournure commune, figure à l'avenant. En-
é de trouver avec qui parler sa langue, il nous apprit qu'il était
en, qu'il vendait des ornements d'église, et voyageait avec sa
e et sa voiture. Il nous fit l'éloge de son auberge, et voulut
ument nous y conduire.

us cherchâmes à nous débarrasser du quidam. Mais comment se

délivrer de l'opiniâtre importunité d'un sot ? Nous le suivîmes, de guerre lasse, et il nous mena tout d'abord au second étage d'une maison ou plutôt d'un taudis... Nous étions tombés dans un véritable guet-apens. Le dîner était servi sur une nappe dont il n'était plus possible de compter les taches. Cette vue nous donna pour les lits qui nous attendaient de terribles soupçons. Nous demandâmes à les voir, et l'aspect des draps affreux que l'hôtesse ne voulut pas absolument changer, nous primes la fuite, malgré les cris de l'homme moustaches, de sa grosse femme et de sa bruyante progéniture.

— Pourquoi ne m'avez-vous pas laissé le soin de vous guider ? s'écria l'Andalou dès que nous fûmes dans la rue. Malgré la mauvaise réputation des hôtelleries espagnoles, il en est pourtant de passables et je veux vous en indiquer une où je n'aurai pas trop à rougir pour la civilisation de mon pays.

— Ne nous prenez pas pour des épicuriens, répondis-je. Sur la grande route nous acceptons tout : la fatigue, la soif, la faim, et même un lit sous la voûte étoilée ; mais nous n'acceptons pas, quand rien ne nous y oblige, une malpropreté digne des mendiants de l'Espagnolet.

— Et vous avez raison, dit l'Andalou en nous arrêtant devant un *posada* d'un aspect modeste, mais propre et convenable.

Nous ne tardâmes pas à être attablés tous les trois, ayant devant nous quelques flacons de vin de *Val de Peñas* et un de ces plats copieux où la cuisine espagnole mêle du riz au safran avec des morceaux de poulet. Je crois que l'Andalou, dans un court aparté avait piqué d'amour-propre notre *posadero*.

Toute impression fâcheuse avait disparu. Nous avions retrouvé gaieté au fond de nos verres. Je crus l'occasion favorable pour savoir enfin à qui nous avions affaire, et m'adressant à l'Andalou :

— Cavalier, vous ne m'avez pas l'air de courir les grands chemins pour l'amour des beaux sites et des aspects pittoresques. Nous vous avons trouvé bien disponible et bien prompt à nous suivre. Jouirons nous longtemps de votre compagnie ?

— Je ne sais, car ma destinée est de marcher toujours au hasard.

— Mais pourquoi voyagez-vous sans cesse ? lui demandai-je ; êtes vous donc seul au monde ?

— J'avais une femme, une jeune fille que j'adorais. J'ai perdu la fille...

Et votre femme, pourquoi l'avez-vous quittée ?

e barbier tressaillit visiblement, et me répondit d'une voix douce tremblante :

— Seigneur cavalier, ne m'en demandez pas tant.

y eut un moment de silence.

La nuit est bien belle, voyez comme les étoiles brillent, me -il, puis il ajouta :

Il nous faudra partir demain à la pointe du jour. Bonsoir, ca- liers.

Et nous nous séparâmes.

CHAPITRE VI.

De Gérone à Grenata. — Gendarmes et voleurs. — Les routes d'Espagne aussi brûlantes que le Sahara.

Le point du jour nous trouva tous les trois debout et prêts à par- r. On nous servit d'excellent chocolat dans de petites tasses, véri- bles coquilles de noix, qui désespéraient Giraud. Aussi ne se fit-il s scrupule de donner à son déjeuner plusieurs éditions successives, ns jamais pouvoir se rassasier.

Il fallait cependant poursuivre notre route. Nous fîmes nos adieux Gérone et traversâmes ses vieux remparts pour prendre la direction e la Grenata. La ville, avec sa belle cathédrale, offrait alors, sous s feux du matin, un admirable paysage. Le Ter coulait sur les pre- iers plans, et ses bords étaient animés par des groupes de blanchis- uses qu'éclairait le soleil. La dernière voûte franchie, ce gracieux bleau disparut, et nous vîmes se dérouler devant nous la route de Grenata.

Elle n'avait rien de bien saillant ni de bien pittoresque. Seule- ent, par une exception trop rare en Espagne pour que nous n'en sions pas la remarque, les terres qu'elle côtoyait étaient cultivées peuplées de villageois qui s'occupaient aux travaux des champs. La aleur commençait à se faire sentir ; mais nous ne nous en inquié- ns guère, confiants que nous étions encore dans l'exactitude du ide Richard, qui n'accusait que deux lieues et demie de Gérone à reuata. Nous marchions déjà depuis plus d'une heure. Nous entrâ-

2

mes un moment dans une auberge pour nous rafraîchir et nous reposer. Deux gendarmes étaient assis à une table, et un peu plus loin se tenaient deux voleurs qu'ils conduisaient.

Ceux-ci nous firent involontairement songer à Robert Macaire et à son fidèle Bertrand, ces types complets de la bohème moderne, avec lesquels ils avaient plus d'un point de ressemblance. L'audace seule paraissait leur manquer, car les *escopeleros* avaient négligemment déposé leurs fusils dans un coin de l'auberge, et d'un bond des coquins plus adroits s'en fussent emparés. Mais on ne songe pas à tout, et nos voleurs ne se souciaient pas, sans doute, de risquer aussi gros jeu. En Espagne, le gendarme a droit de vie et de mort sur son prisonnier, et il en use. Il y a quelques années, après une grande battue de voleurs, les *escopeleros* chargés d'en mener un troupeau à une grande distance, s'en débarrassaient de temps en temps par une petite fusillade et sans autre forme de procès. Si, par un grand hasard, la justice est assez indiscrète pour demander quelques explications sur cette manière expéditive de la seconder, le gendarme prétexte une révolte, et tout est dit. Ces rigueurs extrêmes ont diminué le nombre des voleurs; mais l'Espagne est la terre classique du brigandage. Les *escopeleros* de l'auberge, avec lesquels nous avions lié conversation, nous apprirent qu'une forêt que nous devions traverser était le rendez-vous de plusieurs bandes et que nous pourrions bien avoir maille à partir au moins avec une d'elles.

Nous partîmes néanmoins. Il était environ huit heures du matin, et déjà la chaleur était excessive; mais nous avions hâte d'arriver à la rivière de la Tordera. Le sol devenait de moins en moins fertile, et se nuançait de sable blanc. Bientôt il fut tout à fait sablonneux. Nous pouvions nous croire au désert. Nous entrâmes dans une forêt de pins à formes arrondies; mais l'ombre trop rare qu'ils donnaient était encore rétrécie à chaque instant par le soleil qui montait toujours. Plus d'une fois nous fûmes surpris, non par des voleurs, mais par des gendarmes qui, surgissant à l'improviste des massifs, venaient nous demander nos passe-ports. Enfin, nous sortîmes de la forêt et nous nous trouvâmes sur une route poudreuse, qui s'allongeait indéfiniment devant nous, et dont l'insupportable blancheur nous contraignait souvent à fermer les yeux. Il était onze heures, et nous étions partis à sept heures et demie. Haletants, couverts de sueur, en proie à une soif horrible, nous marchions toujours sous les feux du

eil qui nous enveloppait, et de près ni de loin nous n'apercevions
abri. Partout dans la campagne, aussi loin que pouvaient porter
regards, régnaient la solitude et le silence.

e temps à autre, nous traversions le lit desséché d'un torrent.
us creusions le sable pour y découvrir quelques gouttes d'eau ou
moins un reste d'humidité : nos efforts étaient vains. Peu à peu,
écouragement nous prit; il gagnait jusqu'à Zéphirio lui-même,
n'avait jamais suivi ce chemin pour se rendre à Barcelone. Il ne
ait donc pas plus que nous quand finirait notre supplice. Nos
gues enflées par la sécheresse nous permettaient à peine de nous
voyer par moments quelques plaisanteries d'assez mauvais aloi.
ndalou lui-même était plus abattu que nous; il parlait de s'arrê-
et de se coucher par terre. Giraud et moi, nous préférions mar-
r encore, et à chaque minute lever la tête en l'air pour aspirer
elque insensible bouffée d'une brise si légère qu'elle ne soulevait
même la poussière du chemin.

es Français connaissant bien l'Espagne, et qui, depuis notre oc-
pation militaire de l'Algérie, avaient côtoyé la lisière du désert,
avaient souvent dit que les routes de la Péninsule n'étaient pas moins
ûlantes que le Sahara. En les écoutant, je les avais accusés de se
mplaire dans un parallèle par trop poétique; je me trompais : ils
vaient rien exagéré.

midi, le soleil nous donnait véritablement le vertige. Nous ne
lions plus. Rien ne nous apparaissait dans cette immensité de sa-
s lumineux qui se perdaient à l'horizon. Encore quelques minutes,
us étions domptés, anéantis par cette dévorante nature, quand au
our du chemin nous aperçûmes l'auberge si ardemment désirée.
'ur les marches de l'escalier dans l'intérieur étaient groupés des
letiers attendant que la fraicheur permit à leurs mulets de rendre la route sans danger. Giraud se précipita à la fontaine et
rit de dispute avec un muletier qui voulait que sa mule bût avant
; mais Giraud resta vainqueur, et l'animal ne but que le second.
hirio et moi, plus modestes, n'arrivâmes qu'après le mulet.
près une grande demi-heure de complet anéantissement, nous
es nous remuer un peu. Giraud se risqua à tendre la main au
rs, et la retirant avec vivacité :
Il pleut du feu! s'écria-t-il.
— Mon cher Giraud, lui répondis-je, l'expérience doit nous rendre

sages. Pour ma part, j'aimerais autant me faire chauffeur à bord d'
paquebot que de continuer un jeu pareil. Nous attraperions infailli
blement le fameux *tabardillo*, ce coup de soleil dont on parle tant e
qui ne pardonne pas. Prenons exemple des Espagnols, les voyon
nous se rôtir ainsi sur la grande route? Changeons, comme eux, l
fatigues en plaisirs, partons le matin, la nuit même, et arrangeo
nous de manière à passer l'heure *du feu* à l'ombre et au frais.

Ce petit discours était trop sensé pour n'obtenir pas l'approbati
de mon ami Giraud. A dater de ce jour, nous laissâmes la chaleu
faire rage à son aise, et nous nous réservâmes seulement la fraîcheu
du matin et la brise du soir. Nous avions appris à nos dépens co
ment on doit voyager en Espagne.

Nous nous remîmes en route vers les trois heures, ayant tout à f
oublié nos souffrances, aussi allègres, aussi dispos qu'à notre dépa
de Gérone. La chaleur, encore intense, eût été sans doute intolérabl
pour un Parisien ; mais nous ne nous en plaignions pas et la suppor
tions d'autant plus volontiers que chaque heure nouvelle nous a
portait un peu de la fraîcheur du soir. Le chemin devenait montueu
nous le gravissions sans y songer et tout fiers d'avoir surmonté l
ardentes épreuves de la matinée. C'était un chevron de plus à ajout
à nos jours de campagne.

CHAPITRE VII.

Un vieux Josephinos. — Arrivée au bord de la mer.

Nous nous arrêtâmes dans une auberge située au sommet de l
montagne pour nous désaltérer, en corrigeant avec de l'anisette
crudité d'une eau fraîche et limpide. Le maître de la *posada* voulu
absolument aller nous chercher un homme qui, disait-il, parlait trè
bien français. Nous le vîmes bientôt revenir avec un Espagnol d
haute taille, aux vêtements noircis, car il travaillait dans une houil-
lère, mais à la physionomie martiale, et avec je ne sais quelle allure
de soldat qui montrait qu'il avait longtemps emboîté le pas avec de
braves, et qu'il avait vu plus d'une bataille. Il s'avança vers nous, et
me tendant la main, il me dit en français : — Bonjour, monsieur ;
puis il prononça avec une sorte de gravité le nom de Napoléon.

C'était un vieux *Josephinos*, c'était un débris de ces loyaux et sin-
es Espagnols qui n'avaient pas cru trahir leur pays en servant le
que Napoléon leur avait donné. La connaissance que ce brave
mme avait de notre langue n'était pas très-étendue. Toutefois, il
t nous faire comprendre qu'il aimait la France, et quand nous par-
es, il nous serra la main en murmurant encore : « Napoléon. »
rveilleux privilége de ce grand nom, qui, entre des étrangers et
s, voulait dire : Gloire et France.

ependant nous descendîmes la côte, et, après avoir traversé une
ière appelée la Tordera, nous arrivâmes dans un assez gros bourg
i porte le même nom. Quand nous entrâmes dans l'auberge où
us devions passer la nuit, l'hôte allait se mettre à table avec sa
ille; il nous invita à nous asseoir, et de cette façon nous n'atten-
es pas notre souper.

l était servi en plein air, sous une treille, au milieu de mulets
i, piqués par les mouches, piétinaient à chaque instant. Giraud
t la bonne fortune d'être assis auprès d'une jeune fille de douze
, aux traits les plus purs, à la physionomie la plus noble. Sa bou-
e fine et dédaigneuse, ce beau ton brun qui n'empêche pas la fraî-
ur, auraient déjà pu tourner bien des têtes : heureusement nous
rtions le lendemain.

pprenant que nous allions à Mataro, l'aubergiste décida, dans sa
esse, qu'il nous aurait pour passagers, car une de ses voitures s'y
dait le lendemain. Nous étions de trop intrépides piétons pour ac-
ter son offre sans résistance; mais il finit par nous séduire avec le
marché, en ne demandant à chacun de nous que dix-huit sous
France pour nous voiturer jusqu'à Mataro.

e lendemain, aux premières lueurs de l'aube, un *carro* véritable-
t espagnol, non suspendu et conduit par un enfant, nous cahotait
la grande route. Après trois quarts d'heure de soubresauts qui nous
laient nos anciennes pataches, le soleil venait à peine de se le-
, lorsque tout à coup une grande ligne bleue s'étendit devant
s. C'était la Méditerranée, qui, au fond du paysage, faisait enten-
son harmonieux frémissement sur les galets et les sables. Nous
es un cri d'admiration. Notre petit conducteur lui-même éten-
on fouet en nous criant : *El mar !* et nous le vîmes, laissant aller
cheval, s'arrêter immobile dans une rêverie naïve.

ous venions de descendre une colline. Derrière nous, de belles

2.

roches jaunâtres, qui se détachaient franchement sur le ciel, limitaient le paysage, et la mer était à nos pieds. Dans ses gracieuses ondulations, tantôt elle venait lentement et sans bruit se coucher sur le sable en y traçant un grand arc d'argent; tantôt elle s'avançait plus rapide et se retirait tout à coup, pour revenir encore avec un doux murmure se briser en frémissant contre les rochers de la côte. À l'horizon, le ciel et l'eau se confondaient. De temps en temps, on distinguait quelques voiles qui jetaient d'abord un vif trait de lumière puis qui s'effaçaient peu à peu et se perdaient dans l'azur. Près de nous, de grands aloès s'accrochaient aux anfractuosités du rivage. Leurs larges feuilles ressemblaient à des scies menaçantes, ou, repliées l'une sur l'autre, elles se roulaient comme des serpents entrelacés, tandis que les tiges, pareilles à de frêles bambous, se dressaient dans l'air et portaient leurs fruits vers le ciel.

Le chemin, de cet éclat particulier aux routes espagnoles, étendait au loin sa ligne blanche et sinueuse, qu'échancraient çà et là de grandes ombres, et offrait un contraste harmonieux avec l'azur des flots. Le vent, tout chargé des parfums de la nuit et de la mer, venait par instants nous caresser le visage, et nous rendait presque insensibles aux ardeurs du soleil. Le cheval du *carro* reprit de lui-même son pas accoutumé. Nous vîmes bientôt courir à nos côtés un panorama de villes maritimes, dont la capricieuse élégance fait penser leurs premiers habitants, les Maures. Les barques, les petits navires qui se groupaient autour d'elles ajoutaient à l'ensemble de ce tableau

Les uns se tenaient immobiles et inclinés sur le sable, d'autres abandonnaient au mouvement des lames leurs mâts, leurs agrès, leurs cordages, et décrivaient en s'entre-croisant mille dessins étranges pittoresques que l'œil avait peine à distinguer et à suivre. Tous ces ports, ainsi jetés à de petites distances, n'avaient pour la plupart qu'une seule rangée de maisons qui côtoyant la rive et regardant la mer, y miraient pour ainsi dire leurs terrasses et leurs vignes feuillues. Parfois nous apercevions sur notre droite quelque tour ruinée poétique souvenir d'un autre temps.

Nous traversâmes ainsi Calella avec son antique église, le moderne San-Pol, puis Canet del Mar et Arenys del Mar. Ces deux derniers villages présentaient une animation singulière. Les fabriques, les chantiers de construction étaient remplis d'artisans qui travaillaient avec gaieté. Nous avions fait une telle diligence, qu'il était trop

res à peine quand nous arrivâmes en vue de Mataro. Giraud et
étions vivement tentés d'esquisser quelques points de vue. Le
ier y consentit de grand cœur. Nous descendîmes du *carro*, et
s prîmes le crayon à la main.

CHAPITRE VIII.

Mataro et Badalona.

conducteur du *carro* nous avait donné pour Mataro l'adresse
e auberge où nous n'aurions, disait-il, rien à désirer. Nous nous
ndîmes avec confiance, lorsque notre étude fut terminée.
'était un véritable hangar que fréquentaient exclusivement les
ures des alentours. Une grande table était dressée dans un coin.
elques marins, deux ou trois paysans y étaient attablés, et l'hôtesse,
ée d'une sorte d'éventail, protégeait ses nobles et insoucieux
vives contre les insectes innombrables dont ils étaient sans cesse
ironnés.
es éventails sont d'un usage vulgaire dans toute la Péninsule.
ts d'un carré de carton, ils sont chargés d'enluminures, bariolés
papier doré, et ils se terminent par un manche allongé qui rap-
e assez bien les chasse-mouches de l'Algérie. On nous servit à
er. Mais l'hôtesse, ne nous trouvant pas sans doute d'aussi bonne
son que ses muletiers, ne jugea pas à propos de nous octroyer les
sses de l'éventail, et pendant tout le temps du repas nous restâ-
impitoyablement exposés aux attaques bourdonnantes des mou-
et des cousins.
ous ne fîmes dans Mataro d'autre course que celle qui était né-
ire pour rejoindre la grande route. Avec son vieux quartier, et
elle rue neuve, cette ville n'est pas sans agrément. Nous y re-
quâmes quelques maisons arabes, et des habitations de pêcheur
ours pittoresques. Elle a aussi un joli port, dont la nature a fait
les frais. Nous aperçûmes sur une hauteur voisine un château
qui serait en cas de guerre une assez forte défense. Dès que nous
es sortis de la ville, nous retrouvâmes avec un véritable senti-
t de bien-être cette belle route de Gérone à Barcelone, qui sui-

vait toujours la mer, et qui, dans cette dernière partie, devenait plus riante des promenades.

Sur la droite s'élevaient des coteaux parsemés de maisons de ca pagne, et plus loin, sur les hauteurs, se dessinaient les villages Cabrera, de Vilasar et de Premia de Dalt. Nous marchions len ment en jouissant de la fraîcheur du soir et de la brise de la mer. buveurs étaient assis sur des terrasses couvertes de berceaux de vi et nous appelaient pour boire avec eux. A chaque pas, nous pouvi admirer des restes d'architecture maure, et la plus piquante vari de tableaux se déroulait devant nous. Ainsi nous passions près d écoles de dentelle où de petites filles répétaient en chœur les ve que la maîtresse lisait tout haut. Nous assistâmes encore à une qui avait attiré beaucoup de monde. Le poisson, à mesure que le fi s'approchait de la rive, faisait bouillonner la mer, et les derni rayons du soleil couvraient de paillettes d'or l'argent de ses écaille

Il n'était pas tout à fait nuit quand nous arrivâmes à Badalon mais cette fois la fatigue nous avait gagnés, et nous ne songions pl qu'au repos. Malheureusement toutes les auberges de Badalona étai remplies; il fallut nous contenter d'une petite chambre étroite obscure. Il n'y avait pas de fenêtre; l'air et la lumière n'y arrivaie que par le vide que laissait une tuile ôtée du toit. Dans cet horrib bouge, la chaleur était accablante : nous respirions à peine, et no fûmes bientôt la proie d'une nuée de cousins qui ne nous laissèr pas un moment de repos. Je passai la nuit à les écarter, attend avec une fébrile impatience les premières lueurs du jour. Girau moins prudent, s'enveloppa dans un drap et s'endormit. Lorsque voulus le réveiller le lendemain, je reculai à sa vue. Les cousins l' vait rendu méconnaissable. Ce n'était plus un coup de soleil, c'éta une monstrueuse enflure.

Je ne pouvais en croire mes yeux. Quelque fée malfaisante m'avai elle changé mon Giraud? Je l'appelle, je le secoue: pas de répons aucun mouvement. La tête défigurée que j'avais devant moi montr enfin comme deux yeux sous des paupières horriblement gonflées. L drap s'agite; des mains convulsives déchirent leur déplorable pr priétaire avec une fureur toujours croissante, et une voix s'écrie « Ah! sapristi! sapristi! je me souviendrai des moustiques. » J'éta un peu rassuré, j'avais entendu la voix de mon ami. C'était bien Gi raud. Mais dans quel état, mon Dieu!

Mon cher, lui dis-je, ton visage rivalise avec le homard, et ton
joue l'hippopotame à s'y méprendre.

C'est égal! répliqua-t-il d'un air piteux, une chose me console :
uces ne me mordront plus ; les cousins ne leur ont pas laissé la
dre place.

Giraud fut jamais tenté de renoncer à notre voyage, ce fut
inement ce jour-là. Il me parut tellement découragé, que l'idée
int d'appeler Zéphirio à mon aide. Mais il était barbier — un(
ière de chirurgien, — et la petite trousse qu'il portait toujours
ui devait recéler quelque drogue merveilleuse contre les mor-
s des moustiques. Je descends dans la salle commune, je m'en-
rs de Zéphirio; quel n'est pas mon étonnement! Zéphirio a dis-
, personne ne peut me donner de ses nouvelles. L'hôtesse était
hée et ne l'a pas entendu partir. La servante, à laquelle il a
son écot, dans le milieu de la nuit, était si bien endormie,
lle ignore tout à fait ce qu'il est devenu.

ne savais que penser de ce brusque départ. Je m'adresse enfin
arçon d'écurie, et j'apprends que, vers les deux heures du ma-
Zéphirio se promenait encore en fumant dans la cour. Peu de
ps après, me dit-on, une voiture où se trouvaient une jeune
e et un cavalier s'était arrêtée devant l . porte de la *posada*. Seul,
valier était descendu pour demander i es rafraîchissements, qu'il
t portés lui-même à sa compagne, et ils avaient aussitôt continué
voyage. Mais, au moment de leur départ, Zéphirio, qui se tenait
de là, avait laissé échapper un douloureux cri de surprise; il
t jeté son cigare avec colère, et s'était précipité, les bras tendus,
me pour retenir la voiture qui s'éloignait rapidement. Puis, quand
fut plus possible de distinguer le bruit de pas des mulets et le
ment de leurs clochettes, l'Andalou était rentré dans l'hôtellerie;
ait donné sa bourse pour qu'on lui procurât à tout prix une mon-
, et bientôt il s'était élancé à la poursuite des étrangers, dans la
lion de Barcelone.

uel était le mot de cette énigme? Nous ne l'avons jamais su,
e jamais nous n'avons depuis revu Zéphirio. Mais nous ne
ons, Giraud et moi, songer au barbier andalou sans nous le
senter tel qu'il s'est offert à nous, la première fois, sur le che-
de Gérone. Nous avions eu la singulière bonne fortune de ren-
rer, en l'an de grâce 1816, le véritable Figaro de Beaumarchais.

Giraud ne fut pas moins stupéfait que moi de la disparitio.. d
barbier; il en oublia presque sa mésaventure. Nous nous baign!m
dans la mer; l'air du matin acheva la guérison de mon ami, et b.
tôt ranimés, vigoureux, nous continuions notre route vers Barcelo v
A mesure que nous nous avancions, des voitures de toutes sort
des *carros*, des *galeras*, se croisaient incessamment à nos côtés. Çà.
là, des jardins verdoyants, d'élégantes maisons de campagne emb.
lissaient le paysage. Tout nous annonçait la grande ville; tout resp.
rait autour de nous l'animation et la vie. Après deux heures
marche, nous entrions enfin par la *porte de France* dans. l'antiq
capitale de la Catalogne.

Barcelone, cette cité vouée à la mer, que tour à tour ont conqu'
et possédée les Romains, les Goths, les Maures, les Espagnols enf.
où Colomb, après avoir traversé l'Océan, est venu offrir un mon
à la reine Isabelle, sa protectrice, et qui, pendant des siècles, a
puté à l'Italie l'empire de la Méditerranée; Barcelone était bien fa.
pour éveiller nos souvenirs et frapper vivement notre imaginati
Cependant, je dois l'avouer, notre première pensée fut plus modes
nous ne songeâmes ni aux Romains, ni à l'illustre Génois, mais
une auberge.

Dès nos premiers pas c .ns la ville, nous pûmes admirer ces ban
bariolées de couleurs éc...tantes qui, flottant à toutes les fenêtr
donnent toujours à Barcelone comme une physionomie de réjo '
sance et de fête. En promenant ainsi nos regards en l'air, nous a '
sâmes une hôtellerie à l'enseigne de la *Galera*, et nous entrâ
aussitôt. Pouvions-nous désirer un hôtel plus confortable? Les p
nous parurent tout. d'abord s'accorder avec notre bourse. A rai
de *cinquante centimes* par tête, nous prîmes possession d'une chamb.
bien aérée, où deux lits garnis de draps blancs et d'énormes mat
en paille de riz promettaient de nous consoler tout à fait des épre
ves de Badalona. Un Français était installé dans l'auberge de
Galera. Dès qu'il sut notre arrivée, il s'empressa de venir no
rendre visite. C'était un Provençal, mais un Provençal pur sang,
bien que je l'entendis, dans ce patois qui ressemble beaucoup :
catalan, jurer ses grands dieux à l'hôtesse que nous n'étions null '
ment des Français.

— Si parbleu! m'écriai-je, nous sommes Français, tout ce q'
y a de plus Français : nous sommes Parisiens!

Je croyais mon homme confondu; mais point!

Il fallait donc le dire! répliqua-t-il; les Parisiens ont une si débile prononciation que j'ai pu m'y tromper.

lui accordai que nous n'avions pas le bonheur de gasconner e lui. Mais je lui promis qu'à l'avenir, afin de rendre notre rsation plus intelligible, nous ferions de notre mieux pour monotre ton sur le sien. Il parut si enchanté de cette concession, vis le moment où il allait nous offrir de nous initier au beau ge de la Canebière.

tre compatriote était étudiant en médecine. Il avait été, je crois, aide-major en France, et, désirant se fixer dans la Péninsule, il it les cours de l'école de Barcelone, avec l'espoir d'obtenir un me espagnol. C'était un docteur en expectative, car il était enloin de l'âge où, en Espagne, se confère le bonnet. En attendant, tiquait avec un merveilleux aplomb. Après avoir tâté le pouls malades et les avoir fort légèrement examinés, il copiait dans ictionnaire de médecine la page qui lui paraissait la plus applià la circonstance; il ne changeait rien, et ne tuait pas plus de que s'il eût été plus savant.

étudiant provençal comptait avec orgueil au nombre de ses les l'hôtesse même de la Galera. C'était une brune, jeune en-, aux lèvres un peu épaisses, aux épaules fortement attachées. Il difficile de ne pas éprouver quelque émotion lorsqu'elle vous dait avec ses prunelles brillantes et humides qui nageaient dans r. Ses formes, très-caractérisées, étaient sans lourdeur et vous aient. Elle portait dans toute sa personne ce je ne sais quoi uple, de gracieux et de caressant qui est, il faut en convenir, naire apanage des femmes espagnoles. Nous ne fûmes pas longs sans nous apercevoir que notre belle hôtesse avait assez soudes spasmes et des vapeurs qui rendaient nécessaire auprès d'elle sence de l'étudiant. L'un de nous devint amoureux d'elle, je is trop lequel; il me semble pourtant que ce ne fut pas moi. l'artiste voyageur ne connaît pas d'autre amour que celui du e lui-même. Les passions pour lui sont des boules de neige ndent au premier rayon du soleil de la route. Il s'abandonne nheur de voir et de contempler sans arrêter jamais sa marche nde.

chaleur était étouffante, et nos habits devenaient un véritable

supplice; mais la veste est de mise par toute la Péninsule, même à
Madrid, et nous sortions en veste. A notre arrivée dans Barcelone,
Giraud ne trouva pas la sienne d'une blancheur assez irréprochable.
Il prétendit la donner à laver à de jeunes servantes qui les bras et
les pieds nus, la robe relevée, se livraient, sur la terrasse même de
notre chambre, aux soins que du temps d'Homère ne dédaignaient
pas les filles des rois. Mais en Espagne, vouloir et pouvoir ne sont
pas même chose. L'Espagnol répond toujours par un *oui* à vos de-
mandes, seulement il ne bouge pas. Vous renouvelez votre requête :
il ne dit pas *non*, mais il ne vous satisfait pas davantage.

Giraud, de guerre lasse, se confondit avec les lavandières, qui lui
firent place de grand cœur, et il s'escrima de telle sorte, qu'une
couple d'heures après il n'y avait pas dans tout Barcelone une veste
plus blanche que la sienne.

Dès notre première promenade à travers Barcelone, nous arrivâmes
sans y songer en vue de la mer. Il semblait qu'elle nous eût attirés
par son irrésistible beauté. Dans le lointain, les ondes se confondaient avec les espaces du ciel. C'était le moment où la sieste venait
de finir. Tous les marins étaient debout; les barques s'avançaient
lentement vers la pleine mer, et se balançaient avec grâce sur les
flots. C'était un plaisir de les voir passer avec leurs voiles, et fuir si
vite qu'on eût dit autant de blanches Galatées voulant se dérober à
nos regards. Quelques heures se succédèrent. Les montagnes se cou-
ronnèrent dans le lointain d'une brume lumineuse, et les collines
plus rapprochées de nous s'éclairèrent à leur sommet de belles teintes
verdâtres qui caressaient agréablement la vue.

Quand les dernières ombres du soir furent tombées, nous suivîmes à *Vista allegre* un de nos compatriotes, M. Vigué, qui dirigeait
alors les travaux de la nouvelle salle de spectacle. Des flots de peuple sortaient de la ville en même temps que nous, et pressaient trois
promeneurs qui marchaient en chantant la *Jota aragonesa*, et en
s'accompagnant d'une guitare, d'une mandoline et de castaguettes.
Ce n'étaient pas des musiciens de places publiques, mais de vrais
amateurs.

Ils chantaient parce qu'ils en avaient envie, parce qu'il faisait un
beau soleil, parce que la mer était là devant eux. Aussi leur confiance naïve au milieu de tout ce monde, l'expression de bonheur qui
se lisait dans leur tournure et dans leurs yeux avaient un entrain

qui saisissait l'auditoire. S'il faut le dire, nous nous sentions comme attendris tous les deux en voyant la foule, amie du plaisir, écoutant avec délices cette musique qui répétait toujours le même refrain. La musique a d'ailleurs des charmes puissants et singuliers. Il est des moments où un chant simple dans la campagne, au bord de la mer, vous touche et vous remue mille fois davantage que l'air du plus savant opéra.

La capitale de la Catalogne, malgré la grande place qu'elle occupe dans l'histoire de l'Espagne, renferme peu de souvenirs des premiers temps de son existence. On dirait presque une ville nouvelle et née d'hier. A peine y trouve-t-on quelques misérables débris d'architecture romaine. On prétendra vous montrer ce qui reste de l'aqueduc de Calcerola, et l'on vous mènera rue du Paradis, devant quelques colonnes enclavées dans les maisons. Plus loin, *calle de Capellans*, six autres colonnes éparses dans une cour et dans une espèce de grenier prendront le nom fastueux de la « tombe d'Hercule. » On vous indiquera encore çà et là plusieurs inscriptions, un ou deux sarcophages, des bains arabes; mais aucun monument complet, rien de digne de fixer l'attention de l'archéologue ou de l'artiste. En revanche, Barcelone possède nombre d'élégants édifices d'une époque plus rapprochée, et entre autres de ravissantes maisons du temps de Charles-Quint. Nous revînmes plus d'une fois admirer celle des comtes de Gralla, qui appartient aujourd'hui au duc de Medina-Cœli. Ce manoir est flanqué à ses extrémités de deux tourelles carrées, dont les bases sont reliées entre elles par un cordon de sculpture qui borde le toit de l'édifice et surplombe la façade peu élevée.

La porte, du style le plus pur de la renaissance, est ornée de colonnettes, dont les cannelures sont interrompues par de petites têtes qui soutiennent des guirlandes. Le temps, en usant la partie inférieure des colonnes, n'a pas fait entièrement disparaître la finesse de ce travail, mais il a plutôt, comme un autre artiste, fait valoir de merveilleuses richesses par le contraste de la simplicité. Au-dessus de la porte, les armes de la famille ont été sculptées. Nous ne nous lassions pas d'admirer la rare élégance des fenêtres, qui sont toutes surmontées de groupes d'enfants soutenant des écussons. On voit se détacher des portraits du fond des médaillons entourés de sculptures charmantes et variées à l'infini. L'intérieur de la cour est d'une architecture moitié renaissance et moitié arabe. Au premier étage est

3

une espèce de cloître dont la galerie est soutenue par de hautes colonnettes cannelées que termine l'ogive avec un chapiteau corinthien.
L'escalier est formé de balustres de marbre. Enfin l'harmonie de ce
bel ensemble serait complète si les arcades du cloître du côté gauche
n'étaient pas aujourd'hui murées.

Un jour, nous nous rendions à l'*Ayuntamento*, sur la place de la
Constitution : la personne qui nous accompagnait nous fit remarquer
une maison de modeste apparence, bien différente de celle du duc
de Medina-Cœli, mais qui mérite aussi d'arrêter un instant le voyageur. C'est là que s'est accompli un des plus horribles épisodes de la
dernière guerre civile, si féconde en horreurs; c'est là que demeurait
et que s'est tué, pour dérober sa vie à la férocité d'une populace al-
térée de sang, un homme héroïque, l'avocat Balmes.

Lorsqu'en 1840 Espartero, moitié par faiblesse, moitié par perfidie,
laissa éclater dans la Catalogne cette insurrection terrible qui, se pro-
pageant de proche en proche, embrasa presque toute la Péninsule, et
aboutit à l'abdication de la régente, il se trouvait à Barcelone, au
nombre des partisans les plus dévoués de Marie-Christine, un jeune
avocat du nom de Balmes. D'une probité qu'honoraient ses conci-
toyens, d'une humeur impétueuse et altière, courageux jusqu'à la
démence, Balmes, malgré sa jeunesse, était considéré comme un des
chefs du parti modéré. Il avait vu avec peine l'arrivée des deux reines
dans la Catalogne, et, dès les premiers moments de leur séjour à
Barcelone, il avait tout redouté de la turbulence d'une ville bien
connue pour ses opinions exaltées; il ne craignait pas moins les lâches complaisances que le généralissime prodiguait en toute circonstance aux ennemis de la monarchie. La reine mère, on ne l'a pas
oublié, voulant, par un de ces coups hardis qui tentent les âmes cou-
rageuses, appuyer son pouvoir sur l'épée d'Espartero, était venue le
trouver à son quartier général; mais elle avait trop compté sur la reconnaissance du duc de la Victoire, et elle ne tarda pas à s'en repen-
tir amèrement.

Déjà Marie-Christine avait dû abandonner son ministère aux impérieuses exigences d'Espartero : il voulait plus encore, et permettait
que le peuple de Barcelone assiégeât la reine dans son palais. Balmes
et le parti modéré s'indignaient de ces violences, ils n'épargnaient
rien pour calmer l'effervescence populaire et prouver à Marie-
Christine qu'elle pourrait au besoin trouver des défenseurs. Le 21 août,

les modérés avaient tenté une manifestation qui n'avait eu d'autre résultat que de révéler leur impuissance et d'accroître l'exaspération de la multitude. Balmes, on le devine, s'était montré à la tête de ses amis. Déjà connu pour ses opinions monarchiques, il fut plus particulièrement remarqué. Un groupe de révolutionnaires se jeta sur lui; il fut insulté et poursuivi jusqu'à sa demeure, que l'émeute encore hésitante n'osa pas violer ce jour-là. On dit que des ennemis secrets gardèrent sa maison à vue pendant la nuit pour qu'il n'échappât point à leur vengeance.

Le lendemain, invinciblement attiré au dehors par cette âpre curiosité, par cette fièvre étrange qui s'empare des hommes au milieu de l'atmosphère embrasée des convulsions civiles, Balmes sortit. A peine est-il dans la rue, qu'il est pressé de toutes parts, injurié, déjà perdu. Le malheureux pressentait sa destinée : loin de revenir sur ses pas, il marche en avant; il provoque les attaques; il semble jouir de son impopularité et des dangers de mort qui planent sur sa tête. Un homme porte la main sur lui : Balmes lève le pistolet caché sous son manteau, et l'étend à ses pieds. Il s'échappe du milieu de cette foule furieuse, il se glisse de rue en rue, et, par une dernière faveur du sort, il arrive devant sa propre maison, qui s'entr'ouvre pour le recevoir. Il est sauvé! Non! la populace qui l'a suivi s'amasse; elle crie vengeance, elle gronde, elle rugit. Balmes vendra chèrement sa vie. Il se barricade comme dans une forteresse; à chaque minute, la fenêtre derrière laquelle il est posté s'éclaire d'un coup de feu, et chaque fois un ennemi tombe mortellement frappé. Mais les assaillants frémissent et s'acharnent à leur proie. Ils se ruent en désespérés contre cette porte immobile. Ils arracheront, s'il le faut, avec leurs ongles, les pierres de cette maison. Déjà les habitations voisines sont envahies. Balmes entend retentir à ses côtés les coups pressés des marteaux qui vont, à travers des ruines, frayer un passage jusqu'à lui.

C'en est fait! La brèche est ouverte. Balmes voit ses assassins à deux pas... En succombant, il ne subira point la douleur et la honte de périr par de telles mains. « Vous n'aurez que mon cadavre! » leur crie-t-il », et il se tue.

Aujourd'hui l'Espagne est aussi calme qu'elle était agitée il y a dix ans. Non-seulement elle a profité de sa propre expérience, mais le spectacle des révolutions qui, depuis deux ans, bouleversent l'Europe, n'a pas peu contribué à rendre aux Espagnols ce flegme qui souvent a fait leur force et leur originalité. Sans doute, l'Espagne n'est pas aujourd'hui l'arbitre du monde, comme au siècle de Charles-Quint, mais, après avoir lutté avec gloire contre Napoléon, elle se maintient pure des excès de toute révolution, elle jouit de la paix avec dignité. C'est quelque chose.

CHAPITRE IX.

La Seo, cathédrale de Barcelone. — Une visite à M. de Lesseps. — Départ pour Tarragone. — Bateaux à vapeur, diligencias, galeras, carros, ânes et mulets.

Nous retrouvâmes, en entrant dans la cathédrale, un autre souvenir de l'insurrection de 1840. Lorsque la reine Christine et sa fille Isabelle arrivèrent à Barcelone, à dix heures du soir, elles se rendirent sur-le-champ à la chapelle de sainte Eulalie. Grande est la réputation de cette sainte, qui est particulièrement honorée dans l'église métropolitaine. Jusqu'à minuit, la reine mère et sa fille restèrent agenouillées dans la chapelle. Elles semblaient d'avance appeler une puissante intercession contre les périls et les piéges qui les attendaient.

Bâtie sur les ruines d'un temple païen, au point le plus élevé de la vieille ville, la cathédrale, la *Seo*, domine Barcelone. On monte au porche par un large et grandiose escalier. La façade, malheureusement inachevée, est peinte à fresque. Lorsqu'on entre dans l'église, le silence du lieu, la majesté de la nef, ces galeries profondes, ces élégants piliers qu'un balcon léger comme la dentelle rattache l'un à l'autre, et qui s'élancent dans l'immensité de l'édifice pour soutenir des voûtes colossales à une élévation prodigieuse; le demi-jour mystérieux qui plane sur vos têtes, tout commande l'admiration et le recueillement. Cette cathédrale, ainsi que toutes celles de l'Espagne, emprunte à la distribution de la lumière un charme puissant et irrésistible. Le jour tombant d'en haut laisse dans l'ombre de grandes masses d'une ornementation souvent trop riche et trop prodigue, tandis qu'il donne de l'éclat et du ragoût aux parties qu'il vient frapper. Les objets d'art acquièrent ainsi une valeur nouvelle, et qui équivaut en quelque sorte au fini d'un travail complet. C'est la science des tableaux exécutés en grand et avec le secours de la nature. Nos artistes auraient beaucoup à apprendre dans ces vieilles églises de la Péninsule.

Les détails qui enrichissent la *Seo* ne le cèdent en rien à la beauté de l'ensemble. Les chapelles gardées par d'imposantes grilles en fer qui datent du quinzième siècle renferment nombre de remarquables peintures. La plupart nous parurent appartenir à l'époque de Giotto, d'Ocania et peut-être même de Guirlandajo. Toutes du moins respirent la naïveté et la fraîcheur de sentiment qui animaient le pinceau de ces maîtres.

Une colonnade semi-circulaire entoure le maître-autel. Le retable, de pierre avec des ornements bleu et or, est flanqué de deux blocs de marbre rouge, dont les spirales portent deux anges une torche à la main. Le buffet d'orgues, d'un bois délicatement travaillé, montre à la contemplation des fidèles une grande tête de Sarrasin, qui y fut suspendue sans doute en mémoire de la défaite des Maures. De beaux médaillons en marbre contiennent des bas-reliefs où sont représentés les miracles de la sainte, patronne de la ville. Les stalles du chœur, dont les boiseries sont curieusement fouillées, nous arrêtèrent longtemps. Chacune d'elles est surmontée de l'écusson d'un des chevaliers auxquels Charles-Quint conféra la Toison-d'Or lorsqu'en 1519 il célébra l'inauguration de cet ordre dans la cathédrale de Barcelone. Parmi ces écussons, non loin de celui du roi d'Angleterre Henri VIII, nous reconnûmes avec plaisir les armes de notre roi François Ier.

Nous consacrions le jour aux monuments et les soirées aux promenades. Nous visitâmes tour à tour la *Rambla*, qui mérite d'être à la mode et ressemble beaucoup à nos boulevards; le *Paseo nuovo*, dont les avenues ombreuses invitent à la solitude. Chaque nuit nous retrouvait au *Paseo*. Nous nous plaisions à nous asseoir autour de ces ronds-points que rafraîchissent des fontaines jaillissantes, et où des bancs circulaires ne s'interrompent qu'à l'entrée des allées. Quelquefois aussi nous dirigions nos pas du côté de la *plaza del Mar*, qui s'ouvre sur le môle, ou du *jardin du Général*, tout peuplé de statues et resplendissant de fleurs.

Nous étions déjà depuis plus de huit jours à Barcelone; nous avions tout vu ou à peu près, et, dans notre désir de nous retrouver sur le grand chemin, nous éprouvions ce qu'on pourrait appeler la fièvre du voyageur. La route de Tarragone étant fort peu pittoresque, on nous conseilla de prendre la diligence de Valence. On nous indiqua aussi une *galera* qui part tous les jeudis, et qui, marchant à petites journées, reste le plus souvent une huitaine en route. Le prix du passage est de 4 duros, environ 21 francs par tête. On voit qu'il serait difficile de faire cinquante lieues à meilleur marché. Nous allâmes retenir nos places à la *puerta Santa-Madrona* chez l'aubergiste Nava. Mais nous voulions nous arrêter à Tarragone, et, en Espagne, on accorde jusqu'au dernier moment la préférence aux voyageurs qui suivent tout le parcours. Le buraliste se contenta donc de prendre nos noms, et, nos préparatifs terminés, nous nous rendîmes chez le consul de France à Barcelone, M. de Lesseps, qui occupait une des plus belles maisons de la *Rambla*.

J'avais déjà vu, vingt ans avant, M. Lesseps à Lisbonne. Il débutait alors dans la carrière consulaire. Ma famille ne lui était pas inconnue. Nous fûmes parfaitement accueillis. A peine eus-je nommé Giraud, qu'il m'interrompit en disant : « Je connaissais monsieur de réputation ; j'avais admiré ses charmants pastels avant même que ses deux tableaux de la *Permission de dix heures* eussent rendu son nom populaire. » Giraud s'inclina en se mordant les lèvres. Il était visiblement contrarié. En père dénaturé, mon ami a pris en horreur ses deux enfants. C'est en vain que l'industrie et le théâtre se sont plu à illustrer les jolis soldats de la *Permission de dix heures*. Giraud ne fait pas grand cas de leur immense succès, et il ne saurait les entendre vanter sans impatience. J'étais tenté de prolonger un peu son tourment, mais, aux terribles regards qu'il me lançait, je me hâtai de détourner la conversation.

M. de Lesseps voulait absolument nous garder quelques jours à Barcelone ; je le priai de nous excuser : nos places étaient retenues, nous partions le lendemain. — Pourquoi ne vous avouerai-je pas, nous dit-il alors, que mes instances n'étaient pas complétement désintéressées ? J'aurais vivement désiré le portrait de mon fils. J'ai eu le malheur d'en perdre un dernièrement, et je sens combien il est douloureux de n'avoir rien qui me le rappelle. — Je connaissais trop Giraud pour hésiter : — nous ne partirons que dans deux jours, répondis-je aussitôt. — Et mon ami s'empressa de confirmer ma promesse. Ce qui fut dit, fut fait. Nous passâmes la journée du lendemain au consulat. Le jeune enfant avait un costume valencien qui lui allait à merveille, et moitié aquarelle, moitié pastel, Giraud arriva, comme toujours, à terminer un ravissant portrait. Après le dîner, il y eut réunion, et l'on devine que mon ami eut les honneurs de la soirée. Giraud, qui, sur la grande route et dans l'intimité, s'abandonne volontiers aux franches allures d'un gai compagnon, porte dans le monde ces manières distinguées dont Dumas, en plus d'une occasion, lui a fait compliment.

Pendant que madame de Lesseps faisait avec une grâce charmante les honneurs de son salon, et que circulaient à la ronde les sorbets et les glaces, le consul m'attira dans l'embrasure d'une croisée. Dès les premiers mots prononcés à voix basse, je compris ce dont il s'agissait. — Monsieur, lui dis-je en l'interrompant, je n'en parlerai même pas à Giraud. — M. de Lesseps voulut insister. — Ne le voyez-vous pas, ajoutai-je, qui nous guette du coin de l'œil? je ne veux pas m'exposer plus longtemps à ses reproches. — M. de Lesseps se déclara battu en souriant. Mais, au moment de nous retirer, Giraud trouva son chapeau bourré jusqu'aux bords de magnifiques cigares de la Havane, et M. de Lesseps me remit une lettre dans laquelle il nous recommandait chaudement à tous les consuls d'Espagne. On verra plus tard, à Malaga, quel service nous avait rendu notre excellent compatriote. Nous quittâmes M. de Lesseps avec un véritable regret et profondément touchés de sa cordiale réception. Nous devions, au surplus, retrouver son éloge dans toutes les bouches. C'est peut-être le Français le plus connu et le plus estimé des Espagnols. Le lendemain, à neuf heures, nous partions pour Tarragone.

Nous voilà donc rendus aux plaisirs de notre expédition pédestre; le moment est venu de faire connaître à ceux de nos lecteurs qui seraient tentés de nous imiter quelle est la plus commode façon de voyager dans la Péninsule. Pour moi, l'homme le plus heureux, le voyageur par excellence, est celui qui, sachant échapper à tous les embarras, marche le sac sur le dos. Mais cette fois, au risque de dépasser notre budget, nous avions résolu d'emporter quelques bagages afin de pouvoir quelquefois remplacer par l'habit noir le débraillé du grand chemin.

Nous devions expédier notre malle par mer, tant que nous serions près des côtes, et, dans l'intérieur du pays, nous comptions la faire transporter à dos de mulet. Le transport par mer est certainement préférable aux autres, il vous délivre de mille soucis. Pendant huit jours, au moins, on n'a pas à s'inquiéter de cette maudite malle qui gêne comme toutes les richesses. Mais le bateau à vapeur n'est pas toujours là. Il faut alors trouver un consignataire, déposer une somme pour les frais d'embarquement.

Puis, n'exportez-vous pas, sans vous en douter, quelque objet frappé de prohibition, des *duros*, par exemple, dont il ne reste plus un seul? une première visite est nécessaire. A votre arrivée dans un autre port, ne pouvez-vous pas aussi glisser en fraude quelque article de contrebande? n'oublions pas cette seconde visite. Avec la douane espagnole, on ne s'en tire sans encombre qu'en portant comme nous un vrai bagage d'artiste. Le fond de notre malle était rempli de vieux costumes achetés à la friperie ou sur le dos des Catalans. Ils étaient fort beaux, sans doute, ils nous enchantaient au point de vue de l'art; mais le douanier le plus fiscal n'en aurait pas donné un quarto.

Le voyage de mer se fait par bateaux à vapeurs espagnols ou français, qui se succèdent à tour de rôle, et font l'escale de Marseille à Cadix. On est certain de trouver une occasion au moins deux fois par semaine pour se rendre de Marseille à Port-Vendres, à Rosas et à Barcelone. Tarragone, Valence, Alicante, Carthagène, Alméria, Malaga et Algésiras sont les autres ports de relâche sur la route de Cadix. Le bateau ne s'arrête jamais à Gibraltar, où les Anglais exigent un droit exorbitant des navires des autres nations. On peut faire ainsi un beau voyage sur tout le littoral de la Méditerranée; mais connaît-on l'Espagne?

Le bateau à vapeur part ordinairement la nuit. Les distances sont calculées de telle sorte, qu'arrivant dans les ports au point du jour, on a toute la journée pour visiter la ville et faire une trop courte connaissance avec les mœurs nouvelles dont on veut se donner le spectacle. Dans le beau temps, ces tra..rsées sont aussi agréables que sûres; elles sont au contraire pénibles et dangereuses dans l'hiver. Aussi le plus grand nombre des voyageurs préfèrent-ils la route de terre.

La diligence espagnole est, sans contredit, plus rapide que la diligence française. Mais sur quelles routes, bon Dieu! roule-t-elle avec tant de légèreté? Les grands chemins de la Péninsule soumettent le voyageur aux plus douloureuses épreuves.

Le cantonnier espagnol a horreur des fardeaux lourds, et redoute les accidents qui pourraient résulter des tours de force. Il ne porte donc que ce qu'il peut facilement porter. Le soin de sa conservation lui a fait adopter pour le charroi de ses cailloux un panier en paille tressée, fort élégant, mais qui suffirait à peine à une cuisinière de bonne maison pour aller au marché. Cependant il s'en contente, et fait fi des brouettes et autres engins hideux d'une civilisation plus avancée. Il s'ensuit de là que le cantonnier n'attrape pas de courbatures et se porte fort bien, mais que le chemin en souffre beaucoup. Bien que les voitures soient rares, il en passe cependant; des ornières se creusent malheureusement plus vite qu'elles ne sont comblées. La saison des pluies arrive, les routes se détériorent un peu plus, et l'on y travaille un peu moins encore; mais le cantonnier, qui les a toujours vues ainsi ou à peu près, ne s'en émeut nullement, et a la conscience tranquille lorsqu'il a porté sous son bras un certain nombre de petits paniers.

Quant aux diligences, elles ne s'en inquiètent pas le moins du monde et franchissent les ornières au triple galop. La voiture saute, les voyageurs avec elle, et l'on ne s'en tire pas sans d'abominables contusions. Les plus habitués se tiennent des pieds et des mains et ne se trouvent pas mal; les autres pensent que les diligences valent encore mieux que les voitures non suspendues qu'elles ont détrônées, et ne se plaignent pas trop, moins le voyageur étranger qui n'est pas à même d'apprécier les bienfaits de cette amélioration, et qui est incessamment ballotté d'un coin à l'autre de cette cage roulante, maugrée, peste, jure et crie à la barbarie.

Il fait en outre très-chaud en Espagne, et il y pleut rarement et seulement en hiver. Il résulte de ce temps, constamment beau, que la terre est très-sèche, et qu'étant très-sèche elle est couverte d'une épaisse poussière qui, mise en mouvement par le trépignement des douze chevaux de la diligence, s'élève en tourbillon et se précipite dans la voiture, où elle couvre les cheveux, la barbe et les sourcils des voyageurs. Le seul moyen de salut est de ne pas dire un mot pour ne pas être étranglé, et de fermer les yeux si l'on ne veut pas devenir aveugle. Quant à lever les vitres, il n'y a pas, vu la grande chaleur, à y penser un seul instant.

Pour le piéton qui, évitant les fondrières, s'en va la canne à la main, la diligence est fort belle à voir. Elle s'annonce par un bruit assourdissant de sonnettes, accompagné d'un roulement semblable à un orage lointain. Puis on l'aperçoit bientôt au milieu d'un nuage de poussière qui se déroule comme une trombe. On distingue confusé-

3.

ment les têtes panachées des mules; le *delantero*, que l'on appelle
aussi le condamné à mort; le *mayoral*, gravement assis sur le siége;
et enfin le *zagal*, qui court à pied autour de la voiture, frappe un
mulet à droite, un mulet à gauche, et, les stimulant de la voix, s'é-
lance légèrement à sa place près du conducteur, tout cela en un clin
d'œil. Et lorsque l'on est plus près, on voit à travers les portières les
voyageurs, poudrés à blanc, qui cabriolent dans l'intérieur.

Aux personnes qui me demanderaient pourquoi l'on appelle le
delantero condamné à mort, je répondrai qu'il mérite ce surnom à
juste titre. Ce *delantero* est le plus souvent un enfant de douze à
seize ans, qui, monté sur le mulet conducteur, doit rester en selle
tout le temps du voyage, quelquefois trois jours et trois nuits.

On change la monture, mais le *delantero* ne change jamais. A peine
les voitures s'arrêtent-elles quelques heures en été pour abandonner
la route aux dévorantes ardeurs du *fuego*, et en hiver pendant quelques heures de nuit. C'est là tout le repos accordé au pauvre enfant
qui s'endort dans la voiture à laquelle il est comme enchaîné. N'est-ce
pas un véritable *condamné à mort?*

Le voyage en *galera* ne présente pas les mêmes inconvénients que
la diligence, mais il y en a d'autres également redoutables, qu'il est
bon de signaler au voyageur novice. Il est surtout préféré par les
gens qui ne se soucient pas de se séparer de leurs bagages, ou qui re-
doutent les meurtrissants soubresauts de la diligence, car, si la *galera* n'est pas suspendue, elle marche du moins constamment au pas.
On s'entasse, on s'empile dans ces voitures, où l'on est tellement
pressé l'un contre l'autre, qu'il est indispensable de combiner ses
mouvements avec ceux de son voisin pour garder une position à peu
près supportable. Vos jambes n'occupent pas leur place naturelle.
Elles sont relevées au niveau du buste, et vos genoux viennent par
moments frapper votre menton. La *galera* est faite pour les bagages,
et non pour les voyageurs, qui ne se trouvent là qu'en guise de sup-
plément. L'on se glisse dans la voiture, et l'on s'assied de son mieux
sur un amas de nattes, de caisses, de balles de laine ou de coton. Il
arrive souvent qu'au bout de quelques heures on se trouve monté
d'un étage; souvent aussi, sans trop savoir comment, on est descendu
aux pieds de ses compagnons, suivant le flux et le reflux des paquets
que la *galera* rejette ou absorbe à chaque halte dans une ville importante. La *galera* est longue, massive et flanquée de quatre énor-

mes roues. Pour capote elle a un treillage de roseaux qui s'arrondit
au-dessus de la tête des voyageurs, et sur lequel on étend une
banne de toile.

L'équipage de la *galera* se compose d'un *mayoral* et d'un *zagal*.
Celui-ci est le postillon, le premier est le conducteur. Respecté des
voyageurs, qu'il traite avec une morgue toute castillane, le *mayoral*
est roi de sa galère. Il ne songe jamais qu'à lui-même, et n'accorde
ses soins qu'à son dîner ou à son lit. La tâche du *zagal* est plus ingrate. C'est lui qui porte tout le souci du voyage; bêtes et gens sont
placés sous son active surveillance. Il empêche de fumer par crainte
du feu et contraint l'Espagnol récalcitrant à jeter son dangereux *papelito*. Il prépare encore à l'arrivée la nourriture et l'abri des mulets.
Il monte, il descend, il cause avec l'attelage, appelle les mules par
leurs noms, donne un coup de fouet à celle-ci, lance des pierres à
une autre. Vous le voyez en même temps courir en avant pour reconnaître le terrain, et revenir en arrière afin de s'assurer que les
paquets sont à leur place. C'est encore lui qui, dans les descentes
trop rapides, veille à la sûreté des voyageurs. Il grimpe sur sa *galera*,
s'empare d'une longue perche, qu'il manie mieux qu'un gouvernail,
et, la pressant de toute sa force contre une des roues garnie en dehors, à cet effet, d'un large cercle de fer, il parvient à enrayer la
voiture. Il va sans dire que le *zagal* est infiniment moins payé que le
mayoral son chef d'emploi. Quant aux mules, au nombre de huit ou
dix, elles tirent paisiblement la voiture, et, malgré toute cette ardeur
du *zagal*, elles gardent toujours le même pas lent et régulier. Le
plus souvent, la *galera* part avant l'aube, marche sans s'arrêter jusqu'à la nuit, et finit par avoir fait quinze ou seize lieues dans sa
journée. Mais quelle journée pour les pauvres voyageurs! Aussi, en
Espagne même, trouve-t-on la galère parfaitement bien nommée.

Les *carros* sont de petites *galeras* destinées seulement aux voyageurs. Comme elles, le *carro* n'est pas suspendu; mais il marche avec
une rapidité presque satisfaisante. Quelques-uns rappellent assez nos
omnibus par la disposition de leurs bancs de bois. Nous serions tentés de les recommander à ceux qui parcourront après nous la Péninsule, si nous n'avions à parler du véritable voyage espagnol, du
voyage à mulet ou à âne, dont les Maures ont laissé la tradition à
leurs vainqueurs.

Le voyage à mulet est de tous le plus pittoresque et le plus agréable; il est aussi plus économique que le voyage en diligence.

Cependant, si vous demandez des mulets dans l'auberge où vous descendrez, on vous en procurera, mais il faudra les mettre en route exprès pour vous, et vous les payerez fort cher. Il est mieux de s'informer au dehors (dans une boutique ou dans un café) de la *posada* où viennent loger de préférence les muletiers de la ville où vous avez l'intention de vous rendre, et là vous trouverez certainement des mulets arrivés de la veille avec un changement d'huile ou de fruits et prêts à repartir. Donnez quelques *piécettes* à leurs *arrieros*, et ils seront enchantés de vous emmener avec eux. De Malaga à Ronda, nous n'avons payé que 5 francs la location d'un âne qui devait nous porter tour à tour, selon notre habitude, pendant plus de vingt-quatre heures de marche. Ces sortes d'occasions ne sont pas rares; mais, en général, un âne se loue 5 francs par jour, et le prix du mulet peut s'élever jusqu'à 10 francs. Avez-vous un bagage considérable? le muletier se rend à votre auberge, pèse vos caisses à la main, et décide le nombre de mulets nécessaire au transport. Puis, lorsque tout est conclu, il soulève une malle à la hauteur du bât, en met une autre en contrepoids, les enlace rapidement de tresses de paille verte, et tout est dit. Si, ce qui arrive rarement, il s'est trompé, si les caisses ne se balancent pas, il ne se donne pas la peine de distribuer autrement les ballots : cela ne serait pas espagnol. Il cherche une pierre plus ou moins grosse qui rétablit l'équilibre: l'animal porte cela de plus, et voilà tout.

Au moment du départ un *arriero* vous enlève par le pied à la hauteur des ballots. Vous vous installez en laissant pendre vos jambes de chaque côté du col de la bête, et vous êtes là comme sur une chaise. Il faut seulement se tenir en équilibre, car, s'il vous arrivait d'appuyer d'un seul côté, vous pourriez renverser l'animal; aussi les muletiers prennent soin de vous avertir : « Plus à droite! plus à gauche! » vous crient-ils à l'envi; et, grâce à leurs charitables avertissements, vous êtes bientôt expert dans ce genre d'équitation nouvelle. Le meilleur encore est de pas s'occuper de conduire sa monture et de lui laisser la bride sur le cou. Lorsque la nuit commence à tomber, le mulet baisse la tête dans les passages difficiles et flaire la place où il doit poser le pied. Quand l'animal s'abandonne par trop à son humeur pacifique, vous le stimulez par un *arre* bien accentué (les Arabes disent encore *arra*). C'est le *hue donc!* des Espagnols. Le mulet est-il récalcitrant? l'*arriero* est-il forcé de venir à votre secours? prenez garde, car avec la baguette qu'il porte derrière le dos comme une batte d'arlequin, il frappe rudement votre monture, qui se livre alors à de dangereuses gambades. Le cavalier qui jusque-là s'était tenu en équilibre sur les ballots n'a plus d'autre ressource que de s'accrocher à la crinière et aux longues oreilles de l'animal, s'il ne veut pas rouler dans la poussière. Les *arrieros* sont persuadés que plus une bête de somme est chargée, mieux elle marche; il est certain qu'elle s'avance alors avec plus de précaution et peut avoir le pied plus sûr.

Rien n'est plus intéressant à observer qu'une caravane de mulets au milieu d'une nuit obscure. On est émerveillé de la façon dont ces intelligents animaux savent découvrir leur route. Sur le chemin de Grenade, je remarquai un âne qui guidait la bande tout entière au milieu des montagnes. Le chemin n'était pas tracé; il tombait une pluie noire qui ajoutait encore à l'obscurité de la nuit. L'âne montait, descendait, côtoyait les rivières et trouvait le gué; il se détournait à propos pour prendre le sentier le plus court, et sans que les muletiers s'en occupassent le moins du monde. Toute la cavalcade le suivait pas à pas, et sans s'écarter jamais du chemin qu'il avait choisi. Les *arrieros* se tiennent d'habitude derrière la caravane, et montent, de temps en temps, sur le mulet qui se trouve près d'eux. Quand le sommeil les gagne, ils se couchent à plat ventre sur une de leurs bêtes, ils entourent leur chapeau d'un de leurs bras, dont ils se font un oreiller, puis ils se laissent aller au mouvement du mulet, sans que jamais il leur arrive malheur. Mais il faut être *arriero* pour s'endormir avec cette insouciance. Dans les auberges, le bât de chaque âne sert de lit. L'Espagnol a toujours avec lui son matelas : c'est un sac que l'on emplit soit de paille hachée, soit de feuilles de maïs. Tout survenant dispose par terre ce coucher d'un nouveau genre, celui-ci dans la cuisine, cet autre dans l'écurie ou même sur l'escalier. On se couche ordinairement tout habillé, et je serais tenté de croire qu'il y a des muletiers qui n'ont jamais ôté leurs habits.

L'aspect pittoresque que présente la *posada* où l'on arrive chaque soir termine dignement la journée du voyageur. Les mulets sont placés ordinairement sous une voûte dans le fond, et ils font un bruit continuel de sonnettes. Les piliers et les murailles se trouvent rapidement ornés de leur brillant *aparejo* (harnais). Les muletiers et les voyageurs, quelquefois leur femme avec eux, se couchent par terre. Au bout d'une grande salle se trouve la cuisine, espèce d'enfoncement entouré de bancs garnis de nattes, où l'hôtesse, la cuiller de fer à la main, verse l'huile à droite, à gauche, et accommode les provisions de quelques *arrieros* encore debout.

CHAPITRE X.

Tarragone. — Traces de la vieille Rome en Espagne. — Aspect b'zarre
de Villaseca. — Une auberge de bohémiens.

Nous quittâmes Barcelone au grand galop, et nous fûmes bientôt ballottés à tous les coins de la diligence, semblables à des dés agités dans un cornet. Chaque secousse nous jetait les uns sur les autres. D'un coup de tête, j'allai, comme un bélier, frapper en pleine poitrine Giraud, qui osait dormir au milieu de cet incroyable pêle-mêle, et je le lançai violemment contre les rudes parois du véhicule. Pour tout autre que Giraud le choc eût été terrible; mais il fut préservé de toute meurtrissure par cette plantureuse forêt de cheveux dont son chef était décoré, et qui devait éveiller à Madrid la jalousie de Dumas lui-même. Nous arrivâmes ainsi à Villa-Franca, où l'on devait s'arrêter pour dîner. Nos sourcils, nos moustaches, nos vêtements étaient tellement chargés de poussière, que nous ne pouvions nous regarder sans rire. Le voisin de Giraud se mit à s'épousseter sans scrupule, et se rendit à nos dépens à peu près présentable. Nous le laissâmes faire à son aise, mais, au moment de descendre à l'auberge, nous lui rendîmes avec usure la poussière dont il nous avait gratifiés. En un instant nous fûmes à table. Le *posadero* s'avançant alors fit connaître à haute voix le prix des vins et du dîner, et une jeune fille vint, le poing sur la hanche, balancer au-dessus de nos têtes un de ces grands éventails qui rafraîchissent agréablement l'air et dont l'hôtesse de Mataro nous avait refusé les honneurs.

Nous n'eûmes pas le temps de visiter Villa-Franca. A peine avons-nous aperçu la nouvelle promenade, qui nous parut fort belle, et l'église, dont le haut clocher porte un ange de bronze. Villa-Franca est, dit-on, le premier lieu de la Catalogne où s'établirent les Carthaginois, qui y furent sans doute attirés par la fertilité des plaines de Penarès. On prétend qu'un de leurs chefs, Amilcar Barcino, fut le fondateur de Villa-Franca; mais on ne trouve dans ses murs aucun vestige de ces temps reculés. Il nous fallut remonter en diligence, et, tout en courant à bride abattue à travers les fondrières, nous en trevîmes la petite ville de Sidgès, gracieusement assise, sur le penchant d'une colline, et dont nous nous étions flattés au départ de goûter les vins excellents.

A Oberdola, un Espagnol, notre compagnon de voyage, nous donna pour des tombeaux romains de profondes cavités taillées dans le roc. Le bourg de Vendrell ne nous offrit rien de bien remarquable. Les femmes travaillaient au milieu de la rue principale, et nous les voyions à notre rapide passage lever sur nous de longs regards tranquilles, puis reprendre presque aussitôt leur tâche monotone. La campagne que nous traversions était riche et riante. Partout la vigne et l'olivier mariaient leurs feuillages. Des champs semés de blé attestaient aussi le travail de l'homme. Les paysans de ces contrées, les plus actifs peut-être de la Péninsule, pratiquent encore, pour la culture des terres, la méthode d'irrigation que les Maures avaient apprise à leurs ancêtres. Nous passâmes bientôt sous l'arc de triomphe de Bara, le *portal del Bara*, ainsi que l'appellent les Espagnols. Bâti sous Trajan, cet arc de triomphe nous frappa, surtout par sa noble simplicité, et par les belles teintes dorées qui s'étendaient sur ses pierres de taille. Les niches des statues, depuis longtemps désertes, donnaient au monument un air d'abandon et de tristesse qui ajoutait encore à sa grandeur sévère. Le donjon de Torredembara nous apparut ensuite. Plus loin s'élevait un château en ruine, avec sa vieille tour qui regarde la mer. Nous arrivâmes enfin à Tarragone aveuglés, rompus, anéantis.

Portée par ses fondateurs au sommet de rochers immenses de plus de sept cents pieds de haut, Tarragone commande encore cette Méditerranée qu'elle sillonnait autrefois d'innombrables vaisseaux. Mais depuis un siècle, vainement elle offre à l'Espagne une admirable position maritime; il semble qu'une sorte de fatalité pèse sur cette cité que d'autres générations ont vue si florissante; les hommes ont peu à peu déserté ses remparts. L'antique colonie des Phéniciens a reçu tour à tour la terrible visite des peuples conquérants. Rome, qui du moins menait partout la civilisation à sa suite, donna à Tarragone un temple, un amphithéâtre, des aqueducs et des palais. Les Scipions l'entourèrent de murailles. Auguste et Adrien l'ont habitée. Puis les barbares descendirent des Pyrénées.

Les Goths s'emparèrent du port et de la ville, massacrèrent les habitants, et détruisirent Tarragone de fond en comble. Les Maures vinrent ensuite et se montrèrent aussi cruels. Chassés une première fois par Louis d'Aquitaine, ils reparurent bientôt, et Tarragone était encore en leur pouvoir au commencement du xiii° siècle. Mais il est dans l'histoire du monde des cités que l'on dirait vouées à une destruction périodique. Depuis le dix-septième siècle jusqu'à nos jours, Tarragone a subi de nouveau des siéges mémorables. Prise en 1640 par Philippe IV, contre lequel elle s'était révoltée, elle est brûlée par les Anglais en 1713. Enfin, un siècle après, en 1813, Tarragone tombe au pouvoir de l'armée française, commandée par le maréchal Suchet. Aujourd'hui cette ville, si souvent dévastée, compte à peine 7 ou 8,000 habitants; tandis que, sous l'empire romain, une population immense s'agitait dans ses remparts, que répara l'empereur Adrien.

En descendant de diligence, notre premier soin fut de demander le chemin de la cathédrale. On nous avait promis un chef-d'œuvre, et vraiment on ne nous avait pas trompés. Nulle part nous n'avons retrouvé une alliance plus heureuse, une plus intime union de l'architecture gothique et du style mauresque. C'est à saint Oldegar que doit en revenir tout l'honneur, car, sous sa conduite, des ouvriers normands se mêlèrent aux artistes sarrasins. On parvient à la cathédrale par un vaste escalier qui ne permet pas d'abord d'en découvrir l'aspect général, mais qui lui donne, en même temps, un caractère de grandeur et de majesté.

Le portail, formé d'arceaux réunis, semble fuir devant l'œil. Des deux côtés de la porte d'entrée, se tiennent dans leurs niches gothiques les statues des douze apôtres. Au milieu d'eux et reposant sur le montant de la porte, s'élève une statue de la Vierge. D'un seul bloc de marbre, ce montant est orné de cinq bas-reliefs qui représentent la création de l'homme et la vie d'Adam jusqu'à la perte du Paradis.

La Vierge, tenant dans ses bras l'enfant divin, est couverte de longues et simples draperies, telles que les exécutaient les artistes naïfs du quinzième siècle. Au-dessus de la Vierge est une belle figure du

Christ qu'implorent des empereurs et des papes. Elle est attribuée à Bartholomé. Le revêtement extérieur de l'église est en marbre. La façade, que décore une rosace gothique, est d'une extrême simplicité qui fait valoir la richesse des détails. Les ouvriers inconnus du moyen âge n'ignoraient pas la science des contrastes, et savaient sacrifier une ornementation trop abondante à la sévère harmonie de l'ensemble. Les battants des portes sont en bois recouvert d'une armure de tôle dont les losanges sont retenus à chaque coin par des clous élégamment façonnés. Les marteaux, d'un joli travail, figurent un monstre qui en étouffe un autre dans les replis de ses anneaux. Ils furent donnés à la cathédrale, ainsi que les peintures, par l'archevêque Gonzalo, de la famille de Medina-Cœli, dont les armes se voient encore sur l'un des battants.

L'intérieur de la cathédrale est simple, grandiose, d'une belle teinte grise qui produit à l'œil les plus heureux effets. Les curieux qui visitent l'église, les fidèles qui, agenouillés, y prient avec recueillement, se détachent du fond avec une singulière vigueur, et l'on se trouve entouré de petits groupes qui réalisent pour ainsi dire de charmants tableaux. Le maître-autel est orné d'un retable dont les clochetons touchent presque à la voûte de l'église. Des statues plus grandes que nature de la Vierge et de deux apôtres occupent le centre et les coins du retable.

Les principaux sujets des bas-reliefs représentent le martyre de sainte Thécla, protectrice de Tarragone. A droite et à gauche du maître-autel, sont pratiquées de petites portes où l'on remarque des dessins gothiques admirables de goût et d'exécution. Elles conduisent derrière le chœur, dont la grille est fort belle. L'orgue est du temps de la renaissance. De toutes parts, les colonnes sont hautes et surmontées de chapiteaux gothiques. La cathédrale renferme plusieurs tombeaux romans attachés au mur, mais trop petits pour renfermer des corps. A côté d'eux se trouvent des têtes sculptées dont quelques-unes sont charmantes d'expression. Nous nous arrêtâmes aussi devant la tombe d'un archevêque de Tarragone, l'historien Antonio Augustin, qui déplorait déjà, au seizième siècle, la décadence de cette grande cité. Puis nous nous rendîmes au cloître.

Le cloître de cette belle cathédrale forme un carré dont chaque face s'ouvre par six grands arcs d'architecture romaine. A son tour, chacun de ces arcs se divise en trois petites arcades que soutien-

nent des colonnettes en marbre blanc. Réunies deux à deux, elles
n'ont qu'un seul chapiteau richement sculpté et toujours d'un dessin
différent. Il semble que l'ingénieux artiste ait voulu épuiser la fécondité de son ciseau par les créations les plus diverses. Ici se confondent les feuillages, les fleurs et les fruits. Là des oiseaux, des
enfants, des têtes d'hommes sont groupés capricieusement. Plus loin
s'offrent à la vue des motifs bizarres, des compositions étranges. Les
générations de religieux qui ont consumé sous ces arcades une vie de
méditations, de pénitences et de prières, ont dû chercher maintes
fois, au pied de ces colonnettes, ces nobles distractions, ces consola-
tions, ces souvenirs que l'imagination de ceux qui ont beaucoup
vécu, beaucoup souffert, trouve toujours dans les merveilles de l'art.

Je visitai, il y a quelques années, dans le midi de la France, les
ruines d'un monastère, dont certains détails d'ornementation se rapprochaient assez des chapiteaux du cloître de Tarragone. J'étais en
compagnie d'un vieux prêtre, qui avait été, dans sa jeunesse, un des
derniers habitants du monastère abandonné. 89 l'avait chassé de cette
paisible retraite.

Vous ne sauriez croire combien le digne homme se plaisait à me
découvrir mille beautés enfouies au milieu des hautes herbes. Il ne
tarissait pas. Je n'oublierai jamais sa joie naïve à la vue d'un merveilleux fragment de sculpture à demi brisé par quelque bande noire.
C'était la représentation de je ne sais quelle légende du moyen âge.
Le vieillard s'animait; il recomposait la scène, et me communiquait
son enthousiasme; il devinait les personnages, et me forçait à les voir
comme lui. On eût dit qu'il racontait quelque poëme inconnu, quelque touchant récit des temps où la religion, la chevalerie et l'amour
enflammaient les âmes. Devant ces ruines, muets témoins du passé,
le vieux prêtre avait senti se réveiller au fond de son cœur des
rêves oubliés; il avait retrouvé avec bonheur les extases infinies
qui jadis avaient enchanté ses promenades silencieuses sous les
arceaux solitaires; il avait ressaisi sa jeunesse. Quand, sur le
soir, de retour au presbytère, je voulus l'interroger encore, le charme
était brisé; il ne se souvenait plus.

On nous montra dans la cour du cloître et sous des arbres singulièrement taillés quelques débris d'architecture romaine. On prétend
que ce sont les ruines authentiques du temple que les habitants élevèrent au divin Auguste, *divo Augusto*, lors du séjour de cet

empereur à Tarragone. On ajoute volontiers qu'après le départ d'Auguste, un palmier poussa sur l'autel et l'ombragea de ses rameaux. Les Tarragonais crièrent au miracle, et envoyèrent à Rome une députation pour annoncer en grande pompe à l'empereur le glorieux présage que lui accordaient les dieux. Mais en fait de miracles, le spirituel païen était, on le devine, d'un goût assez difficile, et il se contenta de répondre qu'il était à croire qu'on avait peu sacrifié sur son autel.

Si Tarragone a perdu son antique splendeur, rien n'a changé autour d'elle : le soleil qui l'éclaire n'est pas moins radieux que du temps des Romains. Martial pourrait encore célébrer le rivage magique de l'opulente *Tarraco*, et ses plaines fertiles, et ses vins dignes de rivaliser avec le falerne.

En sortant de la ville, la campagne prend tout à coup un aspect africain. Giraud et moi nous en fûmes également frappés. Il était midi. La mer, que nous apercevions au bas de la côte, formait plusieurs petites anses, et son bruissement, qui arrivait jusqu'à nous au milieu de tout ce silence commandé par la chaleur, nous berçait agréablement. Pas un être vivant n'animait le paysage. Quelques barques étaient abandonnées sur la rive, à demi penchées dans les sables. Une croix gothique d'un travail précieux se dressait sur le boulevard où nous nous trouvions, et ajoutait encore à la sérieuse beauté du site.

Non loin de là, des hommes étaient étendus à l'ombre sur la terre et dormaient profondément. Nous apercevions à l'extrémité de la ville le môle qui avance au loin son bras jaune à travers les eaux bleues de la mer. De temps en temps s'élevait une brise qui faisait frissonner les arbres ; puis la brise tombait, et tout rentrait dans l'immobilité et le silence. Ce tableau sévère nous arrêta longtemps. Puis nous nous remîmes doucement en marche, interrogeant de moments en moments quelques-unes de ces antiquités romaines qui, aux alentours de Tarragone, surgissent comme par enchantement sous les pas du voyageur.

Nous quittâmes Tarragone à quatre heures du soir. La journée nous avait suffi pour visiter la ville. Nous laissâmes de côté la route de Reuss, et nous prîmes par Villasecca une traverse depuis longtemps abandonnée, et qui donne une idée de l'Espagne d'autrefois. Nous passâmes devant une petite fontaine où des muletiers faisaient

boire leurs bêtes, et nous nous trouvâmes bientôt sur un étroit chemin qui se déroulait en droite ligne à perte de vue. Nous apercevions, en nous retournant, la ville de Tarragone, qui ressemblait de
loin à une immense citadelle, et dont nous pouvions toujours nous
croire à la même distance. Nous marchions seuls et comme perdus
au milieu d'une solitude. Je conseillai à Giraud de nous mettre sur
nos gardes, et bien nous en prit, car nous vîmes presque au même
instant sortir d'un épais fourré de roseaux d'une vingtaine de pieds
de hauteur un Espagnol de grande taille et armé d'un fusil. Cet
homme nous observait et semblait nous attendre. Nous fûmes aussitôt sur la défensive, nos piques dressées et la main à la crosse de
nos pistolets. Mais l'inconnu, en nous voyant ainsi nous avancer résolûment à sa rencontre, ne jugea pas à propos de nous attendre ; il
rentra en grande hâte dans sa forêt de roseaux, et disparut à nos
yeux.

Il était dit que nous n'aurions ce jour-là que l'avant-goût d'une
aventure de voleurs. Nous arrivâmes à Villaseca, et, dès l'abord,
nous pûmes nous croire dans une ville abandonnée des voyageurs.
Les femmes appelaient sur le seuil de leurs portes, les enfants couraient après nous. Les hommes, à leur tour, s'arrêtaient pour nous
voir passer. Les chiens, rassemblés en foule, aboyaient sur nos pas
d'une façon tellement menaçante, que nous étions forcés de nous retourner à chaque instant pour les repousser à grands coups de pique.
Nous traversâmes toute la ville sans trouver une seule auberge. Enfin, à l'extrémité de la dernière rue et déjà sur la route, nous aperçûmes une maison isolée et comme une manière d'enseigne. Quelques
personnes étaient couchées par terre devant la porte. Je m'approchai
d'elles, et m'informai si la maison était une auberge. On ne me répondit d'abord ni oui ni non. Cependant, après quelques instants
d'hésitation, on nous fit entrer. Nous étions chez des bohémiens
Singuliers hôtes ; mais il était trop tard pour aller à Cambrills. Il
fallait entrer, ou nous résoudre à coucher sur la grande route, ou,
qui pis est, sans souper.

Nous restâmes donc à tout hasard. Dans la chambre que l'on nous
donna, la porte se fermait fort bien ; mais devant notre fenêtre, et
devant celle de la chambre voisine, courait un grand balcon par lequel il était fort aisé de pénétrer chez nous. Pas de volets, et des
carreaux en toile. Si je quittais un moment la chambre, je rencon-

trais toujours, en rentrant, un grand bohémien qui me saluait respectueusement en me montrant une longue rangée de dents blanches. Ces apparitions nous rendaient fort vigilants, et nous ne
quittions pas nos sacs de vue.

Cependant, le crépuscule arrivant avec la fraîcheur, on nous servit à dîner sur une terrasse d'où nous eûmes un assez curieux spectacle. C'était l'heure des irrigations. Selon la pratique des Maures,
encore en usage, l'eau détournée d'une source ou d'une rivière passe
d'un champ dans l'autre, et s'étend peu à peu comme une grande
nappe d'argent que viennent dorer les derniers rayons du soleil. En
portant nos regards au-dessous de la terrasse, nous apercevions une
famille de bohémiens qui dînait assise par terre. Au milieu du cercle
qu'ils formaient, un enfant tout nu jouait avec un chien qui semblait
faire partie de la famille, et de temps en temps il venait boire à une
grande cruche que soutenait la mère.

Il y avait à peine quelques heures que nous avions gagné nos lits,
quand je fus réveillé par un bruit sourd qui paraissait venir d'une
cloison fort mince contre laquelle j'étais couché; Giraud l'entendit
aussi, et nous fûmes bientôt debout, le pistolet armé à la main.

Mais rien dans la chambre, et personne sur le balcon. Cependant
le bruit recommença de plus belle, et nous finîmes par reconnaître
qu'il n'y avait pas d'autre brigand que le lévrier des bohémiens, qui
de sa queue battait la cloison.

Nous pouvions partir avant le jour, puisque nous avions payé la
veille, et nous descendîmes l'escalier, sur les marches duquel était
couché un homme en travers. En enjambant par-dessus lui, je heur-
tai du pied une lame qui glissa en résonnant le long des degrés de
pierre. Le dormeur se redressa aussitôt, ainsi que plusieurs de ses
compagnons. Nous avions nos piques en main, et nous les regardâmes
d'une façon résolue. A la première demande, ils nous ouvrirent sans
difficulté. Peut-être ces gens de bohème avaient-ils autant de soupçons contre nous que nous en avions contre eux. Quoi qu'il en soit,
ce ne fut pas sans un vif sentiment de bien-être que nous nous retrouvâmes, à trois heures du matin, libres et dispos, sur la route de
Valence.

CHAPITRE XI.

La venta del Plater. — Voleurs, gendarmes et contrebandiers. —
San-Carlos de la Rapita.

Le soleil se leva bientôt. Ses rayons s'épanouissaient sur de larges feuilles de vigne qui cachaient à demi des raisins vermeils. Nous passâmes successivement les lits desséchés de deux rivières, puis nous arrivâmes à Cambrills, où fleurissent l'aloès et le palmier. Le clocher de l'église est une charmante tour arabe avec ses mâchicoulis. A l'entrée de la ville se trouve, comme presque partout en Espagne, une bonne fontaine, où nous allâmes nous rafraîchir et faire notre toilette du matin. Rien ne nous retenait à Cambrills. Nous n'avions plus, à en croire le guide Richard, que deux lieues à faire pour nous rendre à l'Hospitalet. Le renseignement était bien trompeur, car nous n'en atteignîmes les premières maisons qu'après six heures de marche. Le village, dont le nom indique assez la destination primitive, fut bâti par un prince aragonais pour servir de lieu d'asile et de repos aux pèlerins fatigués. L'hôpital, qui sert aujourd'hui d'auberge, est un vieux château flanqué de tours crénelées, dont le temps a respecté presque toutes les parties.

Nous restâmes à l'Hospitalet pendant les heures du *fuego*, et nous fîmes une étude à l'huile de notre auberge. Le *posadero* nous regarda un instant, puis il s'éloigna en toute hâte et comme frappé d'une soudaine inspiration. Nous l'entendions scier et raboter avec ardeur. Giraud eut l'idée que nos talents de peintre allaient être utilisés. Notre aubergiste revient bientôt près de nous avec une planche carrée, luisante et polie, et après maintes circonlocutions, il finit par nous demander de lui esquisser une voiture et un cheval. Giraud ne sut pas résister à une requête si humblement présentée, et il s'en tira à la grande satisfaction de nos hôtes. L'enseigne de l'Hospitalet représente aujourd'hui, descendant une côte avec ses chevaux empanachés, une superbe *galera* qui doit faire l'admiration de tous les muletiers.

Nous repartîmes à quatre heures du soir. La route devenait abrupte et sauvage. Nous aperçûmes sur une éminence l'ermitage de Notre-Dame de l'Aurore. Cette fois, les sites âpres et pittoresques ne nous faisaient pas défaut ; il n'y manquait que des brigands. C'eût été pour eux le moment de paraître, puisque nous traversions le col de Balaguer et le ravin du Pendu. Nous trouvâmes enfin, au pied d'une longue descente, une de ces *ventorillas* ou petites auberges qu'en Espagne on appelle une source improvisée. Leurs murs de gazon sont soutenus par des piquets, et la toiture, soit de fougère, soit de terre détrempée, est ordinairement égayée par de petites fleurs. De l'anisette, de l'eau fraîche, un banc pour se reposer à l'ombre, voilà toutes les richesses de ces *ventorillas*. Au surplus, notre halte ne fut pas longue. Le soleil allait disparaître, et nous étions encore loin de la *posada* où nous comptions nous arrêter. Quelques maisons disséminées dans la plaine offraient bien un abri au voyageur, mais elles étaient assez éloignées de la route, que nous ne voulions pas quitter, et nous pressions le pas.

Au moment où le crépuscule allait faire place à la nuit, nous découvrîmes enfin sur une hauteur une maison en bois d'assez triste apparence : c'était la *venta del Plater*. Il était près de neuf heures du soir : nous étions partis à quatre heures du matin, et, sauf notre temps de repos à l'Hospitalet, nous avions marché tout le jour. Nous entrâmes donc dans l'auberge malgré sa mauvaise mine, bien décidés à y passer la nuit.

A l'intérieur, une jeune femme distillait de l'eau-de-vie devant un grand feu. Des enfants se roulaient autour d'elle sur la terre nue. Sa figure était jolie, mais d'une expression impérieuse et dure. Elle nous demanda avec brusquerie ce que nous voulions.

— A souper et des lits, lui répondis-je.

Elle se prit à rire avec insolence.

— Des lits ! répliqua-t-elle ; il n'y a pas même à souper.

— Mais avez-vous une chambre ?

— Non !

— Du riz ?

— Non !

— De la morue ?

— Non !

Et de plus elle éclata de rire.

Je sentais le sang me monter au visage

— Au moins vous avez du vin ? lui demandai-je en me contenant.

— Ah ! je crois qu'il y a du vin.

Et, allant le tirer à un tonneau placé près de là, elle nous l'apporta avec un vase plein d'eau.

Il fallait bien faire de nécessité vertu, et nous contenter du peu que consentait à nous accorder cette singulière hôtesse. — Nous allions nous installer devant l'unique table de la *venta*, lorsque cinq grands gaillards d'un aspect passablement rébarbatif entrèrent inopinément, et à leur tour ils échangèrent à notre vue des sourires étranges. Nous rapprochâmes nos piques, et nous nous mîmes sans affectation sur nos gardes. Les Espagnols se placèrent à côté de nous, et la femme, avec laquelle ils paraissaient avoir fait depuis longtemps connaissance, s'empressa d'apporter des assiettes. J'allongeai le bras aussitôt et j'en mis une devant moi. Puis nous vîmes apparaître un énorme plat de viandes accommodées à l'huile, dont le nuage odorant stimula encore notre appétit, déjà fort aiguisé par la fatigue. Je me servis sans cérémonie une large portion de viande, et je me mettais en devoir d'y faire honneur, quand l'Espagnol qui était près de moi s'empara de mon assiette et la posa devant lui en me toisant du regard. Mon parti fut bientôt pris : j'imitai le manége de cet insolent, et je reconquis mon assiette.

— Vous moquez-vous? s'écria-t-il; et tous, menaçants, l'air farouche, se levèrent à demi en se penchant vers moi.

Giraud et moi, nous saisîmes alors pistolets et piques.

— Nous étions à table avant vous, répliquai-je, et nous voulons être servis. Nous payerons.

— Au fait, dit l'un d'eux en se rasseyant, s'ils payent, ils ont droit de manger.

Les autres Espagnols parurent se rendre à cette équitable observation.

L'on passa à Giraud une autre assiette copieusement garnie, et nous pûmes croire un instant que l'altercation en resterait là. Mais à mesure que ces hommes buvaient, ils devenaient bruyants et agressifs. Les têtes s'échauffaient; la salle retentissait de leurs ricanements. J'avais déjà pu saisir dans leur conversation quelques mots provocateurs à notre adresse. La querelle allait recommencer plus vive et plus menaçante, quand parurent tout à coup au seuil de la *venta* quatre hommes armés de fusils. Ils portaient la mante sur l'épaule, la cartouchière à la ceinture, et accompagnaient un convoi de mulets dont nous entendions au dehors résonner les clochettes. Il était facile de voir que nous avions affaire à des contrebandiers.

— Holà ! dirent-ils en frappant la terre de leurs crosses de fusil ; à manger, et dépêchons !

La scène changea comme par enchantement. Nos adversaires reprirent aussitôt leur physionomie calme et taciturne ; ils se reculèrent même avec politesse pour faire place, entre eux et nous, aux nouveaux arrivants, les *contrabandistas*.

— Cavalier, dis je à mon voisin, comme nous vous voyagez bien tard.

— Cavalier, me répondit-il, vous pouvez me parler tant qu'il vous plaira ; mais je ne vous répondrai plus une syllabe.

En même temps, il me tourna le dos et j'en fis autant. Giraud, plus diplomate, tira de sa poche quelques-uns des excellents cigares de M. de Lesseps, et il demanda le *papelito* d'un contrebandier pour en allumer un, ce qui ne se refuse jamais en Espagne. Puis, sans mot dire et avec un sourire tout aimable, il offrit un cigare à son obligeant voisin. Un cigare ne saurait se refuser non plus. Le contrebandier s'humanisa sur-le-champ et entama la conversation avec moi. Giraud acheva sa conquête en passant des cigares aux trois autres, et nous fûmes bientôt les meilleurs amis du monde. Je leur racontai à mi-voix, tandis que les premiers venus causaient bruyamment, l'embarras dont ils nous avaient tirés par leur arrivée, et je pus me convaincre que nous l'avions échappé belle.

— Quand on s'arrête ici, me dit le *contrabandista*, il faut être armé. Il court beaucoup d'histoires sur cette auberge, et, si je voyageais seul, je ne m'exposerais pas à y passer la nuit. Quant à nous, notre métier nous oblige à porter toujours des armes. Sans cela, nous courrions souvent le risque de voir piller nos marchandises. Croyezmoi, cavaliers, armez-vous dans la première ville, si vous voulez voyager en Espagne avec sécurité : une carabine est un porte-respect.

Le conseil était prudent, et on verra bientôt que nous ne tardâmes pas à le suivre. L'heure du repos approchait. Notre farouche hôtesse nous conduisit à la *paja*. On appelle ainsi, dans les auberges du dernier ordre, une sorte de dortoir dont le sol est recouvert à une certaine hauteur d'un lit de *paille* hachée.

Quant à des bottes de paille entières et touffues, vous n'en trouverez pas une par toute la Péninsule, car les Espagnols, pour vanner le

4

froment, écrasent et hachent véritablement les gerbes sous les piéti-
ments de leurs chevaux. On vous pousse donc au milieu de ces monceaux de brins de paille ; par crainte du feu, on vous laisse sans lumière, et vous vous couchez à la grâce de Dieu. Je me fis un oreiller
de ma boîte à couleurs, et je m'endormis bientôt sans souci des voisins inconnus que le hasard m'avait donnés. Giraud, qui étouffait,
préféra sortir et passer la nuit sur un banc à la belle étoile. Les contrebandiers s'étaient couchés dans l'écurie sur la charge de leurs mulets, qu'ils gardaient toujours pendant leur sommeil. Au point du
jour, j'étais à peu près dans un état aussi pitoyable que Giraud lors
de notre passage à Badalona. A peine pouvais-je lever une paupière ;
l'autre avait été la proie d'une araignée ou d'un charançon, et elle
était horriblement gonflée.

Nous nous hâtâmes de sortir de ce bouge, bien heureux d'en être
quittes pour un œil endolori. A la première fontaine, un bain d'eau
fraîche calma un peu le feu de la morsure, et dans la journée je n'y
pensais plus.

Nous marchions depuis longtemps déjà, quand nous aperçûmes,
aux lueurs blanchissantes de l'aube, un groupe de gens qui se dirigeaient de notre côté. C'étaient des soldats, des gendarmes condui-
sant une bande de contrebandiers ou de voleurs attachés deux à deux
par les poignets. Tous s'avançaient avec rapidité et chassaient devant
eux des mulets chargés de nombreux ballots. Le soldat espagnol ne
prend le pas de course que dans les grandes circonstances. Nous
eûmes bientôt l'explication de cette vitesse inusitée. Environ dix minutes après, à un coude de la route, nous tombâmes au milieu d'une
quinzaine d'hommes armés jusqu'aux dents, la plupart sans habits ni
vestes, qui marchaient aussi très-rapidement et paraissaient à la
poursuite de la première troupe. Ils ouvrirent leur ligne pour nous
laisser passer, et ils nous saluèrent en courant du bonjour espagnol :
Buenos dias, caballeros! auquel nous nous empressâmes de répondre : *Buenos dias!*

Nous apprîmes, en arrivant à Perollo, qu'un engagement avait eu
lieu entre des *contrabandistas* et les *escopeteros*. Ceux-ci avaient rem-
porté un premier avantage et fait quelques prisonniers. Mais ils devaient avoir succombé, nous dit-on, dans les montagnes sous l'attaque imprévue des gens que nous avions rencontrés et qui étaient
les plus hardis contreband... du pays.

On s'étonnait que nous n'eussions pas entendu de coups de fusil dans la direction de la *venta del Plater*, et l'on se montrait fort impatient de savoir le résultat de l'expédition. Faut-il ajouter que tous les braves gens qui nous entouraient faisaient des vœux pour les contrebandiers, et n'avaient pas assez d'imprécations contre les gendarmes et les soldats? La vieille Espagne aime ses poétiques bandits, ses brigands pittoresques; elle n'a pas oublié que dans cette guerre de l'indépendance, si fatale à nos armes, elle a trouvé tout à coup dans les *contrabandistas* ses plus énergiques défenseurs.

Le lendemain de grand matin, en quittant Perollo, nous croisâmes un immense convoi d'*arrieros*. Jamais nous n'avions vu tant de chevaux et de mulets réunis, et cette agglomération formait le plus animé des spectacles. Les chevaux et les mulets s'avançaient lentement, la tête empanachée de plumets et toute chargée de tresses de soie qui cachaient en partie les yeux de l'animal et retombaient sur ses naseaux. Des pompons en soie rouge battaient leur poitrail et leurs flancs. La crinière et la queue des chevaux étaient tressées avec soin et entremêlées de larges rubans de laine écarlate. Tous portaient des cloches qui faisaient une bruyante musique. Quelques-uns des muletiers, le cigare à la bouche, étaient assis sur leurs ballots, où ils se laissaient balancer d'un air grave. Le mouchoir sur la tête, les jambes garnies d'élégantes bottines de cuir ouvragé, ils étaient drapés dans leurs mantes bariolées de diverses couleurs. Les autres suivaient à pied et fermaient la marche. Giraud ne put résister au plaisir de prendre un croquis de cette petite scène. C'est ainsi qu'il a enrichi ses cartons de charmants motifs dont l'art profitera quelque 'our.

Le chemin d'Amposta côtoie la Méditerranée. La contrée, autre- ois habitée par les Maures, qui y ont laissé des monuments irrécu- bles de leur passage, est aujourd'hui triste, aride et dépeuplée. Sur a fin de la journée, nous traversâmes l'Èbre dans une barque à voile. s flots profonds s'écoulaient majestueusement. Il nous fallut plus 'un quart d'heure pour arriver à la rive droite du fleuve. Peu après ous arrivions à Amposta. C'est une assez triste ville, que le voisi- age de l'Èbre ne paraît pas avoir enrichie. L'hôtelier chez lequel ous passâmes la nuit nous offrit de nous mener en *carro* à San-Car- os de la Rapita. Il n'exigeait de nous que deux réaux pour sa peine. Nous acceptâmes avec empressement, et partîmes de grand matin.

A mesure que nous nous rapprochions des frontières de Valence, nos yeux étaient charmés par le beau costume des paysans que nous rencontrions sur la route. Un jeune pâtre passa près de notre *carro.*

Il portait sur la tête un mouchoir roulé en forme de turban, d'où s'échappaient en ondoyant de longues boucles de cheveux. Sa chemise de grosse toile laissait le col découvert et dessinait sur sa poitrine de grands plis qui allaient se perdre sous une ceinture de laine rouge. A chacun de ses mouvements, son large pantalon flottait sur ses genoux. Ses jambes étaient nues, et ses pieds protégés par des sandales qu'un ruban bleu venait attacher à la cheville. Il tenait à la main le bâton recourbé des patriarches. Basané comme tous les Valenciens, qui, plus que tous les autres peuples de l'Espagne, ont conservé le type mauresque, ce jeune homme semblait d'un autre temps et comme l'évocation d'un personnage biblique. Nous reconnaissions avec un plaisir mêlé de surprise ces vêtements sévères que les peintres modernes ont adoptés pour les Hébreux.

Nous arrivâmes enfin à San-Carlos de la Rapita, petite ville maritime qui jouit du privilége d'attirer les baigneurs, et qui en France se serait bientôt mise à côté de Trouville ou de Dieppe. Un port peu profond, où les flots se balancent mollement sur un lit de sable, est protégé contre les tempêtes par la digue des Alfaques. Cette digue est une jetée demi-circulaire qui porte dans la mer l'embouchure artificielle de l'Èbre. Bâtie sous Charles III, auquel elle doit son nom, la ville a gardé l'empreinte de la munificence de ce monarque. Mais les monuments principaux, qui promettaient d'être splendides, sont restés inachevés au commencement du siècle : ils respirent la tristesse des ruines sans en avoir la majestueuse gravité.

La journée était peu avancée. Nous résolûmes de poursuivre notre route. Un ancien sergent de Napoléon, nommé Thomas de la Rapita, — c'était le second afranzedo que nous rencontrions, — vint nous faire ses offres de service. Il serait heureux, disait-il, d'obliger des Français, et il nous proposa de nous conduire à Vinaroz. Nous partîmes sur-le-champ. Le *carro* longeait toujours la Méditerranée. A notre droite, de belles montagnes bornaient l'horizon. Sur la route, au milieu de la poussière élevée par la brise, nous croisions incessamment de noirs Valenciens demi-nus et chargés de leurs instruments de labour, des femmes qui portaient dans leurs bras de jeunes enfants aussi bruns que leurs pères. Nous approchions de ce royaume de Valence, que les voyageurs se plaisent à nommer le jardin de l'Espagne. Nous traversâmes bientôt, sur un pont d'une seule arche, la petite rivière de Cenia. Nous avions quitté la Catalogne.

CHAPITRE XII.

Le royaume de Valence.

Vinaroz, avec ses remparts en ruines, ses terrasses arabes et ses rues pavées de cailloux aigus, fut la première ville du royaume de Valence dans laquelle nous nous arrêtâmes. Toutes les auberges regorgeaient de monde. Après avoir été vainement de l'une à l'autre, nous découvrîmes enfin une *posada* pleine de muletiers ou plutôt de *carreros* qui partaient le lendemain pour Castellon de la Plana. Ils nous proposèrent de nous y transporter à raison de trois francs cinquante centimes par tête, et nous nous joignîmes à leur caravane. Ces muletiers étaient jeunes, vifs et hardis; se connaissant tous, ils allaient sans cesse d'une voiture à l'autre. Ils portaient avec eux des outres de cuir de Valence remplies d'un vin généreux, et ils voulaient absolument nous faire partager leurs repas. Ils nous croyaient de la même classe qu'eux-mêmes; nous voyant dessiner, écrire et parler leur langue, ils ne cachaient pas leur admiration de nous trouver si savants.

Nos conducteurs s'arrêtèrent à Beni-Carlo. C'était le jour de la fête de saint Yago, patron de l'Espagne. Tous les habitants avaient revêtu leurs plus beaux costumes. A peine fûmes-nous installés dans la *posada* des muletiers, qu'un *arriero* saisit sa guitare en signe de réjouissance. Dès les premiers accords, la salle d'auberge, qui était aussi, comme partout, une écurie, fut envahie par un flot de danseurs.

Une jeune voisine, marchande de tabac, commença le *fandango* avec un beau muletier. Bientôt on ne vit de tous côtés que des jambes levées et des bras gracieusement agités dans l'air. L'hôtesse, qui regardait du coin de l'œil, n'y put tenir plus longtemps, et entraîna au milieu de ce ballet un des plus élégants *arrieros*. Les castagnettes résonnèrent alors de plus belle.

En quelques instants la gaieté fut au comble; le plaisir devint

contagieux et gagnait jusqu'aux vieillards. Notre hôtesse n'était plus
jeune, mais elle dansait de grand cœur. Ses yeux étincelaient, sa
figure était rayonnante. Malheureusement sa joie ne fut pas de longue
durée. Un bruit aigu se fit entendre. C'était notre dîner qui faisait des
siennes et se sauvait sur les charbons ardents. L'hôtesse courut à ses
fourneaux, laissant là son danseur, qui pirouettait encore. Mais elle
fut si vite remplacée par une de ses compagnes, que le *fandango* n'en
fut pas interrompu.

CHAPITRE XIII.

Castellon de la Plana. — Murviedro. — L'ancienne Sagonte.

Quand nous sortîmes de Beni-Carlo, la chaleur était grande. Les
mules marchaient au pas. Le chant des cigales et le bourdonnement
des mouches, dont les essaims voltigeaient autour de nous, invitaient
au repos. L'heure de la sieste était venue. Tous nos *arrieros* s'endor-
maient peu à peu, abandonnant les voitures à l'instinct de leurs
bêtes. Nous-mêmes, malgré notre incessant désir de voir et de contempler, nous nous laissions aller insensiblement à un demi-sommeil.
Je ne sais comment nous arrivâmes à Alcala de Gisbert.

C'était, on s'en souvient, jour de fête. Tous les habitants étaient
assis à l'ombre dans les rues. Les femmes, comme de véritables Africaines, portaient des pendants d'oreilles tellement lourds qu'il fallait
un cordon pour les soutenir. Les hommes se tenaient immobiles et
graves dans leurs beaux costumes valenciens, variés à l'infini par
leurs mantes diversement bariolées. Nous eûmes à peine le temps de
visiter l'église, qui, bien que d'une époque récente, — elle a été terminée en 1766 et le clocher en 1792, — mérite d'arrêter un instant
les regards avec ses montants découpés à jour et sa grande tour de
pierres de taille. Près de l'église paroissiale, nous en remarquâmes
une autre du même style. Un palmier, qui s'élevait au pied de ses
murailles, contrastait par l'élégance de ses formes avec l'architecture
un peu lourde du dix-huitième siècle.

A Torreblanca, les Espagnols étaient aussi rassemblés devant leurs
portes et sur la place publique, où des jeunes gens noirs comme
des Arabes s'exerçaient au ballon. Un gendarme s'approcha de nos

voitures, et nous demanda nos passe-ports. Voyant que nous étions Français, il voulut absolument nous interpeller dans notre langue. Chaque fois que je m'efforçais de lui expliquer en espagnol une réponse peu comprise, il m'interrompait aussitôt en reprenant :

— Oui, je sais, je sais.

Ce singulier dialogue aurait pu se prolonger longtemps. Il lut enfin sur nos passe-ports : artistes !

— Quels artistes ?

Nous nous empressâmes de lui ouvrir nos cahiers de croquis. Il s'était déjà emparé de nos piques et ne paraissait pas disposé à nous les rendre, ne fût-ce que pour faire devant les gens qui nous entouraient, c'est-à-dire devant toute la ville, quelque petit coup d'autorité. Mais dès qu'il eut découvert dans un de nos albums un gendarme en grand costume dessiné par Giraud, il s'humanisa sur-le-champ, et, montrant le croquis à la foule ébahie, il nous rendit nos piques, nos passe-ports en disant :

— Allons, messieurs, c'est très-bien ! Bon voyage.

Je ne voulus pas le quitter sans lui adresser un petit *speech* en français. Il n'y comprit pas un mot, et se contenta de me répondre en inclinant doucement la tête et en me souriant d'un air d'intelligence. Mais je suis certain qu'il jouit maintenant à Torreblanca et à la ronde d'une belle réputation de polyglotte.

Nous poursuivîmes immédiatement notre voyage. De temps en temps nous apercevions la mer. Le jour baissait déjà lorsque nous quittâmes la grande route pour prendre un chemin de traverse qui nous conduisit bientôt dans la cour d'une auberge : c'était la venta de la Sayneta. Toutes les voitures vinrent se ranger l'une après l'autre sous un immense hangar qui en était déjà encombré. Ce hangar servait à la fois d'écurie et de salle à manger. Le souper fut servi sur une grande table longue, et les muletiers, qui s'attachaient à nous de plus en plus, exigèrent que nous fussions servis les premiers contre l'habitude. Il n'y avait pas de lits dans l'auberge ; notre *arriero* nous abandonna galamment sa voiture, et il s'étendit par terre sur un de ces mauvais matelas improvisés que l'on remplit de paille hachée. Je m'installai de mon mieux au milieu des paquets, et je m'endormis bientôt.

Giraud, toujours voyageur, même au repos, essaya d'abord de la voiture, puis d'une chaise oubliée entre les roues ; il crut enfin avoir trouvé une place convenable sur un banc à côté d'un mulet. Mais faut-il le dire ? quand Giraud dort, il ronfle parfois d'une singulière façon. Le mulet, effrayé de cette musique inaccoutumée, se mit bientôt de la partie, lançant des ruades à droite et à gauche, et faisant danser son collier de sonnettes de manière à réveiller et à assourdir mon malheureux ami. Giraud, on le devine, passa la nuit à pester et à ne pas dormir.

Le jour parut enfin, et nous découvrit une population nouvelle et ignorée. C'étaient des muletiers, des femmes, des enfants, qui sortaient de toutes les voitures comme de trappes de théâtre, avec un bruit, un bourdonnement, un caquetage dont on ne saurait se faire une idée. Cependant, tout ce désordre finit par s'organiser un peu : les voitures défilèrent une à une, et nous nous remîmes en marche par un autre sentier qui ramenait sur le grand chemin.

Nous aperçûmes bientôt à notre gauche, sur une des hauteurs qui dominent la mer, Oropesa avec les ruines de son beau château, que les Français ont détruit, dit-on. Puis nos voitures s'engagèrent dans une gorge d'un aspect triste et désolé. Des montagnes abruptes, entre lesquelles nous avancions péniblement, d'énormes quartiers de roc avaient roulé sur la route. Nous étions abominablement cahotés. Mais un beau spectacle nous attendait au sortir de cet affreux défilé. Le soleil venait de se lever. Nous apercevions à perte de vue les nappes unies de la Méditerranée ; sur la côte, dans le lointain, nous voyions, à travers les vapeurs bleues, une ville qui semblait s'avancer dans la mer, et dont les toits, les clochers renvoyaient des rayons lumineux. La mer étincelait aussi par instants en déferlant sur le sable. Enfin, plus près de nous, se dressaient des montagnes sans verdure, dont la cime était éclairée par les feux rougissants du matin ; la route, taillée dans le roc, étendait devant nous sa ligne blanche et sinueuse, et tout en bas, dans la vallée, nous découvrions Benicassi, la ville arabe, avec ses maisons à terrasse, ses aloès et ses palmiers. Apparition trop fugitive, car la route redevint monotone jusqu'à Castellon de la Plana.

Nous arrivâmes de bonne heure à l'antique *Castalia* des Maures. Lorsqu'en 1233 Jacques Ier d'Aragon s'empara de cette ville, elle s'élevait sur une colline, à une demi-lieue vers le nord. C'est ce roi qui la transféra dans la vallée, et qui lui a donné le nom de *Castellon de la Plana*, Castillon de la Plaine. L'auberge où nous étions descen-

us avec nos muletiers ne se chargeait pas du repas des voyageurs.
Nous nous mîmes en campagne, et nous ne pûmes découvrir dans
oute la ville qu'une seule hôtellerie. Dans la salle à manger, le
hasse-mouche était suspendu au plafond, au-dessus de la tête des
onvives, qui pouvaient l'agiter au moyen d'un cordon. Nous n'eû-
es pas recours à cet expédient, car les mouches se tenaient obsti-
ément fixées sur un buisson chargé de sucreries, qui, par un surcroît de précaution, était attaché dans un coin de la salle. C'est ainsi
ue, dans les auberges du Forez ou du Lyonnais, on se délivre des
mouches en suspendant au milieu des salles à manger de longues
uirlandes de papier découpé.

Le repas terminé, nous visitâmes l'église principale, dont la belle
rte gothique s'allie heureusement à quelques réparations moder-
es, et la Torre de las Campanas (la Tour des Cloches), qui s'élève,
'solée, sur la place de l'hôtel de ville, et date de la fin du seizième
iècle. Puis nous sortîmes de la ville, et nous nous arrêtâmes longtemps devant un groupe de palmiers qui, avec les murailles brûlées
d'une église, formait un paysage d'un grand caractère. Nous nous
assimes à la porte de Castellon. La nuit s'approchait. C'était l'heure
où l'on rentrait en ville. De nombreux paysans, les uns avec leurs
gilets de velours ronds, les autres drapés dans leurs manteaux, chassaient devant eux des mulets dont les paniers en tresses de jonc
portaient des pyramides de melons verts. Les femmes, les enfants,
faisaient voler la poussière autour d'eux ; on eût dit qu'ils s'avançaient dans un nuage. Puis venait une voiture trainée par une mule
et surchargée de paysans. Un âne suivait paisiblement. Dans l'un des
paniers à moitié pleins était un enfant endormi. Dans l'autre se tenait debout un autre enfant un peu plus âgé qui levait sa jolie tête et
ses cheveux blonds, tandis que la mère, portant sur la tête une am-
phore d'une forme délicieuse, suivait en souriant. Le soleil descendait à l'horizon. Les montagnes les plus éloignées s'enveloppaient
déjà d'une teinte grise et froide qui faisait valoir le ton chaud des
remparts arabes, encore éclairés par les dernières lueurs du couchant. En rentrant dans la ville, nous fûmes attirés par les sons d'un
violon et de plusieurs guitares qui donnaient une sérénade. Les musiciens s'éloignèrent bientôt en jouant toujours de leurs instruments.
Nous les suivîmes longtemps avec la foule ; nous aurions ainsi passé
la nuit entière.

Il se trouvait dans l'auberge où nos *arrieros* s'étaient arrêtés une diligence qui conduisait à Valence pour le prix de quatre francs environ, et qui partait à deux heures du matin. Nous la prîmes jusqu'à Murviedro, l'antique Sagonte, qui excitait vivement notre curiosité. En sortant de Castellon de la Plana, nous passâmes le Millarez sur un beau pont construit en 1790; nous arrivâmes à Villaréal, qui était autrefois la maison de campagne des enfants de Jacques Ier. Villaréal est une ville toute moderne; nous ne trouvâmes rien de l'ancienne cité, saccagée et détruite en 1706 par les troupes de Philippe V. Tous les édifices actuels datent du siècle dernier. Nous atteignimes ensuite Nulez, bourg entouré de remparts; on y voit encore quelques antiquités romaines. Nous traversâmes Almenara (en arabe, *lanterne*), que la mer baignait autrefois, et où s'élevait alors à la place d'un temple de Diane un phare bâti par les Maures. La route s'avançait au milieu des vignes et des caroubiers. A mesure que nous nous approchions, les ruines de l'ancienne Sagonte se développaient à nos yeux.

De longues lignes de remparts flanqués de tours couronnent les hauteurs où se trouvait Sagonte. Comme toutes les vieilles villes, cette antique cité, que la guerre a si souvent éprouvée, a délaissé dans des temps plus paisibles la position formidable qu'elle occupait sur la montagne; elle est sortie de ses murailles pour s'étaler joyeusement dans la plaine sous le nom de Murviedro. Fondée, dit-on, par les Grecs de Zante, Sagonte fut jadis un port que la mer, en se retirant peu à peu, a laissé à sec. Aujourd'hui elle est éloignée de plus d'une lieue de la Méditerranée. L'histoire a raconté les infortunes de Sagonte et les siéges mémorables qu'elle a soutenus héroïquement dans l'antiquité. On y découvre cependant au milieu des ruines amoncelées par ses dévastateurs, depuis les Carthaginois jusqu'au maréchal Suchet, quelques précieux vestiges de son ancienne splendeur. Le temple de Diane s'élevait à la place même où se trouve le couvent de la Trinité.

On déterra, il y a un siècle, un superbe pavé en mosaïque provenant d'un temple de Bacchus. Ferdinand VI le fit entourer d'une enceinte de murailles, qui ne le protégea pas contre les dévastations, et c'est à peine si l'on en trouve aujourd'hui quelques fragments.

Le fameux théâtre romain, que l'on accuse les Français d'avoir détruit en partie pour réparer le château, était construit sur un mon-

icule au-dessus de la ville, vers laquelle l'orchestre était tourné.
'architecte s'est servi des assises de la colline même pour y poser
n amphithéâtre. De cette éminence la vue est admirable, et les plai-
irs de la scène devaient être rehaussés encore par la magnificence
u paysage.

La citadelle avec les deux tours de San-Fernando et de San-Pablo
st située au sommet de la montagne, et occupe probablement la
lace de l'ancienne. En y montant, près de l'entrée on remarque des
asses de maçonnerie qui doivent provenir de l'ancien château. La
itadelle nous retint peu de temps. On nous montra toutefois des
iternes arabes, que l'on suppose bâties sur les ruines d'un temple
omain, dont on rencontre çà et là quelques fragments sculptés. Cette
itadelle fut prise par Suchet après un brillant fait d'armes. Le ma-
échal n'avait avec lui que vingt mille jeunes soldats, tandis que son
dversaire, le général Blake, comptait vingt-cinq mille hommes de
ieilles troupes, qui furent battues et mises en fuite sous les yeux de
a garnison, qui livra aussitôt la citadelle.

De retour à la ville, autrefois appelée *muros viejos*, vieilles mu-
ailles, dont la corruption a fait Murviedro, nous entrâmes un instant
ans un cabaret, et nous apprîmes avec joie que des courses de tau-
eaux avaient lieu à Valence, et que le lendemain était le dernier
our. Le *taureador* n'était rien moins que le Chiclanero, le fameux
eveu de Montès. Cela devait être. Giraud, depuis plusieurs jours,
e rêvait que *corridas;* il n'eut pas de cesse que nous ne fussions
rtis.

A peu de distance de Murviedro, la route se garnit d'hôtelleries
t de maisons; puis s'offrent aux regards des villes éparses, des bois
'oliviers et de caroubiers. Les montagnes qui nous avaient sans cesse
ccompagnés depuis les Pyrénées s'ouvrirent tout à coup. Nous les
îmes en quelque sorte se replier sur elles-mêmes, comme un serpent
ui rassemble ses anneaux pour laisser se dérouler ces plaines ma-
nifiques que l'on appelle la *Huerta* de Valence. C'est là que Jaime Ier
éfit le roi maure Zaen et conquit Valence en 1237.

La route était bruyante et poudreuse. C'était une affluence im-
ense de promeneurs et de passants. C'était un retentissement continuel de cloches de mulets, de chansons nasillardes, de voix qui
'appelaient et se répondaient. Nous demandâmes la cause de ce concours et de tout ce fracas. Nous apprîmes que tout ce monde revenait

déjà de la course de taureaux. Des femmes étaient en croupe derrièn
leurs maris; d'autres s'étaient entassées dans des charrettes, et l
hommes les suivaient à pied, la guitare à la main. Cette espèce
caravane soulevait une épaisse poussière, qui, en voilant le fond d
paysage, n'en faisait que mieux valoir les sites animés du premi
plan. Nous aperçûmes hors du grand chemin la belle Chartreu;
d'Ara-Christi et le couvent de la Cruz-del-Puch. Nous passâmes de
vant le couvent de Los Reyes, autrefois l'Escurial de l'Espagne. No
vîmes après cet antique édifice les maisons se serrer davantage; c'é
taient les faubourgs de Valence qui commençaient.

La ville était bien autrement encombrée que la route, et not
voiture avançait à peine; il régnait dans les rues une activité étou
dissante. C'est que de vingt lieues à la ronde on était accouru
Valence pour assister à une course de taureaux, et cette affluen
décuplait pour quelques jours la population. Notre voiture s'arr'
précisément à l'hôtel où logeaient les *torreros*.

C'était une auberge d'assez belle apparence. Par la grande por
ouverte à deux battants, la foule entrait et sortait sans cesse. Beau
coup de gens se tenaient aussi assemblés devant une affiche pos;
près de la première fenêtre de la maison. « Si le temps le perme
disait l'affiche, il y aura aujourd'hui grande course de taureaux da
la *plaza* de Valence. » L'affiche donnait le nom des premières épé
parmi lesquelles on distinguait le nom du Chiclanero.

Etait-il possible pour des voyageurs d'arriver plus à propos à V
lence? A peine avions-nous lu cette séduisante annonce, que no
aperçûmes quelques *chulos* qui traversaient la cour dans leur écla
costume. Giraud les dévorait de l'œil; je m'approchai d'un *picado*
pour lui demander quelle était l'utilité d'une tresse de cheveux trè
mince qu'il portait sur le chignon de la tête. Cette tresse, que rele
vait un petit peigne, tranchait singulièrement sur les cheveux cou
ras et nous intriguait beaucoup.

Le *picador* parut surpris de ma question, et me répondit que cet
tresse servait à attacher un nœud de ruban

— Si vous voulez voir des *chulos* au grand complet, me dit-il, e
trez dans cette chambre. Plusieurs sont déjà prêts.

Il me désigna du doigt une petite porte que nous nous hâtâm
d'ouvrir. Nous avions nos entrées dans les coulisses.

CHAPITRE XIV.

Valence. — La venta des toreros. — La Corrida.

Un étonnement qui n'avait rien que d'agréable nous arrêta un in·
ant sur le seuil de la chambre. A notre gauche, deux *toreros*, l'un
ebout, l'autre étendu sur son banc, se tenaient immobiles, tandis
u'un troisième, appuyé contre la table, pinçait de la guitare en
éritable artiste. Tous trois, le col nu, portaient l'élégant costume an-
alou : petite veste surchargée de broderie, gilet perdu sous la cein-
ure, culotte courte et collante, bas de soie et souliers de satin. Celui-
i, vêtu de satin bleu avec broderies d'argent, avait roulé négligemment
utour de son bras son manteau de soie jaune. Le costume des deux
utres était en satin blanc brodé d'or, que rehaussait encore la cou-
eur rose des ceintures et des manteaux. Derrière eux on apercevait
a tête d'un *picador*, déjà coiffé de son large chapeau plat.

Au milieu de la chambre, deux danseuses, cambrées et trépignantes,
ndissaient aux sons de la guitare. Leurs jolis doigts faisaient ré-
nner les castagnettes en cadence. Souples et nerveuses, tantôt elles
'éloignaient avec rapidité et se rejetaient gracieusement en arrière;
tantôt, haletantes et les yeux à demi voilés, elles se rapprochaient
l'une de l'autre et s'embrassaient sur la bouche en passant. La première, d'une merveilleuse beauté, levait fièrement sa grande figure
pâle, et promenait sur ses admirateurs des regards superbes et de
dédaigneux sourires. Des fleurs rouges se jouaient dans ses cheveux
noirs, qui luisaient comme l'aile bleue des corbeaux. La seconde,
non moins belle, portait une robe de satin blanc. Des cascades de
volants retombaient sur sa blanche basquine, où couraient capricieusement mille dessins argentés. Toutes deux avaient la poitrine et les
bras découverts. Un nœud de rubans argentés flottait derrière leur
tête et s'unissait aux tresses de leurs chevelures, que surmontait un
peigne d'or.

La chambre regorgeait de spectateurs, plutôt Andalous que Valenciens, qui sans doute étaient venus de Séville ou de Ronda, avec la
troupe de *toreros*. Dans le fond, quelques personnes étaient groupées
devant le foyer de la cuisine. Ici, près de deux jeunes Andalous, une
belle femme rieuse, la mante rouge sur la tête, faisait rouler des

5

castagnettes, et par intervalles jetait aux danseuses quelques mots d'encouragement et d'admiration.

A côté d'elle, et simplement assise sur la terre nue, une brillante *moja*, avec sa mantille noire, agitait négligemment son éventail. Plus loin, un gros *mayoral*, flanqué de son pauvre *delantero*, jouissait paisiblement de ce spectacle, tandis qu'un petit bohémien, monté sur un banc pour mieux voir, agitait de temps à autre son chapeau en l'air et manifestait sa joie par des cris sauvages. Quelle charmante scène! Quel ravissant motif pour des artistes en quête de sujets! Rien n'y manquait : l'éclat et la variété des costumes, les poses gracieuses des personnages, les groupes disposés à souhait, et par-dessus tout le mouvement, l'animation, la vie. Quand je me retournai du côté de Giraud pour partager avec lui mon plaisir, Giraud dessinait déjà avec acharnement. La *venta des toreros* à Valence sera peut-être son prochain tableau d'exposition.

Nous voulions à tout prix assister à la *corrida*. Je m'adressai à un *torero* qui se trouvait près de nous, et je lui demandai des billets. — Des billets! il n'y en a plus; peut-être en trouverez-vous à l'auberge du *Lion d'or*. — J'y cours, point de billets. Désespéré, je me rends enfin à l'*Ayuntamiento* (l'hôtel de ville), et j'en trouve deux. Mais je n'avais que quelques pièces d'or dans ma ceinture, et en Espagne c'est presque comme si l'on n'avait rien. — Vous entrez dans une boutique et vous payez avec de l'or. Mais le marchand n'a pas de balance, et il vous refuse, car sans balance l'or n'a pas cours par toute la Péninsule. — Je parvins pourtant, non sans peine, à résoudre cette grave difficulté, et nous voilà partis pour la course de taureaux.

Nous nous mêlons à des flots de peuple et nous finissons par pénétrer dans l'intérieur du cirque, où la foule se répand sur les gradins en bois de l'amphithéâtre. Ces gradins sont disposés de telle sorte que, lorsqu'il y a foule, vous avez une personne entre les jambes et vous êtes vous-même entre les jambes d'une autre. Les spectateurs s'échelonnent ainsi jusqu'aux balcons, où se trouvent, derrière une balustrade, les loges réservées au monde élégant. Par hasard, nous avions acheté des *tendidos*; nous devions nous confondre avec la masse du public. Je me trouvai placé entre deux belles et brunes Espagnoles, qui étaient faites pour donner une haute idée du type valencien. Pouvais-je désirer mieux?

Au centre de l'amphithéâtre se développe une vaste arène, puis entre l'arène et l'amphithéâtre court une sorte de chemin de ronde protégé par une barrière d'environ quatre pieds de haut. Cette barrière est coupée au milieu par un rebord en bois très-utile aux *chulos*. Ils y posent le pied pour franchir la palissade et se dérober ainsi aux cornes meurtrières du taureau. De distance en distance des échancrures sont également pratiquées dans la barrière, et ménagent une fuite aux combattants malheureux.

C'était un ravissant spectacle que ce cirque de Valence envahi par la foule. Soit qu'ils fussent à l'ombre ou au soleil, les spectateurs s'agitaient sur leurs siéges comme un public français. Ils applaudissaient avec impatience et comme pour appeler les *toreros*. Quelquefois, se reconnaissant d'une place à l'autre, ils s'interpellaient à haute voix. Les marchands d'eau, les *aguadores*, s'avançaient debout au milieu de la foule assise, s'arrêtant à chaque gradin avec un panier de gâteaux d'une main, un panier de verres de l'autre, le petit baril d'eau fraîche en bandoulière, et criant à tout moment : *Agua fresca! agua fresca!* Giraud, qui dès notre installation sur les gradins avait déjà repris ses crayons, se mit bravement à dessiner et les *aguadores* et les gardes municipaux de Valence, dont le costume est ravissant. Vous devinez son succès; nos voisins nous prodiguent mille gracieusetés. On sait bientôt que mon ami n'a jamais vu une *corrida*, et chacun se promet d'examiner sa contenance *au premier sang*.

Tout à coup retentit une musique guerrière. Les troupes traversent l'arène. Le commandant politique, gouverneur de la province, fait son entrée et prend place dans la loge d'honneur. En même temps s'ouvre une des portes du cirque. C'est le corps municipal, que précède son chef avec un habit à manches rouges. Derrière eux s'avancent les *toreros*. Voici d'abord les *spadas primas et segundas*, les premières et secondes épées; puis les *chulos*, dont les riches costumes attirent tous les regards. La plupart sont drapés dans leurs manteaux de soie. Montés sur leurs chevaux andalous, les *picadores* ferment la marche. Avec leurs vestes courtes et leurs culottes de peau rembourrées, ils se tiennent, la lance à la main, juchés pour ainsi dire sur leurs selles arabes et leurs larges étriers. Le cortége s'avance processionnellement et vient saluer le gouverneur de la province. Le président lit ensuite la *banda*, — c'est une sorte de proclamation qui rappelle au public l'ordre à observer dans les courses, — et se retire avec sa suite.

Toreros, *chulos* et *picadores* se rangent en bataille. Mais quel est le singulier personnage qui reste seul dans l'arène et qui se dresse sur ses étriers devant la loge du chef politique? — C'est l'alguazil de service, qui attend, le chapeau à la main, qu'il plaise au gouverneur de lui jeter les clefs du *toril*.

Ces clefs, qui vont ouvrir au taureau la carrière, l'alguazil doit, selon toutes les règles, les recevoir dans son chapeau. Mais il ne fut pas heureux ce jour-là. Les clefs roulèrent dans l'arène à si grande confusion. Cependant un *toreador* les ramasse et les remet à l'alguazil. Le pauvre homme n'était pas au bout de ses mésaventures. Il veut diriger son cheval vers la porte du *toril*; le rétif animal se cabre, recule et refuse obstinément d'avancer. Les éclats de rire s'élèvent de toutes parts, les quolibets se croisent, et tout à coup s'ouvre aux galeries un immense éventail de plus d'un mètre de long, qui, se balançant dans l'air, semble vouloir ranimer l'alguazil tremblant de tous ses membres. Le *toreador* saisit enfin la bride du cheval. Notre maladroit lui remet les clefs et se dérobe précipitamment par le chemin de ronde aux huées toujours croissantes du public.

La porte s'ouvre. Un frémissement de curiosité parcourt l'assemblée. Toutes les têtes se penchent à la fois en avant, comme les cimes d'une forêt inclinées par l'orage. Enfin le taureau paraît. Celui-là est d'humeur impétueuse, car, sans regarder autour de lui, et les cornes baissées vers la terre, il se précipite, dès son entrée dans l'arène, sur le premier *picador*. Nous entrevoyons un cheval qui se dresse et qui, presque aussitôt, se renverse rudement sur son cavalier. Le taureau est déjà plus loin. Le second cavalier roule à son tour dans le sable à côté de son cheval, dont la robe noire se souille d'une large tache de sang. Pour la première fois éclatent les applaudissements. *Bravo, toro! bravo, toro!* La lance en arrêt, le troisième *picador* attend l'animal vainqueur; mais, dans le coup qu'il lui porte, sa lance se brise. Il tourne bride, et le taureau, légèrement blessé, va frapper du front la barrière. Un *chulo* se détache alors du groupe des *toreros*, il amuse le taureau avec sa cape de soie pendant qu'on relève les *picadores* qui se remettent en selle. Les chevaux, dont les flancs ouverts laissent voir les entrailles, galopent encore au milieu de l'arène, qu'ils arrosent de longues traînées de sang. Nos voisins regardent

Giraud, qui, pâle comme un mort, est sur le point de se trouver mal.

— C'est affreux! me dit-il; partons.

— Partir! Comment partir au milieu de cette foule? Attends un peu; ça ne sera rien... Ah! regarde donc.

Un *chulo* tout vêtu de soie noire s'avançait en souriant à la rencontre du taureau. L'animal furieux s'élance les cornes baissées; le *chulo* saute par-dessus sa tête et retombe gracieusement à terre quelques pas plus loin, attendant une nouvelle attaque, immobile, les bras croisés.

— Bravo parbleu! s'écrie Giraud.

— Attention! lui dis-je; c'est le Chiclanero : son nom est dans toutes les bouches.

Tout à coup le public pousse mille cris confus.

— Que veulent-ils? me demande Giraud.

— Ils veulent que le Chiclanero cape le taureau.

— Qu'est-ce que cela veut dire?

— Tu vas voir.

Le Chiclanero déploie son manteau de soie et le présente au taureau, qui se précipite. Mais c'est en vain. L'habile *chulo* répète sa manœuvre; il voltige autour de l'animal, qui le poursuit toujours de ses cornes menaçantes, et chaque fois il lui échappe en sautant légèrement de côté, en faisant frémir la soie de sa mante. Après plusieurs passes rapides, il s'esquive enfin et se pose drapé comme une statue antique. La foule applaudit à tout rompre. Une pluie de chapeaux tombe dans l'arène.

— Qu'est-ce que cela? demande Giraud.

— Une manière d'applaudir.

Et pendant cinq minutes les *chulos* furent occupés à renvoyer les chapeaux à leurs propriétaires.

— Comment cela va-t-il? dis-je à Giraud, qui venait d'applaudir au grand contentement de nos voisins.

— Cela va mieux. Je crois que je pourrai rester.

Au même moment, le taureau se jette sur le cavalier qui déjà l'avait si brillamment reçu. La lance plie, elle casse, et le taureau frappe le cheval au poitrail, le renverse et s'éloigne.

Le sang ne coulait pas.

— Il n'est pas blessé, dit Giraud.

— Je crois que si, lui réponds-je.

Le *picador* descendit de cheval et fit ôter la selle.

— Pourquoi cela? demande Giraud.

— Eh! parce que le cheval est mort.

Et presque aussitôt la pauvre bête tomba sans vie sur le sable. Mais le taureau se précipitait déjà à la rencontre d'un autre *picador*. Le combat fut de courte durée. Le terrible lutteur enleva au bout de ses cornes le cavalier et sa monture, et, les jetant au milieu de l'arène, il s'acharna à les rouler sur le sable comme un laboureur armé d'une fourche retourne une meule de foin. Les *chulos* accoururent au secours du *picador* et du cheval, qui resta étendu par terre tandis qu'on emportait son maître sans connaissance.

Bientôt après les trompettes résonnèrent : c'était le signal des *banderillos*. Oh! pour le coup, Giraud était charmé; tous ces élégants *chulos*, sveltes et gracieux, abordaient résolûment le taureau et lui enfonçaient dans le col des espèces de quenouilles garnies de papier découpé et terminées par un fer en forme d'hameçon. Leurs mouvements étaient si précis, que les cornes du taureau les effleuraient toujours sans les toucher. A chaque *banderillo* le taureau mugissait; on le voyait bondir avec furie et secouer en désespéré ces flèches sanglantes qui lui formaient une sorte de crinière. Alors la trompette sonna de nouveau. Les *chulos* se retirèrent comme par enchantement, et le *matador*, armé d'une courte épée et agitant un petit drapeau rouge, s'avança dans l'arène à son tour.

C'était encore le Chiclanero. Les *picadores*, devenus inutiles, s'étaient réfugiés dans le chemin de ronde, et, convertis en simples spectateurs, ils se tenaient immobiles, appuyés sur leurs lances.

Le Chiclanero se dirigea d'abord avec une souplesse gracieuse vers la loge du gouverneur, auquel il adressa, au milieu du silence de la foule, un petit discours; puis, jetant en l'air sa *mantera* (son bonnet), en forme de péroraison, il se campa en face du taureau. Après avoir fait plusieurs passes, il saisit le moment où le taureau s'élançait sur lui et, s'esquivant de côté avec adresse, il enfonça son épée jusqu'à la garde dans le col de l'animal. Entraîné par son élan, le taureau fit encore quelques pas, chancela, mugit sourdement et tomba sur le sable : il était mort. Un tonnerre d'applaudissements, suivi d'un nouveau déluge de chapeaux, salua sa chute.

— *Toro! toro!* criait tout le peuple à la fois,

— Que veulent-ils encore? demanda Giraud.

— Ils veulent, lui répliquai-je, que le gouverneur, selon la coutume, fasse présent du taureau tué au Chiclanero... Tiens, il vient de l'accorder au vainqueur! et le public trépigne... Cela vaut huit piastres (environ 42 fr.) pour le Chiclanero.

De nouvelles fanfares se firent entendre en ce moment, et des mulets richement caparaçonnés, dont les traits venaient se réunir à un gros crochet de fer, sortirent d'une porte de côté et firent le tour de l'arène au bruit du fouet de leurs conducteurs. On les approcha à grand'peine du taureau, dont le corps les effrayait. En un instant les cornes furent liées au crochet de fer, et les mulets repartirent au triple galop, traînant après eux le cadavre de la victime, qui traçait un profond sillon dans la poussière. On en fit autant pour enlever les chevaux, puis l'on vint jeter de la terre pour cacher les traces de sang.

Pendant cet entr'acte, un de nos voisins qui avait visité la France se retourna vers nous.

— Eh bien! dit-il à Giraud, votre émotion est-elle passée?

— Merci, répondit mon ami, cela va mieux.

— Oh! poursuivit notre interlocuteur, vous deviendrez bientôt, comme nous le sommes tous, passionnés pour ce genre de spectacle; vous saurez alors apprécier les *suertes* et les coups d'adresse, et vous goûterez un bien autre plaisir. Vous connaîtrez les diverses manières d'enfoncer l'épée. Vous distinguerez à première vue les taureaux *levantados*, *parados* et *aplomados*.

— Ceci, dit Giraud, demanderait une explication.

— Rien n'est plus facile. Les taureaux *levantados* sont ardents et courageux; ils courent sur l'épée la tête basse, et on les tue facilement. Les *parados* sont des adversaires plus dangereux : ils évitent l'épée et ne se livrent pas. Les plus terribles sont les *marejos y desentidos*. Dans leur ruse, ils ne se précipitent jamais sur le drapeau, mais sur l'homme, qu'ils attaquent de côté et atteignent souvent. Quant aux *aplomados*, ce sont des taureaux lourds et lâches dont le *torero* a facilement raison. Il y a encore les *alevantados* qui fuient honteusement devant le *picador*; ceux-là, on les livre aux chiens...

Notre voisin s'interrompit tout à coup.

Le spectacle recommençait. On venait d'ouvrir la trappe des *toros*. Chacun avait repris son ordre de bataille. Les *picadores* se tenaient

la lance à la main. Le nouveau *toro* était un sauteur. Au lieu d'attaquer le cheval, il atteignit la figure du premier *picador* et le bless
de sa corne. S'étant élancé sur le second de la même manière, celui-
ci saisit la corne de la main et para le coup; mais le choc fut tellement rude que cheval et cavalier culbutèrent l'un sur l'autre, et ne
purent se dégager qu'avec l'aide des *chulos*. Le cheval se releva à
moitié mort; on lui ôta la selle, et il s'avança en chancelant au milieu de l'arène. Rencontrée par le taureau, la pauvre bête fut éven-
trée par le terrible animal, qui s'acharna sur elle avec une insatiable
férocité. Les *chulos* lui firent enfin lâcher prise. Alors il se précipita
contre un *picador*, qui le reçut sur sa lance. L'arme plia, mais ne
cassa pas, et nous vîmes s'engager une admirable lutte, dans laquelle
l'homme, inébranlable sur ses étriers et penché en avant, soutenait
sans fléchir l'assaut et le poids du taureau. L'enthousiasme était au
comble.

— Il est plus fort que le *toro!* s'écria notre voisin.

Cependant le taureau fatigué opéra une sorte de retraite dans le
chemin de ronde, qui fut vide en un clin d'œil. Mais là il se trouva
fort à l'étroit, et reçut une grêle de coups si drue de tous les spectateurs qui du haut de l'estrade le frappaient à l'envi, qu'il se jeta
dans la première porte pour retourner dans l'arène.

Dès qu'il y reparut, le public demanda unanimement le Chiclanero
pour *matador*. Ce n'était pas son tour, mais en Espagne, pour ces
sortes de spectacle, la volonté du peuple fait loi. Le Chiclanero se
hâta d'obéir au désir de la foule, et, après plusieurs passes des plus
gracieuses, il tua le taureau en faisant une demi-volte.

— C'est un *volapié*, dit toujours le même voisin; c'est magnifique!

Toutes les mains, tous les chapeaux, tous les mouchoirs étaient
agités dans l'air, qui retentissait des cris mille fois répétés de *Toro!*
Le Chiclanero vint de nouveau saluer le gouverneur, qui lui répondit en souriant par des signes d'approbation.

A la course suivante un *chulo tomba*, le taureau se lançait sur lui
la tête basse; mais le Chiclanero vit le péril, il saisit l'animal par la
queue et le tira à lui. Le taureau, furieux, s'élança sur l'agile toréa-
dor, qui, sans lâcher prise, le suivit en tournant dans ses bonds terribles, à peu de distance des cornes, dont il évitait habilement les
atteintes. Enfin il le quitta brusquement, se posa à quelques pas de
lui, et s'éloigna, gracieusement drapé dans son manteau, sans même

se retourner, tandis que l'animal restait là indécis et immobile. L'amphithéâtre fut de nouveau jonché de chapeaux. Giraud, cette fois, ivre de joie, s'écria :

— Ah! bah! va pour la casquette!

Et il lança la sienne au milieu de l'arène.

Giraud acquit à l'instant une immense considération parmi tous ceux qui nous entouraient, et nous devinmes populaires grâce à la casquette de Giraud.

CHAPITRE XV.

La Huerta do Valence et le tribunal des Agueros. — L'église de los Apostoles. — La tour do Miquelete. — Lo Grao. — Le perruquier antiquaire José Perez.

Ce qu'il y a peut-être de plus curieux dans les combats de taureaux, dans ces scènes si espagnoles, c'est la passion qu'y portent non-seulement les hommes, mais les femmes. Cette passion se traduit de deux façons bien différentes. Parmi ces aimables spectatrices, les unes, ardentes, enthousiastes, témoignent par leurs gestes et par leurs cris des émotions dont les pénètrent les tragiques incidents de la lutte; d'autres, au contraire, paraissent d'autant plus calmes qu'au fond leurs sentiments sont plus vifs. Telles étaient mes deux voisines.

Elles marquaient avec une épingle les blessures, les chevaux tués, les coups de lance, sur une de ces petites cartes que l'on vend à l'entrée des amphithéâtres et qui portent d'ordinaire le nom du taureau, son âge et ses couleurs. C'était le plus gracieux tableau d'impassibilité féminine. Volontiers on eût dit d'elles avec Byron : « Les yeux de la beauté ne se détournent pas et ne témoignent même point une feinte tristesse. »

Les couleurs du taureau ne sont pas autre chose qu'une cocarde plantée avec un hameçon sur le dos de l'animal au moment où il est introduit dans l'arène. Elle sert à désigner l'éleveur qui l'a vendu à la troupe des *toreros*. Plus le taureau met de chevaux hors de combat, et plus son premier propriétaire acquiert de droits à la faveur du public. C'est en Espagne un aussi grand honneur d'avoir vendu un taureau indomptable qu'en Angleterre de posséder un cheval vainqueur dans les courses. Aussi quelques éleveurs payent-ils sous

5.

main les *picadores* pour qu'ils fassent bon marché de la vie de leurs
bêtes, à la plus grande gloire du taureau et de son maître.

Les *picadores* sont admirables d'audace et de sang-froid. Presque
certains d'être renversés, ils se présentent vaillamment au taureau,
ils le poursuivent, le harcèlent, l'agacent, et, quand l'animal ne répond pas à leur gré aux attaques, ils lui piquent les naseaux avec la
pointe de leurs lances. C'est là une provocation qui ne manque jamais son effet. Le taureau, dont le souffle puissant arrive jusqu'au
spectateur, bondit tout à coup, et le combat commence. La figure du
picador est belle à voir en ce moment. Pas un muscle de son visage
ne s'agite. Il a toujours le sourire sur les lèvres et reçoit l'assaut
avec une présence d'esprit, une sérénité qui ne se démentent pas un
seul instant. Celui-ci s'élance de l'autre côté de la barrière aussitôt
qu'il sent son cheval fléchir sous lui. Celui-là, tandis que le taureau
l'emporte sur ses cornes, se tient encore en équilibre et semble choi-
sir encore sa place.

Toujours calmes dans ce jeu terrible, les *picadores* savent profiter
de tous les avantages et, la plupart du temps, ils se tirent d'affaire
sans accidents graves. Sont-ils simplement renversés de cheval, ils
se relèvent aussitôt et battent des mains au public pour montrer
qu'ils sont sains et saufs. S'ils sont parfois étourdis de leur chute,
ils vont s'asseoir sur le rebord en bois de l'amphithéâtre; et, après
quelques minutes, ils remontent à cheval aussi dispos, aussi allègres
qu'à leur entrée en scène. Tant que sa lance résiste, le *picador* peut
combattre; mais, lorsqu'elle se brise, la lutte n'est plus possible, il
ne s'agit plus que de s'enfuir au plus vite. Entre le *matador* et les
picadores la différence est grande. Le premier ne se présente dans
l'arène que pour tuer le taureau, les autres y paraissent pour exciter
l'animal, pour engager la lutte, à travers mille dangers jusqu'au dé-
noûment.

Le *chulo* n'est pas, comme le *picador*, armé d'une lance. Il ne
porte que sa cape, qui est pour lui un double moyen de provocation
et de défense. S'il tombe par malheur, il est à peu près perdu. Le
taureau le lance dans l'espace, le déchire à coups de corne, et c'en
est fait. On ne s'imagine pas quelle émotion étrange cause la vue de
ce *chulo*, à la merci d'un taureau furieux, sans autre arme qu'une
cape de soie. Et si, comme le Chiclanero, il se joue avec le péril, s'il
voltige par toute l'arène, ou se drape gracieusement dans son man-

teau, s'il se fait plus coquet à mesure que le danger augmente, l'attrait de cet émouvant spectacle devient irrésistible. Allez donc écouter un opéra à votre sortie de l'amphithéâtre, et prendre plaisir à des roulades, encore l'âme remplie des plus tragiques sensations! Mais trève de détails. Je ne pouvais songer à reproduire les énergiques peintures de MM. Dumas et Gautier. Je ne devais que glaner après eux. J'ai voulu seulement, selon le devoir de tout voyageur en Espagne, faire une exposition plutôt qu'un récit.

De retour à notre posada, où les prouesses du Chiclanero et des autres *matadores* firent tous les frais de conversation d'un dîner de table d'hôte, nous fîmes la connaissance d'un Catalan qui nous offrit avec obligeance de nous mener le lendemain au *tribunal des Agueros*.

— Sans doute, nous dit-il, vous n'avez jamais vu des juges siéger et rendre des arrêts en plein air, et, comme les audiences n'ont lieu que les jeudis, je vous engage, avant de quitter Valence, à vous rendre à cet antique et singulier tribunal.

Nous acceptâmes avec empressement.

Voici dans quelles circonstances le roi maure Alkason-al-Mostanser-Billah institua le tribunal des *Agueros*, que Jacques Ier d'Aragon eut la sagesse de respecter après sa victoire, et qui subsiste encore aujourd'hui.

La *Huerta* de Valence, ce paradis des Maures, est une plaine immense fermée de tous côtés par de hautes montagnes que couronnent quelquefois les neiges d'hiver, et d'où jaillissent de nombreux cours d'eau.

C'est en ouvrant à ces sources des canaux multipliés à l'infini que les anciens et industrieux habitants de ce beau pays, les Arabes, sont parvenus à fertiliser la *Huerta*. Tantôt les aqueducs élèvent l'eau dans les plaines, tantôt elle est reçue dans des conduits souterrains qui la distribuent également entre toutes les propriétés. Dès l'origine, la distribution fut déterminée par jours et par heures. Chaque cultivateur connaît ainsi l'heure du passage des eaux au milieu de ses champs. Mais il se trouva comme toujours des hommes de mauvaise foi qui prétendirent garder à leur profit exclusif ces fécondantes effluves. Les digues ne s'abaissaient plus à l'heure fixée. Mille contestations éclatèrent. La justice ordinaire devint impuissante à vider tous les petits procès qui en naquirent, et, pour prononcer sur les différends relatifs à l'arrosage, le roi maure créa le tribunal des *Agueros*.

Le lendemain donc, suivant le conseil de notre Catalan, nous prîmes une voiture, pour dominer la foule, et nous nous fîmes conduire sur la place de la cathédrale de Valence, l'église de *los Apostoles*. Devant la porte principale de l'édifice se trouve un large banc de marbre. Au coup de midi, sept juges vinrent s'y asseoir avec solennité. C'était le tribunal. Nommés par les cultivateurs de la *Huerta*, ces arbitres portent le costume du pays. Leur tête est couverte d'un mouchoir roulé en forme de turban, et ils tiennent en main le bâton recourbé des pâtres valenciens.

Ils écoutèrent silencieusement les deux parties, qui plaidaient en patois, à voix haute et devant la foule. Une sorte d'huissier, paysan comme eux, et qui portait pour tout insigne une petite baguette, allait de l'un à l'autre et rappelait à l'ordre les plaideurs trop véhéments. Nous vîmes bientôt les juges se lever, se réunir, délibérer avec calme. Puis le président prononça l'arrêt, qui toujours est sans appel. Tout Espagnol qui refuserait de s'y soumettre — ce qui arrive rarement — serait condamné à une amende proportionnée à la durée de sa résistance. Ce tribunal des *Agueros*, qui, depuis des siècles, rend des arrêts souverains à la *Huerta* de Valence, porte un cachet de simplicité et de grandeur dont nous fûmes vivement frappés. Nous ne songions guère alors que, quelques années plus tard, nous en verrions une sorte de représentation à Paris même, dans la dernière scène d'un opéra-comique.

Quand l'auditoire se fut écoulé peu à peu, nous pénétrâmes dans la cathédrale. Elle fut élevée, dit-on, sur l'emplacement d'un temple de Diane, et tour à tour elle a servi d'église chrétienne aux Goths, de mosquée aux Maures, jusqu'au jour où Jacques le Conquérant la rendit pour toujours à la religion catholique. Aussi le pieux Valencien vous montre-t-il encore aujourd'hui, avec une vénération profonde, les éperons de ce roi et le mors de son cheval appendus à un pilier du chœur, près des armes d'Aragon. L'église de *los Apostoles* est d'architecture gothique ; mais la restauration qu'elle a subie vers le milieu du dix-huitième siècle l'a surchargée d'ornements corinthiens qui ont enlevé à l'édifice toute grandeur et toute majesté. Nous remarquâmes néanmoins quelques belles peintures. Une tête de Christ portant sa croix respire une douleur vraiment divine.

Ce tableau de Sébastien del Piombo est d'une couleur presque vénitienne qui n'est pas habituelle à ce maître. Un beau Christ en croix, d'Alonzo Cano, et un Baptême de Jésus, de Juan Johannes, peintre de grand mérite, à peu près inconnu en France, fixèrent également notre attention. L'autel de San-Miguel est décoré d'une tête de Vierge, œuvre de Sasso-Ferrato. Une Vierge l'enfant Jésus dans ses bras et entourée d'un cortége de bergers, s'offre aux regards, pensive et pleine d'une naïve poésie, bien qu'elle soit due au pinceau fougueux de Ribera.

Le tombeau de Diego de Carrobias et de sa femme, élevé en 1601, nous arrêta quelques instants. Nous admirâmes aussi un splendide lustre du plus pur cristal de roche, et dans la sacristie deux magnifiques croix gothiques d'une richesse extrême et d'un travail merveilleux. On y remarque une multitude de saints dans leur niche.

Près de la cathédrale s'élève la tour de *Miquelete*, — la cloche y fut suspendue le jour de la Saint-Michel, — qui jouit à Valence d'une faveur si peu méritée. Surmontée d'une terrasse d'où le regard se promène à perte de vue sur les campagnes enchantées de la Huerta, cette tour, de forme octogone, écrase par sa grosseur monstrueuse le portail de la cathédrale. Pour justifier l'enthousiasme que leur inspire la *Miquelete*, les Valenciens racontent avec orgueil qu'à peine entré dans Valence, le Cid victorieux monta au sommet de cette tour pour embrasser d'un seul coup d'œil toutes les beautés de sa conquête.

En quittant la cathédrale, nous revînmes à l'hôtel. Le crépuscule étendait déjà ses ombres transparentes. De notre balcon, dont on avait relevé les bannes de paille, nous admirions de magnifiques orangers, chargés de leurs fruits mûrs, qui poussaient en pleine terre dans un jardin du voisinage. Nous entendions par intervalles des voix harmonieuses, qui, se mêlant aux sons de la guitare, allaient se perdre dans le lointain. Nous passâmes ainsi de longues heures à écouter ces chants espagnols, à la fois si animés et si mélancoliques.

Le lendemain nous allâmes au Grao, — c'est le port de mer de Valence, — qui se trouve à une demi-lieue de la ville. Des voitures à banquettes couvertes en toile gommée et suspendues à peine y conduisent pour six ou huit *quartos*. La route est une belle promenade bordée de grands arbres, et où, le soir, les *calesines* se poursuivent, se croisent en cahotant à l'envi leurs voyageurs. On rencontre au Grao une foule de jeunes filles qui viennent y prendre les bains de mer.

Tout est abondant à Valence, les irrigations bien entendues font de la Huerta le plus fertile et le plus beau jardin du monde. Mais comme toute médaille a son envers, ces mêmes irrigations laissent partout un principe aqueux; de là le proverbe :

A Valencia, la carne es yerba, la yerba es agua, el hombre muger, et la muger nada · A Valence, la viande est de l'herbe, l'herbe est de l'eau, l'homme est une femme, et la femme n'est rien.

Nous répondrons à la sagesse des nations :

La viande peut être molle, l'herbe y manque parfois de saveur, mais les hommes sont les premiers agriculteurs de l'Espagne, et les femmes y sont aimables et charmantes.

A Valence, nous visitâmes l'*ayuntamiento*, dont le badigeon moderne n'a pas respecté la vieille architecture. Nous fûmes introduits d'abord dans une vaste galerie où les portraits des rois d'Espagne sont rangés par ordre de succession au trône! Puis nous pénétrâmes dans une seconde pièce dont les boiseries sculptées étaient bien faites pour charmer des artistes. Le plafond, formé de compartiments en bois ajustés avec goût, est d'un beau travail. Autour de la salle et dans sa partie supérieure règne une galerie dont les colonnettes soutiennent d'élégantes arcades. Cette galerie repose sur des supports en bois qui sont curieusement découpés. Les contrevents des fenêtres eux-mêmes sont chargés d'arabesques et de sculptures. L'effet de l'ensemble est charmant. L'*ayuntamiento* ne renfermerait que cette unique salle, qu'elle mériterait la visite du voyageur.

Nous nous rendîmes aussi *plaza San-Vicente*, chez le perruquier Jose Perez, dont la galerie renferme bon nombre de belles peintures et une collection magnifique de manuscrits, de porcelaines, de gravures et de chinoiseries. Jose Perez est un véritable antiquaire. Il a tout sacrifié à sa passion du bric-à-brac. Il a passé toute sa vie à réunir pièce à pièce les objets précieux qui composent son trésor. Né dans les plus basses classes de la société, il se regarde comme le régénérateur de l'art en Espagne, et ne parle de sa collection qu'avec un noble et légitime orgueil. Tous les étrangers ne sont pas admis à visiter les merveilles du cabinet de Jose Perez. Il faut au moins être porteur d'une recommandation signée d'un consul. Mais quand Perez a reconnu dans les visiteurs des appréciateurs de son mérite et des chefs-d'œuvre que renferme sa galerie, il s'anime peu à peu, il vous montre avec le temps ses objets de prédilection, il savoure délicieusement vos éloges, puis il disparaît tout à coup et cède sa place à sa servante, à laquelle il est d'usage de remettre une petite offrande. Jamais argent ne sera mieux placé. C'est ainsi que le perruquier Jose Perez est parvenu à créer un des plus beaux cabinets de la Péninsule.

Avant de faire nos adieux à la ville, nous allâmes visiter, à un quart de lieue de là, sur la route de Castellon de la Plana, le couvent de San-Miguel de los Reyes. Quand le malheureux héritier de la couronne de Naples, Ferdinand d'Aragon, sortit, après dix ans de captivité, de la forteresse de Xativa, où l'avait fait enfermer Gonsalve de Cordoue, il fit élever cet immense monastère et le dota de richesses considérables. La façade de l'édifice, surchargée de lourdes sculptures, appartient à cette époque de transition, qui, vers la fin du seizième siècle, a semé la Péninsule d'une foule de monuments sans caractère et sans véritable beauté.

Les guerres civiles ont, depuis longtemps déjà, dispersé les pieux habitants du monastère de *los Reyes*. Lorsque nous arrivâmes dans la première cour, plantée de cyprès séculaires, tout était triste et silencieux. Nous pénétrâmes bientôt sous les arcades du cloître. Une source d'eau vive répandait dans le *patio* sa délicieuse fraîcheur, et chaque souffle du vent nous apportait le parfum des orangers. Nous entendions par intervalles des voix d'enfants invisibles, que répétaient les échos des grands corridors. Mais au milieu de cette solitude personne ne s'offrait à nos yeux.

Nous entrâmes dans les jardins. Une table massive tombée de son socle gisait sur le sol, au centre d'un pavillon de verdure. Les rigoles de pierre qui amenaient autrefois les eaux jaillissantes en ces lieux charmants disparaissaient déjà sous les sables amoncelés. L'œuvre des hommes s'effaçait peu à peu : mais la nature rayonnait de sa jeunesse éternelle. De distance en distance, des palmiers disposés avec art venaient ajouter à la richesse du paysage l'étrangeté de leurs formes sveltes et gracieuses.

En revenant dans le cloître, nous aperçûmes enfin un Espagnol qui nous offrit de nous servir de guide. Il nous mena d'abord à la chapelle, dont l'architecture, d'une seule époque, nous frappa par sa noble sévérité. Les autels sont enrichis d'incrustations florentines, et sous l'un d'eux s'ouvre l'escalier d'une salle humide qui renferme les tombeaux du donateur et de sa femme. C'est dans cette espèce de caveau que, selon le vœu de Ferdinand d'Aragon et la règle du couvent, les religieux devaient, chaque matin, célébrer une messe commémorative. Que sont-ils devenus? Qui habitera désormais les belles chambres du prieur et ces nombreuses cellules d'où la vue s'étend sur Valence et sur la mer? Quels sont les nobles hôtes dont les pas mesurés animent aujourd'hui ces *patios* tranquilles et ces vastes portiques?

De pauvres ouvriers de Valence se réfugient seuls dans ces beaux lieux abandonnés. Ils viennent y prendre leurs repas; ils se reposent quelques heures à l'ombre du cloître, et se soucient peu des enchantements du paysage, de la splendeur des ruines et des grands souvenirs qui se rattachent au couvent de *los Reyes*.

CHAPITRE XVI.

Xativa. — Notre arrestation.

Nous avions définitivement adopté le costume espagnol, et, grâce à la lettre de recommandation de M. de Lesseps, nous avions obtenu du *æefe politico* de Valence la faveur si enviée en Espagne de porter des armes pendant toute la durée de notre voyage. Nous partimes donc un beau matin, drapés dans de belles mantes valenciennes, la carabine sur l'épaule et la tête couverte du petit chapeau de velours à bords retroussés, le tout acheté au *Mercado*, marché de Valence, embelli par la *Lonja*, la Bourse, bâtie en 1132, grande et charmante salle presque à jour, soutenue par d'élégants piliers taillés en spirale.

Deux routes s'offraient à nous pour nous rendre à Alicante : nous choisimes celle de Xativa, qui est la moins fréquentée et la plus pittoresque. Notre voyage n'était plus qu'une véritable promenade à travers des jardins délicieux. Quelquefois nous marchions dans d'étroits sentiers garnis de palissades, de barrières, et que dominaient des palmiers et des aloès. Puis, tout à coup, la vue s'étendait sur les vastes et riantes plaines de la *Huerta* que fermait vers la gauche le lac d'Albufera, semblable à la mer. Nous traversâmes successivement le bourg de Silla, Alcira, que baignent de tous côtés les eaux du Zucar; Carcajente, Cullada, et, vers la fin du second jour, nous arrivâmes dans la patrie de l'Espagnolet, à San-Felipe de Xativa, le *Setabis* des Romains, ville autrefois opulente, mais qui, à cause de sa défense énergique, fut rasée dans la guerre de la Succession. Son nom maure fut changé en celui de *San-Felipe*. Il ne reste de la ville que des remparts en ruine, sur la hauteur, et une ancienne mosquée, maintenant l'ermitage de *San-Felix*. Xativa est aussi la patrie d'Alexandre VI.

Le nez au vent, le poing sur la hanche, nous nous avancions par les rues de la ville, convaincus que notre qualité d'artistes devait nous protéger contre les entreprises des alguazils, quand un homme en habit bourgeois s'arrêta devant nous, et nous présentant une canne à pomme d'ivoire :

— Cavaliers, nous dit-il, veuillez me suivre, je vous arrête.

— Que nous veut cet homme ? me demanda Giraud.

— Il nous arrête, mon cher! lui répliquai-je.

— Oh! oh! s'écria-t-il en parodiant un comédien célèbre, attenter à la liberté de deux citoyens paisibles! J'en écrirai à mon gouvernement.

Sur un signe de l'aguazil, deux *mignons* de la milice valencienne s'étaient insensiblement rapprochés de nous. Nulle résistance n'était possible. Nous étions prisonniers. Je me drapai majestueusement dans mon manteau, Giraud en fit autant, et nous nous laissâmes conduire à la police. Mais à voir notre air superbe et notre démarche assurée, on eût pu croire, pour rappeler ici une vieille épigramme, que c'était nous qui avions arrêté l'alguazil et ses mignons.

On nous introduisit bientôt dans une salle basse où cinq personnages se tenaient gravement assis autour d'une table ronde. A notre aspect, l'un d'eux releva la tête; et promenant sur nous un regard sévère :

— Qui êtes-vous ? nous dit-il enfin.

— Nous sommes Français, lui répondis-je.

— Ah!... Français... Avez-vous des passe-ports?

— Les voici.

— Pourquoi répondez-vous toujours?... Laissez répondre votre compagnon.

— Il ne parle pas l'espagnol.

— Ah! ah!

— Si vous voulez l'interroger en français...

— Non, c'est inutile. Mais vos passe-ports ne sont pas écrits en espagnol.

— Ce sont des passe-ports français.

— Mais... mais en Espagne on doit avoir des passe-ports espagnols.

— On ne nous en a rien dit à la frontière. Ils portent, d'ailleurs, les visas de toutes les autorités espagnoles.

Mon interrogatoire était fini. Nos juges paraissaient assez embarrassés de nos personnes et de leur contenance. Ils retournaient en tous sens nos passe-ports, dont ils ne pouvaient déchiffrer le premier mot, et ils se consultaient à voix basse. Pour sortir enfin de leurs perplexités, ils envoyèrent chercher un de leurs collègues, et ordonnèrent aux *mignons* de nous emmener dans une chambre voisine. Le peu que nous savions de la police espagnole ne nous rassurait que médiocrement, et nous ne laissions pas de craindre quelque petit emprisonnement préventif, lorsqu'au bout d'un quart d'heure le tribunal des Six nous rappela à sa barre, et le nouveau venu, prenant la parole à son tour, nous rendit immédiatement, contre notre attente, nos passe-ports et la liberté.

L'aventure n'avait en rien diminué notre appétit. Nous entrâmes aussitôt dans un de ces restaurants ouverts à tout le monde, que l'on appelle *tratorias*, et où l'on nous servit des pieds de veau accommodés à l'huile bouillante. A peine commençais-je à faire honneur à ce mets tout espagnol, qu'à ma grande stupéfaction je vis une main noire planer un instant au-dessus de mon assiette et y pêcher avec délicatesse un pied de veau.

Je me retournai soudain... Un *caballero* en guenilles se tenait derrière moi, et dégustait mon pied de veau avec une bonhomie si parfaite, une telle conviction de son droit, que je ne songeai même pas à lui demander raison de son incroyable conduite. Quand il fut à peu près rassasié, il passa l'os à moitié rongé à un petit pauvre accroupi par terre, et qui, à son tour, après en avoir fait un instant son profit, le jeta à un grand lévrier. Notre homme, s'approchant alors avec une noble familiarité, m'apprit qu'il avait autrefois servi dans nos armées; il but dans mon verre à la mémoire de l'empereur, et s'empara du riz que j'avais laissé devant moi. Ces commensaux d'un nouveau genre ne sont pas rares dans la Péninsule. Le paysan valencien offre trop volontiers ses repas aux étrangers pour ne pas se croire autorisé à partager quelquefois le leur. C'est encore là une de ces vieilles coutumes qui remontent aux Arabes, et que les Espagnols se garderaient bien de laisser tomber en désuétude.

De retour à l'auberge, quelques *arrieros* nous offrirent de nous louer des mulets pour nous rendre à Alcoy. Le marché fut bientôt conclu, et nous décidâmes de partir de suite. Mais le muletier ne l'entendait pas ainsi.

— Partir en plein soleil! nous dit-il; non pas, nous attendrons la nuit.

— Ta peau, lui répliquai-je, est-elle donc plus délicate que la nôtre?

— Et le tabardillo! s'écria-t-il; puis, regardant Giraud d'un air narquois : Et votre ami à la barbe rouge (*questo rubio*)! il faudra le voir sur la grande route.

— Hein! interrompit Giraud, qui avait à moitié compris; que dit-il?

— Mon cher, lui dis-je en adoucissant l'expression du muletier, il prétend que ta blonde chevelure et ton teint de roses doivent redouter les ardeurs du soleil.

— Mon teint de roses! reprit Giraud vivement piqué; ma chevelure blonde! Apprends donc à ce mauricaud que je redoute le tabardillo moins que lui, et que, s'il n'amène ses mulets à l'instant, nous partons à pied.

L'*arriero* ne se le fit pas dire deux fois, et nous le vîmes bientôt revenir avec deux mulets aussi hauts que nos chevaux de grande taille. Sur l'un d'eux il plaça notre malle, et sur l'autre il ajusta deux *cacolets*.

— Eh bien! que veut dire ceci? demandai-je.

— Ces deux cacolets sont pour vous, répondit-il.

— Et l'autre mulet, qui le montera?

— Ce sera pour la caisse et pour moi.

Nous eûmes beau dire et beau faire, notre muletier n'en continua pas moins ses préparatifs en décrochant sa guitare; il nous fallut nous installer de notre mieux dans les deux espèces de stalles qu'il nous avait préparées et que surmontait une capote mobile semblable à celle de nos cabriolets. Nous fûmes en quelques instants hors de la ville. Nos mulets commencèrent à gravir une côte escarpée, et l'*arriero*, qui ouvrait la marche, se retournait de temps à autre pour voir comment nous supportions la chaleur dévorante à laquelle nous étions exposés. Mais lorsqu'il aperçut Giraud le chapeau à la main, selon sa coutume, il comprit que nous étions gens à braver le *tabar-*

dillo et, sans prendre plus de souci de nous, il stimula sa monture et se mit à marcher de grand cœur.

Nous perdîmes bientôt de vue les anciennes fortifications de Xativa et son château fort qui commande la campagne. Nous nous avancions sur une route blanche et pierreuse qui rasait les précipices et dont les reflets nous fatiguaient la vue. De tous côtés se dressaient à l'horizon des montagnes arides et dépouillées. Nous n'apercevions nulle trace de végétation; pas un arbrisseau, pas une plante, pas une touffe de gazon, des cailloux de toutes parts. Le chemin côtoyait les précipices, et comme les mulets en rasent volontiers le bord, je me trouvais souvent suspendu au-dessus des abîmes; mais j'avais confiance dans la sûreté de leur pas si renommée. De distance en distance, la route est bordée de réservoirs qu'alimente toujours une source jaillissante. A chaque instant, des voyageurs passaient près de nous et nous saluaient de leur éternel : *Allez avec Dieu!* Nous atteignîmes bientôt Alzaneta, dont tous les habitants sans exception, hommes, femmes et enfants, réunis en groupe dans l'unique rue du village, étaient occupés à tresser des nattes de paille.

Le soleil s'inclinait vers le couchant et répandait sur le paysage des tons verdâtres d'une finesse excessive. Les montagnes rayonnaient d'une splendide couleur de pourpre, et d'immenses vapeurs bleues s'élevaient de la vallée. Assis l'un à côté de l'autre, nous suivions dans le ciel toutes les dégradations de la lumière, qui, d'abord semblable à des flammes, se dorait de rayons étincelants, puis se colorait de belles nuances d'opale et s'effaçait peu à peu dans le crépuscule. Notre mulet, ranimé par la fraîcheur du soir, allongeait le pas en agitant ses sonnettes. Le chemin commençait à descendre dans une vaste plaine. Les laboureurs rentraient des champs leurs outils sur l'épaule; quelques-uns, armés de fusils, s'appelaient au loin. La lune se levait lentement et nous envoyait des feux limpides et doux. L'*arriero* prit sa guitare et se mit à chanter. Sa voix tremblotante et nasillarde, que répétaient les échos, empruntait au silence et à la nuit des charmes singuliers. Tout à coup notre mulet s'abattit et nous lança par-dessus sa tête à trois pas de distance.

—Sapristi! s'écria Giraud, voilà qui prouve que les mulets ont le pied sûr.

Cependant nous en étions quittes pour quelques meurtrissures. Nous remontâmes sur la bête, mais j'avais perdu ma confiance; et

chaque fois qu'elle s'approchait trop près des précipices, je la ramenais dans le droit chemin à grands coups de baguette. Fort heureusement, nous avions atteint la plaine; le sentier que nous suivions depuis Alzaneta venait de se perdre dans une grande route que sillonnaient à chaque instant des voitures de toute espèce. C'était jour de
foire à Concentayna, où nous arrivâmes bientôt. La grande place
était encombrée de boutiques dont les lumières sans nombre formaient une véritable illumination. Notre mulet fendait à grand'peine
les flots pressés de la foule des acheteurs. Nous parvînmes toutefois
à sortir de la ville, et une heure après nous entrior s dans Alcoy, ville
chère aux fumeurs pour ses fabriques de *papelitos*.

L'hôtellerie où nous mena notre muletier regorgeait de voyageurs,
déjà de retour de la foire. Ils étaient couchés par terre, dans la première salle et jusque sur les marches de l'escalier. Nous dûmes, pour
arriver à la cuisine, enjamber, un à un, ce monde de dormeurs.
L'hôte, qui se préparait déjà à partager le repos général, se souciait
peu de nous donner à souper. Nous finîmes pourtant, à force d'insistance, par le décider à nous accommoder des œufs à l'huile. Nous
ne pouvions, malgré notre furieux appétit, nous montrer bien difficiles, car le menu de la cuisine espagnole est loin d'être varié. Giraud disait souvent à ce propos :

— Les Espagnols n'ont que trois accords pour leurs guitares et trois
sauces pour leurs repas.

Le lendemain matin, en descendant de la petite chambre où nous
avions passé la nuit sur des nattes de paille, nous entendîmes résonner dans la salle basse un bruit de guitare et de castagnettes; puis,
une belle voix de ténor monta jusqu'à nous. La chanson qu'elle nous
fit entendre avait, dans l'harmonie des vers espagnols, un tel charme
de tristesse, qu'elle se grava dans ma mémoire, et que je puis ici en
donner la traduction :

« Tristes souvenirs de mon amour, de combien d'amertume vous
m'abreuvez! que de douleurs vous me faites subir! N'eût-il pas mieux
valu pour moi ne jamais naître que d'éprouver ainsi tes dédains et ta
cruauté, ô maîtresse de mon cœur?

» Bientôt tes yeux impassibles verront les miens noyés de larmes
s'éteindre et se fermer dans la mort, et, curieuse, tu suivras peut-
être les derniers tressaillements de mes lèvres glacées qui s'ouvriront
pour balbutier encore : Je t'aime, ô maîtresse de mon cœur! »

Le chanteur était un beau jeune homme d'une vingtaine d'années, à la figure basanée comme celle d'un bohémien, aux allures franches et hardies. Il tenait à la main une riche mandoline et portait élégamment le costume andalou. Ses compagnons, que nous reconnûmes tout d'abord pour des contrebandiers, l'écoutaient avec un indolent plaisir. Quelques-uns s'appuyaient, immobiles, sur le canon de leurs fusils; d'autres accrochaient à la muraille les *aparejos* de leurs mules. L'un d'eux faisait claquer sous ses doigts nerveux des castagnettes d'ébène, et une jeune fille curieuse et attentive complétait ce tableau. A peine se détournèrent-ils lorsque nous traversâmes la salle, et ils nous laissèrent complaisamment les dessiner sans plus s'inquiéter de nous.

Alcoy, dont la veille au soir, sous les pâles rayons de la lune, nous avions entrevu la gracieuse silhouette, allie l'élégance des villes italiennes à la beauté sévère des villes espagnoles. Toutes ses rues s'élèvent par étages, du lit de la rivière que l'on traverse sur un joli pont jusqu'au sommet d'une roche abrupte où se trouve la porte d'Alicante. Deux galères allaient partir pour cette ville. Nous confiâmes notre bagage à l'une d'elles, l'autre était occupée par une famille de voyageurs, et nous nous mîmes en marche.

Nous touchions aux dernières maisons d'Alcoy, quand je remarquai sur le seuil d'une pauvre demeure une jeune femme assise et berçant un jeune enfant dans ses bras. La frêle créature paraissait malade, et la mère attentive lui prodiguait ses soins. Je m'arrêtai involontairement, le cœur navré d'un douloureux souvenir. La jeune femme lut sur mon visage la part que je prenais à ses chagrins. Pressant avec amour l'enfant sur son cœur, elle le couvrit de baisers et, relevant la tête, elle me sourit gaiement.

Ses regards semblaient me dire : Cela ne sera rien. — Puis, soudain... devina-t-elle toute ma pensée? Je ne sais... mais elle redevint triste et, secouant la tête, elle jeta sur moi un regard de compassion; je la remerciai d'un signe et je suivis la voiture qui s'éloignait.

A une lieue d'Alcoy, nous nous arrêtâmes quelques instants sur un des plateaux les plus élevés d'une montagne, d'où les regards se promenaient au loin. Nous apercevions de ces hauteurs les cimes des *sierras* qui se confondaient de mille façons bizarres, et ressemblaient à des géants entrelacés. La route était sillonnée de profondes ornières. De lourdes voitures s'avançaient lentement. A les voir s'incliner,

tantôt à droite, tantôt à gauche, on eût dit qu'elles allaient verser à
chaque pas. Nous voyions aussi défiler, de temps à autre, de grands
convois de mulets qui semblaient disparaître sous d'énormes amas de
ces herbes appelées *barillas*, et dont on extrait la soude. Le chapeau
pointu avait déjà remplacé sur la tête des *arrieros* le mouchoir roulé
en forme de turban. Non loin du chemin que nous suivions, au pied
d'un monticule que couronne un château fort, nous remarquâmes le
petit bourg d'Ibi, et, descendant peu à peu vers de riches campagnes,
nous arrivâmes bientôt à Xixona.

Cette ville est renommée par toute l'Espagne pour son miel exquis et ses *turranos* d'Alicante, nougats délicieux dont Giraud se
promettait d'apprécier le mérite. Mais, à son grand déplaisir, on ne
put, dans l'auberge où nous nous étions arrêtés, nous offrir autre
chose qu'un peu de morue et du fromage. Notre collation fut bientôt
terminée, et Giraud profita de notre halte pour esquisser le portrait
de la fille du *posadero*. La jeune Espagnole, enchantée de son image,
fit de son mieux pour faire comprendre à mon ami qu'elle lui serait
fort reconnaissante de lui donner ce dessin et d'y mettre son nom.
Giraud y consentit volontiers et, dans son amour-propre d'artiste, il
avait déjà tracé les premières lettres de son nom, lorsque la belle enfant lui saisissant le bras avec vivacité :

— Ce n'est pas cela, cavalier, dit-elle, je m'appelle Paquita!

Giraud prit son parti de bonne grâce, et mit au bas de sa toile le
nom de la gracieuse Valencienne.

A notre départ de Xixona la journée était déjà fort avancée, et il
faisait presque nuit lorsque nous nous engageâmes à la suite de la galère dans une gorge profonde qui s'enfonce au milieu des rochers.
Cette route primitive devenait par moments si étroite, que les roues
de notre véhicule frôlaient les parois du roc, et que nous craignions
de les voir se briser à chaque instant.

Nous sortîmes toutefois sans encombre de ce mauvais pas, et en
arrivant dans la plaine nous aperçûmes la mer. Une brise glaciale,
qui descendait des cimes neigeuses dont nous étions environnés,
vint tout à coup nous assaillir, et nous frissonnions littéralement sous
nos mantes de Valence, quand nous rencontrâmes enfin l'auberge où
nous devions coucher.

C'était une *venta* isolée au milieu d'une grande place encombrée
de voitures. Tous ces chariots attendaient, pour les transporter à

Alicante, les charges de glace et de neige que des mules devaient
pendant la nuit apporter des *sierras*. Des groupes d'*arrieros* étaient
installés çà et là. Les voyageurs de notre *galera* ne tardèrent pas à
étendre des matelas par terre autour d'un immense tapis, sur lequel
ils disposèrent leur souper. Nous avions hâte de suivre cet exemple,
quand notre muletier nous invita à venir prendre place devant une
grande table où des outres pleine de vin circulaient à la ronde. On
nous servit aussitôt une immense gamelle de riz à l'huile, et chacun
s'arma d'une petite palette de bois en guise de cuiller.

J'avais grand'faim, et j'attaquai ce frugal repas avec la même ardeur que nos muletiers. Mais l'huile était épaisse et nauséabonde :
Giraud n'eut pas mon courage, il se leva de table, et je le vis bientôt
rôder non loin de nos compagnons de voyage, qui avaient prudem-
ment apporté leurs vivres avec eux.

— En voulez-vous (*Le gusta usted*)? lui demanda poliment l'un des
Espagnols qui paraissait être le chef de la famille.

Giraud ne se le fit pas dire deux fois, et quand je m'approchai à
mon tour, je le trouvai dînant d'un furieux appétit avec les voyageurs, qui paraissaient enchantés de leur convive.

Nous regagnâmes cependant la galère où nous devions passer la
nuit. Nos muletiers dormaient déjà, en plein air, couchés sur leurs
sacs de paille hachée. Les voyageurs de la seconde galère s'envelop-
pèrent de leurs manteaux et du tapis du dîner, puis ils s'étendirent
sur leurs matelas, et tout rentra dans le silence. Vers le milieu de la
nuit, nous fûmes réveillés en sursaut par un grand bruit de clochettes. C'étaient les mulets de la montagne qui apportaient aux
arrieros leur provision de glace. En quelques instants les voitures
furent chargées, et disparurent comme par enchantement.

A l'aube du jour nous étions debout, et nous partions pour Alicante. Le chemin déroulait devant nous sa ligne blanche et sinueuse,
un soleil splendide couronnait la cime des monts de ses rayons étincelants. La mer, que nous apercevions à quelque distance, semblait
se confondre avec le ciel ; seulement, de temps à autre, des lames
lumineuses venaient comme des étoiles briller à l'horizon. Bientôt un
immense rocher, que la route évitait par ses détours, se dressa sur
notre gauche, et nous venions de le dépasser à peine quand nous entrâmes inopinément dans Alicante.

CHAPITRE XVII.

Alicante. — Elche — Un touriste anglais. — Lo Novio. —
rihucla et la route de Murcie.

Resserrée entre deux montagnes qui lui renvoient les reflets dévo-
rants d'un soleil africain, Alicante est assise au fond d'une baie formée par le cap de la Huerta et le promontoire de San-Pablo. L'hiver
est à peu près inconnu à cette ville fortunée. Le château, bâti sur le
rocher même, fut destiné d'abord à protéger Alicante contre les pirates d'Alger, et Philippe II le fortifia de nouveaux ouvrages qui le
rendirent presque imprenable.

Il fut toutefois en partie ruiné lors de la guerre de Succession, et
depuis cette époque, aucun des gouvernements qui se sont succédé
dans la Péninsule n'a songé à utiliser cette excellente position militaire. La ville se réduit à deux longues rues parallèles qui aboutissent
à une grande place flanquée d'une église, dont l'architecture nous
parut d'assez mauvais goût. La rade est coupée en deux par le môle,
à l'extrémité duquel s'élève un phare lumineux qui s'aperçoit de cinq
lieues en mer. Lorsque nous allâmes nous promener sur cette longue
jetée, et que, nous retournant du côté d'Alicante, nous voulûmes
embrasser la ville d'un seul regard, elle se confondait avec les montagnes qui la dominent, et c'est à peine si la fumée de quelques che-
minées, quelques toits étincelant sous le soleil, nous en indiquaient
la place.

Nous étions descendus, près de la promenade, dans une auberge
d'assez belle apparence qui semblait nous promettre un repas confortable. Mais l'heure des dîners était passée, il ne fallait pas songer à
obtenir du *posadoro* le moindre rafraîchissement. Nous nous lançâmes
par la ville à la recherche du marché, et nous revînmes bientôt, portant dans les capuchons de nos mantes valenciennes des raisins, des
grenades, des oranges, et quelques flacons d'excellent vin. A partir
de ce moment, nous savions dîner en Espagne.

Le lendemain, au point du jour, nous quittions Alicante. Un carro
portait notre bagage, et, comme toujours, nous suivions à pied. La
route côtoya pendant quelque temps la Méditerranée, puis elle s'enfonça dans les terres, au milieu de plaines sans verdure qui s'éten-

6

daient à perte de vue. Lorsque vint le soir, nous aperçûmes enfin
une belle forêt de palmiers qui se dessinait harmonieusement sur le
ciel déjà rougi des feux du couchant. Nous arrivions à Elche. Nous
fûmes frappés tout d'abord de l'aspect pittoresque et vraiment arabe
de cette petite ville. Les cours intérieures de la plupart des maisons
sont plantées de palmiers qui balancent au-dessus des terrasses leurs
gracieux éventails de verdure.

Elche est divisée en deux quartiers par un ravin que l'on traverse
sur un beau pont semblable à un aqueduc. Çà et là, des figuiers de
Barbarie inclinent vers le lit desséché du fleuve leurs raquettes hé-
rissées d'épines. Deux admirables points de vue nous attendaient sous
les hautes arches du pont d'Elche. D'un côté, des bois de palmiers,
des montagnes abruptes, forment un paysage sévère et poétique qui
rappelle les plus belles toiles du Poussin. De l'autre, les regards découvrent sur les hauteurs les ruines calcinées de la vieille ville, autrefois détruite par un incendie.

A l'entrée du pont s'élève une fontaine de marbre où l'artiste peut
trouver incessamment le motif de quelque gracieux tableau de genre.
C'est là que les jeunes filles de la ville viennent tour à tour puiser
l'eau destinée aux repas dans des amphores élégantes, qu'elles protè-
gent contre la chaleur en les recouvrant de leurs mantilles de drap.
On les voit se réunir en groupes animés, s'appeler l'une l'autre, de-
viser à l'envi, et parfois sourire à quelque beau Valencien. Quand je
m'arrêtai devant la fontaine d'Elche, je ne pus m'empêcher de songer
au *Werther* de Goëthe, et de répéter avec le poëte : « C'était jadis
au bord des fontaines que les jeunes gens faisaient connaissance et
qu'on arrangeait les mariages, et toujours autour des puits et des
sources erraient des génies bienfaisants.

Lorsque après une première promenade dans la ville nous rentrâmes
à notre auberge, un touriste anglais venait d'y arriver. Ce *gentleman*
traînait après lui tout l'attirail d'un peintre ; il ne s'était arrêté à
Elche, disait-il que pour dessiner le pont, dont son *Itinéraire* faisait
le plus magnifique éloge, et il avait hâte de satisfaire sa curiosité
d'artiste. Il sortit sur-le-champ, un tabouret d'une main, son parasol
de l'autre, et portant sous le bras un énorme portefeuille. Nous nous
promettions de l'aller voir à l'œuvre, quand, au bout d'un quart
d'heure, il rentra déjà dans la salle, appela le *carretero* qui l'avait
amené payà la dépense et partit. J'étais tenté de lui demander des

nouvelles de son esquisse, mais je n'eus que le temps d'admirer avec quelle rapidité peut voyager un touriste anglais.

Avant de quitter Elche, nous faillîmes éprouver à nos dépens l'humeur soupçonneuse et jalouse des Espagnols. Je terminais une étude à l'huile sur une des grandes places de la ville, un groupe de curieux m'entourait, et pour ne pas interrompre mon travail, je feignais de ne point comprendre les questions dont j'étais assailli, lorsqu'une voix de femme me dit en français :

— Pourquoi donc avez-vous abandonné votre beau pays pour l'Espagne ?

Je levai les yeux : j'avais devant moi une jeune femme d'une figure ravissante.

— Notre pays est beau, sans doute, lui répondis-je aussitôt, mais on n'y voit pas un ciel comme celui-ci, et des yeux noirs comme les vôtres.

— Vous êtes injuste, monsieur le Français, me répliqua-t-elle, vos compatriotes ont jadis fait mon désespoir : j'ai toujours envié leur grâce et leur élégance.

— Vous avez donc habité Paris ?

— Oui, dit-elle en soupirant, j'y suis restée longtemps.

— Trop longtemps, peut-être ? demandai-je.

— Trop longtemps... ou pas assez !

Elle sourit et se tut. Un nuage de tristesse passa sur ses traits ; il y eut un moment de silence. Puis, elle reprit avec hésitation :

— Vous faites aussi le portrait ?

— Oui, senora ; mais je voyage avec un ami qui les fait mieux que moi... Vous voudriez le vôtre ?

— Oui, murmura-t-elle.

J'allais lui promettre d'intercéder en sa faveur auprès de Giraud, quand elle m'interrompit, et d'une voix basse, précipitée :

— Oh ! me dit-elle, le voilà !

— Et qui donc ? repris-je étonné.

— Mon *novio*, mon prétendu ! Sa jalousie est terrible... Prenez garde ! Mon frère est avec lui, et mon frère comprend le français.

Au même instant, les deux Espagnols arrivèrent près de nous. Le novio était un grand jeune homme de vingt-cinq à trente ans, aux larges épaules, à la figure épaisse et rude. Je m'armai de sang-froid, et continuai la conversation :

— Et quand voulez-vous que nous commencions votre portrait, senora ? Nous ne pouvons y travailler que le soir.

— Eh bien ! venez ce soir ; nous demeurons ici près. Et elle me montra sa maison.

— Pourquoi, dit alors le novio à la jeune femme, parlez-vous à cet homme une langue que je ne comprends pas?

— C'est un Français, lui répondit-elle doucement, et vous savez bien que j'aime à parler cette langue.

— Les Français ! s'écria-t-il avec une singulière expression de haine, je les déteste, moi! J'ai servi à Alger sur un de leurs navires; ils me battaient, et me traitaient sans cesse de fainéant et de chien d'Espagnol... Si cet homme vous parle encore, si vous lui répondez, je renverse toute sa peinture, et je la foule aux pieds.

— Ainsi donc, repris-je en m'adressant à la belle Valencienne, vous nous attendrez ce soir ?

— Oui, me répondit-elle en jetant au jeune homme un regard suppliant.

Le novio fit un pas en avant. Son visage respirait une sourde colère; ses yeux étaient rouges de sang, ses lèvres frémissantes. C'était la plus belle tête d'étude que j'aie vue de ma vie. Je crois, en vérité, que ce furieux se serait élancé sur moi si le frère ne l'eût contenu de la voix et du geste. Je me levai toutefois sans affectation, comme pour juger de l'effet de ma peinture, et déposant à terre ma boîte de couleurs et mes pinceaux, je m'apprêtai à tout hasard à recevoir de pied ferme l'attaque de mon adversaire. Mais pendant ce temps le frère avait expliqué à son compagnon qu'il s'agissait d'un portrait, et il était parvenu à le calmer un peu.

— Un portrait! dit le novio entre ses dents; c'est bien; qu'il vienne seul ou accompagné, et nous verrons! Puis se retournant vers moi : — A ce soir! ajouta-t-il. — Je le regardai d'un air impassible, comme si je ne l'avais pas compris, et il suivit aussitôt la jeune femme et son frère.

En rentrant à l'auberge, je fis part à Giraud de l'engagement que j'avais pris en son nom. Mon ami me promit, avec sa complaisance habituelle, de faire le portrait de la jeune Espagnole. Mais je ne jugeai pas à propos de lui parler du singulier remercîment que l'on nous réservait. Au moment du départ, j'avisai dans un coin de la salle plusieurs bâtons ferrés qui me parurent de bonne défense. J'en pris un, et j'invitai Giraud à suivre mon exemple.

— Mais pourquoi? me dit-il.

— Mais... par précaution...

— Bah! n'avons-nous pas nos pistolets?

— Justement je ne les porterai pas sur moi ce soir.

— Comme tu voudras, reprit-il; quant à moi, je prends mon portefeuille et ma boîte de pastels, et je ne me soucie pas de m'embarrasser encore de ton bâton ferré.

Nous partîmes. La famille était rassemblée dans une chambre étroite et sombre, qu'éclairait seulement de sa triste lumière la mèche fumeuse d'une lampe espagnole. Les murs étaient blanchis à la chaux, et une grande natte de paille ouvragée couvrait le parquet. Parmi les têtes graves et basanées des divers personnages de cette scène nous distinguâmes d'abord le pur visage de la jeune femme qui nous souriait gracieusement. Giraud promena un instant ses regards sur l'assemblée.

— Un joli tableau à faire, me dit-il, et une charmante personne.

Après les compliments d'usage, Giraud tira ses crayons, s'assit par terre, et faisant apporter près de lui une lampe nouvelle, tandis que l'autre éclairait son modèle, il se mit immédiatement à l'œuvre. Vingt minutes s'étaient écoulées à peine; nous entendîmes l'escalier de bois crier sous des pas lourds et retentissants; la porte s'ouvrit; c'étaient nos deux Espagnols. Le novio nous lança un regard terrible. Il tenait à la main un formidable manche de fouet d'osier tressé, et le frère, qui venait après lui, était armé lui-même d'un même énorme gourdin.

Ils s'approchèrent de Giraud, qui n'avait pas remarqué leur entrée dans le feu de la composition, et qui faisait véritablement un portrait délicieux, aussi riche, aussi fin de ton que les pastels de madame Bertaut l'habile coloriste. Le novio suivit pendant quelque temps des yeux le crayon de mon ami, puis ne pouvant retenir un cri d'admiration :

— C'est beau, c'est très-beau! dit-il; il ne faut pas détruire ce portrait, mais le payer. Et s'adressant à sa fiancée : — Demandez à cet homme ce qu'il veut pour son travail.

— C'est inutile, lui dis-je alors en espagnol; mon camarade ne veut pas être payé.

O.

— Ah! s'écria le novio stupéfait, vous parlez notre langue!

— Apparemment.

— Vous avez entendu ce que j'ai dit ce matin?

— Mais oui.

— Et malgré cela vous êtes venus!

— Sans doute. Pouvions-nous refuser à la senora le léger service qu'elle attendait de nous? Elle aime la France et nous a rappelé notre pays.

— N'importe! vous êtes venus me braver : je tiendrai ce que j'ai dit.

— C'est votre dernier mot?

— Oui!

Nos adversaires sortirent les premiers. La jeune femme se confondit en excuses, et Giraud finit par comprendre ce dont il s'agissait. Nous descendîmes. La soirée était magnifique, la lune rayonnante. Nous aperçûmes de suite les deux Espagnols qui nous attendaient à une quinzaine de pas. Je me mis en garde, et, m'avançant vers eux le bâton levé :

— Messieurs, leur dis-je, je ne vous prendrai pas en traître. Je vous préviens que j'ai quelque habileté dans ce jeu.

Aussitôt, et avant de commencer l'attaque, je me livrai devant eux à ces évolutions singulières que notre spirituel Achard a si bien décrites, et, bondissant tour à tour en avant et en arrière, je leur appris à redouter les *trois premières divisions* et la *rose couverte*. Mon bâton fendait l'air en sifflant. Il paraît que nos Espagnols ne s'attendaient pas à semblable partie. La première *division* les fit reculer de quelques pas; à la seconde, ils rentrèrent dans l'ombre; l'un d'eux prit la fuite à la troisième, et je couronnais l'œuvre par ma *rose couverte*, quand je m'aperçus que l'ennemi avait disparu tout à fait. Giraud riait comme un fou. Nous restions les maîtres du champ de bataille. Faut-il ajouter que nous ne revîmes plus les deux Espagnols?

Le lendemain, nous quittions avec regret la jolie ville d'Elche. La route, d'abord peu variée, s'engage bientôt à travers des bois de palmiers et de figuiers qui donnent au paysage un aspect original et pittoresque. Après deux heures de marche, nous arrivâmes à Albatera, joli village dont les maisons ne se composent que d'un rez-de-chaussée et d'une terrasse. Sur l'une d'elles, des paysans assemblés chantaient en jouant de la guitare. Puis nous commençâmes à gravir un sentier

pierreux, bordé de cactus et d'aloès. Au sommet du monticule s'é-
lève un vieux château que jadis habitaient les Maures, et qui sert
d'église aujourd'hui. Nous marchions d'enchantements en enchantements. De riantes bourgades se succédaient les unes aux autres presque sans interruption. La campagne semblait se ressentir partout du
voisinage de l'homme. Riche et bien cultivée, elle offrait incessamment à nos yeux charmés le plus admirable panorama. Nous ne pouvions nous empêcher de déplorer que cette belle contrée fût aussi
souvent exposée aux catastrophes de la nature, et que des tremblements de terre en quelque sorte périodiques vinssent y détruire des
villages entiers. Nous arrivâmes vers le soir à Orihuela.

Cette ville, qu'entourent les plus belles plaines du monde, et qui
emprunte à ses tours carrées et à ses dômes épars un aspect tout
oriental, est gracieusement assise sur les deux rives de la Segura.
Les jardins qui avoisinent Orihuela rappellent par la beauté de leur
culture et la richesse de leurs fruits la *Huerta* de Valence elle-même.
Çà et là des groupes d'orangers, de grenadiers et de mûriers qui
confondent leurs feuillages étendent sur l'horizon d'agréables rideaux
de verdure. Partout la végétation est gigantesque, et la fertilité du
sol est telle qu'elle est passée en proverbe dans la Péninsule.

— *Llueva à no llueva, trigo en Orihuela :* — Qu'il pleuve ou non,
il y a du blé à Orihuela.

Nous étions arrivés un jour de foire, et nous eûmes toutes les
peines du monde pour trouver une voiture se rendant à Murcie.
Notre aubergiste finit cependant par nous découvrir une *galère* qui
devait partir à deux heures du matin. Le muletier consentit à se
charger de notre malle au prix de deux *pesetes*, environ deux francs,
et, la nuit venue, à l'heure dite, nous traversions la ville. Une partie
des habitants étaient couchés dans la rue ou sur le seuil des portes.
Les *serenos* passaient près de nous, leurs lanternes à la main, et
s'arrêtaient quelques instants pour nous considérer. Quand nous
fûmes sortis d'Orihuela, nous entendîmes, déjà bien loin derrière
nous, le bruit sourd et régulier des roues de notre galère, qui ne
pouvait nous suivre.

De temps à autre les plaintifs hurlements de quelques lévriers venaient troubler le silence de la campagne. La fraicheur était délicieuse aux clartés limpides de la lune, et nous éprouvions un singulier

sentiment de bien-être et de plaisir à nous avancer ainsi, seuls et silencieux, sous ce beau ciel, à travers ces plaines infinies.

Peu à peu le chemin se colora des premières lueurs du crépuscule. Un vent frais, précurseur du jour, se fit sentir bientôt ; puis le ciel se couvrit de teintes verdâtres et rosées que zébraient de grandes lignes noires, et le soleil parut tout à coup rouge et splendide. A chaque instant nous croisions de nombreux Valenciens enveloppés dans leurs mantes rayées, qui cheminaient à pied ou à cheval. Un courrier qu'annonçait de loin un grand bruit de grelots et de sonnettes passa aussi près de nous. Assis sur des poches en cuir gonflées de lettres et de paquets, il se tenait tant bien que mal à la selle, et il nous donna une assez triste idée du service de la poste en certaines parties de l'Espagne. Il faisait grand jour quand nous arrivâmes en vue d'une hauteur. Une petite rivière coulait à ses pieds et donnait une agréable fraîcheur à tout le paysage. On eût pu se croire dans quelque coin ignoré de notre Normandie. De tous côtés s'étendaient à nos yeux des gazons verdoyants. Çà et là nous apercevions des huttes de terre recouvertes en chaume, et le ciel, qui, par extraordinaire, s'était voilé d'une brume légère, ajoutait encore à l'illusion. Peu après nous entrions dans Murcie.

CHAPITRE XVIII.

Murcie. — Louis de Belluga. — Une émeute à Murcie. — Le bassin de Lorca et l'inondation de 1802.

Le sol sur lequel la ville de Murcie s'étend aujourd'hui a été le théâtre des luttes les plus acharnées entre les Carthaginois et les Romains. A ces derniers succédèrent les Goths, qui furent à leur tour supplantés par les Vandales. Une partie de ce qu'on appela longtemps le royaume de Murcie fut pendant un siècle possédé par les Grecs. Enfin, après quelques alternatives d'occupation entre ceux-ci et de nouvelles peuplades gothiques, les Arabes arrivèrent. C'est alors que s'ouvrit cette série de guerres héroïques entre les chrétiens et les Maures, qui n'appartient pas moins à la poésie qu'à l'histoire.

La ville de Murcie n'a rien d'antique. Elle n'apparaît dans les an-

nales espagnoles que dans le commencement du huitième siècle. Elle
passa tour à tour sous le joug des califes de Damas, de ceux de Bagdad et enfin de ceux de Cordoue. Au treizième siècle, vers 1236,
lors du démembrement de l'empire de Cordoue, elle devint la capitale d'un royaume particulier, dont un usurpateur audacieux, Aben-
Hudiel, se fit proclamer roi. Mais il ne garda pas longtemps sa conquête. Inopinément attaqué par les Maures de Grenade, Aben-Hudiel
implora le secours de Ferdinand II de Castille; et dès ce moment le
royaume de Murcie fut annexé à la couronne de Castille, dont il suivit la fortune. C'est à cette époque qu'Alphonse X la peupla de Catalans, d'Aragonais et même de Français. Il existe encore aujour-
d'hui à Murcie quelques vieilles familles dont les noms trahissent une
origine française.

Murcie a subi, à dix siècles de distance, deux siéges célèbres dans
les annales espagnoles. Le premier remonte à l'époque où les Arabes
envahirent le royaume gothique. Théodomir régnait sur tout le pays
qui s'étend d'Alicante à Lorca, et ce prince opposait à l'irruption
des Arabes un courage digne d'une meilleure fortune. Quand le général maure Abdelazis vint déployer son armée victorieuse dans les
plaines fertiles qu'arrose la Segura, le gouv.rneur de Murcie, déjà
battu dans plusieurs rencontres, n'avait plus qu'une poignée de soldats à opposer à l'ennemi. Réunissant alors toutes les femmes que
renfermait la place assiégée, il leur fit distribuer des armes, les rangea en bataille sur les remparts, et, grâce à cet ingénieux stratagème,
il obtint d'Abdelazis une capitulation honorable.

Le second siége de Murcie dont l'histoire ait gardé le souvenir
eut lieu peu après l'avénement de Philippe V pendant la guerre de
la Succession. Murcie, fidèle à son roi, avait fermé ses portes aux
forces de l'archiduc; mais elle n'avait pour défenseurs qu'une troupe
indisciplinée de paysans, et Carthagène, Orihuela et d'autres villes
encore étaient déjà tombées au pouvoir de l'armée qui s'approchait.
Aussitôt l'évêque de Murcie, Louis de Belluga, dont la grande figure
rappelle les prélats belliqueux du moyen âge, fit détourner la Segura,
couper les canaux, ouvrir les réservoirs, et, inondant ainsi la campagne à plusieurs lieues à la ronde, il arrêta la marche de l'archiduc
et sauva Murcie. Puis, non content de ce premier succès, l'intrépide
évêque se met à la tête de ses bandes, prend à son tour l'offensive,
s'empare d'Orihuela sans coup férir, se présente inopinément devant

Carthagène, et il contraint cette ville à se rendre après quelques jours de siége. Un chapeau de cardinal fut plus tard la récompense de Louis de Belluga. Ses ennemis disaient de lui « qu'il s'était vêtu de rouge en trempant son habit dans le sang. »

Murcie n'a plus aujourd'hui l'aspect d'une place de guerre. Ses remparts ont depuis longtemps disparu ; il ne reste pas de trace des hautes tours dont son enceinte était flanquée. Çà et là quelques pans de murs en ruine indiquent seuls le lieu où s'élevaient autrefois les fortifications. Lorsque nous pénétrâmes, à la suite de notre galère, au milieu des rues étroites et tortueuses de Murcie, nous fûmes frappés tout d'abord de l'air de solitude et de tristesse qui semble peser sur cette ancienne capitale d'un royaume. On eût dit que nous venions d'entrer dans une ville abandonnée. La *posada* où nous nous arrêtâmes était silencieuse et déserte. Nous parcourûmes la salle basse et la cuisine sans rencontrer une âme. Nous découvrîmes enfin, au fond de la cour intérieure, quelques Valenciens qui jouaient aux cartes. Non loin d'eux, des bohémiens étaient occupés à raser le dos de plusieurs mulets étendus à terre et, par d'adroits coups de ciseaux, ils dessinaient sur la robe de leurs bêtes mille figures capricieuses et bizarres.

L'hôtesse, qui paraissait commander à ces hommes, nous regarda dédaigneusement déposer notre bagage dans un coin de la cour, puis, détournant la tête, elle sauta sur un cheval orné de pompons rouges. Sa servante vint se placer en croupe auprès d'elle, et elle partit aussitôt sans nous adresser une parole.

Nous avions grand'faim pourtant. J'eus recours au garçon d'écurie, qui me répondit avec indifférence que l'on n'allumait le feu que le soir. Nous sortîmes alors pour nous mettre en quête d'une nouvelle *posada* ou tout au moins d'une de ces tables d'hôte espagnoles que l'on appelle *casas de pupillos*, et qu'indique au voyageur une feuille de papier collée sur le volet de la fenêtre ou sur les vitres. J'entrai dans la première que nous rencontrâmes sur notre passage. Mais l'heure des repas n'avait pas encore sonné. Toute insistance eût été inutile : nous allâmes en attendant visiter la cathédrale.

La façade de cet édifice est surchargée de statues, de colonnes, de bas-reliefs en marbre de diverses couleurs, dont l'assemblage produit les plus disgracieux contrastes. Le portail, d'ordre corinthien, est flanqué de deux colonnes de marbre bleu et rouge portées sur

des piédestaux de marbre bleu. Il est surmonté par une statue de la
Vierge qu'entourent de petites figures d'anges. Dans l'intérieur de la
cathédrale, nous remarquâmes deux chapelles où l'architecte a prodigué sans goût une multitude de colonnettes gothiques, et nous visitâmes la sacristie, qui renferme plusieurs boiseries délicatement
sculptées.

Quand nous revînmes à la *casa de pupillos*, le couvert était mis et
notre dîner nous attendait. On nous servit aussitôt un plat copieux
de légumes au piment et au poivre long : c'est la nourriture ordinaire des habitants de Murcie. Loin de rassasier notre appétit, ces
condiments ne faisaient que le stimuler encore. Je demandai une
tranche de bœuf, et j'allais prier notre hôte de ne pas l'accommoder
au piment, lorsque, me regardant avec stupéfaction :

— Êtes-vous juifs ? s'écria-t-il.

— Non, vraiment ! lui répondis-je ; nous sommes au contraire bons
et fidèles chrétiens... Mais pourquoi cette question singulière ?

— Pourquoi ? eh ! parce qu'il n'y a que des juifs qui mangent du
bœuf à Murcie. Vous en chercheriez inutilement par toute la ville ;
il faudrait l'envoyer querir à Orihuela.

C'était là une raison sans réponse : nous fîmes donc de nécessité
vertu. Mais notre profession de foi avait rendu notre hôte plus com-
municatif et plus aimable. Il nous engagea à visiter après notre dîner
la *Plaseria* et la *Traperia*, les seules rues de Murcie qui soient protégées par des toiles contre les ardeurs du soleil, et où se trouvent
les boutiques des marchands de glaces. Nous nous empressâmes de
suivre son conseil, et nous entrâmes dans la première boutique qui
s'offrit à nous. D'élégantes *senoras* s'y tenaient assises devant de petites tables chargées de glaces, et causaient entre elles en croquant
aussi des bonbons, tandis que le marchand servait la foule des acheteurs
qui s'arrêtaient incessamment sur le seuil de sa porte. L'habitant de
Murcie aime la glace avec passion, et il en fait un usage égal à celui
du piment. On m'a raconté qu'en 1791 il y eut une émeute à Murcie
parce que la glace avait manqué pendant une matinée.

C'était à l'époque de la fonte des neiges. Les sentiers qui descendent de la montagne étaient devenus tout à coup impraticables. Des
torrents fangeux avaient coupé toutes les communications, et les muletiers chargés d'apporter à la ville son approvisionnement journalier
avaient erré la nuit entière sans pouvoir retrouver leur chemin.

Quand le premier convoi de mulets arriva enfin aux portes de Murcie, il fut en quelques instants dépouillé, malgré les efforts des alguazils, et l'émotion populaire tomba soudain.

Nous devions quitter Murcie dans la soirée, et nous avions prié notre muletier de venir nous prendre avec son carrosse sur le pont de la Segura. Nous nous acheminâmes lentement vers la jolie promenade qui borde cette rivière.

Assis devant la grille du jardin botanique, nous regardions la belle chaîne de montagnes qui se déployait devant nous, et nous nous plaisions à suivre de l'œil la *Segura*, qui coulait à nos pieds. Elle disparaissait de temps à autre derrière des bouquets de saules, de lauriers-roses et de grenadiers chargés de leurs fruits comme un immense serpent aux brillantes écailles qui se glisse sous des fleurs. Un carrosse s'arrêta devant nous. Le conducteur en descendit pour nous remettre nos armes, qu'il avait prises avec notre bagage à la *posada*. Nous jetâmes un dernier regard à Murcie, qui se voilait des ombres de la nuit, et nous partîmes.

Après deux heures de marche à travers les mûriers et les orangers de la Huerta de Murcie nous atteignîmes Alcantarilla, dont tous les habitants étaient déjà depuis longtemps endormis. Nous traversâmes ensuite un bois d'oliviers, et nous venions de le dépasser à peine, quand nous entrâmes dans Lebrilla, dont les environs sont arrosés à l'aide d'un dépôt artificiel alimenté par les pluies. C'est un petit village d'un aspect pittoresque, et qui appartenait autrefois au duc d'Albe : il est divisé en deux parties presque égales par un torrent desséché que l'on franchit sur un beau pont d'une seule arche.

Au point du jour, nous aperçûmes sur notre droite la *Sierra de Espana*, et nous nous arrêtâmes bientôt à Alhama, petite ville assise au pied de la montagne, et dont on nous vanta beaucoup les bains et les eaux thermales. Quelques heures de sommeil suffirent pour nous rendre nos forces. Nous nous remîmes en marche, et nous arrivions avant la fin de la journée à Tutana, où nous devions passer la nuit. Giraud eut encore le temps de dessiner la jolie fontaine qui orne la grande place de cette petite ville. Le lendemain, nous reprenions la route de Lorca. La campagne que nous traversions nous paraissait de plus en plus aride et abandonnée. Nous faisions des lieues entières sans trouver trace de culture. Çà et là quelques forêts d'oliviers venaient seules varier un peu la monotonie du paysage qui se déroulait à noregards. Nous nous rapprochions insensiblement des montagnes, et nous les voyions en quelque sorte grandir et se dresser devant nous.

peine eûmes-nous franchi le gué de la petite rivière de Sangouera, ue nous distinguâmes sur le flanc d'un mont escarpé les clochers de orca et la ligne des remparts qui protégeaient autrefois son château mauresque.

Lorsque, après avoir visité les villes riantes et animées du royaume de Valence, nous étions arrivés à Murcie, nous avions été singulièrement étonnés de la tristesse de cette capitale. Il nous semblait difficile de rencontrer jamais une ville dont l'aspect fût aussi morne, les rues aussi sombres et aussi solitaires. Et pourtant Lorca nous parut plus triste, plus désolée que Murcie.

Les rues escarpées de la haute ville étaient désertes. De temps à autre nous rencontrions seulement quelqu'un de ces bohémiens si nombreux dans ces contrées.

De grands lévriers africains erraient par bandes en hurlant, et semblaient les maîtres de la ville. Nous allâmes, après maints détours, heurter à la porte fermée et verrouillée d'une *posada*, et, au bout d'un quart d'heure d'attente, nous vîmes enfin apparaître un vieillard à cheveux blancs, qui nous introduisit sans mot dire dans une grande salle basse. Nous demandâmes à manger à un valet d'écurie silencieux comme son maître, et nous nous récriions à l'envi sur les allures singulières de nos hôtes, quand le vieux *posadero*, qui s'était arrêté devant nous et qui paraissait depuis quelques instants nous considérer avec attention, s'approcha enfin et nous dit en français :

—Sommes-nous donc tristes à ce point qu'un étranger puisse s'en apercevoir?... Nous n'avons pas toujours été ainsi, messieurs. Je me souviens que dans ma jeunesse nos promenades n'étaient pas désertes et silencieuses comme vous les voyez aujourd'hui. Chaque soir, nous nous réunissions près des rives ombragées de la Sangouera, sous nos belles allées de lauriers-roses, pour aller danser au son de la guitare et des castagnettes. Le plaisir animait tous les visages ; la joie brillait dans tous les yeux.

—Et d'où vient, lui demandai-je, ce changement singulier dans les mœurs d'un peuple que la nature semble avoir comblé de ses bienfaits?

—L'habitant de Lorca, reprit-il à voix basse et d'un air mysté-

7

rieux, est en proie à une tristesse invincible depuis le jour où Notre-
Dame du Rosaire ne le protége plus... La justice de Dieu a visité ce
malheureux pays et n'y a pas laissé pierre sur pierre.

— Et par quel grand crime avez-vous mérité ce châtiment terrible?

— Je n'oserais le dire : l'Espagnol doit toujours ignorer les fautes
de ses ancêtres. Cependant, si j'en crois les anciens de Lorca, c'est
encore à ce méchant esprit de nouveautés qui envahit de plus en plus
l'Espagne qu'il faut attribuer... Mais vous avez sans doute entendu
parler de l'inondation de 1802 ?

— En effet, on nous a montré dans un couvent la hauteur prodigieuse à laquelle les eaux se sont élevées à cette époque.

— C'est cela.

— Dites-moi, je vous prie, avez-vous été témoin de cette catastrophe ?

— J'y ai perdu mon père et mes enfants...

Le vieillard se tut. Sa figure, déjà sévère et sombre, se rembrunit
encore. Il semblait lutter contre un cruel souvenir. Je le contraignit
à s'asseoir près de nous. Giraud lui offrit un des excellents cigares
de M. de Lesseps, et, faisant apporter un flacon d'Alicante, il invita le *posadero* à nous faire connaître les détails de cette terrible
inondation.

— Il y a bien longtemps de cela, nous dit-il enfin : c'était vers 1792.
Lorca jouissait en paix de la fertilité de son territoire. Les nombreux
canaux qui sillonnaient alors nos campagnes portaient indistinctement partout l'abondance et la fécondité. De temps immémorial,
chaque propriétaire, si pauvre qu'il fût, pouvait à son tour disposer
des eaux d'irrigation pour arroser son champ. Nous vivions tous heureux et tranquilles, et ne demandions à Dieu que de nous continuer
ses bienfaits. Il a suffi d'un homme pour changer en misère notre
prospérité. Il se nommait Lenourda.

Puissant à la cour, audacieux, entreprenant, ce Lenourda conçut
l'idée de réunir dans un immense bassin toutes les eaux éparses sur
notre territoire, et il promit d'en faire une équitable répartition.
« L'innovation que je propose, disait-il, ne peut manquer de profiter
à tout le monde. Les réservoirs sont aujourd'hui beaucoup trop multipliés. Les eaux vont se perdre sans fruit à travers la campagne, et
c'est à peine si elles fécondent quelques propriétés. » Ces discours
trouvèrent des oreilles crédules. Il y a toujours des hommes qui se

laissent séduire par les nouveautés. Deux partis se formèrent à Lorca. La discorde se glissa jusque dans les fam... es. L'effervescence était au comble, quand Lenourda revint de Madrid avec les pouvoirs les plus étendus. Le gouvernement l'autorisait à faire construire le bassin, et le chargeait de présider aux irrigations. Il fallut bien nous soumettre à la volonté de la cour.

Vous ne vous figurez pas, messieurs, l'effrayante étendue de ce lac resserré entre deux montagnes et où se trouvaient accumulées toutes les sources naguère éparses dans la contrée. Au dire des cultivateurs on aurait pu, avec les eaux renfermées dans l'immense bassin de Lenourda, arroser pendant plusieurs années tout le territoire depuis Lorca jusqu'à Murcie. Ce travail gigantesque avait coûté des sommes énormes. Les propriétaires ne pouvaient plus obtenir de l'eau qu'à des prix excessifs. La plupart renoncèrent à cultiver leurs champs. On prétendait que les partisans de Lenourda étaient exempts de la contribution.

Les esprits s'échauffèrent. Une sourde fermentation se manifesta bientôt. Le mécontentement menaçait de s'étendre par toute la ville. Le gouvernement prit alors des mesures rigoureuses. Quelques meneurs furent bannis du royaume. D'autres disparurent inopinément sans que personne pût dire ce qu'ils étaient devenus. Lorca tout entière subissait le plus incroyable despotisme, et nous désespérions de voir la fin de nos malheurs, quand fondit sur nous la terrible catastrophe que nous déplorons encore aujourd'hui.

Les eaux avaient insensiblement miné l'immense bassin de Lenourda. Un jour, le 30 avril 1802, la digue se rompit tout à coup, et les eaux se précipitèrent sur la ville en renversant tous les obstacles. Que sont devenus nos faubourgs, nos hôpitaux, notre église paroissiale et ce magnifique couvent de la Merci, dont les hautes murailles semblaient bâties pour durer des siècles ? Où est aujourd'hui la pauvre maison de mes pères ? Où sont mes amis, mes enfants ? Tout disparut en quelques heures.

L'indomptable torrent roulait dans ses ondes mugissantes des hommes, des animaux, mille débris amoncelés. Du haut de la montagne où je m'étais réfugié avec un petit nombre de mes compatriotes, nous entendions de minute en minute le grondement lointain des maisons qui s'écroulaient. Nous contemplions silencieusement cet horrible spectacle. Par moments passaient à nos pieds des arbres déracinés, des pans de muraille, des blocs entiers de roche que le torrent avait arrachés aux entrailles de la terre. Parfois aussi nous apercevions avec angoisse quelque pauvre créature qui se soutenait au-dessus des eaux, et qui semblait nous tendre les bras. Et nous, impuissants à lui porter secours, nous implorions vainement la Providence. Le courant emportait sa proie, et bientôt nous ne distinguions plus rien.

Nul ne saura jamais quelle fut toute l'étendue du désastre! On évalue à plus de six mille le nombre des morts, et l'on pense que vingt-quatre mille animaux furent engloutis. Mais, s'il nous a été possible d'apprécier à Lorca même l'immensité de nos pertes, nous n'avons jamais connu les ravages que le fléau a exercés par toute la contrée. Dans un espace de plus de seize lieues, tous les villages ont été ruinés ou détruits. Murcie et Oribuela même ont eu beaucoup à souffrir de la catastrophe.

Ce Lenourda, qui avait causé notre ruine, était arrivé la veille même à Lorca. Y fut-il poussé par la colère divine? Plus d'un le vit courir comme un insensé au-devant du péril, et, les bras étendus, les traits altérés par le désespoir, se précipiter dans les eaux du torrent, dont il fut la première victime.

Le vieux *posadero* s'arrêta. Nous l'écoutions encore avec intérêt, lorsque, balbutiant quelques paroles inintelligibles, il nous salua et disparut.

CHAPITRE XIX.

Route de Baza. — Les nuits de l'Andalousie. — La fête de la Vierge. — Majos et majas. — Guadix. — Les bohémiens du royaume de Grenade.

Le lendemain, au moment du départ, nous nous trouvâmes assez embarrassés de notre bagage. — La route de Murcie à Grenade est regardée comme une des plus dangereuses de l'Espagne, et les muletiers ne consentent que bien rarement à s'y aventurer. Tous ceux auxquels nous nous adressions accompagnaient leur refus de maintes histoires de voleurs qui n'étaient rien moins que rassurantes. Nous nous voyions contraints de prendre la voie de mer et de nous rendre à Carthagène, où l'on s'embarque pour Malaga, quand on nous apprit l'arrivée de deux marchands de tomates qui allaient à Guadix et devaient repartir le soir même.

Ces hommes étaient peu connus dans le pays, où leurs affaires les amenaient rarement. Notre vieux *posadero*, chez lequel ils avaient coutume de descendre lors de leur passage à Lorca, nous prévint avec mystère qu'il courait sur leur compte des bruits peu favorables. Mais il fallait prendre un parti sur-le-champ. Ces marchands de tomates valaient sans doute mieux que leur réputation. Je me décidai à m'entendre avec eux. Les deux Espagnols ne se souciaient pas beaucoup de notre compagnie : ils avaient l'habitude de voyager seuls, et ne savaient pas s'ils pourraient mettre des mulets à notre disposition. Je parvins pourtant à les rendre plus traitables. Nous convînmes d'un prix assez élevé pour le transport de notre malle ; je leur accordai que, pour ne pas fatiguer leurs bêtes, nous ne marcherions jamais le jour, et peu après nous quittions Lorca à l'heure du crépuscule.

Nous avions depuis longtemps laissé derrière nous les fortifications de Lorca, quand nous aperçûmes à quelque distance un groupe d'hommes qui semblaient nous observer et nous attendre. Étions-nous déjà tombés dans une de ces embuscades que l'on nous avait prédites au départ ? A tout événement, nous nous mîmes en mesure de ne pas succomber sans combattre. Nous étions l'un et l'autre montés sur de vigoureux ânes d'Andalousie. Nos carabines étaient suspendues au *guancho*, espèce de crochet de fer qui est fixé aux tresses de paille de la selle. Nous les prîmes aussitôt, et nous nous disposâmes à faire feu sur le premier assaillant. Les inconnus s'approchèrent des marchands de tomates, et nous les vîmes bientôt causer familièrement. Ils se retournaient de temps à autre pour nous considérer, puis ils reprenaient avec vivacité leur conversation. Mais nous ne leur parûmes pas sans doute une proie assez importante ; peut-être aussi furent-ils intimidés par le canon levé de nos carabines. Ils s'arrêtèrent bientôt en nous souhaitant la *buena noche*.

Nous nous avancions à travers d'affreuses fondrières, et nous venions de franchir la petite rivière de Guadalentin, quand nous fûmes rejoints par une caravane de mulets. Cette longue file de bêtes de somme suivait un âne conducteur qui dirigeait la marche avec une intelligente sagacité. Nous atteignîmes une *ventorilla*, où tous nos muletiers s'arrêtèrent pour se rafraîchir et goûter l'eau-de-vie. Giraud lui-même descendit de mulet. Pendant quelque temps, je restai seul chargé de veiller sur la marche du convoi. La lune s'était levée. Sa magique lumière éclairait par degrés le paysage, et faisait des grands blocs de pierres autant de blancs fantômes arrêtés sur le bord du sentier pour nous regarder en passant. On n'entendait que le piétinement sourd et pressé des *machos* qui marchaient en longue file et le bruit déjà lointain de la clochette du mulet conducteur.

Giraud vint bientôt me rejoindre, et c'était à qui admirerait le plus l'âpreté du paysage.

Déjà nous étions entrés en Andalousie dans le royaume de Grenade. Nous arrivâmes, après de longues heures de marche, à Velez-Rubio. C'était depuis Lorca le premier village que nous rencontrions. Nos muletiers nous conduisirent aussitôt à la *plaza*. Chacun de nous fit sa provision de fruits et de légumes, et nous passâmes la moitié du jour à préparer notre dîner. Quand, vers le soir, nous reprîmes notre voyage, le chemin s'avançait au milieu d'un vallon encaissé entre de hautes montagnes. De temps en temps nous apercevions près d'une source d'eau vive des bouquets d'arbustes verdoyants; quelquefois des paysans s'approchaient de nous pour nous demander des *papelitos*, et ils nous quittaient mécontents de voir que nous n'avions que du tabac à leur offrir. La route s'engagea bientôt dans le lit même d'un torrent desséché, qu'ombrageaient de grands arbres; un mince filet d'eau coulait au milieu, et c'est à peine si nos mules pouvaient s'y désaltérer. La nuit était venue, la lune devait se lever tard, et nous marchions à la lueur des étoiles, qui brillaient splendides et répandaient sur les grandes plaines une lueur voilée semblable aux plus doux moments du crépuscule.

La voie lactée était si lumineuse qu'elle projetait nos ombres sur le terrain. A cette alternative des douces clartés de la terre et du ciel, les yeux, charmés et regardant vaguement sans chercher à voir, laissaient arriver à l'âme tranquille une immense poésie qui descendait avec le silence et la rosée. On aurait dit que la terre, encore tout ardente des chaleurs du jour, frémissait murmurante en aspirant la fraîcheur du ciel, comme frémissait autrefois la sultane en se plongeant à la nuit dans les bassins de l'Alhambra. On entendait comme des bruits étranges, comme des voix qui parlaient là-bas dans les lointains et se taisaient par intervalles pour écouter les chansons mélancoliques et plus dolentes de nos *arrieros*.

Nous nous sentions l'un et l'autre une joie ineffable qui tour à tour nous dilatait la poitrine et nous causait une délicieuse oppression. Il

ous semblait qu'il ne pouvait pas exister de méchants dans le monde,
t il nous venait au cœur un ardent amour pour l'humanité.

Après avoir traversé un grand village, un de nos guides s'aperçut
qu'un mulet s'était égaré. Il se mit aussitôt à sa recherche. L'autre
rriero étendit par terre le sac de paille hachée qui lui servait de
it. Nous nous hâtâmes d'en faire autant, et, couchés sur le sol
ans nos mantes valenciennes, nous fûmes bientôt l'un et l'autre
profondément endormis. De temps à autre nous étions réveillés par
un grand bruit de clochettes, et nous distinguions, en levant un peu
a tête, quelque caravane de mulets qui se détachaient en noir sur le
ciel et glissaient comme des ombres à nos côtés.

Enfin le jour parut. Notre arriero revint de sa course. Il avait
passé la nuit à poursuivre son mulet. Le convoi se remit en marche.
Nous nous avancions toujours entre deux chaînes de montagnes, et
par intervalles nous apercevions la Sierra-Nevada. Nous côtoyâmes
pendant quelque temps un fleuve dont les muletiers ne purent nous
dire le nom. Ses rives brunes et déchirées nous rappelaient les bords
du Tibre. A notre droite s'élançait une belle cascade qui répandait
sa fraîcheur dans toute la vallée. Le pays que nous parcourions paraissait fertile et bien cultivé. Les montagnes seules étaient sans verdure, tristes, arides et dépouillées.

En tournant une roche qui nous barrait le passage, nous découvrîmes, assise à l'ombre, toute une famille errante. Homme, femme
et enfants, groupés en rond sur la terre nue, faisaient gaiement un
repas d'olives. Plus loin nous croisâmes le cortège d'un riche voyageur. C'était un Anglais sans doute. Il était à cheval et armé jusqu'aux dents. Son escorte marchait devant lui le fusil sur l'épaule, et
quelques muletiers, qui conduisaient des galères chargées de bagages
et de provisions de bouche, formaient l'arrière-garde. Ce voyageur
paraissait se préoccuper beaucoup plus des dangers de la route que
des beautés du paysage. Il parcourait l'Espagne en grand seigneur et
nous en artistes. C'est nous qui l'emportions sur lui. Nous arrivâmes
enfin à Cullar de Baza, où nous devions faire la sieste et attendre la
nuit.

Depuis que nous avions quitté le royaume de Murcie nous avions
déjà marché pendant deux nuits entières et nous étions encore loin
de Baza, où nous nous proposions de séjourner. Nous pressâmes nos

muletiers de hâter leur départ. La brise du soir frémissait dans les arbres en imitant le bruit lointain d'une cascade, son souffle était tiède et fatigant. L'horizon se chargeait de gros nuages, tandis que la voie lactée était blanche et projetait de grandes ombres comme la veille.

Tout à coup une lueur rougeâtre brilla au ciel, on eût pu la prendre pour une étoile, mais sa lumière ne tremblait pas, et bientôt nous vîmes autour de nous l'horizon s'illuminer de feux qui rayonnaient dans la nuit et semblaient se répondre d'une montagne à l'autre. Les *arrieros* nous apprirent la cause de ce singulier spectacle. Le lendemain était jour de fête de la Vierge. Cette flamme que nous avions aperçue d'abord était partie d'un ermitage situé sur un monticule voisin, elle annonçait aux fidèles l'heure de la messe et de la prière. Les feux qui couronnaient encore les hauteurs à une distance de plusieurs lieues avaient été allumés par les paysans des alentours, c'était ainsi que les bergers et les laboureurs qui n'avaient pu se rendre à la messe de l'ermitage rendaient hommage à Notre-Dame. En même temps, comme si le ciel eût voulu s'unir à la fête, de larges éclairs vinrent sillonner l'horizon, que par instants ils embrasaient tout entier.

Vers minuit nous arrivions à Baza, et nous descendions à la *posada del Sol*. L'aubergiste était un Français réfractaire. Il avait trouvé moyen de faire fortune en Espagne, et il nous reçut comme des compatriotes. Les marchands de tomates nous demandaient trois *duros* pour nous mener jusqu'à Guadix, notre Français leur prouva qu'on n'avait jamais exigé de pauvres voyageurs un prix aussi exorbitant; et il se chargea de nous trouver d'autres *arrieros* qui consentiraient à faire route de jour à des conditions plus modérées. C'est lui aussi qui nous fit les honneurs de la ville. La fête de la Vierge avait amené à Baza une foule compacte d'Andalous, ils se pressaient à la porte des églises, et paraissaient suivre religieusement le service divin. Tous avaient pris leurs habits des grands jours. La plupart portaient l'élégant costume de *majo* : petit chapeau bordé de velours, veste courte, large ceinture, culotte collante, bottines entr'ouvertes et historiées de dessins. Quelques-uns seulement avaient des pantalons qui s'arrêtaient à mi-jambe, et dont les plis venaient se jouer sur la bottine. Les femmes se rendaient à la messe avec la mantille, l'éventail, et la robe, noire de taffetas ou de soie. Mais je ne voyais plus nulle part la basquine légère des *majas* qui vingt ans auparavant m'avait tant charmé.

Le lendemain, à trois heures du matin, nous quittâmes la *posada del Sol* et notre brave compatriote, qui s'était levé pour nous serrer la main. En un clin d'œil notre nouvel *arriero* eut chargé sur un âne notre petit bagage, et nous nous mîmes en marche. La route traversait la promenade de Baza, où des jets d'eau entretiennent sans cesse une agréable fraicheur.

Nous parcourions un pays qui vraiment pour des peintres était inappréciable.

Le soleil se levait plein d'éclat. Les montagnes se coloraient de teintes magnifiques, et la vapeur des horizons ne nous empêchait pas d'en distinguer les masses principales.

Depuis notre départ de Baza, nous gravissions péniblement un rude sentier. Nous aperçûmes bientôt la Sierra-Nevada avec sa couronne de neige. La terre se couvrait de pins arrondis et de petite taille.

Le chemin continuait à monter. Çà et là se dressaient, dans les bas côtés de la route, des croix qui rappelaient de sinistres catastrophes. La chaleur était dévorante, et c'est à peine si le voisinage des neiges et le vent de la montagne la rendaient supportable. Nous découvrîmes enfin, par une échappée, un vallon qui s'ouvrait devant nous, et nous distinguâmes à travers la brume, au pied de la colline, l'auberge désirée.

La *venta de Gor*, où nous nous arrêtâmes quelques instants, est située à l'entrée d'une plaine immense qu'arrosent de nombreux cours d'eau. La route descendait de plus en plus à travers des campagnes boisées et pittoresques. Tout à coup, à un détour du chemin, nous aperçûmes la ville de Guadix, qui s'étalait au milieu de la plaine comme un véritable décor d'opéra.

Guadix, qui contient aujourd'hui une population de neuf mille habitants, fut construite par les Maures, qui lui donnèrent le nom de Wadi-Asb. Encore aujourd'hui elle est entourée des remparts construits par ses fondateurs et sur lesquels s'élèvent des tourelles de distance en distance. Mais ce qu'il y a de plus curieux à Guadix c'est le quartier des bohémiens, et beaucoup de voyageurs ont traversé la ville sans en soupçonner l'existence. On le comprendra quand on saura que les bohémiens habitent des chambres creusées dans des collines qui commencent au sortir d'une des portes de Guadix.

Rien sur ces collines ne trahit la présence souterraine des bohémiens, si ce n'est un bout de cheminée en pierre que l'on rencontre de temps en temps. Mais nous avions été prévenus; et nous promenions de tous côtés nos regards pour découvrir l'entrée de quelque grotte, quand nous entendîmes résonner des castagnettes et une guitare. Nous touchions sans nous en douter à la porte d'une *cueva* qui s'ouvrit brusquement devant nous.

Loin d'être pour ceux qui l'habitaient un sujet de défiance, on nous pria d'entrer; et nous nous trouvâmes au milieu d'un fandango qui fut continué avec un entrain croissant. Giraud prit ses crayons, et l'assemblée le vit se mettre au travail avec une véritable joie. Pour moi, je saisis une guitare et je renforçai l'orchestre. Tout en dessinant, Giraud avait appris le pas; aussi, jetant le crayon avec impétuosité, il courut présenter son bras à une des plus jolies *gitanas*, et se mit à déployer tant de grâce, à s'accompagner des castagnettes avec tant d'élégance, qu'il fut couvert d'applaudissements. Les femmes se l'arrachaient. Il ne quittait une danseuse que pour en prendre une autre, et il finit par tomber sur une chaise épuisé et triomphant.

CHAPITRE XX.

Mœurs des bohémiens. — Route de Guadix à Grenade.

Il est des races antiques qui semblent avoir le privilége de conserver intacts leur caractère original et leur physionomie native. Tels sont les bohémiens. Depuis des siècles ils voyagent à travers l'Europe, et leur religion, leur poésie, leurs mœurs voyagent avec eux. On les rencontre partout, au fond de la Norvége où sur les bords de la Méditerranée, dans la France du moyen âge comme dans l'Espagne constitutionnelle, et partout ils restent les mêmes, ne subissant jamais l'influence des peuples au milieu desquels ils vivent isolés. D'où viennent-ils? On l'ignore. Les uns les disent originaires de l'Afrique; d'autres les font venir de l'Asie. Mais personne encore n'a tracé l'histoire de leurs pérégrinations. Leur langue, où les sa-

ants retrouvent nombre de mots sanscrits, ne ressemble à aucune
e nos langues modernes.

Cette race vraiment à part tend, de nos jours, à s'effacer de plus
n plus et à disparaître tout à fait. Les bohémiens ont à peu près
abandonné le centre de l'Europe. La civilisation les a chassés devant
elle comme un troupeau de barbares. Ils ont émigré tour à tour de pays
en pays, de province en province. Les grandes chaînes de montagnes
les retenaient souvent; ils y trouvaient une retraite assurée. Il existe
encore aujourd'hui quelques familles éparses de bohémiens dans les
gorges désertes des Pyrénées. Le nord de l'Espagne a été pendant de
longues années le théâtre de leurs rapines et de leurs brigandages.
Mais bientôt, repoussés par la nation, poursuivis et traqués par le
gouvernement espagnol, les *gitanos* se sont enfuis jusqu'à la mer, et
beaucoup d'entre eux se sont fixés en Andalousie, où la noblesse n'a
pas craint d'acheter leurs services en leur donnant des asiles sur ses
terres et dans ses châteaux. Toutefois, dans cette nouvelle phase de
leur existence, les bohémiens n'ont pas sensiblement changé. Les signes caractéristiques de leur race persistent et demeurent immua-
bles. Le gitano de Guadix, parqué dans les chambres souterraines de
sa colline, nous offre l'image parfaite des peuplades bohémiennes,
et comme un témoin vivant d'une vieille race qui a péri presque
partout.

Les gitanos sont grands, élancés, et le plus souvent bien faits de
leur personne. Ils ont le teint plus basané que les Espagnols. Leur
visage, dont les traits sont vivement accentués, rappelle le type arabe.
Leur front rétréci se perd sous une forêt de beaux cheveux noirs.
Sous leurs paupières allongées, ils dardent sur vous des regards obli-
ques et veloutés. Leurs mâchoires sont larges et développées, leurs
lèvres épaisses, leurs dents d'une éblouissante blancheur. Dans la
jeunesse, ils aiment la toilette et passeraient des journées entières à
se parer des couleurs les plus brillantes et les plus disparates. Ils se
coiffent avec goût, se serrent coquettement la taille et portent souvent un jabot sur des haillons.

Leurs femmes, les gitanas, lorsqu'elles sont belles, le sont admirablement. On trouve quelquefois parmi elles des figures laides ou
communes, auxquelles de beaux yeux donnent toujours je ne sais
quel cachet original et quel charme pénétrant. Leurs regards sont
libres, hardis, passionnés. Les jeunes filles elles-mêmes semblent imi-

ter l'effronterie de leurs mères. Je remarquai une enfant d'une douzaine d'années dont les yeux brillaient du feu le plus singulier. Les bohémiennes n'ont pas abandonné l'ancien costume espagnol : elles portent encore la robe des *majas* à plusieurs falbalas. On les voit errer par les carrefours, pâles, déguenillées, à moitié nues, avec une basquine à trois volants. Leur tête est chargée de fleurs. Un grand peigne d'écaille retient les tresses de leur chevelure. Elles s'enveloppent d'écharpes de soie de couleurs tranchées, et renferment leurs pieds mignons dans des souliers de cuir écarlate. Elles ne refusent jamais de se livrer devant les étrangers à toute la liberté de leurs danses lascives. On croirait assister à tous les ébats des femmes de Constantine ou de Tunis. Ces danses des gitanas deviennent à la mode en Espagne, et ne tarderont pas à envahir le théâtre lui-même.

Hommes, femmes et enfants sont par-dessus tout sensibles à l'appât du gain. C'est le faible de la nation entière. Perfides, menteurs et pillards, les bohémiens se font, pour la plupart, chaudronniers, tondeurs de mulets ou maquignons. Mais ils se montrent propres à toutes les industries et déploient, pour la moindre pièce de monnaie, une activité tellement prodigieuse, qu'ils rendent de véritables services dans un pays où chacun serait tenté de regarder le travail comme une humiliation. Aussi les Espagnols pensent-ils que les *gitanos* sont fous. Selon eux, l'homme ne doit que se reposer ou combattre. Les anciens Espagnols ne concevaient également que l'alternative du combat ou du repos. Strabon raconte que les Ibères ayant vu les centurions visiter les postes et se promener par les chemins, les traitèrent d'insensés et les ramenèrent au camp.

A notre retour à l'auberge, la soirée était avancée; nous demandâmes une chambre particulière pour passer la nuit. Le *posadero* se prit à sourire; et nous montrant le hangar où les voyageurs se tenaient rassemblés :

—Couchez-vous où vous voudrez, nous dit-il.

J'avais déjà étendu ma mante sur des sacs de toile, quand Giraud m'appela. Il avait pris possession d'un des bancs de la cuisine. Ce sont des pierres scellées dans le mur et recouvertes de nattes de paille, qui servent, pendant l'hiver, à faire sécher les vêtements des voyageurs. Je m'installai sur le banc que Giraud m'indiquait en face de lui; et je passai la plus grande partie de la nuit dans une sorte de demi-sommeil, contemplant d'un œil assoupi les formes vagues des *arrieros* qui se heurtaient à tout moment contre notre bagage. Le lendemain, dès l'aube, on donna le signal du départ, et la caravane se mit en marche.

Au sortir de la ville, nous côtoyâmes longtemps la promenade, tout embaumée des parfums de la nuit, et où s'étalent mille fleurs inconnues à nos tristes climats; puis nous atteignîmes la grande route. La campagne que nous traversions est semée de monticules coniques dont M. Bory de Saint-Vincent explique ainsi les formes bizarres :

« L'aspect du pays est celui d'une énorme cuvette, d'un bassin circonscrit, d'un lac profond et desséché. Dans cet ancien lac se distinguent deux ou trois rocs isolés, dont le plus remarquable, appelé Sierra de Yabaleol, donne l'idée d'une île qui s'élevait, quand ces lieux étaient cachés sous les eaux, à la surface de l'espèce de Caspienne où l'on voyage maintenant à sec, et nous employons ici le nom Caspienne parce que les ondes qui se balançaient dans ce bassin étaient salées, comme on peut en juger par plusieurs *salados* dont ces campagnes sont stérilement arrosées, par des lagunes que font encore cristalliser les ardeurs de l'été, et surtout par une végétation qui appelle l'attention des hommes les moins habitués à l'observation des productions naturelles. Cette végétation est *entièrement maritime*, on se croirait aux bords de l'Océan au milieu des statices à feuilles larges, avec certaines salicornes, soudes, arroches, frankeines et autres végétaux des côtes océaniques.

» Les *vegas* de Callar, de Baza, de Cavilles et de Guadix offrent un aspect d'autant plus agréable, qu'on les retrouve éparses dans la solitude salée qui brille souvent d'un éclat cristallin dû aux petits cubes de muriate de soude que l'évaporation et le desséchement produisent à sa surface ou jusque sur les tiges des végétaux maritimes qui en forment l'étrange verdure dans certains jours de l'été.

» Ces vallons et les ravins creusés dans un sol profond composé de parties ténues, qui descendirent des hauteurs voisines par l'effet des eaux pluviales, et formèrent longtemps la vase délayée d'une mer intérieure, ont la plupart du temps leurs escarpements coupés à pic, surtout par un côté.

» Les eaux pluviales exerçant leur pouvoir sur ces pentes, dont les parties sont peu liées entre elles, les ont sillonnées, façonnées et déchirées de mille façons. En beaucoup d'endroits l'action des eaux a souvent donné à ces molles hauteurs les formes les plus singulières; on dirait des façades, des clochers, des portiques de temples gothiques couverts de ces sculptures dont nos aïeux chargeaient leurs monuments. »

Parvenus à une certaine distance, ces collines se rapprochaient, se serraient l'une contre l'autre pour former des gorges d'un aspect triste et sauvage; selon notre habitude nous devancions de beaucoup le convoi, et tous deux, seuls, la carabine en bandoulière, nous ressemblions, au milieu de cet abrupt paysage, à de véritables bandits.

Nous venions de franchir un étroit défilé, quand nous nous trouvâmes inopinément en présence d'une bande effrayée de femmes et d'enfants qui se réfugièrent, à notre approche, aux côtés d'un homme armé d'un fusil, comme des moutons peureux derrière leur chien de garde. Nous continuâmes à nous avancer paisiblement, et sans paraître remarquer le succès nouveau que nous obtenions avec nos longues barbes et notre attirail guerrier. Les voyageurs reconnurent bientôt que nous n'étions pas fort à redouter, et ils nous saluèrent joyeusement du bonjour espagnol en passant près de nous.

La route disparut ensuite au milieu d'un bouquet d'arbres qu'arrose la petite rivière d'Alhama; nous la traversâmes à gué, et nous commençâmes à gravir une montagne escarpée au sommet de laquelle se trouve une espèce de *ventorilla* creusée dans le roc et où les *arrieros* ont coutume de se reposer quelques instants à cette hauteur. Ce chemin s'étend à perte de vue sur un de ces plateaux appelés *parameras*, steppes dépouillées, désertes et battues par les vents ou calcinées par le soleil, où l'on aperçoit pour horizon la cime des autres montagnes. Le regard s'arrête à contempler la cime neigeuse de la Sierra-Nevada, dont on aperçoit toutes les assises. Nous rencontrâmes dans la *ventorilla* un vieil Espagnol qui accompagnait à cheval un convoi de marchandises. Ses mules étaient chargées de verreries retenues dans des filets, et qui scintillaient au soleil. Bien qu'il fût armé jusqu'aux dents, il parut vivement désirer de voyager avec nous. Nous partîmes ensemble. Nous apercevions dans le lointain le petit bourg de Dieman qui semblait fuir devant nous. Nous l'atteignîmes enfin, et le traversâmes sans nous y arrêter. La route descendait et devenait admirable, nous marchions entre de beaux rochers merveilleusement groupés avec des arbres de toute espèce.

Les *arrieros* voulurent faire une courte halte près de la fontaine de Cereso, dont les eaux, limpides et agréables au goût, sont célèbres dans toute l'Espagne. Non loin de là, nous dûmes prendre quelques heures de repos à Goeto-Santillana ; le lendemain , dès deux heures du matin, nous nous remettions en marche. Le paysage ne nous intéressait plus. Nous regardions devant nous aussi loin que la vue pouvait s'étendre. Nous allions donc entrer dans l'ancienne capitale des Maures; nous allions voir l'Alhambra, le Généralife, ces merveilles de l'architecture arabe. Nous répétions tout bas ce quatrain populaire :

> El que no ha visto a Sevilla
> No ha visto maravilla ;
> El que no ha visto a Granada
> No a visto nada.

« Celui qui n'a pas vu Séville n'a point vu de merveille ; celui qui n'a pas vu Grenade n'a rien vu. »

Nous parcourions, depuis quelques heures, un chemin riant et accidenté, lorsqu'une profonde et immense vallée se déploya sous nos yeux. Grenade était là, devant nous, avec ses coupoles et ses tours sans nombre qui reflétaient les feux du soleil levant.

CHAPITRE XXI.

Grenade.

Grenade est une corruption du mot *carnatah*, qui signifie, dit-on, ville du pèlerin en langue phénicienne. Cette ville occupait d'abord la place où se trouve actuellement la tour Vermeille, et était entièrement distincte d'*Illiberis*, qui depuis a toujours été confondue avec elle.

Illiberis tomba en 1009 au pouvoir d'un Berber. Son neveu Hobus il Manes porta sa résidence à Krenatah, plus facile à fortifier; et, selon l'usage, il détruisit *Grenada la vieja*, qu'il rebâtit entièrement avec les débris des édifices phéniciens et romains.

Les conquêtes de Jaime Ier à Valence et de Ferdinand en andalousie firent la prospérité de Grenade en y refoulant les Maures. La ville contenait alors trois cent mille âmes. L'Alhambra fut commencé

par Ibnul-Ahinar, l'homme rouge, et continué par Abuabdillah et
fini par son petit-fils Mahammed III, vers 1314. Josuf Ier, roi plus artiste que guerrier, en fut le décorateur.

Ferdinand le Catholique s'en empara après un long siége.

Charles-Quint, lors du mariage de Charles V à Séville en 1526,
amena l'inquisition à Grenade et causa la ruine de la ille.

Depuis ce moment elle a cessé d'être florissante. Et pourtant quelle
ville en Espagne est plus favorisée par le climat? quelle ville peut
lutter avec elle en beauté?

C'est ici un admirable combat de l'art et de la nature. On ne sait
qu'admirer davantage des merveilles de l'architecture ou des splendides variétés du paysage. Les prairies, les fontaines jaillissantes, les
bois d'orangers, de sombres forêts de chênes charment le regard, et
bientôt la pensée est envahie par tous les souvenirs de l'histoire que
la pierre et le marbre reproduisent à l'envi. La religion, à son tour,
déploie ses magnificences dans une vaste cathédrale où les statues des
douze apôtres, en bronze doré, de grandeur naturelle, sont adossées
à douze colonnes du plus grand effet. De belles fresques couvrent la
voûte du temple. Je ne saurais oublier non plus les fresques de l'é-
glise des Chartreux. Un peintre doit garder bon souvenir de ce remarquable ouvrage d'Antoine Palomino.

Mais, pour nous, Grenade était surtout à l'Alhambra. Nous nous y
rendîmes immédiatement après notre arrivée. L'ancien palais des rois
maures, la *casa real*, couronne les hauteurs et le versant oriental du
mont Cerro de Santa-Elena, que baignent de leurs ondes paisibles le
Genil et le Darro. De tous côtés la *casa real* domine la campagne,
et Grenade est à ses pieds. Autour du palais et dans son enceinte
même, flanquée çà et là de grandes tours carrées, se groupent tout
le quartier de la vieille ville, une église, un couvent désert, et le
château inachevé de Charles-Quint. Nous traversâmes d'abord, pour
monter à la *casa real*, l'antique place *Bivarrambla*, qui fut autrefois
le théâtre des tournois et des jeux chevaleresques des Maures. Puis
un Espagnol, qui s'était offert à nous servir de guide, nous fit entrer dans la rue étroite et montueuse du *Zacatin*, que, selon le proverbe du peuple de Grenade, le Darro a promis de porter en dot au
Genil.

> Darro tiene prometido
> De casarse con Genil,

le ha le llevar en dote
Plaza nueva y Zacatin.

Nous gravissons une belle promenade qui contourne la montagne et qu'ombragent des lauriers, des ormeaux et des platanes. Çà et là des sources jaillissantes retombaient en gerbes dans des vasques de marbre blanc. Nous arrivâmes bientôt à la porte *de las Granadas* et devant la *torre del Judicio*, la *tour du Jugement*, qui est encore criblée des balles de nos dernières guerres dans la Péninsule. C'était, assure-t-on, devant cette tour que, du temps des Maures, le cadi, et quelquefois le roi lui-même rendait la justice et prononçait ses jugements. Nous remarquâmes au-dessus de la porte ogivale une main et une clef sculptées dans le marbre. « Les ennemis prendront ce palais, disaient les Maures, quand cette main prendra la clef. » Au pied de la tour se trouve une jolie fontaine du temps de Charles-Quint, et sous la voûte de la *porte du Jugement* se voit un autel avec une inscription gothique. Une ruelle étroite nous conduisit, en passant près de la *torre del Vino*, à la place de *los Algibes*. A notre gauche, nous aperçûmes d'abord les tours à demi ruinées de l'*Alcazaba*. Une terrasse s'étendait en face de nous, tandis qu'à notre droite nos yeux s'arrêtaient sur les élégantes sculptures du palais de Charles-Quint. Cet édifice nous dérobait la porte modeste de l'Albambra, qui s'ouvre dans un angle obscur de la place de *los Algibes*. C'est là, sur cette place, où sont creusées des citernes qui descendent jusqu'au Darro, que les *aguadores* de Grenade viennent puiser l'eau fraîche destinée à l'approvisionnement de la ville. Leur présence y produit une animation continuelle.

On les voit s'approcher tour à tour des citernes et s'arrêter à l'ombre des toits de paille qui en recouvrent l'ouverture. On est sans cesse étourdi du bruit des chaînes et des poulies. A chaque instant des ânes chargés de jolies amphores qu'abrite un vert feuillage traversent la place au grand galop. Nous nous plûmes à considérer quelque temps ces petites scènes avant de pénétrer dans l'*Alcazaba*.

La grande cour de cette forteresse, où se tenaient autrefois les gardes des rois maures, est entourée de hautes murailles et de vieilles tours lézardées, que le temps et le soleil ont revêtues de teintes chaudes et dorées. La *torre del Homenage*, dont le gouvernement actuel a fait une prison, s'élève à pic sur les rochers qui descendent jusque vers le lit du Darro.

Nous visitâmes la *tour de la Vela*, d'où les regards découvrent à la fois et Grenade et la plaine, l'Alpujarras couvert de neiges, et les gorges lointaines de Loja. On nous montra la cloche d'argent qui est suspendue au sommet de cette tour et qui s'entend de dix lieues à la ronde. Elle est destinée, selon l'antique usage, à donner le signal des irrigations.

Quand nous revînmes sur la place de *los Algibes*, nous nous arrêtâmes quelques instants devant la terrasse à contempler à nos pieds une partie de Grenade et tout l'*Albaysin*, l'ancienne cité mauresque, peuplée aujourd'hui de bohémiens, et notre guide nous introduisit dans le palais de Charles-Quint. Vaste, isolé, formant un carré long, ce palais a de nombreux portails, dont chacun se distingue par une ornementation particulière. Le principal est orné de colonnes et de trophées-taillés dans un marbre jaspé, dont la lumière fait ressortir toutes les nuances.

A l'intérieur s'élève une tour qui se trouve enfermée entre deux rangs de beaux portiques soutenus par trente-deux colonnes. En dépit de toutes ces somptuosités, on éprouve en face de cet édifice un sentiment de tristesse; car toutes ces splendeurs tombent en ruine, et ces splendeurs ont pris la place d'un palais rival de l'Alhambra.

Nous entendîmes résonner trois coups de cloche, et au même instant notre guide, s'arrêtant à quelques pas de nous, se mit à prier avec ferveur. Sa prière achevée, notre pieux Espagnol revint à nous gravement et nous dit :

— Apercevez-vous là-bas, sur les bords du Genil, à gauche du pont, cette petite chapelle?... C'est là que les chrétiens vainqueurs s'arrêtèrent pour prier, il y a des siècles, avant de faire leur entrée triomphale dans Grenade. Et depuis ce temps, tous les jours, à trois heures de l'après-midi, la grosse cloche de la cathédrale invite les fidèles à la prière. Heureux celui qui se trouve dans la plaine en ce moment, car notre saint-père y accorde l'indulgence plénière s'il dit seulement trois *Pater* et trois *Ave!*

Ce fut, en effet, dans les plaines immenses de la Vega que, le 3 septembre 1492, à trois heures de l'après-midi, Ferdinand le Catholique et sa femme Isabelle rangèrent leur armée en bataille et reçurent le signal tant désiré de la prise de possession de Grenade. Les chefs et ses soldats attendaient ce moment solennel dans un religieux silence.

Tout à coup les trompettes retentirent : la bannière de la croix venait d'apparaître sur la plus haute tour de l'Alhambra. On vit au même instant toute cette armée s'agenouiller pieusement avec son roi pour remercier Dieu de sa victoire; et Ferdinand, se relevant le premier, s'écria enfin : *Non nobis! Domine, non nobis! sed nomini tuo da gloriam!*

En écoutant les paroles de notre guide et en songeant aux exploits de Ferdinand le Catholique, nous arrivâmes devant une petite porte basse qui jusqu'alors avait échappé à nos regards. Au son argentin d'une petite sonnette, elle s'ouvrit. Nous poussâmes un cri d'admiration. Nous venions enfin d'apercevoir les merveilles de l'Alhambra : c'était comme une évocation des *Mille et une Nuits*.

CHAPITRE XXII.

L'Alhambra.

Nous entrâmes d'abord dans un vaste *patio* de cent pieds de long sur cinquante de large, que rafraîchissaient les eaux d'un grand bassin. Partout étincelaient les dalles de marbre blanc, les colonnes des portiques, les merveilleuses broderies des arabesques. A notre droite s'étendaient deux galeries superposées. Celle du premier étage conduisait au palais d'hiver que Charles-Quint fit détruire, et dont il ne reste plus que la porte en marqueterie richement travaillée. Nous apercevions à gauche la *torre de Comares*, l'une des plus gigantesques de l'Alhambra. Sur les deux grands côtés du *patio* s'ouvre une suite de salons remarquables. Les uns servaient autrefois d'appartements aux femmes. On les appelle encore el *quarto de la Sultana*. Les autres, fermés de grilles, furent destinés par Ferdinand le Catholique au dépôt des archives. C'est là que se trouve relégué aujourd'hui le magnifique vase de porcelaine émaillée de dessins bleu et or qui ornait jadis le *jardin de la belle Lindaraja*. « O vase, dit l'inscription arabe, tu es comparable à un roi, tu portes comme lui la chaîne et la couronne! »

Nous nous étions arrêtés dans le *patio de la Albéra* ou de *los Arranjanes*, que les Maures avaient nommé la cour de *Mesuar*. Nous ne pouvions nous lasser de suivre sur le marbre ces maximes arabes qui y ont été gravées avec le feu et avec le ciseau. Il nous semblait que l'Alhambra était là tout entier. Cependant notre guide nous conduisit vers le fond de la cour, près de la *torre de Comares*, dont les hautes murailles étaient couvertes de mystérieuses devises. A tout moment nous retrouvions ces mots : — *l'à le ghalibile Allah!* Dieu seul est vainqueur! — Les Espagnols racontent qu'un jour le roi maure Aben-Amar revenait victorieux d'une campagne contre les chrétiens, et que son peuple enthousiaste se jetait sous les pieds de son cheval en criant : — *Galib! galib!* Vainqueur! vainqueur! — Mais ce prince religieux leur répondit : « Dieu seul est vainqueur! » et aussitôt il ordonna de graver ces paroles sur les murs de l'Alhambra.

Avant de pénétrer dans la *torre de Comares*, nous contemplâmes longtemps un léger péristyle dont les sculptures déliées se découpaient tantôt sur fond plein, tantôt à jour. L'admiration dont nous étions pénétrés devant ce délicat chef-d'œuvre des artistes arabes nous rendait silencieux. Sur un des côtés de la porte se lisait cette pensée : « Qu'il tienne ses cinq doigts serrés l'un contre l'autre, celui qui m'admire sans rapporter à Dieu ma beauté et qui redoute de se laisser charmer. » Encore aujourd'hui c'est en fermant la main que l'Arabe se garde des charmes dangereux.

Nous montâmes les marches de marbre du péristyle. A droite et à gauche s'offrent de petites niches élégamment ouvragées. C'est là que, selon l'usage oriental, les Maures qui étaient admis à l'honneur de s'approcher du roi devaient déposer leurs babouches brodées. Çà et là des couleurs effacées, d'imperceptibles filets d'or montrent que ces sveltes colonnes, ces murs historiés d'arabesques étaient jadis chargés de dorures et de peintures. La richesse de la matière rehaussait ainsi la splendeur du chef-d'œuvre. Nous remarquâmes encore sous le péristyle le petit escalier de la mosquée la *Mezquita*, que Charles-Quint a défigurée pour en faire une chapelle.

Nous entrâmes enfin dans la *salle des Ambassadeurs*. C'est un large vaisseau d'une hauteur de plus de soixante pieds. En face de la porte d'entrée, qui donne sur le péristyle, était dressé le trône au milieu d'admirables sculptures. Des inscriptions se trouvent mêlées aux arabesques de la manière la plus ingénieuse. Les lettres arabes, par l'élégance et la variété de leur dessin, se prêtent à tous les caprices de l'art, et concourent elles-mêmes à l'harmonie générale de l'orneentation. Les murs sont revêtus, à hauteur d'homme, de riches mosaïques où sont prodiguées mille figures d'hiéroglyphes, de fruits, d'étoiles, de fleurs idéales qui s'enlacent et se confondent dans un admirable pêle-mêle. Sur les autres parties de la salle courent de larges arabesques en stuc ciselé qui se détachent sur des fonds bleus ou rouges et s'enroulent de distance en distance pour former des cartouches destinés aux inscriptions. Le plafond primitif a disparu, c'était, dit-on, une précieuse merveille tout étincelante de nacre, de jaspe et de porphyre. Il a été remplacé par une marqueterie sur laquelle le temps a déjà étendu de sombres et belles couleurs. A l'embrasure de chaque fenêtre, l'épaisseur énorme des murailles forme comme de petites chambres.

La décoration de ces fenêtres, au nombre de trois sur trois faces de la salle, est du goût le plus pur, et présente un parfait modèle du meilleur temps de l'architecture mauresque. Soutenues à l'intérieur sur des pilastres de marbre blanc, elles sont extérieurement partagées par deux frêles colonnettes qui s'élevant ensemble du milieu de la croisée se séparent bientôt pour décrire deux arcs du plus charmant effet. Le plafond et les parties élevées de la salle sont éclairés à leur tour par de petites ouvertures pratiquées avec symétrie au-dessus de chacune des fenêtres.

On se fera difficilement une idée du nombre de devises et de vers arabes qui décorent la salle des Ambassadeurs. Nous éprouvions un certain dépit de ne pouvoir déchiffrer ces caractères inconnus. Nous eûmes bien vite épuisé le savoir de notre guide, qui avait appris par tradition le sens des inscriptions principales. Pour la plupart, ce sont des pensées religieuses, de rigides maximes, des passages empruntés au Coran. Quelquefois l'inscription célèbre la gloire du roi qui n'est plus, ou bien se rapporte aux lieux dans lesquelles elle est placée. Ainsi l'une d'elles indique qu'autrefois dans la *salle des Ambassadeurs* étaient déposés les « sages écrits conservateurs de la foi. » On prétend même que ces manuscrits furent retrouvés et détruits par le clergé de Grenade dans le courant du siècle dernier.

Le plus souvent, les inscriptions renferment des louanges en l'honneur d'Allah. Nous remarquâmes, au-dessus de la porte d'entrée et en face du lieu où s'élevait le trône, ce verset du Coran que le roi devait toujours trouver devant lui quand il rendait la justice ou décidait de la paix ou de la guerre :

Và — Siamsi, và dhohàha,
Và — Kamari edà talàha,
Và — Nahàri eIà chiallàla,
Và — Làilli edà chageiàha,
Và — Samài và banàha ,
Và — Ardhi và ma saavàha,
LA ELLAH ELA ALLAH.

« Par le soleil et ses rayons, par la lune qui le suit, par le jour
paré de son plus bel éclat, par la nuit qui les voile l'un et l'autre,
par le ciel et son auteur, par la terre et celui qui lui donne son
étendue, par les âmes et celui qui les prédestine, *il n'y a point d'autre
Dieu que Dieu.* »

Sous la *salle des Ambassadeurs* se trouvent étagées plusieurs chambres peu remarquables qui conduisent à des souterrains où l'on en-
fermait les chrétiens prisonniers. Nous parcourûmes rapidement ce
sinistre séjour, et nous remontâmes bientôt dans une longue galerie
construite par Charles-Quint. Elle aboutit au *Boudoir de la reine des
Maures : el Tocador de la reyna Maura.* Jeté sur le sommet d'une
des tours du mur d'enceinte, le *Boudoir* porte dans les airs ses jolies
colonnettes de marbre blanc. De tous côtés les regards se promènent
sur un horizon immense. On aperçoit tour à tour la *vega* de Grenade
et les rives du Darro, dont les filets argentés disparaissent dans le
lointain; les pics de la *Sierra-Nevada* et la tête ronde de la *Para-
panda*, qui, lorsqu'elle se couronne de nuées, annonce l'orage aux
Grenadins. Nous ne pouvions nous arracher à la contemplation de ce
splendide paysage. Quelques-unes des colonnes du *Tocador de la
reyna* ont été coupées par ordre de Charles-Quint. D'autres ont été
empâtées dans des massifs de maçonnerie sur lesquels ce prince a fait
peindre des fresques d'un assez triste effet. Ces peintures médiocres
sont aujourd'hui criblées de mille noms obscurs de visiteurs. Nous
remarquâmes dans un coin du pavillon une dalle de marbre percée
de trous et adaptée au parquet. C'est par ces petits orifices que s'é-
chappaient les parfums destinés à la toilette de la sultane.

Nous nous rendîmes ensuite aux salles de bains des rois maures en
traversant le frais *patio de la Lindaraja*. Ces salles d'une élégance
achevée reçoivent la lumière par de petites ouvertures pratiquées
dans des plafonds et qui ressemblent à des étoiles. On retrouve des
dispositions analogues dans les bains du Caire et de Constantinople.

Nous entrâmes d'abord dans une sorte d'antichambre ou de lieu de repos, dont la partie supérieure était décorée d'une élégante galerie. C'est sans doute sur ce balcon que prenaient place les musiciens arabes. Immédiatement après se présentent la salle de bain, avec ses deux baignoires de marbre, et le cabinet de toilette, dont les larges bancs, également de marbre, étaient revêtus jadis de magnifiques tapis. Nous pénétrâmes enfin dans un dernier cabinet appelé le *Bain du Prince*, et dont les petites baignoires étaient destinées aux enfants.

En revenant sur nos pas à travers la cour de *Mesuar*, la première de l'Alhambra, nous nous arrêtâmes quelque temps dans une antichambre, dont le roi Ferdinand le Catholique a fort altéré le caractère et l'élégance par des restaurations malentendues, et nous allions entrer dans la *cour des Lions*, dont notre guide se plaisait à célébrer les magnificences, quand une douce voix de jeune fille retentit jusqu'à nous, répétée par l'écho des portiques. Elle chantait sur un rhythme plaintif l'ancienne ballade d'Aben-Amar, si répandue par toute la Péninsule, et dont M. de Châteaubriand n'a pas dédaigné de s'inspirer dans le *Dernier des Abencerrages*. Ce souvenir, ces vers en l'honneur de l'Alhambra que nous entendions murmurer par une voix inconnue, au milieu du palais lui-même et de ses féeriques splendeurs, nous frappèrent vivement. Nous retînmes ces couplets :

> Aben-Amar, Aben-Amar,
> Moro de la Moreria,
> El dia que naciste,
> Grandes senales habia ;
> Estaba la mar en calma.
> La luna estaba crecida.
> More que en tal signo nace
> No debe decir mentira.
>
> Alli respondio el Moro ;
> — Bien oieris lo que decia :
> — No te la dire, senor,
> Aunque me cueste la vida !
> Porque soy hijo de Moro
> Y de cristiana cautiva
> Siendo yo nino y muchacho,
> Mi madre, me lo decio
> Que mentira no dijese ;
> Que era gran villania ;

DEUX ARTISTES EN ESPAGNE.

Portanto pregunta, Rey,
Que la verdad te diria.

— Yo te agradesco, Aben-Amor,
A questa tu cortesia...
Que castillos son aquellos?
Altos son y relucian?

— El Alhambra era, senor;
Y la otra la Mezquita;
Los otros los Alijares,
Labrados à maravilla.
El Moro que los labraba,
Cien doblas gagnaba al dia.

Y el dia que no los labra,
Otras tantas se perdia.
El otro es Generalife,
Huerta que par no tenia;
El otro torres Bermejas,
Castillo de gran valia.

Alli hablo el rey don Juan;
Bien oieris lo que decia :
— Si tu quisieses, Granada,
Contigo me caseria,
Cordoba y Sevilla
Dare te en arras y dote.

— Casada soy, rey don Juan,
Casada soy que no viuda;
El Moro que a mi me tieno
Muy grande bien me queria.

« Aben-Amar, Aben-Amar, maure de la Mauritanie, le jour que tu naquis a vu de grands prodiges. La mer était immobile, la lune immense. Maure qui naît sous de tels signes ne doit jamais mentir.

» Alors, répondit le Maure, — écoutez bien ce qu'il disait, — je ne te mentirai pas, seigneur, dût-il m'en coûter la vie. Je suis fils d'un Maure et d'une chrétienne captive. Quand j'étais enfant, ma mère me répétait qu'il ne faut pas mentir, que c'est grande bassesse : aussi, demande, roi, je te dirai la vérité.

» — Je te remercie, Aben-Amar, de ta courtoisie... Quelles sont ces hautes tours qui brillent au soleil?

» — C'est l'Alhambra, seigneur; cette autre, la mosquée; celles-là, les Alijares ouvragées à miracle. Le Maure qui les a sculptées gagnait cent doublons par jour, et le jour qu'il ne travaillait pas, cent autres il perdait. Ici, c'est le Généralife, jardin que rien n'égale; là, les tours Vermeilles, château d'un prix inestimable.

» Alors dit le roi don Juan, — écoutez bien ce qu'il disait : — Si tu voulais, Grenade, te marier avec moi, je te donnerais en dot et Séville et Cordoue.

» — Je suis mariée, roi don Juan, mariée et non veuve. Le Maure qui me possède m'aime d'un amour infini. »

Nous cherchâmes en vain l'invisible chanteuse. La *Cour des Lions* était solitaire, et nous n'apercevions devant nous qu'une forêt de colonnettes, dont les ombres élancées demeuraient immobiles sur le marbre des galeries. Les quatre faces de ce *patio*, qui nous parut aussi vaste que la *Cour de Mesuar*, sont formées par des arceaux sans nombre que soutiennent des colonnes de marbre blanc, et dont le regard se fatigue à suivre les singuliers contours. Ces colonnes, tantôt seules, tantôt géminées, semblent si légères et si frêles qu'on croirait à chaque instant les voir s'affaisser sous le poids des portiques. Les arabesques dont elles sont couronnées laissent filtrer la lumière au milieu de leurs fines ciselures, comme à travers une gaze insaisissable. Le Grenadin raconte que les fées elles-mêmes ont brodé cette œuvre de caprice pour la fête secrète d'une de leurs nuits enchantées.

D'élégantes coupoles qui s'avancent en saillie sur les deux grands côtés de la *Cour des Lions* interrompent la chaîne des arcades. Les terrasses aériennes qui les surmontaient autrefois ont été écrasées, vers la fin du dernier siècle, sous une toiture bien digne du mauvais goût des modernes. Au centre du *patio*, s'élève la *Fontaine des Lions*, que des orangers, des jasmins et des lauriers-roses enlaçaient d'une guirlande de fleurs. C'est comme une vaste coupe d'albâtre qui repose sur le dos de douze lions de marbre blanc. Elle porte au-dessus d'elle une jolie fontaine conique, d'où les eaux s'échappaient en gerbes bouillonnantes pour retomber de cascade en cascade, et se mêler aux flots que les gueules des lions jetaient incessamment.

Les voûtes cintrées des galeries ne répètent plus, depuis longtemps, le doux murmure de la *Fontaine des Lions*. « Les eaux se sont taries, dit la légende, à laver le sang dont les têtes des Abencerrages avaient souillé le marbre. » Il est encore à Grenade plus d'un vieil Espagnol qui se souvient d'avoir vu les blanches ombres de ces illustres vaincus errer, aux tranquilles clartés de la lune, sous les arcades mysté-

rieuses de l'Alhambra désert. Plus d'un, dans le silence des nuits,
a écouté, craintif, les plaintes des victimes, ou la romance d'amour
que, chaque soir, le bel Abencerrage chante à la reine des Maures,
Alfaïma l'infortunée.

Nous entrâmes, au récit de ces traditions que notre guide se gardait de mettre en doute et qui charment le génie superstitieux de l'Espagne, dans les lieux mêmes où les Abencerrages furent massacrés
par ordre de Boabdil. C'est une grande salle carrée avec une fenêtre
sur chacune de ses faces. Le gouverneur de Grenade fit scier, en
1831, les merveilleuses portes de marqueterie qui la décoraient. La
voûte, semblable à une ruche immense, suspend au-dessus de vos
têtes mille stalactites de stuc dont la blancheur éblouissante se détache sur un fond d'or.

En quittant la *Sala de los Abencerrages*, nous visitâmes, à l'extrémité du *patio*, plusieurs salons richement décorés et dont les lambris
sont revêtus de curieuses peintures. Dans l'une, la *Salle de Justice*,
ce sont des portraits de Maures assis sur un divan. Ils datent de 1400
et font connaître les riches costumes que portaient, à cette époque,
les Maures de Grenade. Plus loin, nous remarquâmes des fresques qui
représentent des sujets d'amour et de chevalerie, des chasses et des
tournois. Nous ne pûmes nous empêcher de songer à ce verset du
Coran qui interdit aux fidèles l'imitation de toute créature vivante.
Ici, un Maure désarçonne un chevalier chrétien; là, une femme en-
chaînée et tenant un lion en laisse est délivrée par un guerrier; ailleurs, ce sont des jeux, des Espagnols à cheval, des Maures avec leurs
robes flottantes. L'artiste, — sans doute quelque chrétien renégat, —
qui a peint ces naïfs tableaux des mœurs d'un autre temps, ignorait
entièrement les lois de la perspective. Tous ses personnages, peints
sur cuir de Cordoue, sont posés au milieu d'un fond d'or, et pêle-
mêle avec les oiseaux, les arbres et les maisons.

Nous revînmes sur nos pas, et, traversant la *Cour des Lions*, nous
nous rendîmes au pavillon qui fait face à la *Salle des Abencerrages*.
C'était dans cette partie reculée du palais que se trouvaient les réduits mystérieux des rois maures et cette splendide *Salle des Deux
Sœurs*, sans égale pour la profusion et la grâce de ses ornements.

L'Alhambra donne à l'imagination et à l'âme l'impression la plus
profonde de la beauté dans l'art. Il ne surprend pas par sa grandeur;
il paraît même plus petit que ne l'ont représenté de maladroites gra-

vures. Mais sa beauté est incomparable, et elle est due tout entière
à la grâce exquise des proportions. L'élégance et l'harmonie s'élèvent
jusqu'à l'enchantement. Ce n'est pas tant un palais qu'une féerie.
Pour l'avoir rêvé, pour avoir mis ce rêve au nombre des plus magnifiques réalités, il fallait être riche, jeune, heureux; il fallait à la fois
avoir l'enthousiasme d'un poëte et la magnificence d'un roi.

CHAPITRE XXIII.

M. Duvergier de Hauranne à l'Alhambra. — Le Généralife. — Le tombeau
de Gonzalve, dit le Grand Capitaine. — La causerie française à Grenade

Nous ne pouvons quitter l'Alhambra sans parler d'un livre que nous
fit voir un de nos compatriotes alors à Grenade, M. Couturier, et qui,
pour un voyageur, avait bien sa curiosité. C'est passer du grave au
doux, du plaisant au sévère. Ce livre était destiné à recevoir les im-
pressions et les signatures des touristes. C'était le prince Dolgorowski
qui en avait fait le don. On lisait sur la première page :

« La plupart des voyageurs qui visitent ce palais ayant la malheu-
reuse habitude d'en salir les murailles de leurs noms et de leurs
pensées, ce livre a été laissé à l'Alhambra par le prince Dolgorowski
pour éviter à l'avenir de semblables outrages. »

La première signature que nous rencontrâmes remontait à 1829.
C'était celle de M. le vicomte de Saint-Priest, ambassadeur de France,
depuis l'un des membres les plus influents de l'Assemblée législative,
qui avait à cette époque visité l'Alhambra avec l'ambassadrice.

Plus bas, un autre touriste avait inscrit son nom sur le livre du
prince Dolgorowski, touriste alors peu célèbre, n'ayant d'autre passion que des passions littéraires, mais y portant déjà toute la vivacité, toute la pétulance qui en ont fait depuis une notabilité politique. C'était M. Duvergier de Hauranne, qui donnait magistralement
à l'Alhambra une sorte de *satisfecit*, car il avait écrit sur le registre :

« J'ai visité ce palais et j'en ai été satisfait. »

Il est malheureux que les gouvernements et les ministères qui se
sont succédé depuis 1830 n'aient pas toujours obtenu de M. Duvergier de Hauranne le même certificat.

Le lendemain, nous nous acheminâmes vers le *Généralife*. Un étroit sentier qui longe l'Alhambra nous conduisit à cette maison de campagne des rois maures. Nous passâmes devant la *Torre de Siete Suelos*. Nous nous arrêtâmes un instant près des lieux où s'élevait jadis la porte de *los Molinos*, qui avait vu fuir le malheureux Boabdil, et nous arrivâmes bientôt à l'entrée du Généralife. Nous nous trouvions transportés au milieu des jardins ravissants qui dominent l'Alhambra, et descendent de terrasse en terrasse jusqu'au pied de la colline, près des rives du Darro. Nous rencontrions, pour ainsi dire, à chaque pas, des fontaines jaillissantes et des sources d'eau vive. Elles servaient autrefois à alimenter les bassins de l'Alhambra.

Au sommet de la colline s'élèvent deux élégants pavillons que relie entre eux une longue galerie. Les fenêtres mauresques de cette sorte de cloître regardent la ville et les belles plaines de la Vega. Les murs sont chargés d'arabesques et de délicates broderies. Mais, pour leur rendre toute la justice qu'elles méritent, il faudrait n'avoir pas vu l'Alhambra. L'intérieur des appartements, que décorent de médiocres peintures, mérite peu d'être visité. On nous montra dans un jardin particulier le cyprès de la reine Alfaïma. C'est là que, suivant la tradition, cette reine fut surprise par le traître Gomel au moment où elle posait une couronne de fleurs sur la tête du bel Abencerrage. S'il faut en croire les auteurs espagnols, et entre autres don José Ilidalgo Morales, qui a publié, en 1812, un mémoire historique et critique sur les antiquités de Grenade, le cyprès de la reine Alfaïma avait déjà, du temps de Boabdil, plus de deux cent quatre-vingts ans. Cet arbre nous parut d'une antiquité tout à fait respectable. Il avait échappé à bien des dangers. Les coups de canif des visiteurs qui tiennent à rapporter un souvenir de leurs voyages ne l'avaient pas épargné; de leur côté les gardiens avaient pris le parti d'en offrir aux curieux des morceaux tout taillés. Le gouverneur de Grenade a dû prendre récemment des mesures sévères pour mettre un terme aux dévastations partielles de l'Alhambra et du Généralife. La plupart des touristes, et particulièrement les Anglais, ne craignaient pas, il y a quelques années, d'arracher aux murs du palais des *azulejos* et des fragments de mosaïque.

En sortant du Généralife, nous montâmes à la *Silla del Moro*, qu'embellissait jadis le palais de la *Novia*. Nous apercevions de cette hauteur la colline lointaine où Boabdil s'arrêta pour contempler une dernière fois sa capitale, et que l'on appelle encore *el ultimo suspiro del Moro* (le dernier soupir du Maure). Boabdil, que son escorte avait abandonné, fuyait à travers la campagne avec sa vieille mère, Ayesdah. Le roi vaincu avait marché tout le jour; quelques pas de plus, et Grenade, cette merveilleuse cité dont il avait été le maître, allait pour jamais disparaître à ses yeux. Boabdil s'assit et se mit à pleurer. Ayesdah, sa mère, le regarda longtemps en silence, puis le prenant en pitié :

— Pleure, mon fils, lui dit-elle, pleure comme une femme, puisque tu n'as pas su te défendre comme un homme.

On raconte que Charles-Quint, auquel on rapportait un jour ces paroles, s'écria aussitôt : — Cette femme avait raison : une tombe dans l'Alhambra est préférable à un palais dans les Alpujarras. — Singulière destinée que celle de Boabdil! Les uns le font mourir sans gloire dans quelque combat avec les peuplades du nord de l'Afrique. D'autres prétendent qu'il devint maître d'école et vieillit à Fez dans cette humble profession. Les descendants, la postérité des rois maures, tombèrent, dit-on, dans un tel état de détresse, qu'ils vivaient d'aumônes à la porte des mosquées.

Chaque soir, après notre travail à l'Alhambra, nous nous rendions aux belles promenades qui avoisinent la ville. L'*Ala-Meda*, qu'arrose le Génil, et la *Carrera*, qui s'étend sur les rives du Darro, recevaient surtout notre visite. Nous nous plaisions à suivre le cours rapide du Darro, dont les ondes roulaient autrefois des paillettes d'or. On assure qu'en 1520, les Grenadins offrirent à la femme de Charles-Quint une couronne impériale faite avec l'or recueilli dans cette rivière. Nous ne négligeâmes pas d'explorer les curiosités artistiques que renferme Grenade. La cathédrale, qui fut bâtie sur l'emplacement d'une grande mosquée, demeure inachevée dans quelques-unes de ses parties.

Nous y trouvâmes de bons tableaux et plusieurs sculptures largement exécutées. C'est dans cette église qu'un des maîtres de l'école espagnole, Alonzo Cano, a exercé le sacerdoce pendant de longues années, et il l'a enrichie de quelques-unes de ses œuvres, entre autres d'une *Vierge de la solitude*, belle peinture tout empreinte d'austérité et de mélancolie.

La célèbre Chapelle des Rois, la *Capilla de los Reyes* est placée près de la sacristie. Les portraits gothiques qui la décorent sont d'une belle facture. Des deux côtés de l'autel se tiennent agenouillées les

8.

statues de la reine Isabelle et de Ferdinand le Catholique. Leurs
tombeaux sont placés au centre de la chapelle. Ce sont deux sépulcres
d'albâtre sur lesquels sont étendues des figures de marbre, qui représentent les deux illustres époux et leurs successeurs, Juana et
Philippe Ier.

La chapelle est divisée en deux parties. *El coro alto*, le chœur, est
orné des armes et des insignes des Souverains Catholiques. La grille
de fer, d'un beau travail, fut faite, en 152?, par le maestro Barto-
lomé, dont le nom est écrit près du trou de la serrure. Nous remarquâmes le portrait du chevalier Hernando de Pulgar, qui, pendant
le siége de Grenade, fut assez audacieux pour fixer une torche et
écrire l'*Ave Maria* sur la porte de la grande mosquée. Ce trait de
grand courage lui mérita le privilége de s'asseoir pendant toute sa
vie dans le chœur de la cathédrale, et l'honneur d'être enterré dans
la chapelle royale.

A Grenade, les contrastes ne manquent pas. Près de l'église, nous
avons trouvé un bazar maure qui fut ruiné en 1843 après un immense incendie, et qui a été l'objet d'une habile restauration. Dans
la *calle del Bañuelo*, sous le numéro 30, nous visitâmes des bains
arabes avec leurs arcades en fer à cheval. Près de là se trouve la
Purísima concepcion, dont on a fait une prison depuis peu, et qui
renferme des lions de marbre plus grands que ceux de l'Alhambra.
En montant à la *calle de la Vittoria*, nous remarquâmes une jolie
maison mauresque, dont le *patio*, les galeries, les fenêtres, enrichies
de sculptures, sont tournés vers l'Alhambra. Nous rencontrions à
tous moments dans nos promenades à travers l'Albazin, vieux quartier de Grenade, de remarquables fragments d'architecture mauresque.
C'est là qu'habitent aujourd'hui presque tous les bohémiens. Du
haut des terrasses de l'Alhambra, on voit de toutes parts s'élever la
fumée de leurs forges. Quand les Mores ont quitté Grenade, empor-
tant avec eux les clefs de leurs maisons, ils ont abandonné l'Albazin
aux bohémiens. Un de nos amis, qui vient de visiter Tétuan, a encore
trouvé dans cette ville africaine des familles arabes où ont été conservées les clefs des maisons de Grenade, transmises de génération
en génération.

Nous visitâmes aussi la *Cartuja*, la Chartreuse, qui renferme quantité de marbres précieux et de bois travaillés. On ne saurait se figurer, à moins de les avoir vues, les richesses de la sacristie et surtout

de la *guardaropa*, destinée aux vêtements sacerdotaux. Les colonnes d'argent du sanctuaire ont été remplacées pendant les guerres de la Péninsule par de simples colonnes de bois peint. On accuse les Français d'avoir fait ce changement. En revenant de la *Chartreuse* sur la *place du Triomphe*, nous entrâmes à l'*Hôpital des Fous*, qui a été fondé par la reine Isabelle et terminé sous le règne de Charles-Quint. C'est l'architecture de la renaissance dans son plus vigoureux épanouissement.

Non loin de là, nous trouvâmes un grand souvenir dont l'Espagne est fière à juste titre. C'est le tombeau de Gonzalve de Cordoue, dit le Grand Capitaine, que renferme le couvent aujourd'hui solitaire de Saint-Jérôme. Voilà bien une gloire vraiment nationale, une figure héroïquement espagnole. Sur les confins du moyen âge et des temps modernes, contemporain de Bayard et de la jeunesse de Charles-Quint, Gonzalve se coucha dans sa tombe à la fin de la quinzième année du seizième siècle.

Dès sa première jeunesse, il combattit les Maures de Grenade, sous les ordres de son père don Diégo de Cordoue. Il eut de bonne heure une compagnie qui, sous la conduite de l'impétueux jeune homme, ne tarda pas à devenir fameuse. Dans les divisions qui désolaient alors l'Espagne, le jeune Gonzalve, fidèle aux traditions de sa maison, marcha toujours sous la bannière de son roi légitime. Il se rangea du parti d'Isabelle et de Ferdinand d'Aragon. Ferdinand apprit à connaître les talents militaires de Gonzalve dans les plaines de Toro, où il triompha du roi de Portugal.

Mais ce n'était pas là le principal ennemi que devait réduire Gonzalve. Il lui était réservé de batailler pendant huit ans pour la plus noble des causes, pour l'indépendance du sol natal, reconquise sous les auspices de la religion. Dans Gonzalve, Isabelle et Ferdinand avaient trouvé le bras invincible qui devait chasser les Maures de Grenade et purifier enfin une terre catholique de la domination de l'infidèle. Après des siéges nombreux qui firent tomber Setenil, Malaga, Baza et Conil, Gonzalve couronna ses exploits en forçant Grenade à une capitulation dont il eut l'honneur de régler les conditions lui-même; et Ferdinand voulut, pour le récompenser, qu'il portât l'étendard de Castille quand l'armée victorieuse entra dans la ville.

Cependant Gonzalve devait avoir d'autres adversaires : c'étaient les Français. Il fut le champion de l'Espagne et de l'Italie, repoussant les invasions de la puissance française et les belliqueuses usurpations de nos rois. Il serait difficile de dire qui, dans ces luttes, montra plus de courage, des Espagnols conduits par Gonzalve ou des Français commandés tour à tour, par le duc de Montpensier, par le duc de Nemours, par la Palisse et d'Aligre. Mais le talent militaire était du côté de Gonzalve. Il était supérieur dans la stratégie, et son habileté lui permit d'obtenir de grands résultats avec des forces qu'on trouvera bien peu considérables si l'on se rappelle qu'il n'eut jamais sous ses ordres plus de huit mille hommes.

Les Français honorèrent toujours le courage de leur redoutable ennemi. Gonzalve aimait à parler des marques d'estime et de considération qu'il avait obtenues du roi Louis XII quand celui-ci reçut à Savone le roi Ferdinand. Savone appartenait alors au roi de France, comme dépendante de Gênes, où il exerçait le pouvoir souverain. « Ce fut un surprenant spectacle, dit un chroniqueur du seizième siècle, de voir les deux plus puissants rois de la chrétienté, après une guerre sanglante, rassemblés par la paix et les liens du sang, oublier non-seulement tant de motifs de ressentiment et de haine, mais encore s'abandonner à la discrétion l'un de l'autre avec toute la franchise de deux frères étroitement unis. »

C'est dans cette entrevue que Gonzalve fut comblé d'honneurs par les deux rois. Le souvenir de ses victoires et sa réputation lui attiraient tous les regards. On citait à l'envi ses actions et ses paroles guerrières. On rappelait sa réponse à l'un de ses capitaines, qui insistait dans une circonstance critique sur la gravité du péril : « J'aime mieux, lui avait-il dit, trouver mon tombeau en gagnant un pied de terre sur l'ennemi, que prolonger ma vie de cent ans en reculant d'un seul pas. » On ne tarissait pas non plus sur ses ruses et ses stratagèmes, sur son art à profiter des moindres fautes de l'ennemi. « Le roi de France, dit le chroniqueur que nous avons déjà cité, voulut qu'il mangeât à sa table et lui fit ordonner par le roi d'Aragon d'accepter cet honneur. On remarqua que pendant le repas, Louis XII le regardait et lui parlait avec une espèce d'admiration. »

Tant de gloire porta l'envie dans le cœur de Ferdinand, qui ne voulut plus guère le laisser retourner à Naples, dont il lui avait confié la vice-royauté. Aigri et mécontent des soupçons injustes dont il était l'objet, Gonzalve se retira dans ses domaines, près de Grenade.

Il eut la douleur de voir raser les remparts de Mantilla, sa ville natale.

On a généralement cru à cette époque que, dans l'amertume de son ressentiment, il avait songé à se tourner vers le jeune don Carlos. Mais, s'il est vrai que Gonzalve eut un instant cette pensée, il l'abandonna bientôt pour se rendre, avec la permission du roi, à l'invitation des Vénitiens qui le sollicitaient de venir à leur tête combattre le roi de France. Ferdinand n'osa pas se refuser à une pareille demande; et il semblait qu'une nouvelle carrière d'activité et de gloire allait s'ouvrir pour Gonzalve, quand la maladie vint abattre à Grenade ce *grand capitaine*, ainsi nommé par un suffrage unanime.

L'Espagne entière pleura son héros. Ferdinand et Isabelle avaient, en 1486, fondé le couvent de Saint-Jérôme. C'est là que la piété des Grenadins, interprètes du deuil national, déposa la dépouille mortelle du vainqueur de Boabdil. Les armes de Gonzalve de Cordoue, soutenues par des soldats de pierre, décorent une chapelle consacrée à sa mémoire. Son tombeau semble construit sur le même modèle et avec la même magnificence que celui des Rois Catholiques. Là aussi, comme dans la *Capilla de los Reyes*, on voit de chaque côté de l'autel Gonzalve et sa jeune épouse agenouillés. On a trouvé sans doute qu'il était juste d'associer aux honneurs des Rois celui qui les avait si vaillamment défendus.

Ce ne fut pas sans plaisir que, de ces souvenirs chevaleresques un peu sévères, nous passâmes au spectacle animé de la population de Grenade. Peut-être, dans d'autres parties de l'Andalousie, les femmes sont-elles plus remarquables, plus correctement belles; mais à Grenade, elles ont une grâce agaçante et facile, une sorte de coquetterie familière qui, pour l'étranger surtout, ont bien leur prix. C'est ainsi que le caractère des habitants concourt à faire peut-être de Grenade le plus aimable séjour où l'on puisse s'arrêter en Espagne. Ce n'est pas l'enivrement de Cadix, c'est quelque chose de doux et de charmant.

D'ailleurs, quelques incidents de notre retour nous ont laissé de Grenade une impression particulière. Quand nous avons revu cette ville, nous n'étions plus seuls, nous revenions de Madrid avec des compatriotes, avec des amis qui nous étaient chers. C'étaient Alexandre Dumas et son aimable fils, c'étaient Maquet et Boulanger. Nous formions alors à Grenade une sorte de petite colonie française qui avait dressé sa tente dans une *casa de pupillos*, chez le señor José Lopès Ximenès, *calle del Silencio*, numéro 31. Là, que de bons entretiens! que de soirées charmantes!

Je n'ai pas à louer l'intarissable verve d'Alexandre Dumas : elle est connue. Son fils s'animait à son exemple : Boulanger plaisantait finement avec son tact ordinaire, et l'érudition aussi piquante que vaste de Maquet évoquait toujours à propos un fait curieux à l'appui d'une idée : tout cela, on l'avouera, formait un ensemble entraînant et vraiment français en pleine Andalousie. On peut juger si Giraud, toujours en train même dans le tête-à-tête, ne redoublait pas de gaieté en se trouvant au milieu de tels compagnons : à force de rire, il nous faisait pleurer. Nous nous tordions, nous lui demandions grâce, et souvent l'horloge voisine faisait entendre trois heures du matin à des Français qui voulaient absolument vivre à Grenade comme à Paris.

CHAPITRE XXIV.

Ce qu'étaient, il y a .rente ans, en Espagne, le voyage simple et le voyage composé. — Autre histoire racontée par un escopetero.

Dans notre course pédestre à travers l'Espagne, il n'est pas de lieu que nous eûmes autant de peine à quitter que Grenade. Souvent, pour nous, le moment le plus heureux du voyage avait été le départ et la reprise de possession de la grande route. Cette fois, c'était le contraire. Nous nous sentions tristes de partir et de renoncer à la vie charmante que nous nous étions faite. Notre *posadero* s'était attaché à nous en raison même de notre amour pour Grenade. Aussi voulut-il nous conduire jusqu'à la route de Malaga, et en marchant à nos côtés il nous répétait le proverbe espagnol : « Lorsque Dieu aime bien quelqu'un, il le fait vivre à Grenade. » (*A quien Dios lo quiso bien en Granada le dió de comer.*)

Nous nous trouvâmes bientôt au milieu des belles plaines de la Vega. A chaque instant passaient près de nous des troupeaux qu'enveloppait un nuage de poussière, des hommes à cheval avec des femmes en croupe, de grandes charrettes traînées par des bœufs dont les cornes et le front étaient décorés de grandes plaques hautes d'un

.ed environ et couvertes de dessins en tapisserie bariolés de mille
uleurs. Ces voitures aux roues larges et basses étaient formées par
e longues perches plantées à peu de distance les unes des autres et
.ie réunissait un immense filet. Nous arrivâmes en quelques heures
u bourg de Santa-Fé, où nous rejoignîmes des *escopeteros* qui nous
vaient vus dessiner à l'Alhambra, et avec lesquels nous étions au
. ieux.

— Vous voyez ces villages, nous dit l'un d'eux en nous montrant
sur notre droite, à quelques centaines de pas de la route, plusieurs
groupes de maisons disséminés dans la campagne, eh bien! il y a
deux ans à peine, c'étaient des nids de voleurs. Tous les habitants,
sans en excepter un seul, faisaient métier de dévaliser les marchands
et les voyageurs. Il fallait être bien intrépide et bien armé pour oser
suivre cette route. Tous, le vieillard et l'enfant, fondaient sur vous
comme sur une proie, et l'on devait encore s'estimer fort heureux
quand on en était quitte pour son bagage et quelques pièces d'or.

— S'ils s'avisent de nous attaquer aujourd'hui, lui répondis-je, ils
trouveront à qui parler.

— Maintenant, répliqua l'*escopetero*, il n'y a rien à craindre. Ils
ont été désarmés en masse. Nous en avons tué beaucoup et nous
sommes tout prêts à en tuer d'autres. Soyez sûrs, ajouta-t-il en mettant son doigt dans sa bouche, que nous les tenons sous la dent.

Alors il nous raconta que la guerre avait été chaude; qu'on avait
dû d'abord y employer de grandes forces. Mais les bandits finirent
par comprendre que la lutte était impossible. Tous les prisonniers
étaient passés par les armes. Des villages entiers furent successivement décimés. Les autres se rendirent et se laissèrent désarmer.

— Nous vous parlons de 1813 et 1814, reprit le second *escopetero*,
vieille moustache grise qui avait vu les grandes guerres de la Péninsule, et vous devinez qu'il ne faudrait pas trop tenter des gens si bien
disposés à mal faire.

Nous avions traversé la Vega. Le chemin devenait jaune et aride,
la chaleur étouffante. Nous nous arrêtâmes un moment dans une
ventorilla. Les gendarmes allaient à la rencontre d'une autre patrouille qui devait les croiser vers le milieu du jour. Nous nous remîmes en marche. Alors m'adressant aux *escopeteros* :

— Est-il vrai, leur demandai-je, que la contrebande et le brigandage soient pour vos paysans de véritables professions?

— Rien n'est plus vrai, me répondit le vieux soldat. L'Andalou de la montagne est voleur ou contrebandier de père en fils, et le gouvernement de la reine aura toutes les peines du monde à lui faire comprendre que cette profession n'est pas parfaitement honorable. Guetter le voyageur à un détour solitaire de la route, l'attaquer, le combattre et le vaincre sont pour nos paysans des images de la guerre, ou plutôt la guerre elle-même, avec ses combats, ses péripéties, ses jours de gloire ou de malheur. Aussi portent-ils dans leur vie aventureuse non-seulement une intrépide insouciance, mais une sorte de sécurité morale, car ils croient que l'existence qu'ils mènent est fort innocente.

Il y a plus : je dirais volontiers que cette manière de voir est presque partagée par tout le monde. On capitule plutôt avec les voleurs qu'on ne les tient en haine ou en mépris. Ils constituent une espèce de classe à part entre les criminels et les honnêtes gens, classe avec laquelle on traite, on transige et ou passe des marchés. Les entreprises de diligences publiques ont même un moment considéré les voleurs comme des industriels avec lesquels il était de bonne politique de ne pas se mettre en guerre. C'est alors qu'ils imaginèrent le *voyage simple* et le *voyage composé.* Vous en a-t-on parlé depuis votre entrée en Espagne?

Et, sur un geste négatif de ma part, l'*escopetero* nous promit de nous conter une histoire à notre première halte.

Nous venions précisément d'arriver à un petit village, le second depuis Grenade. Nous nous installâmes devant la table de la première *posada*, et quand on nous eut servi un plat d'œufs à l'huile :

— Allons, dis-je à l'*escopetero,* contez-nous ce que c'est que le *voyage simple* ou le *voyage composé.*

— Ce dernier, me répondit-il, coûtait le triple du premier, mais il avait sur le voyage simple cet avantage capital que l'on vous garantissait au départ contre tous les dangers de la route.

— C'est-à-dire, interrompis-je, qu'il existait une société d'assurances contre le brigandage ?

— Justement, et le plus extraordinaire de tout ceci, c'est que cette société tenait ses engagements et s'était rendue vraiment indispensable. Je me souviens d'avoir reçu, en 1823, la plainte d'un officier français qui, pour avoir dédaigné le *voyage composé,* s'est vu impitoyablement dépouillé de tout ce qu'il possédait. La campagne était

terminée ; les régiments de vos compatriotes regagnaient déjà la
frontière, et cet officier, — c'était un commandant de dragons, le
baron du Châtelet, — se rendait en toute hâte de Cadix à Madrid
pour rejoindre son corps. Il se présente au bureau des diligences et
demande une place.

— Une place simple ou une place composée? lui dit-on.

— Simple ! composée ! s'écria-t-il, qu'est-ce que cela ?

On lui explique toute la différence qui sépare le simple du composé. Mais avec son casque en tête et son sabre au côté, il n'était pas
homme à s'effrayer beaucoup de voleurs qui lui paraissaient problé-
matiques.

— Donnez-moi une place simple, et, ma foi! nous verrons.

Il fut satisfait. A peine la diligence s'était-elle engagée, vers la fin
du jour, dans les gorges des *sierras*, que des coups de sifflet reten-
tissent, les mules s'arrêtent par enchantement, comme accoutumées
à ce signal, et le commandant, qui se plaisait à contempler une de
ces belles nuits, si rares dans vos climats, voit apparaître tout à coup
aux portes de la voiture quatre grands gaillards parfaitement montés
et armés jusqu'aux dents. Que faire? Un Français, en pareil cas,
saute toujours sur ses armes. Mais votre compatriote avait laissé ses
pistolets avec son bagage ; son sabre était accroché sous les paquets,
et par chaque fenêtre de la voiture des canons de carabine venaient
plonger dans l'intérieur.

Le commandant réveille ses compagnons de route ; il avait affaire
à des gens moins belliqueux que lui. Les femmes se lamentaient d'une
façon désespérée. L'un préparait déjà sa bourse et ses bijoux; un autre
se remit à dormir de plus belle, il avait pris une place composée. Il
fallut bien se résigner.

Presque aussitôt le *mayoral*, escorté d'un des bandits, se présente
à la portière, et invite fort poliment les imprudents voyageurs qui se
sont contentés d'une place simple à descendre de voiture, à remettre
leurs bijoux, les clefs de leurs valises dans le vaste *sombrero* d'un
des hommes de la bande, et à se coucher jusqu'à nouvel ordre le visage contre terre. Le commandant de dragons fut traité avec plus
d'égards, on se contenta de lui tenir des stylets sur la poitrine tandis
qu'on le dépouillait d'une ceinture renfermant cinq mille francs en
quadruples d'Espagne qui provenaient de la vente de plusieurs beaux
chevaux. Il eut toutefois la présence d'esprit et le courage de ca-

9

cher dans sa main une montre et un cachet auxquels il tenait beau
coup. Si les voleurs s'en étaient aperçus, il eût été tué sur la place
Quelques instants après ils avaient disparu.

Vous devinez la colère de votre compatriote : il maugréait comm
un possédé contre les routes, les diligences, les voleurs espagnol:
et, surtout, — c'est bien là le caractère de vous autres Français, –
de tous les objets de prix dont on l'avait dépouillé, il ne paraissa
regretter que de jolis brimborions de l'orfévrerie de Cordoue, qu:
à coup sûr, ne lui avaient été pris que par mégarde, et qu'il s
fêtait, disait-il, de rapporter à sa femme comme un souvenir de :
campagne.

Après quelques heures de repos, nous reprîmes la route de M:
laga. Nous nous trouvâmes bientôt au milieu de la solitude la pl
complète. Nous ne voyions plus devant nous de chemin, ou plutôt
y en avait mille. Une multitude de sentiers tracés par le pied d
mulets, et que chacun suivait à son caprice, sillonnaient des plain
infinies. Je ne sais trop, sans les *escopeteros*, comment nous nous s
rions tirés de cet inextricable dédale. Un immense nuage blanc q
restait immobile à l'horizon formait avec le sol et les montagu
lointaines un de ces grands paysages comme se plaisait à les con
poser l'imagination de Salvator Rosa. Le crépuscule et la nuit de
cendirent insensiblement au milieu de ce véritable désert. Il éta
neuf heures du soir quand nous atteignîmes l'auberge où nous pa
sâmes la nuit. Nous avions marché pendant plus de dix heures.

Le lendemain, ce furent les *escopeteros* qui nous réveillèrent. No
partîmes immédiatement. La campagne devenait de plus en pl
boisée. Nous approchions d'une petite rivière sur laquelle se pe
chent çà et là de jolis bouquets d'arbres. Nous arrivâmes à L
dans la matinée. Le chemin se dessinait davantage au milieu (
la plaine. Nous ne tardâmes pas à gravir les premières assises
la chaîne de montagnes que nous avions aperçue la veille à l'horizo

Giraud, que j'avais mis au courant de ma conversation avec l
escopeteros, et qu'avait fort réjoui l'histoire des places simples et d
places composées, me pria de les questionner encore. Il aurait vou
avoir des détails particuliers sur les mœurs et les habitudes de (
détrousseurs de grand chemin, qui ont la prétention d'être des hér
et dans l'occasion de courtois cavaliers. Giraud aurait voulu obt
nir de la part des *escopeteros* des aveux positifs sur la férocité (

bandit espagnol, et, comme on va le voir, il arriva qu'on répondit au contraire à nos interrogations curieuses par des détails sur la cruauté de quelques-uns de nos compatriotes.

En effet, comme je poussais les *escopeteros* de questions sur les bandits et leurs impitoyables procédés :

— Sans doute, me fut-il répondu, le voleur espagnol fait bon marché de la vie humaine. Si parfois il lui arrive dans ses expéditions dangereuses de tuer son adversaire, il se contente de dire le soir quelques *Ave* de plus, et il ne doute pas que la Vierge sa patronne ne lui obtienne son pardon. L'Espagnol n'est pas plus cruel qu'un autre peuple, et...

— Mon camarade a raison, interrompit le plus âgé des *escopeteros*, et vous, messieurs les Français, n'avez rien à nous reprocher en fait de cruautés. Vos compatriotes sont terribles quand ils sont déchaînés en pays ennemi. Ils ne respectent rien, ni le sexe, ni l'âge, ni l'innocence des jeunes filles, ni la faiblesse des enfants et des vieillards. Moi qui vous parle, — j'étais bien jeune alors, — ils m'ont *pendu au rouge!*

— Pendu ! m'écriai-je.

— Eh ! mon Dieu, oui ; un de leurs escadrons était venu fourrager aux environs de notre village. Toutes les familles s'étaient sauvées dans les *sierras*. Mon père était à l'armée. Je ne sais comment cela se fit, mais je restai seul à la maison avec mon aïeul, un vieillard qui n'avait plus que quelques jours à vivre !...

Le village était désert. Ils arrivent, allant de maison en maison, bouleversant tout, saccageant tout. De temps à autre, mon aïeul et moi nous entendions retentir les coups de fusil qu'ils tiraient à quelques malheureux qui s'étaient attardés comme nous ou que la maladie peut-être avait empêchés de fuir. A chaque détonation qui faisait danser les ais de notre porte, nous tremblions de peur, et tout bas le père José me disait de prier Dieu. Infirme comme il était, ne pouvant plus combattre, le cher homme priait aussi...

Ils heurtent enfin à notre porte, l'enfoncent à coups de sabre, et pénètrent en tumulte dans la salle où nous étions réfugiés. Il y en avait une douzaine. Aussitôt l'un d'eux, qui parlait espagnol, — peut-être était-ce un *Josephino*, — saisit mon aïeul par le bras, et le secouant rudement :

— Conduis-nous, lui dit-il, à l'endroit où tu as caché tes approvisionnements.

— Nous n'avons rien caché, répondit José, puisque nous n'avons rien.

— Tu mens !

— Non.

Pendant ce temps, les Français fouillaient tous les coffres, visitaient les moindres cachettes. Ces hommes paraissaient furieux de ne pouvoir rien découvrir.

— Nous diras-tu enfin où est ta provision d'avoine, de riz, de froment ?

Mon aïeul demeura silencieux.

— Allons, reprit le soldat, je vois qu'il faut te délier la langue

Puis, se retournant du côté de ses compagnons :

— *Pendez-le au rouge !* s'écria-t-il.

Aussitôt ces forcenés s'emparent du malheureux vieillard, le traînent hors de la maison malgré sa résistance, et le conduisent ainsi près d'un olivier qui ombrageait la cour... Je les suivais en pleurant de rage...

Ils s'arrêtent cependant, et l'un d'eux dit au vieillard :

— Eh bien ! veux-tu parler ? Il ne te sera rien fait.

— Je n'ai rien à dire, répondit José.

Presque au même moment, je vis s'abaisser une grosse branche d'arbre qui formait une sorte de fourche. Quatre hommes avaient soulevé mon aïeul... La fourche le retint suspendu... Mes yeux se fermèrent involontairement... Au bout d'une seconde, j'entendis qu'on lui disait :

— Parleras-tu maintenant ?

José était rouge. Le sang le suffoquait. Il fit signe de la tête qu'il ne parlerait pas.

— Oh ! j'aurai raison de toi ! s'écria le soldat. *Pendez-le au bleu !*

Quand les bourreaux détachèrent le vieillard de la fourche fatale, son visage était bleu, livide... Il était déjà mort. Je crus que j'allais défaillir. Je recueillis pourtant encore ces mots sinistres : *Pendez-le au noir !*

Ils abandonnèrent le cadavre en pâture aux oiseaux de proie... J'aurais eu sans doute le même sort, car ils m'avaient déjà, comme ils disaient, *pendu au rouge,* quand un officier qui survint :

— Arrêtez ! leur cria-t-il, nous ne faisons la guerre ni aux enfants ni aux femmes. Qu'on délivre ce jeune garçon et qu'on le laisse en paix !

C'est à l'intervention généreuse de l'officier que je dois de vous raconter aujourd'hui cette histoire.

Le vieil *escopetero* parlait encore lorsque nous aperçûmes, à un détour de chemin, trois hommes armés dont les fusils étincelaient au soleil. C'était la patrouille de Malaga qui s'avançait à la rencontre de nos compagnons. Ces derniers échangèrent le mot d'ordre avec les nouveaux venus, et, après nous avoir cordialement serré la main, ils reprirent aussitôt la route de Grenade.

La soirée était déjà fort avancée ; nous avions depuis longtemps quitté les *escopeteros*, et aucune lumière ne nous annonçait encore le petit bourg d'Alfenate, où nous espérions trouver un gîte. En vain nous adressions-nous de temps à autre à quelques rares voyageurs ; tous nous répondaient invariablement que nous n'avions plus qu'une lieue à faire pour atteindre ce village. Mais les lieues d'Espagne sont interminables. Nous étions harassés. Le sommeil nous gagnait. Nous prîmes bravement notre parti, et, roulés dans nos mantes, nous nous étendîmes sur le sol.

Je crois, en vérité, que Giraud dormait déjà, quand, au milieu du silence, je distinguai dans le lointain comme un bruit de guitare. Je réveille mon ami, et, grâce à cette musique nocturne, nous arrivons bientôt devant la porte d'une *posada*. Nous frappons, les accords se taisent, et une voix forte nous crie de l'intérieur :

— *Que quieren ustedes ?* Que voulez-vous ?

Ce ne fut pas sans de longs pourparlers que nous parvînmes à dissiper les défiances du *posadero*. Nous l'entendîmes enfin lever la grande barre de fer, et la porte s'ouvrit.

Nous nous trouvâmes inopinément au milieu d'une société nombreuse et animée.

— *Contrabandistas de trabujo*, murmurait-on autour de nous en regardant nos carabines.

Ces braves gens nous prenaient pour des contrebandiers. L'accueil qu'ils nous firent n'en fut que plus cordial.

La musique reprit presque aussitôt ses accords : les danses recommencèrent avec fureur. On dansait évidemment pour les étrangers. Dans l'intervalle des *boleros*, les Espagnols chantaient leurs ballades andalouses, de vieux airs patriotiques. L'hymne de Riégo revenait souvent sur leurs lèvres. Nous avions affaire à des libéraux. Giraud ne put résister au plaisir de faire entendre à nos hôtes quelques romances françaises; nous attaquâmes aussi des *canzonettes* italiennes à deux voix. Notre succès fut complet; si nous avions voulu en croire les Espagnols, nous aurions, malgré nos quatorze heures de marche, passé toute la nuit à chanter.

Nous partîmes le lendemain au lever du soleil. Nous avions une longue journée à fournir pour arriver à Malaga dans la soirée. Nous pressions le pas avec ardeur. Le chemin serpentait capricieusement de colline en colline. Des nuages couraient dans le ciel et jetaient sur les monts leurs ombres vagues et mouvantes. Les horizons étaient d'un aspect magique. Nous éprouvions je ne sais quel ineffable plaisir à nous avancer au milieu de ces belles campagnes. Je ne saurais les décrire aujourd'hui. Les paysages paraissent toujours divers aux regards d'un artiste. Les jeux de la lumière les animent sans cesse d'une variété inépuisable. On s'oublie complaisamment à les contempler, et cependant la mémoire serait impuissante à les reproduire.

CHAPITRE XXV.

Colmenar. — La vente à la criée. — Le droit de vie et de mort. — Malaga : ses rues, son port, la cathédrale. — Une lettre de recommandation de M. de Lesseps.

A Colmenar, je me rendis à la boucherie en ma qualité de pourvoyeur général. Là je devais avoir une idée de la manière dont certains commerces se font en Espagne. Toutes les ménagères de la ville attendaient devant la *carniceria* (la boucherie), qui n'était pas encore ouverte. Je pris mon rang comme les autres, et, pour me distraire, je me mis à considérer un combat de taureaux peint sur la porte avec les rouges les plus vifs et les verts les plus vierges que l'art du coloriste inventa jamais. L'artiste avait concentré tous ses efforts dans l'exécution d'un taureau noir qui bondissait au milieu de l'arène. La tête baissée, il semblait se préparer à recevoir sur ses cornes un picador qui planait dans l'air.

Les *chulos* effrayés se précipitaient au-devant du terrible animal en faisant flotter leurs mantes. On apercevait dans les fonds un peu sacrifiés des spectateurs qui levaient les bras en l'air, et quelques spectatrices qui agitaient lamentablement leur éventail. J'allais dessiner cette scène pathétique, lorsque le tableau se replia subitement sur lui-même.

J'aperçus alors dans le fond d'une grande salle le boucher, debout sur une estrade, appuyé sur son couperet comme un des licteurs de M. Lethiere. A ses pieds gisait un mouton tout entier; à ses côtés, sur un large billot, se trouvait une balance, emblème de Thémis. Il attendit quelque temps que le silence se fût rétabli. Puis, lorsque tout murmure eut cessé, il commença à dépecer la victime.

Il taillait au hasard et à son caprice, sans s'inquiéter des besoins des spectateurs. Il pesait et s'écriait ensuite : Une livre! une demi-livre! puis il jetait à la volée ce qu'il avait découpé à celui qui lui répondait. Il n'y avait pas là de choix à faire, et l'on devait s'estimer heureux d'être servi tant bien que mal. L'argent se passait de main en main à un jeune homme assis sur les marches de l'escalier au niveau des acheteurs. Je parvins, en sautant à propos, à intercepter au passage un morceau destiné, sans doute, à un autre, et, rassuré sur cette pièce importante de notre dîner, je le plaçai immédiatement dans ma mante. Je voulus cependant rester jusqu'à la fin. Le mouton y passa tout entier. Le boucher descendit alors, en laissant à son garçon le soin de faire sortir les spectateurs inhabiles qui n'avaient rien attrapé à ce jeu de paume. La porte se referma, et je continuai mon dessin.

A notre départ, le ciel était couvert, et le soleil, en se cachant par intervalles, étendait sur le paysage immense la grande ombre des nuages qui couraient d'une cime à l'autre. Les montagnes formaient des chaînes qui se succédaient sans cesse, et les dernières se perdaient dans les brumes tremblantes de l'horizon. Giraud s'arrêta tout à coup.

— Regarde, me dit-il, comme tout cela est beau; et il y a pourtant au monde des gens riches qui mourront sans avoir vu rien de pareil.

Au même instant des cris se firent entendre, et nous aperçûmes au détour du chemin quatre voleurs conduits par deux *escopeteros*. Trois d'entre eux marchaient attachés ensemble, et un gendarme fustigeait avec une baguette un quatrième, qui semblait refuser

d'aller plus loin. C'était un homme à barbe grise et à cheveux blancs.
Enfin il se coucha par terre, répondant à chaque coup par des cris
affreux. L'*escopetero* jeta sa baguette, secoua avec soin la cendre
blanchâtre de son *papelito*, prit son fusil, l'arma, et coucha en joue
notre voleur, qui, se relevant avec précipitation, courut rejoindre
ses camarades.

Nous passions en ce moment auprès du gendarme, qui ramassait
froidement sa boussine après avoir remis son arme en bandoulière.

— L'auriez-vous tué? lui demandai-je.

Il parut étonné de ma demande, et me répondit :

— Certainement, et il n'y aurait pas eu grand mal ; c'est le plus
picaro de toute la bande. Mais au fait, nous marchons au soleil depuis plusieurs heures, et, vieux comme il est, il peut bien être fatigué. Holà! cria-t-il à un muletier qui passait, mets pied à terre,
et aide-moi à attacher cet homme sur ton âne. Nous allons à Colmenar.

L'*arriero* s'exécuta sans murmurer. Il revint tranquillement sur ses
pas en se dirigeant vers la ville. Pendant ce temps le gendarme avait,
selon l'habitude espagnole, fait une cigarette en la roulant dans ses
doigts, et il l'offrit tout allumée à l'homme qu'il avait voulu tuer un
instant auparavant.

— Tiens, fume, vieux coquin, lui dit-il; puis, lorsque la caravane
se mit en marche, il nous salua cordialement en disant :

— Seigneurs cavaliers, allez avec Dieu.

Nous approchions de Malaga. Les montagnes, en s'abaissant vers la
mer, se changeaient en collines d'une forme étrange : elles prenaient
la forme de mamelons à côtes tout couverts de vignes; chaque sommet était couronné d'une cabane de vigneron.

Le soir était venu lorsque nous arrivâmes aux portes de la ville.
Des groupes nombreux de bêtes de somme chargées de fruits encom-
braient le passage en attendant leur tour de visite. Nous avions peine
à nous frayer un passage à travers ces rues où régnait un mouvement
continuel. A chaque instant nous étions arrêtés et rejetés contre les
murs par de grandes voitures hautes, étroites, garnies de paillassons,
et surmontées d'une banne de toile. Un peu plus loin, une longue file
d'ânes chargés de petites boîtes carrées, protégées par des nattes de
paille et renfermant des raisins secs, nous fermait le chemin. Partout
on sciait des planches, on clouait des caisses, on cassait des amandes.
C'était un bruit assourdissant.

Les cours étaient pleines de femmes assises par terre et emballant du raisin.

Nous rencontrions des *aguadores*, leur cruche sur l'épaule, et des troupes de vendeurs de poissons ou d'hommes portant des pots de couleur pour marquer les ballots, et des ferrements de toute sorte pour l'emballage. La marchandise des poissonniers se balançait dans des paniers en forme de plateaux, suspendus, par de longues tresses de paille verte, à une traverse en bois qui épousait la forme de leur cou. Ils avaient pour les porter plus facilement les deux mains sur les hanches, ce qui, de loin, les faisait ressembler à de grandes balances mouvantes.

Nous nous arrêtâmes dans une de ces auberges de belle apparence que l'on appelle *fondas*. C'était déroger à nos habitudes, mais nous avions nos raisons pour agir ainsi.

Nous portions sur nous des lettres de crédit plus que suffisantes pour nos frais de voyage; mais nos banquiers n'avaient pas de correspondants dans toutes les villes de l'Espagne, et nos lettres jusqu'à Cadix devenaient pour nous des papiers sans valeur. Or, en arrivant à Malaga, il nous resta, après avoir payé à la diligence le prix du transport de notre malle, une *peseta* (c'est-à-dire à peu près un franc) pour toute notre fortune en numéraire. C'est alors que nous prîmes la résolution de loger dans la première auberge de la ville, où nous ne serions pas dans l'obligation de payer tous les jours. Pour le reste, nous nous en rapportions à la Providence. Ceci réglé, nous allâmes visiter la ville.

En tournant une rue, nous aperçûmes des agrès, des cordages et une forêt de mâts serrés les uns contre les autres, se balançant comme des pins qui ondoient sous la brise. La mer était couverte d'innombrables navires dont les voiles, les flammes, les banderoles et les pavillons s'agitaient bruyamment dans l'air. Nous avions peine à circuler dans l'étroit espace que nous laissaient sur le quai les caisses de fruits élevées en pyramides. A chaque moment des tonneaux de vins et de liqueurs entr'ouvraient en roulant une foule immense et serrée, parmi laquelle on distinguait les costumes de toutes les nations du monde. Un mouvement continuel régnait autour des navires que l'on chargeait et déchargeait sans cesse.

Le môle qui protége le port contre les vents du nord et de l'ouest fut commencé, en 1581, au pied de la colline appelée Guadelfaro. Il

9.

était presque terminé, lorsque l'on s'aperçut que les éboulements de la montagne le comblaient peu à peu. On construisit alors une muraille qui s'étend du pied de la colline à l'embarcadère.

Près du château s'élève un phare tournant dont la lumière est aperçue à quatorze milles de distance pour les navires de commerce, mais elle apparait jusqu'à la distance de vingt et un milles aux matelots placés sur les hunes du grand mât d'un vaisseau de guerre. La rade est assez profonde pour recevoir des navires du plus haut tonnage. Toutefois, une frégate ne pourrait y entrer sans danger. Des sables charriés par les courants de la Méditerranée et par les eaux de la rivière Guadeldimena, qui a son embouchure dans le voisinage, menacent d'obstruer le port, qui a déjà perdu de la profondeur.

La ville de Malaga a dû à sa position sa prospérité continuelle. Strabon, Pline, Marc Agrippa ont attribué sa fondation aux Phéniciens. Elle fut conquise par les Carthaginois, et plus tard par les Romains. Ceux-ci non-seulement respectèrent ses priviléges, mais lui accordèrent encore, selon Pline, le nom de ville fédérée, alors en grand honneur. Les monuments de cette époque sont nombreux dans la province; le nom que porte la ville, phénicien selon les uns, hébreu selon les autres, vient du mot *melak*, qui signifie poisson salé. Les salaisons formaient alors une partie importante de son commerce.

En 1582, 1583, 1637, 1649, la ville fut ravagée par des épidémies qui décimèrent ses habitants. Elle échappa au tremblement de terre du 1er novembre 1755, qui fit tant de victimes en Europe; mais au 27 du même mois, elle faillit être engloutie par la mer.

Elle offre aux navires qui entrent dans le port un admirable point de vue avec son anse pittoresque, ses montagnes, son église et son fort Guadelfaro, placé sur une colline de six cents pieds de hauteur.

La tour principale de cette citadelle fut, dit-on, construite par une colonie grecque. Déjà, lors de la seconde guerre punique, elle servait de fanal pour les navires et de poste d'observation pour surveiller les pirates. Les Arabes la fortifièrent et la firent concourir à la défense de la ville. Lors de la conquête de Malaga sur les Maures, en 1487, les Rois Chrétiens s'y établirent et l'ornèrent de l'écusson des armes qu'ils donnèrent à la ville. Elle communiquait par un chemin couvert avec l'Alcayba, forteresse arabe, maintenant détruite et occupée par la douane, On remarque dans cet ancien palais une jolie porte mauresque appelée *Puerta de la Cava;* elle est en forme de fer à cheval; les colonnes sont romaines.

En nous promenant sur le port, nous aperçûmes une tour qui dominait les maisons, et, en marchant dans cette direction, nous nous trouvâmes devant l'église principale de Malaga.

La façade, surchargée de feuilles de marbre et d'autres ornements de mauvais goût, a cependant, dans son ensemble, un aspect de grandeur qui saisit, et ne permet pas d'apercevoir tout d'abord le luxe importun des détails. Un grand escalier de marbre, de vingt pieds de haut environ, donne à l'édifice une apparence majestueuse; huit colonnes attendent à la porte de l'église un frontispice triangulaire qui n'est pas encore achevé, tandis que l'une des deux entrées qui correspondent de chaque côté au bras de la nef est ornée d'une tour ronde. C'était celle que nous avions aperçue. L'autre est encore à bâtir.

Le plan de cette cathédrale est attribué, selon les uns, à Juan de Ared, qui introduisit en Espagne l'architecture grecque romaine. D'autres prétendent que le fameux Juan Batista de Tolède en fut l'auteur. Ce qu'il y a de plus certain, c'est que les travaux commencèrent, en 1526, sous la direction de l'architecte maestro Enriquez de Tolède, et furent seulement terminés en 1719. Comme il arrive toujours dans des travaux de si longue haleine, le plan de l'architecte fut modifié par chaque successeur, qui suivit le goût de son temps. Par ce mélange, la cathédrale perdit beaucoup de l'aspect grandiose du plan primitif.

L'intérieur de la cathédrale se compose de trois vaisseaux coupés par la nef. Cette disposition, semblable à celle des églises du quinzième siècle, diffère du plan donné par l'architecte; mais il faut se rappeler qu'à cette époque de transition, on ne put arracher tout d'abord les profondes racines que l'art oriental ou sarrasin avait jetées en Espagne. Les stalles du chœur sont assez remarquables pour avoir fait dire à Antonio Pinela, dans son orgueil espagnol, qu'elles seraient la huitième merveille du monde si elles n'étaient au moins égalées par celles de l'Escurial.

Ces stalles sont au nombre de cent trois. Quarante ont été terminées par le fameux de Menac, qui donna le dessin des autres. Celles-ci furent exécutées par Louis Ortès et un Italien nommé Michael.

Les orgues sont remarquables par la beauté de leur son et par la délicatesse d'ornementation du buffet. Nous avons admiré dans un tableau d'Alonzo Cano, qui représente la sainte Vierge avec l'enfant Jésus, les têtes pleines de sentiment et d'expression des saints qui l'adorent. Cette toile orne la chapelle du Rosaire.

Non loin des figures agenouillées des monarques catholiques Ferdinand et Isabelle se trouve la célèbre image de Notre-Dame, que ces royaux époux, la tradition l'assure, emportaient avec eux dans leurs expéditions militaires.

Un retable gothique, placé dans la chapelle de Santa-Barbara, attira surtout notre attention. Les sculptures à jour, leur forme exquise, la délicatesse du travail, ne le cédaient en rien à ce que nous avions admiré de plus parfait dans ce genre. Il est pénible de voir ce chef-d'œuvre, que les rois d'Espagne firent exécuter à grands frais, brisé dans plusieurs endroits. Des morceaux entiers se détachent et menacent ruine, le dais surtout réclame des réparations immédiates.

Près de là aussi se trouve un beau retable orné de peintures de Palma le Vieux. Les divers compartiments représentent sainte Catherine, saint Etienne et l'Adoration des Rois.

Le pavage du monument est formé de marbres de diverses couleurs.

Cette cathédrale est une de celles dans lesquelles un artiste ne pénètre pas sans éprouver une impression secrète d'étonnement et d'admiration.

Malaga, malgré sa richesse, n'offre rien de bien remarquable à un étranger curieux. Nous parcourions la ville lentement et avec une sorte d'insouciance. Et puis nous n'étions pas sans inquiétudes, et, pour ma part, je me demandais comment nous pourrions nous procurer de l'argent dans quelques jours.

— Encore, disais-je à Giraud, si nous étions en France ou en Allemagne, j'irais d'une ville à l'autre en donnant des assauts d'armes ou chantant dans les cafés; mais dans ce pays, ils n'ont peut-être pas vu un fleuret de leur vie, et le moindre paysan pince de la guitare comme Sor ou Huerta.

— Ne t'inquiète pas, me disait Giraud, il me viendra un portrait, une commande de tableaux ou quelque chose de pareil; et puis, de quoi te plains-tu? tu as bien déjeuné, tu dîneras encore mieux ce soir. Nous avons encore quatre ou cinq jours de cette vie-là devant nous, et il est impossible que, d'ici à quatre ou cinq jours, des gens comme nous n'aient pas trouvé un moyen de sortir d'embarras... Tiens, me dit-il comme subitement illuminé, j'ai notre affaire.

— Ah bah!

— Oui. Je demanderai de l'argent au consul français.

— Jolie idée! Et le consul s'empressera de nous faire mettre à la porte.

— Non, ajouta Giraud, je ne lui demanderai pas d'argent, c'est lui qui m'en offrira.

— J'avoue que cela me fera plaisir. Allons-y de suite. C'est toi qui parleras.

— Je m'en charge.

Nous demandâmes l'adresse du consul. Il demeurait sur la grande promenade appelée le salon de Bilbao, et située sur un emplacement où en 1620 roulaient encore les vagues de la mer. C'est là que se trouvent maintenant les plus belles maisons de Malaga. Je me sentais un peu ému, j'avais besoin de me remettre avant d'entrer. Je m'arrêtai donc un moment à considérer la fontaine de marbre blanc qui s'y trouve et que l'on regarde comme une des plus belles de l'Espagne. J'en avais lu la description à Grenade, et voilà ce que je me rappelais alors.

Son origine n'est pas bien connue. Quelques-uns prétendent qu'elle fut envoyée par la ville de Gênes à l'empereur Charles-Quint; si on les en croit, elle fut, dans le trajet, capturée par le fameux corsaire Barberousse, puis reprise par le général des galères Bernardino de Gondoza, qui la porta à Malaga, lieu de sa destination.

D'autres affirment qu'elle fut conquise à la bataille de Lépante par don Juan d'Autriche.

Quelques gens, moins épris du merveilleux, assurent qu'elle fut commandée par la ville et exécutée par Michael, qui fit aussi la magnifique galerie sculptée du chœur de la cathédrale. Ces derniers pourraient bien avoir raison, si l'on s'en rapporte à une inscription trouvée en déblayant la base de la fontaine des racines qui l'obstruaient, et qui raconte précisément ce que nous venons de dire.

Cette fontaine, tout en marbre, se compose d'un grand bassin de forme octogone, au milieu duquel se dresse une colonne couverte jusqu'en haut et dans toute sa circonférence de figures en relief et de charmants groupes de sirènes ou de satyres, ou bien de Cupidons et de Vénus jetant de l'eau par la bouche et les seins,

Ces groupes divisent la fontaine en trois parties terminées chacune par une vasque d'une seule pièce.

Ces vasques deviennent moins grandes à mesure qu'elles s'élèvent, de telle sorte que la dernière a seulement la capacité nécessaire pour contenir l'eau que répand un bel aigle sculpté sur le haut de la fontaine. La promenade est ornée de beaux arbres et de bustes en marbre représentant des héros de l'antiquité.

J'avais tout vu bien à mon aise.

— Allons, me dit Giraud.

Et nous entrâmes chez le consul.

C'était, je me le rappelle encore, le marquis du Bourzet. On nous annonça. Il était assis à son bureau. Il nous reçut poliment, mais froidement, à ce qu'il nous parut. Il prit nos passe-ports, les examina et les passa à son chancelier.

— Vous savez, messieurs, nous dit celui-ci, qu'il y a un visa à payer.

Je me sentis venir un frisson involontaire.

— Tiens, regarde, me dit Giraud, voici le moment ; et il passa à M. du Bourzet la lettre de M. de Lesseps. A peine celui-ci y eut-il jeté les yeux qu'il se leva brusquement, jeta sa plume sur la table, et ouvrant la porte du salon :

— Messieurs, nous dit-il, entrez, je vous prie ; nous causerons ici plus librement.

Ce salon était orné de peintures de notre école moderne.

— Vous voyez, messieurs, j'aime les arts, des artistes doivent donc toujours être les bienvenus. Asseyez-vous, je vous prie. Vous êtes venus par mer ?

— Non pas, répondis-je, nous voyageons à pied.

— Et vous ne craignez pas les voleurs ?

— Nous avons nos carabines.

— Mais alors ce voyage est pénible, coûteux peut-être.

— Pas précisément, reprit Giraud, mais nous avons deux lettres de crédit ayant ensemble la valeur de trois mille francs. Nous ne pouvons toucher d'argent qu'à Cadix, et je pense, ajouta-t-il en parlant plus lentement, que nous n'en avons pas assez pris à Valence.

Il y eut encore un instant de pause, c'était le moment décisif. J'examinais attentivement la figure du consul, elle rayonnait de bienveillance; je respirai plus librement. Giraud souriait à moitié d'un air moqueur.

— Eh bien! combien vous reste-t-il? demanda M. du Bourzet; je connais le pays, et je pourrai vous éclairer à ce sujet.

Je coupai cette fois la parole à Giraud.

— Ce matin, dis-je, il nous restait un franc pour nous deux; mais, comme nous l'avons donné au porteur de la malle, il ne nous reste plus rien.

Le consul se mit à rire en disant :

— Ce n'est pas assez pour aller jusqu'à Cadix, mais je me ferai un plaisir de vous offrir la somme qui vous paraîtra nécessaire. Une lettre de M. de Lesseps est meilleure qu'une lettre de change.

— Que vous faut-il? parlez sans façon, ajouta-t-il en voyant que je voulais lui adresser des remercîments, et regardez-moi comme un ami.

— Eh bien! je pense que cent francs suffiront.

— Cent francs ne suffiront pas, reprit-il; il y a dix jours de marche d'ici à Cadix, et, si vous vous arrêtez quelque temps à Gibraltar, vous vous trouverez encore dans l'embarras.

— Eh bien! alors cent cinquante francs.

Le consul ouvrit son bureau et nous compta cent cinquante francs. Mais, tout en faisant mon billet, je le priai d'avoir la complaisance de faire transporter notre malle par mer jusqu'à Cadix, où nous viendrions la chercher chez le consul de cette ville en retirant notre billet, que l'on devait lui envoyer. M. du Bourzet eut beau faire et beau dire, nous le pressâmes tellement, qu'il dut céder à nos instances. Puis nous parlâmes tout naturellement de M. de Lesseps, et il nous raconta une foule d'anecdotes à son honneur.

— Tout le monde ici, Espagnol ou Français, le respecte et l'aime, et, si vous restiez à Malaga, sa lettre vous donnerait accès dans les premières sociétés de la ville; car non-seulement il prenait l'intérêt de ses compatriotes, mais il rendait aussi d'éminents services aux Espagnols. Le général Solar d'Espinosa lui doit la vie.

Sur nos instances, le consul nous raconta que, lors de l'abdication de la reine Christine à Valence, le général Solar d'Espinosa, resté fidèle jusqu'au dernier moment, et poursuivi par la populace, fut contraint de s'embarquer à bord du *Phénicien*, bateau à vapeur qui partait pour Malaga. A son arrivée devant cette ville, on apprit qu'il était à bord. La junte insurrectionnelle demanda le débarquement, et envoya le capitaine général chez M. de Lesseps pour qu'il autorisât la visite.

Les navires de commerce, et le *Phénicien* était dans ce cas, n'ont pas, comme les bâtiments de guerre, le droit de territoire. Cependant, d'après le traité de 1750, on ne peut faire de visite sur un navire français sans l'autorisation du consul. Il est permis toutefois de passer outre si, la sommation faite, le consul refusait son concours. M. de Lesseps reçut parfaitement le capitaine général, le pria seulement d'attendre qu'on eût fait sa barbe, excuse très-valable en Espagne, et, passant dans son cabinet, envoya par un de ses gens quelques lignes écrites avec le sceau du consulat. Il enjoignait au capitaine du *Phénicien* de faire immédiatement transporter le général Solar d'Espinosa sur un bâtiment de guerre français alors en rade devant la ville. Puis, lorsqu'il pensa que la commission pouvait être faite, il sortit avec le capitaine.

Toute la populace attendait sur le port murmurante, exaspérée, attendant le christino pour le mettre en pièces. Elle poussa des hurlements de joie en voyant le canot s'éloigner de la rive. Au bâtiment tout fut expliqué, le magistrat espagnol revint à terre, et M. de Lesseps traversa froidement cette foule irritée qui avec des cris et des menaces s'arrêta toutefois devant le courageux dédain du représentant de la France. Le général christino fut sauvé et raconta plus tard ces aventures dans ses mémoires publiés à Madrid. C'est à peu près dans des circonstances semblables que M. de Lesseps sauva la vie au général Jusuf à Tunis.

Nous restâmes ainsi toute la soirée ensemble, et l'éloge de M. de Lesseps fut le sujet de notre conversation.

CHAPITRE XXVI.

Lanza. — La caverne d'Antequerra. — La grotte du Figuier. — Le clown Ratel. — La maison du roi maure. — La bonne aventure en Espagne.

Lorsque nous sortimes la nuit était venue, et l'Alameda, si déserte pendant le jour, maintenant garnie de boutiques de glaciers et d'*aguadores*, et éclairée par de grands réverbères, était remplie des dames de la ville, que l'on dit être les plus belles de la Péninsule. La lune répandait une clarté qui ressemblait au jour. A chaque pas, nous entendions résonner des mandolines dans des tons différents, et une belle voix, en même temps limpide et timbrée, dominait tous les autres bruits. C'était une femme qui chantait, assise devant sa porte, et qu'une grande foule entourait; elle s'arrêtait à chaque strophe, et l'on n'entendait pendant quelques instants que le murmure des guitares et le bruit des castagnettes; et puis une voix s'élevait dans le lointain et lui répondait. Nous nous éloignâmes; mais, au milieu du silence, la voix nous suivait et semblait marcher avec nous.

Nous eûmes le lendemain l'occasion de voir le fameux muletier Lanza, dont nous avons parlé au commencement de notre voyage.

C'était un homme de près de six pieds, portant un costume de majo d'une richesse extrême. Sa veste seule, toute pesante de boutons et d'aiguillettes d'argent massif, était d'un grand prix. Il avait réalisé une belle fortune dans son métier d'*arriero*. Il avait réellement fait un pacte avec les voleurs, car un de ses voyageurs m'a raconté qu'étant resté en arrière de la caravane, il fut assailli par une bande qui lui ordonna de mettre pied à terre. Mais l'un des chefs ayant reconnu le chiffre de Lanza sur les harnais, les brigands firent mille excuses au cavalier et le remirent eux-mêmes en selle avec une foule de souhaits de bon voyage.

Lanza, qui devint bientôt de nos amis, nous parla d'une grotte célèbre qui existe sur la route d'Antequerra. Ses récits animés éveillèrent notre curiosité, et nous résolûmes de l'aller voir. Un de nos compatriotes voyageur de commerce avait une affaire qui l'amenait dans ces parages, il nous offrit deux places dans la *calesa*. La grotte, formée de grands rochers, du sommet desquels on aperçoit la mer, occupe un espace immense. Elle était digne du merveilleux récit qui nous en avait été fait. Nous étions à peine entrés, lorsque nous entendîmes résonner des pas derrière nous.

En nous retournant, nous aperçûmes un prêtre à nos côtés. Il nous avait vus pénétrer dans la grotte et nous avait suivis pour nous avertir du danger que courent les voyageurs qui s'y aventurent sans guide. Il parlait le plus pur castillan et se mit bientôt à causer en français avec nous. C'était un bel homme, de trente-cinq ans environ, au nez aquilin, aux yeux noirs et perçants.

Il avait été en France; notre pays lui avait plu, mais il mettait bien au-dessus sa chère Espagne et son climat, ses huertas et ses oasis.

— Sans doute, nous disait-il, votre nation est plus avancée que la nôtre, mais nous sommes encore les descendants de ces Espagnols qui, sous Charles-Quint, ont eu l'empire des deux mondes. Regardez nos hommes du peuple et nos *arrieros*, voyez-les toujours nobles et bien campés, élégamment drapés dans leurs mantes. Examinez la hardiesse et la fierté de leurs regards, et vous conviendrez avec moi que ce peuple n'est pas un peuple ordinaire; l'Espagne, s'écriait-il avec un accent d'enthousiasme qui faisait vibrer l'écho de ces voûtes, est la Belle au bois dormant des nations, elle dort depuis trois siècles, mais elle se réveillera la première entre toutes lorsque l'homme que Dieu destine à sa gloire viendra l'arracher au sommeil.

Ce prêtre nous fit admirer une à une et avec amour toutes les curiosités de la grotte. Sa parole animée ajoutait à chaque objet un charme puissant.

— Tenez, nous disait-il, ne croyez-vous pas voir à cette distance des formes humaines errantes parmi les rochers? Regardez ces rues pittoresques, ces tours, ces grandes pyramides qui rappellent celles de Thèbes et de Memphis, ces curieux monolithes semblables aux menhirs de l'Armorique, en équilibre parfait sur leur axe, ces immenses portiques soutenus sur leurs colonnes, ces agglomérations de pierres monstrueuses qui surplombent et semblent devoir chanceler à chaque instant; et tous ces objets qui revêtent des formes fantastiques et bizarres, improvisés pour ainsi dire, afin que nous puissions, dans le silence de la solitude, admirer les merveilles créées dans la confusion de ce labyrinthe; et là, plus loin, regardez ces monstres de pierre, qui viennent terminer les lignes de cet horizon singulier. Et ce lion ne vous semble-t-il pas l'ébauche avancée d'un habile sculpteur? Ma belle Espagne, disait-il, riche au dedans, belle au dehors, je ne sais si mes yeux te verront jamais la perle des nations, mais je t'aime et je te vénère comme si tu tenais déjà le sceptre du monde que tu dois recevoir un jour.

Nous avons, nous dit-il, d'autres cavernes en Andalousie, moins curieuses peut-être, mais embellies par les traditions de l'histoire. Ainsi, la caverne du Figuier, qui se trouve dans les environs de Malaga et dont l'entrée placée sur la rive de la mer n'offre au premier aspect qu'une roche déchirée par les secousses des vagues, fut

le refuge de Publius Licinius Crassus, du temps de Marius et Cinna.
Voici, ajouta-t-il, ce que dit Plutarque :

« Ce jeune fugitif, après avoir erré plusieurs années à l'aventure,
pénétra dans la province de Bétique. Quelques amis l'accompagnaient.
Là vivait *Virio Becicco*, riche propriétaire, et son ancien ami. Celui-ci
lui donna asile, et lui indiqua pour l'arracher à la persécution des
décemvirs, une caverne isolée et inconnue sur le bord de la mer.
Chaque jour un paysan apportait de la nourriture qu'il déposait en
passant à l'entrée de la caverne sans détourner la tête. Le lieu des
inquiétudes et des plaisirs du fugitif était une grotte d'une hauteur
merveilleuse, divisée par la nature en plusieurs chambres séparées.
Là se trouvait une fontaine d'eau douce, et les rayons du soleil pé-
nétraient par les fentes des rochers de la voûte. Crassus habita huit
mois cette prison volontaire.

» Mais, ayant appris la mort de Cinna, son ennemi mortel, il reparut
tout à coup, et leva un corps de deux mille cinq cents hommes, sous
prétexte de lui servir d'escorte. Plutarque ajoute, dit le curé en secouant mélancoliquement la tête, que Crassus paya par l'ingratitude
l'hospitalité que les habitants du pays lui avaient donnée, et qu'il
pilla Malaga avant de revenir en Italie. »

En 1833, nous dit-il encore, les autorités de la province ordonnèrent de minutieuses recherches pour fixer le lieu qui avait pu servir de retraite à Crassus. Et, après un mur examen, en consultant
Plutarque, il fut arrêté que la caverne du Figuier était celle qui se
:apportait davantage aux descriptions du célèbre historien.

On admit, parmi les probabilités, l'existence des figuiers qui en
cachent maintenant l'entrée. Ce ne sont certainement pas les mêmes,
mais il est naturel de croire qu'il s'en trouvait déjà à cette époque,
puisque le terrain est favorable à cet arbre, qui y pousse encore aujourd'hui. En causant ainsi, nous nous trouvâmes à la porte de la
caverne. Le prêtre nous accompagna quelque temps encore, et prit
congé de nous en nous serrant les mains avec cette bienveillance naturelle au peuple espagnol.

A notre retour, nous nous occupâmes de notre départ. Ronda était
une ville trop pittoresque et trop célèbre pour ne pas mériter une
visite.

J'allai dans l'auberge des *arrieros* de ce pays, et, profitant d'une

occasion de retour, je trouvai à louer, au prix de 5 francs par journée, un âne que nous devions monter tour à tour.

Pendant que je parlais avec les muletiers, je vis rôder autour de
nous un homme sur le front duquel les organes du voyage étaient
tellement développés, qu'il attira mon attention. J'y découvris aussi,
en l'examinant de plus près, celui de la curiosité. Cet homme, d'après
mes convictions phrénologiques, devait nécessairement venir à nous.
Je lui tournai le dos, et continuai à débattre mes prix avec les arrieros. Je n'attendis pas longtemps. Giraud m'ayant adressé la parole,
notre inconnu se mêla aussitôt de la conversation. C'était un Français. Usant du privilége de compatriote, il nous accabla de questions,
et nous donna ainsi le droit de l'interroger à son tour. Voyageur for-
cené, il avait été partout, en Egypte, à Constantinople, en Turquie,
dans l'Europe entière. Il avouait franchement qu'il lui était impossible de rester en place. Après avoir servi dans nos armées comme
officier de santé, il avait donné sa démission, parce que les change-
ments de garnison ne suffisaient pas à son humeur errante; et pour
subvenir à ses frais de voyage, il extirpait les cors et donnait au
besoin des consultations de médecine. Son bagage consistait en quelques canifs, plusieurs boîtes de pilules qu'il composait lui-même, et
un millier d'affiches, dont il collait un bon nombre à son arrivée
dans chaque ville, sur les murs des places publiques et des carrefours les plus fréquentés. Les clients ne lui manquaient pas, et pendant le peu de temps qu'il causait avec nous, il dut nous quitter plusieurs fois pour prescrire des remèdes et distribuer des pilules. Il
parlait ce singulier jargon, mélangé d'espagnol et d'italien, que l'on
appelle en Afrique *langue franque* ou *langue sabir*, et se faisait
cependant comprendre, grâce à son expressive pantomime, et sans
doute aussi à l'attention complaisante que l'on accorde toujours aux
paroles du médecin. Il nous parut dans une position de fortune peu
brillante; mais il y avait évidemment pour lui de bons et de mauvais jours; car, à peu de temps de là, nous le rencontrions à Séville,
logé dans un des premiers hôtels, tout vêtu de noir, et portant au
cou une chaîne d'or, qui venait briller en plusieurs doubles sur un
élégant gilet de satin.

Il avait été convenu avec les muletiers que l'on partirait pour
Ronda au coucher du soleil. A l'heure indiquée, nous nous dirigeâmes vers le lieu du rendez-vous. Nous marchions dans le lit même

de la Guadeldimena, où des *calesas* joutaient entre elles, en élevant des tourbillons de poussière. A l'extrémité de la ville, une foule de mulets était déjà réunie autour d'une auberge campée dans le fleuve. Des piétons et des cavaliers arrivaient à chaque instant. C'était un grand remue-ménage, un brouhaha de cris, de rires, de chansons tremblotantes auxquelles venait se mêler le bruit des grelots et des sonnettes. A un signal donné, les arrieros, selon leur habitude, prirent le pied de leurs voyageurs, les élevèrent par un brusque mouvement à la hauteur des ballots ou de la croupe de leur monture, et l'on partit.

Les mulets chargés et sans conducteurs ouvraient la marche et montraient le chemin. Nous suivîmes quelque temps la mer, et, lorsque le soleil eut disparu, cette longue caravane qui s'avançait parmi des nuages poudreux, et se détachait sur le ciel encore rouge, empruntait au crépuscule un charme étrange. Elle ressemblait avec ses mantes bariolées, à un douaire arabe allant planter ses tentes dans une oasis du désert. La lune s'était levée et jetait sur nous sa lumière dormante, qui parfois étincelait d'un éclat plus vif en frappant sur le canon de nos carabines ou sur les ornements de cuivre des *oparejos*. Quelquefois elle faisait un charmant contraste avec les reflets des lampes qui venaient nous éclairer tour à tour lorsque nous défilions devant les *ventorillas* toujours ouvertes en été et placées sur le bord de la route. Près de nous passaient à chaque instant des voitures rapides encombrées de femmes qui chantaient en retournant à Malaga. Notre société, composée en grande partie d'amateurs qui se rendaient aux bains de Caratracas, où nous devions faire halte pendant le jour, était élégante et nombreuse.

Le chemin s'effaçait peu à peu; ce ne fut plus bientôt qu'un sentier mal écrit. A chaque instant il nous fallait passer à gué des rivières assez profondes. Giraud, qui était à pied, sautait alors sur le premier âne venu, comme il le voyait faire aux arrieros, et descendait à l'autre bord; mais une fois il resta en arrière, et se trouva arrêté par un petit cours d'eau que nous venions de traverser. J'étais en tête de la caravane. Il appela les arrieros, qui lui dirent, en riant, qu'il y avait un pont sur la gauche; il y alla, et ne le trouva pas. Comme je revenais pour le prendre, je le vis arriver. Il avait traversé à gué avec de l'eau jusqu'à la poitrine. Avec la chaleur qu'il faisait, il fut bientôt complétement sec. Mais à la première rivière qui se présenta, Giraud sauta sur le dernier âne de la caravane au moment où un des muletiers prenait son élan; l'animal, se sentant chargé, se mit en marche, et le muletier, à la grande joie de ses camarades, fut obligé de passer dans l'eau à son tour.

Il riait plus fort que tous les autres. Un charretier français n'eût peut-être pas accepté si gracieusement cette plaisanterie.

C'était la nuit aux rivières. Une autre vint nous barrer la route, j'arrêtai mon mulet. Giraud s'élança en croupe; mais il avait mal calculé, et se trouva suspendu sur les jambes du quadrupède, qui prit fort mal ce nouveau genre d'équitation, et se mit à ruer et à faire des courbettes au beau milieu de la rivière; il avait heureusement affaire à deux solides cavaliers, et nous arrivâmes ainsi en cabriolant à l'autre bord; mais la sangle de la selle, trouvant le poids un peu lourd, crut en avoir assez fait, et ne résista pas plus longtemps. Il en résulta que Giraud vint s'asseoir par terre, et que, comme il me tenait par la ceinture, je vins naturellement prendre place à ses côtés. La selle, en glissant, était venue étreindre les jambes du mulet, et, bon gré, mal gré, il dut s'asseoir ainsi, de manière que nous nous trouvions tous les trois dans la même position, riant comme des fous; c'est-à-dire, non! le mulet ne riait pas, il faisait aller ses jambes de devant comme le lapin qui tambourine dans les foires, et, à force de mouvements, il finit par tomber sur le côté. Cette aventure excita l'hilarité de la caravane tout entière. L'on voyagea toute la nuit dans la plaine; mais, aux premières lueurs du jour, nous entrions dans les *sierras* de Ronda. Bientôt nous aperçûmes une petite ville placée sur une hauteur : c'était Caratracas. Ceux qui devaient s'y arrêter pressèrent le pas de leurs mules et arrivèrent en caracolant devant l'hôtel de la *Fuente*, le premier de la ville. L'aubergiste n'avait pas une seule chambre à leur offrir, et il était même difficile de trouver un logement dans cette petite ville, composée d'une centaine de maisons. Les moindres appartements s'y louent à prix d'or, et chaque étage est habité par une famille différente ou par des sociétés qui se le partagent et s'y campent de leur mieux.

Les eaux de ce pays ont des vertus souveraines pour guérir les rhumatismes et les paralysies, mais les malades y sont en minorité.

La société est principalement composée de gens riches qui s'y rendent de Malaga et même de Grenade pour passer dans les mon-

;nes les mois de la grande chaleur. On joue, on tire des loteries,
donne des bals dans une grange immense. Les femmes font toile-
te, et la vie se passe dans ce *far niente* si cher aux Espagnols.

En hiver, aux premières neiges, les maisons se ferment et la ville
vient déserte. Quelques auberges restent seules ouvertes pour les
.letiers et les voyageurs. Nous étions venus dans le moment le plus
.illant de la saison. La grande salle du rez-de-chaussée était encom-
ée de mulets, d'arrieros et de baigneurs. Accablés de sommeil, nous
us jetâmes dans un coin, enveloppés de nos mantes; nous allions
us endormir, lorsque l'aubergiste s'approcha de nous et nous fit
;ne de le suivre. Il nous conduisit dans sa chambre, en nous disant :
— Reposez-vous sur mon lit, je ne souffrirai jamais que des étran-
.rs soient mal reçus dans ma maison.

Et il sortit aussitôt sans attendre nos remerciments. La première
.rsonne que j'aperçus à mon réveil fut Giraud, déjà occupé à faire
portrait d'une vieille femme qui, tout à son travail, filait machina-
ment sans prononcer une seule parole et sans s'occuper de lui. Il
.e sembla voir la vieille Elsphet, d'un roman de Walter Scott. Au
ême instant l'aubergiste entra doucement dans la chambre. Il parut
.rpris de nous voir réveillés, et, s'étant penché sur le dessin de Gi-
.ud, il jeta un cri de surprise et d'admiration. C'était bien là sa
.eille grand'mère, avec ses yeux éteints, sa bouche ferme et ses
.ues creuses; sa grand'mère, âgée de cent trois ans, qu'il aimait tant
.t qu'il craignait de perdre chaque jour! Un pareil portrait était
.estimable. Giraud ferma son carton, lui mit le papier dans les
.ains et nous sortîmes.

La ville n'avait rien de remarquable, rien d'ancien, rien de pitto-
.esque, si ce n'est peut-être un café en plein air, placé sous une im-
.ense treille toute garnie de vignes qui y grimpaient en rampant et
.ormaient avec leurs sarments, leurs bourgeons, leurs grappes pen-
.lantes et leurs larges feuilles, un de ces riches plafonds que l'art
.oudrait en vain imiter. Lorsque nous rentrâmes à l'hôtel, tout était
.n émoi, l'aubergiste avait montré partout le dessin de la vieille, et
.e portrait était devenu l'événement du jour. De nombreux clients
.ttendaient le retour de Giraud, et il fut aussitôt assailli de deman-
.les; il s'agissait de dessiner, à peu de chose près, toute la ville de
Caratracas. Mais le désappointement fut grand et l'étonnement plus
grand encore lorsque Giraud refusa.

On insistait, on offrait des prix inusités en Espagne, et j'engageai moi-même Giraud à rester.

— J'eusse fait des portraits à Malaga, sans aucun doute, me répondit-il, mais nous sommes ici pour voir l'Espagne et non pour gagner de l'argent. Un mois de retard peut gâter notre voyage; allons en avant, nous avons encore beaucoup à apprendre et beaucoup à voir.

Je traduisis sa réponse, qui para subitement nos personnes du charme de l'incompréhensible et de l'inconnu. Nous n'étions plus des bohémiens ou des contrebandiers, comme on l'avait cru tout d'abord.

Nous étions des artistes sans doute. Mais alors pourquoi refuser une occasion si lucrative d'exercer nos talents? C'était à n'y rien comprendre. Les suppositions allaient leur train. Je ne sais jusqu'où elles nous élevèrent, mais nous en sentîmes immédiatement les effets.

Une jeune comtesse, belle, élégante, aux petites mains d'ivoire, vint causer avec nous; une autre, non moins noble, non moins distinguée, s'approcha aussi, et en quelques instants nous fûmes entourés d'une société d'élite. Ces dames, à notre prière, firent résonner les castagnettes sous leurs jolis doigts. Puis on nous passa une guitare richement incrustée de nacre et d'ivoire, et ornée d'un *mono* bleu aux franges d'argent. Je n'étais pas homme à rester en si beau chemin, et, saisissant l'instrument, je leur raclai avec furie leurs trois accords. D'autres castagnettes résonnèrent aussitôt dans la salle, c'était à ne pas résister en Espagne et dans un lieu de plaisir! Aussi nous eûmes bientôt devant nous de nobles danseurs.

On monta sur les tables, sur les crèches, sur les mules, pour mieux voir, puis tout à coup une voix domina guitares et castagnettes, et se mit à chanter : c'était celle d'un jeune homme pâle, dont les regards ne quittaient pas une de mes voisines. Celle-ci, brune, rieuse, était surtout remarquable par ses beaux cheveux noirs, sur lesquels tranchaient harmonieusement des fleurs rouges de grenadier. La chanson me parut si mélancolique, si touchante et si espagnole, que je ne peux m'empêcher d'en donner ici la traduction. Elle disait :

« Ne pleurez pas, ne pleurez pas, ma mère, vous me faites trop de mal. J'ai assez de mes chagrins sans m'occuper des peines des autres. Quand je naquis, c'était une heure fatale. On n'entendait ni l'aboiement des chiens, ni le chant du coq, mais là était une fée qui me maudissait. Cette fée disait, quand je fus engendré, que je ne serais jamais aimé de ce que j'aimerais le plus. Cette fée disait, quand je vins au monde, que je serais abhorré de ce que je chérirais. La fortune me jette sous sa roue et ne la laisse jamais s'arrêter. Mon bonheur est tombé, il est tombé sur le sol, et lorsque je me baissais pour le reprendre, le vent l'emportait déjà; ma mère, vous m'avez engendré sur la terre d'exil. C'est une chienne, et non pas une femme, qui m'a mis au monde. Ceux que la fortune caresse tremblent de m'approcher, car, s'ils jetaient sur moi un seul regard, ils deviendraient malheureux. »

Le chant cessa, et l'on n'entendit plus que le son des guitares et les exclamations que les spectateurs jetaient de temps en temps aux danseuses : *Ole! que salad! alzaa!* lorsque tout à coup la belle brune assise à mes côtés se mit à chanter à son tour. Elle répétait aussi ce même air consacré en Espagne à toutes les improvisations et aux sérénades, mais elle le rajeunissait par le charme de sa voix et le goût de ses modulations habiles. Tout le monde se tut pour l'écouter. Elle dit :

« A l'ombre de mes cheveux, mon bien-aimé s'endormit;

» Faut-il oui ou non m'en souvenir?

» Je les peignais avec soin, et le vent les faisait voltiger en se roulant en cercle avec eux;

» Et à son souffle et à leur ombre, mon bien-aimé s'endormit.

» Faut-il oui ou non m'en souvenir?

» Il me disait que c'est le faire trop souffrir que de me montrer si ingrate. Il me disait que ma couleur brune lui donne la vie et le fait mourir.

» Et en m'appelant sirène il s'endormit près de moi.

» Faut-il oui ou non m'en souvenir? »

Il s'éleva de tous côtés un hourra d'applaudissements, et nous nous inclinâmes tous les deux; le jeune chanteur secoua tristement la tête, puis, s'étant tourné vers le fond de la salle, il demanda sa monture aux arrieros et sortit de l'auberge. La belle brune devint soucieuse et préoccupée, et il me sembla la voir tressaillir lorsque les pas du mulet retentirent sur le pavé de la cour. Mais elle remarqua mon attention à la regarder, et tout à coup elle retrouva son sourire et agita ses castagnettes.

Les muletiers s'approchèrent et nous invitèrent à nous mettre en route; mais l'aubergiste avait décidé que notre départ serait retardé de quelques instants, et aussitôt il nous fit servir un charmant repas,

10

dans lequel le malaga fut si prodigué et tant fêté par Giraud, que,
lorsque nous partîmes en triomphateurs, il jura, d'une voix atten-
drie, qu'il reviendrait en Espagne, et qu'il ferait le portrait de tous
les baigneurs, de tous les habitants et de toutes les maisons de Caratracas.

Le chemin allait en descendant parmi des montagnes stériles et
caillouteuses. A peu de distance de là, nous aperçûmes sur une hauteur à pic une ville placée en amphithéâtre et dont les murs sont
écroulés : c'était Carthame la Carthaginoise, comme son nom l'indique. Bien au-dessus d'elle, sur le plateau d'un rocher, brillaient au
soleil du soir les ruines pittoresques d'une citadelle élevée par les
Maures.

Cette ville, que sa position rendait imprenable, était autrefois riche
et splendide, comme l'attestent les débris que l'on y trouve chaque
jour. Des voitures passaient près de nous transportant des pots de
grès de huit à dix pieds de hauteur, destinés en Espagne à conserver
l'huile. Lorsque vint le soir, nous aperçûmes comme un immense
incendie. C'était la fabrique de poterie, dont les fourneaux se voyaient
au loin dans le crépuscule. Nous rencontrions de temps en temps
des voyageurs à cheval, escortés par des militaires.

La nuit vint; elle fut pénible. Nous étions trop accablés de sommeil pour oser remonter sur les mulets; nous marchions en dormant,
et nous tombions presque à chaque pas, car nos bêtes allaient très-
vite et ces montagnes sont couvertes de pierres innombrables qui
roulaient sous nos pieds et nous faisaient trébucher. Ce pays a été
longtemps le théâtre des exploits de José Maria, qui y commandait
en souverain, y vivait d'ordinaire, et de là répandait sa troupe dans
les environs de Cordoue, de Séville ou de Gibraltar.

La terreur qu'il inspirait était si grande que l'infant don Sébastien crut devoir lui faire demander une escorte pour aller de la Carlotta à Ecija. José Maria se présenta lui-même, accompagna le prince,
qui lui offrit sa protection pour le faire gracier, bien qu'il eût encouru
plus de vingt condamnations à mort, et obtint en effet de son frère
Ferdinand VII la grâce du brigand, qui fut nommé *escopetero*, et
accompagna, pour les défendre, les diligences qu'il dévalisait naguère.

Le jour arriva, et Ronda nous apparut lorsque nous nous faisions
raconter ces détails par les arrieros.

Ronda a été de tout temps une place d'une grande importance.

Elle existait certainement déjà du temps des Romains, et les antiquités qui s'y trouvent le prouvent d'une manière irrécusable. Mais
le nom qu'elle portait à cette époque a donné lieu à des contestations
nombreuses : plusieurs auteurs espagnols, et parmi eux Caro, Carinas
Flores, ont prétendu qu'elle s'appelait alors Aronda. Il y avait en
effet une ville de ce nom, mais elle était située dans la Bétique pro-
prement dite, c'est-à-dire dans la région enclavée entre la Guadiana
et le Guadalquivir. Ronda serait plus probablement la ville de Cap-
pagum, dont parle Pline.

Favorisée du ciel, charmante comme un paradis, mais fatale comme
tout ce qui est beauté sur terre, l'Andalousie suscitait de sanglants
combats. Des peuples entiers accouraient en armes pour se disputer
sa conquête, et les vaincus se réfugiaient dans les montagnes presque
inaccessibles qui l'entourent pour méditer de nouvelles attaques, et
fondre encore sur leurs rivaux. Ronda fut nécessairement le théâtre
de grands événements militaires.

Au temps de la domination romaine, Cneius Pompée se retira dans
les sierras qui entourent la ville, pour y rassembler ses troupes après
la défaite de Munda, et tenter encore la fortune; mais il fut suivi
de près par les soldats de César. Une dernière bataille fut livrée
dans les plaines que domine la ville, et Pompée succomba.

Le laboureur, comme celui de Virgile, trouve encore chaque jour
des casques, des épées et des fers de lances, et l'on voit partout dans
la ville des monnaies romaines en cuivre qui sont admises parmi le
peuple comme des quartos.

Les annales de Ronda depuis la domination romaine sont remplies
de guerres incessantes que les Maures, possesseurs de l'Andalousie,
se faisaient entre eux.

En 1430 seulement, Fernand Alvarez de Tolède envahit le territoire de Ronda, et fut repoussé par les montagnards; en 1485 le roi
Ferdinand vint se présenter devant cette ville avec une armée nombreuse; n'étant pas suffisamment préparée à l'attaque, elle dut bientôt se rendre.

Par une des conditions de la capitulation, les principaux habitants
reçurent en partage des terres saisies par l'inquisition et appartenant
autrefois pour la plupart à Gonzalès Piron. Une garnison chrétienne
occupa la ville. Le décret de 1499, qui ordonna aux Maures d'embrasser le christianisme, décida dans le pays l'insurrection générale qui

éclata au mois de janvier de l'année suivante. Le capitaine don Alonzo de Aguilar, envoyé contre ces rebelles, fut tué dans la *Sierra Bermeja.* Le roi accourut en personne. Il maitrisa la révolte, et confisqua les propriétés des Maures. Ronda fut dépeuplée et ne se releva jamais de ce coup terrible. Son histoire n'offre plus rien de remarquable jusqu'au moment de la domination française. Joseph Bonaparte vint en cette ville en février 1810 pour haranguer les bourgeois et les montagnards, et laissa en se retirant un gouverneur avec quelques forces et des pouvoirs très-étendus. Mais aussitôt après son départ, les habitants des sierras se mirent en pleine insurrection, et excités par *André Ortis,* plus connu sous le nom d'*El Pastor,* ils vinrent assiéger la ville. Le capitaine Francisco Gonzalès les commandait.

La garnison évacua la place pendant la nuit et se retira à Campillos. Les paysans se répandirent dans les rues, et commencèrent le pillage, que l'on ne put arrêter qu'avec peine. Le général Peyramont amena des renforts de Français qui reprirent la ville ; mais ils y restèrent enfermés sans rien tenter au dehors. Les montagnards tenaient divisées les forces de Cadix et celles commandées à Grenade par le général Sébastiani.

Les colonnes françaises envoyées de Séville et de Grenade en expédition dans les montagnes étaient impuissantes à réprimer l'insurrection. Les paysans se séparaient devant des forces supérieures, et se reformaient ensuite en s'appelant avec des cornes de bergers ou d'autres signaux qui se voient à de plus grandes distances, comme des fanaux ou des fusées. Chaque buisson faisait feu, chaque roche cachait un tromblon. Les trainards étaient immédiatement massacrés. Les femmes même combattaient ou servaient d'espions. La lutte fut acharnée, terrible, impitoyable pendant le commencement de l'année 1811, et l'arrivée de Ballesteros vint ranimer au mois d'août les paysans fatigués.

Le colonel Rignoux, ayant reçu des renforts de Séville, menaça le général espagnol, enfermé à Imena. Celui-ci se retira sous le canon de Gibraltar, et puis vint inquiéter le général Godinot, alors forcé de rentrer à Séville par la perte de ses vivres, que les montagnards de Ronda avaient interceptés ; mais il fut de nouveau refoulé sous le canon de la forteresse anglaise. Lorsque les Français levèrent le siége de Cadix, en 1812, ils abandonnèrent leurs positions dans les montagnes et firent une retraite pénible, toujours harcelés par des ennemis infatigables et souvent invisibles.

Les Espagnols appellent Ronda le Tivoli de l'Andalousie. Et en effet, il y a quelque analogie entre ce chaos de rochers que domine le temple de la Sibylle, et où bondissait autrefois l'Anio, et ces gorges abruptes et profondes où glisse maintenant le filet d'argent du Guadalvin. Mais ces deux villes, fussent-elles cent fois plus semblables encore, conserveraient toujours une physionomie, ou, si l'on veut, une poésie différente qui empêche toute comparaison. L'Italie a la beauté d'une courtisane enivrante, l'Espagne a la majesté d'une reine déchue que l'on ne peut regarder sans une espèce de regret, sans une sorte de mélancolie qui ressemble presque à l'amour. On sourit en pensant à l'Italie, on rêve en se rappelant l'Espagne.

La ville de Ronda ressemble bien davantage à Constantine, sa sœur d'Afrique : comme elle, elle est placée sur un roc cerné par une rivière ; elle est, comme elle, accessible par un seul passage montant, défendu par un château maure. La ville est partagée en trois parties : la Ciudad, le Mercadillo et San-Francisco. La Ciudad est la vieille ville, et elle communique avec le Mercadillo, habité par le monde élégant, par un pont célèbre, l'une des merveilles de l'Espagne. Ce pont, élevé sur un précipice à pic d'une profondeur immense, a trois cents pieds de long. Il est bâti en forme d'aqueduc, et repose sur un seul massif de six cents pieds de hauteur, posé sur l'extrémité d'un rocher. Le peuple, ami du merveilleux, prétend que pour élever la pile principale on jeta les unes sur les autres des roches enduites de ciment qui s'élevèrent ainsi en adhérant ensemble jusqu'au niveau des rues voisines. Commencée en 1784, cette œuvre gigantesque fut terminée en 1788. L'architecte ne la vit pas finir. S'étant aventuré sur une pointe de terre pour surveiller de là les travailleurs, elle s'abîma sous ses pieds, et il fut brisé dans sa chute. La voie du pont est large, bien pavée, et garnie de trottoirs en briques de chaque côté : de distance en distance sont des terrasses entourées de hautes grilles scellées dans les parapets. Elles s'avancent sur le gouffre, et permettent d'en mesurer sans danger la profondeur.

Dans l'épaisseur du pont se trouve ménagée une salle voûtée en pierres de taille avec des balcons de chaque côté. C'est la prison réservée aux condamnés à mort. On y arrive par un sentier dangereux, qui a son entrée dans l'une des maisons du voisinage. Le Tajo, c'est

10.

ainsi que l'on appelle cette brèche, cette large coupure qui donne à la ville un caractère si étrange, commence à Perdigno, située à une demi-lieue de distance ; elle arrive, en se creusant toujours, jusque sous les murs de la ville. Elle atteint près de la promenade la profondeur de douze cents pieds ; après quelques détours, elle vient passer sous le pont dont nous parlions tout à l'heure, puis s'élève, et se dirigeant vers l'ouest, côtoie une rue jusqu'à la place del Cantillo, où se trouvait autrefois une porte de la ville. Elle continue ensuite à serpenter au pied du faubourg, jusqu'au moment où elle vient s'unir aux murailles d'une ancienne forteresse, séparant ainsi la ville du faubourg de San-Francisco. Enfin, faisant une ceinture à Ronda, elle se divise en deux branches, qui se réunissent un peu avant d'arriver à un pont d'une seule arche bâti par les Romains.

Plus loin, en dehors de la ville, se trouve un autre pont du même genre élevé par les Arabes. Il servait de communication avec le faubourg de Saint-Michel, dont il ne reste plus d'autres traces que de grands monceaux de pierre et l'ermitage de ce nom.

L'Alameda, dans le Mercadillo, est ornée de bancs de pierre, garnie de beaux arbres, et sillonnée de petits canaux d'eau courante qui entretiennent la fraîcheur des roses que l'on cultive spécialement à Ronda. A son extrémité, tout entourée de grilles, s'ouvre une immense terrasse qui vient faire saillie sur le gouffre. On aperçoit de là les amas de rochers sur lesquels repose le pont immense.

Le Guadalvin, longtemps caché derrière les masses énormes, se montre tout à coup étincelant au soleil, se précipite en cascade dans un petit lac dont il sort plus tranquille, et va, en descendant toujours, serpenter dans les plaines à perte de vue. Comme à Constantine, d'énormes vautours planent en tournoyant au-dessous du balcon, s'élancent dans les profondeurs, et contribuent, par leurs croassements sinistres, à donner à cette vue imposante un caractère lugubre et terrible. Bien des gens ne pourraient y jeter les yeux sans être saisis du vertige. Cependant, lors du passage d'une troupe d'écuyers français, le clown du manége, nommé Ratel, fit le pari de gravir ce rocher, depuis le fond du précipice jusque sur la terrasse de la promenade. L'entreprise parut impossible, et le pari fut accepté.

Au jour dit, toute la ville vint se placer sur les quais, sur le pont, sur les toits des maisons voisines, partout où l'on pouvait voir. Le clown français, s'accrochant aux herbes, aux racines, profitant de

chaque creux, de chaque saillie, monta lentement, entouré d'oiseaux
de proie dont il troublait les aires en y posant le pied, et qui tour-
billonnaient près de lui en jetant des cris aigus. Souple, leste, intrépide, encouragé par les applaudissements que lui jetaient les spectateurs, se glissant parfois comme un serpent, parfois s'élançant comme
un chamois, il atteignit la grille, qu'il franchit d'un seul bond, et fut
reconduit en triomphe. L'on en parle encore à Ronda, mais son
exemple trouvera probablement peu d'imitateurs.

Le séjour des montagnes influe évidemment sur le caractère. Les
habitants de Ronda sont renommés pour leur intrépidité et leur goût
bien connu pour les entreprises hasardeuses ; les gens du peuple sont
presque tous des contrebandiers. C'est de Ronda, en grande partie,
que viennent les *toreros*.

Là, peut-être plus que partout ailleurs, les courses de taureaux sont
suivies avec passion. Le cirque est le plus beau de toute l'Espagne,
sans en excepter celui de Séville. Il est entièrement bâti en pierres de
taille, et soutenu par un nombre infini de colonnes. L'arène a six
cent soixante pieds de circonférence et deux cent quarante pieds de
diamètre.

Le cirque de Ronda peut contenir vingt-deux mille personnes. Le
conseil municipal (l'*ayuntamiento*) le fit construire pour remplacer
un cirque plus ancien qui s'était brisé sous le poids des spectateurs en
faisant un grand nombre de victimes.

La maison du roi maure (*casa del rey moro*), bâtie sur l'emplacement
de celle d'Almohated, qui buvait, dit la légende, dans le crâne de ses
ennemis, est une des curiosités de la ville. Elle est célèbre par la
Mina del Ronda qui s'y trouve : c'est un large puits creusé dans le
roc vif, et descendant à des profondeurs immenses jusque sur les
bords du Guadalvin.

Ce travail fut exécuté en 1345, sous Ali-Abou-Mélec, par des esclaves chrétiens. Les marches étaient scellées avec des barres de fer,
mais les Espagnols les remplacèrent par du bois. C'était par là que
l'on prenait de l'eau dans les temps de siége.

La maison est ornée au dehors d'un écusson sculpté, et deux
colonnes disjointes et penchées soutiennent à demi un balcon chancelant. Le soleil inondait la cour silencieuse et toute verte de l'herbe
qui croissait entre les pavés, lorsque nous entrâmes. Plus loin se
trouvait un petit jardin, soutenu par des arcades et des murs arabes,

et placé sur le bord du précipice. Nous avions appelé longtemps en
vain, lorsqu'une voix nous répondit de l'intérieur, et bientôt nous
vîmes arriver à nous un homme pâle, frisonnant *embozado*, dans un
manteau brun. Il tenait à la main un flambeau, qu'il me remit en
ouvrant la porte d'une espèce de cave :

— Descendez si vous voulez, nous dit-il ; quant à moi, j'ai la
fièvre, et je crains la fraîcheur humide des souterrains.

Il s'en allait après avoir reçu la *peseta* d'usage, lorsque tout à
coup il nous cria en se retournant :

— Prenez garde ! les marches ne tiennent plus ; le général Rajos,
lorsqu'il demeurait ici, s'est chauffé pendant tout l'hiver avec le bois
qui les étayait.

Nous descendîmes sur les pierres chancelantes, tout en maugréant
contre le général Rajos. Bientôt nous entrâmes dans une chambre
assez spacieuse, soutenue par des colonnes : c'était la salle de *los
Secretos*, où se tenaient probablement les grandes conférences. Plus
bas se trouvait une chambre où l'on s'entendait en parlant à chaque
extrémité. Il y avait aussi une salle de bains maures très-curieuse.
Isolés tous deux dans ce silence interrompu de temps en temps par
quelques gouttes d'eau qui tombaient des murs, nous ne pouvions
nous empêcher d'admirer et de plaindre ce peuple galant et guerrier, dont le génie s'est éteint dans l'exil, semblable en cela à ces
jeunes hommes fiévreux et passionnés qui, privés de l'objet de leur
amour, s'abrutissent volontairement dans l'ivresse pour effacer à la
fois l'intelligence et la douleur.

Lorsque nous remontâmes, le gardien nous cria, de son lit, de
laisser le flambeau éteint sur les premières marches. Nous allâmes
visiter la ville, que bientôt nous devions quitter. La nouvelle ville,
el Mercadillo, est remplie de belles maisons ; c'est là que se voient
les marchands de ces grandes guêtres ouvragées qui sont, pour toute
l'Espagne, en réputation si grande, qu'un majo de bon ton perdrait
son droit à la suprême élégance s'il manquait à son costume *las bot-
tinas d'el artista Romero*.

La place del Socorro est grande, belle, ornée d'arbres et de bancs.
Une autre, non moins jolie et entourée d'arcades, se trouve près du
pont.

On voit dans le faubourg San-Francisco des murailles romaines
avec deux grandes tours. Selon Riveira, le massif de maçonnerie

qu'on y remarque fut bâti pour élever les eaux à la hauteur de la muraille.

Lorsque nous retournâmes à l'auberge et pendant notre dîner, Giraud, intrigué par une petite caisse scellée dans le mur et surmontée de fresques grossières, représentant des gens entourés de flammes, la considérait sans cesse. J'en demandai la destination à l'hôtesse, qui m'apprit que cette caisse avait été placée là pour recevoir des aumônes que l'on avait l'habitude d'employer à faire dire des messes pour le soulagement des âmes du purgatoire. Lorsqu'il se présentait aussi un compte à terminer, ou que dans un partage la somme était trop peu importante pour être divisée, on la jetait dans cette boîte, que l'on ouvrait de temps en temps. Cet usage est tout à fait tombé en désuétude depuis la suppression des couvents.

Notre hôtesse était jeune et belle, mais elle avait une sœur plus jeune et plus belle encore, aux manières élégantes et distinguées. Ses cheveux, coquettement rassemblés en tresses brillantes, étaient ornés de roses dont les feuilles, mêlées aux nattes plus épaisses, venaient jouer sur la naissance du cou. Elle faisait une petite moue dédaigneuse lorsqu'il lui fallait prendre des ustensiles de cuisine, qu'elle touchait du bout du doigt. Mais lorsqu'elle vit entrer dans la salle une bohémienne au teint olive, à la démarche nonchalante, elle laissa tout de côté, et l'attirant dans un coin, elle lui montra du marc de café dans un verre et, sur la fenêtre, des fleurs à demi fanées, qu'elles examinèrent avec soin et en se parlant à voix basse.

— Les bohémiennes disent-elles aussi, chez vous, la bonne aventure ? me demanda un gros homme assis sur un escabeau et appuyé contre le mur ; et en parlant ainsi il secouait gravement un peu de cendre tombée de son *papelito* sur sa marseillaise, richement brodée aux coudes et au collet et garnie en bas d'une guirlande de broderie qui semblait lui faire une ceinture de roses.

— Les bohémiens, lui répondis-je, sont chez nous en petit nombre, et leurs femmes savent ordinairement tirer les cartes.

— L'inquisition leur a interdit cette manière de prédire la destinée, reprit mon interlocuteur. Elles le font généralement ici en consultant le marc de café, et surtout par le moyen des fleurs. Voyez, me dit-il, comme elles regardent attentivement ce bouquet ; elles sont si absorbées dans cette occupation sérieuse qu'elles n'entendent même pas ce que nous disons d'elles. Chaque fleur a une signification. On les cueille le vendredi, on les rassemble dans un même verre, et on examine, le dimanche, celles qui se sont fanées le plus vite. De ces fleurs, les unes signifient espoir, les autres dédain, d'autres, passion violente; il y a l'indifférence, l'infidélité; il y a la jalousie. Il y en a qui se nomment poison et poignard; mais ici l'on ne consulte la destinée que pour l'amour, la grande, la seule véritable occupation d'une femme andalouse. Pour le reste, on attend la décision de la Providence sans chercher à la prévoir.

Certes, nous sommes de vrais et loyaux Espagnols, *leales y legitimos*, mais, nous ne pouvons le nier, les Arabes, en nous quittant, nous ont laissé leurs jeux, leur poésie orientale, le gracieux langage des fleurs, et leur mâle indifférence de l'avenir. N'est-ce pas une espèce de traduction du *c'était écrit* des Arabes que ce proverbe que nous répétons sans cesse : *Lo que ha de ser no puede faltar;* « ce qui doit être ne peut manquer d'arriver? » Et cette sentence avec laquelle nous cherchons à rendre le courage à nos amis dans l'infortune : *A lo hecho, pecho!* « au fait accompli présentons la poitrine, » ne vient-elle pas évidemment des Maures?

Nous continuâmes quelque temps ainsi une conversation mystique où Henri Delaage, l'homme des sciences occultes, eût pu déployer tous les trésors de son érudition nébuleuse. Puis, tout à coup, notre jeune fille et la bohémienne s'avancèrent en causant vers nous. La conversation, sans doute, avait été heureuse, les fleurs favorables avaient parlé, et l'on devait aimer la belle Espagnole, car sa voix était éclatante et rieuse, et ses yeux brillaient de plaisir lorsque, toute contente, elle vint se remettre à ses fourneaux.

Les arrieros qui nous avaient conduits à Ronda nous amenèrent un de leurs cousins qui se disposait à partir pour aller porter des fruits à Gibraltar. Il nous offrit de nous procurer à chacun une monture. Nous y consentîmes, à condition toutefois que nous voyagerions de jour. Il fit d'abord quelques difficultés, mais enfin il se décida, et il fut convenu qu'il viendrait nous prendre à l'auberge le lendemain.

On ne voit à Ronda ni *carros* ni *calesas*; les mulets seuls peuvent y pénétrer, et transportent les marchandises au dehors. Les fruits et surtout les poires, qui sont excellentes à Ronda, forment une des branches principales du commerce de cette ville. Des caravanes con-

tinuelles partent pour Gibraltar, où leur chargement est toujours
acheté dès l'arrivée et souvent longtemps à l'avance.

Il est donc facile de trouver une occasion de transport de Ronda
à Gibraltar, mais surtout et à meilleur compte de Gibraltar à Ronda,
car les mulets ne rapportent rien de la ville anglaise.

Le climat de Ronda est agréable en été, et surtout pendant le printemps et l'automne. L'air y est pur et très-sain, et les vieillards y
sont en grand nombre. J'y ai vu un élégant Parisien, autrefois malade
d'une affection de poitrine que les médecins avaient jugée incurable.
Dégoûté de tout et connaissant le sort qui l'attendait, il s'était mis à
voyager. Des circonstances imprévues l'avaient obligé à s'arrêter quelque temps dans la ville. Là, sentant diminuer ses souffrances, il avait
prolongé son séjour, et la santé lui était revenue. Lorsque nous le
vîmes, il s'était marié avec une admirable Andalouse, et passait sa
vie à chasser dans les environs, qui regorgent de bécassines, de plu-
viers, de sarcelles, de lièvres, et surtout de chèvres sauvages qui peuplent les *sierras*, et dont la chair est plus délicate que celle du che-
vreuil. Il n'avait jamais été si heureux, et n'éprouvait aucun désir de
revoir Paris et ses boulevards.

A deux heures de la ville, sur une hauteur taillée à pic et entourée
d'une muraille flanquée de grandes tours, se trouve l'ancienne Ronda,
l'*Asinipo* des Romains. On y voit un amphithéâtre, découvert en
1650, où l'on remarque, outre un beau portique, trois arcs sur lesquels se trouvent deux niches avec une espèce de boîte, dans laquelle
on renfermait des vases de métal destinés à donner plus de sonorité
à la voix des spectateurs. On trouve aussi des piédestaux de jaspe
rose de cinq pieds de haut sur deux pieds et demi de large, une quantité de briques et de pierres sépulcrales couvertes d'inscriptions. On
les conserve scellées dans le mur, dans la ferme appelée la ferme de
la Ronda-la-Vieille.

Le lendemain, notre muletier ne vint pas à l'heure convenue. J'allai à sa recherche, et je le découvris enfin dans une étable, où il s'é-
tait caché pour attendre le soir. Il se décida cependant à se mettre
en route au moment du grand soleil. Nous traversâmes le beau pont
et la *ciudad*, en laissant à droite une charmante église, autrefois une
mosquée, encore maintenant tout orientale au dehors. Au bout
d'une longue rue, nous trouvâmes une double rangée de fortifications
mauresques, qui feraient un beau décor d'opéra, et, après avoir

passé sous deux jolies portes arabes, nous nous trouvâmes dans une
immense place, où des arrieros assis à l'ombre dormaient ou raclaient
leur guitare en attendant le coucher du soleil. Leurs mulets paissaient
çà et là déjà couverts de leurs *aparejos*. C'était dans l'espoir de se
joindre à leur caravane que notre guide nous avait fait attendre si
longtemps. Leur vue redoubla ses chagrins, et il leur fit tristement
ses adieux. Nous nous arrêtâmes un moment à la fontaine du Départ,
où nos mulets vinrent boire tour à tour; puis nous entrâmes sur
la grande route.

A gauche, à peu de distance, se voyait un couvent abandonné, d'une
couleur charmante. Une pèlerine était assise sur le bord du chemin;
elle se leva et nous suivit, et bientôt nous fûmes rejoints par un
homme à cheval, armé d'un fusil, qui ralentit le pas et se joignit à
notre caravane, en nous disant : *Buenos dias, caballeros.* Et, triste
et grave, il continua à marcher près de nous sans ajouter un seul mot.

Peu à peu les rochers se sont découpés et multipliés de telle sorte
qu'ils formaient des creux comme ceux que font les vagues de l'Océan
en roulant les unes sur les autres; tout a pris autour de nous le même
aspect, et nous nous sommes trouvés comme marchant au milieu
d'une mer pétrifiée dans un moment de houle; les ânes montraient
leur adresse en cheminant au milieu de tous ces obstacles, qu'un
piéton aurait eu de la peine à surmonter. Nous leur abandonnions la
bride sur le cou. Quelquefois ils se laissaient glisser le long des pentes sur les quatre pieds à la fois, et les descentes étaient souvent si
rapides, qu'il nous fallait nous coucher en arrière pour ne pas passer
par-dessus leur tête, qu'ils tiennent constamment baissée. Quand il
leur arrivait de tomber, nous restions en selle, l'animal s'appuyait
alors sur le nez, et, faisant un brusque effort, il se relevait aussitôt.

Nous arrivâmes à la fontaine de la Piedra, placés au fond d'un défilé qui a dû servir souvent aux embuscades des voleurs. Bientôt
nous traversâmes des villages qui, tous, portent un nom arabe : c'est
Alajale, Ben-Ali, Ben-Arraba, Ben-Adolid, Ben-Alaurni. Ces syllabes
Ben, qui (tout le monde le sait maintenant, grâce à la conquête de
l'Algérie) signifient en arabe enfant *béni*, témoignent de l'amour de
la tribu parmi les Maures, même en se transportant sur un nouveau
sol.

CHAPITRE XXVII.

Gaucin. — San Roque. — Gibraltar.

Le pays était déjà moins sauvage, et nous rencontrions parfois de belles jeunes filles portant sur leur tête des corbeilles remplies de raisin.

Toute cette contrée devenait riante et se peuplait de villages, et déjà la route était mieux tracée.

Nous arrivâmes à la nuit à la ville de Gaucin.

Cette ville pittoresque est située en amphithéâtre sur le bord d'un précipice, à mi-côte de la *Sierra del Hacho.* Justement renommée par la salubrité et la douceur de son climat, elle ne connaît ni les grandes chaleurs de l'été ni les rigueurs de l'hiver, et jouit d'un printemps éternel. Ses fontaines abondantes, alimentées par un aqueduc d'une demi-lieue de long, construit en 1628, répandent partout la fraicheur. Les malades de Gibraltar et d'Algésiras viennent ordinairement y passer le temps de leur convalescence. A une lieue dans les environs se trouvent les sources sulfureuses et minérales *del Monte del Duque,* renommées pour leurs cures merveilleuses. On voit près de la ville, à l'est, un château fort bâti par les Arabes et réparé en 1808 pendant la guerre de l'indépendance. Espartero, en 1842, y fit faire aussi des travaux qui mirent cette forteresse en état de soutenir un long siége. Elle est placée sur un rocher inexpugnable. A l'ouest se trouve un ermitage appelé *del Niño de Dios,* où l'on vénérait autrefois une image apportée de Ceuta, selon la tradition, par San Juan de Dios : cette image fut transportée dans l'église principale de la ville.

Il se trouve dans l'intérieur du château trois citernes qui reçoivent assez d'eau en hiver pour en fournir toute l'année à la garnison, ordinairement composée de quarante hommes d'infanterie, de six artilleurs et d'un sergent, placés sous les ordres d'un gouverneur. Ces hommes habitent en partie l'ermitage dont nous avons parlé tout à l'heure et deux tours principales, dont une sert aussi de magasin à poudre. La place est défendue par six canons et deux obusiers.

En 1488, Ferdinand le Catholique laissa dans la ville, après s'en

11

être emparé, une assez forte garnison; mais les habitants, fatigués de la domination des chrétiens, massacrèrent ses soldats sans défiance. Ce triomphe dura peu : les Maures des environs, craignant de se voir compromis et de partager leur châtiment, se réunirent et cernèrent Gaucin. Le marquis de Cadix et le comte Cifuentes arrivèrent bientôt de Séville à la tête de nouvelles troupes et reconquirent la place. Ils réduisirent à l'esclavage tous ceux qui échappèrent au massacre général.

Lorsque nous descendîmes le lendemain, l'auberge était remplie de militaires de la garnison qui chantaient des airs patriotiques. Nous fîmes machinalement un second dessus.

— Ils pensent comme nous, s'écrièrent-ils.

Et il nous fallut nous asseoir à leur table et boire avec eux. Ils se trompaient sans doute sur notre manière de voir, mais nous avons choqué les verres sans leur demander la leur, et nous avons bu à la fraternité du plaisir. Pauvre Espagne ! que Dieu te préserve du démon de la politique et du progrès ! car alors, adieu castagnettes et guitares; adieu l'insouciance et la gaieté ! Mais il nous fut à l'instant prouvé que les innovations n'ont pas encore en ce pays de chances de succès. Giraud, dans un accès de gourmandise, s'approcha des fourneaux et essaya d'introduire à l'aide de citron une légère variation dans l'une des trois sauces traditionnelles.

Il fut aperçu de l'hôtesse, qui lui arracha la casserole des mains, et répandit le tout sur le pavé de l'âtre en l'accablant d'injures avec une telle violence, que le mari, mû sans doute par un noble sentiment d'hospitalité, crut devoir intervenir, sans cependant obtenir un succès immédiat.

— Mais enfin, lui dit-il en terminant, c'est un étranger.

— Eh bien alors, répondit la femme, qu'il reste chez lui, nous n'avons que faire de tous ces gens venus de si loin; s'il a eu le bon esprit de prendre nos costumes, qu'il prenne aussi nos usages, et qu'il n'essaye pas d'y rien changer. C'est un bon conseil que je lui donne et dont il fera bien de profiter.

Lorsque je traduisis cette dernière phrase à Giraud :

— Voilà, me dit-il, qui n'est pas mal pour une cuisinière.

Et il alla dans le fond de la salle faire le dessin d'un mulet.

Il est inutile d'ajouter qu'il se forma une foule autour de lui, qu'il fit un croquis d'un des militaires qui eut un succès immense, et que

nous quittâmes l'auberge avec force souhaits de bon voyage et force
poignées de main. Malgré ces triomphes, il existait entre nous une
espèce de mystère qui intriguait fort notre *arriero*. Lorsqu'il fallait
payer la dépense, Giraud me donnait notre bourse commune, que
j'aurais certainement perdue si j'en avais été chargé, et je la lui ren-
dais lorsque le compte était terminé. Il résulta de cette manière
d'être que le muletier me prit pour le maître et Giraud pour le domestique. Il me questionna à ce sujet, ce qui nous fit rire beaucoup
tous les deux. Malgré mes dénégations, l'*arriero* ne fut nullement
convaincu ; je restai toujours pour lui l'*amo*, le *caballero*, le *señor*,
tandis qu'il traitait avec la plus grande familiarité Giraud, qu'il appelait Diego tout court (ne pouvant prononcer autrement son nom).
Il ne manquait jamais de donner partout où nous passions ses suppositions pour des certitudes, ce qui me posait en véritable philan-
thrope.

On sort de Gaucin par une espèce d'escalier dont les marches ont
été disjointes par un tremblement de terre. C'est là que se trouve la
frontière du royaume de Grenade. On aperçoit alors sur la droite un
couvent orné de pins d'Italie d'un très-gracieux effet. Le chemin
descend rapidement jusque dans la plaine, et vient côtoyer les bords
de la rivière de Guadaire, et la sierra est passée. Nous nous sommes
retournés plus d'une fois pour renvoyer nos adieux aux montagnes,
qui plaisent toujours aux voyageurs, qu'elles soient stériles ou couvertes de verdure.

La route que nous suivions alors nous remettait en mémoire les
descriptions des forêts d'Amérique. Nous marchions dans une espèce
de taillis d' roseaux d'une hauteur immense, entremêlés d'arbres et
de buisson chargés de fleurs. Les lianes, s'élançant d'un arbre à
l'autre, les tressaient ensemble, et, se laissant pendre de temps en
temps, semblaient de grands serpents qui se balancent la tête en bas.
Puis le bois s'ouvrait tout à coup et nous laissait voir la rivière bri'.
lante au soleil.

Cette rivière, furieuse et mugissante en hiver, se traînait langui-
samment sur le sable. Il nous fallait la traverser à chaque instant,
mais les mulets entraient à peine dans l'eau jusqu'à mi-jambe. Les
places desséchées étaient envahies par les lauriers-roses en pleine
floraison. Plus loin reparaissaient des collines peu élevées, mais couvertes d'une fraîche verdure. Le pays prenait l'aspect d'une petite

Suisse, et les grandes prairies étaient couvertes de troupeaux. C'est là surtout que l'on élève les taureaux pour les combats. Quelques-uns de ces animaux venaient en galopant vers nous, et s'arrêtant à peu de distance, nous regardaient passer en humant bruyamment l'air avec leurs naseaux. Nous apprêtions alors nos carabines pour nous défendre de notre mieux.

De temps en temps des voitures aux roues basses et d'un seul bloc passaient en criant sur la route, pittoresques comme les chars des anciens Romains. Presque toutes étaient chargées d'herbes et de feuillages. Il y en avait qui étaient tellement couvertes de branches, qu'elles balayaient la terre et que les roues ne se voyaient plus ; de telle sorte que les bœufs semblaient en les traînant, tant ils étaient couverts de verdure, s'être mis à l'ombre dans un bosquet.

Plus loin se trouvait une petite rivière qui reflétait une ruine dans ses eaux, et tout cela était si simple, si calme, si limpide, que je regretterai toujours de ne pas en avoir pris au moins un dessin. Mais il était impossible de s'arrêter, et puis en route le peintre disparaît devant le voyageur. Voir, marcher, rêver, voir encore, suivre de l'esprit des fantaisies qui se forment dans le cerveau et voltigent devant les yeux en se mêlant au paysage ; admirer les belles masses d'ombre, et la lumière si pure et le soleil si beau, et puis oublier comme pendant le sommeil, et sentir la poitrine qui se dilate, et ne plus éprouver l'étreinte de cette main de fer du souvenir qui vous serre toujours le cœur, c'est un plaisir qui devient ivresse à chaque pas.

La nuit descendait lorsque nous sommes entrés dans une belle forêt de liéges et de châtaigniers. Les bois sont rares en Espagne ; et, soit disposition d'esprit, soit à cause de ses formes élégantes ou du charme du crépuscule, nous l'avons trouvée remplie de poésie. Quelque temps après, nous avons passé le *Xenar* et nous sommes arrivés à San-Roque.

Le muletier voulait nous conduire aux *lignes*, en face de Gibraltar, pour entrer dans la ville aux premiers rayons du jour. Nous étions fatigués, nous préférâmes entrer à la *posada* et le laisser continuer son chemin. Elle était fermée, mais le muletier se nomma après avoir frappé bruyamment, et l'aubergiste vint ouvrir. Excepté du vin, il n'avait rien, absolument rien, pas même du pain à nous offrir. Il n'y avait pas de lit, une seule chambre restait libre, et, pour

nous y rendre, il fallait traverser une petite pièce où dormaient dix-
sept arrieros. Ils avaient étalé toutes leurs mantes sur le plancher,
de manière qu'elles formaient un tapis sur lequel ils étaient étendus, mais si près l'un de l'autre, que pour nous rendre dans notre
chambre à coucher nous fûmes obligés de marcher avec les plus
grandes précautions. Giraud portait la lampe, qu'il n'avait pas voulu
me confier, de peur que je ne vinsse à renouveler avec un des arrieros la vieille aventure de Psyché avec l'Amour. Enfin nous arrivâmes
sans encombre, et nous nous jetâmes sur des nattes qui se trouvaient
dans la chambre. Le lendemain, à la pointe du jour, nous étions
déjà au marché.

La ville de San-Roque est toute nouvelle : elle fut bâtie en 1701
après la perte de Gibraltar. Castaños commandait en cette ville lors
de la domination française : il se lia avec le gouverneur de la ville
anglaise, sir Hugo d'Alrymphe, et résista aux avances qui lui furent
faites par un officier français nommé Bocquait. Lorsqu'il eut reçu
l'invitation de la junte de Séville de se joindre à l'insurrection, il se
prononça avec ses huit mille hommes, et combattit contre les Français jusqu'au dernier moment.

La promenade de San-Roque est jolie, agréable ; mais au sommet
de la ville se trouve un endroit appelé *los Canones*, à cause de deux
canons qui y furent placés en 1727 pendant le blocus de Gibraltar.
L'on aperçoit de là l'entrée du détroit, l'Afrique, l'île de las Palomas, les chaînes de los Barrios, Gimena, toute la rade et le rocher
de Gibraltar, dont la forme est singulière. Il est très-long, assez
élevé, et s'interrompt brusquement du côté de la terre, de sorte qu'il
s'avance entre les deux mers comme un immense vaisseau qui quitte
le port.

— Voici Gibraltar, dis-je à Giraud, et là-bas l'Afrique.

— L'Afrique, me dit-il après avoir promené ses regards sur le beau
spectacle qui se présentait à nous, je veux la voir de plus près, marchons, ne perdons pas de temps.

Et nous commençâmes à nous avancer rapidement sur une belle
route large, côtoyée par la mer et bordée de maisons de campagne
appartenant aux commerçants ou aux militaires de Gibraltar. Elle
était remplie d'Anglais montés sur de magnifiques chevaux. Leur
figure respirait l'ennui. Quelquefois apparaissait aussi une fière Anglaise qui, tout en affectant de nous regarder à peine, n'en faisait

pas moins caracoler son cheval en passant près de nous. Les gens du pays nous saluaient de la tête en souriant, et jetaient le même mot sans cesse répété : *Contrabandistas.*

Après deux heures de marche, nous arrivâmes aux lignes espagnoles, qui font face aux terribles fortifications du rocher anglais.

Près de là sont deux forts en ruines. Philippe V les avait fait bâtir en 1731. Mais dans la dernière guerre contre la France, les Espagnols les firent sauter eux-mêmes, et l'Angleterre ne permettrait pas qu'on les rebâtit maintenant. L'un de ces forts se nommait le fort Saint-Philippe ; l'autre le fort Sainte-Barbara, du nom de la patronne des artilleurs espagnols.

Nous arrivâmes à la porte des lignes, et nous nous préparions à franchir le terrain neutre qui se trouve entre les deux fortifications, lorsque nous en fûmes empêchés par la sentinelle, qui nous invita à entrer dans un bureau et nous apprit qu'il y avait un droit à payer de quatre francs cinquante centimes par tête pour entrer à Gibraltar, et qu'il fallait à ce prix acheter un papier sans lequel il n'était pas permis de pénétrer dans le terrain neutre qui se trouve toujours entre deux États.

Giraud me regarda consterné.

— Est-ce que tu auras le courage de donner aux Anglais quatre francs cinquante centimes pour voir leur ville ?

— Jamais, lui répondis-je.

— Très-bien ; mais comment entrerons-nous ?

— Une fois à la porte de la ville, la lettre de M. de Lesseps fera bien des choses. Le plus difficile est de passer dans le terrain neutre. Ou je me trompe bien, ou nous y serons gratis tout à l'heure. Regarde-moi faire.

J'entrai dans le bureau des laissez-passer en jouant d'une main avec mon fusil, l'autre main sur ma cartouchière.

Le commis leva la tête et se mit à sourire en clignant de l'œil.

— Vous allez à Gibraltar ? me dit-il.

— Parbleu !

— Et vous voulez un laissez-passer, ajouta-t-il en avançant la main pour prendre un papier.

— Ah ! voilà ! lui dis-je. Nous avons des amis qui nous attendent, et une fois à la porte ils sauront bien nous faire entrer. Le plus difficile est de passer ici. Pour le moment, l'argent est rare, et ce serai bien terrible de rester au dehors. Si vous faisiez un petit signe à la sentinelle? Dans le terrain neutre nous ne sommes pas encore dans la ville. Si on ne nous laisse pas aller plus loin, nous serons bien forcés de revenir.

— Et, me dit l'employé en souriant encore, vous avez là-bas une affaire lucrative à traiter.

— Nous tâcherons de ne pas perdre notre temps, lui répondis-je.

— Eh bien! ma foi, passez, je ne vous aurai pas vus. Je suis bien sûr que vous n'entrerez pas de force à Gibraltar. Ainsi, je ne fais de tort à personne. Allons, bonne chance.

En disant ces mots, il me fit de la main un signe d'amitié, et cria à la sentinelle de nous ouvrir la barrière.

Nous le saluâmes cordialement tous les deux.

Nous étions dans le terrain neutre.

Nous fûmes arrêtés aux lignes anglaises; mais là, je confiai nos passe-ports et la lettre de M. de Lesseps à un homme du pays, et je le chargeai de porter le tout au consul de France. En attendant son retour, nous regardions les soldats écossais en jupon qui montaient la garde près de nous. Ils se tenaient à l'ombre de plusieurs planches clouées ensemble, placées sur un pivot, et pouvant ainsi se tourner à volonté.

Le plaid de ces montagnards n'est là que pour mémoire et en est arrivé aux humbles proportions d'un mouchoir de poche à carreaux. Leur bonnet de grenadier est lourd et de très-mauvais goût, mais leurs jambes nues, qui sont généralement fort belles, donnent au costume un grand caractère.

Le commissionnaire nous rapporta une lettre du consul, et l'on nous remit, après lecture faite, une entrée gratuite pour chacun de nous. Plus loin était un second bureau où il nous fallut de nouveau montrer lettres et passe-ports. Mais il y eut là quelque hésitation. Le consul, qui ne nous avait pas vus, avait écrit (j'ai l'honneur de comprendre l'anglais) qu'il priait les gardiens des portes de laisser passer deux gentlemen qui lui étaient particulièrement recommandés par son gouvernement. Or, on vient de le voir, nous avions plutôt l'air de contrebandiers que de gentlemen. De plus, bien que Parisiens, ainsi que le passe-port l'indiquait, nous étions costumés en Espagnols. Tout ceci jeta sur nous un vague soupçon qui produisit son effet, comme on le verra plus tard. Pour le moment, nos passe-ports étaient

en règle, nous parlions français, la lettre nous désignait nominative·
ment, on nous laissa passer.

A peine entrés dans la grande, je dirai presque la seule rue de la
ville, nous devînmes l'objet de la curiosité générale, tout le monde
se retournait pour nous voir, les boutiquiers se mettaient sur le pas
de leur porte et les curieux nous escortaient. Au même instant un
homme nous accosta et nous pria d'entrer avec lui dans un café.

CHAPITRE XXVIII.

L'individu qui nous offrait d'entrer avec lui dans une taverne y
mettait tant d'instances qu'il nous était difficile de refuser. Cette subite amitié nous paraissait suspecte dans une ville anglaise, cependant nous étions curieux de connaître la cause ou le but de ces politesses. Nous entrâmes avec lui, et aussitôt, appelant à voix haute, il
demanda une limonade, et, s'accoudant sur la table luisante, il nous
dit :

— J'ai besoin de deux hommes hardis, préparés à tout, de ces
hommes qui ne craignent pas de jouer leur vie dans une entreprise
lucrative. Voulez-vous me prêter votre concours ?

— En quel genre ? lui demandai-je.

— Mais en contrebande, je pense, ajouta notre homme, tout stupéfait et ouvrant de grands yeux.

— Monsieur, lui dis-je, n'ajoutez pas un mot, je vous prie ; nous
ne voulons nullement connaître vos secrets. Nous sommes des artistes
français et rien de plus.

— Votre proposition ne peut nous convenir. Je vous salue.

Giraud se leva, et nous partîmes laissant notre homme littéralement abasourdi. Il s'achemina du côté de la porte, où quelques
groupes de marins étaient assemblés. Il vint s'y mêler, causa quelques instants, et, cinq minutes après, nous avions perdu notre auréole, personne ne faisait plus attention à nous.

La vie est très-chère à Gibraltar, mais nous voulions y attendre
une barque de Tanger qui vient toutes les semaines. Le voyage,
lorsque le vent est favorable, peut se faire en six heures.

Nous étions décidés à partir, lorsque nous apprîmes qu'il fallait payer une patente de santé de cinq francs par tête pour aller à Tanger, et un nouvel impôt de deux francs par personne pour rentrer en Espagne. C'était un surcroît de dépense de quatorze francs. Je fis et refis vingt fois mon calcul. Je comptai ce que nous avions dépensé, ce que nous devions dépenser encore. Ces quatorze francs étaient pour nous la borne antique qui brisait les chars d'Olympie; ils entravaient notre voyage. Malgré notre insouciance habituelle, nous n'osâmes pas tenter l'aventure. Dès ce moment nous résolûmes de quitter Gibraltar avec le bateau à vapeur qui partait le lendemain. Aussi bien la ville était peu curieuse pour un artiste qui n'y peut pas dessiner.

Giraud marchait tout nerveux, mais, lorsque nous fûmes arrivés, en traversant la promenade, à l'extrémité du rocher que l'on appelle l'Europe, la mauvaise humeur de mon partner fit bientôt place à l'admiration la plus vive. Le soleil allait se coucher, nous vinmes nous asseoir sur un parapet. La mer mugissait en bas et venait, des mêmes eaux, battre l'Europe et l'Afrique. En face de nous, dans une autre partie du monde, s'élevait la montagne des Singes, bien distincte avec ses grandes masses blanches et verdâtres. A notre gauche était la Méditerranée, qui nous paraissait sans bornes; à notre droite se déroulait le détroit qui mène à l'Océan. Nous regardions Avila des dernières limites de Calpé. Le soleil descendait lentement comme un globe d'or. Le ciel était rouge et vert; la mer, unie comme une glace, reflétait le ciel. La brise était si peu sensible, que les navires, toutes leurs voiles déployées, restaient en place; les montagnes d'Afrique se couvraient d'une vapeur bleue qui s'élevait comme un nuage venu de la mer.

Au fond de la baie, qui s'arrondissait en un cercle immense, groupée sur une colonne, la ville de San-Roque, encore rose d'un dernier reflet, se détachait sur le ciel déjà plus grisâtre. En face de Gibraltar était Algésiras l'Espagnole, d'où sortaient à chaque instant de petites nacelles à la rame. On entendait au milieu de ce grand silence la voix des rameurs, ainsi que le bruit des poulies et des voiles

Bientôt des accords graves ont retenti, et nous avons reconnu le *God save the Queen*. Ce chant national, noble et sévère, semblait aux dernières limites d'un monde le bonsoir à la patrie lointaine, et éveillait une idée mélancolique et touchante. La musique se tut, et tout rentra dans le calme. Une vive lueur éclaira le ciel, et un in-

11.

stant après résonna le canon du soir. Le soleil avait disparu. A cette
heure, la fraîcheur qui tombe porte à la rêverie, et ce tonnerre des
hommes, annonçant le départ du bel astre qui donne la lumière et la
vie, mugissait plein de majesté répété par les échos. Puis, comme pour
faire un contraste, la cornemuse sonna le signal de retraite des soldats
écossais. Entendue de loin, elle nous paraissait semblable aux appels
éplorés d'une amante qui évoque en vain son bien-aimé. Ces sons
champêtres sont devenus plus bruyants et plus âpres en se rappro-
chant de nous, puis ils se sont, en s'éloignant, perdus dans l'espace.

Giraud regardait toujours l'Afrique, qui se noyait dans les vapeurs
et l'ombre.

— Ne pas voir, ne pas admirer ce beau pays, s'écria-t-il, quel malheur! tandis qu'il est là si près, à quelques misérables lieues devant
nous!

— Dame! lui disais-je, veux-tu tenter l'aventure? nous mangerons
du riz et des olives, nous dormirons sous les auvents des boutiques;
si nous le voulons bien, nous en viendrons à bout.

— Non, dit-il, non, nous irons un jour avec un *bâtiment de
guerre.*

Giraud ne se doutait pas que ses paroles étaient prophétiques, et
que, trois mois plus tard, assemblés sur le pont du beau *Véloce*, nous
saluerions, arrivant d'Afrique, les roches de Calpé, battues par la
mer, en compagnie de notre aimable, spirituel, étincelant et illustre
ami Alexandre Dumas.

Il est de toute évidence que les montagnes d'Afrique et celles de
Gibraltar formaient originairement une seule chaîne qui a été brisée
par un cataclysme que l'on n'a pu expliquer jusqu'à présent. Pline,
s'appuyant sur les conversations scientifiques qu'il avait eues avec
des prêtres égyptiens, suppose que cette rupture fut occasionnée
par la secousse des eaux de l'Océan lorsqu'elles submergèrent l'Atlantide. D'autres, fondant leur opinion sur le nom même des montagnes appelées *Colonnes d'Hercule*, prétendent, avec une apparence de
raison, que le nom de ce demi-dieu mythologique servait dans l'antiquité à personnifier les œuvres gigantesques exécutées par des nations entières. Ainsi l'Hercule de Calpé et d'Avila représente à leurs
yeux une expédition de Phéniciens qui vinrent explorer ces côtes, et
établir à travers la chaîne des montagnes un canal de communication
entre les deux mers. Ce canal fut bientôt élargi par l'impétuosité des

eaux qui s'y précipitèrent en roulant avec elles des sables amoncelés, des rochers immenses et des montagnes entières.

La rade de Gibraltar a cinq milles de large; elle est profonde et dangereuse quand souffle le vent de sud-ouest. Le rocher fut longtemps inhabité, bien qu'il fût connu des anciens. Les Phéniciens le nommaient Alubé et les Grecs Kalpe. Calpé était la colonne d'Hercule du côté de l'Europe, celle du côté de l'Afrique se nommait *Avela*, qui signifie la montagne de Dieu. Là se trouvaient pour les Romains les confins du monde, leur *neo plus ultra*. Ils avaient horreur de cette mer inconnue dont les vagues étaient si grandes, et ne passèrent le détroit que sous le règne d'Auguste. Le mot *Gibraltar* vient de *Gebel Tarek*, montagne de Tarek, du nom d'un chef berbère qui s'en empara le 30 avril 711, deux jours après avoir conquis Algésiras. La place de Gibraltar fut enlevée aux Maures en 1309 par Guzman el Bueno.

Dans la guerre de la succession en 1704, sir Georges Boche ayant trouvé la ville sans défense, s'en empara au nom de l'archiduc. Mais à la paix d'Utrecht les Anglais refusèrent de rendre leur proie; s'appuyant sans doute sur le proverbe : *Ce qui est bon à prendre est bon à garder*, et ils la gardèrent si bien qu'elle est maintenant imprenable. Ils y étalent un luxe de canons dont une partie leur deviendrait inutile en cas d'attaque. Ils ont creusé dans le roc même des galeries où sont pratiquées des embrasures qui regardent la rade.

Cette œuvre magnifique, et qui a nécessité des dépenses immenses, n a pas une bien grande utilité. La fumée rentre en dedans lorsque l'on tire les canons qui s'y trouvent, et l'on est obligé, sous peine d'asphyxie, de cesser le feu après un certain nombre de coups; mais les Anglais tiennent avant tout à ce qui peut flatter leur orgueil national.

Du reste, le commerce de Gibraltar tombe sensiblement; Oran lui fait un tort incalculable. L'occupation de Tanger par les Français serait un coup de mort. Gibraltar est imprenable, nous en convenons, et les Anglais le répètent à qui veut l'entendre, mais leur confiance est à chaque moment démentie par l'inquiétude qu'ils trahissent envers les étrangers.

Nous leur avions, nous autres, bien donné à réfléchir. D'abord, nos costumes n'étaient pas en rapport avec cette lettre d'introduction si flatteuse; pourquoi étions-nous vêtus en Espagnols? pourquoi portions-nous des barbes? pourquoi étions-nous brûlés par le soleil? pourquoi le consul accordait-il des égards à des gens vêtus d'une manière plus que simple? Nous avions évidemment reçu de l'éducation, nous savions dessiner; n'étions-nous pas venus d'Afrique? C'est cela! Nous étions des ingénieurs de l'armée française! La chose alla plus loin. Un officier anglais, M. Arow Schmidt, je n'ai pas oublié son nom, prétendit nous avoir vus dessiner. Dès ce moment, nous eûmes de planton dans notre cour un de ces hommes de police qui portent un chapeau avec un dessus blanc. Il nous suivait partout dans la ville. Lorsque nous en sortions, un sergent nous accompagnait. Nous trouvions bien qu'il y avait beaucoup de policemen à Gibraltar, et que le sergent anglais aimait beaucoup la promenade, mais nous n'avions aucun soupçon, et bien en prit au brave militaire chargé de nous suivre, car, exercés à la fatigue comme nous l'étions, nous lui aurions ménagé une course gymnastique si agréable que le gouverneur aurait été obligé d'établir, de distance en distance, des relais de sous-officiers. Mais nous n'en fûmes informés que le jour du départ par le consul lui-même.

Giraud eut un moment l'idée d'envoyer d'Algésiras une lettre au gouverneur, avec un joli coin de fortifications daguerréotypé de mémoire. Il voulait même y ajouter nos deux portraits en artilleurs, pour qu'il ne pût conserver le moindre doute; mais il craignit d'attirer des désagréments à M. Gostud. Nous prévenons charitablement le commandant de la place qu'il ait à n'y laisser entrer aucun peintre; car un artiste possédant la mémoire de Giraud dessinerait un à un tous les bastions de Gibraltar, sans oublier un brin d'herbe, un caillou des environs ou le plus insignifiant des accessoires; Horace Vernet y ajouterait le portrait de chaque soldat de la garnison.

Le bateau à vapeur tardait à arriver.

— Sais-tu, me dit Giraud, que je suis sujet au mal de mer?

— C'est possible, après?

— Si nous partions à pied?

— Partons.

Et dix minutes plus tard, nous étions sur le sable de la rade, en route pour Algésiras.

Algésiras, moitié arabe, moitié espagnole, avec ses maisons aveuglantes de blancheur, ses grands balcons, ses larges bannes rayées qui flottaient au vent, sa population vive et rieuse, nous parut charmante, en sortant de Gibraltar. Le soir était venu, les señoras long voilées se rendaient à la promenade, le col et les bras nus, la poitrine décolletée, respirant sous les dentelles, la rose à la tête et l'éventail à la main. Les castagnettes, les guitares, les sérénades nous rappelaient l'amoureuse Andalousie, fille du soleil et du plaisir. Giraud, ravi, enivré, papillonnait et complimentait en langue *sabir* les majas émerveillées. Tout était joie et bonheur.

La ville d'Algésiras est d'une haute antiquité; mais les savants de nos jours ne sont pas d'accord sur le nom qu'elle a dû porter dans l'origine.

Tarek-ben-Ayad, le même qui donna son nom au rocher de *Calpé*, appelé d'abord par les Arabes *Alfeth*, pointe de l'entrée, débarqua sur la plage à la tête de douze cents Berbères de la garnison de Tanger. Il s'empara de la ville sans défense l'année 92 de l'hégyre, et il établit le centre de ses opérations sur un terrain que les Arabes nommèrent *al Djezirah al Iladrah*, à cause de l'île qui est en face.

De là vient le nom d'Algésiras que la ville porte aujourd'hui.

Algésiras fut enlevée aux Arabes par le roi Alphonse, qui s'en empara après un siége de dix-neuf mois, le 27 mars 1344.

Nous quittâmes la ville à la pointe du jour; le chemin était large et bien tracé; mais à peu de distance des faubourgs il a disparu complétement. Il reprenait plus loin pour disparaître encore. Nous marchions sur des montagnes tantôt dépouillées, tantôt couvertes d'une bourre épaisse, parmi laquelle nous nous avancions lentement de peur des vipères. Nous apercevions parfois, des cimes les plus hautes, le rocher de Gibraltar et la mer bleue du détroit qui servait à nous guider. Puis nous entrâmes dans une forêt de liéges, où nous marchions jusqu'à mi-jambe dans les bruyères, ou en nous frayant un passage parmi les buissons. Une flûte a résonné près de nous. Alors nous nous sommes dirigés de ce côté, et nous avons trouvé un jeune chevrier pittoresquement habillé de peaux avec le poil en dehors. Il nous a montré le chemin.

Le bois, par ses roches couvertes de mousses, par la forme élégante de ses grands arbres, nous rappela la forêt de Fontainebleau; seulement la lumière était plus éclatante, les ombres plus fraîches, et la mer, que l'on apercevait par intervalles, donnait à ces sites agrestes une poésie rêveuse que l'on cherche toujours et que si rarement l'on trouve. C'était un de ces paysages comme le Poussin savait les composer, ou comme les arrange encore Corot, notre moderne Claude Lorrain. Et, sans doute pour nous faire regretter ces ombrages, la nature, qui sait, la grande enchanteresse, que la beauté naît des contrastes, déroulait devant nous au sortir du bois une route aride et calcinée, qui suivait à perte de vue les sinuosités des collines en plein soleil. En gravissant une cime, Tarifa s'est présentée à nos pieds avec ses remparts mauresques et son phare gracieux qui se dresse, semblable à un minaret, bien avant dans la mer.

Bientôt nous passions sous la porte tout arabe appelée *Puerta del Xeres*. La ville était charmante avec ses rues tortueuses et montantes et ses belles teintes dorées. Nous cherchions partout une auberge; il n'y en avait qu'une seule, on nous l'indiqua. Elle était d'une propreté excessive, presque hollandaise, et notre surprise fut extrême lorsque nous remarquâmes qu'elle était tenue par des bohémiens.

Souple et mince comme un palmier, la fille de la maison, en habit de fête, s'avança vers nous; sa démarche était indolente, et son regard souriait à travers les longs cils de ses yeux fermés à demi. Pour préparer notre repas, elle prit en main cet éventail de plumes qui, dans toute l'Espagne, sert à attiser la flamme. Dans sa pose pleine de noblesse, elle avait l'air d'une reine indienne qui va monter en palanquin.

Les rues étaient presque désertes. C'était l'heure de la sieste, et les señoras, renfermées chez elles, tressaient leurs cheveux noirs et préparaient déjà leur toilette pour se rendre à la fête. Nous allâmes visiter la ville.

Lorsque l'émir Muzza eut conçu la pensée de conquérir l'Afrique, il envoya de Tanger le Berbère Tarif avec cent fantassins et quatre cents cavaliers numides pour explorer l'autre côté du détroit. Cette troupe, au dire des auteurs arabes, descendit le 7 juillet 710 sur une plage qui fut alors nommée Tarifa, du nom du chef de l'entreprise.

L'histoire de Tarifa ne commence qu'à l'invasion des Arabes. Ils l'entourèrent de fortifications et en firent une place de guerre importante qui commandait le détroit.

Le roi Sancho el Bravo en fit le siège en 1792, et ne s'en empara que deux ans après. Alonzo Perez Gusman s'engagea à rester un an à ce poste périlleux. L'infant don Juan, exilé par son frère, vint se réfugier dans le Maroc, et offrit à l'émir de le rendre maître de Ta-

rifa s'il voulait lui confier des troupes. Il obtint trois mille cavaliers
et de l'infanterie, et vint attaquer la ville avec fureur; mais elle fut
défendue par le gouverneur avec une telle énergie, que les Maures
pensèrent à se retirer.

L'infant voulut employer un moyen extrême. Il s'empara du fils de
Gusman : quelques auteurs ont écrit qu'il le fit prendre dans une des
habitations voisines où on l'élevait; la chronique populaire, toujours
amoureuse en Espagne, prétendit que le jeune homme fut surpris
dans un rendez-vous que la fille du chef arabe lui avait donné hors
des murs par une belle nuit d'hiver. Les deux amants furent aperçus
par les sentinelles au moment des adieux et conduits dans le camp
au milieu d'hommes d'armes.

Ce qui est moins contestable, puisque tous les historiens l'ont rapporté, c'est que don Juan fit conduire le fils de Gusman sous les murs
de la forteresse, avec menace de le tuer sous les yeux de son père si
celui-ci ne livrait pas la ville. Le gouverneur parut à une fenêtre et
jeta de là son poignard en disant : « Je préfère l'honneur sans un fils
à un fils sans honneur. » L'infant don Juan fut assez infâme pour réa-
liser sa menace.

La légende ajoute que le père fit une sortie, repoussa les assiégeants
et porta lui-même le cadavre de son fils encore palpitant à sa mère
désolée. Les Maures se retirèrent, et le roi, ému de pitié et plein de
reconnaissance, envoya en grande pompe au loyal gouverneur un
brevet qui lui donnait le titre d'*el Bueno* (le Bon).

La famille des Medina Celi descend en ligne directe de ce héros
intrépide.

Dans l'île de Palomas est une belle tour ancienne. C'est sur elle que
repose le fanal.

Le vent d'est, ce terrible *levante*, qui en Espagne, comme le *sirocco*
en Italie, accable, attriste ou rend furieux et porte au suicide et au
meurtre, souffle en cette ville avec une violence telle que l'on est
obligé de cueillir les oranges avant leur maturité, de peur qu'elles ne
soient abattues et meurtries.

Mais déjà les rues se remplissaient de monde; déjà la place de la
Constitution, plantée sur une plate-forme, et la *plaza del Mercado*
regorgeaient de promeneurs. Bientôt, au son des cloches, toute la
ville en foule serrée vint se presser dans la rue étroite qui conduit à
la porte de Xérès pour aller hors des remparts au-devant de la *Vir-*

gen de la luz (la Vierge de la lumière), qu'une procession était allée
chercher en grande pompe à la montagne du même nom, où elle ré-
side. Tous les habitants portaient *el vestido de majo*, l'habit national;
toutes les femmes marchaient *tapadas*, selon la coutume laissée par
les Orientaux, et que les señoras de Tarifa ont seules conservée en
Espagne, c'est-à-dire qu'elles relèvent sur leur tête une espèce de
jupon de soie, le disposant en capuchon, de telle sorte qu'elles laissent seulement un œil à découvert. Toutes les fenêtres étaient garnies de dames cachées dans cette espèce de domino.

Nous suivions la foule, qui s'avançait pas à pas et se faisait à chaque instant plus épaisse. Au dehors des remparts, tout ce monde se
groupait sur les tertres de gazon qui dominent la route. Peu à peu les
señoras vinrent se promener sur le grand chemin devant cet amphithéâtre improvisé. Les élégantes faisaient admirer leurs robes de
satin et de dentelle qui frémissaient en se balançant à chacun de
leurs pas. Rien n'était plus singulier que cette intrigue en plein jour,
que tous ces yeux noirs qui brûlaient et enflammaient l'imagination.
Quelquefois, par hasard sans doute, peut-être aussi parce qu'elles se
savaient belles, quelques Tarifegnas laissaient leur cape s'entr'ouvrir
un moment, et comme honteuses recouvraient, par un mouvement
rapide, leur admirable figure.

Les cavaliers s'appelaient et se défiaient à la course. Leurs chevaux, presque entièrement cachés sous les pompons et les franges de
leur brillant *aparejo*, la crinière et la longue queue nattées en tresses
par de larges bandelettes rouges, galopaient parmi des nuages de
poussière, sur lesquels planaient les *majos* tout droits sur leurs selles
arabes aux grands étriers et garnies à l'arçon de leurs mantes de
toutes couleurs. Ceux-ci mettaient leur monture au pas en arrivant
près des promeneurs et venaient en paradant étaler la richesse et
l'élégance de leur charmant costume. Hommes et femmes, tout le
monde portait l'habit national.

Il y avait là près de cinq mille dames de la ville ou des environs.
Un bruit de tambour se fit entendre, et tous les cavaliers s'éloignèrent pour aller au-devant du cortége et le précéder en signe d'hommage à son entrée dans la ville. Bientôt la procession devint plus
distincte et passa devant nous. En avant marchaient des massiers
revêtus du costume usité sous Louis XV. La statue de san Isidoro,
patron de l'agriculture, apparaissait ensuite sur une estrade mou-

vante placée sur les épaules des laboureurs. Le saint avait des épis dans ses mains, et de petites statues de bœufs étaient près de lui. Le clergé marchait plus loin, suivi de l'alcade et des autorités municipales qui portaient sous un dais la célèbre image de la sainte Vierge, devant laquelle tout le monde se jetait à genoux. La foule se repliait à mesure derrière le cortége et venait l'augmenter. Quand la procession fut arrivée aux portes de la ville, elle s'arrêta un moment. Un prélat fit une oraison à voix haute, puis la Vierge triomphante passa sous ces voûtes ogivales autrefois bâties par les musulmans.

Dans Tarifa tout était en fête, les balcons étaient garnis de fleurs, et les femmes, respectueusement inclinées sur le bord des fenêtres, agitaient leurs mouchoirs. La procession se rendit à la cathédrale, où la statue révérée doit demeurer exposée pendant neuf jours, après lesquels on la reconduit à son saint ermitage avec de semblables honneurs. Cette cérémonie a lieu au 6 septembre tous les ans. La population resta une partie de la nuit dans les rues. Quant à nous, nous avions environ quinze lieues de France à faire le lendemain. Le chemin était incertain ; l'hôtesse nous proposa un âne que nous devions monter tour à tour, et dont le conducteur nous servirait de guide. Le marché fut bientôt conclu, et déjà le lendemain à la pointe du jour nous étions assis devant la porte de la ville, qui tardait à s'ouvrir, tandis qu'une multitude de gens et de mulets attendaient aussi en dehors.

Lorsqu'il nous fut permis de nous mettre en route, nous nous trouvâmes bientôt au milieu d'une plaine inondée par les eaux qui descendent des montagnes, et où l'on trouvait çà et là des ponts et des bandes étroites de chemins ferrés. Nous eûmes à nous féliciter d'avoir pris un guide pour nous conduire à pied sec dans ce dédale de petites îles qui formaient le chemin. L'on distinguait sur la droite des collines boisées, parmi lesquelles brillaient les toits de quelques *cortijos*, métairies. Pendant que nous sautions d'une île à l'autre, nous vîmes arriver à nous un beau jeune homme à cheval qui galopait au milieu de ces lagunes, sans s'inquiéter beaucoup de l'eau qui venait perler sur ses élégantes bottines entr'ouvertes. Quand il fut près de nous, se jetant en arrière sur sa selle arabe, il arrêta brusquement sa monture en nous disant :

— *Contrabandistas, he?* (Vous êtes contrebandiers, n'est-ce pas?)

— Non, lui répondis-je, nous sommes Français.

— *Franceses! me gustan mucho las Franceses!* (J'aime beaucoup les Français!)

Et voyant que l'un de nous marchait à pied, c'était Giraud pour le moment :

— Mettez le pied sur ma bottine, dit-il, et montez derrière moi jusqu'à ce que nous ayons passé ces sources.

Giraud ne se fit pas prier et fut bientôt sur le cheval derrière lui, et le généreux animal, habitué sans doute à porter des partners en croupe, se mit à bondir en piaffant à la façon des chevaux arabes. Nous commençâmes alors une conversation très-animée et charmante, car notre nouveau venu parlait avec une foule d'images, comme le font tous les Andalous, le peuple le plus spirituel de l'Espagne.

— Venez à Paris, lui disais-je, nous vous conduirons partout, nous vous montrerons tout ce que notre ville renferme, et vous ne regretterez pas le voyage.

L'Espagnol réfléchit un moment et nous dit :

— Avez-vous à Paris un soleil comme le nôtre?

— Certainement non, lui répondis-je.

— Avez-vous une mer bleue comme celle-ci et d'aussi belles montagnes?

— Non, repris-je encore, je dois en convenir.

— Eh bien! que voulez-vous que j'aille faire dans un pays triste et brumeux, y avoir froid pendant l'hiver, y entendre une langue que je ne comprendrais pas, y chercher des besoins que j'ignore, et me rendre malheureux par de nouveaux désirs que je ne pourrais pas satisfaire? Pour être libre il faut être riche ou ne pas ressentir de besoins. Le premier est trop difficile. Nous nous contentons ici du second. Après tout, que pouvons-nous désirer? Nous avons de belles femmes, de belles chasses sur ces cimes boisées, la pêche sur les côtes, des chevaux qui nous emportent au milieu de ces grandes plaines, des troupeaux qui nous connaissent et viennent à notre voix, et puis une guitare, des concerts de famille, le bruit des bois, le bruit des flots, des cigares, la sieste dans la chaleur, et nos belles nuits fraîches parsemées d'étoiles. Qu'ai-je besoin de vos arts et de toutes vos magnificences? Mais vous, vous êtes mes hôtes, nous dit-il, car l'un de vous a touché la croupe de mon cheval : venez avec moi dans la montagne essayer de notre vie de plaisir et de liberté, restez ici huit jours, trois jours si vous ne pouvez m'en accorder davantage, et je

vous en garderai de la reconnaissance et un charmant souvenir.
Ensuite nous irons tous ensemble à Cadix montés sur mes bons chevaux.

J'aurais accepté, mais Giraud espérait trouver à l'arrivée des lettres de sa famille, et son inquiétude ne lui permettait pas de s'arrêter
plus longtemps.

— Eh bien donc, que Dieu vous garde et vous conduise! nous
dit-il.

Piquant des deux, il s'élança vers la montagne; et sur le point
d'entrer dans le bois, il se détourna, et nous salua une dernière fois
en agitant son chapeau.

— Voilà, me disais-je, des gens que des voyageurs injustes ont appelés des barbares; mais ils nous sont cent fois supérieurs, ils sont
plus près de la nature.

Et dernièrement je lus dans le *Grand Désert*, ce beau livre écrit
par M. le général Daumas, ce que disent les Arabes du Sahara aux
gens du Teul :

« Dieu nous a donné ces vaisseaux de la terre, ces nombreux chameaux qui peuvent, en un soleil, nous transporter du pays de l'injustice au pays de l'indépendance ;

» D'innombrables moutons, d'innombrables brebis qui sont nos silos
ambulants, car nous vivons de leur dos, de leurs côtes, de leurs ma-
melles, des juments bonnes et belles dont nous vendons cher les pou-
lains aux habitants du Teul.

» Nos tentes sont vastes, bien garnies et toujours neuves; la laine
et le poil de chameau ne nous manquent pas pour les réparer tous
les ans.

» Nos femmes, toutes jolies, ont le cou long et les dents blanches.
Montées sur des chameaux, dans les aâtatiches, elles assistent à nos
fantasias qu'elles embellissent, à nos combats qu'elles animent, etc. »

Et je reconnus dans ces pages si belles le sens et l'esprit de ce que
m'avait dit notre loyal Andalou.

CHAPITRE XXIX.

Une rencontre d'étudiants. — Vejer de la Frontera. — Le Lole. — Le Vitos. —
Arrivée à Cadix.

Après maint ruisseau traversé et près d'une petite fontaine placée au pied d'une colline surmontée d'un vieux château maure, nous rencontrâmes une patrouille de douaniers qui s'approcha de nous avec précaution et nous demanda nos passe-ports. Ils demeuraient à Bélonia, village situé à peu de distance, et revinrent à leur caserne en causant avec nous. Comme je demandais au brigadier si les contrebandiers étaient nombreux sur ces parages :

— Ils sont innombrables, me répondit-il; la contrebande est générale en Espagne, mais nulle part aussi bien organisée que dans les environs de Gibraltar. Le port franc, la facilité de refuge qu'offre cette ville en cas d'attaque en font un véritable nid de contrebandiers. Ordinairement, pour ne pas éveiller les soupçons, ils n'envoient qu'un seul des leurs dans la ville anglaise. Celui-ci fait les achats, loue une barque, y dépose les marchandises et attend une nuit sans lune, ou, ce qui arrive plus rarement en Espagne, une nuit de brouillard. Au jour favorable, il arrive à un point déterminé de la côte. Là se trouvent une cinquantaine, quelquefois une centaine d'hommes avec des chevaux tout prêts à charger. Si rien ne se montre dans les environs, si les sentinelles restent muettes, les gens de la terre donnent le signal. Alors, au moyen de rames garnies de paille ou de linge, la barque s'avance sans bruit, et si, comme il arrive ordinairement, elle ne peut toucher la rive, les hommes entrent dans l'eau, portent les caisses sur le rivage, et les rameurs s'éloignent en mer. Les chevaux sont chargés en un instant et la troupe pénètre dans l'intérieur. Il est arrivé plus d'une fois que l'homme qui doit faire les achats vendait toute la cargaison à la douane et lui indiquait le lieu du débarquement ou la route que les contrebandiers devaient suivre pour leur retour. Malgré l'intrépidité de ces gens, lorsque des forces supérieures les attaquent, ils se dispersent sans résistance, mais alors malheur à l'homme qui marche isolé. Se trouvant dépouillés et les armes à la main, toute proie leur est bonne. Aussi ces côtes sont dangereuses et peu fréquentées. De rares voyageurs y passent, et encore est-ce en caravane. Les gens de Cadix et de toute la côte préfèrent ordinairement la voie de la mer pour aller d'une ville à l'autre sur le littoral. Le vol à main armée est ici d'autant plus facile qu'il est toujours impuni. La première barque qui passe porte à Gibraltar tout homme poursuivi qui se dit contrebandier.

Quant à vous, messieurs, vous avez pris vos précautions et vous n avez rien à craindre, votre costume même vous assurera dans ce pays toutes les sympathies.

Le douanier rentra dans son corps de garde en achevant ces paroles.

La route, à Bélonia, quittait la côte et s'enfonçait dans l'intérieur, en suivant un bois de lauriers-roses, à l'entrée duquel se trouvait un pont de pierre brisé. Les buissons et les fleurs l'avaient envahi, et les lianes grimpantes, comme pour railler l'ouvrage des hommes, avaient jeté d'une pierre à l'autre une arche mobile qui tremblait à la moindre brise et semblait remplacer celle dont les grandes pierres gisaient dans le lit desséché du ruisseau. Plus loin se trouvait une croix, souvenir d'un assassinat; mais peu nous importait maintenant. La terre se couvrait d'oliviers, la lumière était belle, les ombres argentines et le ciel pur; nous n'avions pas le temps de nous occuper des crimes des hommes.

A la sortie du bois la chaleur devint terrible, notre guide était épuisé, et il attendait avec impatience une auberge qu'il nous annonçait depuis bien longtemps; il craignait surtout le soleil pour son animal. A la fin, la posada tant désirée nous apparut. Il fut convenu que l'on prendrait une heure de repos, et nous éprouvâmes un vif sentiment de bien-être en entrant à l'ombre dans une petite chambre pavée. Une femme était là qui berçait un pauvre enfant malade de la fièvre. La maison était en bois, composée d'une seule chambre séparée par de mauvaises planches en trois compartiments; dans l'une d'elles était l'enfant, et sa respiration haletante m'oppressait comme un fatal souvenir. Nous allâmes nous installer sous une treille au dehors. La femme nous fit cuire des œufs et nous donna un peu d'eau-de-vie mêlée d'eau.

Là nous arriva une distraction toute naturelle. Quatre personnages singuliers, et dont nous ne pouvions nous rendre compte, étaient en contestation avec le *posadero*. Ils étaient habillés de vêtements autrefois d'une grande élégance, mais véritablement en loques pour le moment. L'un d'eux, qui paraissait être le chef de la bande, avait une très-jolie tête, une barbe brune et bien soignée, l'air distingué, une élégante tournure. Il portait une veste faite d'une soie fort belle, mais déchirée de toutes parts et qui n'avait qu'une seule manche, et par-dessus se plissait un manteau de Crispin. Ses mains étaient couvertes de gants noirs craqués de toutes parts, mais qu'il faisait ce-

pendant voir avec affectation. Les autres portaient des costumes non
moins pittoresques et tout aussi excentriques. Leurs pieds étaient
chaussés d'espadrilles en fil peu en usage en Andalousie.

Sur une table près d'eux étaient posés une mandoline, une guitare, une flûte et un tambour de basque. L'un d'eux avait encore
des castagnettes à la main. L'aubergiste, qui paraissait avoir à peu
près cédé dans une contestation qu'ils avaient ensemble, reprit courage en voyant des gens armés qui pouvaient lui prêter main-forte,
il s'adressa à nous. Nous fûmes tout d'un coup institués juges du
différend par les deux parties.

— Comment, nous dit-il, trouvez-vous ces messieurs, qui veulent
partir sans payer leurs rafraîchissements?

— Que dites-vous là? s'écria le chef de la bande. N'en croyez rien,
je vous en prie. Nous sommes arrivés ici et nous avons demandé
quelque chose à boire à ce *posadero*. Celui-ci, voyant nos instruments
de musique, et en parlant ainsi il désigna du doigt le faisceau lyri-
que groupé sous la treille, s'est trouvé en belle humeur et a demandé
à nous entendre.

— Nous sommes, ajouta-t-il tout surpris en entendant Giraud me
parler dans une langue étrangère, des étudiants de Séville en va-
cances. Nous chantons dans les villes pour payer nos dépenses d'é-
cole, et nous donnons le soir des sérénades sous les balcons, aux
gages de tous les amoureux. Nous répondîmes à l'aubergiste que s'il
voulait nous payer un *quartillo* de son meilleur vin, nous chante-
rions, mais pas autrement. C'était un marché.

L'aubergiste nous apporta le *quartillo* sans nous répondre. Et,
lorsque nous avions commencé à boire, il nous pria de chanter. C'é-
tait, il me semble, acquiescer à nos conditions, du moins nous le
pensâmes, et nous nous mîmes à exécuter ensemble nos chansons les
plus *saladas*, et maintenant il réclame le prix du *quartillo;* c'est une
injustice flagrante. Il fait payer son vin, nous faisons payer nos romances. Nous sommes quittes. Lorsqu'un homme veut trancher du
grand seigneur et chercher son plaisir dans les arts, il doit payer les
artistes. Eh! dites-moi, señor, ajouta-t-il, que serait donc la vie
sans les arts? une nuit sans étoiles, une journée sans soleil. Et lorsque nous avons rendu le calme au front ridé par l'ennui, lorsque
nous avons ramené le sourire sur les lèvres, lorsque nous avons réveillé au cœur l'amour, le doux amour, cette perle céleste de la vie,

on nous oublie, on nous dédaigne, et l'on ne s'inquiète pas si l'artiste, si le poëte qui use son âme en la faisant vibrer sans cesse et se vieillit avant le temps, est vêtu ou ne tremble pas de faim. Des ingrats, partout et toujours, qui pensent que, parce que nous donnons le plaisir, nous vivons avec le plaisir. Du reste, ajouta-t-il en quittant son air sérieux et en se redressant avec une noblesse sans affectation, *somos caballeros*, nous sommes des cavaliers.

Je me retournai vers le *posadero*.

— Mon cher hôte, lui dis-je en touchant ma ceinture et en lui faisant un léger signe de tête, vous avez tort.

L'aubergiste me comprit, et, sans faire d'autres objections, dit aux étudiants qu'ils pouvaient partir. Nous nous saluâmes avec une certaine cérémonie, et ils s'éloignèrent.

L'hôtelier avoua, lorsque j'eus payé la dépense, qu'il leur avait, en effet, demandé quelques romances; il ajouta qu'ils chantaient d'une manière agréable, et qu'ils paraissaient excellents musiciens.

Ces étudiants ont dans leur répertoire une chanson appelée la *Estudiantina*, qui remonte à une haute antiquité; ils l'accompagnent avec la flûte, le tambour de basque et la mandoline. Ordinairement ils recherchent les suffrages du peuple et débitent des chansons burlesques. Mais on trouve aussi parmi eux des poëtes et surtout des improvisateurs.

Nous pénétrâmes, au sortir de l'auberge, dans une épaisse forêt en grande réputation de brigandage. C'est du moins ce que prétendait un jeune garçon à cheval qui était venu se joindre à nous et paraissait s'amuser beaucoup de la frayeur de notre guide. Celui-ci, énervé par ses récits lamentables, frissonnait au moindre bruit du vent dans les feuilles et se rapprochait sans cesse de nous en disant :

— Messieurs, messieurs, soyez sur vos gardes!

Il s'inclinait en pâlissant devant chaque croix, signe de meurtre placé sur le bord du chemin. Je m'avançai pour lire l'inscription d'une d'entre elles; elle disait qu'un mari avait assassiné en cet endroit sa femme qu'il croyait infidèle.

Le site était calme et solitaire; le soleil, en passant à travers les branches, venait se reposer sur la petite croix de bois, les oiseaux chantaient, et il nous paraissait impossible que l'on pût commettre un crime dans un lieu pareil; mais la jalousie, cette passion égoïste et que le sang aveugle, n'est sensible qu'aux affreux déchirements de

son cœur. Elle frappe, et puis après elle pleure, et celui qui tue
n'est pas celui qui souffre le moins; insensé qui ne voit pas que
l'amour s'efface à la longue, comme s'effacent l'ivresse et la fièvre,
et que l'on se demande un jour en souriant s'il est bien vrai qu'on
ait tant aimé.

Le taillis devenait de plus en plus épais. Mais, distraits par ces
préoccupations nouvelles, nous avions rejeté sur l'épaule nos carabines désarmées et nous jouissions tranquilles de la fraîcheur des ombrages. La forêt s'ouvrit bientôt, et elle s'enfuit en grimpant sur les
collines prochaines. De belles plaines s'ouvrirent devant nous, bor-
nées à l'horizon par les montagnes de la *Sierra de Ronda*. Nous
apercevions de distance en distance des fermes placées au milieu de
vastes champs de ce blé noir appelé sarrasin. Tout autour de nous
la terre était crevassée par la chaleur. Non loin de là, le lac de
Janda, toujours couvert de flamants au bec rose, brillait au soleil;
sur une montagne entourée de bois, la ville de Vejer dominant le
paysage se dessinait nettement sur le ciel.

Un chemin sablonneux et difficile nous a conduits, après de nombreux détours, au pont de la Barca, qui se cambre sur la rivière *del
Barbate*. Celle-ci, toute couverte de petits navires, va se rendre à la
mer, et baigne en passant le pied de la montagne dont la ville
occupe le sommet.

Un poste de douaniers est placé près du pont. L'un d'eux, nous
sachant étrangers, nous demanda si nous n'avions pas de quinquina
pour son enfant dévoré par les fièvres, qui sont permanentes en cette
vallée au moment des chaleurs. Nous congédiâmes notre guide, et
nous commençâmes à gravir une côte presque à pic, et, à mesure
que nous montions, d'admirables points de vue se déroulaient à nos
pieds.

La ville, très-pittoresque, est assise sur deux collines, et domine
un précipice. Quelques rues étaient tellement escarpées que, pour
arriver à leur sommet, nous étions obligés de nous appuyer contre
le mur. Enfin nous atteignîmes un plateau où l'auberge est située.
Notre oreille en entrant fut charmée par les sons de la langue mater-
nelle; il y avait là six de nos compatriotes qui se rendaient à Tarifa.
Ils portaient avec eux tout un arsenal. Ils nous firent de nombreuses
instances pour passer la soirée dans leur compagnie. Leur invitation
était attrayante. John Bailly, célèbre guide de Séville, était arrivé

avec sa fille Guimercinde, première danseuse du théâtre de Cadix,
et celle-ci devait exécuter devant eux le *lole* et le *vitos*, ces boléros
égyptiens en grande mode en Espagne.

Lorsque la nuit fut venue, John Bailly vint avec sa fille prendre
place dans le vaste patio entouré d'arcades mauresques en fer à cheval. La famille de l'hôte et de jeunes élégants de la ville y étaient
déjà réunis, et une foule nombreuse, dont on apercevait parfois les
têtes bizarrement éclairées, se pressa dans le vestibule en dehors des
arcades. A notre prière, John Bailly prit une guitare et se mit à
chanter des romances que les *gitanos* lui avaient autrefois apprises.
Traînantes et plaintives, elles se terminent ordinairement par des
modulations tremblotantes que l'on retrouve dans les chants arabes.
L'une d'elles surtout, où un *novio* demande à sa belle, ce noir tyran
de son âme, précieux bijou adoré, de se montrer un moment à lui,
l'amant fidèle! qui, pour l'entrevoir seule, passe la nuit collé à la
grille de son balcon, eut un succès d'enthousiasme.

Il se fit un grand silence. Guimercinde entrait dans la cour vêtue
d'une robe de danseuse, courte, à grands volants, ornée de tresses
d'argent formant mille dessins enlacés, et les cheveux garnis à la nu-
que du *mono* de rigueur. Sur les ordres de son père et sans se faire
prier, elle se campa en danseuse. Aussitôt deux guitaristes *golpeando*
et *rasqueando* firent énergiquement vibrer toutes ensemble les cordes
frémissantes de l'instrument national, et un léger murmure de curiosité et d'impatience s'éleva parmi les assistants.

Je la vois encore qui commence le *lole* et s'anime elle-même en
semblant applaudir et marquant le pas au bruit des battements de
mains mesurés de la société tout entière. Et déjà la voilà qui s'élance
et s'arrête devant un cavalier, et là, ne dansant plus des pieds, mais
suivant la mesure des bras et du corps, elle prend devant lui mille
postures ravissantes; tantôt enivrante comme une almée, tantôt
chaste et dédaigneuse comme une figure de Raphaël, elle passe ses
bras au-dessus de sa tête et semble vouloir le fasciner comme fait un
élève de Mesmer. Puis elle s'échappe par un bond subit, s'approche
d'un autre, s'éloigne encore et vient tomber à genoux au milieu de
l'assemblée. Tantôt elle se relève brusquement à demi, et tantôt se
roule et se replie comme un serpent, et avec une grâce infinie tombe
étendue sur le parquet.

Mais bientôt une voix nasillarde s'élève et dit des paroles incon-

nues; c'est un *gitano* qui chante et donne le signal du *vitos*, qui se
danse à la voix.

L'on n'entend plus dans l'intervalle que le roulement des *palillos*,
castagnettes.

Guimercinde se relève, prend un chapeau andalou qu'elle pose
sur sa tête en le penchant sur ses yeux, et jette un mouchoir de soie
sur son épaule comme le pan d'un manteau; et la voilà qui de nouveau s'avance et fait le tour de la salle en battant des mains et en
relevant de temps en temps la jambe avec un mouvement plein de
gentillesse et de coquetterie mutine; puis elle frappe précipitamment
des pieds, ôte son chapeau et s'en coiffe de cent manières charmantes
en agitant son mouchoir, voltige au milieu de la salle, s'incline jusqu'à terre, se relève gracieuse sur un genou, se penche à droite, se
penche à gauche, se renverse en arrière en déployant fièrement toutes
ses formes divines; tout d'un coup elle se relève rapide, bondit à
grands pas autour de la salle, s'arrête devant un spectateur, se balance, le regarde en souriant, se penche sur lui, les yeux sur ses
yeux, et, au moment où celui-ci avance instinctivement les mains
pour la saisir, s'échappe en riant, et, déjà devant un autre, agaçante
et légère et le poing sur la hanche, elle trépigne rapidement des
pieds en pliant les genoux.

Chaque cavalier devant lequel elle s'arrêtait jetait sur les dalles
son chapeau, sa ceinture, sa marseillaise, car c'est une faveur insigne
lorsque la danseuse foule aux pieds un de ces vêtements. Elle doit
finir le *vitos* en posant son chapeau sur la tête de celui qu'elle aime,
et chacun attendait plein d'espoir, mais Guimercinde vint en coiffer
son père, et toute la maison retentit de frénétiques applaudissements.
Quand elle s'arrêtait devant nous, cambrée dans son délicieux costume, et nous fixait de ses yeux noirs, il était impossible d'échapper
à la fascination; nous sentions nos paupières se fermer à demi, et
nous la regardions passer comme un de ces rêves d'amour qui charment, dit-on, les buveurs d'opium.

Ces airs traînants des *gitanos* d'Espagne que chantent encore mélancoliquement les *arrieros* quand ils cheminent dans la fraîche nuit
à la clarté douteuse des étoiles, viennent évidemment de l'Egypte,
où ils se sont perpétués d'âge en âge à la faveur des lois sacerdotales
de ce pays, qui défendaient de rien changer à la musique et à la
sculpture, comme étant d'origine divine et consacrées au culte. On

sait que les Romains faisaient venir leurs danseuses de Cadix, et que la *sarabande* était, à cette époque, ce qu'est aujourd'hui en Espagne la *cachucha* et la *jota aragonesa*.

Déjà le lendemain, à quatre heures de la nuit, nous marchions par un beau clair de lune dans la direction de *Chiclana*. Nous suivîmes pendant quelque temps une route pavée qui descend jusqu'au bord du fleuve, nous passâmes le pont et nous entrâmes bientôt dans de vastes plaines de sables où l'on n'apercevait aucune créature vivante et où s'effaçait le chemin; quelquefois une route reparaissait plus distincte, nous la suivions et elle nous conduisait à des fermes qui semblaient être abandonnées; nous appelions, mais tout restait muet, et nous avions à nous défendre contre des chiens féroces qui se précipitaient sur nous avec des hurlements désespérés, et qu'il nous fallait écarter à coups de pierres pour n'être pas forcés d'employer nos carabines. Les palissades de ces habitations étaient formées de cactus, de figuiers de Barbarie, ou bien d'aloès que les gens du pays appellent *munda dientes del diablo* (dents du diable). Des paysans nomades gardent des troupeaux qui se promènent librement dans ces vastes espaces. Quelquefois nous apercevions silhouettant en vigueur sur le ciel quelques-uns de ces pâtres au sommet des collines, d'autres étaient assis dans de petites huttes de paille ouvertes seulement du côté du nord, pour avoir de l'ombre pendant tout le jour. Nous rassemblions nos forces pour leur envoyer des éclats de voix que le vent emportait et qui n'arrivaient pas jusqu'à eux. Quelques-uns se retournaient, et sans nous répondre étendaient la main pour nous montrer le chemin de Chiclana. Nous sautions de petites rivières pour aller consulter des faucheurs dans les champs. Ils nous indiquaient un sentier qui disparaissait encore, et nous marchions à l'aventure jusqu'à ce qu'un autre paysan nous eût indiqué le chemin.

Près de la route qui conduisait à Conil, nous entrâmes dans une petite hutte en feuillage. Nous trouvâmes dans l'intérieur un vieux paysan autrefois soldat de Napoléon, et qui depuis avait servi en Amérique. Il parlait voyages et batailles à deux jeunes bergers à demi nus qui avaient quitté leurs chèvres pour venir écouter ses récits. Il nous offrit du raisin, un verre d'eau et un peu d'eau-de-vie. Il n'y avait qu'un escabeau dans la cabane; nous le priâmes de le garder, et nous nous assîmes par terre, à côté des bergers, qui admiraient nos armes et nos grands couteaux catalans.

Bientôt après s'offrit la grande route de Chiclana; il n'y avait plus d'erreur possible, et en descendant une colline la ville se présenta devant nous.

Chiclana n'a rien de bien remarquable. Elle est régulière et traversée dans toute sa longueur par un canal bordé d'arbres. On y trouve des eaux minérales froides et fort en vogue.

Là, pour la première fois, nous aperçûmes ces *calesas* (cabriolets) andalouses chargées de peintures comme les bahuts de Tunis. Nous trouvions un plaisir infini à considérer toutes les feuilles, les fleurs, les branches entrelacées et chargées de petits singes et de perroquets, qui se mêlent, se confondent, et font un tout bizarre et bariolé bien fait pour captiver les regards du voyageur. Nous ne parlerons pas des chevaux chargés de pompons de toute sorte, et nous ne dirons rien du brillant et de l'imprévu de l'attelage. Les descriptions de Dumas ne nous ont rien laissé à faire, et nous ne sommes pas assez imprudents pour raconter après lui.

Tout le monde sait déjà que le *calesero* se tient assis sur le brancard ou court auprès du cheval en tenant la bride. Mais on n'a pas parlé, car le cas en est rare, des petits tabourets suspendus à la voiture et que l'on détache au besoin pour mettre sous les pieds du voyageur et faciliter son ascension et sa descente. Ils ont cela de remarquable qu'ils remontent au temps des Romains et qu'ils s'en trouvaient de pareils, et destinés au même usage, attachés aux chars des triomphateurs.

Les *caleseros* n'ont guère conservé de l'habit national que des gilets avec des boutons en filigrane d'or et d'argent recouverts de la *marseillaise*. Ils portent cependant encore la ceinture, mais parce qu'elle est nécessaire et protége contre les dyssenteries, assez fréquentes en Espagne à cause des variatic... subites de l'atmosphère. Elle faisait aussi partie du costume des Romains et leur servait de bourse. Elle est encore employée au même usage par les paysans et les *arrieros*.

Nous avions hâte d'arriver à Cadix. Nous prîmes l'omnibus de Chiclana. Il partit au galop; mais, à notre grand étonnement, son allure était aussi douce que rapide, ce qui nous fit bien augurer de la richesse d'une ville qui, en Espagne, entretient si bien ses routes. Nous arrivâmes au chenal appelé canal de *Santi-Petri*. L'embouchure en est défendue par un fortin élevé sur un rocher environné d'eau, et le pont de Suazo nous conduisit dans l'île de Léon, qui tient son nom de la famille Ponce de Léon ; à laquelle elle fut donnée en 1459.

Elle retourna à la couronne en 1481.

Là était placée l'*Eurythea* ou l'*Aphrodisia* des anciens. C'était là que Géryon faisait paître les troupeaux volés à Hercule. La capitale, San-Fernando, est une ville riante, qui consiste à peu près en une seule grande rue très-large, longue à perte de vue, et agréable à voir avec ses grands balcons saillants souvent ornés de sculptures, mais invariablement garnis de jalousies tout à l'entour.

Riego logeait sur la place dans la maison qui porte le numéro 38.

Ce fut du balcon de cette maison qu'il proclama la constitution en 1820.

Dans une île voisine, séparée de celle de Léon par un autre chenal appelé *el caño de las Culebras* (canal des Couleuvres), se voit la *Carraca*, un des plus beaux établissements maritimes de l'univers. Le phare, que l'on remarque près de l'entrée de la jetée qui lie l'île de Léon à la cité de Cadix, passe pour être voisin du temple d'Hercule et de l'ancienne ville phénicienne *Cades*. On assure que les ruines de la ville et du temple se distinguent sous les eaux à marée basse.

Le chemin, en passant la *Torre Garda* (la grande tour), nous conduisit, en suivant l'isthme, jusqu'à Cadix. C'était l'ancienne voie d'Hercule bâtie par les Romains.

Nous rencontrâmes sur la route la forteresse appelée la *Cortadura* (la coupure) parce qu'elle intercepte la route au moment de la pleine mer. Elle fut construite aux frais de la ville en 1810, à l'époque de l'invasion de Bonaparte.

Cependant, nous glissions rapidement entre deux mers, sur une étroite chaussée. A notre droite s'étendait une baie immense couverte d'innombrables navires, et tout au fond, de l'autre côté, le port Sainte-Marie, baigné par le Guadalete, le fameux fleuve *Léthé* des anciens, dont l'eau faisait perdre la mémoire.

L'on voyait plus loin *Rota* tout éblouissante avec ses maisons blanches.

La voiture traversa une ligne de fortifications et s'arrêta, nous étions à Cadix.

12.

CHAPITRE XXX.

Cadix.

La ville de Cadix fut évidemment bâtie par une colonie phénicienne. Tous les historiens et les savants s'accordent sur ce point.
Mais, pour le reste, son origine obscure est entourée de fables gracieuses émanées, pour ainsi dire, de sa beauté même.

Si l'on en croit les traditions des prêtres égyptiens recueillies par
Solon lors de son voyage dans leur pays, et racontées par Platon dans
le dialogue intitulé l'*Atlantique*, les deux péninsules ibérique et africaine étaient alors réunies par un isthme, comme le prouve, selon
M. Bory de Saint-Vincent, la même végétation de plantes chétives
qui n'ont pu se répandre que de proche en proche : comme des or-
chidées qui voyagent souterrainement par la mort annuelle d'une de
leurs bulbes, et les liliacées, dont la propagation par caïeux ne peut
avoir lieu à travers un bras de mer; comme le prouvent encore les
caméléons, les singes, les arachnoïdes et les insectes sans ailes communs aux deux continents. Le cap Trafalgar était alors uni au cap
Spartel, et Tarifa formait le fond du golfe en s'unissant à Tanger.

Le Neptune des Égyptiens, Evenor, appela la tête de l'isthme Gadir, du nom de son fils Gadiro, lorsque l'Atlantide lui fut échue en
partage au moment où le monde fut divisé entre les dieux. Les tri-
tons de la mer, les nymphes du fleuve Bétis et du Guadalete sortirent des eaux et vinrent s'unir avec les dryades, les faunes et les
sylvains; et bientôt une race admirable de grâce et de beauté peupla ce pays tout resplendissant des merveilles de la terre et du ciel.
L'amour devint bientôt la seule idée de ce coin du monde.

Mais le caprice d'un seul homme peut bouleverser parfois les destinées d'un peuple entier.

Hercule venait de terminer ses douze travaux. Il avait tout récemment enlevé les pommes d'or du jardin des Hespérides. Il avait même
un peu porté le ciel pour laisser respirer un moment le malheureux
Atlas. Il était ce que nos lutteurs nomment *en haleine*, et n'avait
garde de se laisser énerver par un lâche repos; et, pour s'exercer, il
saisit d'une main la montagne de Calpé, de l'autre celle d'Abila, et
d'un violent effort les sépara en déchirant l'isthme. Les deux mers

qui battaient les rives s'élancèrent bondissantes dans l'étroit passage et s'unirent avec des mugissements de joie comme des amants long-temps captifs.

Les habitants furent engloutis dans les flots, mais Evenor ne voulut pas que sa race tout entière disparût du monde. Il soutint sur les eaux Gadir l'Africaine et elle resta seule attachée au continent de l'Europe, placée, comme dit Pline, *extra orbem*, au delà du monde.

Satisfait de son œuvre, le fils d'Alcmène écrivit sur le front des masses déchirées : *Neo plus ultra* (Rien au delà).

Quelque temps après les Phéniciens, peuples navigateurs, aperçurent avec étonnement ce détroit nouveau ; ils y pénétrèrent, mais ils n'osèrent aller plus avant lorsqu'ils virent une mer inconnue, aux vagues immenses. Bientôt une de leurs colonies, chassée tour à tour de Sidon par David et de Lydie par la conquête d'Ammon, parcourut les mers allant à la recherche d'une nouvelle patrie ; et, s'aventurant au delà du canal, elle aperçut une baie immense et profonde protégée par une chaîne de montagnes.

Là, trois fleuves offraient un port naturel à leurs vaisseaux. Les rochers éclatant au soleil se détachaient harmonieusement sur la mer bleue. La brise molle et douce était saturée de parfums enivrants. Les habitants, à demi nus, accoururent sur le rivage ; ils souriaient, et la beauté des femmes semblait indiquer une céleste origine.

Les Phéniciens s'élancèrent à terre, et consultèrent les entrailles des victimes.

Les présages furent défavorables.

Ils se rembarquèrent à regret. Mais le souvenir de ce beau pays les tourmentait sans cesse.

Ils revinrent bientôt, mais sans plus de succès.

Enfin, une troisième tentative fut plus heureuse. Les aruspices leur déclarèrent que les dieux approuvaient leur entreprise. Ils s'établirent en ce pays et élevèrent à l'ouest un temple à Hercule. Ils bâtirent à l'est la ville de Gadir.

Elle devint bientôt florissante avec ce peuple de navigateurs. Ils portèrent à Osilippo, sur les rives de la Lusitanie, chez les Venètes aux longs cheveux, et chez les Bretons, séparés du globe, les armes étincelantes, la pourpre de Tyr, et les étoffes brillantes de soie mêlée d'or.

Gadir arriva au plus haut degré de richesse et de puissance

Elle forma alliance avec les Carthaginois. Lors de la guerre puni-

que, Amilcar y débarqua des troupes; et Annibal, en marchant
contre Rome, vint sacrifier à Hercule pour lui demander le succès
dans son entreprise.

Asdrubal y trouva un refuge lors de la dernière guerre contre
Scipion.

Plus tard, fatiguée de l'avarice de Carthage, Gadir fit alliance avec
Rome, qui l'incorpora à son empire.

Les Romains, qui l'appelaient par corruption *Gades*, eurent en tout
temps pour cette ville une affection particulière.

Silio Italico disait que le soleil se reposait de sa course à Gades et
allait dormir ailleurs. *Solis cubilia Gades.*

Columelle la nommait sa patrie enchanteresse.

Strabon disait que, bien que placée à l'extrémité du monde, elle
surpassait le monde en renommée.

On attirait à Rome les danseuses gaditanes, qui avaient déjà la réputation chorégraphique qu'elles ont conservée de nos jours, pour
leur voir exécuter des sarabandes lascives à peu près semblables à
celles que dansent aujourd'hui les courtisanes d'Afrique et les bohémiennes.

Lorsque Jules César fut questeur de marine en Espagne, il devina
l'importance de Cadix, la clef de l'Andalousie, et la fortifia par de
nombreux ouvrages; et quand il fut dictateur, il la nomma *urbs
Julia Augusta Gaditana*, donna à ses habitants le droit de citoyens
romains, et leur permit de se gouverner d'après leurs lois. Ce fut dans
le temple d'Hercule qu'il pleura amèrement devant la statue d'A-
lexandre en pensant à toutes les grandes choses que ce héros avait
déjà faites à l'âge où lui-même était encore inconnu.

Il fallait être César pour conserver dans cette ville charmante des
idées d'ambition et de renommée. Tout autre, en y entrant, se sent
énervé et disposé aux émotions les plus douces. En voyant ce golfe
immense, ces montagnes bleuâtres et baignées de vapeurs, ce ciel sans
nuages, ces barques élégantes qui semblent se poursuivre sur les eaux,
en sentant passer auprès de soi ces majas merveilleuses avec leurs
robes qui frissonnent, leurs éventails qui frémissent, tous ces jais
qui chatoient et sautillent amoureux autour de leurs épaules et de
leurs seins nus qu'ils semblent vouloir baiser à chacun de leurs pas,
on éprouve un désir immense de paresse et d'amour. Cette démarche singulière, majestueuse et nonchalante, qui laisse à chaque

mouvement deviner des perfections nouvelles; ces yeux humides et brillants à la fois comme les vagues de la mer au soleil, vous mordent au cœur comme un coup de poignard : on se dit que les houris de Mahomet sont moins belles, et que l'on voudrait rester là toujours et y oublier famille et patrie. Après avoir vu les filles de Cadix, en est-il un seul au monde qui en ait perdu le souvenir?

« Qui voudrait leur préférer les pâles beautés du Nord? Que leurs formes sont chétives et qu'elles sont frêles et languissantes! » a dit Byron, et ces vers arrachés par l'enthousiasme lui ont coûté cher; mais, comme tous alors, Byron avait oublié la patrie.

« Quand Paphos tomba, dit-il, détruite par le temps, les Plaisirs rirent la fuite, mais ils cherchèrent un climat aussi doux, et Vénus, fidèle seulement à la mer, son berceau, daigna se réfugier en ces lieux et établir ses autels dans la cité aux blanches murailles, » dit encore le noble poëte anglais. Et, en effet, les prêtresses de Vénus ne manquent pas dans la ville.

Lorsque nous y entrâmes, après avoir passé sous la porte qui se cintre sous les remparts, et que nous nous trouvâmes sur la grande place de la Mer, où se pressaient les marins et les poissonniers, Giraud, après avoir complaisamment promené son regard sur tous ces balcons saillants occupés par des femmes aux formes puissantes et en costume de bain, me dit en secouant la tête :

— Voilà une ville singulière et qui nous fera perdre bien du temps en promenades.

— Oui, dans les escaliers! lui répondis-je.

Mais déjà le peuple s'assemblait curieux autour de nous; notre contenance hardie, notre liberté d'allure due au séjour sur le grand chemin, notre manière de draper nos mantes rayées de Valence attiraient les regards; comme à Gibraltar, nous étions rassasiés d'admiration. Et je fus enchanté en apercevant, dans un coin de la place, une petite rue où se voyait une auberge qui me paraissait devoir nous convenir. Il nous restait, nous en avions fait le compte en route, un demi-douro (cinquante sous environ), mais nous étions dans une de nos villes de correspondances, et, dès le lendemain, dès le soir même, nous avions, s'il le fallait, deux mille francs à notre disposition.

Pour le moment cette auberge allait à notre bourse et à nos tournures de bandits. Ce n'était pas la *fonda* orgueilleuse dont on nous eût infailliblement fermé les portes; ce n'était pas non plus le *paradero*,

ainsi nommé de l'arabe *parada*, qui ne reçoit guère que des bestiaux;
ni la *meson*, auberge du bas peuple, où l'on va dormir à la *paja*; c'é-
tait la *posada*, la véritable auberge des muletiers. Nous entrâmes. L'hôtesse, occupée de sa cuisine, leva la tête et jeta sur nous un rapide
regard; il était facile d'y lire qu'elle nous prenait pour des contrebandiers ou des voleurs. Mais ce n'était pas pour elle un motif d'ex-
clusion. Sans se déranger le moins du monde, elle donna l'ordre au
garçon de nous conduire à une des chambres du premier.

Dans les posadas des villes, bêtes et hommes ne logent pas et ne
mangent pas dans la même chambrée. Il y a, comme dans les auberges
d'Afrique, une grande cour carrée où piétinent les mulets, où séjour-
nent les cabriolets à ramage, où les aparejos tout luisants de cuivre
brillent le long des murs. Au premier et au second étage, une balustrade à pilastres en bois court devant les corridors où sont placées
les chambres, et, par ses découpures, donne au *patio* un aspect
oriental.

Souvent des plantes grimpantes entretenues par l'humidité de la
cour se dressent le long des pilastres, atteignent en s'accrochant de
leurs bras nombreux aux balustres du premier, et là forment mille
tresses vertes égayées par les fleurs des lauriers-roses. Les arrieros
viennent rarement habiter les chambres; presque toujours ils couchent aux pieds de leurs mules, dont les hennissements semblent bé-
nir leur sommeil.

La chambre était une vraie chambre espagnole : deux grabats, et
les murs blanchis à la chaux. Nous y déposâmes nos mantes et nos
carabines; et, comme la nuit arrivait, nous allâmes en bas prendre
place à une grande table longue remplie de muletiers et éclairée par
une seule lampe, qui, à chacun de nos mouvements, promenait de
grandes ombres sur le mur. Après le repas, lorsque nous fûmes rentrés dans la chambre, Giraud considéra les lits d'un air pensif, et
me dit :

— Ah çà! est-ce que nous irons chez le banquier dans la tenue où
nous sommes?

— A moins que tu ne puisses nous en procurer une autre, oui.

— Mais nos vestes et notre linge ne sont pas irréprochables.

— Ils sont couverts d'une noble poussière.

— Comme les athlètes des jeux olympiques, n'est-ce pas?

— Parbleu !

— J'aimerais mieux autre chose; vois-tu, les draps sont blancs.

— Et tu veux y tailler une chemise?

— Mais non! Ecoute donc : donnons nos effets à laver ce soir, demain on nous les rendra blancs; et en les attendant, nous resterons majestueusement drapés...

— Dans les draps?

— Tout juste! Et puis nous irons chercher notre argent et dégager nos malles chez le consul.

— C'est une idée. Mozo, m'écriai-je au balcon?

Le mozo arriva..

— Peut-on avoir ici du linge blanchi du soir au matin?

— Oui, monsieur.

— Attendez!

Nous nous déshabillâmes tous les deux.

— Voilà, lui dis-je en lui tendant nos effets.

Le mozo paraissait interdit.

— Eh bien! vous n'entendez pas?

— Si fait, monsieur.

— Eh bien alors, bonsoir! A demain de bonne heure?

— Oui, monsieur.

Le mozo partit, et nous dormimes du sommeil de l'innocence.

Au petit jour, Giraud s'éveilla :

— Eh! me cria-t-il, l'Aurore aux doigts de roses...

— A entr'ouvert les portes de l'Orient, répondis-je aussitôt.

— Et notre linge!

— Ah! c'est vrai.

Je sortis, et m'appuyai au balcon, emburnoussé dans mon drap.

— Mozo?

— Voilà!

— Nos habits?

— Ah! vos habits!

— Oui, nos habits?

— Je vais monter.

Il monta. Nous l'attendions. Nous avions la tenue de deux chefs arabes fumant le chibouk.

— Messieurs, dit-il, c'est l'habitude ici de payer chaque matin la dépense.

— Ah! fis-je.

— Ah! ah! fit Giraud. Et nos habits?

— On les fait sécher.

— Ah! bien! Et à combien se monte la dépense? dis-je avec un admirable aplomb.

— Madame n'est pas encore levée, je vous le dirai tout à l'heure. Et il partit.

— Voilà où tu nous conduis, dis-je à Giraud, avec tes goûts fashionables, on va retenir nos habits; et sois sûr, on ne nous laissera pas sortir en burnous.

— Et combien avons-nous? dit Giraud.

— Tu le sais bien, un demi-douro.

— C'est peu. Mais... nous aurions dû ne pas souper hier?

— C'est un peu tard pour y penser.

— Je crois, ajouta-t-il, qu'on ne nous fera pas payer cher. Des gens qui donnent leurs effets à blanchir, et qui restent nus, ne sont pas gens à écorcher.

— C'est-à-dire qu'ils sont dans la tenue la plus favorable pour l'être.

— Parlons sérieusement. Consultons-nous. Ah! j'ai une idée.

— Voyons l'idée.

Il tira sa boîte d'aquarelle.

— Dans ce pays, dit-il, on n'a pas de pluie à craindre; et puis on est habitué à voir des gens de toutes les nations. Je vais te faire un merveilleux tatouage.

— Et puis après?

— Après, tu sortiras.

— Oui, et j'irai chez le banquier en sauvage?

— Il le faut bien.

— Merci! j'aimerais mieux notre tenue d'hier.

— Oh! étant bien tatoué, je t'assure... Tiens, regarde...

Tout en parlant il s'était peint la figure.

— De quoi ai-je l'air? me dit-il.

— Tu as l'air d'un singe.

— Voyons, ne plaisante pas.

— Parole d'honneur!

— Je vais recommencer.

Le garçon frappa, Giraud se tourna rapidement.

— Entrez, dis-je... Eh bien, combien devons-nous?

— Un demi-douro !

— Le voici, m'écriai-je en jetant l'argent à terre et de l'air du plus superbe mépris, et que nos habits soient faits à l'instant, je vous prie.

— Si' *caballero!* s'écria le valet.

Et il sortit en grande hâte.

— Eh bien! lui dis-je, en voilà une chance.

— J'en étais bien sûr, répliqua Giraud; est-ce qu'il peut m'arriver autre chose à moi? Eh bien! et mon étoile?

— Et pourquoi t'es-tu barbouillé le nez alors?

— Ah! pour faire une tête d'étude.

— C'est joli! Tiens, regarde, lui dis-je en entr'ouvrant la porte.

On posait sur la balustrade nos costumes tout dégouttants d'eau.

— Tu vois la confiance qu'on avait en nous?

— Ce sont des barbares!

— Mais qu'allons-nous faire en attendant?

— Tu vas voir.

Et il se drapa de cent manières diverses, en Arménien, en Arabe, en Espagnol; le drap, sous ses mains habiles, prenait les plus beaux plis du monde.

— Passons au Théâtre-Français, me dit-il.

Il imita si bien tour à tour Ligier, Geffroi et Bonvalet, il possédait si bien le pas de la victime qui marche au bûcher, il glissait si bien sur les deux pieds à la fois avec des éclats de voix et des gestes si pathétiques, que deux heures d'attente se passèrent comme un moment; le garçon rapporta nos vestes blanches.

— Messieurs, nous dit-il, ce n'est pas ma faute.

— Mais nous ne nous plaignons pas, lui dis-je. Et il sortit.

Nous étions superbes. Je connaissais déjà Cadix, j'y avais séjourné près d'un mois; je me reconnus sans peine. Cadix n'est pas de ces villes qu'on oublie. A chaque instant, nous nous arrêtions dans la grande rue Marchande, qui tient à la place de la Mer, pour admirer les grandes boucles d'oreilles d'or, les bijoux d'argent travaillés, les balcons qui s'avançaient bien avant dans la rue, et où se tenaient de charmantes femmes élégamment parées, les bannes voltigeantes au vent, les élégantes *esteras*, tantôt repliées sur elles-mêmes, tantôt se déroulant nonchalantes avec leurs couleurs indiennes, les maisons propres et blanches; et le peuple qui se promenait en mêlant sans cesse le brun, le rouge, le jaune de leurs ceintures, de leurs vestes chargées de broderies et de filigranes, de leurs bottines brodées et de leurs éclatantes marseillaises.

Tous ces cheveux noirs, tous ces yeux noirs, cette soie, ces velours, ces dentelles, toutes ces fières cambrures, ces dents blanches, ces lèvres humides, tous ces petits pieds aux pompons de satin, nous causaient un émoi indicible que venait augmenter la douceur d'un air tiède et corrupteur. Nous étions accablés de nonchalance et de désirs. Ces voix de *contralto*, qui décelaient une organisation puissante, nous faisaient battre le cœur.

— Jamais je ne me suis senti une langueur pareille, disais-je à Giraud.

— Ni moi non plus. Cette ville est enivrante, ce soleil m'éblouit et me charme, et les ombres fraîches et transparentes apportent à ma vue comme une sensation voluptueuse qui me chatouille le cœur en inondant mes yeux. Ici, on est pris de tous les côtés à la fois; mais soyons vertueux, allons à la poste voir si j'aurai des lettres de ma femme.

— Tu es bien heureux, lui dis-je; mais avant la poste, le banquier. Sans argent, comment retireras-tu ces lettres?

Le banquier demeurait près de la *calle Ancha* dans une maison au patio chargé de sculptures. Il y avait là de grands bureaux, de grands grillages, l'or roulait en retentissant sur les tables de bois à ourlets. Le banquier fut charmant, il nous paya en or, et nous donna une pièce fausse, comme nous le vîmes plus tard. Je sais son nom, je ne le dirai pas; mais tromper des artistes qui comptaient à peine leur argent, ce n'était pas espagnol.

Nous nous élançâmes au dehors de chez lui vers la poste. La place Saint-Antoine était déserte, avec ses bancs de pierre placés en rond. Vingt ans avant on n'y marchait qu'à petits pas, tant la foule était grande. Tous les bancs étaient garnis de *majas*, et maintenant elle était solitaire, et l'on n'entendait que la brise qui courant dans les arbres, y éveillait ce frémissement si doux à entendre quand le soleil dort sur les dalles. Elle avait vingt années de plus! c'est souvent un motif d'abandon.

La place Mina l'a détrônée : elle occupe l'emplacement d'un ancien couvent de capucins; on y conservait, dit-on, un dragon immense et d'une antiquité fabuleuse. Pline en parlait déjà avec admiration.

Cette place est plus grande, plus longue, plus carrée, plus jeune que sa rivale déchue. C'est là, sur le côté, que se trouvent les bureaux de la poste. Giraud s'élança sur une des grandes pancartes pendues à la porte, je me jetai sur l'autre; je cherchais pour lui, qu'avais-je à attendre pour moi?

En Espagne la poste restante est bien singulièrement organisée : on place à la porte du bureau une immense planche couverte de feuilles de papier sur lesquelles on inscrit le nom des personnes dans les dispositions suivantes :

Militaires, bourgeois de la ville, étrangers, femmes, demoiselles; et puis *lettres venues d'étranger, lettres d'outre-mer.* Quelquefois on écrit *France;* cela, comme on le comprend, évite un grand casse-tête aux employés. Il y a aussi cela de commode, qu'en cherchant dans la colonne qui vous concerne vous trouvez aisément. Chaque lettre porte un numéro, et en le disant au grillage du bureau, on vous la donne à l'instant. Il n'y a à ceci qu'un seul inconvénient, mais il est grand : c'est qu'une autre personne peut s'emparer très-facilement de vos lettres, ce qui devient très-désagréable lorsqu'elles renferment, par exemple, des effets au porteur. Le commis ne fait pas à ce sujet la moindre objection; et je suis certain qu'en payant la taxe, la même personne pourrait prendre tout le courrier inscrit sur les pancartes. On prétend qu'il n'arrive jamais de fraude de ce genre; c'est possible, mais il pourrait en arriver.

Nous parcourions tous deux les listes, Giraud ne trouvait rien, il était consterné :

— Et toi? me dit-il.

— Rien non plus.

— Changeons de côté, nous nous sommes trompés peut-être.

Nous allâmes chacun de notre côté faire la preuve de l'autre. Rien.

— Serait-il arrivé un malheur, disait Giraud? Mon fils!... ma femme!... C'est horrible!... et si loin... Quand aurai-je des nouvelles maintenant?...

— Nous reviendrons demain.

— Non! relisons encore, je t'en prie, je suis sûr qu'il y a erreur.

— Ah bien! lui dis-je, laisse-moi lire les noms de dames, c'est plus amusant.

— Comme tu voudras.

Et je me mis à lire les noms des demoiselles, que j'appelais à voix haute : Mademoiselle Athénaïs, mademoiselle Sidonie, mademoiselle Eugénie Girard...

— Hein? dit Giraud.

— Eugénie Girard, regarde plutôt.

— Mais c'est pour moi!

— Laisse donc, prétentieux! jolie demoiselle, ma foi !

— Le numéro! le numéro!

Je le lui dis, il s'élança vers le grillage.

— Bon, dis-je, tu vas payer la taxe! Tu auras soin de la remettre à la poste au moins.

Giraud tenait la lettre, elle était pour lui.

Il rayonnait comme un soleil, il riait, il était heureux.

— Ah! je respire, dit-il après l'avoir lue; je vais la recommencer.

— A ton aise. Et je me mis à regarder les promeneuses.

— Tout va bien! *all is well!* s'écria Giraud. Maintenant, chez le consul !

Le consul était sorti, nous laissâmes à son domestique nos noms et l'adresse de notre auberge. Il demeurait près de l'Alameda. Nous y allâmes.

Comme elle était élégante cette promenade que j'avais vue autrefois si simple, ornée seulement par les remparts et la mer! Maintenant elle était resplendissante avec ses bancs de marbre et ses statues.

Je l'aimais mieux sévère comme elle était d'abord; et puis je la voyais parée de mes souvenirs à vingt ans de distance, vingt années! juste au même mois.

C'était la même température, le même feuillage, les mêmes maisons blanches. La mer, les montagnes des fonds, rien n'avait changé Et si ce n'eussent été ces statues, j'aurais pu croire avoir rêvé et revenir le lendemain.

Mais ce cœur qui battait de joie la veille, qui s'ouvrait à l'amitié, à l'amour, à la mer, au soleil, ce cœur joyeux qui se confiait à tous, était aujourd'hui flétri et sanglant, et toutes ses affections étaient tombées dans les eaux bleues.

Et pourquoi pas, après tout? De quel droit un homme voudrait-il être toujours heureux quand personne ne l'est sur la terre? Pourquoi les affections ne nous quitteraient-elles pas? La jeunesse m'a-t-elle donc trahi, parce qu'elle m'a quitté? Et puis d'un grand mal naît souvent un bien cent fois plus grand. J'ai lu quelque part, chez un poëte allemand, je crois, que la douleur épure le cœur de l'homme, semblable en cela à la perle qui ennoblit l'huître en la faisant mourir. C'est une belle idée, n'est-ce pas?

La promenade était déserte aussi. Les fortifications de Cadix, qu'elle suit sans cesse, sont placées sur le rocher même; elles s'élèvent à beaucoup d'endroits à trente pieds au-dessus de la mer. Vers la puerta de la *Caleta*, leur hauteur est beaucoup plus considérable encore. Ce fut la barrière qui sauva Cadix de l'inondation en 1755, lors du tremblement de terre de Lisbonne.

Non loin de là se trouvent l'arsenal et les baraques de l'artillerie.

Entraînés par la séduction de la mer, nous suivîmes les remparts en retournant à notre posada. En rentrant par la puerta del Mar, nous nous arrêtâmes devant la nouvelle cathédrale. Elle est au fond de la place, d'ailleurs assez large; et dans les tempêtes, lorsque le vent vient de l'ouest, elle est toute ruisselante des vagues qui sautent par-dessus les remparts et viennent la couvrir de leur poussière. A l'époque où elle fut bâtie, elle était encore plus exposée au choc de la mer. La digue, construite en 1788, a éloigné les vagues, qui, avant cette époque, couvraient les remparts. C'est pour cela même que la façade fut bâtie en marbre. La cathédrale que l'on appelle la *Vieja* (l'ancienne) est au bout de l'Alameda. La *Nueva* (la neuve) est ornée de deux grandes tours, chacune de la hauteur de deux cents pieds environ. Elle fut bâtie en 1720, au temps de cette architecture bâtarde, moitié grecque, moitié romaine, que Versailles avait mise en honneur. Les pilastres de la façade sont corinthiens, ceux des entrées sont doriques. La façade en est très-simple, et n'a d'autre ornement qu'un balcon et les statues de san German et san Servando placées dans des niches. Elles viennent de l'ancienne cathédrale.

A l'intérieur, elle est remarquable peut-être par ses marbres tirés des carrières espagnoles. Les colonnes principales sont de jaspe d'Arcos et de Manilva. Elles n'arrivèrent à Cadix que quatorze ans après leur construction. Il fallut fabriquer des voitures, bâtir un môle à Algésiras, où elles furent embarquées sur des navires construits spécialement pour ce transport. En résumé l'église est peu intéressante pour l'artiste, qui se laisse ordinairement peu séduire par la richesse des détails de mauvais goût.

En rentrant à l'hôtel, grande fut notre surprise, on nous fit une réception brillante, l'hôtesse quitta ses fourneaux et vint souriante au-devant de nous; le garçon saluait jusqu'à terre, et la servante, qui jusqu'alors nous avait à peine regardés, minaudait de la manière la plus andalouse. Nous nous regardions tout interdits, on nous donna aussitôt l'explication de ce changement magique. Le consul de France était rentré chez lui presque aussitôt après notre visite, à peine eut-il jeté un coup d'œil sur nos cartes, qu'il envoya à la posada son domestique en grande livrée, accompagné d'un galiego qui portait notre malle. Il nous faisait dire qu'il serait enchanté de nous voir et nous invitait pour le soir même à un dîner à la française, c'est-à-dire servi à cinq heures.

Le ton respectueux du domestique en parlant de nous, la démarche que faisait son maître, l'une des autorités du pays, les oripeaux de la livrée firent une forte impression sur l'hôtesse désespérée de ne pas avoir deviné sous leur costume de bandits de si nobles hôtes. Elle s'excusa de la demande d'argent, qui fut attribuée à une méprise impardonnable de ce lourdaud de garçon, et elle nous supplia de lui permettre de nous offrir d'autres chambres, ce à quoi nous ne voulûmes jamais consentir.

Nous reçûmes ses avances et ses excuses avec la dignité calme de véritables gentlemen : c'était la règle de la maison, nous n'aviox donc pas à nous en offenser; et puis la chambre qui nous avait bien convenu une première nuit pouvait nous convenir les autres, puisque nous cherchions surtout à ne pas attirer les regards. Cette phrase jeta sur nous un assez agréable reflet d'*incognito*.

Mais lorsque nous descendîmes en habit noir, en gants blancs, la tête ornée de nos gibus devenus célèbres, ce fut bien autre chose encore.

Depuis ce jour nous remarquâmes, lorsque nous revenions à la nuit, que l'hôtesse était plus ornée : ses cheveux noirs s'égayèrent de grenades rouges; ses petits pieds s'emprisonnèrent dans des souliers de satin; le fichu qui couvrait sa poitrine fut mal attaché; et Giraud, à qui rien n'échappe, la vit plus d'une fois, surprise à l'improviste, laisser adroitement tomber sa cuiller de fer en s'avançant vers nous avec un *meneilo* à faire envie à une danseuse, pour nous présenter elle-même notre clef. Des aventures de ce genre nous arrivaient tous les jours.

Et en vérité, je m'adresse ici au lecteur ami des voyages, à celui qui se dit : « J'irai là peut être un jour, » à celui-là enfin pour qui nous écrivons ces lignes avec la sollicitude d'un ami, sans risquer un mot, sans donner un conseil qui ne soit basé sur l'expérience ou la vérité, notre manière de voyager n'est-elle pas la plus raisonnable, souvent même la plus flatteuse pour la vanité? Nous pouvons sans danger nous mêler avec le peuple, vivre de sa vie économique, étudier ses mœurs, ses penchants. S'il nous devine, et cela arrive presque toujours, il ne nous montre que plus de bienveillance et de cordialité; puis, comme on se juge vite en voyage, quelques mots échangés entre nous, quelques coups de crayon de Giraud attirent autour de nous ces observateurs de la classe plus élevée, qui se font d'autant plus aimables que nous nous sommes tenus plus à l'écart. Il est vrai que ce magnétisme n'agit que sur les hommes intelligents, et que les parvenus et les imbéciles ne nous honorent pas de leur pesante importunité; mais c'est un malheur dont notre philosophie nous console.

Et maintenant celui qui veut, dès le premier abord, conquérir une certaine considération par son costume, risque, s'il n'a pas cette fine fleur d'éducation aristocratique, d'être rejeté à l'instant comme une pièce fausse par la société dans laquelle il veut se glisser, quel que soit d'ailleurs le faste de ses dépenses. Le peuple l'évite, ses égaux ricaneurs luttent de froideur avec lui, et drapé dans sa vanité, sans rien voir, rien apprendre, il voiture ses malles à prix d'or d'un bout du pays à l'autre, triste, isolé, ennuyé et ennuyeux.

Il n'était pas encore tard; nous sortîmes donc en grande toilette pour parcourir la ville et nous rendre chez le consul. Ce qui nous frappa surtout, ce fut le luxe des boutiques de barbiers, qui maintenant encore ont continué Figaro. Leur boutique est ordinairement ornée de rasoirs brillants, de toutes formes et de toutes grandeurs, disposés sur deux ou trois rangs en guirlandes qui courent en étincelant sur les murs. Vous voyez en passant le barbier installé dans son grand fauteuil, raclant une guitare sur laquelle il improvise des marches ou des *boleros*. Il saigne, purge, arrache toute molaire, canine ou incisive et donne des consultations. Il rase deux fois ses pratiques avec une admirable légèreté, et donne à la peau du menton la douceur du velours. C'est dans les villages et souvent dans les villes un personnage qui ne manque pas d'une certaine importance.

D'autres magasins remarquables sont ceux où s'étalent les *esteras*, tapis de paille charmant de goût, de dessin, de couleur, et souvent d'un admirable travail. Tout ce qui orne les autres magasins vient de France ou d'Angleterre, et nous y avons vu, profanation! des chapeaux de femmes destinés à remplacer la mantille des Gaditanes et à cacher leur grand peigne d'écaille et leurs longs cheveux noirs.

Les rues sont pavées de dalles et de petites pierres, et elles sont si propres qu'après les pluies les plus violentes les Gaditanes les parcourent en bas de soie blancs et en souliers de satin, leur chaussure ordinaire, sans craindre la moindre souillure.

J'engageai Giraud à monter sur la tour de la Vega pour lui faire connaître d'un seul coup la ville qu'elle domine. Nous arrivâmes, après avoir gravi bien des marches, sur une grande terrasse garnie de parapets.

La vue était admirable. Cadix, dont nous dominions toutes les maisons bâties en terrasse, sans doute en souvenir de l'Afrique sa mère ou sa sœur, paraissait attachée à la terre par un simple filet jaunâtre qui allait en diminuant toujours, car la marée était montante.

En suivant au midi, nous apercevions la rade et les collines de Chiclana qui s'étendent en traçant le cercle immense de la baie jusqu'à l'embouchure du Guadalquivir. Leur arc, d'un bleu pâle, tout damasquiné de la nacre de ses bourgs et de ses villes, s'unissait au bleu plus foncé de la mer. *El Puerto* brillait en face de nous en plein soleil, et l'on voyait distinctement fumer le vapeur prêt à partir à l'embouchure du Guadalete.

Toute la baie était couverte de navires, surtout du côté du Trocadero; et si nous portions nos regards au delà de Conil, dans la direction de l'Afrique tant désirée, il nous semblait voir trembler dans la brume au delà du détroit les rochers du cap Espartel. Tout se taisait autour de nous, car l'heure de la sieste n'était pas encore passée; seulement, au-dessus de nos têtes, l'étendard espagnol, agitant ses larges plis, causait bruyamment avec les vents de la côte. Ce bruit nous plaisait à tous deux, et en l'écoutant nous regardions autour de nous, presque machinalement, sans réfléchir, dans une espèce d'extase. Pendant que nos yeux admiraient toujours, nous laissions errer notre pensée joyeuse... et elle allait vers le pays peut-être. Tout à coup je tressaillis : un souvenir m'avait mordu au cœur; j'avais besoin de parler.

— Vois, dis-je à Giraud, comme tout ceci est beau; il n'y a que

les pays du midi pour offr.. de pareilles splendeurs. Mais cette ville
tant favorisée n'a pas tout pour elle, elle manque d'eau; et si ce
n'étaient ses aguadores du port Sainte-Marie, qui s'en vont se promener dans la ville leur cruche sur l'épaule en criant : *Agua fresca!*
elle en serait réduite à boire l'eau des pluies qui tombe sur ses
azoteas, et qu'elle conduit dans ses citernes. Tu n'en as pas encore
vu : il y en a dans chaque maison ou à peu près; on y élève des tor-
tues, quelquefois des petits poissons. Je me rappelle, il y a vingt ans,
d'en avoir vu une où vivait un fort joli crocodile. Dans les temps de
siége, les Gaditans en ont été réduits à se contenter de ces eaux
souvent saumâtres.

Mais Giraud ne m'écoutait pas :

— C'est magnifique, disait-il à demi-voix en hochant la tête. Je
n'ai jamais vu de vaisseaux de guerre; mais, si j'avais à en voir un
jour, je voudrais que ce fût dans une baie pareille, avec toutes les
voiles déployées et les matelots sur les mâts. Je ne me dérangerais
pas volontiers pour aller les voir dans le port. Mais voici l'heure du
dîner. Allons chez le consul.

Nous descendîmes, et tout en marchant je montrai à Giraud le
couvent de San-Francisco tout orné de grands palmiers. C'est là où
le grand Murillo tomba de son échafaudage, et alla peu de temps
après mourir de sa chute à Séville. Son dernier tableau, ornement
du couvent, représente le mariage des Catherines et fut achevé par
son élève Osario, d'après ses dessins. On conservait autrefois dans ce
cloître un dragon qui pour l'âge rivalisait avec celui de la place Mina.

M. Huet (c'est le nom du consul) nous reçut de la manière la plus
cordiale; nous lui étions recommandés par la lettre de M. de Lesseps,
c'est tout dire. Il reconnut Giraud presque aussitôt que nous entrâmes. Ils s'étaient trouvés ensemble à Paris chez un banquier de
leurs amis. Son dîner fut un dîner presque espagnol; on y remarquait l'*olla podria* et aussi le *gaspacho*, qui, nous l'avouerons en passant, fut pour nous une nouveauté. Ce plat vient des Romains en
droite ligne, et faisait, dit-on, partie obligée de la ration de leurs
soldats. C'est une espèce de soupe froide composée de concombres,
de piment et de croûtes de pain coupées en petits morceaux, le tout
nageant dans une sauce de vinaigre, d'huile et d'eau froide. Ce
mélange est extrêmement rafraîchissant et fort agréable dans les moments de grande chaleur, où rien ne désaltère.

13.

Nous en étions au dessert, lorsque plusieurs coups de canon firent trembler la chambre. Nous nous élançâmes tous à la fois sur la terrasse pour connaître la cause de ce vacarme.

Au milieu de la fumée qui se levait lentement en nuages majestueux, nous aperçûmes un vaisseau de guerre. C'était un vaisseau amiral portant le pavillon anglais. Il faisait feu pour saluer le port et s'occupait en même temps de jeter l'ancre, tandis que d'autres navires moins bons marcheurs entraient dans la rade toutes voiles dehors; quelques-uns étaient encore en mer. Cette escadre était composée de quatre vaisseaux à trois ponts de 74, de deux bâtiments à vapeur et deux navires d'une moindre force. C'était un magnifique spectacle; la large baie leur laissait tout espace pour manœuvrer à l'aise, et les évolutions de chacun étaient différentes. Le rêve de Giraud se réalisait, et je ne pus m'empêcher de lui en faire mes remerciments sincères.

— Non pas, non pas, mon cher, me répondait-il sans quitter la longue-vue du consul, qu'il tenait braquée sur l'escadre; je ne peux recevoir tes compliments : j'ai oublié les cent vingt canons ; j'étais distrait, c'est dommage ! mais entre amis l'on ne fait pas de façons.

Pendant ce temps les batteries de terre commençaient à riposter, et c'était un admirable charivari. Peu à peu, les autres bâtiments vinrent se grouper auprès du pavillon ; le bruit cessa, les voiles se baissèrent, la grappe noire qui s'agitait sur les mâts s'égrena sur le pont, et toutes ces citadelles flottantes restèrent immobiles et silencieuses, tandis que la mer se couvrait de voiles rouges et blanches qui voltigeaient autour de ces colosses comme les mouettes de la mer. Nous descendîmes sur l'*Alameda* pour aller les admirer de plus près.

La nuit vint, et nous allâmes au grand théâtre dans la loge du consul. Il n'y a pas de façade, et l'intérieur n'a rien qui puisse être cité. Nous vîmes danser des cachuchas comme on en danse chaque jour dans les intermèdes; chacun les connaît maintenant, et nous n'en hasarderons pas la description. Nous aimions à voir les loges et les galeries remplies de femmes charmantes, toutes au type maure, la peau brune, l'œil noir, la poitrine saillante, et des fleurs dans les cheveux. Graves et presque majestueuses, elles riaient, lorsque la pièce leur plaisait, avec cet abandon presque enfantin indice de la bonté du cœur. Et en effet, c'est un peuple charmant que ce peuple de Cadix !

Aimables, doux, portés au plaisir, qui rend l'âme meilleure, dans un climat où le plaisir coûte s. peu, leur accueil est affable et plein d'une liberté qui semble venir de l'innocence. A peine présentés vous êtes déjà un ami pour eux ; le nom de famille est banni : vous êtes don Perez, don Pedro, don Adolpho. Les hommes, pour vous faire honneur, et c'est là en Espagne la marque d'une véritable estime, vous donnent tout leur temps, tous leurs loisirs ; ils vous accompagnent partout sans vous quitter un seul instant, vous montrent tout ce qu'il y a à voir chez eux, vous apprennent tout ce que vous voulez savoir, et sont heureux surtout lorsque vous admirez leur pays, lorsque vous en dites du bien. Les femmes, presque toujours assises sur des nattes comme les Orientales, se lèvent peu pour vous recevoir ; elles aiment avec passion les sucreries et l'eau fraîche ; elles sont disposées à l'amour, candides, et croient réellement à tous les serments qu'on veut leur faire ; elles aiment sincèrement quand elles aiment.

Dans la classe inférieure, et souvent même un peu plus haut, la prostitution n'est pas entachée d'infamie. Plusieurs fois, et c'est singulier à dire, mais chaque voyageur le sait, c'est un moyen de s'amasser une dot. Il est même des femmes que leur *novio* accompagne jusqu'au seuil de certaines portes ; mais lorsque ce seuil est repassé, elles ne connaissent plus la personne qui les a fait venir. Aussi règne-t-il souvent dans cette classe une espèce de pudeur incompréhensible pour les gens venus du Nord, et cette retenue singulière, cette sorte de chasteté merveilleuse ont souvent occasionné des passions véritables chez les gens que personne n'a jamais aimés. L'amour est la pensée de chaque femme espagnole ; c'est toute la vie d'une Andalouse, elle n'existe que par le cœur.

Tout est charmant chez ces dernières. Leur langage est adorable pour quiconque entend l'espagnol. Dans leur bouche, le fier castillan devient un doux gazouillement, un amoureux murmure ; elles brisent les mots, en jettent au vent la rude écorce, et n'en conservent que le miel. Aussi, bouche andalouse, œil andalou, chevelure noire et bleue, épaules brillantes et satinées, pieds, dents, taille, tournure, qui pourrait résister à tout cela ? N'envoyez pas là votre Télémaque, ô sage Mentor !

Détachés de l'Afrique et descendus des Maures, les Andalous en ont conservé le caractère, les jeux, les danses, les chansons traînantes. Ils en portent encore les noms, et ils n'en ont abandonné ni les préjugés ni les costumes.

Ils sont généreux jusqu'à la prodigalité. C'est un plaisir pour les gens du peuple de payer dans un cabaret les dépenses de leurs compagnons, même lorsqu'ils devraient y sacrifier le prix de leur journée de travail ; ils se fâchent si on leur résiste.

Lorsqu'ils se querellent, leurs menaces sont terribles, et l'on s'attend à les voir se tuer à chaque instant ; mais le moindre incident les apaise. Leur langage est plein d'images et de métaphores, et étincelle de traits d'esprit ; leur imagination est vive et leur sensibilité grande, et à cause de cela ils sont aptes à la poésie et aux beaux-arts. Murillo, Zurbaran, Herrera, Roëlas en sont la preuve. Ils s'adonnent peu aux sciences exactes, et cela se comprend, avec ce beau climat qui porte au plaisir. Du reste, quelques airs de guitare, une danse improvisée, les reposent des journées les plus fatigantes.

Ils s'embarrassent peu de l'avenir, et se laissent facilement conquérir, pourvu qu'on leur laisse la vie heureuse. Ils sont quelquefois poltrons à l'excès, quelquefois ils sont pleins de valeur. Ainsi, lorsque toutes les forteresses et les grandes villes du royaume étaient tombées au pouvoir de Joseph, lorsque les troupes du pays, partout dispersées, en étaient réduites à faire la guerre de *guerillas*, sous le feu même des batteries terribles de Matagorda, établies par le général Soult, et dont les boulets foudroyaient la ville et allaient quelquefois en sifflant sur sa tête tomber plus loin dans la mer, Cadix proclama en 1812 sa constitution, froidement discutée et établie par les cortès assemblées dans ses murs.

Le climat de Cadix est délicieux ; il est aussi très-sain : seulement, dans l'été, l'air de la mer cause aux habitants une espèce d'irritation nerveuse qui arrive presque jusqu'à la fièvre lorsque souffle le terrible *solano*, le vent d'est. Ce vent les abat, les fatigue, les agace au point de leur faire désirer la vue du sang. La moindre contrariété les irrite. C'est le moment des crimes et des duels.

Lorsque nous allâmes avec Giraud, le second jour de notre arrivée, nous promener pour étudier les mœurs du peuple dans les cabarets de *San-Jose* en dehors de la ville, les Gaditans jouaient presque tous ayant placé près d'eux leur *navaja* (couteau) tout ouvert. Un Catalan et un Andalou se prirent de querelle, et se mirent en garde aussitôt. Leurs couteaux étaient de ceux que l'on appelle *navajas de santooleo* (couteaux d'extrême-onction), parce que leurs blessures ne laissent pas le temps d'administrer le blessé. Mais, comme l'injure n'était pas mortelle, ils tinrent une partie de la lame dans la main, n'en laissant, selon leurs conventions, qu'un pouce à découvert.

La galerie fit aussitôt cercle autour d'eux; le Catalan paraît avec son chapeau, l'Andalou avec sa veste roulée autour du bras gauche en guise de bouclier. Après quelques passes adroites sans résultat, le Catalan reçut au bras une légère entaille, et le combat fut terminé.

C'était un jour de *solano*.

Les étrangers sont toujours respectés, et ne courent aucun risque dans ces sortes de réunions; les coups de couteau ne sont pas pour eux, à moins qu'il ne leur arrive de frapper un Espagnol. C'est une injure qui ne se lave que dans des flots de sang. Il faut, si ce cas arrive, prendre les précautions les plus grandes, et ne sortir qu'avec des armes à feu, très-redoutées en Espagne, car un danger incessant et presque toujours imprévu vous menace; le couteau est ouvert, et n'attend qu'un moment d'oubli ou d'imprudence pour se cacher tout entier dans le dos de l'insulteur de son maître.

Pour éviter les énervements de la ville, tous les Gaditans aisés vont vivre à la campagne, dans les environs, là où l'on voit la verdure qui calme l'œil, là où l'on respire l'air des montagnes qui tranquillise la poitrine. Chiclana, el Puerto Santa-Maria, San-Lucar de Barrameda, et toutes les campagnes environnantes sont remplies d'élégantes, et c'est là qu'il faut alors les aller chercher. Les gens de banque et de commerce y vont coucher tous les soirs.

Les deux premiers jours étaient pour nous des jours de fête; Giraud montait tous les escaliers, ouvrait les portes, et se présentait aux balcons où voltigeait la moindre dentelle, pour satisfaire son ardent désir d'apprendre et de voir.

Nous étions toujours bien accueillis; mais lorsque les marins de l'escadre anglaise eurent pu prendre terre, tous les escaliers, tous les balcons se trouvèrent envahis. On nous demandait invariablement si nous étions marins et Anglais. Au commencement, nous repoussions ces suppositions avec horreur; mais, comme la marine anglaise était exclusivement estimée, force nous fut de sacrifier à la mode, et nous eûmes la faiblesse, — j'en demande pardon à notre belle patrie, — de nous laisser prendre pour des insulaires. Si j'ai bonne mémoire, Giraud fut lieutenant et je fus, moi, chauffeur en chef. De cette sorte, nos succès continuèrent comme par le passé. Mais, à la fin, honteux et repentants de notre condescendance, voyant d'ailleurs les marins anglais envahir le grand théâtre, voire même *le Ballon*, spectacle du peuple où se jouent les saynètes, nous comprîmes qu'il était temps de partir. Giraud laissa bien des portraits inachevés et nous allâmes dîner au *Correo* pour rentrer de bonne heure et pouvoir préparer nos malles pour le lendemain.

Le Correo est le seul traiteur à la carte où l'on puisse dîner lorsque la nuit est venue. Le soir, à quatre heures, vous trouvez d'autres restaurants; mais ils se ferment à cinq, et alors il est impossible de trouver rien à manger. Une fois la boutique close, l'Espagnol ne la rouvre plus, même à prix d'or. Le second jour (nous avions dîné le premier chez le consul), après avoir en vain battu toutes les rues, nous nous installâmes, mourants de faim, dans la boutique large de six pieds sur quatre d'un marchand de friture, et là nous fîmes une consommation remarquable des poissons de la baie.

Le Correo est dans la rue du Théâtre, en descendant vers la porte de la Mer. Le nom est écrit sur la porte.

Le lendemain, de bonne heure, nous nous dirigions du côté du port.

Nous regrettions Cadix. C'est une ville si jolie!... Comme elle a dû être brillante au temps de sa splendeur!

Détruite une fois par un orage, peu de temps après sa fondation, elle fut rebâtie à la place où se trouvait le cimetière, comme le prouvent les pierres tumulaires chargées de dessins et d'inscriptions que l'on a trouvées et que l'on trouve encore tous les jours. Sous les Romains le monopole des poissons salés lui procura des richesses immenses; mais, plus tard, la fondation de Constantinople lui porta un coup mortel. Les Goths détruisirent la ville. La découverte du nouveau monde lui rendit une prospérité qui dura jusqu'au moment où l'Espagne perdit ses colonies. Il y a quarante ans l'on trouvait difficilement à Cadix la monnaie d'une once d'or (quatre-vingts francs), qui y avait, à coup sûr, moins d'importance qu'un duro (cinq francs) maintenant. On y comptait cent mille habitants, de nos jours il s'en trouve cinquante mille à peine.

Les Anglais prirent Cadix en 1596, sous le règne d'Elisabeth. En 1628, en 1650, ils l'attaquèrent de nouveau, mais ils furent obligés de lever le siége. Il en fut de même en 1700, bien que la garnison ne fût composée que de trois cents hommes. Cette ville résista aussi aux Français de 1810 à 1812; et, en 1823, elle se rendit au duc d'Angoulême.

Nous étions là, sur le môle, disputant notre malle à une foule de bateliers qui cherchaient chacun de leur côté à l'attirer dans leur barque, qui, toujours mouvante, montait et descendait selon les caprices de la mer. Enfin, l'un d'eux, plus adroit, l'enleva aux autres et la posa sous ses bancs; en une seconde nous étions près de lui.

— Combien?

— Une pezette par personne.

— C'est bon, marche.

La large voile se tendit, le canot se pencha, partit en bondissant, et déjà nous étions arrivés au vapeur. Je jetai au batelier deux pezettes, et nous avions pris la rampe de l'escalier, lorsqu'il m'arrêta par ma mante.

— Eh bien? qu'est-ce? que veux-tu? lui dis-je.

— C'est encore une pezette pour la malle.

— Carajo! dit Giraud, qui avait compris.

Je demanderai la permission de ne pas traduire cette exclamation de Giraud.

— Ecoute, batelier d'amour, lui dis-je, voici une demi-pezette, pour me punir de n'avoir pas pris avec toi toutes mes précautions; maintenant, lâche ma mante, ou bien je vais t'envoyer dans la mer, l'eau est douce, profonde, c'est un vrai plaisir d'y nager.

Le batelier lâcha ma mante, il était satisfait.

Nous montâmes à bord du navire.

CHAPITRE XXXI,

Les bords du Guadalquivir. — Les officiers anglais.

Nous allâmes nous placer à la proue avec les paysans. L'avant était plein de beau monde.

Au moment où nous levions l'ancre, on nous héla d'un vaisseau anglais placé près de nous. En même temps une barque descendit en tremblant du pont et vint toucher la mer, et presque aussitôt trois officiers y étaient installés, et elle marchait vers nous. Ils tenaient le gouvernail, et les matelots, en toilette de marin, frappaient en cadence les eaux bleues de leurs grandes rames.

C'était beau à voir. Nous ne nous doutions guère que dans cette même baie, presque à cette même place, seulement deux mois plus tard, nous ferions un bien autre effet dans la grande barque du *Véloce* avec son grand drap rouge qui traînait dans l'eau.

Les officiers saisirent la rampe de l'escalier et montèrent à l'avant. Nous partîmes.

Il y avait de la brise, la mer était un peu houleuse. Nous vîmes tour à tour *Scipiona*, dont le nom indique l'origine, et Rota, bien connue par ses vins rouges appelés tintilla.

Nous entrions en mer. Giraud pâlit et alla se coucher sans rien dire; mon tour n'était pas encore venu, je restai à contempler le beau jeu des vagues.

Deux heures après le navire entra dans le Guadalquivir et prit une allure moins active. Il était temps. Giraud se rapprocha de moi, vint s'asseoir tout pâle sur un banc et prépara ses crayons.

Guadalquivir! C'est un beau nom, c'est un de ces noms que l'on entend résonner dès l'enfance et qui remplit l'oreille de son harmonie. Guadalquivir!

Les Arabes l'appelaient Ouad-al-Kebir (grande rivière).

La réalité fait tort aux jeux de l'imagination. Ce ne sont pas des rives ombragées, des collines verdoyantes, c'est un pays nu, aride, brûlé tout à l'entour. Cette désolation même a un grand caractère. Nous passâmes devant Bonanza, où, vingt ans auparavant, j'avais débarqué en venant de Lisbonne avec deux contrebandiers espagnols pour me rendre à San-Lucar, que l'on apercevait du bateau, gracieusement groupé sur une colline.

Nous avions traversé par une chaleur terrible l'espace qui s'étend entre Bonanza et San-Lucar, et que l'on appelle Algaida : mot arabe qui signifie le désert.

San-Lucar est une charmante ville. Godoy y avait formé un jardin botanique destiné à naturaliser en Espagne les arbres et les plantes de l'Afrique et du nouveau monde, il y avait aussi établi une ménagerie d'animaux rares ou utiles des mêmes pays; et tout prospérait à merveille. Mais, à la chute de ce favori, le peuple tua les animaux et détruisit les plantes.

Le navire glissait toujours, et, dans sa marche rapide, laissait bien

loin en arrière l'essaim noir des chauves-souris du souvenir. Le
fleuve se divisait en trois branches, et enlaçait dans ses replis deux
grandes îles : l'isola Mayor et plus loin l'isola Menor.

Sur ces îles on n'aperçoit pas un village, pas un arbre. Quelquefois par hasard on distingue une hutte de bergers à demi sauvages.
Hâves et minés par la fièvre, ils gardent les innombrables troupeaux
qui, seuls, donnent la vie à ces vastes pâturages.

Sur les rives, nommées *las marismas*, échancrées de temps à autre
par des lacs dormants, les *salados*, la terre est calcinée et réduite en
poussière noirâtre, ou délayée en fange épaisse par les débordements
et les marées. Mais les plantes d'Afrique et même du continent américain, apportées par la brise, ou peut-être aussi arrachées aux bords
des fleuves de l'Atlantique par le mouvement du gouvernail, et ac-
crochées à la quille, sont venues, voyageuses involontaires, chercher
un nouveau climat, et de leurs fils flottants ont nagé vers la rive
lorsque le bâtiment s'est arrêté. Là se trouvent les statices élégantes,
la salicorne, la cresse, la philyspée, et parfois aussi la passerine velue et l'aizoon des Canaries.

Et si les marismas s'élèvent, vous voyez aussitôt les buissons de
lentisques et de tamarins mêlés au genévrier de Phénicie. Les insectes sont les insectes d'Afrique, et l'on entrevoit aussi le caméléon
guettant les mouches et se chauffant au soleil.

A mesure que nous avancions, Giraud reprenait son entrain. Il
dessinait avec amour un Espagnol de la Manche en grand costume du
pays, endormi sur un banc; la foule se formait épaisse autour de lui
et riait aux éclats. Par contre, on riait peu aux premières. Nos marins anglais avaient fait un grand effet par là; mais, comme tout
homme dont l'ambition est satisfaite, ils s'ennuyaient dans leur dignité. Assis à l'ombre de la tente de la poupe, ils devinaient qu'il se
passait quelque chose d'insolite parmi le peuple, là-bas, du côté du
soleil. Ils se levèrent doucement, et, à petits pas, s'avancèrent vers
nous comme par hasard. La foule s'ouvrit devant leurs brillants uniformes, et ils furent bientôt au premier rang. Nous avons pour système d'éviter les Anglais en voyage; mais, comme nous ne pouvons
les empêcher de venir, nous sommes polis quand ils font des avances.
Le dessin de Giraud les intéressait évidemment, et ils vinrent se
planter droit derrière lui. Giraud les voyait; mais il était en humeur
de coquetterie, et il ne leva pas la tête. Enfin, l'un d'eux lui pré-

senta une carte du fleuve et lui demanda en français sa manière de
voir sur une sinuosité du fleuve qui ne lui semblait pas exacte. Giraud regarda sur la carte et répondit. Ces messieurs m'interpellèrent
à mon tour et la conversation s'engagea. L'un d'eux faisait de l'aquarelle, il demanda à voir nos dessins et en parut fort satisfait. Ils
trouvèrent notre manière de voyager pittoresque; notre mante valencienne leur semblait avoir du rapport avec les plaids écossais; et
puis ils causèrent de leurs voyages sur mer, de l'Inde, de la Chine;
ils parlaient bien, et nous les écoutions avec plaisir. Ils nous racon-
tèrent qu'en Chine il y avait des coups de vent qui ne duraient que
deux heures, mais qui mettaient dans un danger suprême les vaisseaux
les plus forts. Selon eux les Chinois étaient très-braves. Il ne leur
manquait que de bons capitaines. Ils nous disaient qu'ils employaient
ainsi que nous les boulets creux. Puis ils nous parlèrent des bateaux
de fleurs que l'on pourrait appeler bateaux d'amour, mais dont un
Européen ne peut s'approcher sans danger. Enfin on parla Espagne,
astronomie, physique, et ils s'ennuyaient si peu avec nous qu'ils passèrent, assis sur nos bancs, tout le temps du voyage, c'est-à-dire à
peu près une journée entière.

En touchant le débarcadère nous les saluâmes, mais ils nous offrirent tour à tour une franche et cordiale poignée de main; et nous
nous quittâmes bons amis. La nuit commençait à tomber, les douaniers nous tinrent assez de temps sur le rivage, car pour le moment
nous avions notre malle avec nous, et puis nous suivîmes des voyageurs qui nous offrirent de les accompagner dans une *casa de pupillos*.

On a beaucoup crié contre l'Espagne, contre les tourmentants insectes qui la peuplent, et cependant nous devons dire la vérité, cette
nuit fait la première où nous fûmes attaqués par les punaises; mais
nous le fûmes bien : il nous fut impossible de fermer l'œil.

Le lendemain à la pointe du jour nous parcourions la ville.

CHAPITRE XXXII.

Séville.

« Qui n'a pas vu Séville n'a rien vu. »

Quien no ha visto a Sevilla, no ha visto a maravilla.

La situation de Séville est admirable et son climat délicieux. Les plaines qui l'entourent sont d'une admirable fertilité. La neige et la glace ne s'y voient presque jamais. Seulement en hiver les pluies sont abondantes, et la partie la plus basse de la ville, à l'*Alameda vieja*, est souvent inondée.

La fondation de cette ville remonte à une époque inconnue. On ne sait rien d'elle avant le gouvernement des Romains; aussi ne doit-on pas être étonné de voir revenir le nom d'Hercule, qui apparaît toujours lorsqu'une incertitude se présente en Andalousie. Voici ce qu'on lit sur la porte de Xérès :

Hercules me edifico,	Hercule me bâtit,
Julio César me cerco	Jules César m'entoura
De muros y torres altas,	De murs et de hautes tours,
Y el rey santo me gano	Et le roi saint fit ma conquête
Con Garcia Perez de Valgas.	Avec Garcia Perez de Valgas.

On sait seulement qu'elle se nommait Hispalis, selon les uns, de Sephala, qui voulait dire plaine; selon les autres, d'Ibilla, ou Sibilla, qui signifiait divine : mots tirés, dit-on, du vocabulaire carthaginois, que l'on a pourtant droit de croire complétement disparu.

Comme port de mer, Séville fut éclipsée par Cadix; et comme capitale par Cordoue, résidence des patriciens. Mais Cordoue épousa la cause de Pompée, et après la bataille donnée à Munda (maintenant Montilla, ville située à une vingtaine de lieues de Séville, entre Ecija et Baeza), bataille qui mit le sceptre du monde dans les mains de César, celui-ci alla s'établir à Séville et en fit ce qu'elle est maintenant, la capitale de l'Andalousie. Après la défaite de don Roderick sur le Guadalete, les Sévillans se rendirent aux Maures. Ils restèrent longtemps sous la domination de l'empereur de Maroc; mais en 1242, à la mort d'Arrashid leur maître, ils choisirent parmi eux un roi, qu'ils renversèrent bientôt pour se mettre en république. Au 20 août 1247, Ferdinand vint assiéger la ville. Elle fut prise le 23 novembre de l'année suivante. Le conquérant donna les maisons et les terres à ses soldats. Si l'on en croit les historiens, il sortit alors de ses murs quatre cent mille Maures. Si l'on ajoute à ce nombre les soldats qu'un siége de seize mois avait vus mourir et les personnes qui obtinrent de rester dans la ville, on peut se faire une idée de sa puissance et de sa richesse à cette époque. Ferdinand mourut en 1252, Séville resta la capitale de l'Espagne jusqu'au moment où Charles-

Quint s'établit à Valladolid avec sa cour. Lors de la découverte du nouveau monde, elle devint le marché de l'Amérique et de la Péninsule. Si l'on veut avoir une idée de son commerce pendant cette période de prospérité qui s'arrête à la révolte et à la perte des colonies espagnoles, il suffira de savoir qu'en l'année 1501 la corporation des corps et métiers soumit au roi une réclamation par laquelle il reste établi qu'il existait dans les environs seize mille métiers pour les fabriques de soieries.

Ces métiers demandaient cent trente mille ouvriers.

La population de la ville entière est maintenant de cent mille âmes.

Après la bataille d'Ocaña en 1810, elle se rendit aux Français sans essayer même de se défendre. Elle se rendit aussi au duc d'Angoulême en 1823. Cependant elle résista en juillet 1843 aux attaques d'Espartero, et fut surnommée l'héroïque.

On y trouve peu de monuments, et même peu de vestiges des édifices romains. Les Maures, pendant leur longue domination, les démolirent pour en employer les matériaux à la construction d'une ville nouvelle.

Aussi est-elle tout à fait mauresque avec ses broderies en pierre, ses fenêtres élégantes, et à l'intérieur ses gracieuses colonnades et ses lambris de porcelaine, que l'on retrouve à Constantine et à Tunis.

Les remparts, flanqués de cent soixante-six tours, la plupart en ruine, décèlent par leur forme même leur origine mauresque, comme aussi la tour de l'Oro, placée sur le bord du fleuve, d'où partait une chaine qui s'attachait à *Triana* et barrait le passage du Guadalquivir. Elle était aussi autrefois liée à l'Alcazar par une épaisse muraille qui allait joindre la porte de Xérès. Cette muraille a été abattue pour agrandir la promenade.

Le nom de cette tour lui vient, dit-on, du premier alcade, lors de la conquête du roi Ferdinand. Il se nommait de l'Oro. Pierre le Cruel enferma dans cette étroite prison plusieurs nobles et quelques-unes de ses maîtresses.

Malgré les dévastations des Maures, on connaît l'emplacement de la ville romaine, elle s'étendait de la place San-Niccles et San-Salvador à la porte de Triana.

L'été est si chaud que les habitants ne sortent guère que le soir; mais alors la ville prend un aspect étrange, que l'on ne retrouve nulle part ailleurs : cet aspect vient des *patios*.

Ces grandes cours pavées en marbre, au milieu desquelles jaillit un jet d'eau, ont à peu près la forme d'un cloître et sont entourées de colonnes mauresques sur lesquelles viennent se jintrer des arcades ogivales gothiques ou découpées en fer à cheval. A la hauteur du premier étage, comme le *velarium* des Romains, une grande toile mouillée, nommée aussi *vela*, est étendue sur toute la cour et se tord sous l'action du soleil en faisant pleuvoir au-dessous sa fraîcheur humide, qui se répand tout imprégnée du parfum des fleurs et des orangers placés dans les angles; tandis que le jet d'eau babille, et, s'abaissant et montant tour à tour, jongle sans cesse avec ses diamants en demi-lumière.

Le soir la *vela* s'enlève, et là, sous un ciel tout brillant d'étoiles, la famille vient s'asseoir autour du bassin. On y reçoit des visites, on y prend le chocolat, on y chante, et aussitôt résonnent les castagnettes et la guitare. De grandes lanternes, souvent placées avec un goût artistique, donnent un aspect fantastique à ces réunions, et l'étranger admis dans l'intimité de la ville entière s'arrête émerveillé devant toutes ces portes en fer si délicatement ouvragées qu'elles ont l'air d'une grande résille accrochée là par hasard.

Peut-être ne sera-t-il pas inutile de donner ici une courte topographie des quartiers où vivent et habitent les étrangers.

La ville est située sur la rive droite du fleuve et l'on aperçoit en débarquant les remparts, devant lesquels court une longue et belle promenade qui suit longtemps le rivage et va s'arrêter au cirque des Taureaux. A partir de là, une rue assez large conduit en tournant à droite à une jolie porte qui s'ouvre sur la *calle del Mar* (la rue de la Mer). Cette rue est habitée par tous les gens qui travaillent le cuir, industrie laissée par les Maures. Là, comme à Alger, comme à Tunis, l'or, la soie et le velours se mêlent au maroquin et viennent orner la *canana* (la cartouchière), ou scintiller en tresses ou en broderies sur les élégantes bottines gaufrées destinées aux *majos*. Cette rue conduit directement à la *Giralda*, la cathédrale, près de laquelle se trouve l'*Alcazar* (ancien palais des rois maures). A gauche la rue *Genoa*, la rue des libraires, mène à la place de la Constitution, autrefois place *San-Francisco*. Là était en effet le couvent de ce nom, maintenant détruit.

Cette place a un aspect tout mauresque, avec ses arcades, ses balcons et ses bannes de diverses couleurs qui s'agitent à la moindre brise et semblent un immense bouquet secoué par le vent. Sur cette place est le joli monument de l'*Ayuntamiento*, d'un style renaissance, tout chargé d'ornements et de sculptures d'un excellent goût et d'une belle couleur d'or donnée par le soleil.

Sur la droite, des rues montantes conduisent à la *calle Francos*, pavée de larges dalles et garnie de magasins d'orfévrerie, de soieries et de nouveautés.

Au fond de la place, en face, est la *calle de la Sierpe*.

Cette rue est étroite, barrée au milieu, et ainsi impénétrable aux voitures : c'est la promenade incessante des curieux et des oisifs. A chaque pas ce sont de brillantes boutiques de confiseurs, de chapeliers, de libraires, de tailleurs à la mode; et en continuant cette rue à gauche on arrive à la promenade à la mode, la *plaga del Duque*.

En tournant à gauche, au bout de la *Sierpe*, on trouve une rue qui mène à la poste aux lettres, et de là dans la vieille ville, au grand marché, dans le quartier du peuple.

Le théâtre est situé entre la rue de la Sierpe et la promenade.

En résumé,

Le quartier de la Cathédrale est habité par le clergé, la noblesse demeure dans le quartier de Saint-Vincent, et la classe pauvre habite le quartier de la Macarena. C'est ce qui a motivé ce *refran* :

> Desde la cathedral à la Magdalena
> Se almuerze, se come, y se cena;
> Desde la Magdalena a San Vincente
> Se come solamente;
> Desde San Vincente à la Macarena
> Ni se almuerze, ni se come, ni se cena.
>
> De la cathédrale à la Madeleine
> On déjeune, on dine, on soupe;
> De la Madeleine à Saint-Vincent
> On dine seulement;
> De Saint-Vincent à la Macarena
> On ne déjeune, ni ne dine, ni ne soupe.

Un autre refran (proverbe) dit en parlant de la *calle de los Abades*, la rue des Abbés, habitée par le clergé :

> En la calle de los Abades
> Todos han tios, y ningunos padres.
>
> Dans la rue des Abbés
> Tous ont des oncles, mais personne n'a de père.

Cependant il nous fallait trouver au plus tôt un autre hôtel; j'aurais, pour ma part, mieux aimé m'étaler dans ma mante sous les
dalles de quelque portique, à côté des caballeros, et autres gentilshommes du plein air, que de retourner nous livrer aux punaises.
Notre malle était restée à l'office du bateau. En allant la chercher
pour prendre logement n'importe où, un portefaix nous accosta et
nous parla avec tant d'éloges d'un sien cousin qui tenait pension
bourgeoise, que nous nous laissâmes influencer. Le prix de la pension était de cinquante sous par tête, un douro pour deux. Le porteur nous conduisit calle de las Mozas, n° 1, chez le señor *don Félix*,
ancien tailleur du théâtre. Les fenêtres donnaient sur la rue de la
Sierpe. La chambre était gaie, l'hôte paraissait aimable. Nous plantâmes là notre tente. C'était chez lui que logeaient les postillons des
diligences royales. Aussi fûmes-nous bientôt les amis intimes des
condamnés à mort et des zagals de la grande route de Madrid.

La doña Félix était une femme de quarante-six à quarante-huit ans,
à la figure brune, éveillée par des yeux très-noirs et des moustaches
épaisses. La chronique parlait de quelques scènes de jalousie assez
motivées de la part de don Félix, mais nous ne voulions pas y croire.
Du reste, notre hôtesse échancrait volontiers ses robes et semblait
tirer vanité du luxe exagéré de ses appas. Elle avait souvent eu main
une guitare ornée d'un moño brodé d'argent, et chaque jour un professeur venait lui apprendre des accompagnements à peu près comme
on apprend des airs aux serins de Canarie en les faisant répéter sans
cesse. Et c'est pourtant avec cette méthode que les muletiers espagnols parviennent à devenir de véritables virtuoses sur cet ingrat
instrument. La doña Félix n'en était pas encore là, mais elle chantait ses romances avec une tendresse remarquable à une jeune et
belle blonde nommée Manuela, qui demeurait chez elle (*gratis*, disait-on), et à laquelle elle témoignait une affection bien singulière.
Quant à don Félix, qui, malgré sa qualité de tailleur, ne semblait pas
porter les pantalons dans le ménage, il était très aimable avec nous;
et lorsque nous étions réunis, le soir, autour de ces lampes de cuivre
formées d'un godet de verre où l'on voit s'enrouler une mèche immense qui semble un serpent à langue de feu, il nous montrait les
pas du bolero et le jeu des castagnettes, tandis que la blonde Manuela battait des mains; et puis, lorsque Giraud dessinait quelques
charges ou quelques portraits de jeunes filles, il allait s'attabler au

près de lui, armé d'une bouteille de malaga, et lui proposait un toast
à la patrie absente. Giraud buvait à l'Espagne, don Félix à ses hôtes,
Giraud à la prospérité de la maison, et puis, devenant de plus en
plus tendre, il buvait aux dames, à la vertu, à l'honneur, aux malheureux qui gémissent dans les cachots; et lorsque je le ramenais
dans sa chambre, il restait assis sur son lit et pensait à sa famille.
Alors, devenu triste, il se livrait à des réflexions philosophiques.

— Ah! me disait-il, pauvres humains que nous sommes! est-il
pour nous un bonheur réel? Le rire est si près des larmes que souvent en entendant une voix saccadée par les éclats de rire, il faut
prêter attention pour savoir si ce n'est pas une voix entrecoupée par
les sanglots.

— Belle idée! lui disais-je.

— Tu crois?

— Oui.

— Eh bien! alors, je pense que je ferai bien d'en rester là.

Et il s'endormait aussitôt.

Le jour nous parcourions la ville.

Nos premières visites furent pour la cathédrale et l'Alcazar.

La cathédrale est, nous dit-on, la plus grande et la plus belle de
toute l'Espagne. Elle est bâtie sur les ruines de l'ancienne mosquée
qui fut élevée par Jusuf Jacob el Mansour en 1163 et détruite en
1401. Commencée à cette époque, la nouvelle métropole fut ouverte
au culte en 1519. Le nom de l'architecte est inconnu. La hauteur des
voûtes est de quarante-neuf mètres, et les sept nefs ont cent quarante-
quatre mètres de long sur cent neuf mètres de large. Le pavage en
marbre blanc et noir a coûté près de huit cent mille francs de notre
monnaie.

Le fils de Christophe Colomb est enterré sous une pierre placée
au milieu de ces dalles. Cette épitaphe y est gravée :

A CASTILLA Y A LEON NUEVO MUNDO DIO COLON.

« Colomb a donné un nouveau monde à Castille et à Léon. »

L'autel principal, la *capilla mayor*, est entouré de trois grilles.
Une d'elles occupe toute la largeur de la nef; les autres sont placées
sur les côtés. Elles sont en fer doré et très-ouvragées. La plus grande
a été faite par Sancho Muños en 1519.

La stalle de l'archevêque, placée au centre des cent vingt-sept stalles sculptées du chœur, mérite surtout l'attention du visiteur, ainsi que deux pupitres et une autre charmante grille exécutée en 1518 par un moine dominicain.

Le retable gothique placé sur l'autel est en bois d'alerce, bois incorruptible, très-commun en Espagne du temps des Goths, et maintenant complètement disparu. Il est divisé en quarante-quatre compartiments, dans lesquels sont placées de fines et charmantes sculptures qui représentent la création, les mystères de l'enfance de Notre-Seigneur Jésus-Christ, sa prédication, ses miracles, sa passion, sa mort, sa résurrection, ses apparitions, son ascension, la venue du Saint-Esprit. Les figures sont aussi grandes que nature. Il fut commencé par Dauchard en 1482, et terminé seulement en 1550.

Près de la porte de la sacristie, après la chapelle de *las Jacomas*, est celle de la Visitation, avec un ancien retable sculpté par Villegas. On l'a, depuis, colorié. Près de là est le portrait du donateur Diego de Rollan.

La chapelle de Notre-Seigneur *del Consuelo* renferme une sainte famille d'Alonzo Miguel de Tabor, le meilleur élève de Murillo.

En passant la grande porte, on remarque une Nativité de Luis de Vargas, et l'*Angel de la Guarda* de Murillo.

La chapelle de Santa-Anna renferme un retable qui appelle par la singularité des costumes. Il est de 1504, et a pour sujet le Mariage de la Vierge.

Près de là, une porte conduit aux archives.

En retournant dans l'église, on remarque dans la chapelle de Saint-Joseph une Nativité d'Antolinez, et à côté une statue d'Herménégilde de Motañez, et une belle tombe de l'archevêque Juan de Cervantès. Elle date de 1453.

En avançant dans le transeps, les balcons des galeries vous forcent à ralentir le pas pour dénouer de l'œil leurs tresses élégantes.

A droite, près de la porte de la Lonja, est la Génération de Louis Vargas. Le chapitre, peu soucieux des probabilités historiques, fit couvrir la poitrine d'Eve.

Ce tableau, fait dans la manière de Raphaël, a acquis auprès des étrangers une certaine célébrité par un mot de Perez de Alesco, incessamment répété par les guides. Il dit en le regardant que la jambe d'Adam seule valait beaucoup mieux que tout le saint Christophe colossal peint à fresque à quelques pas plus loin.

14

C'est pour cela sans doute que ce tableau se désigne aujourd'hui sous le nom de *la Gamba*.

Cette tradition ne prouve pas que cette peinture, pour valoir mieux que le saint Christophe, soit un chef-d'œuvre; elle est certainement bien inférieure à *Une Vierge à l'enfant* d'Alonzo Cano, qui orne non loin de là une petite chapelle du transeps. C'est une petite toile merveilleuse, un bijou, devant laquelle Giraud et moi nous nous arrêtions en extase lorsque nous entrions dans l'église. La tête, les mains, le corps de la Vierge sont faits dans une belle pâte moelleuse, et le dessin a la pureté de lignes d'une œuvre de Raphaël.

En continuant à s'avancer dans l'église, on arrive à la chapelle de Saint-Cruz, où Guadalupe a peint, en 1527, une descente de croix.

Puis à la *Sacristia de los Calices*, où l'on voit un portrait de *Contreras*, peint par Louis Vargas en 1541, une *Dorothée* faite par Murillo en 1675, un Sauveur par Roelas, et un beau saint Pierre par *Herrera el Viejo*.

L'architecture de la sacristie est de l'époque du passage du gothique à la renaissance. C'est un salon magnifique orné d'œuvres de Murillo, de Cespedez, de Fernandez et de Goya.

Le trésor renferme une quantité de croix, de calices, de plats d'or massif où ruissellent les pierreries et les diamants.

Les bijoux de l'écrin de la sainte Vierge sont évalués trois cent mille francs. Ses vêtements sont en outre d'une valeur incalculable, et tel est le nombre des châsses, des lampes, candélabres et autres précieux objets du ressort du culte, que dans ces jours de fête vingt-quatre hommes sont occupés pendant six grands jours à transporter de la sacristie dans la cathédrale toutes ces richesses immenses.

Et je ne parle pas des chapes, des chasubles, des tuniques, des devants d'autel brodés en or et en perles sur la soie et le velours.

On y conserve aussi des reliques de saints et les clefs offertes à Ferdinand lors de la conquête de Séville.

Gonzalez Nuñez de Sepulvera, qui en 1651 fonda l'octave de septembre en l'honneur de l'Immaculée Conception, est enterré dans la chapelle qui porte ce nom. A l'octave, les enfants de chœur, habillés en pages du temps de Philippe III et portant le chapeau à plumes, dansent devant le grand autel en marquant la mesure avec le roulement des castagnettes. Ces danses sont une espèce de menuet.

La chapelle royale est presque une église dans une église. Elle

contient les tombeaux gothiques d'*Alonzo el Sabio* et de la reine
Béatrix. La grille en est d'assez mauvais goût. Le retable, fait en 1617
par Louis Ortis. n'a rien non plus de bien remarquable.

Sur l'autel est placée la *Virgen de los reyes*, la Vierge des rois,
image miraculeuse donnée à *saint Ferdinand* par son cousin *saint
Louis de France*. Saint Ferdinand repose sur le maître-autel, dans
une châsse d'argent massif placée devant l'image protectrice. Au-
dessous est une chapelle souterraine où se trouvent plusieurs cer-
cueils. On y voit l'image de la sainte Vierge que le roi Ferdinand
portait toujours à l'arçon de sa selle. On y remarque aussi l'épée que
portait ce roi à son entrée à Séville. On vous montrera, si vous le
désirez, la tête de *Maria Padilla* et un os de la jambe de Pierre le
Cruel.

Le retable de la chapelle de *San-Pedro* contient aussi des peintures de Zurbaran faites en 1662.

Nous recommanderons aux artistes l'Assomption de saint François,
San Francisco, tableau à la fois clair, fort et doux, peint par Herrera jeune, et puis le fameux tableau de Murillo : Saint Antoine et
Jésus enfant entouré de chérubins. C'est un des meilleurs et des
plus grands tableaux de Murillo. Il fut peint en 1656 et retouché,
hélas ! en 1833 par un peintre moderne.

L'église a quatre-vingt-treize fenêtres ; celles qui sont peintes sont
les plus belles de l'Espagne. On admire entre autres les vitraux de la
chapelle de *San-Francisco*, terminée en 1556, et ceux où est repré-
sentée la conversion de saint Paul. Les tons rouges et bleus surtout y
sont d'une vivacité surprenante.

Les plus anciennes de ces peintures sur verre sont de Cristobal, et
remontent à 1501. Les principaux sujets représentent la Madeleine,
saint Lazare, et l'entrée à Jérusalem par Arnao de Flandre et son
frère en 1525.

La Résurrection, placée dans la chapelle de las Doncellas, est de
Carlos de Bruges.

La tombe de l'archevêque de Vargas, de 1362, et celle de l'évêque
Balthasar de Rio, faite en 1518, méritent aussi d'être regardées.

La Giralda, cette célèbre tour, maintenant le clocher de la cathédrale, était un minaret arabe.

C'était de là que partait l'invitation à la prière. Elle servait aussi
aux études astronomiques.

Abu-Jusuff-Jacub la fit bâtir en achevant la mosquée commencée par son père. Au dire des historiens, cette belle mosquée était la digne rivale de celle de Cordoue. Elle s'étendait de la Giralda à la nouvelle sacristie, et l'on en voit encore les traces.

Les Maures avaient une telle affection pour leur *tour du Muddin*, qu'ils voulurent la détruire avant la capitulation, pour ne pas abandonner un joyau pareil entre les mains du vainqueur, et il fallut pour les en empêcher la menace que fit Alphonse de saccager leur ville si ce projet était mis à exécution.

Sur le sommet étaient placées quatre boules tellement grandes, qu'il fallut, pour les entrer dans le bâtiment, en 1395, abattre la clef de la voûte de la porte des muddins, qui conduisait de la mosquée dans l'intérieur. Elles étaient supportées par une armature en fer d'un poids énorme. Cinquante-sept ans après l'exil des Maures, un tremblement de terre renversa ces boules avec tout leur entourage.

La Giralda est sous la protection immédiate de *santa Justina* et *santa Rufina*, qui en 1501 détournèrent, dans un incendie, le vent d'orage qui poussait les flammes vers la cathédrale.

Au pied de la Giralda est le *patio* maure de *las Naranjas* (des Oranges), avec la fontaine qui servait aux ablutions.

La tradition populaire veut que le crocodile pendu à la voûte soit un présent envoyé à Alonzo-el-Sabio, en 1260, par le sultan d'Egypte, qui demandait la main de sa sœur. Selon nous, les crocodiles ne sont pas assez rares dans le Nil pour que l'idée puisse venir à un roi d'en faire un cadeau de fiançailles. C'est, en outre, un singulier moyen de faire sa cour, à moins que le terrible amphibie ne fût orné de boucles d'oreilles d'un prix inestimable, comme cela s'est vu.

Nous ne parlerons ni du beffroi ni de la merveilleuse horloge de la Giralda, mais nous dirons que du haut de cette tour carrée, dont l'élévation est seulement de cent dix-sept mètres, la vue s'étend en plaine à sept lieues de distance, et nous avons aperçu dans la brume des lointains une montagne que l'on nous a dit être le *pic de San-Christoval*, qui fait partie de la chaîne d'Ubrique, placée à vingt-cinq lieues de là. On monte jusqu'à l'horloge par des pentes assez roides; mais la reine Christine a prouvé tout récemment que l'on pouvait aller à cheval jusqu'au sommet.

Séville est belle vue ainsi avec ses terrasses, ses maisons à arcades, ses patios et son aqueduc qui s'enfuit vers Carmona en diminuant toujours.

Dans le voisinage de la cathédrale se trouvent la Lonja et l'Alcazar.

La Lonja, bourse, édifice très-régulier, et par conséquent fort beau pour les amateurs du genre classique, fut bâtie pour chasser les marchands du temple : les commerçants avaient fait de la cathédrale un rendez-vous d'affaires.

A nos yeux, le plus grand tort de la Lonja est de se trouver près de l'Alcazar.

L'Alcazar, dont le nom signifie *palais royal*, est un mot romain devenu maure. *Cazar* est *César*, Majesté. On le retrouve avec cette signification dans le russe *tzar* et dans l'allemand *keiser*.

Cette demeure des rois maures fut bâtie du dixième au onzième siècle, sur l'emplacement du palais du préteur romain, par Jabali, architecte de Tolède, d'après les ordres d'Abu-r-Rhaman.

Le grand portail, nommé *de las Banderas*, parce que l'on y arbore les couleurs nationales lors du séjour du roi, fut élevé par don Pedro en 1361.

C'était l'époque des décorations de l'Alhambra, et ce prince employa à sa construction des ouvriers maures qu'il avait fait venir de Grenade pour restaurer l'Alcazar.

On remarque en entrant dans ce monument des colonnes romaines avec des chapiteaux gothiques et corinthiens.

On dit, pour expliquer ce défaut d'harmonie, que don Pedro fit transporter à l'Alcazar une grande quantité de piliers de sa résidence d'Aragon, qu'il détruisit.

Le grand patio, qu'on devrait pourtant bien s'abstenir d'empâter de badigeon, a les frêles colonnes et les charmantes découpures des cours de l'Alhambra. Il a vingt-quatre mètres de long sur dix-huit de large, et peut à la rigueur donner à ceux qui ne vont pas à Grenade une idée de ce que peut être le roi des palais. La salle des ambassadeurs est aussi pleine de charme, d'élégance et de poésie. Elle serait parfaite si Pierre le Cruel n'avait fait ajouter des balcons et peindre en haut sur les murailles une série de portraits de rois et de seigneurs sur des médaillons à fond d'or, ce qui en gâte le caractère arabe A côté, se trouve un joli *patio* où la tradition veut que don Pedro ait fait assassiner son frère, qu'il avait invité à venir habiter près de lui.

14.

C'est aussi à l'Alcazar que fut tué, toujours par les ordres de don Pedro, Abu-Saïd, qui, après avoir usurpé le trône d'Ismaël II à Grenade, s'était réfugié à Séville, sous la foi d'un sauf-conduit de la main du roi. Il avait emporté ses bijoux, sa mort ne devait pas se faire attendre.

Ferdinand, Isabelle, Charles-Quint et Philippe V ont tour à tour défiguré, ou, si l'on veut, modernisé le bâtiment. Plusieurs salles, autrefois garnies de sculptures, furent couvertes de plâtre et égalisées sous la truelle.

Isabelle fit toutefois bâtir dans les escaliers un charmant oratoire garni de terres cuites, peintes avec tout le sentiment du Pérugin. C'est évidemment une des œuvres les plus remarquables de ce genre en Espagne.

L'artiste a signé son ouvrage. Son nom vit un instant dans les yeux du visiteur et n'a pas le temps d'arriver à sa mémoire, il est oublié quand on a détourné la tête. Combien de noms célèbres à leur époque que la postérité traite ainsi !

C'est dans cet oratoire que Charles-Quint fut marié à Isabelle.

Parler de Charles-Quint, cet homme inquiet et agacé, cet homme du changement, qui n'a même pas pu garder jusqu'à la fin son manteau royal et a été le changer contre un froc de capucin, c'est dire destruction !

Cet hypocrite amant de l'art, qui ramassait le pinceau du Titien et faisait abattre une des merveilles du monde, le *palais d'hiver de l'Alhambra*, pour faire élever un massif monument de marbre qu'il n'a pas même terminé, laissait ainsi une ruine moderne à la place d'un chef-d'œuvre, et cela après avoir permis de jeter par terre une partie de la cathédrale de Tolède, cassant ainsi toute pierre célèbre pour y incruster son nom.

Egoïste dont les yeux éblouis des rayons de sa propre gloire ne voyaient pas plus loin que sa personnalité !

Et ne devinant pas, lui, le grand homme ! que son fils allait démolir son œuvre comme il avait démoli tant de merveilles, il se retirait avant l'heure pour lui laisser commencer plutôt son œuvre de destruction.

Et cela parce qu'il lui fallait une fin éclatante, imprévue, une île de Sainte-Hélène, que la Providence ne voulait pas lui donner.

Ce moine de l'orgueil, après avoir plâtré l'Alhambra, ne pouvait manquer d'apporter des moellons dans l'Alcazar. Il s'est heureusement contenté de déshonorer par un étage le *patio* de Pierre le Cruel.

Les jardins du palais sont étranges par leur disposition et par la forme de leurs arbres ; là, comme à Wilhemshohe à Hesse-Cassel, comme à Rome à la villa Pamphile, des jets d'eau jaillissent à l'improviste, et inondent le confiant promeneur. On y remarque le kiosque *des azulejos*, l'étang où Philippe V pêchait ordinairement, et les bains voûtés de *Maria Padilla*, maîtresse de Pierre le Cruel.

Une salle du rez-de-chaussée est remplie d'antiquités romaines apportées d'*Italica*.

L'Ayuntamiento fut bâti en 1545 ; il se trouve, nous l'avons déjà dit, sur la place de la Constitution.

Ce monument, chargé de broderies et de sculptures élégantes, témoigne du goût qui régnait en Europe à l'époque des Médicis. Nous en aimions surtout l'escalier, les portes sculptées, et la grande salle basse (*la sala grande baja*) avec ses rois d'Espagne placés dans les quarante-trois compartiments du plafond.

La maison de Pilate est située dans les rues qui conduisent à la porte de Carmona. Sa balustrade gothique, si coquette en dehors, nous a appelés dans la cour.

Don Henriquez de Ribeira fit élever cette maison en 1533, en souvenir de son pèlerinage à Jérusalem fait quatorze années auparavant. C'est, dit la tradition, la copie exacte de la maison de Ponce Pilate. Toutefois, comme Jérusalem a été détruite trois fois déjà, il est permis de douter que la maison de Pilate soit restée debout. Ajoutons, puisque cette croyance est acceptée, qu'il y a la même distance de cet édifice à une croix placée sur le grand chemin de Madrid que de la véritable maison de Pilate à la croix sainte.

Le but du fondateur du monument a été de montrer aux fidèles d'Espagne le trajet que fit le Sauveur en portant l'instrument de son supplice.

On entre en premier dans une cour arabe assez simple, où des arbustes sauvages s'élèvent en s'appuyant contre les murs et les tapissent de fleurs.

La seconde cour forme le centre d'une espèce de cloître aux colonnettes frêles et élégantes et surmonté d'un étage ; dans les niches placées sous les voûtes, se drapent, dans leur manteau de marbre, des bustes d'empereurs romains trouvés à Italica sans doute; et au milieu, sur une fontaine, rit le double visage de Janus. Comme à l'Alhambra, des profusions de capricieux dessins maures fouillent les murs et s'enlacent de temps en temps avec des ornements gothiques. L'œil les perd et les mê'e dans leurs caressantes étreintes, si bien que l'artiste et l'archéologue lui-même, indécis, hésitent à séparer l'art chrétien de l'art profane.

Les murs sont garnis d'*azulejos*, ces belles briques de faïence peintes qui rejettent la fraîcheur. Elle s'élancent jusqu'à la hauteur de huit pieds sur les murs, et là, cramponnées, brillent en changeant leur lumière à chaque pas du visiteur, comme des yeux vivants qui le suivent. Parfois les appartements en sont garnis jusqu'en haut. Les plafonds sont divisés en compartiments et surchargés de richesses, plusieurs sont ornés de culs-de-lampe dorés; mais ils ne s'harmonient pas avec l'ensemble, et ont été sans doute ajoutés à une époque plus récente. L'escalier est magnifique, et conduit à des chambres superbes. La chapelle est d'un style sarrasin. Elle est surtout remarquable par son ornementation. Au milieu se trouve une colonne de jaspe que l'on dit avoir été voisine de celle où le divin Rédempteur souffrit la passion. On montre aussi sous une arcade, au haut de l'escalier, la place où le coq de saint Pierre chanta. La sculpture, le stuc, la dorure, ont été employés séparément ou tous ensemble pour embellir cette maison, qui se détruit peu à peu dans l'abandon le plus singulier. Elle appartient cependant au duc de Medina-Celi, et il ne pense pas même à lui accorder l'entretien nécessaire à sa conservation. Les murs arabes sont blanchis, les appartements inhabités se dégradent, et les jardins sont abandonnés à la nature, qui reprend ses droits, et, par ses lents efforts de chaque jour, pousse, renverse et couvre peu à peu l'ouvrage des hommes en leur donnant une autre parure: la mélancolie de la destruction. Une cour est pleine de sculptures placées là sans ordre et sans goût, comme le ferait un grossier manœuvre de gravats sans valeur.

Mais j'avais annoncé à Giraud une ville mauresque avec de belles maisons d'une couleur chaude et dorée, telle que je l'avais vue vingt ans plus tôt, et tout était dépoétisé par le badigeon. Nous retrouvions bien çà et là quelques rues étroites et silencieuses encore parées de la dorure du soleil, mais la ville élégante et svelte avait disparu sous de hideuses couches de chaux, et sous ce nou-

au vêtement elle me semblait gauche et maladroite comme une
belle Africaine qui viendrait cacher sous nos châles inharmonieux
sa riche veste brodée et sa ceinture d'or. J'avais annoncé partout des
costumes, et nous voyions partout des habits noirs; j'avais parlé de
sayas garnies de plomb, qui imitaient avec avantage la draperie
mouillée des sculpteurs grecs, et les femmes, à la mantille et l'éventail près, avaient le costume des dames de Paris. J'étais honteux, et
Giraud consterné.

Cependant nous remarquâmes avec plaisir que la crinoline n'étant
pas nécessaire, était inusitée ou inconnue; les plombs de la robe
n'existaient plus, mais les plis du satin n'en étaient pas moins tendus.
Et puis, au dehors de la ville ou vers la place des Taureaux, toujours remplie de gens du peuple, les campagnards portaient encore
le costume national, et nous fûmes un peu consolés.

Le matin, nous allions visiter la ville, les monuments et les musées,
et le soir nous jetions un coup d'œil dans l'intérieur des patios, ou
bien nous suivions de belles épaules sur les bords du Guadalquivir
ou sur la place del Duque, la promenade à la mode, toute garnie,
comme à Grenade, de brillantes boutiques de confiseurs ou d'*aguadores.*

Quelques jours après notre arrivée, on nous annonça un combat
de jeunes taureaux donné par des femmes. C'était un spectacle assez
rare, même en Espagne, et nous ne pouvions manquer d'y aller;
mais cette représentation n'eut rien que de pénible pour nous.

Ces femmes, dont quelques-unes étaient jeunes et assez jolies, affu-
blées en picadores, allaient, sachant à peine se tenir à cheval, piquer
le taureau, qui les renversait à chaque instant. L'une d'elles en tombant chercha de la main pour point d'appui les cornes mêmes de
l'animal, qui la renversa et la roula à terre.

Un taureau plus âgé l'eût tuée sans aucun doute.

Le peuple riait, mais ce spectecle, dépouillé du prestige de l'a-
dresse qui seul le rend intéressant et gracieux, n'éveillait en nous
qu'un sentiment de pitié et nous faisait mal à voir.

Après ces femmes vinrent des matadors assez peu expérimentés;
l'un d'eux eut peur, et n'osa pas porter au taureau le coup de mort.
Le peuple se mit aussitôt à réclamer à grands cris la *prison.*

On vint en effet l'arrêter. Il fut conduit devans le gouverneur,
qui lui fit une sévère réprimande, et l'envoya en prison sans autre

forme de procès. On me dit qu'il en arrivait ainsi de tous les matadors sans courage.

Un autre vint à sa place, et tua résolûment le taureau.

Il fut écrasé d'applaudissements.

In taureau ne répondant pas aux attaques eut les jarrets coupés
avec la *demi-lune*. C'est un croissant fixé par le milieu à une longue
gaule. Un homme se glisse derrière l'animal, et lui jette ce croissant
très-acéré sans doute sur les jarrets, qui sont coupés à l'instant même.
Nous épargnerons au lecteur la triste description de ce qui se passe
alors. Le soir nous allâmes en inconnus au théâtre où trois mois
plus tard, placés dans la loge la plus apparente, nous étions exposés aux regards de la salle entière, qui cherchait Dumas parmi
nous.

Giraud prit comme toujours à ces danses un plaisir extrème, et
il lui vint le désir de dessiner une des danseuses.

Giraud le voulait, cela devait se faire.

Aussi, le lendemain même, nous rencontrâmes Bailly, le père de la
belle Guimercinde dont j'ai déjà parlé. Sa fille était à Cadix; mais
il nous offrit de nous mener dans une école de danse où les artistes
du théâtre venaient souvent.

Il devait y avoir une solennité le soir même.

Le soir, en effet, nous fûmes présentés par Bailly à la société dans
un grand *patio* entouré de bancs de bois, le bal avait lieu au milieu.

Aussitôt une foule de danseurs se présentèrent en costume national,
et commencèrent un grand ballet; c'était un tohubohu, un mouvement, un trépignement universel; c'étaient des éclairs qui s'échappaient des paillettes, et couraient d'un groupe à l'autre comme les
zigzags de la foudre par un temps d'orage; c'était un roulement continuel de castagnettes, des mains, des chapeaux qui s'agitaient en
l'air, et venaient toucher la terre. Le bois des guitares en résonnant
sous les doigts prenait parfois le son enivrant du tambour de basque,
et en entendant ces claquements, ces cris, ces plaintes des cordes
froissées en délire, en voyant ces yeux noirs qui flamboyaient sous
les tresses épaisses tout noyés d'ardeur et de plaisir, nous nous sentions grisés l'un et l'autre, et nous applaudissions comme en vertige.

Enfin la danse fit trève un moment, et nous pûmes respirer. Une
jeune *baylerine* avait charmé Giraud par sa souplesse et sa grâce.
Bailly proposa un portrait en son .... ..ulement il fut convenu que

la demoiselle poserait en costume pour trois dessins. Quand on vit les cartons de Giraud, le marché fut accepté à l'instant même.

Et la chose se fit ainsi.

Nous avions payé notre tribut aux merveilles de l'architecture, le tour de la peinture devait aussi venir; nous allâmes ensuite visiter le musée.

Le musée, autrefois couvent de la Merceda, n'a pas perdu son aspect monacal. Le cloître, au milieu duquel se trouve une fontaine ombragée de grands saules pleureurs, a conservé tout le calme et la poésie de ses anciens jours.

L'église est remplie de tableaux.

C'est une Conception de Murillo, tableau doux et argenté;

Un Saint Thomas, chef-d'œuvre de Zurbaran;

Un Saint Piunzon, dont la tête se détache harmonieusement sur le ciel, ainsi que deux portraits;

El Padre eterno;

Trois tableaux venant de la Chartreuse;

Saint Bruno devant Urbain II;

La Vierge protégeant les moines.

Puis viennent l'Annonciation, la Visitation, la Nativité de Jean Castello, maître de Murillo;

Un Saint André de Roelas;

Une Herménégilde d'Herrera el Viego et un Saint Basile du même artiste.

Au bout du transeps se voit une terre cuite très-remarquable exécutée par un Italien, Jérôme de Tarregiano.

Cet habile sculpteur périt sur les bûchers de l'inquisition.

Mais une seule chambre d'en haut fait du musée de Séville, l'un des plus remarquables du monde entier. Un peintre ne verrait de toute l'Espagne que cette chambre seule, qu'il serait satisfait et ne regretterait pas son voyage. Elle renferme dix-huit Murillos, dix-huit chefs-d'œuvre!

La toile la plus estimée est celle où se voit saint Thomas, archevêque de Valence. Sa tête et ses mains sont admirables, ainsi que le modelé du dos. Le pied d'un homme à genoux, sur le premier plan, a tant de relief, qu'il semble sortir de la toile. On s'arrête aussi, car tous les Murillos sont remarquables, devant un San Felix, Santa Justa et Santa Rufina, patronnes de Séville; la Nativité, l'Adoration des bergers, San Leandro et Santa Bonaventura, San Jose, Saint Jean au mouton et la Virgo a la servilleta.

On raconte au sujet de ce tableau que le peintre se trouvant assez misérable pour le moment (il avait alors dix-huit ans) et ne sachant comment payer un aubergiste qui le tourmentait, prit une serviette sur la table et y peignit la Vierge et l'enfant Jésus. Il y a là une sûreté d'exécution qui dénote un artiste consommé, et tout connaisseur croira difficilement une pareille histoire.

Le San Francisco embrassant le crucifix sauveur est un très-beau tableau flou et argentin, réunissant à la vérité noble et bien choisie cette poésie de la couleur qui est pour les peintres ce que la poésie de l'âme est pour les littérateurs.

Le reste de la galerie, écrasé par ce puissant voisinage, paraît sans intérêt et n'arrête plus les regards de personne.

Au rez-de-chaussée se trouve une salle garnie de belles stalles en bois, sculptées du temps de Charles-Quint, et une croix en fer d'un travail très-habile, exécutée par Sébastien Condé en 1692.

La Caridad est en quelque sorte la succursale du musée. Il fut un temps où les cadavres des suppliciés restaient suspendus aux arbres ou aux gibets jusqu'au dimanche qui suit le jour des Morts. Souvent les cordes s'usaient et se brisaient, et les restes de ces malheureux devenaient la proie des chiens. Une confrérie, organisée par Pedro Martinez de la Caridad, fit construire un gibet dans une cour entourée de hautes murailles pour garantir les corps des suppliciés de ces profanations. C'était en 1271. Les devoirs de cette confrérie consistaient à enterrer les cadavres, à donner une sépulture aux pauvres, et aussi à porter les malades à l'hôpital.

Un chevalier de l'ordre de Calatrava possédait une immense fortune, qu'il dissipait en orgies scandaleuses. Ce chevalier se nommait don Miguel de *Manara*, et non pas Marana; mais les traditions disent qu'il était réellement ce fameux *don Juan* dont on lui attribue tous les excès. Un jour une vision le frappa tellement qu'il changea de conduite. Il entra dans la confrérie des frères de la Caridad, et se distingua si bien par sa piété qu'il en fut nommé supérieur au scrutin secret, par deux cents votants.

Il fit bâtir l'hôpital de la Charité pour les pauvres et incurables; il voulut que les frères allassent détacher les suppliciés du gibet et les portassent sur leurs épaules au lieu de leur inhumation, et que l'on fit deux jours de la semaine l'aumône à tous ceux qui viendraient la demander. Il consacra à ces œuvres sa fortune entière.

Cet hôpital fut fondé par don Miguel, qui y repose dans la grande chapelle. On admire dans cette église les deux plus grands tableaux de Murillo, la Multiplication des pains et des poissons et Moïse faisant jaillir l'eau du rocher.

Ce dernier surtout est rempli de groupes magnifiques, bien disposés et bien entendus. La lumière y est tranche, large et douce : c'est un véritable tableau de *plein air*, un des plus *blonds* que j'aie jamais vus. L'œil s'y repose avec plaisir, et n'est pas tellement excité qu'il ne puisse apporter à l'âme un peu du calme délicieux qu'il va chercher dans cette œuvre.

Plus loin est un tableau de Valdès placé là comme pour éveiller un contraste.

Il représente des cadavres en putréfaction dans leur cercueil; les chairs verdâtres sont dévorées par les vers. Ces cadavres sont ceux du fondateur de l'hôpital et d'un évêque. Au-dessous sont écrits ces mots : *Sic transit gloria mundi.* (Ainsi passe la gloire du monde.)

Outre sa portée philosophique, ce tableau a une valeur réelle; mais il est placé trop dans l'ombre.

Valdès surprit un jour Murillo tout pensif et recueilli devant son œuvre.

— Eh bien! que pensez-vous de ce tableau? dit-il tout joyeux.

— Je pense qu'il empeste, répondit le grand homme.

Cette église renferme aussi un Enfant sauveur, un Saint Jean et un San Juan de Dias, de Murillo, et plusieurs autres belles peintures. Elle n'est ouverte qu'au moment de la messe; mais on peut, moyennant une pezette donnée au gardien, y pénétrer à toute heure du jour.

On montre à la bibliothèque l'épée du comte Fernand Gonzalès, qui aida le fameux Garci Peres de Valgas à conquérir Séville. Une inscription placée auprès dit :

SOY LA OCTAVA MARAVILLA;
EN CORTARMAS GARGANTAS
NO SABRE DECIR GUANTAS,
MAS SE QUE GANE SEVILLA.

(Je suis la huitième merveille du monde; je ne peux pas savoir combien j'ai coupé de gorges, mais je sais que j'ai gagné Séville.)

15

Un chanoine, don Cepero, occupe la maison autrefois habitée Murillo. C'est là qu'il vint mourir.

Cette maison tout arabe se trouve près des remparts, dans la *J deria*, quartier habité autrefois et maintenant encore en grande por par les juifs. Elle est au bout de la rue Callajuela del Agua.

Le maître avait au premier son atelier, où il se tenait presque to jours. Don Cepero a rassemblé un musée assez remarquable. perles de sa collection sont deux esquisses du grand peintre; il mon aussi avec un certain orgueil deux beaux portraits et une foule peintures de mérite.

En 1820 on voyait encore à la place de la Feria les grands clo en fer où en 1521 les autorités firent accrocher les têtes des ch d'une fameuse rébellion appelée *del Panon verde*, à cause de l'éte dard de cette couleur, trophée autrefois conquis sur les Maures, q les révoltés portaient devant eux.

Il y a peu d'églises à Séville qui ne possèdent quelques bons t bleaux ou quelques objets d'art.

Au collége Rodrigo se voient plusieurs Zurbaran.

Saint-Clément a son plafond d'Alevec, son Portrait de Ferdinan par Valdez, et ses *Azulejos* de 1558.

San Miguel a son Christ et sa Conception, de Montañez.

Saint-Pierre a sa tour mauresque, son retable et sa Délivrance d saint Pierre, par Roelas. La voûte en est magnifique.

Saint-Jean de la Palma est une mosquée. Une inscription arabe d' en entrant que ce grand temple fut réédifié en 1080 par Axatas.

A Saint-Isidore est le chef-d'œuvre de Roelas, *el Transito*.

Santa Maria la Blanca s'appuie sur des colonnes romaines et es fière de son Dernier Souper, par Murillo.

Le Christ de la Desamparadas est à San-Salvador. Ce crucifix es en grande réputation en Espagne.

Les grilles de San-Julian furent forgées avec les fers des captifs. Le retable est orné de peintures d'*el Viejo Herrera*.

A l'hôpital del Señor San-Jose, destiné aux enfants trouvés, auprès du tour où on les dépose, se lit une inscription latine. En voici la traduction :

« Parce que mon père et ma mère m'ont abandonné, le Seigneur m'a recueilli. »

Nous ne pouvions passer à Séville sans nous commander un habit

e majo. Pour un artiste, les costumes sont un fonds de magasin.
otre patron don Félix nous mit, en sa qualité de tailleur, en rap-
rt direct avec le célèbre Bontaro de la rue de la Sierpe, le rival du
rand Borrajo.

Bontaro habille tous les matadors!

Nous allions souvent dans sa boutique pour surveiller la coupe et
es broderies, et puis peut-être bien aussi pour voir deux jeunes filles
ui s'étaient emparées de nous sans façon.

L'une, qui était d'une beauté rare, s'amusait beaucoup de l'espa-
nol de Giraud et l'agaçait à chaque instant. Elle était grande, forte
t fraîche.

L'autre, ah! l'autre, était mince et frêle; elle avait quinze ans à
ine. Pauvre fille! ses bras, son cou, sa poitrine, tout cela était d'une
'légance parfaite, mais si fin, si fin, qu'un peu plus elle en fût venue
à la maigreur. Hélas! son corps paraissait déjà appartenir à la mort,
mais ses yeux appartenaient au ciel; ses yeux, des yeux de gazelle, je
n'en ai jamais vu depuis de pareils, étaient remplis d'une expression
singulière, d'un mélange ineffable de candeur et de je ne sais quoi
de céleste, de séraphique, qui allait droit au cœur! Lorsqu'elle levait
sur moi ses longues paupières, la pauvre enfant, et qu'elle me jetait un
regard à la fois triste et moqueur, je me sentais frissonner, et j'éprouvais comme un chagrin indéfinissable, comme une pitié immense,
comme une singulière et étrange émotion, mais ce n'était pas précisément de l'amour, c'était plutôt une ardente charité, un sentiment
paternel, quelque chose de ce culte d'artiste, de cet enthousiasme qui
saisit, que sais-je, moi! devant la mer, devant le soleil couchant,
devant une belle statue de marbre, devant une œuvre de Raphaël.
C'est que son âme était partout : sur ses lèvres, sur son front, dans ses
gestes, dans sa tournure, dans le moindre de ses mouvements, la belle
fille des Maures!

Elle m'avait pris en amitié parce qu'elle devinait peut-être en
moi un chagrin caché qui allait à la mélancolie de sa nature.

Quand nous venions, c'étaient des exclamations, des rires, des cris
de joie. Aussi nous leur apportions chaque jour un bouquet pour
mettre dans leurs cheveux, une rose ou une grenade bien rouge avec
toutes ses feuilles, de ces bouquets comme on en vend dans les rues
de Séville, de ces bouquets qui coûtent un quarto, mon Dieu! un
sou de France, et cela les rendait si heureuses!

— Oh! si nous n'avions pas nos mères, nous disaient-elles, que nous voudrions partir avec vous!

— Mais nous allons à pied.

— C'est égal!

— Mais nous couchons parfois sur la terre.

— C'est égal!

— Mais notre pays est humide et froid et presque sans soleil.

— C'est égal!

— Mais vous ne parlez pas notre langue.

— C'est égal. Oh! que nous voudrions partir avec vous!

Giraud n'a pas fait son portrait, je ne l'ai pas voulu, mais je lui dirais aujourd'hui : Te souviens-tu de la jeune fille de Séville? et il me la crayonnerait à l'instant même; mais jamais je ne demanderai ce portrait-là.

Un jour Bontaro nous apporta *los vestidos.* Il était impossible d'avoir mieux réussi : don Félix en était en extase; Bontaro en était réellement fier.

— Ma foi! dit Giraud, voilà de merveilleux costumes; nous les essayerons à la *corrida* de Montès.

Depuis Cadix, Giraud désirait voir ce fameux *torero;* aussi en arrivant à Séville avions-nous lu une *banda* (affiche) annonçant une *corrida* avec Montès comme *prima spada.*

— Mais, Giraud, lui dis-je, et le mariage du duc de Montpensier, tu sais, il est fixé pour le 24, et, en partant demain, à peine aurons-nous le temps d'arriver; et si nous ne nous trouvions pas de voiture?

— On nous attendra.

— Mais, ne plaisante pas, c'est une occasion qui ne se présentera plus, songes-y, toute l'Espagne y sera!

— On nous attendra, te dis-je; je veux voir Montès, et je veux essayer nos costumes. Sois tranquille, nous arriverons à temps, on ne commencera pas sans moi.

— Bien sûr?

— Ma parole d'honneur!

Le mariage s'était décidé depuis que nous étions en route, et le hasard nous conduisait juste à temps pour assister à la cérémonie. Le hasard nous réservait bien d'autres surprises.

Don Félix vint nous annoncer, tout contrit, que Montès ne viendrait pas, il y avait contre-ordre, il le tenait de Bontaro.

Giraud lui rit au nez. Cependant la chose paraissait sérieuse, nous sortimes pour aller nous en informer.

En arrivant chez Bontaro, la boutique était pleine de *toreros* en grand costume.

Ils avaient reçu contre-ordre. Montès était à *Icija* et les appelait près de lui. Ils se disposaient à partir.

— Eh bien? disais-je à Giraud.

— Eh bien! ils ne partiront pas; je veux voir Montès, et je verrai Montès.

Nous nous dirigeâmes vers le faubourg de *los Humeros*, habité par les bohémiens, et nous allâmes nous promener sur le Prado de *San-Sebastian*, en dehors des murs. C'était là où l'on dressait les bûchers de l'inquisition. Là était le *quemadero* (le brûloir). On en reconnaît facilement la place; on voit encore les fondations de la plate-forme carrée sur laquelle on plaçait les fagots.

Ainsi tout ce que l'Espagne offrait de plus intelligent, de plus noble, de plus généreux, venait noircir de ses cendres cette place même où restent encore quelques plâtras qui s'en vont chaque jour. C'était là que des malheureux, fidèles à la religion de leurs pères, venaient mourir pour n'avoir pas compris l'Evangile, enchaînés côte à côte avec des gens qui l'avaient trop bien compris.

Oh! c'était une belle fête. Le roi avait sa place sur une estrade séparée. Le peuple riait et plaisantait jusqu'au moment où l'on criait : Les voilà! les voilà!

Ils arrivaient alors en procession bigarrée. La pompe n'y manquait pas. Il y avait force soldats aux brillants uniformes, force capucins, force moines, force confréries en costumes divers, avec des bannières diverses aussi.

Et puis ils venaient, eux, les condamnés! marchant à la mesure d'une psalmodie lugubre, enveloppés de leur robe de poix toute chargée de fantastiques peintures.

Oui! c'était un beau spectacle! le spectacle de Brutus déchirant ses entrailles! C'était l'Espagne jetant aux flammes, toute triomphante et joyeuse, sa gloire, sa fortune et l'avenir de ses descendants. C'était la science, le patriotisme et la vertu qui montaient tour à tour les marches de ce *quemadero* quand la torture leur avait laissé assez de forces pour se traîner jusque-là.

C'était... ô honte! ô infamie! comprendre ainsi la religion du

Christ, une religion de tolérance et d'amour! faire une hache d'une houlette, et s'en servir pour tailler le bois d'un bûcher.

Des femmes, des jeunes filles, là, sur cette place infâme, si infâme qu'elle excuserait presque les horreurs de 93, cette inquisition de la liberté. Et le feu! le feu! Ils ne voulaient même pas que leurs atomes pussent revivre dans une plante, dans une fleur, ils ne voulaient pas même que leurs cadavres fussent utiles en engraissant la terre. Aussi voyez leur ouvrage!

Ils ont chassé, là, de cette ville, de ces remparts qui serpentent devant nous, ces hommes qui avaient répandu partout la richesse, l'abondance et la fertilité! Ils étaient là quatre cent mille, des seigneurs, des gens élevés dans la mollesse, des enfants, des femmes habillées de soie et d'or, et pour en sortir ils se pressaient sous ces portes, chassés par des hommes bardés de fer, comme des moutons poussés par le chien du berger; et puis, une fois en pleine campagne, ils ont pleuré en contemplant la *Giralda* comme on pleure une mère, comme on pleure un enfant chéri lorsque la terre va pleuvoir sur le cercueil.

Et ils sont allés dans l'exil retrouver une patrie qui n'était plus leur patrie, un ciel aussi pur, mais où manquaient les horizons des serras de Ronda et d'Ubrique et les rives alors fleuries du Guadalquivir. Et que sont-ils devenus? qu'ont-ils fondé? où est là-bas leur Alhambra, leur Giralda, leur Alcazar? De tous ces bannis pas une trace? Rien?

Rien!

Voyons ce qu'ont fait les vainqueurs?

Dieu leur a tout donné, la grandeur, la puissance, la gloire, presque l'Europe!

Dieu leur a donné ce que depuis il n'a donné à aucun peuple... un nouveau monde!

Qu'ont-ils fait de leurs forêts? de leurs galions qui craquaient d'or? qu'ont-ils fait de leurs Flandres, où dorment encore leurs écussons sur les élégantes façades des maisons sculptées? Où est le sceptre d'Amérique taillé par la main divine? Où est cette population qui de son trop-plein allait peupler les colonies? Le temps a marché, le progrès a marché, leur puissance aussi, sans doute? Ce sont, n'est-ce pas, les maîtres de la terre?

Attendez, je vais vous répondre.

Il y avait alors douze mille villages sur les bords du Guadalquivir; il n'en existe plus aujourd'hui que huit cents. Le royaume de Grenade avait trois millions d'habitants, il n'en renferme pas sept cent mille; Séville avait quatre cent mille âmes, Cordoue deux cent mille, Malaga quatre-vingt mille, Baeza cent cinquante mille. Séville a cent mille habitants, Cordoue trente-cinq mille, Malaga cinquante mille, Baeza quinze mille à peine.

Ce n'est pas tout, attendez encore. Dans la riante, la fertile, la délicieuse Andalousie, dans le plus beau climat du monde, sur les rives du détroit, en face des montagnes bleues de l'Afrique, dans ce pays autrefois si peuplé où riait la joie, où chantait l'amour, dans le duché de Medina-Sidonia, pendant dix lieues entières, pas une âme! le silence, un sol calciné, des espaces déserts où l'œil tout autour ne voit que d'immenses sables blanchâtres à peine rompus par quelques cactus au vert jaune.

Là des sources, des rivières, ont quitté leurs rives et se sont à leur caprice creusé mille lits divers qui présentent à chaque pas un nouvel obstacle à la marche du voyageur : partout des ruines, des pierres, quelques ponts dont un fragment d'arche se cintre encore sur un lit desséché!

Ainsi ils ont arraché l'Espagne aux Maures pour la dépeupler, la ruiner, la laisser dépérir.

C'était bien la peine de se battre pendant huit cents ans, et de donner (c'est de l'histoire!) trois mille sept cents combats pour en venir là!

Est-ce parce que le peuple a dégénéré?

Mais le peuple espagnol, c'est toujours le peuple maure, c'est le plus généreux, le plus loyal, le plus spirituel de tous les peuples; il est sobre, patient, bienveillant, brave.

Il est fier, et par conséquent toujours noble, toujours digne, même et surtout dans la classe inférieure, chez les arrieros et les contrabandistas.

— Toutes les nations ont vieilli, lui seul est resté neuf.

— Mais où est la cause de sa ruine?

— Voyez ce *quemadero!*

Le cœur tout rempli d'amertume, nous sommes rentrés dans la ville. Les arcades de la place de la Constitution étaient remplies de chulos, de picadores et de spadas, qui causaient en mêlant l'or,

l'argent et la soie de leurs costumes et de leurs ceintures aux cha-
toiements du soleil. Quelques-uns tenaient au bras la bride de leurs
chevaux; d'autres étaient déjà à cheval.

Nous regardions avec joie ces tableaux, que l'on ne voit qu'en Espagne, lorsqu'un *torero* arriva au galop, venant de la *calle del Mar*.
Il s'arrêta auprès du groupe et remit une affiche à l'un de ceux qui le
composaient.

Montès envoyait l'ordre d'annoncer les courses pour le dimanche
suivant.

Je regardai Giraud. Il ne paraissait nullement surpris.

— Tu vois, me dit-il.

Je n'en étais pas trop surpris non plus, je commençais à m'y faire.

— Et tu crois qu'on ne retardera pas le mariage pour nous? me
dit-il.

— Si, je le crois!

Et pourquoi ne l'aurais-je pas cru?

C'est une chose certaine, incontestable : Giraud est prédestiné.

Nous restâmes donc en toute confiance, et la course eut lieu le
dimanche suivant. Nous y allâmes en *majos*. Nous marchions le nez
au vent, bien campés, le jarret tendu ; nous prenions tour à tour
toutes les poses des statues antiques, dont nous avions la tête pleine,
pour avoir l'air bien Espagnols, et nos essais artistiques nous réus-
sissaient assez bien. Les femmes nous souriaient, les hommes se retournaient pour nous voir, et nous passâmes naturellement devant la
boutique de Bontaro. Toutes les demoiselles vinrent, émerveillées,
sur la porte, et lui, radieux et faisant de nous des patrons de modes,
nous arrêta aussi longtemps qu'il put sur le seuil de son magasin.
Nous nous pavanions, prenant de l'audace à mesure, comme des ac-
teurs applaudis du public, une *macarena* nous jeta en passant :

— *Mira que gitanos tan hermosos!* (Quels beaux bohémiens!)

— As-tu entendu ? me dit Giraud illuminé de joie.

— Sans doute.

— On nous a appelés bohémiens !

— Oui; après?

— Après! après! Mais j'ai le droit de me croire assez brun alors.

Et il se redressa et en devint deux fois plus fier.

Le fait est que le soleil et le grand air avaient bien travaillé.

Giraud tournait au ton de compote de poires et moi au ton de pain d'épice.

Lorsque nous arrivâmes au cirque, la grande porte était encombrée de personnes qui se poussaient pour entrer au plus vite. La *media sombra* était déjà complétement occupée ; nous prîmes magnifiquement des places à la *sombra*. Après avoir monté et descendu plus de vingt fois les gradins de pierre qui se noircissaient de plus en plus de spectateurs, nous trouvâmes moyen de nous faufiler au premier rang, à la *barrera*, jusqu'aux plateaux où s'attache la corde qui court autour du cirque au-dessus du chemin de ronde.

Nous étions juste au-dessus de l'arène. Nos costumes nous avaient permis de coudoyer impunément tout le monde.

Le cirque de Séville est immense et peut contenir, nous dit-on, vingt mille personnes. La façade principale est ornée de colonnes qui soutiennent un balcon de pierre. Ces colonnes encadrent la porte d'entrée. Aux deux côtés sont d'autres portes plus petites, qui conduisent aux places supérieures. Au-dessus des *tendidos* s'élèvent deux rangs d'arcades superposées, sous lesquels sont placées les loges. Ces arcades s'interrompent brusquement arrivées aux trois quarts du cirque et forment une espèce de brèche qui laisse apercevoir, comme un merveilleux tableau, la cathédrale, la Giralda avec ses ornements mauresques, et une partie de la ville. On a prétendu que cette élégante échancrure était le résultat d'un orage survenu le 15 octobre 1805. Qu'on nous permette de ne pas le croire. Les orages et les tremblements de terre ne travaillent pas ainsi. Ils n'embellissent pas, ils ont trop d'orgueil pour ne pas laisser une trace terrible de leur puissance ; et puis la mission que Dieu leur a donnée est l'épouvante, ils y sont fidèles.

L'architecte était né artiste, ce qui n'est pas toujours synonyme. Lorsqu'on terminait son œuvre, il aura été frappé du décor qui s'encadrait dans ses balcons inachevés et il aura crié aux ouvriers : Arrêtez-vous là !

Et puis les arcades cessent du côté *du soleil*, où se tient le peuple, et le peuple n'eût certainement pas loué ces loges.

— Vous voyez bien que tout ceci était un calcul.

— J'en fais mon compliment à l'architecte artiste, le calcul était heureux.

Nous étions, je l'ai dit, en quelque sorte dans l'arène. De notre

15.

place nous entendions le souffle puissant du taureau, et nous pouvions étudier, dans les moments de danger, l'expression de la figure du picador. Mais nous en étions pour nos peines : le sourire était stéréotypé sur sa face comme sur celle des danseurs de théâtre.

Montès, lorsqu'il parut dans l'arène, couvert de son manteau de soie, passa tout près de nous.

C'était, car il est mort maintenant, un homme d'une taille ordinaire, un peu maigre, mais bien pris et d'une tournure élégante. On nous avait dit qu'il était fort laid, et on avait eu tort. Une fois il était tombé, et il avait eu toutes les dents supérieures brisées par un coup de corne de taureau; cela le vieillissait un peu, mais il avait une tête énergique et fine.

Dans sa jeunesse, son agilité était extraordinaire et il se plaisait dans les essais aventureux. Il tuait souvent le taureau *sans muleta*, à découvert; quelquefois il le tuait à genoux. Il bondissait dans l'arène, et s'élançait parfois par-dessus la tête de l'animal. Maintenant c'est l'homme de cinquante ans passés qui ménage plus sa vigueur et la tient en réserve pour l'instant décisif. C'est l'artiste consommé

Plus de ces sauts agiles pour éviter un péril !

Toujours froid, toujours tranquille, il ne fait de mouvements que ceux qu'il faut absolument faire. Il évite l'attaque du taureau en se penchant un peu ou bien en tournant sur lui-même. Il ne cherchera pas à s'en écarter d'un pied.

Non ! il sait qu'un pouce lui suffit, et il s'en écarte d'un pouce.

Il semble jouer avec un taureau dressé et avoir fait une répétition la veille.

Il était couvert d'applaudissements.

Mais nous avions non loin de nous de ces gens qui s'efforcent de trouver des taches au soleil, et qui le taquinaient en passant. Montès leur jeta un regard glacé, où l'on n'aurait même pas deviné le mépris. Le taureau arrivait au galop. Il alla se planter brusquement devant l'animal, les bras croisés.

Le taureau s'arrêta et s'écarta de lui.

Il eut un tonnerre de bravos; nos gens se turent un moment, et nous entendîmes le bruit d'un soufflet donné par un voisin. C'était un duel au couteau pour le soir.

Je ne raconterai pas tous les coups d'épée, qui furent superbes sans exception. J'en citerai un seul, qui suffira pour faire comprendre l'expérience et le jugement de ce *toreador*.

On sait déjà que le *matador*, après avoir tué le taureau, vient saluer le capitaine général.

Mais après l'avoir tué seulement.

Montès frappa un taureau et vint faire le salut d'usage.

L'animal galopait encore.

Le public se prit à murmurer; mais tout à coup le taureau roula sans mouvement sur le sable.

Montès, en retirant son épée, avait deviné qu'il allait tomber mort.

Ce furent des applaudissements à tout rompre.

Nous entendîmes près de nous le bruit d'un autre soufflet.

C'étaient deux duels au couteau pour le soir.

Chiclanero est bien gracieux et bien agile, Cucharès est bien hardi, mais Montès était encore alors la *prima spada* de l'Espagne.

Un taureau vint tout près de nous faire voltiger par-dessus la barrière la bande joyeuse des *chulos*, et il fut sur le point de la franchir. Il se fit aussitôt un vide sur les gradins; et, en reprenant sa place, un voisin nous conta que, peu d'années auparavant, un taureau s'était élancé jusque sur les *tendidos*, placés à près de six pieds de hauteur, et avait tué dix personnes, et entre autres un alcade de la ville.

Cette course fut évidemment la plus belle que nous ayons vue; mais en faire la description serait tomber dans des redites. Nous n'en parlerons pas plus longtemps.

Le soir, en allant à la promenade du Duque, qui fut très-brillante à cause de la foule attirée par les courses de Séville, nous vîmes passer une civière près de nous. On nous dit qu'on y transportait un homme frappé d'un coup de couteau. Le lendemain nous apprîmes que dix personnes avaient été tuées la veille.

Rien ne nous retenait plus à Séville.

Dès le lendemain, nous allâmes visiter ce qui nous restait encore à voir.

Nous ne parlerons pas de la fabrique de tabac tant renommée : c'est une caserne ou un château fort, nous n'y voyons rien d'assez pittoresque pour en faire la description. Disons toutefois qu'elle renferme treize cents jeunes filles qui forment à Séville une espèce de corporation. Il y en a de charmantes, et un étranger se plaira peut-être à se promener au milieu d'elles lorsqu'elles sortent le soir.

Les maisons mauresques les plus remarquables sont celles de la Casa O'Lea, calle (rue) Botega del agua, n° 14, qui a eu beaucoup à souffrir des embellissements à différentes époques, et celle de la calle de los Abades, n° 27, où l'on voit un salon maure voûté.

Mais le palais mauresque du duc d'Albe, situé dans la calle de los Dueñas, est ce qu'il y a de plus complet en ce genre.

Il contient onze *patios*, neuf fontaines, et plus de cent colonnes de marbre. Seulement, il tombe en ruine comme la maison de Pilate. Les jardins, peuplés d'orangers et de myrtes, s'embellissent seuls de cet abandon.

J'ai dit, en parlant des Maures : les bords *alors fleuris* du Guadalquivir, et j'avais quelque raison de parler ainsi. Dans ce moment, et naturellement depuis notre voyage, le duc de Montpensier, qui demeure à Séville, auprès de la promenade Christine, dans le palais de San-Telmo, a employé dans son jardin le système d'irrigation autrefois suivi par les Maures, et il obtient la plus surprenante fertilité. Des plantes et des arbres d'Afrique et d'Amérique y réussissent à merveille, et s'élèvent à une hauteur prodigieuse. Les arbres d'Europe ne réussissent pas moins : un acacia a crû de trente pieds dans une année.

L'Espagne redeviendrait ce qu'elle était autrefois, une terre promise, si elle était de nouveau cultivée par d'habiles agriculteurs.

Les bohémiens habitent le faubourg de los Humeros. C'était là que se trouvaient les arsenaux romains.

Le faubourg de Triana est placé sur l'autre rive du Guadalquivir, et il est joint à la ville par un pont de bateaux. Là se trouvait le palais de l'inquisition, dont il ne reste plus une seule pierre. Il était situé à la place même où est maintenant le nouveau pont. Il y a dans ce faubourg beaucoup de sujets d'études pittoresques pour un artiste, mais il n'offre autrement rien de très-remarquable.

Il tire son nom du maure : *Taraganah*, que l'on peut regarder avec une très-grande probabilité comme une corruption du mot *Trajanah*.

Trajan, comme on le sait, naquit à Italica, ville autrefois riche et célèbre. Là naquirent aussi Adrien et Théodose.

Cette cité fut bâtie en 547 par Scipion l'Africain sur l'emplacement de la ville Ilerie Sancios. Elle était destinée à servir de retraite à ses soldats. Adrien l'orna de pompeux édifices que les Goths, par grand hasard, ne détruisirent pas.

Les Maures, par corruption, la nommèrent Talec*. Un jour, le fleuve changea de lit, et la ville fut tout à fait délaissée pour sa puissante rivale. Peu à peu, les monuments s'écroulèrent ou fournirent des pierres à de nouveaux édifices. Ainsi l'amphithéâtre placé au delà de la ville fut en partie employé à élever des digues et à construire la route de Badajoz.

En 1799, on y découvrit un beau pavé de mosaïque : un moine, nommé *Mescoso*, l'entoura d'un mur pour le protéger contre les dégradations faites un peu par les animaux, beaucoup par les hommes.

Italica est maintenant le village de Santi-Ponce. On y voit encore, du côté de l'est, quelques voûtes souterraines comme on en trouve, en Afrique, à Bone et à Constantine. Elles sont appelées *casa de Baños*. Ce sont les réservoirs de l'aqueduc bâti par Adrien, et qui conduisait l'eau à Tejada, située à sept lieues plus loin.

La feria de Santi-Petri attire tous les habitants de Séville.

En vain don Félix, notre *Pepino* andalou, prétendit-il que Montès, qui partait pour Icija, donnerait une nouvelle *corrida* le dimanche suivant, Giraud répondit :

— Montès ne viendra pas, car nous n'y serons plus ; ainsi ne comptez pas sur lui.

J'avais tourmenté Giraud pour prendre la diligence afin d'arriver au moins pour les derniers jours des fêtes à Madrid. Il avait levé les épaules, mais il y avait consenti. Toutes les diligences, toutes les voitures étaient retenues au moins pour quinze jours.

Il fallait donc y aller à pied.

— Ma foi ! lui dis-je, puisqu'il y a force majeure, j'en suis enchanté.

— Et moi donc ! répliqua-t-il.

Nous fîmes transporter notre malle sur une galère qui partait le lendemain, et nous résolûmes de prendre les mêmes étapes et de nous annoncer dans toutes les auberges de la route comme des passagers avant-coureurs de la voiture de don Pascal *Amoroso* (c'était le nom du mayoral) ; et ce fut précaution sage.

Toutes les auberges étaient pleines de voyageurs, et nos tenues pittoresques nous auraient certainement fait coucher à la belle étoile d'un bout du voyage à l'autre.

Mais le nom de don Pascal, qui fait incessamment ce voyage, était le *Sésame, ouvre-toi!* des Mille et une Nuits. Notre bon voiturier nous indiquait le matin le nom de la ville et de l'auberge où nous devions nous arrêter le soir, car nous précédions toujours la galère de deux heures au moins.

Nous partions avant le lever du soleil, et nous nous arrêtions à la nuit; nous faisions de quinze à seize lieues par jour; cela dura douze jours de suite.

Mais la chaleur ne nous gênait plus, et nous étions tellement rompus à la fatigue qu'il ne nous venait même pas l'idée de nous reposer.

Nous faisions une pause à déjeuner, et nous repartions à l'instant. Notre plaisir était sur le grand chemin.

CHAPITRE XXXIII.

Route de Séville à Cordoue.

Le matin, lorsque nous nous rendîmes à l'auberge de la galère, nous ne la vîmes plus dans la cour; elle était partie depuis plus d'une heure; mais cela ne nous inquiétait guère, puisque nous savions où elle devait passer la nuit.

Nous fîmes un grand détour pour passer devant la boutique de Bontaro, car il y avait dans notre arrangement une sorte de coquetterie pittoresque.

Nous avions le cou et une partie de la poitrine entièrement nus; notre petit chapeau, surchargé de pompons et de velours, était posé sur l'oreille; notre *canaña* (cartouchière) nous entourait la taille, toute niellée de dessins verts, et elle coupait la large ligne de notre ceinture rouge, où brillait comme un poignard turc le manche à tête de cuivre du *navaja* catalan. Nous avions une petite veste de toile blanche, et par-dessus se drapait en longs plis notre mante rayée, égayée par le canon et la crosse damasquinés de notre carabine, que nous portions en bandoulière sur une seule épaule.

Nos jambes étaient garnies de bottines venues de la *calle del Mar*.

Nous nous trouvions *artistiquement* très-beaux, et nous n'étions pas fâchés de nous faire voir. Nous allâmes donc gagner la porte de Carmona par la place de la Constitution, c'est-à-dire en lui tournant complétement le dos.

Les jeunes filles nous attendaient sans doute, car de loin déjà j'entendis :

— Les voici ! les voici !

Nous leur fîmes nos adieux.

Je ne sais ce que pensait Giraud, mais moi j'étais réellement ému. Il est si doux, lorsque la réalité nous a ouvert cruellement les yeux, il est si doux de croire qu'il se trouve quelqu'un dans le monde qui éprouve encore pour vous seulement un peu d'amitié! C'est un si grand bonheur de pouvoir placer quelque part un lambeau d'une affection toute saignante et meurtrie!

Mais ceux-là sont heureux qui ont su profiter de leur jeunesse et dont le cœur est desséché.

Lorsqu'on est jeune, semblables aux willis de la vieille Allemagne, les passions vous prennent par la main, vous entraînent dans leur course folle, tournent, tournent, vous enivrent, et ne vous laissent pas réfléchir. En vain vous vous penchez en arrière, en vain vous cherchez à vous dégager de leurs étreintes, elles rient de vos efforts.

Mais lorsque l'âge a rendu vos pas plus pesants, elles vous laissent brusquement, chancelant et étourdi, la tête encore parée de couronnes de fleurs, et elles s'éloignent.

Et leurs robes flottantes vous laissent voir que vous avez été le jouet de grimaçants fantômes.

Alors vous ouvrez vos bras à la sagesse.

Et pourtant, quelquefois, comme le jeune comte de Greyers de la ballade d'Uhland, qui, saisi par les bergères fantastiques des Alpes, est entraîné trois jours et trois nuits en dansant toujours à travers les villages, les forêts, les prairies et les sommets des montagnes, et est à la fin jeté dans un torrent dont il sort avec peine ; on regrette avec lui ce temps de fatigue et d'ivresse qui donne désormais au château paternel, silencieux et tranquille, un aspect triste et désolé.

Elles nous avaient amicalement serré la main, elles avaient pleuré, je crois, car les Espagnoles s'attachent vite ; mais nous marchions déjà sur la route à l'ombre du grand aqueduc de Carmona, qui jetait sur le chemin la grande masse de son ombre incessamment échancrée par le soleil.

Pas un nuage !

Quelques voitures passaient en criant auprès de nous, et nous forçaient à lever un moment la tête, qui retombait aussitôt toute pesante de regrets et de souvenirs.

Nous arrivâmes, en marchant ainsi, à la croix de Pilate, dont nous avons déjà parlé. Là cessaient les maisons des faubourgs; nous nous sentîmes en pleine campagne, et le grand air nous eut bientôt rendu l'insouciance et la gaieté qui cheminent toujours à côté du voyageur.

L'aqueduc qui s'élevait à notre droite et nous faisait de chacune de ses arcades un cadre pour un paysage, est une œuvre des Romains restaurée par le Maure Jasuf-Abu-Jacub en 1172. Les canaux souterrains qui le continuent jusqu'à la colline d'Alcala sont aussi son ouvrage. L'eau en est très-pure, et est aérée par des ventilateurs percés au dehors à ciel ouvert.

La première ville que nous rencontrâmes fut Alcala de Gadayra (le château de la rivière Ayra). Le nom est resté maure. C'était autrefois Hœnippa la Carthaginoise. C'est la boulangerie de Séville. Elle est rafraîchie par les brises de la sierra de Ronda, et a une grande réputation de salubrité. Son château, à moitié ruiné, couronne une colline placée près de la route, et s'arrange admirablement avec le paysage. C'est une des plus belles ruines laissées par les infidèles.

C'était la clef du pays. Ferdinand en fit le siége avec l'aide du roi de Jaën, Ibn Lahmar, qui s'était réuni aux chrétiens par haine pour les Sévillans. Cette forteresse se rendit le 21 septembre 1240. La ville était placée immédiatement au-dessous du château et n'existe plus depuis longtemps; et maintenant les flancs de la colline sont déchirés à chaque pas par les *cuevas* creusées par les bohémiens. Il reste seulement une petite mosquée qui est sous l'invocation de saint Michel, parce que c'est le jour de la fête de ce saint que la ville a été prise. Alcala est aussi renommée pour ses olives, qui sont les plus grosses et les meilleures de l'Espagne.

Mairéna, qui vient ensuite, est célèbre surtout par la foire aux chevaux qui y a lieu les 2, 5, 26 et 27 avril.

C'est la féria la plus fréquentée de l'Andalousie; les bohémiens, les élégants, tout Séville enfin s'y précipite. On élève des tentes dans la plaine, qui se couvre aussitôt de boutiques. Les majos y viennent en grande tenue, portant en croupes leurs majas avec leurs robes à volants et la caramba, dont les rubans brodés d'argent se mêlent aux tresses des cheveux derrière la tête. Une large miniature de leur *mant* se balance à leur cou.

C'est là que nous rejoignîmes la galère. Elle était arrêtée, et tous les voyageurs avancèrent la tête pour nous voir. Ils paraissaient enchantés de notre escorte, surtout pour traverser les plaines d'Icija, dont le nom fait encore aujourd'hui trembler le voyageur.

Nous leur promîmes non pas de marcher auprès d'eux, mais de ne pas les perdre de vue tant que nous n'aurions pas traversé ces immenses landes, et bientôt nous les dépassâmes, à leur grand regret.

Tout autour de nous les terrains devenaient rouges et se garnissaient de buissons d'aloès et de figuiers de Barbarie d'un vert pâle, qui, tout en conservant leur couleur, rentraient dans le ton des terrains, et se liaient dans les fonds avec le ciel, alors limpide et blanchâtre dans la région qui touchait à la terre, mais, au zénith, d'un bleu coloré jusqu'au noir. C'étaient deux masses distinctes, l'une rouge, l'autre bleue, ces deux couleurs amies, qui s'harmoniaient ensemble dans des dégradations sublimes !

Nous ne pouvions nous rassasier de cet admirable spectacle ; nous en jouissions non pas par notre sentiment d'artiste, mais tout bonnement par nos yeux, qui avaient un immense plaisir à voir. Ceux qui n'ont pas voyagé dans ces pays de lumière ne peuvent se faire une idée de la joie pure et enivrante qui arrive par la contemplation. On se sent un transport d'admiration, une émotion douce qui un peu plus en viendrait aux larmes. Et puis on éprouve un calme, un oubli des choses de la terre qui donne comme un avant-goût des béatitudes que l'on nous promet dans le ciel. Ces espèces d'extases nous arrivaient souvent en Espagne plus que partout ailleurs. Mon Dieu ! qu'une vie ainsi passée en voyage serait heureuse ! Pourquoi, lorsque rien n'y oblige, revient-on à la ville ?

Parce qu'il y a toujours à la ville quelque lien mal rompu qui fait qu'on y va gaspiller dans la tristesse des journées précieuses dont on pourrait si facilement faire des jours de bonheur.

Pour rester complétement libre, il faudrait ne pas avoir de cœur ; oui, mais ceux qui n'ont pas de cœur ne connaissent pas ces impressions-là.

Nous arrivâmes le soir à Carmona. Ici déjà les auberges annoncent le grand chemin de la capitale. Elles sont confortables, ont des vitres au lieu de toile aux fenêtres, qui sont garnies de volets. Toute

la galère vint se réunir dans la salle basse, et nous fîmes avec la colonie cahotée une connaissance rapide, comme cela arrive en voyage.

Le lendemain, à la pointe du jour, la cour était déjà pleine de
gens du pays en costume national qui faisaient caracoler et piaffer
leurs chevaux andalous, tandis que dans un coin le zagal distrait les
regardait en coiffant ses mules et faisait sonner les sonnettes des
aparejos.

Un des cavaliers demanda à Giraud s'il voulait se défaire de sa
carabine, dont le canon niellé d'argent est d'une ancienne fabrique
de Biscaye en grande réputation dans le pays. Giraud refusa, et au
lieu de vendre, acheta un magnifique lévrier de race, *legitimo*,
comme disent les Espagnols, et nous l'emmenâmes avec nous.

Nous eûmes d'abord de la peine à l'entraîner; mais lorsqu'il se
trouva dans ces grandes plaines où l'on n'aperçoit plus d'être vivant,
il nous suivit sans contrainte, et parut même se rapprocher de nous
avec plaisir.

A Carmona nous laissâmes la galère, qui serpentait au bas de la
colline où la ville est située. Nous fûmes bientôt devant ses murs.
Les remparts sont d'une forme extrêmement pittoresque, et au-dessus
de la porte principale se voit une espèce de petite chambre saillante
en dehors en forme de mâchicoulis et ouverte par le bas. Elle servait
à introduire dans la place, au moyen de cordes, les gens que l'on voulait y faire entrer sans en ouvrir les portes, comme cela se pratique
encore au mont Carmel. On dirait que des artistes ont arrangé les
ruines de ses fortifications. La porte qui regarde la route de Cordoue
est bâtie sur des fondations romaines et encore toute couverte de
peintures, de dessins, de restes de festons et d'arabesques d'un charmant effet. Une pareille rencontre serait une bonne fortune pour
Nolau et Moynet, nos habiles décorateurs.

Les premiers remparts furent élevés par les ordres de César, qui,
dans ses *Mémoires*, cite Carmona comme la ville la plus énergique de
toute la province. Les habitants chassèrent trois cohortes qui, sous les
ordres de Varron, s'étaient déjà emparées de l'alcazar et de la ville.

Elle eut le privilége de frapper des médailles sous le nom de *Carmo*,
donné par les Romains. On en voit avec des figures de Cérès entourée d'épis ou de Mercure avec un dauphin; d'autres représentent
Bacchus couronné de pampres et de raisins.

Elle prit parti pour les Maures et leur ouvrit ses portes en 712.

Ceux-ci élevèrent des fortifications nouvelles et un château, et lui donnèrent le nom de Karmunah. Elle fut assiégée en 1246 par les armées de Castille sous le roi saint, don Fernand; elle consentit à payer un tribut, mais ne put être prise, et se donna d'elle-même l'année suivante, en 1247. En mémoire de cet événement, on bâtit l'église de *San-Mateo*, où le corps municipal et le clergé célèbrent l'époque du 21 septembre, jour de sa reddition. A cette époque, le syndic promène l'étendard qui fut alors apporté dans la ville. L'alcazar principal, situé à la porte de Marchena, est une magnifique ruine. Si l'on en croit une des inscriptions du temps de Philippe IV, ce palais avait trois portes et vingt tours, et était entouré de murs. D'innombrables colonnes ornaient le patio intérieur, et les portes des salles, d'une architecture arabe, étaient chargées d'ornements d'or. On y voyait les portraits de tous les rois d'Espagne.

L'alcazar de la porte de Séville était, du temps de Trajan, défendu par huit tours de pierre avec des ornements en saillie. Il s'y trouvait une citerne garnie de plomb de vingt-deux pieds de long sur seize de large. On en voit encore aujourd'hui les traces. C'est dans ce château, que don Pedro fit fortifier, qu'il enferma sa famille et ses trésors.

La tour dite de don Pedro est une pâle copie de l'Alhambra. L'église, bâtie par Anton-Galleyo en 1518, est d'un bon gothique, et le patio de l'université est arabe.

L'alaméda est charmante, et la ville, dans laquelle les voitures ne pénètrent pas, a conservé une couleur plus espagnole que partout ailleurs.

Du haut des tours la vue s'étend jusque sur les sierras de Ronda et de Malaga.

Les chapeaux andalous de Carmona sont en grande réputation, et les fabriques de ce genre y sont nombreuses.

En descendant nous eûmes bientôt rejoint et dépassé la galère, que de la hauteur nous apercevions comme un point dans les plaines.

Les mulets, déjà tout poudreux, épousaient au soleil les nuances des terrains.

Il n'existe pas en ce monde de pays plus harmonieux que l'Espagne. La lumière y est tellement limpide et puissante, qu'elle y détruit les localités et revêt indistinctement tous les objets, quelle que soit d'ailleurs leur couleur individuelle de tons, qui rentrent l'un dans l'autre et se tiennent ensemble. Ainsi, pour tâcher de nous faire comprendre par les personnes qui ne s'occupent pas de peinture, il semblerait que l'on regarde la nature à travers une vitre colorée, mais une de ces vitres colorées comme les hommes ne savent pas en faire.

Il n'est pas étonnant que les grands maîtres espagnols aient mis dans leurs œuvres une qualité argentine qui s'offrait à leurs yeux partout et sans cesse.

Il y a quatre ans encore, des voleurs, dont nous avons parlé en commençant cet ouvrage, parfaitement montés et armés jusqu'aux dents, désolaient cette route et la rendaient à peu près impossible. Ils étaient au nombre de sept, et on les appelait les *sept frères d'Icija.*

Leur chef était surnommé *Veneno.* Ils entraient en plein jour dans les villages des environs, et la terreur qu'ils inspiraient était si grande, que personne n'osait les dénoncer.

Ils furent enfin surpris à l'improviste au moment de leur dîner. On fit feu sur eux. Veneno eut le bras cassé, quelques-uns tombèrent morts, et l'on se saisit des autres, qui, à peu de temps de là, furent exécutés.

Depuis la route est à peu près libre; cependant on entend parfois encore parler de voitures arrêtées, de voyageurs dépouillés dans ces immenses plaines, dont un proverbe espagnol a dit : *L'alouette qui veut traverser ce pays doit porter son grain.*

Nous y avons cheminé depuis sept heures du matin jusqu'à deux heures du soir sans voir une seule maison.

Les voleurs actuels sont ici, comme dans toute l'Espagne, toujours improvisés pour l'occasion, et les bandes ont disparu. Cependant, huit jours avant notre départ de Séville, des hommes masqués s'étaient introduits dans une ferme des environs. Ils avaient garrotté le maître et emporté tout son argent; le masque de l'un d'eux étant tombé au moment où il allumait son cigare, il avait été reconnu. On l'avait arrêté, mais il n'avait pas encore nommé ses complices.

Nous arrivâmes à un pont d'une seule arche; il était si étroit et s'élevait si brusquement et si haut, que le prudent don Pascal préféra faire passer la galère avec force secousses et cabrioles périlleuses dans le lit sans eau du torrent.

Ce pont est renommé dans les annales des assassinats et des brigandages. C'était ordinairement à son ombre que les voleurs se reposaient et faisaient la sieste en attendant leur proie.

Le chemin s'avançait au milieu des bruyères; quelquefois il traversait un bois d'oliviers. Le gibier était par là en telle abondance qu'il en partait à chaque instant devant nous; et bien que la chasse soit permise, ou du moins non défendue dans ces plaines, nous n'osions pas tirer, de peur d'être attaqués à l'improviste avant d'avoir pu recharger nos armes.

Cependant un beau lièvre ayant passé près de nous, nous mîmes en joue tous les deux; mais au même instant Gitano (bohémien), c'était le nom du lévrier que Giraud tenait en laisse, donna une si forte secousse, qu'il brisa son mauvais collier, et s'élança à sa poursuite. C'était merveille de le voir. Il sautait par-dessus les buissons, disparaissait dans les fourrés, et à chaque bond se montrait presque en entier. Après quelques sauts il avait étranglé l'animal, que nous allâmes lui reprendre. Bien qu'il ne fût plus attaché, il nous suivit de lui-même, et nous lui laissâmes la liberté. Il s'écartait sur les côtés de la route, et revenait à nous souple et agile comme un léopard. Il était très-jeune, et avait, en sa qualité de légitime, *du nez*, chose rare chez cette espèce de chiens, qui chassent presque toujours *à la vue*. Il était couvert d'un poil noir court et très-brillant; il avait un corsage de guêpe, la tête aplatie, le nez long et pointu et d'une finesse de dessin extraordinaire. Il s'attacha bien vite à nous, et il faut dire que nous l'aimions bien aussi. La nuit, il venait se coucher au pied du lit de Giraud.

Le déjeuner à la *Portuguesa* fut un repas splendide; les cloches des mulets étaient notre musique de table. Nous fîmes aux passagers les honneurs de notre lièvre, et tout le monde s'accorda à trouver Gitano de plus en plus légitime.

On remarquait dans l'équipage de la voiture un homme porteur d'un chapeau de paille de Panama. Il était vieux, sec et assez mal vêtu, mais sa tournure était distinguée. Il parlait bien français, et quittait souvent la galerie pour marcher avec nous. C'était un républicain du rouge le plus féroce, et il demandait un Robespierre pour l'Espagne... Du reste, fataliste, douteur, et ayant toutes les qualités nécessaires pour avoir à une autre époque tâté du fagot. Il était froid, sévère, sobre de gestes; il ne riait jamais, et parlait peu, excepté lorsqu'il se laissait entraîner dans des discussions politiques avec un mon-

sieur très-poli, à figure aimable. La casquette de celui-ci était ornée
d'un large galon, qui lui donnait en Espagne un air militaire, air qu'il
appuyait autant que possible par ses manières et l'arrangement de son
costume. Il ne reprenait nullement ceux qui l'appelaient lieutenant
ou capitaine, et leur répondait avec un gracieux sourire. C'était, nous
l'apprîmes plus tard, un employé de l'administration des vivres. Un
autre était un graveur, qui, disait-on, avait eu beaucoup de talent.
Contre l'habitude des Espagnols, il était toujours ivre à moitié. Il
était le jouet de ses compagnons de route, qui le tourmentaient sa‐‐
cesse. Je l'évitais, comme j'évite toujours ces sortes de gens, et sa
gaieté fiévreuse me fatiguait; mais un voyageur lui ayant demandé,
un jour qu'il se trouvait assez excité et bavard, s'il ne dépensait pas
à boire l'argent de son ménage, il répondit :

— *Ah! mi infame muger!* (Ah! ma femme infâme!)

Il ne put en dire davantage, et il se mit à pleurer avec une douleur
si vraie, qu'il me fut à l'instant prouvé qu'il cherchait dans les liqueurs fortes l'oubli, et peut-être la mort.

Le mayoral don Pascal Amoroso avait une figure fine, le nez en
l'air et le visage très-coloré. Il portait une marseillaise de velours bleu
bariolée au collet et au coude, et était enveloppé dans son immense
ceinture rouge, comme une momie dans ses bandelettes. Il parlait surtout par gestes ou par le jeu de sa physionomie, comme tous les vrais
Espagnols. Pour appeler, après un fort *pst*, il faisait un signe en ra-
menant les doigts vers la paume de la main; pour éloigner, au contraire, il rejetait les doigts en dehors; pour nous avertir, dans les
villes, de veiller à nos effets, il mettait un doigt sous l'un de ses yeux
dont il abaissait un peu la paupière. Il nous voyait avec beaucoup de
plaisir, surtout à partir de l'aventure de la fresque de Giraud. Il
nous appelait ses artistes, et nous montrait complaisamment, le soir,
à ses posaderos (aubergistes). Les autres voyageurs ne le voyaient
guère, ils mangeaient dans la voiture, dont ils ne descendaient presque jamais.

Dans la *venta* où nous descendîmes, Giraud fit sur son livre de
croquis une charge du maître de la maison, qui fut à l'instant parfaitement comprise par les gens de l'auberge. Aussitôt ils battirent
tout le village pour lui trouver un morceau de charbon, et le sup-
plièrent jusqu'à ce qu'il fût décidé à reproduire sur le mur le dessin
de son carnet. Giraud la répéta au-dessus d'une mangeoire, et y ajouta

une casserole comme accessoire. Cette caricature, de six pieds de
haut, eut un succès immense, et ils ne voulurent en retour rien
recevoir de notre dépense à tous deux.

Nous étions à peine depuis dix minutes dans cette auberge, lorsqu'un homme y entra en pleurant. Il arrivait, comme nous, de Séville, mais à pied. On lui avait volé son argent et un pistolet qu'il
portait pour sa défense, arme inutile, comme on voit. Il avait été
dépouillé derrière nous, lorsqu'il faisait toute diligence pour rejoindre
la galère. Il nous est permis de croire que nos carabines n'avaient
pas été sans quelque utilité pour les bagages de la voiture et sa tranquille population.

Après une grande heure de repos, l'on repartit, et nous rentrâmes
dans des landes couvertes de bruyères et d'arbrisseaux. On apercevait déjà à l'horizon les montagnes de la Sierra Morena (chaîne noire).
En Espagne, les montagnes sont ordinairement dépouillées, et claires
par conséquent; celles-ci, couvertes d'arbres et de taillis, ont de loin
un aspect plus sombre qui leur a mérité leur nom. Bientôt nous
aperçûmes le village de Moncloa avec ses palmiers arabes, éclairés par
les rayons du soleil couchant, et nous arrivâmes en pleine nuit à la
Louisana.

C'est une petite ville sans importance, elle n'offre rien de remarquable.

En arrivant, l'aubergiste nous invita à nous rendre chez les autorités du pays pour faire viser nos passe-ports, et nous fûmes obligés,
à partir de ce jour, d'aller nous-mêmes nous présenter à la *casa de
ayuntamiento* plus ou moins importante de chaque localité. Nous devons rendre justice à la police espagnole. Il est impossible d'être plus
tracassier, plus ignorant, plus orgueilleux, et plus malhonnête que les
gens de cette admirable institution. Il n'y a rien de comparable à la
morgue et à l'impudence du dernier commis de leurs bureaux. Ils font
un contraste frappant avec l'urbanité et les manières aimables des
bourgeois de l'Espagne et de l'Andalousie en particulier. Il nous fallait
perdre chaque soir une demi-heure, et souvent plus, à attendre le bon
vouloir de ces messieurs dans leurs orgueilleuses salles délabrées.
Cependant il est de toute rigueur de prendre un visa chaque jour,
on courrait sans cela le risque d'être ramené en la ville où l'on a
couché par la première patrouille de gendarmes. Il est bien entendu
qu'il n'en est pas de même pour les voyageurs de la diligence.

Notre chambre était au rez-de-chaussée, et le plancher en bois était divisé en compartiments comme celui d'un théâtre, et l'on y voyait très-distinctement deux grandes trappes. Deux trappes dans une auberge d'Espagne, pays renommé par ses aventures de brigands, il y avait là de quoi exciter sinon nos craintes, du moins notre curiosité. Aussi nous sommes-nous tous les deux attelés à l'anneau en fer de l'une d'elles, et nous avons vu béantes au-dessous de nous deux immenses cruches de sept à huit pieds de hauteur et de cinq pieds d'embouchure, comme nous en avions vu sur le chemin de Caratracas une toute pareille, dont un muletier s'était fait provisoirement une caisse de cabriolet.

Celles-ci étaient remplies d'huile jusqu'au bord.

A peine avions-nous laissé retomber le couvercle, qu'on frappa doucement à notre porte; nous ouvrîmes, et une jolie paysanne entra mystérieusement dans notre chambre et ferma la porte sur elle.

Nous fûmes agréablement surpris, et déjà nous tirions pour l'y inscrire notre liste de *leporello*, lorsqu'elle en vint au fait et dissipa en quelques mots nos illusions.

Elle était l'*amie* du zagal, et elle venait de sa part et en son nom nous demander un portrait d'elle.

Pendant qu'elle nous parlait, j'entendais retentir les pas inquiets du bien-aimé sous nos fenêtres. Il errait comme une âme en peine autour des lieux qu'elle a jadis habités.

J'ouvris la porte, et je l'invitai à assister à la séance. Il entra avec joie, et nous remercia avec effusion.

Giraud fit le portrait en un instant, il était frappant; le zagal était transporté. La jeune fille, ravie, nous secoua cordialement la main; puis elle plia le portrait en deux et le mit dans son sein. Je lui fis observer que de cette manière elle aurait bientôt, par la contre-épreuve, deux portraits pour un. J'avais employé un mauvais moyen pour l'empêcher d'abîmer le dessin; je crois que si j'avais dit quatre portraits, elle aurait chiffonné le papier davantage. Elle avait sans doute des distributions à faire, mais nous avions fait plaisir au zagal, peu nous importait le reste.

Le lendemain, nous partîmes à la pointe du jour, et les habitants étaient enveloppés de *punchos* de laine brune, ornés en bas de larges bandes de diverses couleurs. Ce sont des manteaux comme on en porte au Mexique, et que l'on revêt en passant la tête par un trou ménagé au milieu. Ils portaient des chapeaux à trois cornes ayant la forme d'une *mantera de toreador*. Vers le milieu du jour, nous aperçûmes un beau jardin orné de fleurs et d'arbres de toute espèce. C'est le jardin botanique qui précède Icija. Il suivait la rivière du Xénil, qui bordait la route, et il nous conduisit bientôt à la ville, en venant joindre un admirable *paseo publico* (promenade). Cette ville, l'ancienne *Asti* des Romains, égala en prospérité Séville et Cordoue; elle est bien bâtie, et remarquable surtout par une place d'une grandeur peu commune, dont toutes les maisons mauresques sont de l'architecture la plus fantastique et la plus charmante. Au milieu est l'*Alameda*, la promenade intérieure, délicieuse par les ombrages et les parfums des fleurs. Tout le monde portait l'habit national et les élégantes bottines ouvragées. On ne voyait que ceintures de soie zébrées de mille façons diverses, que cananias étincelantes, que vestes à boutons d'or. Les chevaux disparaissaient sous les tresses, les nattes de rubans et de cordonnets pendillants de laine rouge. Les selles, aux larges étriers arabes, étaient en velours vert ou incarnat, et garnies de hauts arçons et de pommeaux noirs chargés de peintures ou de broderies éclatantes imitant les fleurs.

C'était, il est vrai, le lendemain d'une corrida?

Il n'était bruit dans la ville que de l'accident arrivé la veille à Montès.

En voulant achever un taureau qu'il avait abattu, il avait reçu un coup de corne qui lui avait déchiré la cuisse; il lui fallait, avaient dit les médecins, quinze jours pour se guérir.

En apprenant cette nouvelle je fis de violents reproches à Giraud.

— Ah çà! lui dis-je, qu'est-ce que Montès t'a fait? et pourquoi l'empêches-tu d'aller à Séville?

— Dame! que veux-tu? ce n'est pas ma faute.

— C'est très-bien, mais une autre fois tu me feras le plaisir de taire. Et tu seras cause qu'il ne sera pas aux courses de Madrid.

— Il y sera.

— Mais dans quinze jours les fêtes seront terminées.

— Je t'ai dit qu'on nous attendrait, et l'on nous attendra.

— A la bonne heure. Et Montès?

— Montès sera guéri.

— Allons! je te passe encore celle-là; mais si on le savait à Séville ou ici, que de *cuchilladas* (coups de couteau) nous seraient adressés!

16

En revenant de la grande place, nous passâmes près d'une église inachevée; en dehors, des colonnes romaines s'élevaient comme des troncs d'arbres épargnés dans la coupe d'une forêt : elles provenaient d'un temple détruit dans la *calle de las Marmoles*. Devant la porte, une jeune femme, assise par terre, écartait les mouches de la figure de son enfant qui s'endormait, et elle laissait voir entièrement nu un sein d'une beauté merveilleuse. Les chaleurs sont tellement fortes dans cette ville, qu'elle a été surnommée la *sartenilla* (la poêle à frire) de l'Andalousie; ses armes sont un tournesol, avec ces mots en exergue : *Una sola sera llamada la ciudad del Sol* (Une seule sera nommée la ville du Soleil). Les huiles et les grains forment sa richesse principale. On prétend que les semences y rendent quarante pour un. On ne comprend pas comment il ne vient pas de colons s'établir des autres parties de l'Espagne dans ce pays maintenant désert, et que l'agriculture trouverait si fertile.

En rentrant à l'auberge, on nous servit, apprêté à l'huile, un lapereau, produit de la chasse de Gitano. Notre table était dressée sous la porte cochère, à côté d'*arrieros* dont les voitures venaient d'arriver. Nous invitâmes de la manière la plus délicate l'homme au chapeau de paille, il accepta sans trop de façons, et quelques verres de val de Peñas lui mirent un peu de joie au cœur. Un des mulets de la galère avait la bouche pleine de sang, je le fis remarquer au zagal. Sans s'en effrayer autrement, il lui ouvrit la bouche, y introduisit sa main, et ramena deux sangsues. Elles sont tellement minces, que les mulets les boivent avec leur eau; elles s'attachent au palais ou à l'intérieur de la gorge, et pourraient étouffer l'animal si l'on n'y prenait garde. Les chevaux soignés boivent, en Espagne, à travers un tamis. Les *arrieros* préfèrent ôter les sangsues quand il s'en trouve.

La voiture partit; nous la laissâmes s'éloigner, bien sûrs de la rattraper, et lorsque nous passâmes près d'elle, notre convive descendit et vint marcher à côté de nous. Il parlait peu; quelquefois il précipitait son pas, et d'autres fois le ralentissait en faisant quelques gestes étranges.

Giraud m'avait dit en parlant de lui la veille :

— Cet homme a quelque invention en tête. Il cherche au moins la pierre philosophale. On ne rêve ainsi qu'avec de grands chagrins ou une pensée dominante. Or, une fois hors de ses réflexions, il est très-gai; ce n'est donc pas un chagrin, mais un projet, qui l'occupe.

Il nous a jugés, il nous croit dignes de le comprendre ; je ne veux rien lui demander, il viendra à nous à coup sûr.

En effet, le philosophe, après nous avoir dépassés, se laissa rejoindre, et nous développa peu à peu ses théories et ses espérances.

— Le gouvernement, désolé de voir Madrid sans eau (j'en demande humblement pardon au Manzanarès, je répète ce que disait un Espagnol), avait offert une certaine quantité de millions à celui qui pourrait amener à la capitale les sources des montagnes voisines. Une compagnie s'était chargée de cette entreprise, et *lui*, notre homme au chapeau de paille, avait trouvé moyen d'abréger de trois lieues la longueur de l'aqueduc en élevant l'eau à un certain endroit qu'il ne nous nomma pas, par un système *à lui* qu'il crut prudent de ne pas nous communiquer, et il fit très-bien, car nous ne l'aurions pas écouté, à coup sûr.

Il venait offrir son système à la compagnie, et voilà ce qui le rendait préoccupé et en même temps si heureux. Voilà ce qui faisait qu'insouciant et tranquille, il se nourrissait à peine, qu'il grelottait sous la bise du soir, et couchait par terre sur un matelas bien mince qu'il emportait avec lui. Il vivait dans son monde de chimères et s'embarrassait bien peu de ce qui se passait en dehors.

On a raison de dire que pour être heureux il faut s'imaginer l'être. J'admire ceux qui ont assez de force de caractère pour dire à leur esprit : Tais-toi ! et à leur cœur : Ne bats pas si fort ! Ces hommes regardent le présent avec indifférence, et les traces de leur passé s'effacent comme le sillage d'une barque s'efface dans la mer. Le temps peut creuser des rides sur leur front, mais jamais le chagrin, car c'est la tête qui mène, le cœur obéit sans murmure.

Mais à mesure que nous avancions, le terrain devenait plus cultivé. De longues haies d'agaves, avec leurs grandes hampes et leurs feuilles épineuses et allongées, encadraient de jolies maisons d'une forme toujours semblable. Nous apercevions, croissant en pleine terre, le bananier, le mollé, l'érythrine velue et gazonnante, et la phytolaque dioïque. Les fermes se succédaient à peu de distance, et les terrains que ne déchirait pas la culture étaient couverts de chamérops ; le câprier, avec ses fleurs coriaces aux stipules épineuses, ses grandes fleurs blanches disposées en grappes et ses longs filets staminaux, l'azubuche, olivier sauvage, avaient planté leurs racines dans les terrains pierreux où les astragales ligneuses étalaient les ca-

lices à cinq dents de leurs fleurs bleues, rouges ou jaunes. On remarquait partout un air d'aisance. Les paysans venaient à chaque pa.
nous offrir des poulets à très-bas prix.

Les femmes portaient de grands chapeaux de paille, et les enfants
étaient blonds, chose rare en Espagne. Nous n'aurions su que penser
si l'histoire ne nous eût dit d'avance que ces femmes et ces enfants
descendaient des colonies allemandes qui vinrent s'établir en Espagne
au temps de Charles III.

A cette époque, l'Espagne, après avoir colonisé le nouveau monde
et expulsé les Juifs et les Maures, se trouva dépeuplée. La Manche
surtout devint déserte et se couvrit de taillis épais qui servaient de
repaire aux bêtes féroces et aux voleurs. Le roi encouragea la proposition que lui fit don Pedro Olavidez, Péruvien d'une haute intelligence. Il se faisait fort d'attirer dans ce pays des colonies d'étrangers, et dans un voyage qu'il fit en Suisse et en Allemagne il détermina un grand nombre de cultivateurs, à qui il promit un *Eldorado*,
à le suivre. Les émigrants le crurent et l'accompagnèrent. Ils s'établirent dans la Manche et la Sierra Morena. Mais l'amour de la patrie
vit au cœur du pauvre, qui s'y attache par sa souffrance même, et qui
s'en souvient toujours, comme le mousse se souvient à bord de sa
mère qui le battait. Plusieurs de ces colons moururent de la nostal-
gie. Les plus énergiques se consolèrent en donnant aux alentours et à
leur demeure l'aspect du pays. Les plus jeunes se firent une patrie
nouvelle; leurs enfants s'habituèrent à regarder ce pays de soleil
sans cligner des yeux, et la Manche eut des habitants.

Mais Olavidez s'attira l'aversion du père Romuald, capucin allemand, qu'une patente du général de son ordre déclarait préfet des
nouvelles missions. Exaspéré de cette rivalité de pouvoir, il accusa
Olavidez auprès du ministre de manquer de respect au culte et de
posséder des livres mis à l'*index* par l'inquisition.

Le 14 novembre 1776, un alguazil mayor vint arrêter le coloni-
sateur, tandis que ses papiers furent saisis à *Séville* et à la *Caroline*,
où sa femme était restée. Dès cet instant il fut perdu pour sa famille
et ses amis. Pendant deux ans on ne sut même pas s'il vivait encore.

Après deux ans et sept jours, le 21 septembre 1778, il se tint dans
l'intérieur de l'hôtel de l'inquisition une assemblée à laquelle furent
invitées quarante personnes, la plupart de différents ordres religieux.
Dans le nombre se trouvaient aussi quelques grands d'Espagne. Le

prisonnier y parut vêtu de jaune, portant à la main un cierge vert, et assisté de deux ministres du saint office. On y lut les détails de la procédure. Il était accusé, entre autres choses, d'avoir parlé *témérairement* et *sans réflexion* des obstacles qui retardaient les progrès des colonies, du pape, des tribunaux de l'inquisition.

Le tribunal le jugea atteint et convaincu, et prononça la sentence qui le déclarait *hérétique en forme*.

Ses biens furent confisqués, et il fut condamné à être enfermé huit ans dans un monastère où il devait lire des livres de piété à lui indiqués, faire pénitence et se confesser tous les mois. Plusieurs juges avaient opiné pour la mort. Le confesseur du roi avait demandé un châtiment public. Olavidez parvint à s'échapper et passa en France. On croit que le roi favorisa son évasion.

Voici comme les entreprises les plus utiles, même appuyées par les rois, étaient encouragées en Espagne.

La carlotta où nous vînmes coucher le soir n'a rien d'intéressant, elle n'est pas à sa place. On n'y est plus en Espagne. Les meubles, la disposition des chambres, leurs ornements rappellent un autre pays. Mais la nature reprend toujours ses droits; chaque jour elle bronze ces peaux blanches, elle dore ces cheveux blonds, elle couvre ces cabanes de mésembrianthèmes aux fleurs rouges qui s'accrochent aux fenêtres et se balancent devant les balcons, et sème en souriant dans ces jardins qui s'obstinent à rappeler la patrie absente les hespéridées, les cactus, les palmiers et les aloès.

Le lendemain nous quittâmes peu à peu ce pays fertile, et la solitude revint de nouveau. La Sierra Morena nous apparaissait plus distincte, bien que toujours dans la brume. Après avoir laissé derrière nous les *ventas* de l'Acerrité et de *Mongo Negro*, nous traversâmes sur un pont la rivière de Guadajaz, et peu de temps après nous étions dans Cordoue.

CHAPITRE XXXIV.

Cordoue.

Cordoue, *Cordova*, a conservé à peu près son nom primitif, Corduba, *joyau du Sud*, qui lui fut donné par les Carthaginois, dit la tradition, que nous n'en regardons pas moins comme très-incertaine.

10.

Elle fut appelée Cartuba par les Arabes. C'est de là qu'est évidemment venu Cordova, son nom actuel. Elle embrassa, comme nous l'avons déjà dit, le parti de Pompée, et fut détruite par César. Marcellus, un des lieutenants du vainqueur, rebâtit la ville, qui fut repeuplée par les pauvres patriciens de Rome, ce qui valut à la cité son épithète de *patricienne*. Aussi la noblesse de Cordoue affiche-t-elle les plus hautes prétentions à la naissance.

Gonzalve, ce grand capitaine, disait qu'il y avait d'autres villes où l'on pouvait mieux vivre, mais aucune où il vaudrait mieux naître.

Sous les Maures, Cordoue devint l'Athènes de l'Espagne. Ce que l'on raconte de sa civilisation, de sa puissance et de son luxe, sous la dynastie des Beni-Ummeyad, passe le merveilleux enfanté par l'imagination ; mais le palais fut détruit par les Berbères, et les manuscrits des bibliothèques jetés au vent. Elle était alors renommée pour ses orfévres venus de Damas, et elle citait parmi ses poëtes le célèbre Jean de Mena, qui y naquit en 1412.

Elle résista aux Goths jusqu'en 572, et fut conquise par les Maures sous le règne de Muquez el Rumi. Elle appartenait d'abord au califat de Damas, mais en 756 elle se déclara indépendante et devint la capitale de l'empire maure en Espagne.

Sous Abd-er-Rahman, elle devint le centre de la civilisation à une époque où le reste de l'Europe était barbare. La ville contenait alors un million d'habitants ; on y comptait deux cent mille maisons, trois cents mosquées, neuf cents bains, six cents auberges. La garde particulière du sultan se composait de douze mille cavaliers, et le sérail contenait, tant en femmes qu'en eunuques et en esclaves, six mille trois cents personnes.

La population actuelle est de cinquante mille âmes environ. Les fondations du pont sont romaines, les arches en furent bâties en 719 par le gouverneur As-Samh.

A l'entrée de la ville se voit un arc de triomphe qui nous a d'abord paru romain par sa forme et surtout par sa couleur. Il fut élevé par Herrera, sous le règne de Philippe II. A gauche, près de là, se trouve l'Alcazar, bâti sur l'emplacement du palais de Rodérick, le dernier des Goths. Ce fut pendant quelque temps le palais de l'inquisition.

La cathédrale a gardé son nom de Mosquée, la *Mesquita*, elle en a aussi conservé en partie la forme élégante. Elle offre tellement au premier coup d'œil l'aspect d'une forêt, qu'il n'est personne à qui cette figure comparative ne vienne à l'instant sur les lèvres. Seulement les troncs d'arbres sont de jaspe, de vert antique, d'albâtre, de granit et de porphyre; et l'on retrouve dans le son vibrant de l'orgue le bruit majestueux du vent dans les bois. La main du bûcheron a taillé tout à la même hauteur, mais là s'arrête la symétrie, les chapiteaux ne sont plus les mêmes; les monstres gothiques s'entrelacent en grimaçant à côté du tranquille chapiteau de Pœstum, et plus loin la feuille d'acanthe s'élance de sa corbeille et soulève la tuile qui la couvre pour regarder au dehors. Au-dessus se cintre un double rang d'arcades en fer à cheval. L'aspect de cette mosquée est imposant, merveilleux, fantastique; on se sent tout d'un coup transporté au temps des califes. On voit traîner sur le pavé leurs robes lamées d'or; on entend retentir dans le fourreau leurs riches cimeterres, et les rubis de leurs turbans jettent des étincelles que renvoient les broderies soyeuses de leurs grands burnous.

La mosquée de Cordoue est la véritable sœur de l'Alhambra. Les gens les plus rebelles à la poésie y éprouvent malgré eux une impression solennelle qui les fait frissonner et arrive jusqu'à leur rude cœur. C'est qu'il y a là comme une grandeur empruntée à la nature; il y a de la majesté de la mer! Ces allées sombres, ces piliers où l'œil se perd, ces arcades de formes étranges qui montent l'une sur l'autre et semblent vouloir escalader la voûte; ces peintures mauresques, ces lignes gracieuses qui se courbent, se cambrent, se plient comme le col du cygne ou les anneaux du serpent, tout cela émeut, surprend et pénètre. On admire en silence; on aime à s'y promener seul. Il y a des monuments qui étonnent, il y en a qui touchent et qui font rêver. La gracieuse Mesquita est de ces derniers.

Que le ciel te conserve, toi qui nous as donné tant de plaisir!

Pour la bâtir, les Maures ont emprunté, comme toujours, des fragments à tous les monuments romains. Ainsi Bagdad est bâtie de Babylone et Tunis de Carthage. On fit venir cent quinze colonnes de Nîmes et de Narbonne, soixante de Tarragone et de Séville. Les empereurs de Constantinople en envoyèrent cent quarante, et Carthage fournit en partie les autres. Elles étaient au nombre de douze cents : il en reste encore huit cent cinquante.

Le temple de Janus fournit la plus grande partie des matériaux. Il avait été transformé par les Goths en une église dédiée à saint

Vincent. Abd-er-Rahman le fit démolir pour bâtir sur l'emplacement même la *Mesquita*, que l'on voit aujourd'hui. Commencée le 2 juillet 780 sur le modèle de celle de Damas, elle fut terminée en 794 par le fils de son fondateur.

Elle fut appelée *Zecca*, maison de purification.

Elle occupait le troisième rang en sainteté, et les Maures qui ne pouvaient aller à la Mecque se contentaient de faire un pèlerinage à la Zecca de Cordoue, d'où vient le proverbe : *Andar de Zecca en Mecca* (Aller de Zecca en Mecque), encore usité parmi les voyageurs. Les dépouilles des chrétiens firent les frais de l'édifice, et si l'on en croit les traditions arabes, les matériaux nécessaires à la bâtisse furent apportés de Galice et de France sur le dos des prisonniers. Les piliers divisent l'édifice en dix-neuf nefs se succédant du sud au nord pendant une distance de trois cent cinquante pieds de long, et au bout de chacune d'elles s'ouvrait une porte qui regardait sur le *patio de las Naranjas* (la cour des Oranges). Ces portes, qui devaient ajouter au caractère oriental de la mosquée, ont été bouchées, à l'exception d'une seule, celle du milieu. Dix-neuf nefs transversales vont de l'est à l'ouest. Le plafond, couvert d'ornements, est de bois d'alerce.

Une lampe éclaire sans cesse une colonne sur laquelle est gravée un Christ en croix, et l'on prétend qu'un prisonnier attaché à ce pilier fit ce dessin en usant continuellement le marbre avec son ongle.

L'on nous a fait voir sur le mur à côté le portrait de ce prisonnier.

Au milieu de l'église se trouve, élevée de plusieurs marches, une chapelle avec une belle grille gothique. Elle conduit à une chambre tout ornée de sculptures arabes imitant la dentelle et garnie dans le bas de délicieux *azulejos*. Les stucs sont bleus, rouges et dorés.

C'est là qu'on plaçait le Coran.

Le calife faisait la prière à la fenêtre qui regarde la *Zecca*.

La *Zecca*, autrefois le Saint des saints, maintenant la *Capilla de san Pedro*, et le *Kiblah*, tourné vers la Mecque, qui se trouve à l'est de l'Espagne, méritent surtout d'être visités.

La belle mosaïque extérieure, appelée par les Maures *Lafayaba*, n'a pas de pendant en Espagne. On l'a restaurée assez habilement, mais les retouches modernes, indispensables pour en conserver la belle unité, n'ont pas l'harmonie que l'on retrouve dans les œuvres des fils du soleil. Le temps la donnera peut-être un jour

Une inscription arabe, en faisant le tour de la chambre, se mêle, ornement elle-même, aux ornements creusés dans le stuc.

Des deux côtés de la porte, une broderie de marbre s'élève en serpentant jusqu'au haut de la coupole. Cette porte conduit à une chambre octogone de cinq mètres de haut environ, toute ornée de mosaïques et de sculptures en marbre. Le plafond est formé d'un seul morceau de marbre taillé en coquille.

Il est nécessaire, pour voir les détails de cette chapelle, d'allumer un flambeau. Le pavé, que les pèlerins devaient parcourir sept fois, est usé, comme à la Mecque, par le frottement des pieds.

Devant la porte est un tombeau simple et d'un beau caractère, que l'on dit être celui du comte d'Oropesa, qui perdit la vie dans la bataille contre les Maures.

Alphonse II est enterré dans la chapelle des Rois. Un chœur de cette architecture gothique fleurie qui précéda celle de la renaissance défigure l'édifice. Ce monument dans un monument n'est pas à sa place. Il pourrait plaire partout ailleurs, mais il grimace hideusement au milieu de ces sveltes colonnes, où il est venu se conquérir un espace avec la hache et le marteau.

Charles-Quint consentit à cette profanation en 1523, et, lorsque la chose fut faite, il s'écria pour l'histoire, devant laquelle il *posait* toujours, en visitant la cathédrale un an plus tard :

« Vous avez abattu un monument complet pour un monument que vous ne pourrez pas finir. »

Voyez-vous ce roi artiste qui règne déjà depuis neuf ans, et qui ne sait pas qu'il existe dans son royaume une merveille de l'art! et lorsqu'on lui en parle par hasard pour lui demander à la mutiler, il laisse faire sans l'avoir jamais vue, sans avoir au moins cherché à en regarder un dessin!

Du reste, les ornements ne manquent pas à cette œuvre parasite. Le retable, fait par Alonzo Mathias en 1614, n'est pas sans mérite ; les cent vingt stalles pourraient être regardées avec plaisir, ainsi que le lampadaire, de quatre mètres de tour, en or et en argent massif, mais partout ailleurs que dans la Mesquita de Cordoue.

On ne sait rien de positif sur la dent d'éléphant que l'on voit suspendue aux voûtes. La tradition populaire prétend qu'elle appartenait à un de ces énormes quadrupèdes, qui furent longtemps employés au transport des matériaux lors de la construction.

A l'extrémité de l'église se trouve un patio immense (il a quatre cent trente pieds sur neuf cents). Il est garni d'orangers d'une hauteur et d'une grosseur extraordinaires, qui entourent une jolie fontaine d'une architecture moitié gothique, moitié renaissance. On la dirait inventée par Benvenuto Cellini. Elle lance une quantité de petits jets d'eau gracieux par leur ténuité même. Sans leur frais clapotement, on pourrait les prendre pour des tresses de cristal.

Là est la piscine où les mahométans venaient faire leurs ablutions, et à quelques pas plus loin sont des colonnes milliaires presque effacées par le temps. Le jour elles disent encore au passant qu'il y a la distance de quatorze milles romains du temple de Janus à Cadix, et la nuit, quand les orangers secouent leurs feuilles et jettent leurs parfums à la brise, qui, du battement de ses ailes, les renvoie dans les allées ; quand les esprits des eaux, accoudés sur la margelle du bassin, causent nonchalamment avec la fontaine, qui rit en les agaçant, ces larges pierres, seuls restes d'un temple païen, parlent à la mosquée, tour à tour gothique, maure et chrétienne, des splendeurs de Rome et de l'instabilité des empires.

C'est que nulle puissance n'est éternelle sur terre, c'est que rien n'est stable, c'est que les ruines s'amassent sur des ruines et que toute force doit périr.

C'est que l'été tue le printemps, et que l'automne, qui détruit l'été, est étouffé par l'hiver.

C'est que le printemps renaît pour être tué de nouveau, comme l'aurore, le midi, le soir sont tués par la nuit, parce que le mouvement est la loi de la nature, que chaque mort donne la vie.

Voyez, le gland tombe, et il fait naître un chêne.

A un empire mort succède un autre empire.

A un système usé, un système nouveau qui doit tomber à son tour. C'est la roue qui tourne sans cesse.

Celui qui dira : Voilà qui est bien, restons-en là, est un insensé. L'imperfection, c'est le progrès ; la perfection, c'est l'immobilité, et l'immobilité c'est la mort.

C'est ce que ne veulent pas comprendre les utopistes, les républicains, qui, par un esprit de justice aveugle, croient établir l'équilibre, et ne voient pas qu'ils ont été créés exprès pour faire marcher, par leurs constants efforts, le pendule du monde, qui peut-être s'arrêterait sans eux.

La nature veut une résistance éternelle. Partout elle se retrouve : les astres mêmes ne se soutiennent dans les airs que par deux forces qui se combattent. Si la lutte cessait, les mondes tourbillonneraient au hasard et se briseraient entre eux.

L'homme avance dans la vie poussant et repoussé. Tout demande une peine, un effort : les fruits ont leur écorce, qu'il faut briser, ou bien ils sont placés sur l'arbre, qu'il faut gravir. Pour trouver l'or, le diamant, il faut creuser le flanc des montagnes ; la perle dort au fond des mers ; la terre ne produit rien sans culture, ou produit mal.

Le poëte souffre pour chanter, et toute félicité a ses soupirs.

Le signe des sociétés secrètes depuis les Égyptiens jusqu'aux jours où nous sommes est toujours le même : deux chevaux qui tirent en sens inverse pour faire marcher un char.

Et si l'homme s'arrête un moment, la destinée, escortée de l'ennui et de la santé mauvaise, vient lui crier à l'oreille : *Mais marche donc!*

Les Hébreux appelaient Dieu *Jehovah*, le dieu des batailles.

Le repos n'est pas de ce monde,

Parce que Dieu a voulu que lorsque les hommes en sentent le désir ils lèvent les yeux vers le ciel.

Voilà ce que la borne romaine disait à la mosquée de Cordoue, et la mosquée de Cordoue répondait :

Dieu seul est grand!

La principale sortie du patio est appelée la *porte du Pardon*. Elle est surmontée d'un beffroi qui, de même que celui de la *Giralda*, fut renversé par un ouragan vers la fin du seizième siècle, et réparé dans la même année par un citoyen de la ville nommé Ferdinand Ruiz. Cette porte est encore dans le haut toute charmante de nielles et d'arabesques.

La cathédrale est entourée de murailles, flanquée de tours carrées avec leurs parapets. Ses dix-neuf portes sont embellies de peintures arabes au dehors, et les fausses fenêtres sont parfaitement conservées.

La grande place de la ville est large et assez pittoresque avec ses balcons de bois. Les rues sont étroites et solitaires ; quelques-unes fourniraient le motif de charmantes études.

Il reste à Cordoue peu d'antiquités romaines; elles furent successivement détruites par les Maures et les Espagnols

On a démoli un aqueduc pour construire le couvent de San-Jeronimo en 1730. On en a découvert un autre que l'on a recouvert ensuite. L'inquisition faisait briser ou enfouir toutes les statues, mosaïques ou inscriptions que l'on trouvait.

L'ancien cuir de Cordoue était renommé; mais les Maures, en quittant ce royaume, portèrent cette industrie dans le Maroc.

A peu de distance de la ville, à San-Francisco de Arrocafa, Abder-Rahman avait fait élever une maison de campagne pour sa favorite Zahra. La description qu'on en fait semble avoir été empruntée aux châteaux féeriques des Mille et une Nuits, et malgré notre amour pour le merveilleux, nous ne pouvons l'admettre que comme un conte venu des cafés de Fez ou de Tunis. Le salon principal était presque plaqué d'or, et des animaux d'or massif jetaient de l'eau dans des bassins de marbres les plus rares. Là les pierres précieuses, l'acier travaillé se renvoyaient la lumière enflammée par leurs reflets. Il y avait dans ce palais douze mille colonnes de granit, de jaspe, d'albâtre. Ajoutez à cela tout ce qui vous fera plaisir, tout ce que vous aurez lu dans les contes de fées, et vous aurez à peu près une idée de la demeure de Zahra telle que la tradition la représente. Les charbonniers de la sierra la détruisirent, dit-on, en 1009, sans qu'il se trouvât à Cordoue quelqu'un pour s'opposer à ce brigandage.

A Cordoue, la galère se renouvela presque entièrement. Il nous resta cependant de nos anciens compagnons de route l'homme au chapeau de paille et le graveur ivrogne, pour lequel j'éprouvais une pitié sympathique.

Parmi les nouveaux venus se remarquaient d'abord une dame et sa fille, dont les manières étaient pleines de distinction. N'ayant pas trouvé de place dans la diligence, elles s'étaient confiées à la galère pour aller à Madrid, où elles étaient attendues pour les fêtes. Elles emmenaient avec elles leur fils, âgé de douze à quatorze ans, pour lui faire continuer ses études à Madrid.

Il se trouvait aussi là un élève de l'école militaire de Cordoue, jeune homme de vingt-trois à vingt-quatre ans. Le collet de son habit était orné de galons, et il faisait tout son possible pour se faire prendre pour un officier.

Il détestait les Français de toute la force de son âme et le laissait voir à chaque instant; du reste, méchant, jaloux et portant une de ces figures sur lesquelles la nature a écrit : Méfie-toi de cet homme-là.

Nous le prenions pour un parent des señoras. Ces dames étaient destinées à faire un bien triste voyage, et voici comme :

Les galères se croisaient sur la route et devenaient plus nombreuses à chaque instant. Toutes se dirigeaient vers Madrid. Or,
comme parce que les voyageurs augmentaient, ce n'était pas une
raison pour faire augmenter le nombre des auberges, sur beaucoup
d'appelés il n'y avait que peu d'élus pour trouver un lit et des
chambres. Nous étions de ces élus, et des premiers.

Nous dépassions en marchant toutes les voitures; et une fois à
l'auberge, nous choisissions à notre aise. Nous avions déjà soupé et
fait une promenade lorsque les autres arrivaient. Or, de toutes les
galères, celle de Pascal Amoroso était la plus lourde, et il résultait
de là que la galère de Pascal Amoroso arrivait la dernière; et arrivant la dernière, elle ne trouvait ni chambres ni soupers pour ses
voyageurs.

Les voyageurs couchaient par terre et mangeaient du pain, selon
l'axiome latin : *Tarde venientibus ossa* (Les os à ceux qui viennent
tard).

Le proverbe aurait pu dire : Pas de lit. Mais le proverbe n'en
parle pas.

Ces dames avaient l'air distingué, modeste; d'ailleurs elles étaient
femmes, et après tout, abstraction faite de chauvinisme, nous étions
Français : nous décidâmes dans notre sagesse qu'elles auraient chaque soir un souper et un lit.

Ceci décidé, nous partîmes.

Nous nous réjouissions par avance de leur surprise ; nous ne leur
avions pas dit un mot, peut-être même elles ne nous avaient pas vus.

Et, tout en riant, nous achetions du plomb de chasse à une petite
boutique placée sur le bord de la route en dehors de la ville, lorsque
nous vîmes passer près de nous un cortége qui captiva toute notre
attention.

C'était une famille de riches bohémiens qui se rendait à une foire
à quelques lieues de Cordoue. Le père était monté sur un vigoureux
cheval. Ses filles, au nombre de trois, étaient portées sur des mulets,
et près d'elles caracolait sur un coursier andalou harnaché et tressé
à l'arabe le *novio* de l'une d'elles en brillant habit de majo, élégant
comme il convient à un amoureux. La mère venait par derrière, assez
mal partagée quant au quadrupède. Elle était encore jeune ; mais les
filles étaient d'une beauté si ravissante, que nous nous arrêtâmes
stupéfaits l'un et l'autre sans pouvoir prononcer un seul mot. La

17

rencontre de gens de notre tournure n'avait rien qui pût charmer beaucoup; aussi la caravane, en nous apercevant, prit-elle un temps de trot qui les éloigna instantanément de nous.

Giraud jeta sa carabine en travers sur une épaule, comme les chasseurs de Vincennes, et partit spontanément au pas de course. Je le suivis.

Nous les eûmes bientôt rattrapés; nous pouvions facilement lutter de vitesse; nous ne connaissions plus la fatigue, et cette course en Espagne, au soleil, qui toutefois perdait déjà de sa force, nous permettait de conserver notre respiration aussi égale que si nous nous fussions promenés à l'ombre dans un parc; et tout en franchissant, sans même nous en douter, les bruyères, les quartiers de pierre et les plis de terrain, nous regardions les jeunes filles.

L'une d'elles, d'une figure sévère, avait l'admirable type indien dans toute sa pureté. Son nez grec, ses belles lèvres bien dessinées, ses grands yeux noirs pleins de feu, sa peau brune et dorée, et ses cheveux de satin, en faisaient une beauté accomplie.

C'était près d'elle que se tenait le *novio*.

L'autre, la cadette, était, à mon avis, peut-être plus ravissante encore. Par les traits elle ressemblait à sa sœur, mais ses yeux noyés et son regard velouté et doux lui donnaient une physionomie toute différente. Sa bouche avait une expression indéfinissable de grâce et de bienveillance, et ses lèvres, un peu épaisses et presque toujours souriantes, laissaient voir à chaque instant des dents semblables aux perles bien rangées d'un bracelet. Tous ses mouvements étaient souples, faciles et pleins d'abandon; elle avait ce je ne sais quoi qui donne même aux figures ordinaires un charme irrésistible. Leur sœur, beaucoup plus jeune et non moins accomplie, les suivait avec peine sur son âne un peu rétif.

La mère nous regardait avec inquiétude, la caravane ne ralentissait pas sa marche, et nous courions toujours.

Les jeunes filles portaient le costume pur des *gitanas*. Elles avaient une espèce de saya garnie de trois volants, courte et laissant voir un jupon rouge sur lequel se dessinaient les guipures d'une robe de dentelles. Leur petit pied ornait des souliers de satin de couleur voyante. Un grand peigne d'argent enfoncé par force dans leur épaisse chevelure y étalait le luxe de ses filigranes, et derrière leur tête de grands rubans bleus lamés d'argent s'enlaçaient avec des fleurs et

venaient jouer sur leurs fraiches épaules n..es. Leurs boucles d'oreilles rondes et très-larges étincelaient à chacun de leurs mouvements,
tandis que des châles de soie d'un ton éclatant bridaient leur taille
souple et cambrée. Chaque mouvement du mulet nous découvrait
des jambes adorables, que l'on semblait ne pas trop cacher.

Fascinés par ce spectacle, nous les suivions d'un pas égal. La route
était complétement solitaire; on n'apercevait pas même, aussi loin
que la vue pouvait s'étendre, une hutte de berger.

Le père eut peur, et aidé du *novio*, encore plus inquiet que lui, il
détermina à grands coups de houssine un temps de galop général.

Nous rasions la terre; si le soleil eût été au couchant, nous aurions pu courir continuellement dans leur ombre.

Les robes voltigeaient plus haut : nous aurions passé dans le feu.

Les jeunes filles n'étaient pas inquiètes, elles lisaient dans nos
yeux, elles se faisaient coquettes à l' nvi, et la plus belle des trois
nous souriait toujours.

Gitano enchanté bondissait au milieu des mulets, et puis venait
sauter près de nous à la hauteur de nos visages.

La course dura trois quarts d'heure; alors l'âne de la plus jeune
fille, croyant en avoir assez fait pour l'honneur de la maison, s'arrêta
court.

Le père voulut le forcer avec sa cravache; l'âne se mit à tourner
en façon de manége.

— Pourquoi avez-vous peur de nous? dis-je alors au rouetteur.
Nous sommes plutôt une sûreté qu'un danger pour vos demoiselles;
ne fatiguez pas vos montures. Ces dames sont d'une beauté merveilleuse; permettez à des artistes français de les admirer plus longtemps. Voulez-vous donc nous empêcher d'en emporter le souvenir?

Le père salua, et se mit à sourire. Il paraissait flatté comme père;
les filles, comme femmes, paraissaient l'être encore plus.

Toute la caravane se mit au pas d'un seul coup.

Alors le novio, devenu charmant, nous proposa de lui vendre *Gitano*, que, disait-il, nous égalions en vitesse. Giraud ne le voulut
pas. Nous marchâmes côte à côte et d'un seul bloc, ne pouvant nous
lasser de regarder ces dames et ne cachant pas une admiration qui
n'inspirait plus d'inquiétude. Le père voulait absolument nous entraîner à la foire, qui, disait-il, nous offrirait d'innombrables sujets

d'étude. La confiance s'établit entre nous, et le temps où nous devions nous quitter arriva trop vite.

Le père nous fit mille souhaits de bon voyage. Les jeunes filles nous saluèrent en souriant de leur sourire le plus aimable.

Le novio seul paraissait assez satisfait de nous voir partir. Nous restâmes sur la route longtemps à les regarder.

— Beaux brins de filles ! disait Giraud la main posée sur le canon de sa carabir...

Lorsque nous les eûmes perdus de vue, nous recommençâmes à marcher. Nous arrivâmes ainsi tout pensifs à Casablanca, petit village sans importance où se trouvait alors un poste de gendarmes. Nous déjeunâmes avec eux. Ils examinaient nos carabines avec plaisir, mais sans penser à nous demander nos ports d'armes. En partant, nous passâmes une jolie rivière qui, en se retournant du côté de Cordoue, s'arrangeait bien dans un charmant paysage.

Et puis nous nous trouvâmes de nouveau dans la solitude ; nous étions isolés comme sur un navire en pleine mer. Un autre pont se présenta plus loin, mais sans eau, et après avoir passé Carpio, village situé sur le bord du Guadalquivir, nous fîmes à une descente une halte dans une ventorilla faite de branches et de feuillages et large de quatre pieds environ sur six de haut. On pouvait facilement y tenir trois personnes, pourvu que deux fussent assises.

Nous arrivâmes ensuite à Pedrana. Nous nous empressâmes de retenir, en arrivant, une chambre pour nos dames.

Elles furent agréablement surprises, et se confondirent en remerciments lorsque je leur en remis la clef.

Le lendemain nous partîmes à trois heures du matin, et ce voyage dans la nuit n'était pas sans charmes. L'air était frais, nous marchions dispos, alertes et joyeux. Et quand l'aube parut, le silence cessa tout à coup : les oiseaux se mirent à chanter, et une foule d'animaux invisibles, soit par leurs cris, soit par le battement de leurs ailes, célébraient l'arrivée du jour. Les nuages s'empourprèrent, des raies rouges, jaunes et vertes zébrèrent le ciel, les brouillards roulèrent en rasant le terrain d'abord et s'enlevèrent lentement. Tout se colora à l'entour, et le soleil s'arrêta sur nous comme s'il eût voulu nous caresser. Sa chaleur n'était plus mordante comme au départ. Il nous réchauffait doucement, et en même temps, dans sa grandeur im-

mense, il revêtait de ses feux les petits oiseaux chanteurs et donnait
aux moindres gouttelettes de rosée l'éclat de l'opale et du rubis.

Pleins de cet enthousiasme vrai que donne le grand chemin, nous
avons salué tous les deux tournés vers l'orient.

C'est que là, sur la route, à cette heure de mystère, on devient sérieux, et que le cœur se met à l'unisson avec le calme majestueux qui
s'étend sur la nature.

Nous traversions un bois d'oliviers et par intervalles la Sierra-Morena nous montrait à gauche la chaîne de ses cimes. Le pays était
riant, et nous marchions presque continuellement dans les bois.

Nous arrivâmes à *Aldea del Rio* (Village de la Rivière). La posada
n'avait exactement rien à nous offrir. J'allai au marché : il était trop
tôt, le marché était vide. Enfin, à force de courir de maison en maison, je trouvai des pommes de terre et du vin. Nous nous mîmes à
l'œuvre, et tout en épluchant et en cuisant nous parvînmes à nous
composer un déjeuner. La galère arriva comme nous nous remettions
en route. Le jeune élève de l'Ecole militaire se recommanda à nous
pour avoir une chambre le soir. Je le crus parent de ces dames, près
desquelles il était assis.

— Certainement, dis-je en m'adressant à la mère, les señoras peuvent compter sur une chambre, et si elles en manquent, c'est que
nous n'aurons pas même la nôtre à leur offrir.

Puis nous partîmes pour échapper à leurs remercîments.

En sortant du village, à la première montée, près de quelques arbustes, un petit chemin vient s'attacher au large ruban de la grande
route. C'est, nous avait-on dit, un *atajo*, un chemin de traverse peu
fréquenté qui abrége de près de trois heures.

No hay atajo sin trabajo (Il n'y a pas de chemin de traverse sans
fatigue), dit en Espagne la sagesse des nations, et on nous l'avait représenté assez inégal et mal tracé; mais c'était justement notre
affaire, et nous le prîmes aussitôt.

Nous entrâmes tout d'abord dans un bois d'oliviers qui suivait les
ondulations incessantes du terrain. A peine y étions-nous que nous
aperçûmes une caravane armée qui tournait le sentier. Elle était
composée de sept hommes portant le jupon et la mante bariolés de
Valence. Leurs chevaux étaient chargés de chaque côté de caisses
attachées par des nattes d'aloès. Ils mirent à l'instant la main sur
leurs carabines suspendues par le *guancho* (crochet de fer) à la natte

de paille placée derrière la selle. Aussitôt nous nous arrêtâmes, apprê-
tant nos carabines. Tout cela fut l'affaire d'un instant.

Il y eut un moment d'hésitation de la part des cavaliers. Nous
attendîmes, la carabine en travers dans nos deux mains, le doigt sur
le chien, tout prêts à armer.

La caravane s'arrêta à distance ; nous restâmes immobiles. Alors
le premier cavalier accrocha de nouveau son arme dans la natte, les
autres en firent autant.

Nous remîmes la nôtre sur l'épaule.

Ils s'avancèrent, et en défilant devant nous ils murmurèrent l'un
après l'autre :

— *Vagan ustedes con Dios !* (Allez avec Dieu !)

Et nous leur répondîmes :

— *Vagan ustedes con Dios !*

Un quart d'heure plus tard nous rencontrâmes une autre caravane,
et ce fut absolument la même manière d'être. Nous en rencontrâmes
encore beaucoup d'autres, mais nous ne nous en occupions plus guère,
sachant d'avance comment toutes ces précautions hostiles devaient se
terminer. Ces gens étaient-ils des voleurs ? étaient-ils des contrebandiers ? Voilà ce que nous ne saurions dire. Ce qu'il y a de certain,
c'est que notre costume, qui n'avait rien de bien tentant pour les voleurs, pouvait aussi n'avoir rien de bien rassurant pour des contrebandiers. En tout cas, voleurs ou amateurs de contrebande, la grande
politesse qu'ils déployaient en nous saluant indiquait assez qu'ils ne
nous regardaient pas comme des adversaires à mépriser.

Le chemin, en descendant, nous conduisit près d'une rivière aux
bords déchirés et entourés de plaines arides. Les hauteurs voisines
étaient couronnées par les ruines d'un château fort. Le chemin devenait douteux : nous nous sommes assis en attendant des passants.

Nous avions déposé nos armes par terre, lorsqu'en me retournant
par hasard j'aperçus à quelques pas quatre hommes qui s'avançaient
sur nous avec précaution et presque en rampant. Saisir nos carabines
et les armer fût l'affaire d'un clin d'œil. Je leur fis un signe impé-
rieux de s'arrêter, et à l'instant ils s'arrêtèrent. Ils paraissaient interdits, et je les utilisai tout en les tenant à distance en leur demandant
le chemin. Ils nous l'indiquèrent, et se retirèrent en nous saluant
avec une politesse affectée. C'est à mon avis en cet instant et à la

venta de Plater que nous nous trouvâmes seulement en face d'un danger véritable.

Il est évident pour moi que s'ils nous avaient surpris ils nous auraient égorgés.

Il fallait suivre les bords de l'eau.

Le temps se couvrait et devenait de plus en plus sombre. La Sierra-Morena se montrait digne de son nom : elle était presque noire.

Une violente bourrasque s'éleva tout à coup. En un instant, nous fûmes aveuglés par des nuages de poussière qui s'élevaient comme des trombes et nous enveloppaient dans leur tourbillon. Le vent était froid, impétueux et mugissait d'une manière sinistre. Des cavaliers passaient près de nous, enveloppés dans leurs manteaux, y voyant à peine assez pour diriger leurs montures. Les hirondelles rasaient la terre, et la poussière était si épaisse que nous ne pouvions rien distinguer à quelques pas devant nous. De temps en temps elle nous assaillait avec furie, et en nous fouettant la figure elle nous forçait à fermer les yeux. Il y avait dans cet orage quelque chose d'horrible et d'électrique qui vous serrait le cœur. Cette désolation de la nature pesait sur moi, et je me sentais une tristesse affreuse. L'ouragan s'en alla plus loin, et la pluie qui lui succéda n'était pas une pluie d'orage.

Nous avions de nouveau perdu le chemin, il se présentait plusieurs sentiers, et nous ne savions lequel prendre, lorsque j'entendis chanter sur une colline que coupait une route assez large.

On venait, j'attendis.

Seulement, comme je connaissais l'effet de nos tournures, j'envoyai Giraud à distance pour ne pas effrayer ces voyageurs, et je restai les bras croisés et la carabine en bandoulière. Aussitôt je les vis paraître sur la hauteur. Il y avait deux hommes à pied et deux femmes sur un mulet. Lorsqu'ils m'aperçurent, leurs chants cessèrent ; ils avancèrent lentement, puis s'arrêtèrent : j'entendis le bruit sec du ressort des couteaux catalans, je ne bougeai pas.

Ils firent encore quelques pas et s'arrêtèrent de nouveau.

La montagne ne venant pas à moi, j'allai à la montagne.

Ils se retournèrent et se mirent à fuir.

— Cavaliers, leur criai-je, sommes-nous dans la direction d'Andujar, nous sommes égarés, et nous ne voulons de vous rien de plus?

Ils m'entendirent, revinrent tout joyeux et m'indiquèrent le véritable sentier avec empressement et mille souhaits de bon voyage.

Vingt pas plus loin ils se remirent à chanter.

Nous rejoignîmes bientôt la grande route ; deux heures après, nous étions à l'entrée du pont d'Andujar. Nous nous arrêtâmes avant d'aller plus loin. Le paysage était d'un admirable effet. La pluie qui venait de tomber avait donné une couleur presque noirâtre aux terrains du premier plan. En face de nous la ville se dressait tout élégante de formes avec son corset de remparts mauresques, et la Sierra-Morena, douce et veloutée, formait les fonds. Les murailles, les maisons d'Andujar et tout le paysage qui s'étendait au loin sur la gauche étaient d'un ton rougeâtre d'une finesse excessive, sur lequel tranchait nettement le Guadalquivir, alors d'un bleu intense et entouré de pâles oliviers. Le ciel était encore couvert, mais sans tristesse, et quelques nuages blancs déchirés se détachaient, en courant très-vite, sur de grands nuages plus sombres. C'était un de ces paysages mélancoliques comme on en voit bien rarement dans la nature, mais comme en produit quelquefois l'imagination des grands peintres, qui n'est peut-être elle-même qu'un vague souvenir. Il me semble toujours qu'avant d'envoyer sur terre ces âmes privilégiées, Dieu leur a laissé entrevoir d'autres mondes plus riches, plus beaux, dont ils retrouvent sur leurs étincelantes palettes les gammes merveilleuses ! N'est-ce pas là la mystérieuse source de ces talents immenses qui nous font croire à la vérité des créations dont nous ne retrouvons nulle part le modèle ?

Et même la poésie du voyage approche-t-elle de la poésie des rêves du voyageur ? J'ai parcouru longtemps bien des pays avec amour, avec un amour passionné ; souvent je me suis senti frissonner d'enthousiasme et tout ému devant le lever de l'aurore ou un beau coucher de soleil sur la mer, eh bien ! malgré tout cela, je n'ai pas rencontré ces paysages touchants qui portent à l'âme cette fraîcheur délicieuse, ce charme sans mélange qu'ont fait souvent naître en moi les descriptions des poëtes, soit Virgile, soit Théocrite, soit même l'allemand Gessner.

Belles vallées de la Grèce, rives du Taygète, Parnasse, pure fontaine de Castalie, avec vos beaux noms harmonieux dont lorsque j'étais enfant on a doré ma mémoire, je ne voudrais pas vous voir maintenant, car le duvet de l'idéal s'envolerait au souffle froid de la réalité. C'est qu'il y a quelque chose qui n'appartient pas à la terre dans ces douces images que Dieu, pour adoucir l'amertume des larmes, fait passer devant les yeux comme ces nuées blanchâtres passent là-bas dans le ciel.

Le pont était élégant de ruines. La ville fut bâtie des pierres d'*Illirgis* ou *Illiturgis*, devenue plus tard le *Forum Julium* des Romains, dont on voit encore des vestiges à *los Villarès*.

Andujar el viejo, située à une lieue, est une ville bien bâtie et régulière. Elle renferme plusieurs jolies places, et la cathédrale était une ancienne mosquée. On rencontre à chaque pas des boutiques entièrement remplies de vases légers et poreux qui rafraîchissent l'eau, et que l'on retrouve dans toutes les ventas d'Espagne sous le nom d'*alcarrazas* ou *bujarros*. Ces vases sont faits avec une argile ou craie blanche qui se trouve dans les environs.

On compte à Andujar quatorze mille âmes, et il s'y fait en outre un grand commerce de soie, de blé, de vin, d'huile et de gibier. C'est dans cette ville que fut signée, le 23 juillet 1808, la convention de Baylen ; c'est aussi là que fut publié le fameux décret du duc d'Angoulême au 8 août 1823.

Nous arrivâmes plus de trois heures avant la voiture.

Nous partîmes à six heures le lendemain.

La même scène se renouvelait tous les jours dans chaque auberge. En arrivant le soir, les voyageurs se pressaient à la porte de la *posada* pour avoir des chambres, comme des abeilles à l'entrée d'une ruche, et puis les tables s'organisaient. Les uns se nourrissaient dans un coin des provisions qu'ils avaient apportées ; d'autres, placés sur les bancs de la cuisine autour de casseroles posées à terre, politiquaient et fumaient leurs cigares en surveillant leur repas.

Après le souper, il y avait un mouvement, un bruit général. Les plus favorisés entraient majestueusement dans leurs chambres, mais des autres chacun se cherchait un lit, les uns par terre, d'autres sur des bancs, d'autres dans la mangeoire des mulets, quelques-uns sur les marches des escaliers. Les chaises, les tables, tout était en un instant garni de dormeurs. Puis tout le bruit s'apaisait, et le silence s'emparait de l'auberge jusqu'au point du jour.

Alors les muletiers réveillaient tout le monde. Les vrais Espagnols se levaient et roulaient leurs minces matelas, qu'ils portaient dans

17.

la galère pour continuer leur somme pendant le jour. C'était alors un brouhaha à n'en plus finir.

Tout le monde se réunissait dans la grande salle du rez-de-chaussée, où l'on présentait à la ronde une tasse de chocolat. L'hôte s'asseyait, son ardoise à la main, au centre de la pièce, et chaque voyageur, cité à son tour devant son tribunal, devait payer le montant de sa dépense, qu'on lui signifiait à voix haute sans le compliquer du luxe superflu des détails.

Quand les comptes de l'ardoise étaient terminés, on décadenassait les portes, car on était enfermé, et on ouvrait tout grands les deux battants. Alors les voitures se précipitaient pour passer en premier et prendre du champ, et la rue se remplissait d'un vacarme assourdissant de grelots et de sonnettes qui se perdait dans l'espace une fois hors des remparts.

Les *carros* tâchaient de se dépasser sans cesse. Les chambres étaient le prix de la course. Il fallait voir la désolation des infortunés condamnés à la galère forcée en apercevant nos ombres s'allonger devant leur véhicule au soleil levant. C'étaient deux chambres prises, et des meilleures; car ils savaient déjà que nous en retenions pour ces dames.

Aussi, à ce moment, les coups de fouet allaient leur train. Mais bientôt Gitano venait les dépasser en sautillant; et puis nous apparaissions ensuite marchant d'un pas calme et régulier, mais puissant et nerveux. Nous avions la gentillesse de les saluer en passant, ce qui les faisait bondir. *Les Français! Les enragés de Français!* ne nous étaient pas ménagés et ne faisaient qu'augmenter notre bonne humeur.

De temps en temps, des voyageurs se détachaient pour lutter de marche avec nous; nous les attendions, nous prenions courtoisement leurs pas, et puis au bout de deux petites heures de promenade au soleil ils retournaient à leur voiture, tout rouges, tout essoufflés et boitant des deux jambes, aimant mieux cent fois coucher par terre que de faire notre rude métier. Ah! c'était une belle vie! La force et la santé nous venaient avec le grand air. Quel bonheur indicible! que de jouissances mêlées d'une espèce de fierté sauvage! quel exercice constant de l'intelligence qui cherche dans les villes les traces des anciens peuples, qui fouille les ruines, qui interroge un vieux clocher, un minaret, un pont romain, un arceau dans son manteau de lierre, qui évoque tour à tour les Goths, les Romains et les Maures, admire leurs champs de bataille et les remplit d'un côté de cavaliers numides à la grande robe flottante, et de l'autre de chevaliers bardés de fer et brillants au soleil!

Là, pas de conducteur qui vous tourmente! pas d'esclavage! rien! Quand vient la chaleur ou le désir du repos, on s'assied tranquillement à l'ombre sans prêter l'oreille au fouet du postillon.

Ce ne sont pas les plaisirs du riche, mais que le riche nous offre mieux.

Nous marchions alors à travers un bois d'oliviers que suivaient des fourrés favorables à la chasse. Ce serait un voyage à entreprendre pour de véritables amateurs. Ils trouveraient une énorme quantité de gibier dans ce pays, où on ne le détruit jamais, et la chasse est libre de toutes parts. Gitano commençait déjà à se fatiguer, il renonçait à ses poursuites et marchait plus souvent près de nous.

On nous avait annoncé une *venta;* mais l'appétit était venu depuis longtemps, lorsque j'aperçus sur la droite une ferme un peu hors de la route: j'eus l'idée d'aller y demander si l'on ne nous vendrait pas un poulet.

Non-seulement on nous le vendit, mais on se chargea de l'accommoder. On nous donna du pain et un peu d'eau-de-vie, Et le tout nous coûta quinze quartos, environ quinze de nos sous.

L'expérience nous apprenait un peu tard que chaque ferme nous offrait une auberge pour les repas.

Le pays s'embellissait à chaque instant et prenait l'aspect d'une petite Suisse.

Après avoir passé un pont près duquel se voit un joli couvent, il se couvrait de nouveau d'arbustes et de bruyères. Nous commencions à nous inquiéter un peu du pauvre Gitano. Il était si jeune! pourrait-il supporter jusqu'au bout une fatigue de chaque jour?

Nous avions à notre gauche la Sierra-Morena : elle était peu élevée, mais toujours sombre, malgré le beau temps et le soleil, Plus loin, la même chaîne se continuait; mais, blanchie par la distance, elle nous paraissait seulement bleuâtre et s'harmoniait agréablement avec le bas du ciel, alors un peu vert.

Bientôt, sur un chemin presque dépeuplé, nous arrivâmes à Baylen.

Baylen (l'ancienne Bethula des Maures) est une ville peu remarquable, et dont on parlerait à peine sans la défaite que les Français y essuyèrent. Dix-sept mille de nos conscrits, commandés par le général Dupont, y mirent bas les armes en présence de forces supérieures. Une marche habile du général Reding par le pont de Mengibar, sur la *Guadiano*, détermina le succès de cette journée en faveur des Espagnols, le 23 juillet 1808.

Le combat eut lieu entre la ville et la maison de poste.

Cette défaite mit Madrid à découvert, et le roi Joseph dut sortir de la ville. Mais le général espagnol, comme épouvanté de son succès, au lieu de marcher sur Madrid se retira sur Séville, et ne vint qu'un mois plus tard dans la capitale, où il alla s'agenouiller devant l'image de *Notre-Dame d'Alvetia* pour la remercier de sa victoire.

Bonaparte ressentit un violent chagrin de cette défaite, qu'il attribua à la trahison. Il la cacha aussi longtemps qu'il put le faire; et, quelques mois plus tard, il prit une éclatante revanche en battant complétement à Ocaña tous les généraux d'Espagne, que la victoire de Baylen avait remplis de confiance.

Le soir, je remis au jeune cadet la clef de la chambre de ces dames. Il la prit, et alla s'y installer. Nous avions cru tout arrangé : mais en voyant nos voyageuses aller et venir dans l'inquiétude, je leur demandai si elles n'avaient pas de chambre; et nous apprimes alors que le jeune cadet n'était pas même de leur connaissance, ce qui m'expliqua l'empressement qu'il avait mis à me demander la clef tout d'abord. J'allai lui parler, mais il me répondit :

— Je vous avais prié de me retenir une chambre, vous l'avez fait, et je vous en remercie; vous ne pouvez pas reprendre ce que vous avez donné.

— C'est vrai, lui dis-je, mais vous n'êtes pas galant.

— Je ne dis pas le contraire, me répondit-il ; mais ces dames, je vous assure, ne seront pas mal dans la galère.

La méprise était faite. Nous allâmes présenter notre clef à ces dames. Mais, pendant ce temps, des voyageuses leur offraient de les loger tant bien que mal dans leur chambre. Elles acceptèrent, et ne voulurent absolument pas prendre la nôtre.

— Si le cadet couche dans un lit d'ici à Tolède, dit Giraud, il aura du bonheur; quand nous devrions retenir toutes les chambres en entrant.

Et nous tinmes parole.

Chaque soir nous arrêtions nos deux chambres, et puis nous laissions venir les autres voitures; et si par hasard, quand la nôtre arrivait, il se trouvait le moindre cabinet vacant, nous le retenions à l'instant, et nous en donnions la clef à un voyageur, qui était enchanté de cette bonne fortune.

L'homme au chapeau de paille couchait par goût et par nécessité invariablement par terre.

Cette manière d'agir, dont nous faisions parade, n'augmentait pas l'amitié de notre héros en herbe pour les Français.

— Que pensez-vous de la bataille de Baylen? me dit-il un jour.

— Et vous de celle d'Ocaña? lui répondis-je.

Il se mordit les lèvres, et dit en détournant la conversation :

—Les Français étaient si détestés pendant la première guerre, que les prêtres même combattaient contre eux.

— Comme Espagnols, répliquai-je, ils avaient raison; comme prêtres, ils avaient tort. Et je lui tournai le dos.

Le lendemain, nous partîmes encore dans la nuit. Le soleil allait se lever, les terrains et les arbres noirs silhouettaient vigoureusement sur le ciel tout rouge, et lui donnaient une immense et tranquille majesté.

Nous nous arrêtâmes à Guarraman, village composé d'une rue large qui borde la route. Là notre homme au chapeau de paille, qui nous cherchait toujours, vint s'asseoir près de nous pour causer, et on lui demanda sans avoir rien pris *quatre quartos* pour droit d'auberge. C'était la première fois que nous voyions faire une pareille demande. Quant à lui, il était furieux.

Au sortir de la posada, la route allait en montant, et le zagal vint marcher à côté de nous. Tout en jetant de temps en temps une pierre à l'une des mules et en leur parlant, il causait aussi avec nous, ce qui faisait que notre conversation ressemblait assez à une fable de la Fontaine; car si les mules ne parlaient pas, elles l'entendaient évidemment, et tournaient la tête vers lui lorsqu'il les appelait par leur nom jusqu'à ce qu'il leur eût dit tout ce qu'il avait à leur dire.

Du reste, il nous avait pris aussi en affection depuis la scène délicate du portrait, et ne manquait jamais de nous faire signe de la tête en souriant lorsque, monté derrière la voiture au moment des descentes, il en enrayait la roue avec une grande gaule dans une pose qui ne manquait ni d'élégance ni de dignité, tandis que la galère alors, entraînée par son propre poids, glissait rapidement auprès de nous.

— Nous avions aussi sur la route d'autres amis. Nous rencontrions tous les jours une diligence allant à Séville ou en revenant, et par conséquent un zagal et un condamné à mort. Tous les postillons des diligences logeaient, nous l'avons dit, à Séville, chez le tailleur don Félix, et ne manquaient jamais de venir le soir voir dessiner Giraud et causer avec moi.

Du plus loin qu'ils nous voyaient, le condamné à mort se levait debout sur ses étriers et faisait claquer son fouet au-dessus de sa tête, tandis que le zagal s'élançait de son siège, et tout en paraissant nager dans un grand nuage d'où l'on voyait sortir à peine sa tête et ses bras, nous criait en passant :

— *Ola, don Adolfo, don Eugenio, vagan ustedes con Dios !* (Holà, don Adolphe, don Eugène, allez avec Dieu !)

A quoi nous répondions :

— *Vagan ustedes con Dios, amigos!* (Allez-vous-en avec Dieu, mes amis!)

A ces cris, quelque avaleur de poussière de l'intérieur mettait la tête au dehors, et la retirait aussitôt en voyant nos carabines, persuadé sans doute que nous faisions partie d'une bande de *salteadores* (brigands) embusqués, auxquels la diligence avait payé un droit de passage.

Dans le milieu du jour, nous nous arrêtâmes un moment à la Carolina, capitale de *las nuevas pabluecones* (des populations nouvelles). C'était une ville tirée au cordeau, mais toute nouvelle, et n'offrant aucun intérêt historique. Sa population est de deux mille huit cents âmes; les maisons sont d'une propreté allemande, et l'on voit se balancer dans les jardins les dattiers et les nopals.

Autrefois d'épais fourrés couvraient les collines environnantes et les rendaient presque impénétrables.

La contrée était désolée par les animaux féroces. Il n'y avait ni chemins ni villages. Et maintenant la route, exécutée en 1779 par un ingénieur français, Charles Lemoine, grâce à ses ponts, ses talus, sa maçonnerie et ses murailles, est une des plus belles de l'Espagne et a de l'analogie avec la route du Simplon.

La Carolina est située sur une colline qui domine les plaines de Grenade et de Cordoue.

A deux lieues de distance sur la droite se trouve le village de *las Navas de Tolosa*, célèbre par la bataille qui s'y donna le 16 juillet 1212.

Le pape Innocent III avait prêché une croisade en Espagne, et cent dix mille hommes, presque tous Français et Anglais, étaient venus se ranger sous les drapeaux du roi Alonzo VIII pour l'aider à combattre le roi maure Mohammed-Ibn-Abdallab, surnommé *al Nassir ed din-Allah* (Défenseur de la religion de Dieu).

Les défilés étaient gardés par les Maures, et il paraissait impossible de les forcer, quand un berger, que l'on dit être saint Isidore en personne, se présenta aux croisés et leur montra un sentier qui les conduisit au milieu des infidèles. Ceux-ci, se voyant surpris, se mirent à fuir de toutes parts. Deux mille des leurs restèrent sur le champ de bataille. Les chrétiens perdirent cent vingt-cinq hommes seulement.

Au sortir de la Carolina, le pays se couvrait de taillis favorables à la chasse. Bientôt après nous entrions dans les montagnes. Là nous marchions lentement, tout entiers à notre admiration. Les sites que nous traversions nous rappelaient tour à tour la Suisse ou Fontainebleau; et aussi parfois, en arrivant sur les montées, nous apercevions dans les lointains les montagnes de Jaen, qui s'étalaient majestueusement devant nous jusqu'à sept rangées de cimes.

A chaque moment, comme il arrive presque toujours dans les pays de montagnes, c'était une suite de tableaux variés qui se succédaient tour à tour.

Nous arrivâmes ainsi en montant toujours à Santa-Helena, bourg composé de quelques maisons.

Il était seulement trois heures du soir; mais, à cause de la montée sans doute, Santa-Helena nous avait été désignée par Amoroso Pascal comme le lieu de halte pour la nuit.

Le vent était impétueux et très-froid, l'auberge était petite et triste; mais il y avait une belle jeune fille admirablement coiffée avec un foulard. Giraud en fit un croquis, et dessina en même temps la maîtresse de la maison, qui tout en filant agitait avec son pied un berceau d'une forme gothique, comme l'on en rencontre quelquefois en Italie. Dans ce berceau dormait un bel enfant.

Nous allâmes nous promener en attendant la voiture, bien entortillés dans nos mantes. Un chasseur arriva. On portait derrière lui un cerf qu'il avait tué le matin.

Enfin la voiture arriva.

Nos dames eurent la plus belle de toutes les chambres; le cadet n'en eut pas.

Il faisait une effroyable bise, et les voitures restèrent dans la cour. Giraud se trouvait près du jeune Mars en herbe, et lui dit en allongeant le cou du côté de la galère :

— Eh bien! tenez, vous aviez raison, on sera très-bien cette nuit là dedans.

Celui-ci fit une affreuse grimace, et alla s'installer en maugréant sur une chaise où il passa la nuit.

Nous étions dans l'endroit où don Quichotte fit pénitence. Nous évoquions à chaque moment son souvenir pendant notre voyage dans la Manche. Nous ne le regardions plus comme un personnage imaginaire; il était pour nous en Espagne ce qu'était Guillaume Tell à Altorf, à Kusnach, au Rütli. On ne dit pas ici : C'est là que Cervantès a placé telle scène de son don Quichotte; on dit : — C'est là où don Quichotte a fait telle chose.

Et moi je le disais aussi, et je finissais par le croire, j'y trouvais tant de plaisir!

Souvent il nous semblait le voir, avec son joyeux écuyer, chevaucher dans le paysage, le pauvre brave homme, allant à chaque pas attaquer la société qui le roule et le brise, mais ne peut pas le décourager! Le type en est rare, mais il est vrai, aussi vrai que s'il avait été rencontré par Molière.

Nous en parlerons souvent tout à l'heure; mais, n'est-ce pas, il a existé pour nous?

Nous quittâmes Santa-Helena avant le jour. Le vent sifflait avec force; il était glacial. Bientôt le ciel s'enflamma, et le soleil splendide vint jeter sur les cimes une large nappe de lumière.

A peu de distance du village, un habitant du pays vint marcher près de nous; et il nous indiqua un sentier, qui, partant de la route, montrait pendant quelque temps so... sillon rougeâtre et disparaissait sous les taillis.

Il abrégeait beaucoup; nous y entrâmes aussitôt.

Il s'abaissait abrupt, allait d'une roche à l'autre, tantôt déchiré par

des cours d'eau, tantôt obstrué par des quartiers de granit. Il les es-
caladait, et s'élançait de nouveau en serpentant pour remonter et se
précipiter encore.

Nous suivions complaisamment ses caprices en foulant les grandes
herbes et les bruyères; et en froissant de notre mante la végétation
des cistes qui distillent le ladanum des chênes à kermès et des ar-
bousiers, nous en faisions jaillir l'essence, qui nous entourait en s'éva-
porant comme d'un nuage de salutaires parfums. Nous entendions à
chaque instant bruire dans le feuillage le gibier surpris qui s'en-
fuyait.

Tout le reste était silencieux, et nous trouvions là cette solennité
qui ne manque jamais dans la nature et force les hommes à parler bas.

Le chemin venait rejoindre la route à un petit pont dont l'unique
arcade était obstruée de plantes et d'arbustes qui s'élançaient des
interstices de chaque pierre et faisaient de son arche un bosquet de
verdure tout égayé ici par des bouquets de fleurs rouges, blanches ou
jaunes, et par les stipules épineuses du câprier, dont les cuirasses
brillantes contrastaient avec les autres feuilles pâles ou transparentes
et rejetaient les rayons du soleil.

Quelques petites branches s'échappaient du groupe, et plongeant
dans l'eau courante, en brisaient le cristal comme pour l'empêcher
de réfléchir l'image de la verdure qui s'en allait dans les mille facé-
ties en se mêlant avec les reflets du ciel.

A partir du pont, la grande route s'élevait large, tranquille et majestueuse, en escaladant une montagne toute parée de lentisques,
d'anagyre et de phécabétique.

Tandis que les malvacées, les labiées africaines et les ombellifères
se pressaient, se mêlaient et se ruaient en luttant ensemble jusque
sur les bords du chemin, à droite un profond précipice se formait et
se creusait davantage à chaque pas du voyageur.

C'était la Suisse tout argentée de la lumière de l'Andalousie.

On arrivait enfin sur un plateau où se trouve une maison brûlée.
C'était un ancien repaire de voleurs que l'on avait récemment livré
aux flammes.

Et comme pour rendre ce lieu digne de pareils hôtes, le site devenait tout à coup terrible, la montagne s'élevait à pic, toute fracassée
par le jeu des mines, tandis qu'à droite de larges blocs étaient jetés
l'un sur l'autre, comme si les Titans en avaient fait un amas pour en

armer leur fronde immense; et quand l'atome voyageur s'aventure comme un point visible au milieu de ces masses énormes, il aperçoit à peine, là, bien loin, au fond, dans une vapeur bleue, le torrent qui mugissant et terrible pour l'habitant de la vallée, lui semble à lui une mince frange d'argent oubliée dans l'abîme. C'est le *Despeña perros* (Précipite les chiens).

De l'autre côté du ravin, des roches s'élancent à perte de vue et forcent à jeter la tête en arrière pour apercevoir le ciel. Elles sont généralement d'un ton gris fin et chaud à la fois, mais les pluies torrentielles de l'hiver, en les usant et en les brisant sans cesse, les ont revêtues de larges bandes que l'on dirait peintes et qui descendent du sommet à la base en mêlant ensemble les couleurs vierges de la palette. Le vert de soufre et le rouge y dominent.

Et puis le chemin, en descendant, laisse à chaque pas tomber un peu de son âpreté pittoresque. Un autre pays se prépare, et les pentes s'abaissent et vont en se perdant peu à peu.

On pressent déjà la Manche, la température devient plus froide, la végétation change. Ce sont maintenant des thyms, des néfliers, des stypes, des oignons de Sicile auxquels viennent se mêler les romarins et les autres végétaux communs au midi de la France.

Nous marchions en admirant sans cesse, car la nature, la grande séductrice, est toujours belle en changeant de genre de beauté.

Les parapets, faits de pierres de grès, étaient usés par les couteaux des *arrieros*, qui ne manquent jamais d'aiguiser leur arme favorite avant de pénétrer dans le dangereux passage.

Plus loin se trouve, sur la gauche, la *Cara de Dios*, la Figure de Dieu.

On a en effet gravé la figure du saint suaire de sainte Véronique, d'après celle que l'on conserve à Jaen, sur une haute borne placée sur la limite de la Manche et de l'Andalousie.

Cette pierre est criblée de traces de balles, qui rappellent aux passants que la guerre civile ne sait rien respecter.

Et à quelques pas plus loin un village est en ruine. Les pans de murailles calcinés laissent voir dans l'intérieur, par leurs crevasses et les embrasures des fenêtres vides, des tronçons de poutres brûlées et des amas de tuiles tombées du toit et toutes noircies par la flamme. L'église même reste là toute déchirée et chancelante.

Ce spectacle est rendu plus horrible encore par le calme habituel des montagnes.

Nous arrivâmes à une grande auberge, immense et long hangar, où l'homme au chapeau de paille, qui avait traversé avec nous le *Despeña perros*, désira attendre l'arrivée de la galère. Dans le fond, plusieurs *arrieros* étaient assis auprès d'un grand feu de braise tandis que des barbiers y faisaient chauffer leur eau et rangeaient à terre tout l'attirail de leur profession.

La galère arriva, et, moitié de force, moitié de bon gré, ils s'emparèrent des voyageurs, les firent asseoir, les barbouillèrent de savon, et se mirent à les raser sans s'inquiéter du voisinage et du passage continuel des mulets, des voitures et du brouhaha des voyageurs.

Cette auberge, appelée *Cardenas*, est élevée à la place où don Quichotte, conduit par le vieux pâtre, a rencontré Cardenio.

Nous nous éloignâmes aussitôt que nous aperçûmes la galère.

Le chemin descendait toujours, bientôt après nous marchions dans les plaines.

La Manche a une population de deux cent cinquante mille âmes; cependant elle paraît presque dépeuplée. Il y a peu de fermes et de maisons isolées, et les villes ne sont nulle part considérables. On n'y voit pas d'arbres.

On pourrait souvent, presque toujours, dans la Manche, se croire au milieu d'un désert; la terre y est imprégnée de salpêtre, et le sol, continuellement blanc et poudreux, fatigue la vue. On y remarque aussi les traces d'anciens volcans.

Les productions principales sont l'huile, le grain, la barille, que l'on trouve dans les végétaux maritimes qui croissent dans des cantons jadis, assure-t-on, couverts par la mer; de la soie, des vins, et surtout du safran, dont la fleur couvre d'immenses espaces et donne à la terre une couleur rose que l'on ne s'explique pas d'abord.

Les mules de ce pays sont en grande réputation dans la Péninsule.

Les habitants passent pour être rudes et grossiers, mais braves et laborieux. Leur coiffure principale est une espèce de *mantera*, et plus souvent encore une casquette de poil d'origine allemande, et par conséquent assez peu commode pour les pays de soleil.

La route continuait à descendre, mais souvent d'une manière presque insensible. Après avoir passé le bourg peu remarquable d'Amaradiel, nous arrivâmes le soir à Santa-Cruz. Sur la droite de cette ville, à *Terra-Nueva*, près de *Montiel*, don Quichotte délivra les galériens.

A peine entrés dans la ville, nous fûmes entourés de gens qui venaient nous offrir des *navajas* de toutes formes et de toutes grandeurs. Santa-Cruz a d'immenses fabriques en ce genre, et dispute à *Albacete* le privilége de fournir l'Espagne de couteaux de table et de combat; mais ceux d'Albacete sont plus élégants et d'un prix plus élevé.

Parmi les devises inscrites sur les lames, nous remarquâmes celle-ci, gravée sur l'un de ces petits poignards que les Espagnoles portent souvent à la jarretière : *Toma y perdona* (Reçois et pardonne).

Ainsi, vous voilà bien avertis, si vous vous mettez dans le cas de pardonner, veillez à la jarretière.

Après nos achats, notre premier soin fut de penser au logement de ces dames.

Cette fois, nous mîmes de la coquetterie dans notre affaire; nous fîmes porter dans leur chambre des fleurs et même un miroir; et, comme on s'attache toujours aux personnes que l'on a commencé à protéger, comme à l'enfant qu'on a vu grandir, comme à la fleur placée sur la fenêtre qu'on arrose chaque matin, nous devenions de jour en jour plus respectueux et plus attentifs; nous rentrions nos griffes. Nous, les rudes coureurs de grand chemin, nous adoptions, pour leur montrer notre respect, les coutumes d'Espagne, et si elles nous parlaient lorsque nous étions *embozados* dans nos mantes, nous les ouvrions aussitôt pour leur répondre, ce qui est en ce pays une marque de déférence.

Souvent, au moment d'arriver, nous faisions une véritable course avec les voitures plus légères que la nôtre qui voulaient nous gagner. Et ce n'était pas pour nous; peu nous importait de coucher sur une table ou sur un banc! C'était pour ces dames. Nous étions difficiles pour elles, nous visitions toutes les chambres, nous consultions même la vue; nous voulions qu'elles pussent jouir, ne fût-ce qu'un instant, des dernières lueurs du crépuscule sur ces plaines.

A leur arrivée, je remettais la clef à leur jeune fils, je leur faisais un grand salut, je répondais à leurs remercîments :

— C'est pour nous un plaisir.

Et puis nous allions souper dans un coin.

Le cadet coucha cette nuit sur une table.

Il s'éveilla tout rompu.

Le matin, lorsque nous passâmes devant lui :

— Eh bien! tenez, lui dit Giraud, c'est pour vous une très-bonne habitude à prendre que celle de coucher sur la dure; si j'étais militaire, je ne voudrais jamais dormir dans un lit. Après cela, on est fait à tout. On dort mal, c'est vrai, mais aussi quand vient un bivouac on a la satisfaction d'être habitué à mal dormir!

Notre cadet ne répondit rien, mais il avait un projet, et il tenta de le mettre à exécution dès le jour même.

Nous partîmes au jour.

Le chemin, dans les plaines de la Manche, est, j'en conviens, sans intérêt, et ne mérite pas d'être décrit; mais à nous, qui marchions sans rien voir d'animé autour de nous, ces grandes plaines, unies comme une mer sans îles et sans rives, ne déplaisaient pas. Elles nous reposaient de la vue des montagnes, que depuis le début nous n'avions pas quittées, et nous disposaient à les revoir avec plaisir. Car il n'y a rien d'inutile dans la nature, et si le paysage devient parfois triste et monotone, c'est qu'il est destiné à faire mieux goûter le charme d'autres qui doivent bientôt venir. Sans ces contrastes, qui font la beauté, il n'y aurait pas de beauté, et rien ne se ressemble sur terre, et sur la route ou dans la vie, si le voyageur s'ennuie, c'est qu'il ne sait ou ne veut pas voir.

Nos yeux se portaient maintenant vers le ciel et se réjouissaient en voyant la forme des nuages, qui, soit par l'effet d'un changement qui se préparait dans l'atmosphère, soit à cause de la nature même du pays, nous semblaient avoir varié de forme et de nature et n'être plus les mêmes que ceux des montagnes.

Au milieu du jour, nous arrivâmes au Val de Peñas, ville commerçante, de dix mille âmes, célèbre par son vin exquis.

Il vient originairement des vignes de Bourgogne transplantées en Espagne. Il supporte mal le transport, et les outres de cuir dans lesquelles on l'enferme pour le faire voyager lui laissent un goût qui lui fait perdre de sa qualité.

La ville fut prise par les Français le 6 juillet 1808.

Dans l'église de la *Asuncion de Nuestra Señora* se voient deux inscriptions arabes scellées dans le mur. La première dit :

« Au nom de Dieu, Dieu miséricordieux, grand, riche Dieu, q
donne l'opulence et la pauvreté, Dieu immense, complet, unique,
voici l'heure de la prière : seul, seul, seul est Dieu! Mahomet, fil
de Dieu, le Dieu du patriarche Abraham, le Dieu d'Isaac, le Dieu
de David et de son fils Salomon, que l'épée soit toujours vaillante
contre l'ennemi, qu'elle détruise la religion chrétienne et fasse pré-
valoir la vraie loi de Mahomet. Que tout ce qui est Maure obéisse à
la loi qui ordonne d'aller à la guerre de l'âge de quatorze à cinquante ans. »

On lit plus bas sur une seconde pierre :

« Nous mourrons unis tous ensemble. »

Nous nous étions arrêtés pour essayer un peu du Val de Peñas
à une station de poste nommée *Nuestra Señora de la Consolacion*
(Notre-Dame de la Consolation), où se trouve un charmant
ermitage abandonné, et nous nous disions qu'à peu de distance sur
la gauche se trouvait *Almagro*, où don Quichotte conquit si brillamment l'*armet* de Mambrin, et tout près d'*Almagro* le petit bois où
Sancho fut si effrayé par les trépignements nocturnes des moulins à
foulon, lorsque nous aperçûmes deux voyageurs qui se dirigeaient
vers nous d'un pas précipité. Nous reconnûmes à l'instant le cadet et
un autre passager de la galère qui s'étaient mis en route pour nous
joindre et nous dépasser, et cela dans le noble but de coucher le soir
dans un lit.

C'était un défi.

Nous avions déjà marché pendant huit heures depuis le matin ;
nos adversaires étaient frais, mais nous étions trop beaux joueurs
pour reculer. Payer l'hôte fut l'affaire d'un instant, et nous servîmes
aux nouveaux venus notre grand pas de route, une espèce de compromis entre le pas et la course. Nous avions pour nous l'habitude
et le mépris des cailloux. Ils avaient pour eux le désir de dégourdir
des jambes roidies par la voiture. Nos adversaires tenaient admirablement. Nous avions encore quatre heures de marche à faire. Nous
comptions un peu là-dessus. Au bout de deux heures, le compagnon
du cadet commença à fléchir, à boiter, à trouver que nous allions un
peu vite.

Nous offrîmes de ralentir un peu la mesure ; mais le cadet, sans
égard pour son camarade, redoubla son pas.

— Si vous voulez, lui dis-je, nous nous mettrons à courir.

— Non, répondit-il, ce temps de marche me suffit.

— A vos ordres, lui répliquai-je.

Et nous nous modelâmes sur son allure.

A la troisième heure, le cadet boitait, mais il marchait toujours ; le camarade était depuis longtemps resté assis sur le bord du chemin, résigné à la table, au banc ou à la chaise. Le cadet faisait des efforts surhumains pour cacher sa fatigue. De temps en temps il paraissait se dépiter en voyant le calme de nos traits et la régularité de notre pas. Enfin nous aperçûmes la ville de Mançanarès, à la grande joie de notre compagnon. Nous arrivâmes à l'auberge; mais, en passant près d'une chaise, il eut l'imprudence de s'asseoir, et il lui fut impossible de se relever.

Pendant ce combat entre les muscles et la volonté, Girard courut retenir notre chambre, et moi celle de ces dames. Notre cadet, absorbé, ne bougeait pas.

Une voiture survint qui prit les chambres restantes, et notre jeune guerrier se trouva dans la nécessité de passer la nuit, si bon lui semblait, sur la chaise qu'il avait occupée en arrivant.

L'aventure nous sembla si drôle que nous nous mîmes tous les deux à éclater de rire sans façon.

Le cadet, interdit, nous dit sans se lever :

— Ma foi, messieurs, vous seriez bien aimables de me laisser transporter un matelas dans votre chambre, car cette auberge s'emplit à chaque instant, et tout à l'heure on ne saura plus où se tenir.

Il s'était posé franchement en adversaire, et, comme le Français est toujours généreux pour un ennemi désarmé, nous lui permîmes de faire porter dans notre chambre un matelas de la galère qu'il s'était procuré, je ne sais trop comment, à prix d'argent sans doute, de quelque voyageur peu fortuné.

Si le temps nous l'avait permis, combien nous aurions eu de plaisir à aller voir dans les environs, sur la gauche près de Ciudad Real, cette auberge près de *las Casas*, où Sancho fut berné, et à laquelle il a laissé son nom, et plus bas, au-dessous de cette capitale de la Manche, près de *Tarralva*, la place où don Quichotte chargea seul ces deux armées dont le sort fit des moutons.

La nuit était venue, et comme nous étions à la fenêtre, admirant un magnifique effet de lune, nous vîmes s'arrêter à quelques pas de nous un Espagnol entouré d'un manteau qu'il rejeta en arrière sur ses épaules. Puis une guitare résonna.

Aux premiers accords, la fenêtre d'un balcon qui nous faisait face s'ouvrit doucement, les jalousies s'agitèrent, et le jeune homme, de cette voix triste et dolente adoptée par les chanteurs espagnols et qui s'adapte merveilleusement aux sérénades, chanta ses passions et ses douleurs. Il improvisait sans doute, car son poème était tout de circonstance, comme nous l'apprirent ces phrases qui nous arrivèrent parmi le silence et le calme de cette belle nuit.

La sérénade commençait, comme elles commencent presque toutes, par ces mots : « Quand je te vois dans la rue. »

Mais après elle prenait une allure tout originale ; elle disait : « Quand je te vois passer dans la rue près de moi, mon cœur bat et je sens mon front pâlir ; je voudrais te parler, mais ma langue est muette, et mes yeux voilés sont muets aussi. C'est seulement la nuit, en face des étoiles, que j'ose dire combien je t'aime, et encore je tremble en le disant.

» Ah ! pardonne si ma voix vacille, c'est qu'elle est pleine d'amour et de douleur, et plutôt disposée aux sanglots qu'à des chants ; c'est qu'elle est le cri de mon cœur, et cet appel, l'entendras-tu, rayon du ciel ? Comprendras-tu ce que tu me fais souffrir ? »

A chaque repos succédait un long accompagnement de guitare, pendant lequel l'amant poète semblait se recueillir : il célébra longtemps les yeux, les dents, les pieds, les épaules de sa belle, et, après de nombreuses strophes, il termina ainsi :

« O doux tourment de mon âme ! demain, à la promenade, où je t'admire chaque soir, modère un peu le feu de tes prunelles, et laisse tomber un regard plus doux sur l'amant qui t'adore, charme brûlant de mon cœur ! Si mon aveu ne t'a pas déplu, fais, je t'en supplie, fais, en passant près de moi, fais frissonner ton éventail. »

Alors j'entendis fermer la fenêtre. L'amant fit encore quelques fantaisies sur sa guitare, dont il jouait fort bien, puis il se couvrit de son manteau et s'éloigna sans bruit. Personne ne vint le troubler : les rares passants ne s'arrêtaient pas et rasaient le mur derrière le dos du chanteur ; car interrompre une sérénade ou passer entre le balcon et le galant, nous l'avons déjà dit, c'est un duel sur place au couteau.

Il paraît que la ville est favorable à la poésie, car on nous amena la fameuse aveugle de Mançanarès, Maria Catarina Diaz, qui non-seulement improvise des vers, mais sur n'importe quel nom donné fait à l'instant un anagramme avec une fin toujours spirituelle. Elle manie admirablement la plaisanterie, et emploie volontiers le calembour. Elle parle le latin très-couramment.

Ajoutons, en l'honneur du système de Gall, qu'elle a les organes de la poésie très-développés.

Mançanarès est une très-jolie ville bien espagnole, dont la grande place est charmante. L'église est surtout remarquable par son architecture renaissance fine, élégante et du meilleur goût. C'était jour de marché, et nous nous arrêtions à chaque moment devant les tentes en toile à admirer la grosseur et la belle couleur des raisins et des pastèques. A chaque instant, les Espagnols, enveloppés dans leurs mantes et toujours bien posés, qu'ils soient debout, assis ou couchés par terre, nous offraient une inépuisable mine de tableaux délicieux.

Nous partîmes le lendemain à la pointe du jour. Le ciel se couvrait de nuages, et la terre devenait sombre, tandis que le soleil à peine levé envoyait sur les montagnes et sur les terrains environnants de larges bandes de lumière qui semblaient courir devant nous. L'air chargé d'électricité nous donnait une énergie nouvelle et toute nerveuse. Nous allongions fiévreusement le pas, et, silencieux tous les deux et respirant avec peine, nous marchions tout environnés d'un monde d'images et de souvenirs que le fouet de l'orage rassemblait à nos côtés. Tout à coup nous vîmes poindre dans les lointains, à *Ojos de la Guadiana*, sur la gauche de la route, les grands géants qu'un malicieux enchanteur, jaloux de la gloire de don Quichotte, avait changés en moulins au moment du combat. Tranquilles, ils attendaient encore, et leur tête dans les lointains se détachaient sur le ciel.

Après quatre heures de marche, nous arrivâmes à la venta de Quesada. Quesada! c'est don Quichotte en espagnol. Vous voyez bien qu'il a existé, puisque cette auberge porte son nom. C'est là qu'il fut armé chevalier, et à la veillée des armes assomma d'un coup du bois de sa lance un muletier qui jetait de côté sans façon sa glorieuse armure placée près de l'abreuvoir.

C'est maintenant une maison de poste délabrée. La posada, conformément à la description, a l'apparence d'une petite forteresse. Il s'y trouve aux angles des tourelles en ruine. Dans la cour se voient

18

deux bastions avec un restant de guérite en pierre. La grande porte est blanchie par le temps et trouée par les pluies. Dans la chambre d'entrée est un large banc ; une grande cheminée occupe une partie de la cuisine, qui est très-petite et toute garnie de paniers, de manteaux et d'habits de postillon, et elle communique à une longue écurie garnie de mulets. La maison n'a qu'un étage, et les murs sont partout garnis de meurtrières, probablement pratiquées pendant les guerres civiles. Il y a un puits dans le fond de la cour. Des fenêtres, la vue se perd dans les immenses plaines de la Manche, et va se reposer sur les montagnes de la Sierra-Morena, qui bleuissent à l'horizon.

Au dehors se voit une misérable *ventorilla*, une hutte faite de nattes de paille appuyées contre le mur.

Toutes ses provisions consistaient dans un petit baril de vin : il ne s'y trouvait même pas un morceau de pain dur, et lorsque nous avons demandé de l'eau, on nous dit d'en aller puiser nous-mêmes au grand puits près de là, au moyen d'une outre, si pesante lorsqu'elle est pleine, qu'elle faillit m'emporter avec elle lorsque je voulus la faire parvenir jusqu'à la margelle.

Or nous avions grand appétit, et nous apprîmes avec terreur qu'il nous fallait marcher quatre heures encore avant d'arriver à Villarta, où nous pourrions seulement songer au déjeuner.

Cependant le temps se couvrait de plus en plus, et nous fûmes en un instant environnés des grilles mouvantes d'une pluie qui rayait le ciel.

Nous marchions affamés, n'y voyant pas à trois pas devant nous, glissant à chaque pas sur la terre détrempée, et, malgré nos mantes, mouillés jusqu'aux os. Cependant nous causions tranquilles, la pluie nous avait calmés tous les deux.

Nous arrivâmes enfin à Villarta, où commence la Castille, et tout tremblants de faim, nous allâmes tomber sur des bancs placés auprès du foyer paré d'un feu clair.

Nous déjeunions d'un furieux appétit, écoutant en riant la pluie qui faisait tinter les vitres, lorsqu'un voisin placé près de nous, c'était un mayoral, en nous entendant parler français, nous demanda si nous allions à Madrid. Sur notre réponse affirmative :

— N'y allez pas, nous dit-il, n'y allez pas, vous courez à la mort. Il y a un complot, je le sais de bonne part ; les princes doivent être assassinés, et le massacre de tous les Français en sera probablement la conséquence. Il est de mon devoir d'homme de vous en avertir. On se doit en voyage appui et bon conseil.

— Merci, lui dis-je, je crois que vous nous dites la vérité, il y a dans votre accent une sollicitude qui vous fait honneur; mais la chose fût-elle cent fois prouvée, nous ne changerions pas d'une ligne notre voyage. Ici nous représentons la France, même sous nos mantes usées, et nous ne pouvons pas reculer. Vous voyez, nous avons nos carabines, et si l'on nous attaque, nous saurons nous défendre, et puis nous pensons comme les Arabes :

Ce ne sont pas les balles, c'est la destinée qui tue!

Ce qui nous réjouit dans ce que vous annoncez, c'est que nous voyons que les princes ne sont pas encore arrivés, et que nous avons l'espoir d'être là à temps, soit pour échanger des balles, soit pour assister aux fêtes.

Je mis Giraud en quelques paroles au fait de notre conversation, et il y lança un Parbleu! si énergique, que notre homme lut sur son visage qu'il n'avait plus rien à faire pour nous retenir.

— Allez donc, me dit-il, *et Dieu soit avec vous !* Et puis il me tendit la main et s'en alla vraiment tout attristé.

Quelle que fut d'ailleurs notre opinion en ce moment, notre devoir était de nous ranger auprès de ces princes. Et au fait, est-ce une raison, parce que Louis-Philippe a succombé, pour ne pas dire que, malgré bien des erreurs, ses intentions étaient bonnes et qu'il voulait sincèrement le bien de la France? Et ses fils étaient et sont encore de braves jeunes gens, comme l'a démontré leur conduite en Afrique au moment où, à la tête d'une armée, ils pouvaient soutenir la lutte; et, pour ma part, je ne les croirai jamais capables d'entrer dans un complot, qui aurait pour but ou pour conséquence l'abaissement de leur pays.

Le roi de 1830 est tombé parce que son heure était venue, et qu'il fallait, pour l'instruction du monde, qu'une victime fût broyée sous le char de ce spectre qui se dresse sans cesse en fascinant le monde, qui prend les mugissements de son tam-tam sauvage pour les cris de la liberté!

Non! la liberté n'a pas la voix si sonore et si fière, ses accents sont pleins de douceur et d'amour, elle sommeille toujours. Parfois elle ouvre les yeux au bruit des sanglots et des larmes; mais le fracas

des trompettes et le sifflement des balles appesantit ses paupières, et
de nouveau elle se rendort. Elle se réveillera dans un siècle peut-
être lorsque l'égoïsme aura quitté le monde pour faire place à la charité; elle se lèvera, et toute la terre prêtera l'oreille; elle marchera,
et chacun de ses pas ébranlera le monde; et quand elle parlera,
tous les hommes, pleins d'une stupeur craintive et les mains entrelacées, feront silence, et retiendront leur haleine pour écouter jusqu'au moindre de ses accents.

Mais pour arriver à ce bonheur immense, il faudra que l'humanité
tout entière ait été éprouvée par un immense malheur.

Nous avions déjeuné, et l'orage continuait toujours; nous rajus-
tâmes nos mantes, et nous rentrâmes dans le grand chemin. La pluie
vint nous assaillir avec une nouvelle fureur, notre pauvre Gitano ne
bondissait plus, il marchait avec peine. La pluie froide, tout en faisant briller son poil noir, roidissait ses membres et le faisait aussi
frissonner. Il avait la fièvre, et nous commençâmes à craindre de ne
plus pouvoir le conduire à Madrid.

Avant d'arriver à Puerto Lapici, Giraud crut voir à travers la
pluie des hommes à cheval dans la plaine, et il préparait sa carabine,
lorsqu'en les regardant à une plus courte distance, ils se changèrent
en moulins. Nous ne fûmes nullement étonnés que la même idée fût
venue à Cervantès. Son esprit, toujours tendu à son œuvre, les avait
sans doute utilisés pour en faire des géants pour son héros. Et plus
près, à peu de distance de la ville, nous examinâmes avec curiosité la
place où le Biscaïen tomba sous l'épée de don Quichotte, et où Sancho voulut dépouiller le moine renversé, selon le droit des écuyers
errants. Toboso est tout près de là, sur la droite; et à peu de distance
aussi, se trouve un lieu qui malheureusement pour Cervantès ne
fut pas une fiction, Argamasilla del Alba, où il fut emprisonné et
où vivait son héros.

Malheureusement! et pourquoi? Si ce fut réellement pendant cette
captivité que lui vint l'idée de son don Quichotte, il n'eut pas le
droit de s'en plaindre.

Souvent, bien souvent, presque toujours un malheur frappe, et si
l'on a la patience d'attendre, ce malheur même devient un bienfait,
comme aussi plus d'une fois une potion amère a rendu la santé.

On a fortune, amitié, amour; on a tout arrêté d'avance, tout rangé
dans sa vie, on veut être heureux. Mais la destinée s'en va, entraînée

et mêlée par le destin, comme un tourbillon de feuilles sèches par un vent d'orage. La tempête siffle, et vous vous trouvez seul et nu sur la terre. Alors une désolation immense vous saisit, et, comme Rachel de la Bible, vous ne voulez pas être consolé parce qu'ils ne sont plus (*et noluit consolari quia non sunt*).

Et puis la Providence vous prend dans ses bras ; et, bonne mère, elle vous apaise et vous console par un hochet : un espoir de gloire, une amitié sincère, un nouvel amour. Et à quelques-uns, mais ceux-là sont les élus, elle leur jette un rayon sublime, l'immortalité !

Cervantès ! c'est un beau nom, que répétera la terre tant qu'il restera un rocher sur terre pour en renvoyer l'écho ; mais nous qui n'avons pas de front à porter couronne, patientons dans la souffrance ; et puis d'ailleurs la vie est composée de journées, et une journée passe bien vite !

Lorsque nous arrivâmes à Puerto Lapici, tout dans l'auberge était dans un grand brouhaha. Elle fourmillait de gens venus je ne sais d'où, de Madrid peut-être. Nous pûmes cependant avoir deux chambres ; mais nous fûmes saisis d'une émotion bien pénible en pensant que notre bien-aimé cadet allait absolument coucher par terre encore une fois.

Nous allâmes nous asseoir sur les bancs de la cuisine, et là nous tournions devant le feu, à l'instar des gigots à la broche (invention peu goûtée en Espagne), pour nous sécher de tous côtés ; et puis une fois parvenus à une tiède moiteur, nous pensâmes à nos soupers. L'hôtesse, sans égard pour nos nobles tournures, nous plaça tout d'un coup bien au-dessous des muletiers, d'abord en servant ceux-ci en premier, et puis en nous oubliant tout à fait. Et lorsque je lui fis observer que notre dîner n'arrivait pas, elle cria à la cuisinière :

— Faites le souper de ces hommes.

Locution malsonnante pour tout autre, mais qui nous fit l'un et l'autre rire de bon cœur. Mais comme il est écrit que celui qui s'abaisse sera élevé, lorsqu'un mois après environ nous descendîmes dans la même auberge, humbles membres de la brillante escorte de Damas, elle nous reconnut, bien que nous ne lui eussions pas parlé l'un et l'autre, et nous fit mille politesses ; et ses deux jeunes filles, délicieuses créatures du reste, posèrent pour Giraud, qui en fit deux charmants portraits, et elles déployèrent alors une grâce et une gentillesse qu'elles avaient soigneusement tenues en réserve lorsque nous passions dans leur auberge en tenue de contrebandier.

C'est sur la gauche de Puerto Lapici, dans les collines des environs, que don Quichotte rencontra les bergers, et leur fit, après un copieux repas, un si beau et si poétique éloge des heureux temps de l'âge d'or. Notre pauvre Gitano était épuisé. Il resta toute la soirée comme anéanti au coin du feu, pouvant à peine entr'ouvrir ses paupières, et refusa toute nourriture. Giraud promit un douro au zagal s'il voulait mettre le chien dans la voiture, et le zagal y consentit.

Le lendemain, l'aube commençait à blanchir quand nous partîmes. Nous aperçûmes, en entrant sur la grande route, des gens qui la barraient avec leurs chevaux, qu'ils tenaient par la bride. C'étaient des gendarmes qui attendaient sur le grand chemin; ils nous demandèrent nos passe-ports; mais nous entendant parler français, ils nous les rendirent aussitôt, sans même les regarder, avec mille souhaits de bon voyage. L'orage courait plus loin devant nous, et nous laissait sur la tête un pavillon bleu. Le soleil vint nous sécher, et nous apporter avec sa flamme engourdie par la fraîcheur de l'aurore une sensation délicieuse. Nous marchions rapidement, car Gitano n'était plus avec nous. Le chemin était sans intérêt et rappelait les plaines de la Manche.

Après cinq heures de marche, nous arrivâmes pour déjeuner à Madridejos, ville peu remarquable. Nous y attendîmes la galère pour savoir comment le pauvre lévrier supporterait le transport; mais il avait été saisi de vomissements si violents et d'une faiblesse d'organes telle, qu'il était impossible de le garder dans la voiture. Dans le moment il était plus tranquille, mais anéanti. Force nous fut de ne l'emmener avec nous. En voyant Giraud, il se remit sur ses pattes, et parut vouloir nous suivre. Il marcha en effet, et nous ralentîmes le pas en l'encourageant par nos caresses.

Le temps était frais et le ciel était paré de ses plus splendides nuages. Il semblait, par ses formes grandioses, vouloir nous dédommager de la monotonie de la terre.

Nous passâmes une petite rivière, et nous arrivâmes à Tembleque.

Au 14 septembre 1801, cette ville fut surprise par une inondation survenue à la suite d'un épouvantable orage. Une partie de la ville fut détruite, une foule de personnes périrent, et l'eau atteignit dans l'église la hauteur de six pieds. Elle avait réparé ces désastres, lorsqu'elle fut prise et saccagée pendant la guerre de l'indépendance, en 1809. Quatre-vingt-douze maisons furent détruites par les flammes. On ne les a pas rebâties.

Nous cheminâmes pendant longtemps entre deux rangées de murailles en ruine.

Ce sont nos compatriotes qui les ont détruites.

Ainsi là où vivaient des ménages tranquilles habitent maintenant, sous des pierres verdies par la mousse le serpent, le crapaud ou le lézard, et c'est nous qui avons fait cela! Une belle œuvre, ma foi, et dont nous devons être fiers! Et à quoi cela nous a-t-il menés, s'il vous plaît? Comme un jour, en voyant ces glorieuses horreurs, la postérité lèvera les épaules!

La tradition donne à Tembleque une mélancolique origine.

Les Juifs, après la captivité de Babylone, passèrent en voyageurs dans ces contrées. Ils suspendirent aux branches les hamacs de leurs enfants, ils se couchèrent sur les bords de la Segura, et, comme aux rives des fleuves de Babylone, ils se mirent à pleurer, car ils pensaient à Sion.

Super flumina Babylonis, illuc sedimus et flevimus cur memorabamur Sion.

Mais lorsque le soleil se coucha dans sa gloire et répandit sa lumière tranquille sur les larges feuilles des palmiers qui ornaient alors ces campagnes, lorsqu'il couvrit les sierras des vapeurs du soir, ils se crurent aux rives du Jourdain, et ces montagnes leur rappelèrent les cimes de Sion et de Golgotha.

Et ils plantèrent là leur tente, et leurs douairs errants donnèrent à cette patrie nouvelle le doux nom de Bethléhem.

Ce nom, défiguré par l'usage, devint plus tard *Tembleque.* Maintenant Tembleque a, malgré ses souffrances, conservé six mille habitants. Le portail de l'église, d'une architecture gothique, est vraiment remarquable.

L'auberge était placée dans une aile d'un ancien couvent démoli; tout autour on ne voyait que murs écroulés ou arcades chancelantes. C'était notre avant-dernière *couchée;* dans deux jours nous devions arriver à Madrid.

Le soir donc, au moment où nous remettions les clefs au jeune enfant, la mère s'avança vers nous et nous remercia de nos attentions galantes,

— Si jamais, nous dit-elle, vous retournez à Séville, la comtesse de X*** se fera un plaisir de vous recevoir, et sa maison sera la vôtre.

— Madame, lui répondis-je, un de vos remercîments paye au centuple le peu que nous avons pu faire. Si nous passons à Séville, nous serons heureux non pas d'accepter vos offres aimables, mais de venir vous présenter discrètement nos hommages.

Et nous nous retirâmes dans notre chambre après lui avoir fait un salut de vrais gentlemen.

Nous avions remarqué une chose bien naturelle : le zagal dont nous avions conquis l'amitié, voyant nos attentions pour les señoras, était devenu, pour nous faire plaisir, presque galant avec elles; et comme les supérieurs sont invariablement destinés à faire les volontés de leurs inférieurs lorsque ceux-ci vivent toujours avec eux, le mayoral, le rude mayoral, obéissant aux influences de son subordonné, s'était aussi habitué à avoir pour elles une considération véritable, de sorte qu'il leur avait choisi une place royale, une espèce de trône dans la galère, dont il écartait avec un souverain mépris tous les autres passagers, quels qu'ils fussent, même lorsque la place était rare. Et grâce au réseau d'invisibles protections que nous avions étendu sur elles, ces dames ne s'apercevaient presque pas des fatigues du voyage.

On partit le lendemain en pleine nuit. Nous avions déjà marché plus d'une heure, lorsque Giraud s'aperçut qu'il avait oublié dans l'auberge son éponge de toilette. Je lui conseillai de l'abandonner, mais il voulut retourner sur ses pas. Il partit en courant et revint de même, sans avoir changé son pas un instant et sans être essoufflé.

Mais si Giraud avait des jambes, Gitano n'en avait plus; à chaque pas il s'arrêtait et se couchait sur la terre, agité de mouvements nerveux. Une fois il lui fut impossible de se relever. Giraud le prit, le mit en travers sur ses épaules, et marcha comme auparavant. Je le relayai quand il fut fatigué, et il me le reprit ensuite. Nous avions l'espoir de pouvoir ainsi l'amener à Madrid. Il nous léchait de temps en temps, le pauvre animal, et il nous regardait l'un et l'autre d'une manière si triste, que, ma foi! nous, les rudes bohémiens, nous nous sentions attendris jusqu'aux larmes. Enfin, au bout de quelques heures, Giraud le portait alors:

— Arrête-toi! lui dis-je, Gitano va mourir.

Il était roide et ne voyait plus.

Giraud le déposa par terre, il resta sans mouvement, ouvrit deux ou trois fois les yeux, se roidit, tressaillit encore, et puis il ne remua plus.

Nous restâmes quelque temps auprès de lui. Des vautours et des butors volaient dans la plaine. Giraud le porta dans un fossé et jeta sur lui les cailloux déposés là pour réparer la route. Nous le couvrîmes de terre enlevée avec nos couteaux, et puis tout fut dit. Nous avions un ami de moins.

Nous fûmes tristes tous les deux le reste de la journée; à chaque moment nous nous surprenions à nous retourner pour voir si Gitano ne nous suivait pas.

Pourquoi l'avions-nous emmené?

Pourquoi nous étions-nous attachés à lui?

Ah! parce qu'il nous aimait, c'est vrai; c'est si naturel!

Le bohémien ne doit pas avoir d'affection sur terre. Son bagage en est plus léger.

Nous arrivâmes encore tout préoccupés à la Guardia. C'est une ville pittoresque où l'on voit encore placé sur les rochers un poste, espèce de guérite taillée dans le roc, autrefois destiné à surveiller les mouvements des Maures. L'église, assez belle, renferme d'assez bons tableaux. On a là en vénération particulière *el Santo Nino de la Guardia*, image faite en mémoire d'un enfant de la ville que les juifs firent, dit-on, périr sur la croix un jour de vendredi saint. Cette histoire, vraie ou fausse, fit mourir sur le bûcher une foule de juifs de ce pays.

Au bas de la côte on aperçoit, comme dans beaucoup d'endroits en Espagne, des *cuevas* creusées dans la colline même et habitées par les bohémiens. Le pays devient ensuite aride et caillouteux et coupé par des buttes de terre. A gauche, en sortant de la ville, se trouve un sentier qui abrége beaucoup et ramène sur le grand chemin après avoir serpenté assez longtemps dans des espaces tout à fait solitaires.

Nous arrivâmes, en suivant une route intéressante seulement pour des artistes, à Ocaña, ville autrefois riche et importante, mais maintenant bien déchue. Elle appartenait dans le principe à l'ordre de Calatrava. Elle appartenait encore, il y a peu de temps, à l'ordre de Saint-Jacques, et elle était la résidence des grands maîtres.

La population de la ville s'élève maintenant tout au plus à huit mille âmes, et les soixante-douze fabriques de gants, qui en fournissaient chaque année cent trois mille quatre cent quatre-vingts paires, sont fermées pour la plupart. Son industrie consiste actuellement dans le lavage des laines et dans quelques fabriques de savon. On y voit beaucoup de maisons abandonnées.

Cette ville est surtout célèbre par l'éclatante victoire que les Français remportèrent sur les Espagnols.

La junte, enorgueillie du succès de Baylen, organisa une armée de soixante mille hommes, équipés par l'Angleterre. Le commandement en fut donné au général Juan Carlos Ariziega. Celui-ci, au lieu de marcher sur Araujuez et de détruire une poignée de Français qui s'y étaient concentrés, perdit du temps et permit à Soult de rassembler vingt-cinq mille hommes. Enfin, le 19 décembre 1810, le général français vint offrir la bataille dans les plaines d'Ocaña, et commença hardiment l'attaque par une brillante charge de cavalerie, à laquelle les Espagnols ne purent résister. Ils s'ébranlèrent, la confusion se mit dans les rangs, et en deux heures toute leur armée fut en pleine déroute. Ariziega se réfugia dans le beffroi d'Ocaña, d'où il regardait ses troupes se disperser dans la plaine. Il réserva seulement pour faire sa retraite quinze mille hommes qui n'avaient pas tiré un coup de fusil, et n'eut même pas l'idée de défendre le défilé de *Despeña perros*. Les troupes se débandèrent et se retirèrent isolément dans leurs foyers. Soult prit quarante-deux canons, tua cinq mille hommes, et fit deux mille six cents prisonniers.

Cette bataille donna Grenade à Sébastiani, Séville à Soult, et soumit l'Andalousie entière. Ce qui n'empêcha pas Ariziega de recevoir de la junte le don d'un cheval de bataille. En 1814, il fut fait lieutenant général de la Catalogne.

La ville d'Ocaña, maintenant ruinée et sans commerce, vit de sa position même sur les routes de Madrid et de Valence. L'eau, mauvaise dans toute la Manche, y est ici très-bonne; elle est amenée à une ancienne fontaine, la *fuente Vieja*, par un aqueduc attribué aux Romains. C'est dans le couvent des carmélites de cette ville que fut enterré un des premiers poëtes espagnols, Alonzo de Ercilla, l'auteur de l'*Araucana*.

On voit en sortant de la ville, et faisant face au grand chemin, un sentier montant qui abrége beaucoup et est surtout suivi par les piétons et les arrieros. Ce chemin, assez difficile d'abord, et puis ensuite raboteux et pittoresque, conduit sur une hauteur d'où la vue plane sur d'immenses plaines tristes, déchirées, et composées en quelque sorte d'une série de petites collines plates au sommet et sans verdure. On serait tenté de croire que cette vallée a formé autrefois un grand lac dont les eaux, comme au détroit de Gibraltar, ont un jour brisé les rives et sont allées se perdre dans le lit du Guadalquivir, phénomène, du reste, peu rare en Espagne. Toutefois, quelle qu'en soit la cause, le paysage présente l'aspect âpre et sauvage de certains tableaux du Guaspre et de Salvator Rosa.

Nous étions, à ce qu'il paraît, parfaitement en harmonie avec le site, car nous nous trouvâmes, au détour d'un chemin creux, face à face avec un honnête cavalier qui se prélassait sur sa monture à l'ombre d'un grand parasol. Il arrêta brusquement son cheval aussitôt qu'il nous aperçut, et comme nous avancions toujours, il fut saisi d'une frayeur si grande, qu'au risque de se rompre le cou ou de briser au moins les jambes de sa bête, il lui fit escalader la haute berge caillouteuse qui enchâssait le chemin.

Nous eûmes la curiosité d'y monter aussi pour le suivre de l'œil, et nous le vîmes lancé ventre à terre, gravissant et descendant tour à tour ces innombrables collines au triple galop.

Cette rencontre nous porta à nous examiner l'un et l'autre, et le résultat de notre inspection fut que nous avions véritablement la mine et l'aspect d'affreux voleurs.

Nous arrivâmes à un village où nous bûmes un peu d'eau-de-vie avec de l'eau, et en sortant du pays nous trouvâmes à gauche un charmant ruisseau qui se précipitait en cascades continuelles et peuplait le pays d'oliviers et puis d'une foule d'arbres de toute nature. Le pays s'arrangeait avec tant de grâce et de poésie qu'à chaque pas il nous remettait en mémoire les compositions du Poussin.

Parvenus sur une hauteur, nous aperçûmes Aranjuez avec ses masses épaisses de beaux arbres qui s'en allaient à perte de vue, et alors, en voyant d'un côté ce pays riant et fertile et en nous rappelant les terrains désolés et arides que nous traversions depuis plusieurs jours, une foule de réflexions vinrent nous assaillir. Le lecteur l'a vu déjà, j'ai toujours, en décrivant la route, raconté aussi les idées que cette contemplation avait fait jaillir, parce qu'il me semble qu'elles appartiennent au voyage, dont elles sont la partie morale, du moins comme mon organisation peut la concevoir, et que par cela même il est de mon devoir de les raconter au public.

Eh bien ! donc, nous, artistes, et par conséquent n'appartenant guère à la vie réelle, fort peu agriculteurs, encore moins administrateurs, voilà ce que nous nous disions :

— Voici un pays fertile, boisé, qui produit tout ce que l'on veut qu'il produise : quelle est la cause de sa fertilité ?

Le Tage évidemment. Et avec lui une foule de sources et de cours d'eau moins importants font naître ces arbres qu'ils arrosent, tandis que ces arbres à leur tour les protégent de leurs ombrages et les défendent contre les ardeurs du soleil qui pourrait les tarir.

Mais passé Aranjuez, le Tage roule de nouveau sur des bords arides et desséchés.

En voici peut-être la cause : les forêts royales sont respectées et ne furent jamais assujetties à cette loi qui voulait que deux arbres sur cinq appartinssent au roi pour le service de la marine; il arriva de là ce qui devait arriver : les propriétaires ne plantèrent plus ou même détruisirent les forêts pour employer le terrain à des produits moins écrasés par la taxe; l'Espagne perdit ses arbres, et le soleil, agissant sans trouver d'obstacle sur le parcours entier des petites rivières despouillées, sécha par l'évaporation c ..stante les sources, les ruisseaux, les fontaines, les étangs même, comme le prouvent maintenant encore une multitude de lacs, de vallons, de ravins évidemment mis à sec, comme le prouvait peut-être le terrain que nous traversions il y a quelques heures.

Et si l'on reboisait, ces sources reviendraient-elles ?

Il est permis de le croire ; mais où sont les bras qui doivent cultiver ces terres et leur rendre la fertilité ? Où est allée toute cette population industrieuse d'anciens agriculteurs? Qui les a chassés du pays?

Où est-elle allée? nous n'en savons rien. Qui les a chassés? personne ne l'ignore. Mais nous avons assez attaqué l'inquisition pour la laisser dormir maintenant.

Mais, voyons : un pays si fertile, un pays qui dans certaines régions rend par la culture quarante pour cent, un pays qui adopte les produits de l'Inde et du nouveau monde, le thé, la canne à sucre, le coton, le dattier, le palmier, tout enfin, ne pourrait il pas, si rien ne s'y oppose d'ailleurs, retrouver des habitants?

Voulons-nous un exemple, prenons l'Algérie.

L'Algérie peut valoir l'Espagne, mais elle ne vaut pas mieux. Et l'Espagne n'a pas les fièvres de l'Algérie, qui ont longtemps chassé la civilisation, qui les chasse à son tour.

En Algérie, le gouvernement offre des terrains gratuits aux colons sans cautionnement, même pour une concession de cent hectares. L'étendue des concessions dépend des ressources des demandeurs. L'État ne donne aux colons que le sol; seulement la première traversée sur mer leur est accordée gratuitement à eux et à leurs familles.

Les concessionnaires sont propriétaires et peuvent hypothéquer, aliéner tout ou partie du terrain concédé; si la vérification des travaux imposés leur est favorable, ils sont déclarés propriétaires définitifs.

Il y a des dépôts d'émigrants dans quatre villes principales, où les petits concessionnaires trouvent dès leur arrivée un asile momentané pour se reposer de leurs fatigues et préparer l'emploi de leurs bras.

Aussi, en 1852, la population s'élevait déjà à 133,201 individus, dont 111,412 colons venus du dehors.

Voulons-nous juger des produits, ne prenons que la soie, le tabac et le coton.

La province d'Alger offre la progression suivante :

Soie.	En 1850,	89 éducateurs,	3,778 kilogr. de cocons.
	En 1852,	272 éducateurs,	9,323 » »
	En 1853,		12,000 » »
Tabac.	En 1850,	428 planteurs,	235 hectares en culture.
	En 1853, 1,688 planteurs,		1,905 » »

La totalité des cultures de coton occupait à peine deux hectares en 1851. En 1853 elle couvre sept cents hectares.

De toutes parts s'élèvent des usines pour la mouture des céréales et la trituration des olives, une papeterie de quatre cent mille francs près d'Alger, des forges, des fabriques de toute espèce; même en Kabylie, on exploite des mines, des carrières, des eaux thermales.

Et remarquez-le : on a organisé une compagnie de planteurs militaires pour les travaux de *reboisement.*

Et la colonie s'est formée malgré la guerre, la fièvre, l'usure, dans un pays où l'argent se prête de 10 à 50 p. 100, avec des agriculteurs

19

improvisés, sans expérience, sans savoir. Voyez, d'après ce qu'elle a fait, ce qu'elle peut faire.

Il est vrai qu'elle est dirigée par un homme d'une rare nature, qui a combattu pour elle, qui a écrit pour elle des volumes précieux pleins à la fois de poésie et de savoir, qui lui a donné son temps ses veilles, sa vie tout entière, et qui ne cesse un instant de lui consacrer tous les efforts constants de son puissant génie.

Cet homme, c'est le général Daumas.

Eh bien! si l'Espagne, qui n'a aucun de ces obstacles, imitait son exemple, si elle, qui n'a pas besoin d'élever des camps fortifiés et des blockhaus, disait aux colons : Venez, mon pays est le plus fertile du monde; je vous le livre, cultivez-le; — si elle continuait l'œuvre interrompue d'Olavidez, elle retrouverait sa richesse et sa puissance, elle deviendrait ce qu'elle a été jadis, la perle des nations comme nous le disait avec un douloureux orgueil notre prêtre de la caverne d'Antequera.

Mais croyez-le bien, le rôle de l'Espagne n'est pas fini. Elle seule est restée jeune entre les anciennes nations de la terre; elle n'a pas le cœur usé comme nous, les vieux civilisés du monde; elle n'a pas le cœur corrompu comme les citoyens d'Amérique et les nobles de la Russie, les civilisés nouveaux.

Elle est noble, fière, généreuse, et elle aime encore son pays; à elle l'avenir !

Le sommeil n'use pas, il répare, et elle dort.

La ville d'Aranjuez perd à être vue de près. L'on aperçoit en entrant des casernes, puis une grande rue très-large, et au bout de la rue la place San Antonio entourée de lourdes arcades de pierres peintes en rouge pour figurer des briques, mais d'un rouge de sang, le plus dur, le plus criard que l'on ait pu trouver. Au milieu de cette place est une fontaine représentant les douze travaux d'Hercule. C'est le triomphe du mauvais goût. Le château, dont on ne voit pas d'abord la façade, est irrégulier comme construction et lourd comme architecture.

La façade principale est bâtie en fer à cheval, la cour d'honneur est au milieu, mais tout cela, triste et massif, est une pesante imitation de Versailles.

Les jardins seuls sont admirables par la richesse et la puissance de leur végétation. Le Tage forme presque sous les fenêtres du palais une cascade artificielle ; un petit bras du fleuve s'en échappe, et il passe si près des murs que le roi peut de sa fenêtre se donner le plaisir de la pêche. Puis, se courbant sur lui-même comme un arc sous la main de l'arbalétrier, il forme une île ombreuse toute délicieuse de fraîcheur dans ces climats chauds.

Dans le jardin *del Principe* se trouvent réunies toutes les plantes d'Espagne et d'Amérique mêlées à celles qui viennent d'Orient. A chaque pas ce sont des fontaines ornées de statues de marbre ou des jets d'eau. Il y a un labyrinthe, une île avec un ermitage, une montagne suisse couverte de plantes aromatiques, et c'est là que se trouve aussi la fameuse maison du laboureur.

La *casa del Labrador* a été élevée par Charles IV ; ce palais a coûté plusieurs millions. Le roi et sa femme s'adonnaient aux travaux d'agriculture avec des instruments faits de métaux précieux et emmanchés en bois d'acajou.

On ne voit partout que fresques, paysages, tableaux de prix, bronzes, porcelaines et candélabres.

Nous finissions de visiter toutes ces merveilles lorsque la galère arriva à l'auberge de la *Contrera*, auberge immense où tout le monde trouva un lit, même notre cadet, qui quittait ici la galère pour se diriger sur Tolède.

La voiture devait partir à minuit, car elle voulait, à cause de la visite de la douane, arriver de jour à Madrid. Nous nous réveillâmes une heure plus tard. Ce retard ne nous inquiétait guère. Nous nous mîmes aussitôt en route, et nous entrâmes par une belle nuit silencieuse sous les grandes allées qui conduisent au pont de pierre élevé sur le *Jarama*.

En suivant cette magnifique route ombragée qui côtoie longtemps le Tage, nous entendîmes un bruit étrange dont il nous fut alors impossible de nous rendre compte, c'était comme un appel de voix plaintives entremêlé de bruit de chaînes, parmi lesquels se distinguaient aussi comme les mugissements du vent ou d'une cascade éloignée. Ce singulier tapage, le même sans doute qui fit si énergiquement trembler Sancho, était, car nous en vîmes d'autres plus tard, causé par le mouvement de ces grandes roues appelées *norias*, qui servent en Espagne à faire monter l'eau.

La nuit durait encore lorsque nous arrivâmes à ce pont.

Une route continuait directe, et nous allions la prendre, lorsque nous nous entendîmes appeler : Don Adolfo! don Eugenio!

Nous nous arrêtâmes surpris, et nous vîmes sortir d'une *ventorilla* si basse que nous ne l'avions pas vue en passant, notre zagal.

— Je me suis douté, nous dit-il, que vous vous tromperiez, et je vous ai attendus ici.

— Eh bien! et qui conduit la galère?

— Le mayoral donc. Je lui ai dit : Les Français vont aller tout droit, pour sûr. Je vais les attendre là. Vous conduirez, n'est-ce pas? Et le mayoral a dit oui. Ah! dame, il ne ferait pas ça pour tout le monde; mais, voyez-vous, le mayoral est comme moi, il vous a pris en amitié, parce que vous êtes de bons garçons, et, la, de rudes gaillards, et puis vous avez été bien polis pour ces dames, et c'est gentil; nous avons ri bien souvent de la manière dont vous avez mystifié ce mirliflore de cadet que personne ne pouvait souffrir.

— Ne prendriez-vous pas un peu d'eau-de-vie avec nous, quelque chose?

— Allons donc! dit-il; non, je m'en retourne à la voiture.

Et il allait se mettre à courir.

— Ecoutez, lui dis-je.

— Quoi?

— Nous voudrions avoir votre portrait pour emporter avec nous.

— Vrai? ah! c'est bien, ça.

— Et puis ce n'est pas tout.

— Ah!

— Non, mon camarade en fera un autre pour vous aujourd'hui à la douane, et nous le signerons tous les deux.

— Voyez-vous, ce que vous me dites là, ça me fait un grand plaisir. Et alors vous penserez à moi tous les deux quand vous regarderez mon portrait?

— Parbleu!

— J'avais bien raison de dire que vous étiez de bons garçons et des gens de cœur. Adieu! à tantôt; et allez avec Dieu!

Et il se mit à courir comme court un zagal, c'est-à-dire comme le vent qui tourbillonne. Au haut de la colline il se retourna, nous fit signe de la main et disparut derrière la pente.

La route devenait large et belle, et annonçait déjà la capitale.

Nous nous arrêtâmes un moment à Val de Moro, ville fondée par *les* Maures, et autrefois florissante. Toute la g lère y était rassemblée. Au moment où nous repartions, la comtesse, puisque c'était une comtesse, nous renouvela ses remercîments, et nous tous les deux, chapeau bas, nous lui répétâmes que nous nous estimions heureux d'avoir pu lui être agréables. Puis, après un signe de tête à notre ami le zagal, nous recommençâmes à faire voler la poussière du grand chemin.

Un peu après la petite ville de Pinto, nous prîmes un chemin de traverse qui mène directement au pont de Tolède, sur lequel nous voulions attendre la diligence. Déjà nous l'apercevions, et nous débouchions sur la grande route, lorsque le chemin nous fut coupé par une élégante calèche.

Deux dames en occupaient le fond, deux messieurs en gants jaunes étaient placés sur le devant; la société paraissait enchantée et parlait vivement. Mais quelle ne fut pas notre surprise en reconnaissant dans cette brillante voiture armoriée la comtesse et sa fille, que l'on était venu sans doute chercher à la galère!

Elles nous virent parfaitement, car elles nous regardèrent toutes les deux à la fois; mais en passant près de nous elles détournèrent la tête pour ne pas nous faire un salut ou pour éviter le nôtre, et la voiture passa.

Giraud se mit à rire, mais moi j'en eus du chagrin.

Pour ces dandyds nous étions des gens du peuple, des contrebandiers, tout ce que l'on voudra, mais pour ces dames, contrebandiers ou gens du peuple, nous nous étions conduits en galants hommes.

Nous avions évité leurs remercîments, et maintenant encore nous ne demandions pas même un signe de tête. Non! seulement un sourire, un clignement d'œil qui pût nous dire : Vous voyez, nous sommes avec une société qui ne saurait pas vous comprendre, mais nous, nous vous connaissons; encore une fois, merci!

Et elles ont détourné la tête!

Elles n'avaient pas compris que nous étions trop délicats pour leur imposer notre salut.

Et cependant, vrai Dieu! nous étions beaux à voir; l'habitude de la mante et de la carabine nous avait donné à les porter une aisance, une grâce qui seules nous auraient servi de parure. La grande route et le mépris du danger avaient ennobli notre allure par la hardiesse, nous levions haut et fièrement la tête, et nous regardions tout le monde entre les deux yeux; et le soleil nous avait si bien doré la poitrine et la figure, qu'on nous prenait pour des bohémiens.

Nous nous assîmes sur les bancs du beau pont de Tolède, qui semble, par sa grandeur même, railler le *Manzanarès*.

La galère arriva, et nous marchions lentement et assez loin derrière elle. Nous avions passé la porte d'Atocha, et nous étions déjà dans la rue d'Alcala, lorsque nous fûmes entourés par une foule de peuple, et en tête de cette foule se démenait un homme en espèce d'uniforme vert avec des boutons d'or. Nous n'y attachions aucune importance, mais cet employé ou ce militaire, encouragé par notre indifférence, se mit devant nous en disant :

— Ah! voilà encore de ces chiens de Français!

Giraud ne le comprit pas, mais, moi, je le compris; et comme le grand chemin ne donne pas de patience pour des *speechs* de cette nature, je mis brusquement dans les bras de Giraud mante et carabine, et rassemblant tout ce que je pouvai savoir d'*adresse française*, je m'avançai vers l'insulteur, tout disposé, comme dit *Gavarni*, à *lui flanquer une vénérable tripotée* en aussi peu de mouvements que possible. Il devina probablement mon intention, car il disparut dans tout ce monde comme dans une trappe anglaise. Et, toujours campé, je promenai sur la foule mes yeux provocateurs. Pas un mot, pas un geste ou un pas en avant! Le cercle s'agrandissait sous le défi de mon regard.

Alors je repris ma carabine, je rajustai ma mante, et personne ne nous suivit plus.

Nous eûmes beaucoup de peine à trouver une auberge. Cependant, à la *posada de Barcelona*, il restait dans les combles une chambre, que, grâce à nos costumes, nous payâmes seulement un franc par jour.

— Eh bien! me dit Giraud lorsque nous fûmes seuls, que penses-tu de ces dames?

— J'en suis tout abasourdi, lui dis-je.

— Eh bien, moi, répondit-il, je m'y attendais. Et si une autre fois la même occasion se présentait, que ferais-tu?

— J'agirais de même, lui répondis-je. Et toi?

— Parbleu! et moi aussi.

Et puis nous allâmes à la douane retrouver notre ami le zagal, et son portrait orne maintenant notre carnet de voyage.

CHAPITRE XXXV.

Madrid. — Les fêtes. — Théophile Gautier. — Rencontre d'Alexandre Dumas.

La ville était en fête, les rues étaient encombrées d'étrangers et d'Espagnols des provinces portant le costume de leur pays. La plaza Mayor, où l'on devait donner les courses royales, était fermée par un mur de planches, et l'on apercevait, à travers les portes placées à l'embouchure des rues donnant sur la place, des estrades en bois et aux fenêtres des tentures de velours brodé d'or.

Les princes étaient arrivés la veille, et, il faut bien le dire, ils avaient été froidement accueillis, parce qu'il se trouvait un parti qui, ayant intérêt à rompre ce mariage, avait essayé de soulever les classes inférieures.

Notre mayoral nous avait dit vrai : il y avait une conspiration, et on le savait si bien que l'on en avait averti les princes, qui avaient aussitôt décidé de faire à cheval leur entrée dans la ville. On disait, et c'était possible, que cet acte de résolution en avait imposé aux conspirateurs.

Enfin le peuple était ému comme la mer au commencement d'une tempête ou lorsque la tempête est passée.

En attendant, les plaisirs allaient leur train. Les fêtes commençaient, et l'on illuminait tous les soirs. Le Prado, la grande promenade, était étincelant de guirlandes et de girandoles. Dans le jour, sur des théâtres improvisés dans les rues, les Turcs et les Espagnols, les Chinois et les sauvages se livraient de grands combats à l'arme blanche et à la hache ; mais sur d'autres estrades ouvertes de tous côtés, des paysans accouplés, venus de toutes les provinces de l'Espagne, exécutaient les danses de leurs localités, dont ils portaient les costumes et les devises. Les brillants et nombreux équipages des grands d'Espagne sillonnaient incessamment la foule et donnaient aux trois ou quatre grandes rues principales un grand et riche aspect. On ne voyait que jupons valenciens et costumes catalans, castillans, navarrois ou andalous. A chaque moment arrivaient des chaises de poste qui s'en allaient d'une porte à l'autre, leur couronne de paquets au front, cherchant en vain des logements inoccupés.

Comme Giraud l'avait prédit, nous étions arrivés quelques jours avant les fêtes. On nous avait évidemment attendus.

Mais les *corridas de la plaza Mayor* devaient être les plus belles qu'on eût vues depuis longtemps. Il n'y avait pas moyen, même à prix d'or, de se procurer des billets, et cependant Giraud voulait les voir. Et dès lors, bien que cela parût impossible, j'étais persuadé que nous les verrions. Giraud disait :

— Il me faut Dumas, j'ai besoin de Dumas ! et il viendra pour moi.

Et je disais :

— Tant mieux !

— Il doit arriver ou être arrivé. Allons donc le demander à l'ambassade.

Et nous nous rendîmes à l'ambassade.

Le chancelier vint.

— Que voulez-vous ? dit-il.

— Monsieur, répliquai-je, je viens vous demander où demeure Dumas à Madrid.

Le chancelier ouvrit de grands yeux, me regarda bien en face, et, voyant que je parlais très-sérieusement, me répondit :

— Mais M. Dumas n'est pas ici, et il n'est même nullement question de son arrivée en cette ville.

Nous sortîmes tout décontenancés ; mais, à peine dans la rue, Giraud s'écria :

— Il viendra, j'ai besoin de lui, il faut qu'il vienne.

— Ah ! j'en suis bien aise, répondis-je ; alors nous verrons les fêtes.

— Oui, nous les verrons, sois tranquille, me dit Giraud.

Et, comme il n'était pas tard, nous entrâmes pour déjeuner au café Suisse. Je remarquai à une des tables un joli garçon, porteur d'une toilette et d'une physionomie parisiennes. Il nous examina aussi : il paraissait prêt à nous parler à chaque moment, et à chaque moment il hésitait. Mais lorsque Giraud appela le garçon, il s'écria :

— Tiens ! c'est Giraud.

— Ginain ! s'écria celui-ci en lui tendant la main. *Ah ! buenos dias !* Dis-moi : Dumas est-il ici ?

— Dumas ! Dumas ! s'écria Ginain (Ginain, c'est le charmant peintre de chevaux que vous connaissez tous) ; mais Dumas ne doit pas venir.

Giraud secoua la tête d'un air incrédule, et j'en fis autant.

— Mais, ajouta Ginain, Théophile Gautier est à Madrid.

— Et où demeure-t-il ?

— Attendez, je vais vous donner son adresse par écrit.

Et il nous crayonna avec son paraphe, sur une feuille tirée de son carnet : « Calle del Carmen, fonda de Paris. »

— Allons-y aussitôt après le déjeuner, me dit Giraud.

Et une fois le chocolat pris, nous courûmes chez Gautier. Il était sorti.

Le lendemain, nous nous y rendîmes de bonne heure.

Je disais en route à Giraud :

— Ah çà ! tu connais bien Gautier?

— Parbleu! je le connais intimement.

— C'est que tu conçois, moi, je ne l'ai jamais vu, et se présenter comme cela...

— Tu vas voir comme il nous recevra, sois tranquille.

Gautier était chez lui. On annonça que deux Français demandaient à lui parler.

— Faites entrer, dit Gautier.

Nous entrâmes, on le rasait.

— Vous permettez, messieurs, n'est-ce pas? nous dit-il. Asseyez-vous, je vous prie.

Et il livra de nouveau son menton au Figaro.

Il se fit un grand silence, on n'entendait que le bruit de la barbe qui criait sous le rasoir.

Il était évident pour moi que Gautier ne connaissait pas Giraud.

Quant à lui, il paraissait stupéfait; je le regardais d'un air moqueur.

— Que puis-je faire pour votre service ? répondit le poëte quand il fut rasé.

Giraud tombait de son haut.

— Voici, lui dis-je tout bas, un fort joli *four*.

— Monsieur, lui dit Giraud, j'ai reçu ces jours-ci une lettre de *M. de Brèves*.

— Vous êtes son parent sans doute ? interrompit Gautier.

Pour le coup, je n'y pus plus tenir.

— Mais c'est Giraud! m'écriai-je.

— Ah! sapristi! s'écria Gautier en se levant; mais aussi on ne se déguise pas comme ça : il part de Paris avec une chevelure comme un

19.

oranger, et maintenant il est tondu comme un grognard. Il était blanc, le voici rouge, je l'ai pris pour un Osage civilisé.

Et puis après les poignées de main et les accolades :

— Dumas est ici, nous dit-il ; on m'apprend à l'instant qu'il vient d'arriver.

— Là ! s'écria Giraud en me lançant un regard de triomphe.

— Mais j'y comptais bien, lui répondis-je. Et où demeure-t-il?

— *Casa Monnier*, près la *puerta del Sol* : il y a *baños* écrit sur la porte.

— Allons-y, dit Giraud. Au revoir, mon brave Gautier.

— Au revoir, aimable Sioux.

Et nous voilà dans la rue. A la *puerta del Sol*, une voiture nous coupa le passage.

— Voici Dumas, dis-je à Giraud.

— Où donc ?

— Dans la voiture.

Et nous nous précipitâmes à la portière.

— Giraud ! Desbarrolles! s'écria Dumas

Et, ouvrant la voiture, il nous attira tous les deux en dedans de sa main puissante, et puis après nous avoir affectueusement embrassés :

— *Casa Monnier !* cria-t-il au cocher, et vite.

Mais la chose était plus facile à dire qu'à faire : une foule immense s'était rassemblée autour de la voiture, et l'on entendait partout répéter : *El gran poëta! el celeberrimo Dumas! el illustrisimo Alessandro!* Et le cocher avait beau dire et beau faire, il n'avançait pas de l'épaisseur d'un fer à cheval.

Dumas mit la tête à la portière.

— Bravo ! bravo! s'écria la foule.

— Messieurs, dit le poëte, seriez-vous assez bons pour nous ouvrir un passage? on nous attend à la maison.

Une salve d'applaudissements se fit entendre, et la foule s'ouvrit aussitôt sur deux haies, qui devenaient plus épaisses à chaque instant, augmentées par les curieux qui accouraient de toutes parts.

A la *casa Monnier*, Dumas descendit rapidement, et entrant le premier :

— Devinez, messieurs, ce que j'ai rapporté de ma double course au marché et à l'ambassade ? J'ai rapporté Giraud et Desbarrolles.

Il se fit une exclamation de joie qui redoubla lorsque nous entrâmes.

Il y avait là réunis Dumas fils, Maquet, Louis Boulanger.

Dumas fils! qui marchait sur les traces de son père, mais, comme toute nature puissante, sans imiter son allure. L'observateur devenait déjà sans peine ce qu'il est aujourd'hui, ce qu'il sera plus tard.

Boulanger! l'auteur de *Mazeppa*, encore tout rayonnant de l'immortelle auréole que l'auteur des *Orientales* a cerclée sur sa tête.

Maquet! l'homme érudit, sérieux, le travailleur infatigable, le fécond inventeur. Dumas, qui se connaît en mérite, en avait fait son ami et son collaborateur.

La société était illustre, imposante.

Giraud venait de droit se placer auprès d'eux.

Et moi?

Moi, je ne me sentais pas troublé. A toutes ces intelligences venues du ciel, j'offrais pour ma part une amitié venue du cœur.

Chacun donne ce qu'il peut avoir, et puis :

La charité dans la main de Dieu pèse autant que le génie.

La réception fut des plus cordiales. Tous me tendirent la main.

— Ah çà! dit Dumas à Giraud, tu viens avec nous? Nous allons en Afrique.

— Avec un bâtiment de guerre? demanda Giraud.

— Tiens! comment le sais-tu? dit Dumas.

Giraud sourit, les bras me tombèrent.

— Je ne le sais pas, je m'en doute, reprit-il.

— Et tu viens avec nous?

— Je ne peux pas, répondit-il, ma famille m'attend, et puis je ne vais nulle part sans Desbarrolles.

— Quand on invite l'un ou l'autre de vous deux, *tu* veut dire *vous*, reprit Dumas. Desbarrolles est cent fois invité, et tu viens avec nous.

— Mais... dit Giraud.

— Tu viens avec nous, dit Dumas.

— Mais, moi, lui dis-je, je ne sais si je dois..

— Ah! des scrupules! dit Dumas. Attendez, je vais vous mettre à l'aise. Vous connaissez l'Espagne mieux que nous, n'est-ce pas? vous serez notre guide et notre interprète. Soyez tranquille, nous vous utiliserons assez. Quant à notre bon Eugène, nous le nommons notre peintre de portraits.

— S'il en est ainsi, j'accepte, dis-je.

— Ma foi! si Desbarrolles accepte, je ne peux pas refuser, reprit Giraud.

Tout le monde battit des mains.

Ainsi s'accomplissait le désir de mon aimable compagnon de route.

Nous allions en Afrique sur un bâtiment de guerre.

Et nous y allions dans la société de Dumas!

La Providence, notre bonne mère, nous donnait plus que Giraud lui-même n'eût osé demander.

A partir de ce moment tous mes chagrins s'envolèrent, car à partir de ce moment je levai mes yeux vers le ciel et je crus à la destinée.

CHAPITRE XXXVI.

Portrait de Dumas.

Nous aurions voulu parler de Madrid, de ses magnificences, et vous raconter les *corridas* de la *plaza Mayor*, où le capitaine Antonio Romero fit des prodiges d'adresse et de courage en combattant les taureaux; mais après les descriptions de Dumas et d'Achard, il ne nous reste plus rien à dire. Un jour peut-être, si nous avons su plaire au lecteur, nous décrocherons des murs de notre atelier la mante, la cartouchière et la carabine, qui dorment entrelacées et murmurent dans leurs rêves le doux nom d'Espagne, tandis que le chapeau andalou rayonne sous son velours et se penche pour les entendre mieux, et alors nous visiterons Saragosse, Salamanque, Burgos, Valladolid et tant d'autres villes gothiques, romaines et sarrasines, et nous irons de nouveau, piéton aventureux, nous baigner dans l'air des montagnes et inonder nos yeux de la pure lumière qui argente cet admirable sol, et alors sans doute nous parlerons du musée de Madrid, la merveille des merveilles.

En s'occupant beaucoup de nous, Dumas nous a donné le droit de parler aussi un peu de lui, et nous ne quitterons pas le lecteur sans lui dépeindre cette belle, cette riche nature, telle que nous l'avons vue dans le déshabillé du voyage.

Dumas, tout le monde le sait, est d'une très-haute taille et d'une force herculéenne; il se tient droit et lève haut la tête, ordinairement penchée vingt heures par jour sur le pupitre du travail; ses mouvements sont aisés et pleins de noblesse; sa chevelure luxuriante et frisée lui forme comme une couronne sur le front; et lorsqu'il est en costume, il a l'aspect et la tournure de quelque prince, de quelque chef de peuplade : on dirait un des rois mages venus pour adorer Jésus-Christ. Ses yeux, grands et à fleur de tête, annoncent son immense mémoire. Son front possède tous les organes que Gall accorde aux hommes supérieurs. Ses lèvres, un peu épaisses, comme celles des créoles, sont pleines de finesse, d'esprit et de caprice; mais leur caractère le plus saillant, celui qui frappe, qui saisit, c'est la bienveillance qui rit dans les coins de sa bouche, rayonne dans ses yeux, dans sa pose, dans son allure, et donne une grâce affectueuse à chacun de ses mouvements. Sa voix, un peu élevée, a un son argentin et parfois métallique qui se prête admirablement à la plaisanterie et domine les autres voix par son timbre vibrant. Ses mains sont petites, fines, belles, et il en est très-fier.

Ses deux grands plaisirs sont le travail et la causerie; l'un le repose de l'autre, et il y trouve même un aliment pour des créations nouvelles. Chez un homme de cette force rien n'est perdu. Il puise à pleines mains dans le sable d'une conversation insignifiante, et le rejette en poignées d'or et de diamants à mille facettes. D'un ver luisant il fait une étoile. Quand il parle, il attache, il subjugue, il entraîne, et, quel que soit le sujet adopté, il égrène sur la terre des phrases à faire la réputation d'un littérateur. Je me rappelle qu'un jour, à Alcala-Real, jour de fatigue entièrement passé sur le dos des mulets, il nous tint tous éveillés jusqu'à trois heures du matin, retenant notre haleine pour mieux l'écouter, et cela en nous parlant de l'histoire romaine, qu'il nous faisait adorable comme un conte des Mille et une Nuits. Ce fut lui qui se fatigua le premier et demanda de se mettre au lit. Il dort trois à quatre heures, quelquefois moins, et il possède une merveilleuse faculté : je l'ai vu exténué, n'en pouvant plus, sommeiller dix minutes, le temps qu'il nous fallait pour fondre la graisse de porc qu'il destinait à notre cuisine; et puis, lorsque nous le réveillâmes, comme il nous l'avait recommandé, parce que l'opération était à point, il était reposé, frais, vermeil.

Sa nuit était faite.

La cuisine était, en route, une de ses plus chères récréations, et il était fier de son talent d'artiste culinaire, plus, je crois, que de ses œuvres de littérateur. Il avait inventé une combinaison qui remplaçait le vinaigre en Espagne, et il nous composait avec un amour immense une sauce en rémoulade, ma foi, délicieuse et qui nous faisait dévorer avec férocité les poulets généralement durs du pays. Un Anglais l'a suivi de Madrid à Tolède et à Aranjuez par amour pour cette sauce. Cet Anglais était un nabab énormément riche, et s'il n'avait pas dû retourner absolument aux grandes Indes, je crois qu'il nous aurait accompagnés tout le long du voyage. Aussi il fallait voir, lorsque Dumas risquait un plat nouveau, avec quelle inquiétude il suivait les émotions gastronomiques qui se reflétaient sur le visage de son admirateur! Et quand les yeux de l'Anglais se dilataient et qu'il dégustait avec une joie rayonnante le plat présenté, alors Dumas triomphait plus fièrement que le jour de ses plus éclatants succès de théâtre. Giraud, qui est un gourmet très-distingué, avait été en cette qualité éminente promu aux hautes fonctions d'aide de cuisine, et rien n'était plus amusant que lorsqu'il s'élevait entre eux une discussion scientifique au sujet d'une épice que Dumas croyait devoir ajouter et que Giraud n'approuvait pas. Alors Dumas faisait étinceler les plus belles paillettes de sa riche imagination, et jetait dans l'âtre du foyer des périodes merveilleuses à faire mourir de dépit un Brillat-Savarin.

Mais Giraud tenait bon et ne se rendait qu'à l'épreuve du goût, et alors Dumas resplendissait de fierté.

On peut juger par ces plaisirs innocents de la bonté de son cœur, et, en vérité, il y a chez lui un enthousiasme juvénile et même une sorte de naïveté. Sa bonté naturelle endort son immense pénétration, et l'expérience de la vie ne l'empêche pas de croire aux généreux instincts de l'humanité. D'ailleurs son existence laborieuse le tient presque toujours en dehors du monde dans ces pays de lutins et de fées créés par son inépuisable imagination.

Il ne sait refuser à personne. Il donne à tous ceux qui lui demandent. Que de billets de cinq cents francs, de mille francs même, ont passé de son bureau dans la main du solliciteur qui avait su pénétrer jusqu'à lui !

S'il était accordé à un homme de recueillir en un seul jour ce que Dumas a donné dans sa vie, cet homme pourrait à l'instant même prendre voiture et acheter un hôtel. Et en outre, qui peut se vanter d'avoir fait vivre plus de familles que lui avec ses huit cents volumes et ses drames, non-seulement en France, mais en Belgique, en Amérique, en Espagne, en Allemagne surtout, et j'en arrive, où il a détrôné les romanciers du pays?

Ce qui a souvent excité mon admiration c'est sa grande puissance sur lui-même, ou, en d'autres termes, son indifférence complète des ennuis de ce monde. Lorsque, pendant notre voyage, une lettre lui annonçait un désappointement, une tracasserie, un chagrin poignant, il réfléchissait quelques instants, marchait pendant dix minutes en avant, en baissant la tête, puis il s'arrêtait et se retournait vers nous avec son aimable figure riante.

Tout était passé, il n'en était plus question.

Il s'abandonne entièrement à la Providence.

Quand on lui signale un point menaçant dans l'avenir, qui grandit en avançant toujours et se déroule en nuage noir, Dumas ne se donne pas la peine d'y fixer les yeux. — Dieu y pourvoira, dit-il.

Voici le cachet qu'il a donné à sa fille:

Deus dedit, Deus dabit. (Dieu a donné, Dieu donnera.)

On lui a souvent reproché ce peu de souci de l'avenir, et là peut-être est une des sources de son talent. On veut en faire un calculateur, et l'on ne réfléchit pas qu'il ne serait plus Dumas s'il était Rothschild.

Le travail est pour lui si facile, que l'on comprend, en le voyant à l'œuvre, comment il a pu conserver une santé si forte après avoir tant produit. Il écrit partout, sur la table d'une auberge, dans une voiture, dans une barque, entouré d'amis qui causent; et en écrivant il sourit toujours. Il ne se relit jamais, et ne fait pas ou presque pas de ratures. Si un passage ne lui plaît pas, il le déchire, recommence, et fait mieux. Je l'ai vu écrire d'un jet à M. le prince de Montpensier une lettre sur laquelle il réservait des places pour y faire mettre des dessins de Giraud et de Boulanger. La lettre, calligraphiée comme l'aurait pu faire à grand'peine un professeur assermenté, avait été expédiée sur un banc de quart auprès du gouvernail qui criait sans cesse, et au milieu de matelots qui couraient pour faire la manœuvre, et cela sans lever la tête, sans s'arrêter une seconde, sans se recueillir un moment.

Mais dans le voyage, il voulait surtout se divertir et se reposer, et
passait presque tout son temps à guetter les oiseaux de mer, qu'il
tirait souvent à balle avec une miraculeuse adresse. Il paraissait ne
rien remarquer, et telle était la spontanéité de son intelligence et sa
grande mémoire, qu'il avait tout vu et n'oubliait plus. En relisant
les pages du *Véloce*, j'ai trouvé une foule de détails d'une grande
vérité, dont nous avions reçu l'impression presque aussitôt effacée,
et dont il n'avait pas paru prendre le moindre souci. Il faut approcher
ces organisations d'élite pour comprendre ce qu'elles valent, et encore chaque jour vous apporte un nouveau sujet d'étonnement. Il
est certain pour moi que Dumas n'oublie plus ce qu'il a vu ou lu
une fois seulement. Il aime surtout à entendre parler son fils, dont
l'esprit dépasse tout ce que l'on peut imaginer; il en est très-fier, et,
à juste titre; il rit du meilleur cœur du monde de ses adorables
saillies; mais son grand bonheur en voyage était de faire briller, à
leur tour, chacun de ses compagnons.

Personne n'est plus affable que lui, et personne n'est aussi moins
fier.

— Mais, va-t-on s'écrier, il est orgueilleux !

— Et pourquoi ne le serait-il pas? Et puis il n'y a peut-être pas
un homme réellement supérieur, un seul! qui ne se soit dit de lui-
même, dans ses rêves intimes, ce que Dumas écrit et proclame de
son propre mérite. Dumas a le défaut de parler haut dans ses rêves.
Pour ma part, je trouve dans la franchise de son orgueil quelque
chose de loyal qui fait que je l'aime encore plus. Comme toutes les
natures d'élite, il procède par élans : souvent enthousiaste sublime,
il est souvent aussi femme ou enfant par le cœur. J'ai parlé du cachet de sa fille, voici le sien :

J'aime qui m'aime.

En trois mots, il a su se peindre.

Nous n'ajouterons plus rien après lui.

<hr>

CHAPITRE XXXVII.

Véritable manière de voyager en Espagne. — Spécimen de nos dépenses de route.

On est généralement persuadé que le voyage en Espagne exige de grandes dépenses. C'est une erreur que nous combattrons victorieusement tout à l'heure par la logique des chiffres.

Pour le moment nous allons plus loin. Nous prétendons établir que le voyage est moins coûteux en Espagne que dans les autres pays de l'Europe si l'on veut employer le mode de transport consacré par l'usage.

Nous voulons parler du voyage à âne ou à mulet.

C'est de tous le plus agréable et le plus pittoresque; c'est le seul qui permette d'aller partout. Beaucoup de chemins, même lorsqu'ils unissent deux villes importantes, comme Grenade et Malaga, Ronda et Gibraltar, ou Gibraltar et Cadix, sont impraticables aux voitures.

Dans quelques localités ils n'existent pas, et sont représentés par des sentiers qui se croisent et s'effacent ou vont se perdre dans des amas de roches accessibles seulement aux bêtes de somme.

Ce serait folie que d'entreprendre un pareil voyage avec un cheval amené du dehors; il faudrait payer à la frontière, pour les droits d'entrée, autant d'argent que peut en coûter l'animal, qui ne supporterait certainement ni la fatigue ni la chaleur.

Le cheval, en outre, est beaucoup moins robuste que le mulet, et d'un entretien plus minutieux. Je n'en ai jamais remarqué un seul dans les longues caravanes que nous rencontrions chaque jour.

On trouve des mulets ou des ânes de location presque partout en Espagne. Parfois cependant ils sont tous en voyage lorsque l'on arrive dans une ville de peu d'importance, et l'on est obligé d'attendre leur retour dans un endroit souvent maussade et ennuyeux.

Un touriste qui veut avoir sa liberté et faire un voyage économique doit acheter un mulet.

Cela demande, il est vrai, une dépense immédiate de trois ou quatre cents francs; mais on le revend avec très-peu de perte au retour. Quelquefois même on s'en défait avec bénéfice.

Ce sont ordinairement les gitanos (bohémiens) qui font le trafic des ânes et des mulets. Mais, si mauvaise que soit leur réputation, ils ne sont ni plus rusés ni plus trompeurs que nos maquignons.

Si l'on arrive dans une ville au moment d'une foire, il se présentera des occasions très-avantageuses d'acheter la bête, ainsi que les brides, les harnais, le bât et tout ce qui constitue l'aparejo.

Le mulet se nourrit de tout et n'exige pas de soins. Il ne se fatigue jamais. Les muletiers prétendent qu'il peut faire tous les jours quinze à dix-huit lieues avec une charge assez lourde. Cependant il serait plus sage de débuter par de petites journées, en ayant soin surtout de calculer les distances de manière à se trouver à l'abri de midi à trois heures, moment du feu (*fuego*). Dans l'été, les *arrieros* préfèrent voyager la nuit. A moins d'urgence, ils ne marchent jamais que par bandes et s'attendent pour partir. Le voyageur étranger fera bien de se joindre à eux, et ils seront enchantés de compter dans leurs rangs un homme portant cartouchière et carabine. Là, comme en Orient, un fusil sur l'épaule commande le respect.

Ce sont de joyeux compagnons, pleins de tact et de gentillesse. Ils vous apprendront à harnacher le mulet à l'espagnole, à en tresser élégamment la queue et la crinière avec des bandelettes rouges; ils vous montreront à parer coquettement sa tête du plumet ou du pompon. Bientôt vous saurez placer comme eux en équilibre sur le bât le matelas et les caisses, et vous y former un canapé. Bientôt aussi vous saurez manier les castagnettes, et tout en causant et d'une seule main vous ferez un délicieux *papelito*.

Et quand la nuit sera claire, et que, regardant la belle lune, vous penserez au pays ou peut-être à d'anciennes amours, ils vous chanteront d'une voix tremblotante ces refrains mélancoliques des interminables ballades du romancero, et bien loin à la tête de la caravane résonnera l'énorme clochette du mulet conducteur.

Ils vous diront comme ils aiment leurs mules et comme leurs mules les aiment; ils les nommeront, et celle qui sera nommée dressera l'oreille; ils lui diront de venir, et elle se détournera, et elle viendra se rendre auprès d'eux.

Si vous rêvez, ils s'éloigneront et causeront à voix basse, et parfois tout enivré de ce calme qui descend du ciel avec la fraîcheur, l'idée vous naîtra de voyager toujours ainsi sans plus de souci de la patrie absente.

Le soir, votre lit sera dressé sur les nattes de la cuisine, à la place d'honneur, ou bien au fond, dans une crèche de l'écurie, dont on écartera les *machos* (mulets).

Les muletiers vous diront aussi qu'il faut dans le jour faire des provisions pour le soir; ils vous conduiront au marché dans les villes, et vous apprendront à placer vos achats dans la mante, et, comme eux, vous paraîtrez à l'auberge fier et drapé à l'antique, portant votre dîner caché dans les plis du capuchon.

Car dans les auberges il n'y a jamais rien, et il ne peut rien y avoir. Pourquoi les *posaderos* feraient-ils des provisions, puisque les muletiers apportent tout avec eux? L'aubergiste est là pour faire cuire, et rien de plus. Avant de voyager dans un pays, il faut en étudier les mœurs. Un homme qui se plaint en Espagne du dénûment des auberges est tout aussi ridicule qu'un homme qui s'irrite de ne pas comprendre la langue dans un pays étranger. Il n'y a guère que les muletiers qui voyagent : ils apportent leurs matelas avec eux. Il faut donc quelquefois coucher sur des nattes ou sur des paquets. Mais lorsque l'auberge renferme des lits, ils sont toujours très-propres, les draps surtout sont éclatants de blancheur.

Voici la dépense d'un voyageur avec un mulet :

(La pezette vaut environ 1 fr. ; le quarto a, à peu de chose près, la valeur d'un sol de France).

	Pezettes.	Quartos.
Une chambre sans lit (le mulet porte le vôtre),	»	10
La chambre avec le lit se paye une pezette (1 fr.).		
La nourriture du mulet revient environ avec l'a-		
voine plus ou moins chère, selon les localités, à une		
pezette; mettons pour un étranger,	1	10
Un poulet sur la route, pour un étranger,	1	»»
Un beau lapin, toujours pour un étranger,	1	»»
Accommodement des plats par l'hôtesse, 1 réal		
(5 sols) avec l'huile ou la sauce, deux plats,	»	10
Une soupe (1 réal),	»	5
Fruits, melon, concombres, tomates, etc., 2 réaux,	»	10
Vin, environ 1 réal,	»	5
Total,	6	10

Ce qui fait environ 5 fr. 15 sous de notre monnaie.

Ainsi, pour cinq francs quinze sous, vous avez vécu avec votre mulet; et cela, en supposant que vous ayez mangé dans votre journée un poulet et un lapin entiers. Vous pouvez donc espérer une économie plus grande les jours où vous aurez moins d'appétit.

La location d'un mulet vous coûterait dix francs par jour, et vous auriez à payer votre nourriture et vos frais d'auberge.

Ce calcul a été fait dans le pays même et sous la dictée des *arrie-*

ros. J'avais en outre l'habitude de me tenir près d'eux lorsqu'ils comptaient avec l'hôte au moment du départ.

J'ai conservé la note complète de nos dépenses de route. La nomenclature en serait évidemment trop longue et probablement ennuyeuse pour le lecteur.

Je dirai donc seulement que nos dépenses s'élevaient rarement à 3 pezettes (environ 3 francs) par jour. Le surplus nous servait dans certaines occasions à payer les ânes et les carros. Il y avait des jours d'économie forcée qui revenaient à 25 sous.

Toutes les grandes villes possèdent des *casas de pupillos* (maisons bourgeoises) : deux repas très-confortables et un excellent lit y sont toujours offerts. Le prix de ces maisons est de 2 fr. 50 par jour.

Nous déjeunions ordinairement à la première halte avec des fruits que nous achetions en passant dans les villes, et des concombres que l'on trouve dans toutes les maisons. Giraud en faisait des salades merveilleuses. Il les épluchait, les assaisonnait avec amour, et ne manquait jamais à la première bouchée de me regarder en hochant la tête avec un intolérable orgueil culinaire.

J'arrêterai ici ces détails de ménage. Le lecteur me les pardonnera, je l'espère, en faveur de l'intention. J'ai voulu encourager les artistes et les poëtes voyageurs à visiter cette belle terre d'Espagne, si harmonieuse et si brillante, si riche en amoureuses légendes, en nobles souvenirs. J'ai voulu surtout leur ouvrir le chemin de l'Andalousie, la terre promise, l'Andalousie! charme du cœur, plaisir des yeux.

Le doute n'est plus permis maintenant. Un riche portefeuille n'est pas nécessaire pour visiter Grenade et Murcie, et la Huerta de Valence, et Séville, et Cadix battue par la mer.

Il faut un bon fusil et trois francs par jour.

FIN.

Dumas prend avec le costume uné remarquable dignité.

Paris. — Imp. Ve P. Larousse et Cᵉ

Un taureau vint faire voltiger par-dessus la barrière la bande joyeuse
des *chulos*.

Paris. — Imp. Vᵉ P. Larousse et Cᵉ

Elles s'embrassaient sur la bouche en passant.

Paris. — Imp. Ve P. Larousse et Cᵉ.

L'arriero prit sa guitare et se mit à chanter.

Paris. — Imp. Ve P. Larousse et Cie.

Tout à coup parurent au seuil de la venta quatre hommes armés de fusils.

Paris. — Imp. Ve P. Larousse et Ce.

C'était bien Giraud, mais dans quel état, mon Dieu!

Paris. — Imp. Ve P. Larousse et Cie.

Deux artistes en Espagne.

Paris. — Imp. Ve P. Larousse et Ce.

La servante vint se placer en croupe derrière elle.

Paris. — Imp. Ve P. Larousse et Ce

Nous chantons dans les villes pour payer nos dépenses d'école.

Paris. — Imp. Ve P. Larousse et Cie.

www.ingramcontent.com/pod-product-compliance
Lightning Source LLC
Chambersburg PA
CBHW050321030726
47505CB00003B/812